LEE CHILD

Wespennest

W0243629

Buch

Ein angeschlagen und ungelenk wirkender Mann sucht die Bar eines Motels in Nebraska auf. Es ist Jack Reacher, der just mitbekommt, dass der Arzt des Dorfes, der sich an der Motelbar betrinkt, einen Notfall nicht behandeln will. Kurzerhand zwingt er den Mann dazu, indem er sich als Fahrer anbietet, und lernt eine Frau kennen, die offensichtlich von ihrem Mann verprügelt wurde. Und das nicht zum ersten Mal. Er schüttelt aus ihr heraus, wo der Schläger zu finden ist, und mischt ihn und die Herrenrunde im örtlichen Steakhouse auf. Und löst damit eine Lawine los.

Denn der Schläger ist niemand anderes als einer der Duncan-Brüder. Seit Jahren führen sie mit eiserner Faust ein Regime der Einschüchterung und der erpresserischen Ausbeutung ihrer Nachbarn. Reachers Gerechtigkeitssinn regt sich – und zudem ahnt er, dass die Duncans eine weitere Schandtat planen, denn sie lassen nichts unversucht, ihn aufzuspüren und zu verjagen.

Autor

Lee Child wurde in den englischen Midlands geboren, studierte Jura und arbeitete dann zwanzig Jahre lang beim Fernsehen. 1995 kehrte er der TV-Welt und England den Rücken, zog in die USA und landete bereits mit seinem ersten Jack-Reacher-Thriller einen internationalen Bestseller. Er wurde mit mehreren hoch dotierten Preisen ausgezeichnet, u.a. erhielt er für sein »herausragendes Gesamtwerk der Spannungsliteratur« den Diamand Dagger Award 2013.

Mehr Informationen zu Lee Child und seinen Büchern unter: www.leechild.com

Die Jack-Reacher-Romane bei Blanvalet:

Größenwahn • Ausgeliefert • Zeit der Rache • Sein wahres Gesicht • In letzter Sekunde • Tödliche Absicht • Der Janusmann • Die Abschussliste • Sniper • Way Out • Trouble • Outlaw • Underground • 61 Stunden • Wespennest • Der Anhalter • Der letzte Befehl • Die Gejagten • Im Visier • Keine Kompromisse • Der Ermittler • Der Bluthund • Der Spezialist • Die Hyänen

Besuchen Sie uns auch auf www.instagram.com/blanvalet.verlag
und www.facebook.com/blanvalet

Lee Child

Wespennest

Ein Jack-Reacher-Roman

Aus dem Englischen
von Wulf Bergner

blanvalet

Die Originalausgabe erschien unter dem Titel
»Worth dying for« bei Bantam Press, an imprint of Transworld Publishers,
A Random House Group Company, London.

Sollte diese Publikation Links auf Webseiten Dritter enthalten,
so übernehmen wir für deren Inhalte keine Haftung,
da wir uns diese nicht zu eigen machen, sondern lediglich auf
deren Stand zum Zeitpunkt der Erstveröffentlichung verweisen.

MIX
Papier aus verantwortungsvollen Quellen
FSC® C014496

Klimaneutral*
Druckprodukt
ClimatePartner.com/14044-1912-1001

Penguin Random House Verlagsgruppe FSC® N001967

9. Auflage
Taschenbuchausgabe Mai 2015 by Blanvalet Verlag, München,
in der Penguin Random House Verlagsgruppe GmbH,
Neumarkter Str. 28, 81673 München
Copyright © der Originalausgabe 2010 by Lee Child
Copyright © der deutschsprachigen Ausgabe 2014
by Blanvalet in der Penguin Random House
Verlagsgruppe GmbH, München
Published by Arrangement with Lee Child.
Dieses Werk wurde vermittelt durch die
Literarische Agentur Thomas Schlück GmbH, 30161 Hannover.
Umschlaggestaltung: www.buerosued.de
Umschlagmotiv: plainpicture/wildcard; Getty Images/Peter von Seth
Redaktion: Irmgard Perkounigg
HK · Herstellung: sam
Satz: Uhl + Massopust, Aalen
Druck und Einband: GGP Media GmbH, Pößneck
Printed in Germany
ISBN: 978-3-7341-0091-8

www.blanvalet.de

Für meine Tochter Ruth

1

Eldridge Tyler fuhr auf einer langen geraden Landstraße in Nebraska, als sein Handy klingelte. Das war am Spätnachmittag, fast schon abends. Er brachte seine Enkelin nach Hause, nachdem er ihr Schuhe gekauft hatte. Sein Pick-up war ein elfenbeinweißer Chevrolet Silverado mit Doppelkabine, und seine Enkelin lag auf der schmalen hinteren Sitzbank auf dem Rücken. Sie schlief nicht. Sie lag hellwach dort und hielt die Beine in die Luft gestreckt. Sie starrte ihre riesigen weißen Sneaker, die gut einen halben Meter über ihrem Gesicht hin und her wankten, fasziniert an. Dabei ließ sie eigenartig glucksende Laute hören. Sie war acht Jahre alt. Tyler vermutete, sie entwickle sich etwas langsamer als andere Kinder.

Tylers Handy war einfach genug, um keine exotischen Funktionen zu haben, aber komplex genug, um einzelnen Rufnummern verschiedene Klingeltöne zuordnen zu können. Meist erklang der vom Hersteller eingestellte Klingelton, aber vier Nummern lösten ein halblautes dringendes Klingeln aus, das ungefähr in der Mitte zwischen einer Feuerwehrsirene und dem Tauchalarm eines U-Boots lag. Und diesen Ton hörte Tyler am späten Nachmittag auf einer langen geraden Landstraße in Nebraska, zehn Meilen südlich des Outlet Stores und zwanzig Meilen nördlich seines Hauses. Also fummelte er das Handy aus dem Ablagefach der Mittelkonsole und drückte die grüne Taste, hob es ans Ohr und sagte: »Ja?«

Eine Stimme sagte: »Vielleicht brauchen wir dich.«

Tyler sagte: »Mich?«

»Na ja, dich und dein Gewehr. Wie schon mal.«

Tyler sagte: »Vielleicht?«

»Dies ist nur eine Vorsichtsmaßnahme.«

»Was ist passiert?«

»Ein Kerl schnüffelt herum.«

»Nah an euch dran?«

»Schwer zu sagen.«

»Wie viel weiß er?«

»Einen Teil davon. Noch nicht alles.«

»Wer ist er?«

»Niemand. Ein Fremder. Bloß irgendein Kerl. Aber er hat sich eingemischt. Wir glauben, dass er in der Army war. Wir glauben, dass er Militärpolizist war. Vielleicht hat er noch die alten Cop-Gewohnheiten.«

»Wie lange liegt seine Militärzeit zurück?«

»Vorgeschichte.«

»Verbindungen?«

»Keine, so viel wir feststellen können. Ihn vermisst keiner. Er ist ein Drifter. Wie ein Landstreicher. Der Wind hat ihn wie Steppenläuferkraut angetrieben. Jetzt muss er wieder fortgetrieben werden.«

»Beschreibung?«

»Er ist groß «, sagte die Stimme. »Mindestens einen Meter fünfundneunzig. Schätzungsweise hundertzehn Kilo. Zuletzt in einem alten braunbeigen Parka und einer Wollmütze gesehen. Er bewegt sich irgendwie komisch, als wäre er steif. Als täte ihm jede Bewegung weh.«

»Okay«, sagte Tyler. »Also wo und wann?«

»Wir möchten, dass du morgen die Scheune überwachst«, sagte die Stimme. »Ganztägig. Was in der Scheune ist, darf er nicht sehen. Nicht jetzt. Erwischen wir ihn heute Abend nicht, kriegt er irgendwann alles raus. Dann fährt er rüber, um sich dort umzusehen.«

»Er geht einfach rein, ohne sich irgendwas dabei zu denken?«

»Er denkt, dass wir zu viert sind. Er weiß nicht, dass wir fünf sind.«

»Das ist gut.«

»Erschieß ihn, sobald du ihn siehst.«

»Mach ich.«

»Ziel nicht daneben.«

»Hab ich das schon mal getan?«, fragte Tyler. Er beendete das Gespräch, legte das Handy wieder ins Ablagefach und fuhr weiter: mit den sich hin und her bewegenden neuen Schuhen des kleinen Mädchens im Innenspiegel, kahle Winterfelder vor sich, kahle Winterfelder hinter sich, Dunkelheit auf seiner Linken, die untergehende Sonne auf seiner Rechten.

Die Feldscheune war vor vielen Jahren erbaut worden, als mäßige Größe und eine Holzkonstruktion für die Landwirtschaft in Nebraska angemessen gewesen waren. Ihre Funktion hatten längst riesige Metallschuppen übernommen, die an abgelegenen Orten allein auf Grundlage logistischer Untersuchungen errichtet wurden. Aber der alte Bau hatte sich gehalten, obwohl er allmählich außer Form geriet, langsam verwitterte und windschief wurde. Umgeben war er von einer uralten Asphaltfläche, die von Winterfrösten rissig geworden war, in der Sommerhitze Blasen geworfen hatte und aus der an vielen Stellen drahtiges, hartes Unkraut spross. Das Haupttor war ein Schiebetor aus massiven Balken, die von Eisenbändern zusammengehalten wurden, und besaß Eisenräder, die auf einer Schiene rollten. Aber wegen der allmählichen Neigung des Gebäudes ließ das Tor sich längst nicht mehr aufschieben. Den einzigen Zugang bot das in das Scheunentor eingelassene »Judasloch«, wie man hierzulande sagte: eine gewöhnliche kleine Tür etwas links der Tormitte, etwas niedriger als ein Mann.

Diese kleine Tür starrte Eldridge Tyler durchs Zielfernrohr seines Gewehrs an. Er war schon vor einer Stunde, lange vor Tagesanbruch, in Stellung gegangen – eine Vorsichtsmaßnahme, die er für klug hielt. Er war ein geduldiger Mann. Und gründlich. Und pedantisch. Er hatte mit seinem Pick-up die Straße verlassen, war in der Dunkelheit auf Traktorspuren, die sich über die Felder schlängelten, weitergefahren und hatte in einem alten auf einer Seite offenen, früher als Regenschutz für Rupfensäcke mit Dünger dienenden Unterstand geparkt. Der Boden war hart gefroren, sodass er keine Staubwolke hinter sich herzog und keine Spuren hinterließ. Er hatte den großen V-8 abgestellt und an der offenen Seite des Unterstands einen Signaldraht quer über die Einfahrt gespannt: ein fast unsichtbares dünnes schwarzes Elektrokabel in Schienbeinhöhe eines großen Mannes.

Dann war er zu seinem Pick-up zurückgegangen und auf die Ladefläche geklettert, anschließend aufs Dach des Fahrerhauses gestiegen und hatte sein Gewehr und eine Sporttasche aus schwarzem Nylon auf den Zwischenboden gelegt, der sich wie ein Regal unter dem Spitzdach des Unterstands hinzog. Er war nachgeklettert, nach vorn gekrochen und hatte ein loses Brettchen aus der Lüftungsjalousie in der Giebelwand gezogen, um einen unverstellten Blick auf die genau hundertzehn Meter nördlich von ihm stehende Scheune zu haben, sobald es Tag wurde. Das war kein Zufall. Diesen Ort hatte er schon vor vielen Jahren ausgekundschaftet, als seine vier Freunde ihn erstmals um Hilfe baten. Er hatte sich damals gut vorbereitet, indem er zwei Nägel für den Signaldraht eingeschlagen, die Entfernung zu der Scheune abgeschritten und das Jalousiebrettchen gelockert hatte. Heute hatte er es sich wieder auf dem Zwischenboden bequem gemacht, sich so warm wie möglich gehalten und darauf gewartet, dass die Sonne aufging, was sie schließlich blass und schwach auch tat.

Sein Gewehr war das Modell Grand Alaskan, das von der Arnold Arms Company hier in Amerika hergestellt wurde. Es war für Patronen des Kalibers .338 Magnum ausgelegt und hatte einen sechsundsechzig Zentimeter langen Lauf sowie eine Schulterstütze aus ausgesuchtem englischem Walnussholz. Es handelte sich um ein Siebentausenddollarteil, das gut gegen fast alle Vierbeiner und besser als gut gegen alle Zweibeiner war. Das Zielfernrohr war von Leica, ein fünfzehnhundert Dollar teures ER 3,5-14x42 Leica Plex mit eingraviertem Standardfadenkreuz. Tyler hatte die Vergrößerung auf ungefähr zwei Drittel eingestellt, sodass es ihm auf hundertzehn Meter Entfernung einen Zielkreis mit etwa drei Meter Durchmesser zeigte. Die blasse Morgensonne stand tief über dem östlichen Horizont, und ihr sanftes Licht legte sich fast waagrecht über das schlafende Land. Später würde sie etwas höher steigen und im Süden stehen, um dann allmählich im Westen zu versinken, was alles ganz ausgezeichnet war, weil es bedeutete, dass selbst eine Zielperson, die einen braunbeigen Parka trug, sich den ganzen Tag lang gut vor dem Graubraun der verwitterten Balken abheben würde.

Tyler ging davon aus, dass die meisten Menschen Rechtshänder waren – folglich würde die Zielperson etwas links der Mitte stehen, um ihre ausgestreckte rechte Hand auf die Klinke in der Mitte der schmalen Schlossplatte der Personentür legen zu können. Die Tür selbst war ziemlich genau einen Meter achtzig hoch, aber weil man sie in das große Schiebetor eingesetzt hatte, begann sie schätzungsweise erst zwanzig Zentimeter über dem Erdboden. Bei einem Mann, der einen Meter fünfundneunzig groß war, lag die Kopfmitte ungefähr in einer Höhe von einem Meter fünfundachtzig, was wiederum bedeutete, dass der optimale Zielpunkt vertikal gesehen ungefähr fünfzehn Zentimeter unter dem Oberrand der kleinen Tür lag. Und ein Mann, der hundertzehn Kilo wog, würde breitschultrig sein, sodass sich seine Kopfmitte in dem Augenblick, in dem er die Tür zu öffnen versuchte, ungefähr einen halben Meter links neben der rechten Hand befände. Somit lag der ideale Zielpunkt horizontal gesehen etwa fünfzehn Zentimeter vom linken Türrahmen entfernt.

Fünfzehn Zentimeter tiefer, fünfzehn Zentimeter rechts. Tyler griff hinter sich und holte zwei Kunststoffbeutel mit Langkornreis aus seiner schwarzen Sporttasche. Er stapelte sie unter dem Schaft und drückte das auf Hochglanz polierte Walnussholz sanft hinein. Dann zog er die Schulterstütze ein, brachte sein Auge wieder ans Zielfernrohr und verschob das Fadenkreuz auf die linke obere Türecke. Er ging damit etwas tiefer, etwas weiter nach links und ließ seinen Zeigefinger leicht auf dem Abzug ruhen. Er atmete langsam ein und aus. Unter ihm knackte der Motor seines Pick-ups leise, weil er abkühlte. Der lebende Geruch von Benzin und kalten Abgasen stieg in die Höhe und vermischte sich mit dem toten Geruch von Staub und altem Holz. Draußen wanderte die Sonne langsam höher, und das Licht wurde etwas kräftiger. Die Luft war feucht und schwer – die Art Luft, die verhindert, dass ein Baseball aus dem Stadion geschlagen wird, aber auch die Art Luft, die ein Geschoss umhüllt und es schnurgerade ins Ziel fliegen lässt.

Tyler wartete. Er wusste, dass er vielleicht den ganzen Tag würde warten müssen, und war darauf vorbereitet. Er war ein geduldiger Mann. Er nutzte die Zeit, um sich den möglichen Ablauf der Ereignisse auszumalen. Er stellte sich vor, wie der große Mann in dem braunbeigen Parka ins Blickfeld des Zielfernrohrs trat, dort haltmachte, sich umdrehte und seine Hand auf die Türklinke legte.

Hundertzehn Meter.

Ein einzelnes Hochgeschwindigkeitsgeschoss.

Ende der Straße.

2

Jack Reacher war der Mann in dem braunbeigen Parka, und für ihn hatte diese spezielle Straße vier Meilen entfernt mitten am Abend mit dem Klingeln eines Telefons in der Lobby eines Motels begonnen, vor dem ihn ein Autofahrer, der ihn als Anhalter mitgenommen hatte, abgesetzt hatte, bevor er in eine Richtung weiterfuhr, in die Reacher nicht wollte. Das umliegende Land wirkte dunkel und flach, tot und leer. Das Motel war das einzige Gebäude in Sichtweite. Es sah aus, als wäre es vor vierzig oder fünfzig Jahren in einem Ausbruch kommerzieller Euphorie errichtet worden. Vielleicht hatte man einem Motel an dieser Straßenkreuzung glänzende Aussichten vorhergesagt, die sich aber nie realisierten – wenn sie nicht von Anfang an Illusionen gewesen waren. An einer der vier Straßen erhob sich das Gerippe einer aufgegebenen Tankstelle. An einer anderen erkannte man das Fundament eines Gebäudes – vielleicht das eines Supermarkts oder einer kleinen Einkaufspassage –, das aber nie errichtet worden war. Nur an der vierten Straße war anscheinend nie gebaut worden.

Doch das Motel hatte irgendwie überdauert. Bemerkenswert war sein futuristisches Design. Es wirkte wie die Zeichnungen von Kolonien auf dem Mond oder dem Mars, die Reacher als kleiner Junge in Comicheften gesehen hatte. Das runde Hauptgebäude war mit einer Kuppel überdacht. Die Bungalows dahinter, wieder runde kleine Einheiten mit je einer Kuppel, entfernten sich in einem sanften Bogen vom Mutterschiff und wurden dabei kleiner, um die Perspektive zu betonen. Mehrbettzimmer in der Nähe des Empfangs, Einzelzimmer weiter rückwärts. Alle Außenwände waren silbergrau gestrichen, und die Senkrechten von Tür- und Fensterrahmen wurden mit Aluminiumprofilen betont. Neonröhren unter den runden Dachvorsprüngen tauchten die Haupt-

und Nebengebäude in geisterhaft bläuliches Licht. Die Fußwege waren mit grauem Kies bedeckt und von ebenfalls silbergrau gestrichenen Balken eingefasst. Der Betonmast für das beleuchtete Namensschild des Motels war so mit bemaltem Sperrholz verkleidet, dass er wie eine auf drei schlanken Flossen stehende Rakete wirkte. Erwartungsgemäß hieß das Motel Apollo Inn, und sein Name war in einer Schrift geschrieben, die an die Zahlen in der untersten Zeile eines Schecks erinnerten.

Drinnen bestand das Hauptgebäude aus einem einzigen offenen Raum, von dem nur ein Segment für ein Büro und zwei kleinere Räume abgetrennt war, die Reacher für die Toiletten hielt. Es gab eine bananenförmige Empfangstheke und dreißig Meter gegenüber eine bananenförmige Bar. Der Laden stellte im Prinzip eine Cocktaillounge dar, mit einer runden Tanzfläche aus versiegeltem Parkett und kleinen Gruppen roter Samtsessel, gruppiert um Cocktailtische mit Lampen, deren Schirme am unteren Rand Quasten zierten. Das Innere der Kuppel war ein konkaves Rundgemälde in rotem Neonlicht. Auch sonst gab es überall viel indirekte Beleuchtung, immer mit Leuchtstoffröhren in Rot und Pink. Aus versteckt angebrachten Lautsprechern perlte leise Klaviermusik. Der Gesamteindruck war bizarr, als wäre eine Vision von Las Vegas aus den sechziger Jahren in den Weltraum versetzt worden.

Und der große Raum war leer bis auf einen Mann an der Bar und einen dahinter. Reacher wartete an der Empfangstheke, und der Typ hinter der Theke kam herübergehastet und wirkte echt überrascht, als Reacher ein Zimmer verlangte, als würde das selten passieren. Aber er kam diesem Wunsch rasch nach und händigte Reacher gegen dreißig Dollar in bar einen Zimmerschlüssel aus. Er war vielleicht Mitte fünfzig oder sechzig, nicht groß, nicht schlank, mit vollem Haar, das in einem lebhaften Rotbraun gefärbt war, das Reacher eher mit Französinnen in einem gewissen Alter in Verbindung brachte. Er legte Reachers drei Zehner in eine

Schublade und kritzelte etwas in ein Kontobuch. Wahrscheinlich der Erbe der Verrückten, die das Motel gebaut hatten. Vermutlich hatte er sein Leben lang nie woanders gearbeitet und kam finanziell nur über die Runden, weil er als Geschäftsführer, Portier, Barkeeper, Haustechniker und Zimmermädchen fünferlei Aufgaben übernahm. Er klappte das Buch zu, legte es in eine andere Schublade und ging zurück zur Bar.

»Gibt es dort drüben Kaffee?«, fragte Reacher.

Der Kerl drehte sich um. »Klar doch«, antwortete er mit einer gewissen Befriedigung, als hätte eine lange zurückliegende Entscheidung, jeden Abend die Kaffeemaschine von Bunn einzuschalten, sich endlich als gerechtfertigt erwiesen. Reacher folgte ihm durch das Neongewaber und setzte sich drei Plätze von dem anderen Gast entfernt auf einen Barhocker. Der andere war ein Mann Anfang vierzig. Er trug ein dickes Tweedsakko mit Lederflecken an den Ellbogen. Diese Ellbogen waren auf die Theke gestützt, während seine Hände schützend ein Whiskeyglas mit einer bernsteingelben Flüssigkeit, in der Eiswürfel schwammen, umfasste. Er starrte mit nicht ganz fokussiertem Blick hinein. Vermutlich war das nicht das erste Glas dieses Abends. Vielleicht nicht mal sein drittes oder viertes. Auf seiner Stirn standen winzige Schweißperlen. Er schien ziemlich hinüber zu sein.

Der Kerl mit dem gefärbten Haar goss Kaffee in einen Porzellanbecher mit dem NASA-Logo und schob ihn stolz und mit großer Zeremonie über die Theke. Der Becher war vermutlich eine unbezahlbare Antiquität.

»Sahne?«, fragte er. »Zucker?«

»Weder noch«, sagte Reacher.

»Auf der Durchreise?«

»Will nach Osten weiter, sobald ich kann.«

»Wie weit nach Osten?«

»Ganz nach Osten«, sagte Reacher. »Virginia.«

Der Kerl mit dem gefärbten Haar nickte weise. »Dann müssen Sie erst nach Süden. Bis Sie die Interstate erreichen.«

»Das ist der Plan«, sagte Reacher.

»Wo sind Sie heute aufgebrochen?«

»Nördlich von hier«, antwortete Reacher.

»Mit dem Auto?«

»Per Anhalter.«

Der Kerl mit dem gefärbten Haar schwieg, weil es nichts mehr zu sagen gab. Barkeeper bleiben gern gut gelaunt, und es gab keine gut gelaunte Richtung, in die ihre Unterhaltung sich hätte entwickeln können. Mitten im Winter als Anhalter auf abgelegenen Straßen des Bundesstaats, der in Bezug auf Bevölkerungsdichte auf Platz einundvierzig der fünfzig Staaten rangierte, unterwegs zu sein, würde Probleme mit sich bringen, aber der Kerl war zu höflich, um das zu sagen. Reacher griff nach dem Kaffeebecher und versuchte ihn ruhig zu halten. Als Test. Das Ergebnis war nicht gut. Jede Sehne, jede Muskelfaser von den Fingerspitzen bis zum Brustkorb zitterte und brannte, und die mikroskopisch kleinen Bewegungen seiner Hand erzeugten konzentrische Kreise auf dem Kaffee. Er bemühte sich noch mehr und führte den Becher zum Mund, hoffte auf eine geschmeidige Bewegung, erreichte aber nur einen stockenden, unregelmäßigen Ablauf. Der betrunkene Kerl betrachtete ihn kurz und sah dann wieder weg. Der Kaffee war heiß und vom langen Stehen etwas bitter, aber er enthielt Koffein, und nur darauf kam es an. Der Betrunkene nahm einen kleinen Schluck aus seinem Glas, stellte es auf den Untersetzer zurück und starrte es bedrückt an. Seine Lippen waren leicht geöffnet, und in den Mundwinkeln begannen sich Schaumbläschen zu bilden. Er trank noch einen kleinen Schluck. Auch Reacher nahm noch einen. Keiner sprach. Der betrunkene Kerl leerte sein Glas und ließ sich nachschenken. Jim Beam. Bourbon, mindestens ein dreifacher. Reachers Arm fing an, sich etwas besser zu fühlen. Kaffee, ein wahres Wundermittel gegen alle Plagen.

Dann klingelte das Telefon.

Tatsächlich klingelten zwei Telefone. Eine Nummer, zwei Apparate, einer drüben an der Empfangstheke, der andere in einem Regal hinter der Bar. Fünffache Pflichten. Der Kerl mit dem gefärbten Haar konnte nicht überall gleichzeitig sein. Er nahm den Hörer ab und sagte: »Hier ist der Apollo Inn« – so stolz, diensteifrig und enthusiastisch, als wäre dies der erste Anruf, der am Eröffnungsabend des Motels einging. Dann hörte er kurz zu, drückte die Sprechmuschel an seine Brust und sagte: »Doktor, der Anruf ist für Sie.«

Reacher sah sich automatisch nach einem Arzt um. Aber er entdeckte keinen. Neben ihm fragte der betrunkene Typ: »Wer ist dran?«

Der Barkeeper sagte: »Mrs. Duncan.«

Der Betrunkene fragte: »Was fehlt ihr?«

»Sie hat Nasenbluten. Es will nicht aufhören.«

Der Betrunkene sagte: »Sagen Sie ihr, dass Sie mich nicht gesehen haben.«

Der Kerl mit dem gefärbten Haar gab die Lüge weiter und legte den Hörer auf. Der betrunkene Kerl sank so tief in sich zusammen, dass sein Gesicht sich fast auf gleicher Höhe mit dem Rand seines Glases befand.

»Sind Sie Arzt?«, fragte Reacher ihn.

»Was kümmert Sie das?«

»Ist Mrs. Duncan Ihre Patientin?«

»Im Prinzip.«

»Und Sie wimmeln sie ab?«

»Wer sind Sie, der Ethikausschuss? Sie hat bloß Nasenbluten.«

»Das nicht aufhören will. Könnte was Ernstes sein.«

»Sie ist dreiunddreißig und gesund. Hat nie Bluthochdruck oder irgendeine Blutkrankheit gehabt. Sie nimmt keine Drogen. Also besteht kein Grund zur Beunruhigung.« Der Kerl griff nach seinem Glas. Nahm einen kräftigen Schluck, dann noch einen.

Reacher fragte: »Ist sie verheiratet?«

»Was, verursacht Verheiratetsein jetzt Nasenbluten?«

»Manchmal«, antwortete Reacher. »Ich war bei der Militärpolizei. Manchmal sind wir von außerhalb des Stützpunkts angerufen worden oder sollten in die Unterkünfte für Verheiratete kommen. Frauen, die geschlagen werden, nehmen viel Aspirin gegen die Schmerzen. Aber Aspirin verdünnt das Blut, sodass sie nicht mehr zu bluten aufhören, wenn sie wieder geschlagen werden.«

Der betrunkene Kerl schwieg.

Der Barkeeper schaute weg.

Reacher sagte: »Was? Das passiert häufig?«

Der betrunkene Kerl sagte: »Sie hat bloß Nasenbluten.«

Reacher entgegnete: »Sie fürchten sich davor, bei einem Ehestreit zwischen die Fronten zu geraten?«

Keiner sprach.

»Sie könnte weitere Verletzungen haben«, erklärte Reacher. »Vielleicht weniger sichtbar. Sie ist Ihre Patientin.«

Keiner sprach.

Reacher sagte: »Nasenbluten unterscheidet sich nicht von irgendeiner anderen Blutung. Hört es nicht auf, wird sie früher oder später bewusstlos. Wie nach einem Messerstich. Mit einem Messerstich würden Sie sie auch nicht unbehandelt lassen, stimmt's?«

Keiner sprach.

»Wie auch immer«, sagte Reacher. »Geht mich nichts an. Und Sie wären ohnehin nicht imstande. Sie könnten nicht zu ihr rausfahren, wo immer sie wohnt. Aber Sie sollten jemanden anrufen.«

Der betrunkene Kerl erwiderte: »Es gibt keinen. Das nächste Krankenhaus ist sechzig Meilen entfernt. Aber bloß weil jemand Nasenbluten hat, schickt es keinen Krankenwagen her.«

Reacher nahm einen weiteren Schluck Kaffee. Der Betrunkene ließ sein Glas jetzt stehen und sagte: »Klar, mit dem Fahren hätte ich ein Problem. Aber wenn ich dort wäre, käme ich zurecht. Ich bin ein guter Arzt.«

»Dann möchte ich keinen schlechten sehen«, meinte Reacher.

»Ich weiß zum Beispiel, was bei Ihnen nicht in Ordnung ist. Körperlich, meine ich. Ihren Geisteszustand will ich nicht kommentieren.«

»Übertreiben Sie's nicht, Kumpel.«

»Sonst?«

Reacher schwieg.

»Sie hat bloß Nasenbluten«, wiederholte der Doktor.

»Wie würden Sie's behandeln?«, fragte Reacher.

»Unter schwacher lokaler Betäubung. Die Nase mit Gazetupfern füllen. Der Druck würde die Blutung zum Stehen bringen, Aspirin hin oder her.«

Reacher nickte. Diese Behandlungsweise kannte er von früher, aus der Army. Er sagte: »Also kommen Sie, Doktor. Ich fahre.«

3

Der Doktor war unsicher auf den Beinen. Er bewegte sich in einer für Betrunkene typischen Manier: leicht nach vorn gebeugt, als ginge er bergauf, obwohl er auf ebenem Boden unterwegs war. Aber er schaffte es ganz gut auf den Parkplatz hinaus, bis dann die kalte Luft zu wirken begann, und er wieder einigermaßen zur Besinnung kam. Er klopfte eine Tasche nach der anderen ab und zog zuletzt einen dicken abgewetzten ledernen Schlüsselanhänger heraus, auf dem in abblätternder Goldschrift *Duncan Transportation* stand.

»Derselbe Duncan?«, fragte Reacher.

Der Doktor sagte: »In diesem County gibt's nur eine Familie Duncan.«

»Sie behandeln alle?«

»Nur die Schwiegertochter. Der Sohn fährt nach Denver. Vater und Onkel kurieren sich mit Wurzeln und Beeren selbst, soviel ich weiß.«

Der Wagen war ein Subaru Outback, der als einziges Fahrzeug auf dem Parkplatz stand. Er war ziemlich neu und einigermaßen sauber. Reacher fand die Infrarotfernbedienung an dem Schlüsselanhänger und entriegelte die Türen. Der Doktor machte eine große Show daraus, dass er erst auf die Fahrertür zusteuerte und dann reumütig den Kurs änderte. Reacher stieg ein, fuhr den Sitz zurück, ließ den Motor an und fand den Lichtschalter.

»Nach Süden«, sagte der Doktor.

Reacher hustete.

»Versuchen Sie, mich nicht anzuhauchen«, sagte er. »Oder die Patientin.«

Er legte die Hände aufs Lenkrad wie jemand, der versucht, zwei Baseballhandschuhe zu manövrieren, die an langen Stangen stecken. Als sie endlich dort waren, umklammerte er das Lenkrad mit den Fingern und hielt sich daran fest, um seine Schultern zu entlasten. Er fuhr langsam über den Parkplatz und bog nach Süden ab. Draußen herrschte finstere Nacht. Es gab nichts zu sehen, aber er wusste ja, dass das Land um sie herum sich flach und endlos ausdehnte.

»Was wird hier angebaut?«, fragte er, nur um den Doktor wach zu halten.

»Natürlich Mais«, antwortete der Kerl. »Mais und noch mehr Mais. Unmengen von Mais. Mehr Mais, als ein vernünftiger Mann jemals sehen möchte.«

»Sind Sie von hier?«

»Ich stamme aus Idaho.«

»Kartoffeln.«

»Besser als Mais.«

»Was hat Sie also nach Nebraska verschlagen?«

»Meine Frau«, sagte der Mann. »Hier geboren und aufgewachsen.«

Sie schwiegen einen Augenblick, dann fragte Reacher: »Was ist mit mir nicht in Ordnung?«

Der Doktor sagte: »Was?«

»Sie haben behauptet, Sie wüssten, was mit mir nicht in Ordnung ist. Zumindest körperlich. Also los!«

»Was soll das sein, eine Überprüfung?«

»Tun Sie bloß nicht so, als bräuchten Sie keine.«

»Zum Teufel mit Ihnen. Ich funktioniere ganz normal.«

»Beweisen Sie's.«

»Ich weiß, was Sie gemacht haben«, sagte der Kerl. »Ich weiß nur nicht, wie.«

»Was habe ich gemacht?«

»Sie haben sich alles vom *Flexor digiti minimi brev*is bis zum *Quadratus lumborum* gezerrt, beidseitig, ziemlich genau symmetrisch.«

»Was heißt das in Alltagssprache?«

»Sie haben sich sämtliche Muskeln, Bänder und Sehnen gezerrt, die für Arm- und Handbewegungen gebraucht werden – von den kleinen Fingern bis zur Verankerung an der zwölften Rippe. Sie haben Beschwerden und Schmerzen, und Ihre Feinmotorik ist beim Teufel, weil alle Systeme aufbegehren.«

»Prognose?«

»Das gibt sich wieder.«

»Wann?«

»In ein paar Tagen. Vielleicht in einer Woche. Sie könnten's mit Aspirin versuchen.«

Reacher öffnete sein Fenster einen Spalt weit, damit die Bourbondämpfe entweichen konnten. Sie kamen an einer kleinen Gruppe von drei Wohnhäusern vorbei, die ungefähr hundert Meter von der Landstraße entfernt am Ende einer gemeinsamen Zufahrt ziemlich dicht beieinanderstanden. Ein Zaun aus tief eingerammten Pfosten und massiven Planken umschloss dieses Ensemble. Die Häuser waren schon alt, einst elegant, noch immer stabil, nur etwas vernachlässigt. Der Doktor drehte den Kopf zur Seite und musterte sie sekundenlang forschend, bevor er wieder nach vorn sah.

»Wie haben Sie das angestellt?«, fragte er.

»Was angestellt?«, sagte Reacher.

»Wobei haben Sie sich die Arme verletzt?«

»Sie sind der Arzt«, erklärte Reacher. »Sagen Sie's mir.«

»Solche Symptome sind mir erst zweimal untergekommen. Vor ein paar Jahren war ich mal nach einem Hurrikan als Freiwilliger in Florida. Ich bin nämlich kein schlechter Kerl.«

»Und?«

»Leute, die ein Orkan mit hundert Meilen in der Stunde im Freien überrascht, kollern mit dem Wind die Straße entlang... oder sie bekommen einen Streckmetallzaun zu fassen und versuchen, sich daran festzuklammern. Dazu müssen sie das eigene Körpergewicht gegen den enormen Winddruck bewegen. Unglaublich anstrengend. Dabei kommt es zu solchen Verletzungen. Aber wie Sie sich bewegen, sind Ihre erst ein paar Tage alt. Und Sie haben gesagt, dass Sie aus dem Norden kommen. Nördlich von hier gibt's keine Wirbelstürme. Und jetzt ist ohnehin keine Hurrikansaison. Ich wette, dass es diese Woche auf der ganzen Welt nirgends einen einzigen Wirbelsturm gegeben hat. Keinen einzigen! Deshalb kann ich mir nicht vorstellen, wie Sie das angestellt haben. Aber ich wünsche Ihnen rasche Genesung. Das tue ich wirklich.«

Reacher schwieg.

Der Doktor sagte: »An der nächsten Kreuzung links.«

Fünf Minuten später erreichten sie das Haus der Duncans. Es verfügte über eine Außenbeleuchtung, zu der zwei Strahler gehörten, die einen weißen Briefkasten von beiden Seiten anstrahlten. Auf dem Briefkasten stand *Duncan*. Das Gebäude selbst schien ein restauriertes Farmhaus zu sein. Es war von der Größe her bescheiden, aber äußerlich und bestimmt auch innerlich in makellosem Zustand. Auf der winterlich dürren Rasenfläche vor dem Haus stand ein alter Buggy, ein leichter einspänniger, vierrädriger Wagen. Hohe Speichenräder, leere Stangen. Eine lange gerade Einfahrt führte zu einem Nebengebäude, das groß genug war, um früher einen Pferdestall samt einer Werkstatt beherbergt zu haben. Jetzt diente es als Garage. Sie besaß drei Kipptore nebeneinander. Eines der Tore stand offen, als sei jemand eilig weggefahren.

Reacher hielt an dem zur Haustür führenden Kiesweg.

»Ihr Auftritt, Doktor«, sagte er. »Wenn sie noch da ist.«

»Das ist sie«, sagte der Kerl.

»Okay, dann los.«

Sie stiegen aus dem Wagen.

4

Der Doktor holte eine schwarze lederne Arzttasche aus dem Laderaum. Dann wiederholte er die Pantomime eines Betrunkenen, der bergauf stolpert – nur diesmal aus besserem Grund, weil der Kies das Gehen erschwerte. Aber er schaffte es ohne Hilfe bis zur Haustür, die sich als schönes Stück aus glänzend weiß lackiertem altem Holz erwies. Reacher fand einen Knopf aus Messing und drückte darauf. Drinnen war eine elektrische Klingel zu hören; danach blieb es eine Weile still, bis jemand langsam über die Bodendielen heranschlurfte. Dann wurde die Tür einen Spalt weit geöffnet und ließ ein Gesicht sehen.

Was für ein Gesicht! Es wurde von schwarzem Haar eingerahmt und wies oben blasse Haut und ängstliche Augen auf. Darunter war ein mit Blut durchtränktes Taschentuch zu sehen, das fest auf die Nase gedrückt wurde. Das Blut war an den Mundwinkeln vorbeigeflossen und auf den Hals und die Seidenbluse hinuntergetropft. Auch die Perlenkette war blutig. Die Frau nahm das Taschentuch von der Nase, sodass aufgeplatzte Lippen und Blutränder an den Zähnen zum Vorschein kamen. Die Nase blutete weiter.

»Sie sind gekommen«, sagte sie.

Der Arzt blinzelte zweimal, kniff angestrengt die Augen zusammen, ließ die Mundwinkel hängen und nickte. Er sagte: »Das sollten wir uns mal ansehen.«

»Sie haben getrunken«, stellte die Frau fest. Dann sah sie zu Reacher und fragte: »Wer sind Sie?«

»Ich bin gefahren«, antwortete Reacher.

»Weil er betrunken ist?«

»Er kommt schon zurecht. Ich würde ihn keine Gehirnoperation machen lassen, aber diese Blutung kann er zum Stehen bringen.«

Die Frau dachte einen Augenblick darüber nach, dann nickte sie, drückte das Taschentuch wieder an ihr Gesicht und öffnete die Haustür ganz.

Sie gingen in die Küche. Der Doktor war ziemlich blau, aber der Mann beherrschte die nötigen Handgriffe aus jahrelanger Praxis gut genug, um zurechtzukommen. Reacher feuchtete Geschirrtücher mit warmem Wasser an und reichte sie nacheinander dem Arzt, der Mrs. Duncans Gesicht abtupfte, ihre Nasenlöcher mit Gaze verschloss und Klammern verwendete, um ihre aufgeplatzten Lippen zu behandeln. Das Betäubungsmittel vertrieb die Schmerzen, sodass sie in einen ruhigen, leicht verträumten Zustand verfiel. Ihre Nase war schon früher einmal gebrochen worden, das war klar. Ansonsten hatte sie einen makellosen Teint, ein fein geschnittenes Gesicht und hübsche Augen. Sie war schlank und ziemlich groß, gut angezogen und solide wohlhabend. Genau wie ihr ganzes Haus. Es war warm. Der Fußboden bestand aus breiten Dielen, die von hundert Jahren Wachspolitur glänzten. Überall gab es Schnitz- und Drechslerarbeiten, sorgfältig gearbeitete Details und subtile Pastelltöne. Bücher in den Regalen, Gemälde an den Wänden, Teppiche auf den Böden.

Auf dem Sideboard im Wohnzimmer stand ein Hochzeitsfoto in einem Silberrahmen. Es zeigte eine jüngere und intakte Version der Frau mit einem großen, hageren Mann, der einen grauen Cut trug. Er war schwarzhaarig, hatte eine lange Nase, hellwache Augen und einen sehr selbstgefälligen Gesichtsausdruck. Kein Sportler oder Arbeiter, kein Professor oder Dichter. Auch kein Farmer. Vermutlich ein Geschäftsmann. Ein Manager, irgendeine Art Führungskraft. Ein Typ, der nicht viel an die frische Luft kam, jemand mit Energie, aber ohne Kraft.

Als Reacher in die Küche zurückkam, wusch der Arzt sich die Hände im Ausguss, während Mrs. Duncan sich ohne Spiegel das Haar bürstete. Er fragte sie: »Geht's wieder besser?«

Sie sagte: »Nicht zu schlecht.« Langsam, nasal und undeutlich.

»Ihr Mann ist nicht zu Hause?«

»Er ist zum Abendessen gefahren. Mit seinen Freunden.«

»Wie heißt er?«

»Sein Name ist Seth.«

»Und wie heißen Sie?«

»Eleanor.«

»Sie haben Aspirin genommen, Eleanor?«

»Ja.«

»Weil Seth so was oft tut?«

Sie machte eine sehr lange Pause, dann schüttelte sie den Kopf.

»Ich bin gestolpert«, sagte sie. »Über die Teppichkante.«

»Binnen wenigen Tagen mehr als einmal? Immer über denselben Teppich?«

»Ja.«

»Ich an Ihrer Stelle würde den Teppich auswechseln.«

»Es passiert bestimmt nicht wieder.«

Sie warteten zehn Minuten in der Küche, während Mrs. Duncan nach oben ging, um zu duschen und sich umzuziehen. Sie hörten, wie Wasser lief und wieder abgedreht wurde, dann rief sie die Treppe hinunter, mit ihr sei alles Ordnung und sie gehe jetzt ins Bett. Also verließen sie das Haus. Der Doktor stolperte zu seinem Wagen und ließ sich mit seiner Arzttasche zwischen den Beinen auf den Beifahrersitz fallen. Reacher startete den Motor und fuhr die Einfahrt rückwärts bis zur Straße entlang. Dort schlug er das Steuer scharf ein, stellte den Wählhebel auf D, gab Gas und fuhr den Weg zurück, den sie gekommen waren.

»Gott sei Dank«, sagte der Doktor.

»Dass ihr nicht mehr gefehlt hat?«

»Nein, dass Seth Duncan nicht da war.«

»Ich habe sein Foto gesehen. Mich hat er nicht sehr beeindruckt. Ich wette, sein Hund ist ein Pudel.«

»Sie haben keinen Hund.«

»Das ist nur eine Redewendung. Ich könnt's verstehen, dass ein Landarzt Schiss davor hat, in einen Ehekrach zu geraten, bei dem der Kerl Dosenbier trinkt, ein ärmelloses T-Shirt trägt und auf seinem Hof voller Schrott und Autowracks ein paar Pitbulls hält. Aber das alles tut Seth Duncan offenbar nicht.«

Der Doktor schwieg.

Reacher sagte: »Aber Sie haben trotzdem Angst vor ihm. Also

kommt seine Macht woandersher. Vielleicht finanziell oder politisch. Er hat ein hübsches Haus.«

Der Doktor schwieg.

Reacher fragte: »Ist er's gewesen?«

»Ja.«

»Wissen Sie das bestimmt?«

»Ja.«

»Und er hat's schon früher gemacht?«

»Ja.«

»Wie oft?«

»Verdammt oft. Manchmal sind's die Rippen.«

»Hat sie die Cops alarmiert?«

»Wir haben keine Cops. Wir verlassen uns aufs County. Die sind gewöhnlich sechzig Meilen weit weg.«

»Sie könnte anrufen.«

»Sie erstattet niemals Anzeige. Das tun sie nie. Bleiben sie beim ersten Mal untätig, tun sie's nie mehr.«

»Wohin fährt ein Kerl wie Duncan, um mit seinen Freunden zu Abend zu essen?«

Der Arzt gab keine Antwort, und Reacher fragte nicht noch mal.

Der Doktor sagte: »Fahren wir zu der Lounge zurück?«

»Nein, ich bringe Sie nach Hause.«

»Danke. Das ist nett von Ihnen. Aber der Rückweg ins Motel ist ganz schön lang.«

»Ihr Problem, nicht meines«, sagte Reacher. »Ich behalte den Wagen. Sie können morgen früh zu Fuß rüberkommen und ihn sich holen.«

Fünf Meilen südlich des Motels starrte der Doktor wieder zu den drei alten Häusern hinüber, die in einer kleinen Gruppe am Ende ihrer Einfahrt standen. Dann sah er wieder nach vorn und dirigierte Reacher links, rechts und wieder links entlang abgeernteter Felder zu einem neuen Ranchhaus auf anderthalb Hektar ebenem Grund, der mit einem Plankenzaun umgeben war.

»Haben Sie Ihren Schlüssel?«, fragte Reacher.

»Der hängt am Schlüsselbund.«

»Haben Sie noch einen?«

»Meine Frau lässt mich rein.«

»Hoffentlich«, sagte Reacher. »Gute Nacht.«

Er beobachtete, wie der Doktor die ersten zehn Meter seiner Einfahrt entlangstolperte, dann wendete er und fuhr auf derselben verschlungenen Route zu der in Nord-Süd-Richtung verlaufenden Landstraße zurück. Im Zweifelsfall links abbiegen, das war sein Motto, deshalb fuhr er eine Meile weit nach Norden, bevor er anhielt, um in Ruhe nachzudenken. Wohin würde ein Kerl wie Seth Duncan fahren, um mit Freunden zu Abend zu essen?

5

Steakhaus, so lautete Reachers Schlussfolgerung. Ein ländliches Gebiet, mitten im Farmland, eine Bande wohlhabender Typen, die Good Old Boys spielten, die Ärmel aufkrempelten, ihre Krawatten lockerten, einen Krug einheimisches Bier bestellten, ihre Rumpsteaks englisch gebraten bestellten und über die Feiglinge an der Ost- und Westküste lachten, die sich Sorgen wegen Cholesterin machten. Countys in Nebraska waren vermutlich riesig und dünn besiedelt, sodass zwischen einzelnen Restaurants zwanzig oder dreißig Meilen liegen konnten. Aber die Nacht war finster, und Steakhäuser hatten immer Leuchtreklamen. Das gehörte zu ihrer Kultur. Entweder das Wort *Steakhouse* in Frakturschrift und von Neonleuchten umrahmt auf dem Dachfirst oder auf einer modernen Werbetafel, die von gleißend hellen Halogenscheinwerfern angestrahlt wurde.

Reacher schaltete die Scheinwerfer aus und stieg aus dem Subaru, packte eine Dachreling, kletterte auf die Motorhaube und kletterte von dort aufs Autodach. Weil er so groß war, befand seine Blickachse sich dreieinviertel Meter über dem in dieser Gegend völlig flachen Erdboden. Er drehte sich langsam um die eigene Achse und starrte dabei in die Dunkelheit. Sah das geisterhaft blaue Leuchten des Motels weit im Norden und danach im Südwesten einen rosa Lichtschein, der schätzungsweise zehn Meilen entfernt war. Vielleicht nur eine Tankstelle, aber dies schienen die beiden einzigen Lichter zu sein. Also fuhr Reacher erst nach Süden, dann nach Westen. Unterwegs machte er noch zweimal halt, um seinen Kurs zu korrigieren. Das Leuchten wurde heller, je näher er ihm kam. Rotes Neonlicht, vom Nachtnebel leicht rosa gefärbt. Das konnte alles Mögliche sein. Ein Spirituosengeschäft, ein weiteres Motel, Exxon.

Es war ein Steakhaus. Reacher erreichte ihn von der Rückseite aus, einen langen niedrigen Bau mit Kerzen in den Fenstern und einer Schindelfassade wie alte Scheunen und einem leicht eingesunkenen Dachfirst, der an eine alte Mähre erinnerte. Es stand allein auf einem halben Hektar festgewalzten Boden. Auf dem Dachfirst verkündete eine komplizierte Konstruktion aus Glasröhren und Metallständern das Wort *Steakhouse* in roter Frakturleuchtschrift. Umringt war das Gebäude von Autos, die alle vorwärts eingeparkt standen – wie saugende Ferkel oder Jets an einem Terminal. Es handelte sich um Limousinen, Pick-ups und Geländewagen, manche neu, manche alt, die meisten aus amerikanischer Produktion.

Reacher stellte den Subaru des Doktors etwas abseits in der Nähe der Ausfahrt ab. Er stieg aus, blieb einen Augenblick in der Kälte stehen, rollte mit den Schultern und versuchte, seinen Oberkörper zu entkrampfen. Er hatte noch nie Aspirin genommen und wollte auch jetzt nicht damit anfangen. Nach Verletzungen war er mehrmals im Krankenhaus gelandet und an einen Morphiumtropf angeschlossen aufgewacht, woran er sich gut erinnern konnte. Aber außerhalb einer Intensivstation wollte er sich auf Zeit und Willenskraft verlassen. Keine andere Option.

Er ging zum Eingang des Steakhauses. Drinnen gab es einen kleinen quadratischen Vorraum mit einer weiteren zweiflügligen Tür. Gleich dahinter stand das nicht besetzte Pult eines Maître d'hôtel mit einer Leselampe und einem Reservierungsbuch. Rechts lag ein kleiner Gastraum, in dem fünf oder sechs Paare ihre Mahlzeit beendeten. Links befand sich das Gegenstück dazu. Geradeaus führte ein kurzer Flur in einen größeren Raum. Niedrige Decke, holzgetäfelte Wände, Messinglampen. Ein warmer, gemütlicher Ort.

Reacher ging an dem Reservierungstisch vorbei und warf einen Blick in den größeren Raum. Gleich hinter dem bogenförmigen Durchgang stand ein Zweiertisch, an dem ein Mann in einer Jacke der Cornhuskers aß: das Footballteam der University of Nebraska. In der Mitte des Raums saßen sieben Männer in Sakko und Krawatte an einem Tisch für acht Personen, drei und drei gegenüber, dazu der Kerl von dem Hochzeitsfoto an der Stirnseite. Er wirkte etwas älter als auf dem Foto, knochiger, noch selbstgefälliger, aber derselbe Typ. Ganz ohne Frage. Er war unverkennbar. Auf dem Tisch standen die Reste einer üppigen Mahlzeit. Teller, Gläser, Messer mit Wellenschliff und abgenutzten Holzgriffen.

Als Reacher den Raum betrat, stand der Kerl, der allein an dem Zweiertisch saß, auf und versperrte ihm den Weg. Er hob eine Hand wie ein Verkehrspolizist. Dann legte er diese auf Reachers Brust. Er war ein großer Mann. Fast so groß wie Reacher selbst, aber viel jünger, vielleicht etwas schwerer, mit gewisser primitiver Intelligenz im Blick. Kraft und Hirn. Eine gefährliche Kombination. Reacher bevorzugte die gute alte Zeit, in der Muskelmänner dumm gewesen waren. Daran war das heutige Bildungssystem schuld. Dass man Sportler dazu zwang, Vorlesungen zu besuchen, hatte seinen genetischen Preis.

Von dem großen Tisch sah niemand zu ihnen herüber.

Reacher fragte: »Wie heißen Sie, Dicker?«

Der Kerl fragte: »Wie ich heiße?«

»Das ist keine schwierige Frage.«

»Brett.«

Reacher sagte: »Die Sache sieht folgendermaßen aus, Brett. Sie nehmen Ihre Hand von meiner Brust, oder ich breche Ihnen das Handgelenk.«

Der Kerl ließ seine Hand sinken. Aber er machte den Weg nicht frei.

»Was?«, fragte Reacher.

Der Kerl sagte: »Wollen Sie Mr. Duncan sprechen?«

»Was geht Sie das an?«

»Ich arbeite für Mr. Duncan.«

»Tatsächlich?«, meinte Reacher. »Was machen Sie für ihn?«

»Ich vereinbare seine Termine.«

»Und?«

»Sie haben keinen.«

»Wann kann ich einen bekommen?«

»Wie gefällt Ihnen ›niemals‹?«

»Nicht sehr gut, Brett.«

»Sir, Sie müssen jetzt gehen.«

»Sind Sie vom Sicherheitsdienst? Ein Bodyguard? Wer, zum Teufel, ist er?«

»Er ist ein Privatmann. Ich bin einer seiner Assistenten, das ist alles. Und jetzt müssen Sie zu Ihrem Wagen zurückgehen.«

»Sie wollen mich auf den Parkplatz hinausbegleiten?«

»Sir, ich mache nur meine Arbeit.«

Die sieben Männer an dem Tisch saßen alle auf ihre Ellbogen gestützt und nach vorn gebeugt, verschwörerisch. Sechs von ihnen hörten sich eine Story an, die Duncan erzählte, lachten auf Stichwörter hin, amüsierten sich prächtig. Hinter Reacher waren Küchengeräusche, das helle Klappern von Besteck auf Porzellan und das dumpfe Geräusch von Gläsern zu hören, die auf Holztische gestellt wurden.

Reacher fragte: »Wollen Sie das wirklich?«

Der junge Mann antwortete: »Damit täten Sie mir einen Gefallen.«

Reacher zuckte mit den Schultern.

»Okay«, sagte er. »Gehen wir also.« Er machte kehrt und marschierte an dem Reservierungspult vorbei und hinaus in die kalte Nachtluft. Der große Kerl blieb die ganze Zeit dicht hinter ihm. Reacher zwängte sich zwischen zwei Pick-ups hindurch und ging quer über den Parkplatz zu dem Subaru. Der Mann folgte ihm noch immer. Reacher blieb drei Meter vor dem Wagen stehen und machte kehrt. Auch der Typ machte halt, sodass sie sich jetzt gegenüberstanden. Er wartete lässig dastehend, entspannt, geduldig, kompetent.

Reacher sagte: »Darf ich Ihnen einen Rat geben?«

»In Bezug auf was?«

»Sie sind clever, aber Sie sind kein Genie. Sie haben gerade eine gute taktische Situation gegen eine weit schlechtere eingetauscht. Drinnen hat es beengten Raum, Zeugen, Telefone und mögliche Interventionen gegeben, aber hier draußen existiert nichts dergleichen. Sie haben freiwillig einen großen Vorteil aus der Hand gegeben. Hier draußen könnte ich Sie in aller Ruhe fertigmachen, ohne dass Ihnen jemand zu Hilfe kommen könnte.

»Heute Abend braucht niemand fertiggemacht zu werden.«

»Richtig. Aber ich muss Mr. Duncan trotzdem etwas klarmachen.«

»Was denn?«

»Er schlägt seine Frau. Ich muss ihm erklären, warum das nicht gut ist.«

»Sie täuschen sich bestimmt.«

»Ich habe den Beweis dafür gesehen. Jetzt muss ich Duncan sprechen.«

»Sir, seien Sie vernünftig. Sie können hier niemanden sprechen. Nur einer von uns beiden geht heute Abend ins Lokal zurück – und das sind nicht Sie.«

»Macht es Ihnen Spaß, für so einen Kerl zu arbeiten?«

»Ich habe keine Klagen.«

»Vielleicht haben Sie später welche. Irgendjemand hat mir erzählt, dass die nächste Notaufnahme sechzig Meilen entfernt ist. Sie könnten eine Stunde lang hier draußen liegen.«

»Sir, Sie sollten sich in Ihren Wagen setzen und sofort losfahren.«

Reacher vergrub die Hände in den Parkataschen, um seine Arme ruhigzustellen, damit sie nicht weiter Schaden nahmen. Er sagte: »Letzte Chance, Brett. Noch können Sie einfach weggehen. Sie brauchen nicht für einen Scheißkerl den Kopf hinzuhalten.«

»Ich habe meine Pflicht zu tun.«

Reacher nickte, dann sagte er ganz leise: »Hören Sie mal zu, Kid«, und der große Mann beugte sich leicht nach vorn, um den nächsten Teil des Satzes zu hören – und Reacher trat ihm mit aller Gewalt in den Schritt, mit dem rechten Fuß, ein schwerer Stiefel am Ende eines hochgerissenen Beins. Dann trat er zurück, während der Mann nach vorn zusammenklappte, würgte und kotzte, keuchte und schnaubte. Dann trat Reacher erneut zu, ein massiver Tritt an die linke Kopfseite wie ein Fußballspieler, der einen Querpass volley nimmt und ins Tor hämmert. Der Kerl kreiselte auf seinen Fersen und ging zu Boden, als versuchte er, sich ins Erdreich zu schrauben.

Reacher behielt die Hände in den Taschen und machte sich wieder auf den Weg zum Steakhaus.

6

Die Party im Hinterzimmer war noch in vollem Gang. Keine auf den Tisch gestützten Ellbogen mehr. Alle sieben Männer lehnten sich jetzt großspurig zurück, amüsierten sich und taten so, als gehörte das Lokal ihnen. Vom Bier und der Wärme hatten alle leicht gerötete Gesichter, während sechs von ihnen nur halb zuhörten, wie der siebte Mann mit irgendetwas prahlte, weil sie sich schon darauf vorbereiteten, ihn mit der nächsten Anekdote zu übertreffen. Reacher kam hereingeschlendert, trat hinter Duncans Stuhl und nahm die Hände aus den Taschen. Er legte sie Duncan auf die Schultern. In dem Raum herrschte schlagartig Schweigen. Reacher stützte sich auf die Hände und zog sie leicht zurück, bis Duncans Stuhl unsicher auf zwei Beinen balancierte. Dann ließ er los, und der Stuhl krachte wieder nach vorn. Duncan schnellte hoch, richtete sich auf und fuhr mit halb ängstlicher, halb wütender Miene herum, während er zugleich versuchte, vor seinen Freunden cool zu wirken. Dann schaute er sich um und konnte seinen Kerl nirgends finden, woraufhin ein Teil der Coolness und der Wut verschwand, während die Angst ganz erhalten blieb.

Reacher fragte: »Seth Duncan?«

Der hagere Mann gab keine Antwort.

Reacher sagte: »Ich habe eine Nachricht für Sie, Kumpel.«

Duncan fragte: »Von wem?«

»Von der Nationalen Vereinigung von Eheberatern.«

»Gibt's die überhaupt?«

»Vermutlich.«

»Wie lautet die Nachricht?«

»Sie ist mehr eine Frage.«

»Okay, wie lautet die Frage?«

»Die Frage ist, wie gefällt *Ihnen* das?« Reacher schlug zu, eine Gerade mitten auf die Nase, ein brutaler Schlag, bei dem seine Faust auf Knorpel und Knochen traf, sie zerquetschte und flach drückte. Duncan kippte nach hinten und landete auf dem Tisch. Er prallte schwer auf und zuckte mehrmals, sodass Teller und Gläser zerbrachen und Besteck klirrend zu Boden fiel.

Duncan versuchte nicht einmal aufzustehen.

Reacher machte kehrt und ging erneut an dem Reservierungspult vorbei auf den Parkplatz hinaus.

Der Schlüssel, den der rothaarige Mann ihm gegeben hatte, trug eine große Nummer sechs, also parkte Reacher neben dem sechsten Bungalow, ging hinein und fand sich in einer Miniaturversion der Lounge wieder: in einem kreisrunden Raum mit nur einem quadratischen Bereich für Bad und Toilette. Die Decke war eine indirekt beleuchtete Kuppel. Das Bett stand an der Wand – auf einer nach Maß gefertigten Plattform, die sich ihrer Krümmung anpasste. Neben dem Bett befand sich ein altmodisches Telefon. Es hatte noch eine Wählscheibe. Das Bad mit einem Duschkopf über der Wanne war klein, aber ausreichend, und die Toilette fast so groß wie das Bad.

Alles, was er brauchte, und nichts, was überflüssig gewesen wäre.

Reacher zog sich aus und ging unter die Dusche. Er stellte das Wasser so heiß, wie er es aushalten konnte, und richtete den Wasserstrahl auf Genick, Schultern, Arme und Rippen. Er hob erst den einen und dann den anderen Arm, dann beide gemeinsam. Sie bewegten sich, aber mit den ruckartigen Bewegungen einer neu konstruierten Maschine, die noch weiterentwickelt werden musste. Das Gute war, dass seine Faust überhaupt nicht wehtat.

Seth Duncans Arzt befand sich über zweihundert Meilen weit entfernt in Denver, Colorado. Ein erstklassiger Mediziner, keine Frage, aber aus praktischen Gründen nicht als Notarzt einsetzbar. Und die nächste Notaufnahme war eine Autostunde weit weg, doch kein vernünftiger Mensch würde zu dem hiesigen Quacksalber gehen. Also ließ Duncan sich von einem Freund zum Haus seines Onkels Jasper Duncan fahren. Weil sein Onkel Jasper ein Mann war, der zu ungewöhnlichen Zeiten ungewöhnliche Dinge erledigen konnte. Er wohnte fünf Meilen südlich der Motelkreuzung in dem nördlichsten der drei alten Häuser, die am Ende ihrer langen gemeinsamen Zufahrt standen. Sein Haus war ein Labyrinth voller Krempel, der aufgehoben wurde, weil er irgendwann vielleicht einmal nützlich sein konnte. Onkel Jasper selbst war über sechzig, stämmig wie eine Eiche, ein Mann mit vielerlei geheimnisvollen Fertigkeiten, ein Reservoir an Volksweisheit und Hinterwäldlerwissen.

Jasper setzte Seth Duncan auf einen Küchenstuhl und begutachtete die Verletzung. Dann ging er hinaus, wühlte in Schränken herum und kam mit einer Injektionsspritze und einem braunen Fläschchen mit einem Lokalanästhetikum zurück. Das Zeug war ein für Schweine bestimmtes tierärztliches Mittel, aber Säugetiere waren Säugetiere, und es wirkte einwandfrei. Sobald das Gesicht betäubt war, benutzte Jasper seinen kräftigen Daumen und Zeigefinger, um die Nase wieder in Form zu bringen; dann wühlte er in weiteren Schränken herum und kam mit einer alten Nasenschiene aus Aluminium zurück. Wieder eines dieser verrückten Dinge, die Jasper im Notfall aus dem Hut zaubern konnte. Er passte sie seinem Neffen an und befestigte sie mit Heftpflaster auf dessen Nase. Dann stopfte er zusammengerollte Gaze in die Nasenlöcher und benutzte warmes Wasser und einen Schwamm, um das Blut abzuwaschen.

Anschließend ging er ans Telefon und rief seine Nachbarn an.

Neben ihm wohnte sein Bruder Jonas Duncan und neben Jonas der dritte Bruder Jacob Duncan, der Seth' Vater war. Fünf Minuten später saßen alle vier Männer an Jaspers Küchentisch, und der Kriegsrat begann.

Jacob Duncan sagte: »Das Wichtigste zuerst, Sohn. Wer war der Kerl?«

Seth Duncan sagte: »Ich habe ihn noch nie gesehen.«

Jonas sagte: »Nein, das wirklich Wichtigste zuerst – wo, zum Teufel, war dein Boy, dieser Brett?«

»Der Kerl hat ihn auf dem Parkplatz zusammengeschlagen. Brett hat ihn rausbegleitet. Der Kerl hat ihm in die Eier und dann an den Kopf getreten. Hat ihn einfach liegen lassen.«

»Wie geht's ihm?«

»Er hat eine Gehirnerschütterung. Weiß nicht, welchen Tag wir haben. Wertloses Stück Dreck. Ich will, dass er ersetzt wird.«

»Wo er herkommt, gibt's solche Typen reichlich«, meinte Jonas.

Jasper fragte: »Wer war der Kerl also?«

»Ein großer Mann in einem braunbeigen Parka. Mit einer runden Strickmütze auf dem Kopf. Mehr hab ich nicht gesehen. An mehr kann ich mich nicht erinnern. Er ist einfach reingekommen und hat zugeschlagen.«

»Weshalb?«

»Keine Ahnung.«

»Hat er irgendwas gesagt?«

»Bloß irgendwelchen Scheiß. Aber Brett sagt, dass er den Subaru des Doktors gefahren hat.«

»Er weiß nicht, welchen Tag wir haben, aber er erinnert sich an das Auto des Kerls?«

»Gehirnerschütterungen sind unberechenbar, schätze ich.«

»Und du weißt bestimmt, dass der Angreifer nicht der Doktor war?«

»Ich sage euch, ich habe den Kerl noch nie gesehen. Den Arzt kenn ich. Und der verdammte Doktor würde mich niemals schlagen. Das würde er sich nicht trauen.«

Jacob Duncan sagte: »Was verschweigst du uns, Sohn?«

»Ich habe schlimme Kopfschmerzen.«

»Die hast du bestimmt. Aber du weißt genau, dass ich etwas anderes meine.«

»Ich will jetzt nicht reden.«

»Aber du weißt, dass du musst. Etwas wie diese Sache können wir nicht einfach so hinnehmen.«

Seth Duncan schaute nach links, schaute nach rechts. Dann sagte er: »Okay, ich hab heut Abend Streit mit Eleanor gehabt. Bevor ich weggefahren bin. Keine große Sache. Aber ich musste sie schlagen.«

»Wie fest?«

»Na ja, sie hatte dann Nasenbluten.«

»Wie schlimm?«

»Du weißt, dass sie zart ist.«

In der Küche herrschte einige Augenblicke lang Schweigen. Dann sagte Jonas Duncan: »Okay, versuchen wir, den Ablauf zu rekonstruieren. Deine Frau hat den Doktor angerufen.«

»Sie hat Anweisung, das nicht zu tun.«

»Aber vielleicht hat sie's trotzdem getan. Weil sie zart ist. Aber vielleicht war der Doktor nicht zu Hause. Vielleicht war er wie gewöhnlich in der Motellounge, hatte wie gewöhnlich eine halbe Flasche Jim Beam intus. Vielleicht hat Eleanor ihn dort erreicht.«

»Er hat Anweisung, sich von ihr fernzuhalten.«

»Aber vielleicht hat er auch nicht gehorcht. Ärzte kommen manchmal auf komische Ideen. Und vielleicht war er zu betrunken, um zu fahren. Das ist er meistens. Wegen des Bourbons. Also hat er vielleicht jemand anders gebeten, ihn zu fahren. Weil er sich Sorgen gemacht hat.«

»Wen anders?«

»Einen anderen Typen in der Lounge.«

»Das würde sich keiner trauen!«

»Keiner von hier, das stimmt. Aber ein Fremder könnt's getan haben. Schließlich ist das Apollo ein Motel. Dafür sind Motels da. Für Fremde auf der Durchreise.«

»Okay, und was dann?«

»Vielleicht hat dem Fremden nicht gefallen, was er in deinem Haus gesehen hat, und er hat sich auf die Suche nach dir gemacht.«

»Eleanor hat mich verpfiffen?«

»Das muss sie wohl. Woher hätte der Kerl sonst gewusst, wo du zu finden bist? Er kann sich hier nicht auskennen, wenn er ein Fremder ist.«

Jacob Duncan fragte: »Was genau hat er zu dir gesagt?«

»Irgendeinen Scheiß wegen Eheberatung.«

»Da haben wir's«, sagte Jonas Duncan nickend. »So ist die Sache abgelaufen. Wir haben's mit einem Moralapostel auf der Durchreise zu tun. Mit einem Gast aus dem Motel.«

Seth Duncan sagte: »Ich will, dass er zusammengeschlagen wird.«

Sein Vater sagte: »Das wird er, Sohn. Er wird zusammengeschlagen und fortgejagt. Wen haben wir dafür?«

Jasper sagte: »Nicht Brett, schätze ich.«

Jonas sagte: »Wo er herkommt, gibt's solche Kerle reichlich.«

Jacob Duncan sagte. »Schick zwei von ihnen los. Bevor sie hinfahren, sollen sie mich anrufen, um ihre Anweisungen entgegenzunehmen.«

7

Nachdem Reacher geduscht hatte, zog er sich wieder an, auch den Parka, weil das Zimmer kalt war, schaltete das Licht aus, setzte sich in den Stahlrohrsessel und wartete. Er rechnete nicht damit, dass

Seth Duncan die Cops rufen würde. Die Cops gehörten offenbar zum County, dessen Verwaltungssitz sechzig Meilen entfernt war. Keine hiesigen Verbindungen. Keine hiesigen Loyalitäten. Und um die Cops rufen zu können, brauchte man eine Story, und aus einer Story konnte unabsichtlich ein Geständnis werden, dass man seine Frau geschlagen hatte. Kein selbstgefälliger Kerl würde sich für diesen Weg entscheiden.

Aber ein selbstgefälliger Kerl, der gerade seinen Leibwächter verloren hatte, konnte Zugriff auf Ersatz haben, vielleicht auf zwei oder drei Typen. Und während Bodyguards im Allgemeinen nur reagierten, konnten diese zwei oder drei Ersatzleute vielleicht dazu gebracht werden, nur in dieser Nacht aktiv zu werden – vor allem wenn sie Bretts Freunde waren. Und Reacher wusste, dass es nicht schwierig sein würde, ihn aufzuspüren. Der Apollo Inn war vermutlich das einzige Motel im Umkreis von fünfhundert Quadratkilometern. Und wenn die Trinkgewohnheiten des Doktors hier allgemein bekannt waren, würde es einfach sein, den vermutlichen Ablauf zu rekonstruieren. Der Anruf, die Behandlung, die Intervention.

Deshalb zog Reacher sich wieder vollständig an, schnürte seine Stiefel, saß im Dunkeln und horchte auf das Knirschen von Reifen im Kies.

Über siebenhundert Kilometer nördlich von Reachers Position hörten die Vereinigten Staaten auf und Kanada begann. Die längste Landgrenze der Welt folgte dem 49. Breitengrad über Berge und Straßen, Flüsse und Bäche, durch Kleinstädte, Felder und Wälder, wobei ihr westlicher Teil schnurgerade verlief, fast dreitausend Kilometer weit vom Bundesstaat Washington bis nach Minnesota. Jeder Meter davon war im militärischen Sinn unverteidigt, größtenteils kaum markiert, aber vielerorts genauer überwacht, als die meisten Leute ahnten. Zwischen Washington State und Minnesota gab es vierundfünfzig offizielle Grenzübergänge, davon siebzehn Tag und Nacht, sechsunddreißig nur tagsüber besetzt und einer unbesetzt, aber mit Telefonen ausgestattet, die mit den nächsten Zollstellen verbunden waren. Überall sonst patrouillierte eine unbekannte Anzahl von Grenzpolizisten; an einsamen Stellen gab es Kameras, und auf weiten Strecken waren Bewegungsmelder im Erdreich vergraben. Die Behörden auf beiden Seiten der Linie hatten eine ziemlich genaue Vorstellung davon, was entlang der Grenze passierte.

Eine ziemlich gute, aber keine perfekte Vorstellung. Im Bundesstaat Montana, östlich der Rocky Mountains, unterhalb der Baumgrenze, fiel das Gelände auf einer Strecke von über hundertfünfzig Kilometern von schroffen Gipfeln zu sanften, überwiegend von dichten Nadelwäldern bewachsenen Ebenen ab, in denen es nur stille Seen, rauschende Bäche und vereinzelt sandige Wege gab. Einer dieser Wege schlängelte sich viele Meilen weit bis zu einer zur Feuerbekämpfung angelegten Makadamstraße, die nach Süden führte und in eine kurvenreiche Forststraße mündete, die nach vielen Meilen weit nördlich der unbedeutenden kleinen Gemeinde Hogg Parish unauffällig von links kommend auf eine zweitklassige Landstraße stieß.

Ein neutraler grauer Kastenwagen benutzte diese Abzweigung nach links. Er rollte langsam über den Schotter, schwankte wegen Spurrillen und wechselnder Fahrbahnneigung nach links und rechts, war mit ausgeschalteten Scheinwerfern nur mit Standlicht unterwegs. So drang er endlos lange tiefer und tiefer ins bitterkalte Dunkel ein, bis er schließlich auf die Makadamstraße abbog. Nun hatte er eine glattere Fahrbahn unter den Rädern, während auf beiden Seiten mit Raureif bedeckte Bäume vorbeizogen, die nur einen schmalen Himmelsstreifen sichtbar werden ließen – mit Myriaden von Sternen, ohne Mond, aber mit GPS-Satelliten in zwanzigtausend Kilometer Höhe, die den Lieferwagen bei perfekter Empfangsqualität führten, ihm die Grenzen zeigten, innerhalb derer er sich ohne Gefahr bewegen konnte.

Der Wagen kroch weiter, viele Meilen weit, bis die Forststraße in den sandigen Weg überging. Er kam nur noch mit Schrittgeschwindigkeit voran und blieb dabei in den Spuren zahlloser früherer Fahrten. Er folgte ihnen nach links und rechts durch viele scheinbar willkürliche Kurven und zwischen eng stehenden Bäumen hindurch, deren Äste die Wagenwände streiften. So fuhr er über eine Stunde lang und machte dann an einem vorher festgelegten Punkt genau zwei Meilen südlich der Grenze halt. Wo man die Bewegungsmelder vergraben hatte, wusste niemand genau, aber nach allgemeiner Auffassung waren sie beiderseits der Grenze in einem Abstand von höchstens einer Meile konzentriert. Wie ein Minenfeld. Die zusätzliche Meile diente als Sicherheitsabstand, und an dieser Stelle war das Unterholz auf einer kleinen Fläche gerodet worden, damit der Lieferwagen wenden konnte.

Das Fahrzeug stieß zurück, wendete und blieb auf dem sandigen Weg stehen: mit dem Kühlergrill nach Süden, jederzeit abfahrbereit. Das Standlicht erlosch, und der Motor wurde abgestellt.

Es wartete.

Reacher wartete in der Dunkelheit in seinem Stahlrohrsessel sitzend, vierzig Minuten, eine Stunde, während er sich vorstellte, wie die nächste Tagesetappe ablaufen würde. Nach Süden zur Interstate, dann nach Osten weiter. Auf der Interstate würde er gut vorankommen. Dort gab es Einfahrten und Rastplätze und regen Verkehr, teils beruflich, teils privat, und nicht wenige Fahrer, die sich langweilten und gern jemanden mitnahmen, um Gesellschaft zu haben. Das eigentliche Problem würde darin bestehen, überhaupt zur Interstate zu gelangen. Seit er hier an der Kreuzung abgesetzt worden war, hatte er keinerlei Verkehr wahrgenommen. Nachts war natürlich immer weniger los als am Tag, aber in Amerika kam es trotzdem selten vor, dass man sich so nahe an einer Straße befand, ohne irgendetwas zu hören. Tatsächlich hörte er überhaupt nichts, keinen Wind, keine Nachtgeräusche, obwohl er aufmerksam auf das Knirschen von Reifen im Kies horchte. Als ob er taub geworden wäre. Reacher hob unbeholfen eine Hand und schnalzte neben seinem Ohr mit den Fingern, nur um sicherzugehen. Nein, er war nicht taub. Er hielt sich nur mitten in der Nacht auf dem Land auf, das war alles. Er stand auf, benutzte die Toilette und ließ sich wieder in den Sessel fallen.

Dann hörte er etwas.

Kein vorbeifahrendes Auto, keinen Wind, keine Nachtgeräusche.

Keine Reifen auf Kies.

Schritte auf Kies.

8

Schritte auf Kies. Ein Paar. Leichte, zögernde Schritte, die näher kamen. Reacher beobachtete das Fenster und sah draußen eine Gestalt vorbeihasten. Klein, schlank, den Kopf im Mantelkragen vergraben.

Eine Frau.

Dann wurde an die Zimmertür geklopft: leicht, zaudernd und gedämpft. Eine kleine nervöse Hand in einem Handschuh. Vielleicht ein Köder. Nicht auszuschließen, dass der oder die Angreifer jemanden vorausschickten, der nicht bedrohlich wirkte, damit die Zielperson sich sicher fühlte und die Tür öffnete. Ebenfalls wahrscheinlich, dass jemand, dem diese Rolle zufiel, sie nervös und nur zögernd spielte.

Reacher durchquerte den Raum lautlos und verschwand im Bad. Er schob das Fenster hoch, nahm das Fliegengitter heraus und lehnte es an die Wanne. Dann zog er den Kopf ein, kletterte übers Fensterbrett ins Freie und stand nun im Kies. Er balancierte lautlos auf einem der silbern angestrichenen Balken weiter, die den Kiesweg begrenzten. So umrundete er den kleinen Bungalow entgegen dem Uhrzeigersinn und kam von hinten an die Frau heran.

Sie war allein.

Kein Auto auf der Straße, niemand auf dem Parkplatz, niemand neben der Tür an die Wand gedrückt, niemand unter dem Fenster hockend. Nur diese Frau, die allein vor seiner Tür stand. Sie schien zu frieren. Sie trug einen leichten Wollmantel mit Schal. Keine Mütze. Sie war schätzungsweise vierzig, klein, schwarzhaarig und besorgt. Jetzt hob sie die Hand und klopfte erneut.

Reacher sagte: »Hier bin ich.«

Sie holte erschrocken Luft, wandte sich abrupt um und legte eine Hand auf ihre Brust. Ihr Mund blieb offen und bildete ein kleines O. Er sagte: »Tut mir leid, wenn ich Sie erschreckt habe, aber ich habe keinen Besuch erwartet.«

Sie sagte: »Das hätten Sie aber tun sollen.«

»Na ja, vielleicht hab ich's getan. Aber ich habe nicht Sie erwartet.«

»Können wir reingehen?«

»Wer sind Sie?«

»Entschuldigung«, sagte sie. »Ich bin die Frau des Doktors.«

»Freut mich, Sie kennenzulernen«, sagte Reacher.

»Können wir reingehen?«

Reacher fand den Schlüssel in seiner Tasche und sperrte die Tür von außen auf. Die Frau des Doktors trat über die Schwelle. Er folgte ihr, schloss die Tür, durchquerte den Raum und machte die Badezimmertür zu, um die durchs offene Fenster hereinströmende Luft auszusperren. Als er sich umdrehte, stand die Besucherin mitten im Zimmer. Er deutete auf den Sessel und sagte: »Bitte!«

Sie setzte sich. Knöpfte ihren Mantel nicht auf. Sie war noch immer nervös. Hätte sie eine Handtasche gehabt, hätte sie sie auf den Knien umklammert. Sie sagte: »Ich bin die ganze Strecke zu Fuß gegangen.«

»Um den Wagen zu holen? Das hätten Sie Ihrem Mann überlassen sollen. Ich habe mit ihm vereinbart, dass er ihn morgen früh abholt.«

»Er ist zu betrunken, um fahren zu können.«

»Aber morgen früh bestimmt nicht mehr.«

»Morgen ist's zu spät. Sie müssen fort. Jetzt gleich. Sie sind hier nicht sicher.«

»Glauben Sie?«

»Mein Mann sagt, dass Sie nach Süden zur Interstate wollen. Ich fahre Sie hin.«

»Jetzt? Das sind bestimmt hundert Meilen.«

»Hundertzwanzig.«

»Mitten in der Nacht?«

»Sie sind hier nicht sicher. Mein Mann hat mir erzählt, was passiert ist. Sie haben sich mit den Duncans angelegt. Sie haben etwas *gesehen,* das Sie nicht hätten sehen sollen. Dafür werden sie ihn bestrafen, und wir fürchten, dass sie's auch auf Sie abgesehen haben.«

»Sie?«

»Die Duncans. Es sind vier.«

»Wie bestrafen?«

»Oh, irgendwie. Letztes Mal durfte er einen Monat lang nicht hierherkommen.«

»Hierher? In die Lounge?«

»Die ist sein Stammlokal.«

»Wie konnten sie ihm das verbieten?«

»Sie haben Mr. Vincent angewiesen, ihn nicht zu bedienen. Er ist der Besitzer.«

»Wieso würde der Motelbesitzer tun, was die Duncans ihm sagen?«

»Die Duncans haben ein Fuhrunternehmen. Sie transportieren alle Lieferungen, die Mr. Vincent braucht. Er hat einen Vertrag unterschrieben. Das musste er praktisch. So arbeiten die Duncans nämlich. Spielt Mr. Vincent also nicht mit, kommen ein paar Lieferungen verspätet an, während andere verloren gehen oder beschädigt werden. Das weiß er. Dann müsste er das Motel zumachen.«

Reacher fragte: »Was haben sie mit mir vor, glauben Sie?«

Die Frau des Doktors erwiderte: »Sie heuern Footballspieler frisch vom College an. Cornhuskers. Spieler, die gut genug waren, um ein Sportstipendium zu bekommen, aber nicht gut genug, um es in die NFL zu schaffen. Nur ehemalige Abwehrspieler. Große Kerle.«

Brett, dachte Reacher.

Die Frau fuhr fort: »Sie werden eins und eins zusammenzählen und sich ausrechnen, wo Sie sind. Ich meine, wo könnten Sie sonst sein? Sie werden Ihnen einen Besuch abstatten. Vielleicht sind sie schon unterwegs.«

»Von wo kommen sie?«

»Die Garage der Duncans ist zwanzig Meilen von hier entfernt. Die meisten ihrer Leute wohnen dort in der Nähe.«

»Wie viele Footballspieler haben sie?«

»Zehn.«

Reacher schwieg.

Die Frau sagte: »Mein Mann hat Sie sagen gehört, dass Sie nach Virginia wollen.«

»Das ist der Plan.«

»Wohnen Sie dort?«

»Dort genauso gut wie an anderen Orten.«

»Wir sollten endlich losfahren. Bevor Sie wirklich Ärger mit den Duncans kriegen.«

»Nur wenn sie alle neun auf einmal schicken«, sagte Reacher.

»Alle neun was?«

»Footballspieler.«

»Es sind zehn, habe ich gesagt.«

»Einem bin ich schon begegnet. Er ist im Augenblick indisponiert. Seit heute Abend fehlt ihnen einer.«

»Was?«

»Er ist zwischen Seth Duncan und mich geraten.«

»Was haben Sie mit Seth Duncan angestellt?«

»Ich habe ihm die Nase gebrochen.«

»Großer Gott! Warum?«

»Warum nicht«

»Jesus! Wo sind die Autoschlüssel?«

»Was passiert mit Mrs. Duncan?«

»Wir müssen los. Auf der Stelle.«

»Beantworten Sie erst meine Frage.«

»Auch Mrs. Duncan wird bestraft. Weil sie meinen Mann angerufen hat. Sie hatte Anweisung, das nicht zu tun. Genau wie er Anweisung hatte, sie nicht zu behandeln.«

»Er ist Arzt. Ihm bleibt keine andere Wahl. Er hat einen Eid abgelegt, stimmt's?«

»Wie heißen Sie?«

»Jack Reacher.«

»Wir müssen los, Mr. Reacher. Sofort!«

»Was passiert mit Mrs. Duncan?«

»Das braucht Sie nicht zu kümmern«, sagte die Frau. Was streng genommen ziemlich genau Reachers Einschätzung zum damaligen Zeitpunkt entsprach. Ihm ging es darum, nach Virginia zu kommen, und sie bot ihm an, ihn auf dem schwierigsten Teilstück zu transportieren – schnell und kostenlos. Die I-80 wartete zwei Stunden entfernt. Eine Einfahrt, die letzten Nachtfahrer, allmählich einsetzender Morgenverkehr. Irgendwo gab es vielleicht

Frühstück, eine Raststätte oder einen Autohof mit einem leicht schmuddeligen Coffeeshop. Rührei, Schinken, Kaffee.

»Was passiert mit ihr?«, fragte er noch mal.

Die Frau des Doktors antwortete: »Wahrscheinlich nicht viel.«

»Was heißt das?«

»Nun, vielleicht geben sie ihr ein Mittel, das die Blutgerinnung fördert. Einer der Onkel scheint über alle möglichen Medikamente zu verfügen. Oder sie sorgen vielleicht dafür, dass sie weniger Aspirin nimmt. Damit sie nächstes Mal nicht so stark blutet. Und sie bekommt vermutlich vier Wochen Hausarrest. Das ist alles. Nichts Weltbewegendes. Nichts, weswegen Sie sich Sorgen machen müssten. Schließlich sind die beiden schon zehn Jahre verheiratet. Sie ist keine Gefangene. Sie könnte fort, wenn sie wollte.«

»Nur ist sie diesmal indirekt daran schuld, dass ihr Mann eine gebrochene Nase hat. Vielleicht rächt er sich dafür an ihr, wenn er mich nicht mehr dafür bestrafen kann.«

Die Frau des Doktors sagte nichts. Aber ihr Schweigen schien Zustimmung zu bedeuten. In dem seltsamen runden Raum trat Stille ein. Dann hörte Reacher das Knirschen von Reifen auf Kies.

9

Reacher sah aus dem Fenster. Es waren insgesamt vier Reifen, große grobstollige M+S-Reifen an einem Pick-up. Der Ford war höhergelegt und hatte Zusatzscheinwerfer an einem Dachträger, einen übers Dach hinaufführenden senkrechten Luftansaugstutzen und eine Elektrowinde auf der Stoßstange vor dem Kühlergrill. Auf den Vordersitzen waren vage zwei Gestalten mit dicken Hälsen und gewaltig breiten Schultern zu erkennen. Der

Pick-up fuhr langsam die Bungalows entlang und hielt sechs bis sieben Meter hinter dem geparkten Subaru. Seine Scheinwerfer blieben eingeschaltet. Die Türen wurden aufgestoßen. Zwei Kerle stiegen aus.

Beide sahen wie Brett aus, nur waren sie noch größer. Ende zwanzig, mindestens einen Meter fünfundneunzig oder zwei Meter groß, bestimmt nicht weniger als hundertdreißig Kilo schwer, wegen gewaltiger Brustkörbe, Arme und Schultern schmal erscheinende Hüftpartien. Beide hatten Bürstenhaarschnitte, kleine Augen und fleischige Gesichter. Sie gehörten zu den Kerlen, die doppelte Portionen verspeisten und danach noch hungrig waren. Sie trugen rote Footballjacken der Cornhuskers, die im Licht der blauen Neonröhren unter den Dachvorsprüngen grau aussahen.

Die Frau des Doktors trat neben Reacher ans Fenster.

»Jesus!«, sagte sie.

Reacher schwieg.

Die beiden Kerle knallten die Türen des Pick-ups zu, gingen nebeneinanderher nach hinten zur Ladefläche und klappten den Deckel der Werkzeugkiste hinter dem Fahrerhaus hoch. Einer nahm einen Schlosserhammer mit Kugelkopf heraus, der andere einen mindestens vierzig Zentimeter langen doppelten Schraubenschlüssel. Sie ließen den Kistendeckel offen und gingen wieder nach vorn, sodass ihre Schatten im Scheinwerferlicht vor ihnen hertanzten. Für ihre Größe bewegten sie sich flink und leicht, wie Footballspieler es meistens tun. Sie blieben kurz stehen und blickten zu der Tür des Bungalows hinüber, bevor sie sich wieder abwandten.

Um zu dem Subaru zu gehen.

Sie fielen mit brutaler Gewalt über ihn her, führten einen absoluten Blitzkrieg, hämmerten zwei bis drei Minuten lang wie wild auf ihn ein. Der Lärm war ohrenbetäubend. Sie schlugen die Frontscheibe völlig ein, zertrümmerten die Seitenscheiben, die

Heckscheibe, die Scheinwerfer, die Rückleuchten. Sie schlugen große Dellen in die Motorhaube, die Türen, das Dach, den Kofferraumdeckel. Sie streckten die Arme durch die fehlenden Scheiben ins Wageninnere und demolierten die Instrumente, die Schalter und das Radio.

Scheiße, dachte Reacher. *Mit dem kann dich keiner mehr mitnehmen.*

»Die Strafe für meinen Mann«, flüsterte die Frau des Doktors. »Diesmal schlimmer.«

Die beiden Kerle hörten so plötzlich auf, wie sie angefangen hatten. Sie standen auf beiden Seiten des zertrümmerten Fahrzeugs und atmeten schwer, ließen ihre Werkzeuge schlaff hängen. Sechsecke aus Sicherheitsglas glitzerten im Neonlicht, und das Scheppern und Krachen von eingebeultem Karosserieblech verhallte zu tiefer Stille.

Reacher zog seinen Parka aus und ließ ihn aufs Bett fallen.

Die beiden Männer setzten sich in Bewegung und marschierten nebeneinander auf die Tür des Bungalows zu. Reacher öffnete sie und trat ins Freie, um es draußen mit ihnen aufzunehmen. Unabhängig davon, ob er gewann oder verlor, wäre bei einem Kampf die Einrichtung zu Bruch gegangen, und Mr. Vincent, der Motelbesitzer, hatte schon genug Probleme.

Die beiden Kerle blieben drei Meter von ihm entfernt stehen: symmetrisch, zwei Kubikmeter Knochen und Muskeln, zweihundertsiebzig Kilogramm Fleisch, mit geröteten Gesichtern in der kühlen Nachtluft schwitzend.

Reacher sagte: »Eine Quizfrage, Jungs. Ihr wart vier Jahre auf dem College und habt gelernt, ein Spiel zu spielen. Ich war dreizehn Jahre in der Army und habe gelernt, Menschen zu töten. Wie viel Angst habe ich also?«

Keine Antwort.

»Und ihr wart so schlecht, dass euch anschließend keine Profimannschaft haben wollte. Ich war so gut, dass ich alle möglichen Orden und Beförderungen bekommen habe. Wie viel Angst habt ihr also?«

»Nicht viel«, sagte der Kerl mit dem Schraubenschlüssel.

Falsche Antwort. Aber verständlich. Als Guard oder Tackle des Highschool-Teams gut genug zu sein, um ein Sportstipendium an der University of Nebraska in Lincoln zu bekommen, war keine schlechte Leistung. Und selbst ein Kerl, der im Memorial Stadium meist nur auf der Ersatzbank saß, war den Besten der Besten schon sehr nahe. Und es nicht in die National Football League zu schaffen, war keine Schande. In der Welt des Sports war die Trennlinie zwischen Erfolg und Misserfolg oft sehr schmal, und die Gründe dafür, dass man auf der einen oder anderen Seite landete, konnten sehr vielfältig sein. Diese Kerle hatten fast zwei Jahrzehnte lang einer Elite angehört; sie waren erst in ihrem Viertel, dann in ihrer Stadt, dann in ihrem County, vielleicht sogar in ihrem Staat die Größten gewesen. Sie waren beliebt gewesen, sie waren gefeiert worden, sie hatten die Mädchen bekommen. Und sie hatten vermutlich seit ihrem achten Lebensjahr bei keiner Schlägerei mehr den Kürzeren gezogen.

Nur hatten sie niemals wirklich kämpfen müssen. Nicht in dem Sinn, den Leute meinten, die dafür bezahlt wurden, dass sie kämpften oder starben. Eine Rangelei am Schultor oder auf dem Gehsteig vor dem McDonald's oder spätnachts nach einem Fest war so weit von einem richtigen Kampf entfernt wie zwei fette Kerle, die sich im Park einen Football zuwarfen, von der Superbowl. Diese beiden waren Amateure – selbstgefällige Amateure, was noch schlimmer war –, die sich darauf verließen, allein mit Masse und ihrem sportlichen Ruf durchzukommen. Im richtigen Leben wären sie tot gewesen, bevor sie auch nur einen Schlag hätten ausführen können.

Der Beweis dafür: ihre schlechte Waffenwahl. Am besten waren

Schusswaffen, am zweitbesten Stichwaffen, an dritter Stelle kamen Schneidwaffen. Stumpfe Werkzeuge standen auf dieser Liste weit unten. Sie bremsten Handbewegungen ab. Ihr unkontrollierbarer Schwung war nachteilig, wenn ein Schlag sein Ziel verfehlt hatte. Und richtig einzusetzen waren sie eigentlich nur mit Rückhandschlägen, um mit einer einzigen flüssigen Bewegung beschleunigen und zuschlagen zu können. Aber diese Kerle standen Schulter an Schulter und hielten ihre Waffen in den äußeren Händen, was bedeutete, dass sie mit Hammer oder Schraubenschlüssel erst würden ausholen müssen, bevor sie damit zuschlagen konnten. Der erste Teil dieser Bewegung würde ihre Absicht klar signalisieren. Eine deutliche Warnung. Keine Überraschung. Ebenso gut hätten sie eine Anzeige in die Zeitung setzen oder mit Western Union ein Telegramm schicken können.

Reacher lächelte. Er war auf Militärstützpunkten in aller Welt aufgewachsen, hatte sich mit dem Nachwuchs anderer Marines herumgeprügelt und seine Fertigkeiten auf staubigen Straßen von Südseeinseln und düsteren Gassen in Europa gegen einheimische Jugendbanden vervollkommnet. Im Vergleich dazu waren die friedlichen Kleinstädte in Texas, Arkansas oder Nebraska, aus denen diese Typen stammten, ein Federbett gewesen. Und während sie Spielzüge studiert und gelernt hatten, wie man rannte und sprang und fing, war Reacher von Experten ausgebildet worden, die einem so schnell das Genick brechen konnten, dass man erst merkte, was passiert war, wenn man mit dem Kopf nickte und ihn ganz allein die Straße davonrollen sah.

Der Kerl mit dem Schraubenschlüssel sagte: »Wir haben eine Nachricht für dich, Kumpel.«

Reacher sagte: »Wirklich?«

»Eigentlich ist's mehr eine Frage.«

»Mit schwierigen Wörtern? Braucht ihr mehr Zeit?« Reacher trat einen Schritt vor und etwas nach rechts. Nun stand er genau in der Mitte vor den beiden Kerlen, die jeweils zwei Meter entfernt waren, bei elf beziehungsweise zwei Uhr. Der Mann mit dem Schraubenschlüssel stand links, der mit dem Hammer rechts vor ihm.

Der Kerl mit dem Schraubenschlüssel bewegte sich als Erster. Er verlagerte sein Gewicht auf den rechten Fuß und begann mit dem schweren Werkzeug kurz und kompakt auszuholen, als plante er einen halbhoch angesetzten wuchtigen Schlag, der Reacher den linken Arm zwischen Schulter und Ellbogen brechen sollte. Der Kerl war kein völliger Idiot. Gar kein schlechter erster Versuch.

Aber er blieb unvollendet.

Reacher verlagerte das Gewicht nach links, und sein rechter Fuß bewegte sich eine Zehntelsekunde nach dem Schraubenschlüssel gleich schnell, vielleicht etwas schneller in dieselbe Richtung, und bevor das Werkzeug seine Richtung umkehrte und wieder nach vorn schwang, traf Reachers Stiefelabsatz mit voller Wucht das Knie des großen Kerls, zertrümmerte die Kniescheibe, trieb sie ins Gelenk hinein, sprengte es auseinander, ließ Sehnen und Bänder reißen, kehrte sein Inneres nach außen und ließ es auf völlig unnatürliche Weise abknicken. Der Typ ließ den Schraubenschlüssel fallen und begann zu Boden zu gehen, aber bevor er richtig angefangen hatte zusammenzusacken, bevor sein erster lauter Schmerzensschrei ertönte, war Reacher außen an ihm vorbei, rempelte ihn mit einem Schulterstoß beiseite, strich ihn aus seinem Gedächtnis und vergaß, dass er jemals existiert hatte. Der Kerl war jetzt im Prinzip ein unbewaffneter einbeiniger Mann, und Einbeinige hatten Reacher noch nie sehr große Sorgen bereitet.

Der Kerl mit dem Hammer musste sich blitzschnell entscheiden. Er konnte sich zu einem Vorhandschlag herumwerfen, aber dazu hätte er fast einen Halbkreis beschreiben müssen, weil Reacher jetzt hinter ihm war, und wäre dabei von seinem verkrüppelten Kumpel behindert worden, der hilflos darauf zu warten schien, dass der andere mit ihm zusammenprallte. Oder der Kerl schlug auf Verdacht hinter sich: ein unkontrollierter Schlag ins Leere, bei dem er auf eine Überraschung, einen Glückstreffer hoffte.

Er entschied sich für einen Schlag auf gut Glück.

Mit dem Reacher halb rechnete und den er sehr befürwortete. Er beobachtete, wie der Arm sich bewegte, das Handgelenk nach hinten schnellte und der Ellbogen leicht nach außen gedreht wurde, stand breitbeinig da und schlug mit dem Handballen gegen das Ellbogengelenk des Kerls – eine gewaltige Kraft, die in eine Richtung wirksam war, während die Masse des Hammers in die Gegenrichtung zog. Das Ellbogengelenk brach, die Hand konnte den Hammer nicht mehr halten; der Kerl krümmte sich leicht zusammen, tanzte herum und versuchte instinktiv, eine Haltung einzunehmen, in der sein Ellbogen richtig herum abgeknickt war. Dabei beschrieb er einen engen Linkskreis, der ihn schwanken ließ, als er sich, völlig aus dem Gleichgewicht, Reacher gegenübersah, der nicht länger zögerte, als der Hammer gebraucht hatte, um zu Boden zu fallen, und ihn mit einem gewaltigen Kopfstoß mitten im Gesicht traf – einem brutalen Vorwärtsschnellen, das Knochen knacken ließ, bevor Reacher zu dem demolierten Subaru zurücktänzelte und sich herumwarf, um die folgenden zweieinhalb Sekunden zu planen.

Der Kerl, der den Schraubenschlüssel gehabt hatte, wälzte sich am Boden – nach Reachers Ansicht weniger von den Schmerzen betäubt, die erst kommen würden, sondern von der schrecklichen Erkenntnis, dass sein bisheriges Leben vorüber war. Damit hatten die Befürchtungen, die er als Sportler manchmal nach einem schlimmen Zusammenprall gehabt haben mochte, sich endlich bewahrheitet, und in Zukunft würde es für ihn nur noch Krücken und Schienen, Gehbehinderung, Schmerzen, Frustration und

Arbeitslosigkeit geben. Der Kerl, der den Hammer geschwungen hatte, war noch auf den Beinen; er schwankte blinzelnd hin und her, während ihm Blut aus der Nase schoss; sein Arm hing gefühllos und schlaff herab, sein Blick wirkte glasig, und er dachte bestimmt nicht mehr besonders klar.

Genug ist genug, könnte jemand sagen, der in der zivilisierten Welt, der Welt des Films und des Fernsehens, des Fairplays und der kultivierten Zurückhaltung lebt. Aber dort lebte Reacher nicht. Er lebte in einer Welt, in der man keinen Streit suchte, aber jeden Kampf, der einem aufgezwungen wurde, zu Ende brachte – siegreich beendete –, und war der Erbe einer über Generationen hinweg durch bittere Erfahrung erworbenen Erkenntnis, dass man einen Kampf am schnellsten verlieren konnte, wenn man ihn für vorzeitig beendet hielt. Also trat er nochmals auf den Kerl zu, der den Hammer geschwungen hatte, und setzte seine Hände und Arme aufs Spiel, indem er das Sonnengeflecht des Typs unter dem weniger muskulösen Dreieck zwischen seinen Brustmuskeln und dem Sechserpack der Bauchmuskeln mit einem rechten Haken traf: ein gewaltiger Schlag, perfekt gezielt und angebracht, der wie ein Ausschalter wirkte und den Kerl in alle möglichen Schwierigkeiten brachte, sodass er langsam nach vorn sackte. Reacher wartete, bis er so weit zusammengesunken war, dass er den abschließenden Tritt gegen den Kopf ausführen konnte, der zwar nachdrücklich, aber doch mit gewisser Rücksicht kam, weil eingeschlagene Zähne und ein Kieferbruch besser als ein Hirnschaden waren.

Dann wandte er sich wieder dem anderen Kerl zu, wartete, bis er sich nach rechts wälzte, und schickte ihn mit einem Tritt an die Stirn ins Reich der Träume. Er hob den Schraubenschlüssel auf, brach dem Kerl damit das eine Handgelenk, *eins*, und das andere, *zwei*, und machte dann das Gleiche mit dem Typen, der den Hammer geschwungen hatte, *drei*, *vier*. Diese Männer waren irgendjemandes Waffen, die er ganz bewusst eingesetzt hatte. Und kein Soldat ließ vom Feind preisgegebene Waffen einsatzbereit auf dem Gefechtsfeld zurück.

Auf dem Gesicht der Frau des Doktors, die von der Tür aus zugesehen hatte, zeichnete sich Entsetzen ab.

»Was?«, fragte Reacher.

10

Der Motor des Ford Pick-ups lief geduldig im Leerlauf weiter. Auch die Scheinwerfer leuchteten wie zuvor. Die beiden Männer lagen schlaff und bewegungslos im Halbdunkel außerhalb des Scheinwerferlichts, zwei Kubikmeter Knochen und Muskeln, zweihundertsiebzig Kilogramm Fleisch, jetzt waagrecht, nicht mehr senkrecht. Ihr Abtransport würde schwierig werden. Die Frau des Doktors sagte: »Verdammt, was machen wir jetzt?«

Reacher fragte: »Wie meinen Sie das?«

»Ich wollte, Sie hätten das nicht getan.«

»Warum?«

»Weil es zu nichts Gutem führen kann.«

»Wieso nicht? Was, zum Teufel, geht hier vor? Wer sind diese Leute?«

»Das habe ich Ihnen schon gesagt. Footballspieler.«

»Nicht die«, sagte Reacher. »Die Duncans. Die Leute, die sie hergeschickt haben.«

»Haben sie mich gesehen?«

»Diese beiden? Wohl eher nicht.«

»Das ist gut. Ich möchte wirklich nicht in diese Sache hineingezogen werden.«

»Warum nicht? Was geht hier vor?«

»Das braucht Sie nicht zu kümmern.«

»Erzählen Sie das denen.«

»Sie haben so wütend gewirkt.«

»Ich?«, sagte Reacher. »Ich war nicht wütend. Die beiden haben mich kaum interessiert. Wäre ich wütend gewesen, hätten wir anschließend mit einem Feuerwehrschlauch sauber machen müssen. Wie's jetzt aussieht, brauchen wir einen Gabelstapler.«

»Was haben Sie mit ihnen vor?«

»Erzählen Sie mir von den Duncans.«

»Die sind eine Familie. Das ist alles. Seth und sein Vater und zwei Onkel. Früher waren sie Farmer, jetzt haben sie ein Fuhrunternehmen.«

»Wer von ihnen heuert die Footballspieler an?«

»Keine Ahnung, wer die Entscheidungen trifft. Vielleicht entscheidet die Mehrheit, oder es müssen immer alle zustimmen.«

»Wo wohnen sie?«

»Sie wissen, wo Seth wohnt.«

»Was ist mit den drei anderen? Mit den alten Männern?«

»Nicht weit südlich von hier. In drei einzelnen Häusern. Jeder in seinem eigenen.«

»Die habe ich gesehen. Ihr Mann hat sie im Vorbeifahren angestarrt.«

»Haben sie seine Hände beobachtet?«

»Nein, warum?«

»Bestimmt hat er auf Holz geklopft – aufs Holzimitat der Mittelkonsole.«

»Wieso? Wer um alles in der Welt sind diese Leute?«

»Sie bilden ein Wespennest, und Sie haben mit einem Stock darin herumgestochert, und jetzt müssen Sie von hier verschwinden.«

»Was hätte ich tun sollen? Mich von den beiden zusammenschlagen lassen?«

»Das tun wir alle. Wir akzeptieren unsere Strafe, lächeln und ziehen die Köpfe ein. Wir machen mit, um weiter durchzukommen.«

»Was soll das heißen?«

Sie schwieg einen Moment. Dann schüttelte sie den Kopf.

»Das ist keine große Sache«, antwortete sie. »Nicht der Rede wert, sagen wir uns. Wirft man einen Frosch in heißes Wasser, springt er sofort wieder raus. Setzt man ihn in kaltes Wasser, das man allmählich erhitzt, lässt er sich totkochen, ohne etwas zu merken.«

»Und das sind Sie?«

»Ja«, sagte sie. »Das sind wir.«

»Erzählen Sie mir Einzelheiten.«

Sie machte erneut eine Pause. Dann schüttelte sie wieder den Kopf.

»Nein«, sagte sie. »Nein, nein, nein. Von mir hören Sie nichts Schlechtes über die Duncans. Das sage ich hiermit ausdrücklich. Ich stamme von hier und habe sie mein Leben lang gekannt. Sie sind eine angesehene Familie. Niemand kann ihnen irgendeinen Vorwurf machen. Absolut keinen.«

Die Frau des Doktors begutachtete noch mal den zertrümmerten Subaru, dann machte sie sich zu Fuß auf den Heimweg. Reacher bot ihr an, sie mit dem Pick-up nach Hause zu fahren, aber davon wollte sie nichts wissen. Er sah ihr nach, als sie das Gelände des Motels verließ, bis sie in der Dunkelheit verschwand. Dann wandte er sich wieder den beiden Kerlen zu, die im Kies vor seiner Tür lagen. Einen Bewusstlosen, der mindestens hundertdreißig Kilo wog, konnte er unmöglich auf die Ladefläche heben. Vielleicht hundertdreißig Kilogramm an einer Hantel, aber niemals einen hundertdreißig Kilo schweren Fleischberg von der Größe eines Kühlschranks.

Reacher öffnete die Fahrertür des Pick-ups und stieg ein. Drinnen schlug ihm künstlicher Tannenduft und der Geruch von heißem Öl entgegen. Er fand die Gangschaltung, fuhr einen engen Bogen, hielt an und stieß zurück, bis die Heckklappe sich parallel zu den beiden Männern befand. Er stieg wieder aus, ging nach vorn und inspizierte die auf der vorderen Stoßstange montierte Winde. Ein Elektromotor trieb die Trommel mit einem dünnen Stahlseil an. Das Seil endete mit einem massiven Haken. An der Winde gab es eine Klinke, mit der die Seiltrommel entriegelt wurde, und einen Wahlschalter für zwei Geschwindigkeiten.

Er entriegelte die Trommel und zog das Seil aus, drei Meter, sechs, zehn. Er warf es über die Motorhaube, übers Dach des Fahrerhauses, zwischen zwei Scheinwerfern am Dachträger hindurch, über die Ladefläche und zu der Stelle hinunter, wo die beiden bewusstlosen Männer hinter dem Pick-up lagen. Er öffnete die Heckklappe und befestigte den Haken hinten am Gürtel des ersten Kerls. Anschließend ging er wieder nach vorn und drückte den Knopf, der die Elektrowinde langsam arbeiten ließ.

Der Motor lief an, die Trommel begann sich zu drehen, und das Seil straffte sich. Dann spannte sich das Drahtseil, zitterte wie eine Bogensehne, ließ den Dachträger in der Mitte einknicken und grub eine Furche in die Vorderkante der Motorhaube. Der Elektromotor wurde etwas langsamer, aber er drehte sich beharrlich weiter. Die Federung des Pick-ups ächzte leise. Reacher lief nach hinten und sah, dass der erste Kerl an seinem Gürtel zur Ladefläche hochgehievt wurde: mit dem Rücken voraus, Arme und Beine nachschleifend. So kam er bis zur Heckklappe. Nun lief das Seil senkrecht nach oben und schrappte über den Rand der Ladefläche, sodass der Kerl mit schlaff herabhängenden Armen und Beinen in der Luft zu schweben begann. Reacher griff helfend ein, zerrte, schob und bugsierte ihn über die Kante und verfolgte, wie er auf die Ladefläche gezogen wurde. Er ging wieder nach vorn zu der Winde, wartete noch einen Augenblick und schaltete sie dann aus. Er kam zurück, beugte sich über die Ladefläche und löste den Haken, bevor er den ganzen Vorgang bei dem zweiten Mann wiederholte – wie ein Tierarzt, der zu zwei verendeten Kälbern gerufen worden ist.

Reacher fuhr fünf Meilen weit nach Süden und hielt kurz vor der Zufahrt, die nach Westen zu den drei eng beieinanderstehenden Häusern führte. Sie waren vor einer Generation weiß gestrichen worden und schafften es noch, im Mondschein grau zu leuchten. Drei solide Gebäude, die ohne allzu große Zwischenräume auf einem kurzen Kreisbogen standen. Das Grundstück war nie von einem Gärtner gestaltet worden. Hier gab es nur eine dünne Kiesschicht, vertrocknetes Unkraut und drei geparkte Geländewagen; umschlossen wurde das Ganze von einem massiven Plankenzaun, hinter dem die abgeernteten ebenen Felder sich weit ins Dunkel erstreckten.

Hinter einem Fenster im Erdgeschoss des rechten Hauses brannte Licht. Sonst keine Anzeichen für irgendwelche Aktivitäten.

Reacher fuhr etwa zehn Meter weiter und wendete dann, um auf der Zufahrt zurückzustoßen. Kies knirschte und spritzte unter den Reifen weg. Eine gefährlich laute Annäherung. Er riskierte fünfzig Meter, was ungefähr die halbe Strecke war. Dann hielt er, sprang aus dem Fahrerhaus und öffnete die Hecklappe. Er kletterte auf die Ladefläche, packte den ersten Kerl am Gürtel und am Kragen und zerrte ihn halb ziehend, halb rollend bis zum Rand. Dort setzte er eine Stiefelsohle auf die Hüfte des Mannes und beförderte ihn über die Kante der Ladefläche. Der Kerl plumpste eineinviertel Meter weit hinunter, sackte zur Seite und blieb auf dem Rücken liegen.

Annahme verweigert. Zurück an den Absender.

Reacher ging zurück, um den zweiten Kerl über Bord zu befördern. Er zog und zerrte, schleifte und wälzte ihn so von der Ladefläche, dass er genau auf seinem Kumpel landete. Dann schloss er die Heckklappe wieder, setzte mit einer Flanke über die Bordwand, hastete nach vorn und beeilte sich, hinters Lenkrad zu kommen und rasch das Weite zu suchen.

Die vier Duncans saßen noch an Jaspers Küchentisch. Dies war keine geplante Zusammenkunft, aber sie hatten meistens viel zu besprechen und nutzten die unerwartete Gelegenheit. Sorgen machte ihnen vor allem eine sich abzeichnende Verzögerung an der kanadischen Grenze. Jacob erklärte: »Unser Freund im Süden macht Druck.«

Jonas sagte: »Was wir nicht in der Hand haben, haben wir nicht in der Hand.«

»Versuch mal, ihm das zu erzählen.«

»Er kriegt seine Lieferung.«

»Wann?«

»Irgendwann.«

»Er hat im Voraus gezahlt.«

»Das tut er immer.«

»Einen Haufen Geld.«

»Das ist es immer.«

»Aber diesmal ist er wütend. Er will Action sehen. Und noch etwas. Am Telefon war er richtig komisch. Als er mich anrief, hatte ich den Eindruck, mitten in ein Gespräch reingeraten zu sein.«

»Wie das?«

»Er war hörbar frustriert. Und irgendwie auch sauer, als würden wir ihn nicht ernst nehmen. Als hätte er sich schon früher erfolglos gemeldet, ohne beachtet worden zu sein. Als hätten wir Warnungen ignoriert. Ich hatte das Gefühl, er sei auf Seite drei, während ich auf Seite eins war.«

»Er schnappt allmählich über.«

»Außer …«

»Außer was?«

»Außer einer von uns hätte schon mehrere Anrufe von ihm entgegengenommen.«

Jonas Duncan sagte: »Nun, ich jedenfalls nicht.«

»Ich auch nicht«, meinte Jasper Duncan.

»Weißt du das bestimmt?«

»Natürlich.«

»Weil es dafür wirklich keine andere Erklärung zu geben scheint. Und denkt daran, dass unser Freund jemand ist, mit dem wir uns auf keinen Fall anlegen wollen. Er ist ein ausgesprochen fieser Typ.«

Jacobs Brüder zuckten mit den Schultern. Zwei Männer in den Sechzigern, beide knorrig, stämmig, von Wind und Wetter gegerbt.

Jonas sagte: »Mich brauchst du nicht anzusehen.«

»Mich auch nicht«, wiederholte Jasper.

Nur Seth Duncan, Jacobs Sohn, hatte bisher nichts gesagt. Kein einziges Wort.

Sein Vater fragte ihn: »Was verschweigst du uns, Junge?«

Seth starrte die Tischplatte an. Dann hob er verlegen den Kopf mit dem durch die breite Aluminiumschiene entstellten Gesicht. Sein Vater und seine beiden Onkel starrten ihn forschend an, als er stockend erklärte: »Nicht ich habe Eleanor heute Abend fast die Nase gebrochen.«

11

Jasper Duncan holte eine schon angebrochene Flasche Knob Creek Whiskey aus dem Küchenschrank und streckte drei knorrige Finger und einen breiten Daumen in vier angeschlagene Gläser. Er stellte sie auf den Tisch, zog den Korken heraus und goss viermal reichlich ein. Dann schob er die Gläser über die zerschrammte Tischplatte, eine kleine Zeremonie, konzentriert und präzise. Er setzte sich wieder, und jeder der Männer nahm einen ersten Schluck; dann wurden die vier Gläser auf den Tisch zurückgestellt: viermal kurzes Knallen wie eine kleine Salve in der Stille der Nacht.

Jacob Duncan sagte: »Von Anfang an, Sohn.«

Seth Duncan sagte: »Ich kümmere mich darum.«

»Aber anscheinend nicht besonders gut.«

»Er ist mein Kunde.«

Jacob schüttelte den Kopf. »Gut, du hast damals als Erster Kontakt mit ihm gehabt, aber wir sind eine Familie. Wir machen alles gemeinsam; Alleingänge gibt's nicht. Und auch keine Geschäfte nebenbei.«

»Wir haben damals weniger verlangt, als wir hätten bekommen müssen.«

»Diese alten Geschichten brauchen wir nicht wieder aufzuwärmen. Du hast jemanden gefunden, der für die gleiche Ware mehr geboten hat, und wir sind dir dafür dankbar. Aber mehr Geld bedeutet mehr Risiko. Für nichts kriegt man nichts. Einen kostenlosen Lunch gibt's nicht. Was ist also passiert?«

»Wir sind mit der Lieferung eine Woche in Verzug.«

»Das sind wir nicht. Wir nennen kein Lieferdatum.«

Seth Duncan schwieg.

Jacob sagte: »Was? Du hast ein Datum garantiert?«

Seth Duncan nickte.

Jacob sagte: »Das war dämlich, Sohn. Wir nennen niemals ein Datum. Du weißt, dass wir uns das nicht leisten können. Es gibt Hunderte von Faktoren, die sich nicht beeinflussen lassen. Zum Beispiel das Wetter.«

»Ich habe überall mit der ungünstigsten Möglichkeit gerechnet.«

»Du denkst zu viel. Es gibt immer etwas Schlimmeres als die ungünstigste Möglichkeit. Verlass dich darauf. Was ist also passiert?«

»Zwei Typen sind aufgekreuzt. Bei mir zu Hause. Vorgestern. Seine Leute. Üble Schlägertypen.«

»Wo war Brett?«

»Ich musste ihm sagen, dass ich sie erwarte.«

»Und, war's so?«

»Mehr oder weniger.«

»Wieso hast du uns das nicht erzählt?«

»Weil ich das allein erledige.«

»Offenbar nicht sehr gut, Sohn. Was haben sie getan?«

»Sie haben gesagt, sie hätten mir eine Nachricht von ihrem Boss zu überbringen. Mir seine Unzufriedenheit ausdrücken. Ich habe gesagt, dass ich das verstehe, und ihnen alles erklärt. Ich habe mich entschuldigt. Sie haben gesagt, das sei nicht genug. Sie haben gesagt, sie hätten den Auftrag, Spuren zu hinterlassen. Ich habe gesagt, das dürften sie nicht, weil ich unter die Leute gehen muss. Weil ich mich ums Geschäft kümmern muss. Also haben sie an meiner Stelle Eleanor geschlagen. Um ihren Forderungen Nachdruck zu verleihen.«

»Einfach so?«

»Sie haben mich zuvor gefragt. Ich musste zustimmen. Auch sie musste zustimmen. Sie haben mich gezwungen, sie festzuhalten. Sie haben sich dabei abgewechselt. Als sie weg waren, habe ich Eleanor gesagt, dass mir das leidtut. Sie hat gefragt: ›Wo ist der Unterschied? Sie oder später du?‹ Weil sie wusste, dass ich zornig war.«

»Und dann was?«

»Ich habe um eine Woche Fristverlängerung gebeten. Sie haben mir achtundvierzig Stunden bewilligt.«

»Also sind sie wiedergekommen? Heute Abend?«

»Ja. Sie haben alles noch mal gemacht.«

»Und wer war der Kerl in dem Steakhaus? Einer von ihnen?«

»Nein, keiner von ihnen. Ich hab euch doch gesagt, dass ich ihn noch nie gesehen habe.«

Jonas Duncan erklärte: »Er war auf der Durchreise. Genau wie wir vermutet haben. Nach dem, was er zu dem Jungen gesagt hat. Ein Kerl auf der Durchreise, der in unserem Fall alles gründlich missverstanden hat.«

Jacob sagte: »Na, wenigstens sind wir *den* jetzt los.«

Dann hörten sie von draußen Geräusche. Reifen auf Kies. Ein Fahrzeug in ihrer Einfahrt. Sein Getriebe heulte, als es langsam näher kam. Es schien auf etwa halber Strecke anzuhalten. Der Motor lief weiter. Nach kurzer Pause folgte ein dumpfer Aufprall, begleitet von stoßartigem Ausatmen; dann folgten eine weitere Pause und ein weiterer Aufprall. Anschließend fuhr der Wagen weg, diesmal schneller, mit Beschleunigung und Gangwechseln – und die Welt war wieder still.

Jonas Duncan war als Erster aus dem Haus. Aus fünfzig Metern Entfernung konnte er im Mondschein zwei merkwürdige Haufen sehen. Aus zwanzig Metern wusste er, um wen es sich handelte. Aus fünf Metern Entfernung wurde ihm klar, in welchem Zustand die beiden sich befanden. Er sagte: »Den sind wir nicht los. Noch längst nicht.«

Jacob Duncan sagte: »Wer, zum Teufel, *ist* dieser Kerl?«

Seth Duncan und sein Onkel Jasper schwiegen.

Reacher stellte den Pick-up neben dem zertrümmerten Subaru ab und traf Mr. Vincent, den Motelbesitzer, an seiner Tür wartend an. In dem bläulichen Neonlicht sah sein rot gefärbtes Haar schwarz aus.

»Wechseln Sie die Schlösser aus?«, fragte Reacher ihn.

Der Mann sagte: »Das muss ich hoffentlich nicht.«

»Aber?«

»Ich kann Sie nicht hierbleiben lassen.«

Reacher sagte: »Ich habe dreißig Dollar gezahlt.«

»Die bekommen Sie natürlich zurück.«

»Darum geht's hier nicht. Ein Deal ist ein Deal. Ich habe nichts beschädigt.«

Vincent schwieg.

Reacher sagte: »Sie wissen bereits, dass ich hier bin. Wo könnte ich sonst sein?«

»Davor war's in Ordnung.«

»Bevor was?«

»Bevor sie mich angewiesen haben, Sie nicht hierbleiben zu lassen. Unkenntnis des Gesetzes ist nicht strafbar. Aber jetzt darf ich mich nicht gegen sie auflehnen. Nicht nachdem sie mich informiert haben.«

»Wann sind Sie informiert worden?«

»Vor zwei Minuten. Telefonisch.«

»Tun Sie immer, was die von Ihnen verlangen?«

Vincent gab keine Antwort.

»Dumme Frage, nehme ich an«, sagte Reacher.

»Ich würde alles verlieren, wofür ich gearbeitet habe. Und meine Familie vor mir. In all diesen Jahren.«

»Seit dem Jahr 1969?«, fragte Reacher.

»Woher wissen Sie das?«

»Das war nur gut geraten. Die Mondlandung und alles. Das Apollo-Programm.«

»Erinnern Sie sich an 1969?«

»Vage.«

»Ich habe es geliebt. Damals hat es so viele neue Entwicklungen gegeben. Ich weiß nicht, wieso später alles in den Graben gegangen ist. Damals hatte man wirklich das Gefühl, den Beginn einer neuen Ära mitzuerleben.«

»Genau«, sagte Reacher. »Nur war's nicht die Ära, die Sie erwartet haben.«

»Diese Sache tut mir leid.«

»Wollen Sie mir jetzt anbieten, mich zur Interstate runterzufahren?«

»Das darf ich auch nicht. Wir haben alle Anweisung, Ihnen nicht im Geringsten zu helfen.«

»Wir?«

»Jeder von uns. Sie sorgen dafür, dass die Warnung vor Ihnen die Runde macht.«

»Nun, ich scheine einen Pick-up geerbt zu haben«, sagte Reacher. »Also kann ich selbst fahren.«

»Tun Sie's nicht«, meinte Vincent. »Sie melden ihn als gestohlen. Dann werden Sie von der County Police gestoppt. Sie kommen nicht mal halb hin.«

»Die Duncans kontrollieren auch die Cops?«

»Nein, das gerade nicht. Aber ein gestohlener Truck ist ein gestohlener Truck, oder?«

»Sie *wollen,* dass ich hierbleibe?«

»Jetzt schon. Sie haben einen Krieg angefangen. Die Duncans wollen ihn zu Ende bringen.«

12

Reacher stand in der Kälte zwischen dem Pick-up und seinem Motelbungalow und schaute sich um. Viel zu sehen gab es nicht. Die Helligkeit der blauen Neonröhren reichte nur bis zu dem demolierten Subaru, dann nahm sie rasch ab. Am Himmel standen der Mond und eine Milliarde kalter Sterne.

Reacher fragte: »Haben Sie noch Kaffee da?«

Vincent sagte: »Ich darf Sie nicht bedienen.«

»Ich verpfeife Sie nicht.«

»Vielleicht beobachten sie das Motel.«

»Sie fahren zwei Kerle sechzig Meilen weit ins Krankenhaus.«

»Nicht alle von ihnen.«

»Hier suchen sie mich zuletzt. Die Duncans haben Sie angewiesen, mich an die Luft zu setzen. Sie werden annehmen, dass Sie gehorcht haben.«

»Ich weiß nicht recht ...«

»Wie wär's mit einem Deal?«, fragte Reacher. »Ich verschwinde, damit Sie keine Scherereien bekommen. Die dreißig Dollar dürfen Sie behalten, weil dies nicht Ihre Schuld ist. Als Gegenleistung will ich einen Becher Kaffee und ein paar Antworten.«

Die Lounge war dunkel bis auf eine einzelne Arbeitsleuchte hinter der Bar. Keine sanften Rot- und Rosatöne mehr. Nur eine nackte Leuchtstoffröhre, die flackerte und einen laut summenden Kondensator hatte. Die Musik war verstummt, sodass nur dieses Summen und das Hintergrundrauschen der Heizung zu hören waren. Vincent füllte die Kaffeemaschine von Bunn mit Wasser und löffelte aus einer Büchse, die fast ein Eimer war, Kaffee in eine hutgroße Filtertüte. Dann schaltete er die Maschine ein. Reacher hörte, wie das Wasser blubberte und zischte, und verfolgte, wie die köstliche braune Flüssigkeit in die Glaskanne darunter rann.

Reacher sagte: »Fangen Sie ganz vorn an.«

Vincent sagte: »Der Anfang liegt lange zurück.«

»Das tut er immer.«

»Sie sind eine alte Familie.«

»Das sind sie immer.«

»Der Erste, den ich gekannt habe, war der alte Duncan. Er war ein Farmer aus einer alten Farmerfamilie. Die Duncans sind hier, seit damals staatliches Land an Neusiedler verschenkt wurde, glaube ich. Vielleicht seit den Jahren nach dem Bürgerkrieg. Sie haben Mais und Bohnen angebaut und ihren Grundbesitz stetig erweitert. Der Alte hat alles geerbt. Er hatte drei Söhne: Jacob, Jasper und Jonas. Dass die drei keine Lust aufs Farmerleben hatten, war ein offenes Geheimnis. Aber sie haben die Farm in Gang gehalten, bis der Alte gestorben war. Um ihm nicht das Herz zu brechen. Dann haben sie alles verkauft und ein Fuhrunternehmen gegründet. Viel weniger Arbeit. Sie haben ihren Besitz aufgeteilt und an die Nachbarn verkauft. Was nur vernünftig war. Eine Farm, die als groß galt, als noch mit Mulis und Pferden gepflügt wurde, war im Zeitalter von Traktoren längst nicht mehr so groß. Ackerland war damals teuer, aber die Jungs haben Nachlässe gewährt. Wer für den Abtransport seiner Ernte einen Vertrag mit der Firma Duncan Transportation unterschrieben hat, bekam einen Rabatt. Was sich wiederum für alle anständig lohnte. Jeder kriegte, was er wollte. Alle waren glücklich.«

»Bis?«

»Die Dinge haben sich ganz allmählich verschlimmert. Mit einem der Nachbarn hat's Streit gegeben. Der ist jetzt schon historisch. Liegt vermutlich ein Vierteljahrhundert zurück. Aber die Auseinandersetzung ist ziemlich erbittert geführt worden. Sie hat einen Sommer lang geschwelt, und dann haben sie diesem Mann seine Ernte nicht abtransportiert. Die Duncans haben sich einfach geweigert. Sie ist auf dem Feld verrottet. In diesem Jahr hat der Kerl nichts verdient.«

»Er konnte für den Transport seiner Ernte keinen anderen finden?«

»Inzwischen hatten die Duncans das County längst fest in der Hand. Für ein anderes Unternehmen wäre es nicht lukrativ gewesen, wegen ein paar Lastwagenladungen herzukommen.«

»Konnte der Mann die Ernte nicht selbst transportieren?«

»Alle hatten ihre Lastwagen verkauft. Aus ihrer Sicht waren sie wegen der Verträge nicht mehr nötig, und sie haben das Geld ohnehin für ihre Hypotheken gebraucht.«

»Der Mann hätte einen mieten können. Für ein paar Tage.«

»Er wäre nicht mal aus seiner Einfahrt rausgekommen. Im Kleingedruckten hat gestanden, Transporte jeglicher Art dürften nur mit Lastwagen der Duncans erfolgen. Widerstand war zwecklos, nicht vor Gericht – und erst recht nicht vor Ort, weil längst die Footballspieler auf der Bildfläche erschienen waren. Die erste Generation. Die müssen jetzt auch schon alte Männer sein.«

»Totale Kontrolle«, sagte Reacher.

Vincent nickte.

»Und so einfach«, sagte er. »Man kann das ganze Jahr lang schuften, aber man muss seine Ernte abtransportiert bekommen, sonst könnte man gleich die Hände in den Schoß legen und nichts anbauen. Farmer leben von Ernte zu Ernte. Sie können es sich nicht leisten, eine ganze Ernte zu verlieren. Die Duncans hatten das perfekte Druckmittel gefunden. Ob aus Zufall oder durch Planung, kann ich nicht beurteilen. Aber sobald ihnen klar wurde, was sie da in der Hand hatten, haben sie angefangen, es wirklich zu genießen.«

»Wie?«

»Nichts wirklich Schlimmes. Die Leute zahlen ein bisschen über dem Durchschnitt, und sie begegnen den Duncans mit Respekt. Das ist's eigentlich schon.«

»Sie auch, stimmt's?«

Vincent nickte erneut. »Vor zehn Jahren musste ich das Motel teilweise renovieren lassen. Die Duncans haben mir das Geld zinslos geliehen – aber ich musste mich verpflichten, meine Lieferungen nur von ihnen transportieren zu lassen.«

»Und Sie zahlen noch heute.«

»Wir zahlen alle noch.«

»Warum halten die Leute still und lassen sich das gefallen?«

»Wollen Sie eine Revolution? Zu der wird's nicht kommen. Die

Leute müssen schließlich essen. Und die Duncans sind clever. Nichts ist für sich allein genommen wirklich ganz schlimm. Sie verstehen?«

»Wie ein Frosch in warmem Wasser«, sagte Reacher. »So hat es mir die Frau des Doktors beschrieben.«

»So beschreiben wir es alle.«

»Zuletzt werden Sie doch gekocht.«

»Da ist es noch lange hin.« Vincent wandte sich ab und goss Kaffee in einen Becher. Wieder einer mit dem NASA-Logo. Er schob ihn über die Theke und sagte: »Meine Mutter war mit Neil Armstrong verwandt. Mit dem ersten Menschen auf dem Mond. Ein Cousin fünfzehnten Grades oder so ähnlich.«

Reacher atmete den Dampf ein und kostete einen Schluck Kaffee. Er schmeckte ausgezeichnet, war frisch, heiß und stark. Vincent sagte: »Präsident Nixon hatte eine Rede parat, wissen Sie, für den Fall, dass sie dort oben gestrandet wären. Dass die Rückreise vom Mond nicht geklappt hätte. Können Sie sich das vorstellen? Dass man dort sitzt, zur Erde am Himmel über sich aufsieht und darauf wartet, dass einem die Luft ausgeht?«

Reacher fragte: »Gibt's denn keine Gesetze? Gegen Monopole oder Handelshemmnisse oder dergleichen?«

Vincent antwortete: »Wer zu einem Anwalt geht, kann gleich Insolvenz anmelden. Ein Rechtsstreit dauert wie lange? Zwei, drei Jahre? Zwei oder drei Jahre, in denen die Ernte liegen bleibt, sind Selbstmord. Und haben Sie schon mal auf einer Farm gearbeitet? Oder ein Motel geführt? Glauben Sie mir, abends hat man keine Lust mehr, juristische Fachbücher zu wälzen. Man will nur noch ins Bett.«

Reacher sagte: »Das Auto des Doktors zu demolieren, war keine Kleinigkeit.«

Vincent meinte: »Da stimme ich Ihnen zu. Das war schlimmer als gewöhnlich. Das beunruhigt uns alle ziemlich.«

»Alle?«

»Wir reden alle miteinander. Hier gibt es eine Telefonkette. Zur Information in Notfällen, wissen Sie. Wir geben Nachrichten weiter.«

»Und was sagen die Leute?«

»Nach allgemeiner Ansicht hatte der Doktor es vielleicht verdient. Er hat den Bogen überspannt.«

»Indem er eine Patientin behandelt hat?«

»Sie war nicht krank. Er hat sich eingemischt. Das hätte er nicht tun sollen«

»Ich glaube, ihr seid alle krank«, erklärte Reacher. »Ich denke, ihr seid eine Bande rückgratloser Feiglinge. Wie schwierig kann's denn sein, etwas zu unternehmen? Ein einzelner Mann hätte es schwer, das gebe ich zu. Aber wenn sich alle zusammentäten und ein anderes Fuhrunternehmen anrufen würden, würde es kommen. Warum auch nicht? Wenn die Duncans hier genug Umsatz machen, reicht er auch für einen Konkurrenten.«

»Die Duncans könnten klagen.«

»Sollen sie doch! Dann müssten *sie* drei Jahre lang Anwaltsrechnungen zahlen und hätten keine Einnahmen. Damit wären die Verhältnisse auf den Kopf gestellt.«

»Ich glaube nicht, dass ein Konkurrent die Transporte übernehmen würde. Sie teilen sich den Markt auf. Und keiner würde im Revier des anderen wildern.«

»Sie könnten's versuchen.«

Vincent gab keine Antwort.

»Wie auch immer«, sagte Reacher. »Mir ist's im Prinzip egal, wer auch nur einen Maiskolben abtransportiert bekommt oder wie oder ob oder wann. Oder eine Ladung Sojabohnen. Das könnt ihr selbst organisieren. Oder auch nicht. Wie ihr wollt. Ich bin auf dem Weg nach Virginia.«

»So einfach ist die Sache nicht«, entgegnete Vincent. »Nicht hier. Die Leute haben schon so lange Angst, dass sie nicht mehr wissen, wie's ist, keine Angst zu haben.«

Reacher schwieg.

Vincent fragte: »Was haben Sie jetzt vor?«

»Das hängt von den Duncans ab«, antwortete Reacher. »Mein Plan A sieht vor, dass ich per Anhalter weiterfahre. Aber wenn sie Krieg wollen, besteht mein Plan B daraus, ihn zu gewinnen. Ich lade weiter Footballspieler in ihrer Einfahrt ab, bis keiner mehr übrig ist. Dann gehe ich hin und statte ihnen einen Besuch ab.«

»Bleiben Sie beim Plan A. Sehen Sie zu, dass Sie wegkommen. Das wäre mein Rat.«

»Wenn ein paar Autos vorbeikommen, tu ich das vielleicht sogar.«

»Ich brauche etwas von Ihnen.«

»Was denn?«

»Ihren Zimmerschlüssel. Tut mir leid.«

Reacher angelte ihn aus der Tasche und legte ihn auf die Bar. Ein mit der Ziffer Sechs gekennzeichnetes großes Messingteil.

Vincent fragte: »Wo wollen Sie heute Nacht schlafen?«

»Besser, wenn Sie's nicht wissen«, sagte Reacher. »Die Duncans könnten Sie danach fragen. Und Sie würden es ihnen sagen, stimmt's?«

»Das müsste ich«, sagte Vincent.

Damit war das Gespräch beendet. Reacher trank seinen Kaffee aus, verließ die Lounge und ging zu dem Pick-up. Das Windenseil hatte den Dachträger mit den Scheinwerfern eingeknickt, sodass der Truck von vorn gesehen leicht zu schielen schien. Aber der Zündschlüssel ließ sich drehen, und der Motor sprang an. Reacher verließ den Motelparkplatz. Im Zweifelsfall links abbiegen, war sein Motto. Also fuhr er nach Süden, rollte ohne Licht langsam dahin, wartete darauf, dass seine Augen sich an die Dunkelheit gewöhnten, und hielt Ausschau nach einer Abzweigung von der Straße, auf der er sich befand.

13

Die Straße war ein schmales gerades Band mit schwarzen abgeernteten Feldern auf der rechten und schwarzen abgeernteten Feldern auf der linken Seite. Der Mondschein und das Sternenlicht waren hell genug, um Umrisse erkennen zu lassen – aber es gab keine Umrisse zu erkennen. Hier und dort stand ein einzelner Baum, aber ansonsten war das Land bis zum Horizont flach gepflügt. Dann, nach ungefähr drei Meilen, entdeckte Reacher weit im Westen zwei Gebäude, ein großes und ein kleines, beide abseits der Straße in einem Feld stehend. Sogar aus der Ferne und selbst in der Nacht war zu erkennen, dass beide Gebäude alt und aus Holz waren. Sie sahen nicht mehr ganz rechteckig aus, standen nicht mehr ganz aufrecht, als würde der Erdboden sie Zentimeter für Zentimeter, Ecke für Ecke in sich aufsaugen.

Reacher wurde langsamer und bog dann auf einen Weg ab, der eigentlich nur aus zwei parallel verlaufenden tiefen Traktorspuren bestand. Das Gras auf dem Mittelstreifen zwischen den Spuren war steif gefroren. Der Pick-up schlingerte, hüpfte und setzte mehrmals fast auf. Kleine Steine spritzten unter den Reifen weg. Die Fahrspur führte zuerst geradeaus, bog dann ab, bog nochmals ab und folgte so dem Schachbrettmuster der hiesigen Felder. Der Boden war steinhart gefroren. Die alten Gebäude kamen näher, wurden größer. Eines war eine Feldscheune, das andere ein etwas kleinerer Holzbau. Sie standen ungefähr hundert Meter voneinander entfernt. Oder auch hundertzwanzig. Gegen beide hatte der Wind Samen geweht, die angewachsen waren. Im Moment bestand die Vegetation nur aus ein paar dürren Stängeln, aber im Sommer würde es hier Wildblumen und eine Vielfalt bunter Ranken geben.

Reacher sah sich als Erstes die Scheune an. Sie stand allein, war nur von einer rissigen Asphaltfläche umgeben. Obwohl ihre Balken eisenhart zu sein schienen, verfaulten sie allmählich und ließen sie windschief zusammensacken. Das Schiebetor wäre sogar für heutige Landmaschinen groß genug gewesen, aber durch die Neigung des Gebäudes waren die Laufräder blockiert. Die rechte untere Torecke hatte sich tief ins Erdreich eingegraben. Das obere Laufrad hatte sich von seiner Schiene gelöst.

In das Scheunentor war eine kleinere Tür eingelassen. Eine gewöhnliche Tür mit Holzrahmen. Sie war abgesperrt. Fenster gab es keine.

Reacher ging zum Pick-up zurück und fuhr zu dem kleineren Schuppen. Er hatte nur drei Wände und war an der der Scheune abgewandten Schmalseite offen. Die Traktorspuren führten ganz hinein. Offenbar wurde hier etwas gelagert. Oder der Schuppen hatte früher einmal als Lagergebäude gedient. Er war ungefähr doppelt so lang und deutlich breiter als der Pick-up.

Perfekt.

Reacher fuhr ganz hinein und hielt so an, dass der Ford mit der Motorhaube unter dem Zwischenboden stand, der vor der Giebelseite wie ein Regal eingezogen war. Er stellte den Motor ab, stieg aus dem Wagen, verließ den Schuppen und ging noch zwanzig Meter weiter. Erst dann drehte er sich um. Der Pick-up war völlig unsichtbar.

Er lächelte zufrieden.

Er dachte: Zeit fürs Bett.

Er marschierte los.

Er lief in der Traktorspur. Der Boden unter seinen Stiefeln war uneben und hart, und er kam langsamer voran, als wenn er auf dem mit Gras bewachsenen Mittelstreifen gegangen wäre. Aber selbst in gefrorenem Gras konnten Fußabdrücke zurückbleiben, und Reacher zog es immer vor, keine Spuren zu hinterlassen. Er erreichte die Straße und wandte sich nach Norden. Die Nacht war ruhig und still, die Luft eiskalt, die Sterne unverändert hell. Außer ihm bewegte sich nichts. Diesmal gab es keinen bläulichen Lichtschein am Horizont vor ihm. Die Beleuchtung des Motels war für die Nacht ausgeschaltet.

Bei rascher Gangart schaffte er die drei Meilen auf der Straße in weniger als einer Stunde und erreichte die Kreuzung von Süden aus. In hundert Metern Entfernung machte er halt, um die Lage zu sondieren. Links von ihm befanden sich die Fundamente der nie gebauten Einkaufspassage, jenseits der Kreuzung die aufgegebene Tankstelle. Auf der rechten Seite nur Felder, jenseits der Kreuzung das Motel, still und dunkel, nur Umrisse und Schatten.

Keine geparkten Limousinen.

Keine geparkten Pick-ups.

Keine Wachposten.

Kein Hinterhalt.

Reacher ging weiter. Er erreichte das Motel von der Rückseite aus und musste sich von dem letzten und kleinsten Bungalow nach vorn vorarbeiten. Überall herrschte Stille. Er mied den Kies und balancierte auf den silbernen Begrenzungsbalken bis zu seinem Badezimmerfenster. Es war noch immer hochgeschoben. Das Fliegengitter lehnte wie zuvor an der Wanne. Er setzte sich aufs Fensterbrett, zog den Kopf ein, schwenkte die Beine nach innen und glitt hinein. Er schloss das Fenster, um die Kälte auszusperren, richtete sich auf und sah sich um.

Seine Handtücher hingen noch dort, wo er sie nach dem Duschen gelassen hatte. Vincent hatte das Zimmer nicht aufgeräumt. Reacher vermutete, dass er das morgen erledigte. Dass plötzlich Zimmer verlangt wurden, war unwahrscheinlich. Nicht in der Wildnis Nebraskas, nicht mitten im Winter.

Reacher betrat das Zimmer und fand auch dort alles genau so vor, wie er es zurückgelassen hatte. Er ließ das Licht ausgeschaltet und die Vorhänge zugezogen. Dann zog er die Bettdecke auf allen Seiten heraus und schlüpfte darunter: vollständig bekleidet, mit Stiefeln und allem. So schlief er nicht zum ersten Mal. Manchmal war es gut, sofort einsatzbereit zu sein. Er wälzte sich nach links, wälzte sich nach rechts, machte es sich so bequem wie möglich. Eine Minute später schlief er fest.

Er wachte fünf Stunden später auf und stellte fest, dass er sich geirrt hatte. Vincent spielte keine fünf Rollen, sondern nur vier. Er beschäftigte ein Zimmermädchen, eine Reinigungskraft. Reacher wachte vom Geräusch ihrer Schritte im Kies auf. Er entdeckte sie durchs Fenster. Sie war zu seinem Bungalow unterwegs, wollte in seinem Zimmer sauber machen. Er schlug die Bettdecke zurück, setzte sich blinzelnd auf und stellte die Füße auf den Boden. Seine Arme schmerzten etwas weniger. Oder vielleicht waren sie noch vom Schlafen gefühllos. Draußen waren leichter Nebel und graues Tageslicht zu sehen: ein unfreundlicher Wintermorgen kurz nach Tagesanbruch.

Menschen sehen, was sie zu sehen erwarten. Das Zimmermädchen benutzte seinen Generalschlüssel, öffnete die Tür weit und betrat das vermeintlich leere Zimmer. Ihr Blick glitt über Reachers auf der Bettkante sitzende Gestalt hinweg, wanderte weiter und kehrte erst nach einer langen Sekunde zurück. Sie reagierte kaum, ließ keine große Überraschung erkennen. Kein leiser Ausruf, erst recht kein Aufschrei. Sie machte den Eindruck einer soliden, tüchtigen Frau. Sie war Anfang sechzig, vielleicht etwas älter, untersetzt und kräftig, mit blondem Haar, das allmählich grau wurde. Eine Frau mit reichlich deutschen oder skandinavischen Genen.

»Entschuldigung«, sagte sie. »Aber Mr. Vincent hat angenommen, das Zimmer sei leer.«

»Das war der Plan«, sagte Reacher. »Für ihn ist das besser. Was er nicht weiß, kann ihm nicht schaden.«

»Sie sind der Mann, den er auf Anweisung der Duncans wegjagen sollte«, sagte sie. Das war keine Frage, sondern eine Feststellung, eine Schlussfolgerung aufgrund von Informationen über die Telefonkette.

»Ich fahre heute weiter«, erklärte Reacher. »Ich will ihm keine Schwierigkeiten machen.«

»Schwierigkeiten werden *Sie* bekommen, fürchte ich. Wie wollen Sie weiterfahren?«

»Per Anhalter. Ich stelle mich südlich der Kreuzung an die Straße. Darin habe ich Erfahrung.«

»Glauben Sie, dass der erste vorbeifahrende Wagen hält?«

»Vielleicht.«

»Wie groß sind die Chancen?«

»Gering.«

»Der erste Wagen hält nicht. Weil er fast sicher von einem Einheimischen gefahren wird, der sich sofort ans Telefon hängt und den Duncans meldet, wo Sie stehen. Wir haben genaue Anweisungen. Alle sind gewarnt. Deshalb wird der zweite Wagen, den Sie sehen, mit Duncans Leuten besetzt sein. Und der dritte, ebenso der vierte. Sie haben echt ein Problem, Sir. Das Land hier ist flach, und wir haben Winter. Nirgends ein Versteck.«

14

Das Zimmermädchen bewegte sich auf programmierte Weise systematisch durch den Raum, folgte einer bewährten Routine und ignorierte dabei die Anomalie, dass ein unbefugter Gast auf dem Bett saß. Sie warf einen Blick ins Bad, wie um die Größe der vor ihr liegenden Aufgabe abzuschätzen, dann stieß sie den Stahlrohrsessel mit der Hüfte an und verschob ihn um einige Zentimeter, damit er wieder in den Furchen stand, die er im Teppichboden hinterlassen hatte.

Reacher fragte: »Haben Sie ein Handy?«

Die Frau sagte: »Klar. Sogar noch mit ein paar Minuten auf der Karte.«

»Werden Sie mich verpfeifen?«

»Wen verpfeifen? Dieses Zimmer ist leer.«

Reacher fragte: »Was liegt östlich von hier?«

»Nichts, was Sie brauchen könnten«, antwortete die Frau. »Der Asphalt hört nach einer Meile auf, und die Straße führt eigentlich nirgends hin.«

»Westen?«

»Genauso.«

»Wozu dann eine Kreuzung, wenn es keine Ost-West-Verbindung gibt?«

»Irgendein verrückter Plan«, erklärte die Frau. »Vor ungefähr fünfzig Jahren. Hier sollte eine Wohn- und Geschäftszeile entstehen – eine halbe Meile lang mit Häusern auf beiden Straßenseiten. Ein paar Farmer haben Land dafür verkauft, aber mehr ist eigentlich nicht passiert. Sogar die Tankstelle hat zumachen müssen, was so ziemlich der Todesstoß ist, finden Sie nicht auch?«

»Das Motel gibt es noch.«

»Mit knapper Not. Mr. Vincent verdient hauptsächlich daran, dass er den Doktor mit Whiskey abfüllt.«

»Nach allem, was ich gestern Abend gesehen habe, bringt das ganz schön Umsatz.«

»Eine Bar braucht mehr als einen Gast.«

»Er beschäftigt Sie.«

Die Frau nickte. »Mr. Vincent ist ein guter Mann. Er hilft, wo er kann. Ich bin eigentlich Farmerin. Im Winter arbeite ich hier, weil ich das Geld brauche. Im Grunde genommen, um die Duncans bezahlen zu können.«

»Transportkosten?«

»Meine sind höher als bei den meisten.«

»Wieso?«

»Uralte Geschichte. Ich wollte nicht aufgeben.«

»In welcher Sache?«

»Darüber darf ich nicht reden«, sagte die Frau. »Das ist ein Tabuthema. Damit hat alles Schlimme angefangen. Und ich hatte ohnehin unrecht. Es war eine falsche Anschuldigung.«

Reacher stand vom Bett auf, verschwand im Bad, wusch sich das Gesicht mit kaltem Wasser und putzte sich die Zähne. Hinter ihm zog die Frau mit raschen, geübten Bewegungen das Bett ab und warf Spannlaken und Bettbezüge auf den Fußboden. Sie sagte: »Sie wollen nach Virginia.«

Reacher fragte: »Wissen Sie auch meine Sozialversicherungsnummer?«

»Der Doktor hat seiner Frau erzählt, dass Sie bei der Militärpolizei sind.«

»Bei der *war* ich mal. Jetzt nicht mehr.«

»Was sind Sie also jetzt?«

»Hungrig.«

»Hier gibt's kein Frühstück.«

»Wo sonst?«

»Ungefähr eine Autostunde südlich von hier ist ein Schnellrestaurant. In der Stadt. Wo die County Cops ihren Morgenkaffee und Doughnuts bekommen.«

»Großartig.«

Das Zimmermädchen ging hinaus, um frische Bettwäsche von dem draußen stehenden Wagen zu holen. Spannlaken, Bettbezug, Kopfkissenbezüge. Reacher fragte sie: »Wie viel zahlt Vincent Ihnen?«

»Mindestlohn«, sagte sie. »Mehr kann er sich nicht leisten.«

»Ich könnte Ihnen mehr als das für ein anständiges Frühstück zahlen.«

»Wo?«

»Bei Ihnen.«

»Riskant.«

»Warum? Sind Sie eine miserable Köchin?«

Sie verzog den Mund zu einem Lächeln. »Ist von Ihnen ein ordentliches Trinkgeld zu erwarten?«

»Wenn der Kaffee gut ist.«

»Ich benutze die Kaffeemaschine meiner Mutter.«

»War ihr Kaffee gut?«

»Der beste.«

»Dann sind wir uns also einig.«

»Ich weiß nicht recht«, sagte die Frau.

»Sie werden nicht ein Haus nach dem anderen durchsuchen lassen. Sie rechnen damit, mich irgendwo im Freien zu finden.«

»Und wenn sie ihre Meinung ändern?«

»Das braucht Ihnen keine Sorgen mehr zu machen. Bis dahin bin ich längst fort. Ich schätze ein gutes Frühstück, aber ich brauche nicht stundenlang, um es zu essen.«

Die Frau stand eine Minute lang unschlüssig da und hielt einen reinweißen Kissenbezug wie etwas Schützendes an ihren Busen gedrückt. Dann sagte sie: »Okay.«

Vierhundertfünfzig Meilen weiter nördlich brach der Tag wegen der höheren geografischen Breite etwas später an. Der graue Kastenwagen stand auf dem sandigen Weg, versteckt, bewegungslos, voller Raureif. Der Fahrer wachte noch bei Dunkelheit auf, stieg aus und stellte sich an einen Baum. Dann trank er etwas Wasser, aß einen Schokoriegel, kroch wieder in seinen Schlafsack und beobachtete, wie das blasse Morgenlicht durch die Nadelbäume sickerte. Er wusste, dass er bestenfalls den ganzen Tag hier würde ausharren müssen oder zwei, schlimmstenfalls drei bis vier Tage. Aber dann würde er seinen Anteil an Geld und Spaß bekommen, und auf beides lohnte es sich zu warten.

Er war von Natur aus geduldig.

Und gehorsam.

Reacher blieb in der Mitte des Raums stehen, und das Zimmermädchen machte um ihn herum sauber. Sie zog die Bettdecke faltenlos straff, wechselte die Handtücher, ersetzte das kleine Fläschchen Shampoo, legte ein neues Stück Hotelseife hin, faltete das erste Blatt Toilettenpapier spitz zusammen. Dann ging sie ihren Pick-up holen: eine alte Klapperkiste, sehr einfach ausgestattet, voller Rost, mit schmalen Reifen und ausgeschlagenen Stoßdämpfern. Sie fuhr um den demolierten Subaru herum und hielt so, dass es nur wenige Schritte bis zur Beifahrertür ihres Wagens waren. Sie schaute aufmerksam nach vorn und hinten. Reacher sah ihr an, dass sie die Sache am liebsten beendet hätte und ohne ihn davongefahren wäre. Aber sie tat es nicht. Sie beugte sich am Steuer sitzend nach rechts, öffnete die Beifahrertür und machte ihm mit der Hand ein Zeichen: *Los, Beeilung!*

Reacher verließ den Bungalow und stieg rasch ein. Die Frau sagte: »Wenn uns jemand begegnet, müssen Sie sich ducken, okay?«

Reacher nickte, obwohl das nicht leicht sein würde. Der alte

Pick-up war klein. Ein Chevrolet, innen staubig und schmutzig, überall abgewetzter Kunststoff und Kunstleder, das Instrumentenbrett dicht vor seinen Knien, die Rückwand mit dem Fenster zur Ladefläche gleich hinter seinem Sitz.

»Haben Sie eine Tragetasche?«, fragte er.

»Wieso?«

»Ich könnte sie mir über den Kopf ziehen.«

»Dies ist nicht komisch«, meinte sie. Dann fuhr sie los, wobei die abgenutzte alte Kupplung eine Sekunde brauchte um auf den Druck ihres linken Fußes zu reagieren. Unter der Motorhaube klapperte etwas, und der Auspuff hatte ein Loch, sodass der Pick-up wie ein altes Motorrad klang. Sie verließ den Parkplatz nach links und fuhr über die Kreuzung nach Süden weiter. Verkehr gab es keinen. Bei Tageslicht wirkte das Land flach, eintönig und endlos weit. Alles war mit weißem Raureif bedeckt. Nach fünf Minuten erkannte Reacher die beiden alten Gebäude westlich der Straße: die etwas windschiefe Scheune und den kleineren Schuppen mit dem darin versteckten Pick-up. Drei Minuten später passierten sie die allein am Ende ihrer Zufahrt stehenden drei Häuser der Duncans. Bis sie daran vorbei waren, umklammerte die Frau das Lenkrad so fest, dass ihre Fingerknöchel weiß hervortraten. Der Pick-up ratterte weiter, und sie sah mehr in den Rückspiegel als auf die Straße vor ihnen. Erst nach ungefähr einer Meile atmete sie aus und entspannte sich wieder.

Reacher sagte: »Sie sind nur Menschen. Drei alte Kerle und eine Bohnenstange von einem Jungen. Sie besitzen keine Zauberkräfte.«

»Sie sind böse«, sagte die Frau.

Die vier saßen in Jonas Duncans Küche beim Frühstück, sprachen über alles Mögliche und warteten darauf, dass Jacob mit seiner Mitteilung herausrücken würde. Er hatte eine Ankündigung zu machen. Eine Entscheidung bekannt zu geben. Die Anzeichen dafür kannten sie alle. Jacob hatte schon oft schweigsam, geistesabwesend und nachdenklich dagesessen, um irgendwann etwas vorzubringen: eine goldene Weisheit oder eine Analyse, die den Kern der Sache traf, oder einen Vorschlag, der drei oder vier Fliegen mit einer Klappe schlug. Also warteten sie darauf, wobei Jonas und Jasper still ihr Mahl genossen, während Seth etwas Mühe hatte, weil er wegen seiner Verletzung schlecht kauen konnte. Unter seiner Aluminiummaske hatte sich ein Bluterguss gebildet, und er war an diesem Morgen mit zwei prachtvollen Veilchen aufgewacht.

Jacob legte Messer und Gabel beiseite und fuhr sich mit dem Handrücken über den Mund. Er faltete die Hände vor sich auf der Tischplatte und erklärte: »Wir müssen uns etwas fragen.«

Jonas war heute ihr Gastgeber, also stand ihm die erste Frage zu.

»Was denn?«

»Wir müssen überlegen, ob es sich lohnen könnte, etwas Würde und Selbstachtung zu opfern, um ein nützliches Ergebnis zu erzielen.«

»In welcher Beziehung?«

»Wir haben's hier mit einer Provokation und einer Gefahr zu tun. Die Provokation kommt von dem Unbekannten im Motel, der sich in Dinge einmischt, die ihn nichts angehen. Die Gefahr droht von unserem Freund im Süden, der langsam ungeduldig wird. Die erste Sache muss bestraft werden, und die zweite hätte überhaupt nie passieren dürfen. Einen garantierten Termin hätte es nie geben sollen. Aber es gibt ihn nun einmal, deshalb müssen wir damit zurechtkommen, ohne irgendjemanden zu verurteilen. Seth hat zweifellos nur das getan, was er in unserem Sinn für das Beste hielt.«

Jonas fragte: »Wie sollen wir damit umgehen?«

»Denken wir lieber erst über die andere Sache nach. Über den Fremden aus dem Motel.«

Seth sagte: »Ich will, dass er übel zugerichtet wird.«

»Das tun wir alle, Sohn. Und wir haben's versucht, nicht wahr? Hat nicht so gut geklappt, oder?«

»Was, haben wir jetzt Angst vor ihm?«

»Ein bisschen schon, Sohn. Wir haben drei Kerle verloren. Wir wären blöd, wenn uns das nicht gewisse Sorgen machen würde. Und wir sind nicht dumm, stimmt's? Das ist etwas, das man einem Duncan niemals wird vorwerfen können. Daher meine Frage nach der Selbstachtung.«

»Du willst ihn laufen lassen?«

»Nein, ich will unserem Freund im Süden erzählen, dass der Fremde das Problem ist. Dass er irgendwie an der Verzögerung schuld ist. Dann machen wir unseren Freund darauf aufmerksam, dass zwei seiner Jungs bereits hier sind, die er vielleicht gegen den Fremden einsetzen sollte, wenn er die Lieferung etwas beschleunigen möchte. Auf diese Weise gewinnen wir alle sogar dreifach, nicht wahr? Erstens hat Seth die beiden Jungs ab sofort nicht mehr im Nacken sitzen, zweitens wird der Fremde übel zugerichtet oder umgebracht, und drittens wird unserem aufgebrachten Freund ein bisschen der Wind aus den Segeln genommen, weil er einsehen muss, dass das tatsächlich nicht unsere Schuld war. Er muss einsehen, dass wir von fremden Mächten belagert werden – auf eine Weise, die er sicher versteht, weil ihm bestimmt manchmal Ähnliches passiert ist. Mit anderen Worten: Wir machen gemeinsame Sache mit ihm.«

Nach kurzer Pause bemerkte Jasper Duncan: »Die Idee gefällt mir.«

Jacob sagte: »Mir gefällt sie auch. Sonst hätte ich sie nicht vorgeschlagen. Der einzige Nachteil besteht darin, dass wir etwas Würde und Selbstachtung opfern müssen, weil wir den Mann, der sich gegen uns aufgelehnt hat, nicht mit eigener Hand bestrafen und unserem Freund im Süden gestehen müssen, dass es auf dieser Welt Probleme gibt, die wir nicht ohne fremde Hilfe lösen können.«

»Das ist keine Schande«, meinte Jonas. »Diese Angelegenheit ist sehr kompliziert.«

Seth fragte: »Glaubst du, dass seine Jungs besser sind als unsere?«

»Logisch sind sie das, Sohn«, entgegnete Jacob. »Unsere Jungs sind in Ordnung, aber seine spielen in einer anderen Liga. Gar kein Vergleich. Was wir übrigens bei allem bedenken müssen: Unser Freund im Süden muss ein Freund bleiben, weil er ein verdammt unangenehmer Feind wäre.«

»Aber was ist, wenn die Verzögerung anhält?«, fragte Jasper. »Was ist, wenn sich nichts ändert? Was ist, wenn der Fremde noch heute umgelegt wird und wir trotzdem eine Woche lang nicht liefern können? Dann weiß unser Freund im Süden, dass wir ihn belogen haben.«

»Ich glaube nicht, dass der Fremde in einem Tag umgelegt wird«, sagte Jacob.

»Warum nicht?«

»Weil er ein sehr fähiger Mann zu sein scheint. Darauf deutet alles hin, was wir bisher erlebt haben. Das könnte ein paar Tage dauern – und bis dahin ist unser Lieferwagen vielleicht längst unterwegs. Und selbst wenn er's nicht ist, können wir immer behaupten, wir hätten es für besser gehalten, die Ware nicht ins Land zu holen, bevor dieses Problem gelöst ist. Vielleicht glaubt unser Freund das. Vielleicht aber auch nicht.«

»Das ist riskant.«

»Richtig, aber vermutlich die beste Lösung, die wir finden können. Sind wir dabei oder nicht?«

»Wir sollten Unterstützung anbieten«, sagte Jasper. »Und natürlich Informationen. Außerdem dafür sorgen, dass die Bevölkerung mitmacht.«

Jacob sagte: »Natürlich. Unser Freund würde nichts weniger erwarten. Anweisungen werden erteilt und zugleich Strafen angedroht.«

»Und unsere Jungs sollten auch unterwegs sein. Augen und Ohren offen halten. Wir brauchen das Gefühl, wenigstens etwas beigetragen zu haben.«

»Natürlich«, sagte Jacob wieder. »Also, sind wir dabei oder nicht?«

Darauf folgte eine lange Pause. Dann sagte Jasper: »Ich bin dabei.«

»Ich auch«, sagte Jonas.

Jacob Duncan nickte und löste seine gefalteten Hände voneinander.

»Das ist also die Mehrheit«, stellte er fest. »Über die ich sehr erleichtert bin, weil ich mir erlaubt habe, unseren Freund im Süden schon vor zwei Stunden anzurufen. Unsere Jungs und seine sind bereits auf der Jagd.«

»Ich will dabei sein«, sagte Seth, »wenn der Fremde sein Fett abkriegt.«

15

Reacher erwartete fast eine Bruchbude, die wie auf einem Foto aus der Dust Bowl aus Lehm und vermoderndem Holz zusammengezimmert war, aber die Frau folgte einer langen mit Schotter bedeckten Zufahrt zu einem hübschen einstöckigen Haus in der äußersten Ecke einer ehemaligen Parzelle, die er auf vierhundert Hektar schätzte. Die Frau parkte hinter dem Haus, wo eine windschiefe kleine Scheune und mehrere Schuppen standen. Reacher konnte Hühner in ihrem Stall gackern hören und Schweine in ihrem Koben riechen. Dazu Erde und Luft und aufklarendes Wetter. Ein herrlicher Wintertag auf dem Land. Die Frau sagte: »Ich will nicht unhöflich sein, aber wie viel wollen Sie für ein Frühstück ausgeben?«

Reacher lächelte. »Sie versuchen herauszufinden, wie viel ich zu essen bekommen soll?«

»Irgendwas in dieser Art.«

»Westlich des Mississippi liegt mein Durchschnitt fürs Frühstück bei ungefähr fünfzehn Bucks plus Trinkgeld.«

Die Frau wirkte überrascht. Und befriedigt.

»Das ist viel Geld«, sagte sie. »Das sind zwei Stundenlöhne. Als würde man eine Neuntagewoche arbeiten.«

»Nicht alles Reingewinn«, meinte Reacher. »Ich bin hungrig, das dürfen Sie nicht vergessen.«

Sie führte ihn durch die Hintertür ins Haus, das einen Eindruck davon vermittelte, wie Seth Duncans Farmhaus vor der teuren Renovierung ausgesehen haben mochte. Niedrige Decken, Sprossenfenster mit leicht blasigem Glas, unebene Fußböden, alles alt und antiquiert und auf jede nur denkbare Weise altmodisch, aber sauber und aufgeräumt und über hundert Jahre lang gut gepflegt. Auch die Küche war blitzblank sauber. Der Herd war kalt.

»Sie haben noch nicht gegessen?«, fragte Reacher.

»Ich esse nicht viel«, antwortete die Frau. »Jedenfalls kein Frühstück.«

»Auf Diät?«

Die Frau gab keine Antwort, und Reacher kam sich sofort wie ein Idiot vor.

»Ich lade Sie ein«, sagte er. »Dreißig Dollar. Zu zweit frühstücken macht mehr Spaß.«

»Ich will keine Mildtätigkeit.«

»Von Mildtätigkeit ist keine Rede. Ich erwidere nur einen Gefallen. Sie haben einiges riskiert, als Sie mich hierher mitgenommen haben.«

»Ich habe nur versucht, anständig zu handeln.«

»Das tue ich auch«, erwiderte Reacher. »Sie können mein Angebot annehmen oder ablehnen.«

Sie sagte: »Ich nehm's an.«

Er fragte: »Wie heißen Sie? Wenn ich mit einer Lady frühstücke, weiß ich im Allgemeinen wenigstens ihren Vornamen.«

»Ich heiße Dorothy.«

»Freut mich, Sie kennenzulernen, Dorothy. Sind Sie verheiratet?«

»Das war ich mal. Jetzt nicht mehr.«

»Meinen Namen kennen Sie?«

»Sie heißen Jack Reacher. Wir sind alle informiert worden. Und man hat uns vor Ihnen gewarnt.«

»Meinen Namen hab ich der Frau des Doktors gesagt.«

»Und sie hat ihn den Duncans genannt. Das dürfen Sie ihr nicht verübeln. Das passiert automatisch. Sie versucht wie wir alle nur, ihre Schulden abzuzahlen.«

»Wieso steht sie in Ihrer Schuld?«

»Sie hat sich auf meine Seite gestellt, damals vor fünfundzwanzig Jahren.«

Roberto Cassano und Angelo Mancini fuhren mit einem gemieteten Chevrolet Impala nach Norden. Untergebracht waren sie in einem Courtyard Marriott, dem einzigen Hotel am Verwaltungssitz des Countys, der eigentlich nur aus einem symbolischen Gitternetz aus Straßen bestand, das mitten in einer Milliarde Quadratkilometer völliger Leere lag. Sie hatten gelernt, auf die Tankanzeige zu achten. Das war typisch für Nebraska. Es lohnte sich, an jeder Tankstelle zu halten, die man sah. Bis zur nächsten konnten es eine Million Kilometer sein.

Die beiden waren aus Las Vegas, was meistens bedeutete, dass sie von woandersher stammten: Cassano aus New York, Mancini aus Philadelphia. Sie hatten sich die Sporen in ihren Heimatstädten verdient, waren dann in Miami gemeinsam angeheuert worden und so zu der großen Show in der Wüste Nevadas gekommen. Touristen erzählte man, was in Vegas passiere, bleibe in Vegas, aber auf Cassano und Mancini traf das nicht zu. Sie reisten viel, waren ständig unterwegs und hatten den Auftrag, sich abzeichnende Schwierigkeiten weit im Vorfeld zu entschärfen, bevor sie heranbrandeten und ihren Boss an seinem Wohnort gefährdeten.

Deshalb ihr Trip in die landwirtschaftlich geprägte Einöde fast achthundert Meilen nordöstlich der glitzernden und gleißenden Wüstenmetropole. Irgendwie war der Nachschub ins Stocken geraten, was in ein, zwei Tagen höchst unangenehm werden konnte. Ihr Boss hatte bestimmten Leuten bestimmte Zusagen gemacht und würde ernstliche Probleme bekommen, wenn er nicht liefern konnte. Deshalb waren Cassano und Mancini seit nunmehr zweiundsiebzig Stunden hier und hatten die Frau eines hiesigen Bauerntölpels ein bisschen rangenommen, um die Wichtigkeit der Sache zu unterstreichen. Dann hatte irgendein anderer Bauernlümmel angerufen und behauptet, an der Verzögerung sei ein Fremder schuld, der seine Nase in Dinge stecke, die ihn nichts angingen. Vermutlich Bockmist. Wahrscheinlich gab es keinerlei Zusammenhang. Bloß eine Ausrede. Aber Cassano und Mancini waren nur sechzig Meilen entfernt, deshalb schickte ihr Boss sie wieder nach Norden, damit sie dort aushalfen. Hatte der Bauerntölpel tatsächlich gelogen, bewies das Verwundbarkeit, die sich bei zukünftigen Verhandlungen gut nützen ließ. Ein logischer Schritt. Geschäft war schließlich Geschäft. Den Einkaufspreis kräftig zu drücken, darauf kam es an.

Sie erreichten die Scheißlandstraße, fuhren über die Scheißkreuzung und bogen zu dem Scheißmotel ab, das sie bereits kannten. Bei Nacht hatte es okay ausgesehen, bei Tageslicht weniger. Da wirkte es traurig und wie halbherziger Pfusch. Vor einem der Bungalows sahen sie einen demolierten Subaru stehen. Der Wagen war vollständig zertrümmert. Sonst gab es hier nichts zu entdecken. Sie parkten vor der Lounge, stiegen aus dem Wagen und reckten sich. Zwei Cityboys, gähnend, von dem unaufhörlichen Wind durchgeblasen. Cassano war mittelgroß, dunkel, muskulös, schwarzäugig. Mancini sah ganz ähnlich aus. Beide trugen gute Schuhe und dunkle Anzüge mit farbigen Hemden, aber ohne Krawatte, und kurze Wollmäntel. Sie wurden oft miteinander verwechselt.

Sie gingen hinein, um den Motelbesitzer zu finden. Was sie sofort taten. Er stand hinter der Bar, wo er mit einem feuchten Tuch klebrige Ringe, die Gläser hinterlassen hatten, von der Theke wischte. Irgendein trauriger Loser mit rot gefärbtem Haar.

Cassano sagte: »Wir vertreten die Familie Duncan«, weil ihnen versprochen worden war, das werde Wirkung zeigen. Und das tat es auch. Der Rotgefärbte ließ das Tuch fallen, trat einen Schritt zurück, stand beinahe stramm und salutierte, als wäre er in der Army und eben von einem Vorgesetzten angebrüllt worden.

Cassano sagte: »Sie haben letzte Nacht einem Kerl hier Unterschlupf gewährt.«

Der Rotgefärbte sagte: »Nein, Sir, das hab ich nicht. Ich hab ihn rausgeworfen.«

Mancini sagte: »Es ist kalt.«

Der Kerl hinter der Bar schwieg, begriff anscheinend nichts.

Cassano sagte: »Wenn er nicht hier geschlafen hat, wo sonst, verdammt noch mal? Sie haben hier keine Konkurrenz. Und er hat nicht im Freien unter einer Hecke gepennt. Erstens scheint's in Nebraska überhaupt keine Hecken zu geben. Und zweitens hätte er sich den Arsch abgefroren.«

»Ich weiß nicht, wohin er abgehauen ist.«

»Bestimmt nicht?«

»Er wollte's mir nicht sagen.«

»Kennen Sie irgendwelche Gutmenschen, die einen Fremden bei sich aufnehmen würden?«

»Nicht, wenn die Duncans davor warnen.«

»Dann muss er hier übernachtet haben.«

»Sir, ich sage Ihnen, das hat er nicht!«

»Haben Sie sein Zimmer kontrolliert?«

»Er hat den Schlüssel abgeliefert, bevor er verschwunden ist.«

»In ein Zimmer kommt man nicht nur durch die Tür, Arschloch. Haben Sie nachgesehen?«

»Das Zimmermädchen hat dort schon sauber gemacht.«

»Hat sie irgendwas gesagt?«

»Nein.«

»Wo ist sie?«

»Sie war fertig. Sie ist gegangen. Sie ist heimgefahren.«

»Wie heißt sie?«

»Dorothy.«

Mancini verlangte: »Sagen Sie uns, wo Dorothy wohnt.«

16

Dorothys Idee von einem Fünfzehndollarfrühstück erwies sich als regelrechtes Festmahl. Es begann mit Kaffee, während alles andere zubereitet wurde: Haferbrei und Frühstücksspeck, Spiegelei und Toast, alles frisch, alles in riesigen Portionen auf dickem Porzellan serviert, das fünfzig Jahre alt sein musste, und mit altem Besteck gegessen, das schwere rechteckige georgische Griffe hatte.

»Wundervoll«, sagte Reacher. »Danke vielmals.«

»Bitte sehr. Ich danke Ihnen für meines.«

»Das ist nicht recht, wissen Sie. Dass Leute wegen der Duncans hungern.«

»Wegen der Duncans tun Leute alles Mögliche.«

»Ich weiß, was ich täte.«

Sie lächelte. »So haben wir früher auch mal geredet, vor langer Zeit. Aber sie haben dafür gesorgt, dass wir arm und müde waren, und dann sind wir alt geworden.«

»Was machen die jungen Leute hier?«

»Die gehen weg, sobald sie können. Die Abenteuerlustigen setzen sich weit ab. Amerika ist ein großes Land. Die anderen bleiben in der Nähe, in Lincoln oder Omaha.«

»Und was tun sie dort?«

»Dort gibt's alle möglichen Jobs. Manche gehen zur State Police. Die ist immer beliebt.«

»Jemand sollte diese Jungs anrufen.«

Sie gab keine Antwort.

Er fragte: »Was ist hier vor fünfundzwanzig Jahren passiert?«

»Darüber darf ich nicht reden.«

»Doch, Sie können mit mir darüber sprechen. Das erfährt niemand. Sollte ich jemals mit den Duncans zusammentreffen, reden wir über die Gegenwart, nicht über lange zurückliegende Dinge.«

»Ich hatte ohnehin unrecht.«

»In welcher Beziehung?«

Sie wollte nicht antworten.

Er fragte: »Waren Sie die Nachbarn, die Streit mit den Duncans hatten?«

Wieder keine Antwort.

Er fragte: »Soll ich Ihnen beim Geschirrspülen helfen?«

Sie schüttelte den Kopf. »Im Restaurant waschen Sie auch nicht ab, stimmt's?«

»Bisher nicht.«

»Wo waren *Sie* vor fünfundzwanzig Jahren?«

»Weiß ich nicht mehr«, sagte er. »Irgendwo auf der Welt.«

»Waren Sie damals in der Army?«

»Wahrscheinlich.«

»Die Leute sagen, dass Sie gestern drei Cornhusker zusammengeschlagen haben.«

»Nicht alle auf einmal«, sagte er.

»Noch etwas Kaffee?«

»Klar«, sagte er und verfolgte, wie sie die alte Kaffeemaschine wieder in Gang setzte. Er fragte: »Wie viele Farmen haben bei den Duncans unterschrieben?«

»Alle«, antwortete Dorothy. »Alle in dieser Ecke des Countys. Vierzig Farmen.«

»Das ist eine Menge Mais.«

»Und Sojabohnen oder Alfagras. Wir arbeiten mit Fruchtwechsel.«

»Haben auch Sie ein Stück der alten Farm der Duncans gekauft?«

»Vierzig Hektar. Ein nettes kleines Stück Land. Gut zur Abrundung. Der Kauf war vernünftig.«

»Wie lange liegt er zurück?«

»Bestimmt schon dreißig Jahre.«

»Also war fünf Jahre lang alles in Ordnung?«

»Ich werde Ihnen nichts von damals erzählen.«

»Ich denke, das sollten Sie aber«, sagte er. »Ich glaube, dass Sie das auch wollen.«

»Wieso interessieren Sie sich dafür?«

»Wie Sie gesagt haben, sind auf mich drei Footballspieler angesetzt worden. Ich möchte zumindest verstehen, weshalb.«

»Weil Sie Seth Duncan die Nase gebrochen haben.«

»Ich habe schon vielen Leuten die Nase gebrochen. Bisher hat mir noch keiner dafür abgehalfterte Sportler auf den Hals gehetzt.«

Sie goss Kaffee ein und stellte ihm seinen Becher hin. In der Küche war es vom Herd behaglich warm. Die Wärme würde sich vermutlich den ganzen Tag halten. Dorothy sagte: »Vor fünfundzwanzig Jahren war Seth Duncan gerade acht Jahre alt.«

»Und?«

»Damals war unsere Ecke des Countys eine richtige kleine Gemeinschaft. Wir waren natürlich weit verteilt und isoliert, aber der Schulbus hat irgendwie für Zusammenhalt gesorgt. Jeder kannte jeden. Die Kinder haben in großen Gruppen zusammen gespielt, mal in diesem Haus, mal in jenem.«

»Und?«

»Niemand hatte Lust, in Seth Duncans Haus zu spielen. Vor allem die Mädchen nicht. Und Seth hat viel mit Mädchen gespielt. Mehr als mit Jungen.«

»Wieso hat ihnen das nicht gefallen?«

»Das hat niemand genau gesagt. In der damaligen Umgebung, in der damaligen Zeit wurde über solche Dinge nicht gesprochen. Aber irgendetwas Unangenehmes war im Gange. Oder fast im Gange. Oder es hat in der Luft gehangen. Meine Tochter war damals auch acht. So alt wie Seth. Sogar fast am selben Tag geboren. Sie wollte nicht bei ihm spielen. Das hat sie deutlich gesagt.«

»Was ist dort vorgegangen?«

»Darüber ist nicht geredet worden.«

»Aber Sie haben's gewusst«, sagte Reacher. »Das stimmt doch? Sie hatten eine Tochter. Sie konnten vielleicht nichts beweisen, aber Sie haben's gewusst.«

»Haben Sie selbst Kinder?«

»Meines Wissens nicht. Aber ich war dreizehn Jahre lang eine Art Cop. Und ich bin mein ganzes Leben lang Mensch gewesen. Manche Sachen wissen die Leute einfach.«

Die Frau nickte. Sechzig Jahre alt, untersetzt und stämmig, ihr

Gesicht von der Hitze und dem Essen gerötet. Sie sagte: »Heute würde man das sexuelle Belästigung nennen, glaub ich.«

»Durch Seth?«

Sie nickte erneut. »Und durch seinen Vater und seine beiden Onkel.«

»Scheußlich!«

»Ja, das war es.«

»Was haben Sie dagegen getan?«

»Meine Tochter ist nie mehr hingegangen.«

»Haben Sie mit anderen Leuten darüber gesprochen?«

»Anfangs nicht«, sagte Dorothy. »Dann ist alles auf einmal rausgekommen. Jeder hat mit jedem darüber geredet. Keines der Mädchen wollte mehr dorthin.«

»Hat irgendjemand mit Seth' Mutter gesprochen?«

»Seth hatte keine Mutter.«

Reacher fragte: »Wieso nicht? War sie ausgezogen?«

»Nein.«

»War sie gestorben?«

»Sie hat nie existiert.«

»Es muss sie gegeben haben.«

»Biologisch natürlich. Aber Jacob Duncan war nie verheiratet. Er ist nie mit einer Frau gesehen worden. Alle drei hat man nie mit einer gesehen. Ihre Mutter war schon vor Jahren gestorben. Auf der Farm haben nur der alte Duncan und die drei Brüder gelebt. Dann hat Jacob plötzlich einen kleinen Jungen in den Kindergarten gebracht.«

»Hat denn niemand gefragt, wo der Junge herkommt?«

»Die Leute haben ein bisschen getratscht, aber nicht gefragt. Zu höflich. Zu befangen. Wir alle haben Seth für einen Verwandten gehalten, denke ich. Für eine Vollwaise oder dergleichen.«

»Und wie ist's weitergegangen? Niemand hat seine Kinder mehr bei den Duncans spielen lassen – und deswegen hat es Schwierigkeiten gegeben?«

»Damit haben sie angefangen. Die Leute haben viel geredet und geflüstert. Die Duncans waren in ihrer kleinen Burg allein. Sie sind von allen geschnitten worden. Das hat sie geärgert.«

»Also haben sie zurückgeschlagen?«

»Nicht sofort.«

»Wann also?«

»Nachdem ein kleines Mädchen verschwunden war.«

Roberto Cassano und Angelo Mancini stiegen wieder in ihren gemieteten Impala und ließen den Motor an. Der Wagen hatte ein eingebautes Navi, das pro Tag ein paar Dollar zusätzlich kostete, aber hier wertlos war. Auf dem Bildschirm erschienen nur ein paar dünne rote Linien, als hätte jemand etwas auf einen Telefonblock gekritzelt. Keine der Straßen besaß einen Namen. Manche hatten Nummern, aber viele waren unbezeichnet. Die dargestellte Landkarte war größtenteils leer und die Darstellung sowieso ungenau oder unvollständig. Eigentlich wie in Vegas. Las Vegas wuchs so schnell, dass kein Hersteller von Navigationsgeräten damit Schritt halten konnte. Deshalb waren Cassano und Mancini es gewohnt, auf altmodische Weise zu navigieren – nach hingekritzelten Wegbeschreibungen, die von eifrigen Informanten kamen, die um größte Genauigkeit bemüht waren, um nicht noch mehr einstecken zu müssen. Und der Kerl im Motel war nach zwei Schlägen ins Gesicht eifriger gewesen als die meisten. Er war jedenfalls kein Held, das stand fest.

»Nach links aus dem Parkplatz«, las Mancini vor.

Cassano verließ den Parkplatz nach links.

Dorothy, die Farmerin, kochte die dritte Kanne Kaffee. Sie spülte die Glaskanne aus, löffelte Kaffee in den Filter und schaltete die

Maschine wieder ein. Sie sagte: »Seth Duncan hatte in der Schule einen schweren Stand. Er ist gemobbt worden. Achtjährige Jungen können grausam sein. Wahrscheinlich hatten sie das Gefühl, nach allem, was zu Hause geflüstert wurde, könnten sie mit ihm machen, was sie wollten. Und keines der Mädchen hat zu ihm gehalten. Sie haben ihn natürlich nicht mehr besucht, haben nicht mal mehr mit ihm geredet. So sind Kinder eben. Alle bis auf ein Mädchen. Seine Eltern hatten es dazu erzogen, anständig und mitfühlend zu sein. Sie hat ihn nicht mehr besucht, aber noch mit ihm geredet. Und dann ist dieses kleine Mädchen eines Tages spurlos verschwunden.«

Reacher sagte: »Und?«

»Es ist schrecklich, wenn das passiert. Das können Sie sich nicht vorstellen. Anfangs gibt es eine verrückte Periode, in der jeder wütend und besorgt ist, aber noch nicht das Schlimmste glauben will. Ein paar Stunden, wissen Sie, vielleicht drei oder vier, in denen man glaubt, dass sie irgendwo spielt, dass sie Blumen pflückt, dass sie nicht auf die Zeit geachtet hat, dass sie bald heil und gesund heimkommen wird. Damals hat's natürlich noch keine Handys gegeben. Manche Leute hatten nicht mal ein gewöhnliches Telefon. Dann glaubt man, das Mädchen könnt sich verlaufen haben, und alle fangen an herumzufahren und sie zu suchen. Dann wird es dunkel, und dann ruft man die Cops.«

Reacher fragte: »Was haben die Cops getan?«

»Was sie nur konnten. Sie haben gute Arbeit geleistet. Sie sind von Haus zu Haus gefahren, sie haben Stablampen benutzt, sie haben Handlautsprecher verwendet, um alle aufzufordern, ihre Scheunen und Nebengebäude zu durchsuchen, und bei Tagesanbruch haben sie Suchhunde eingesetzt und die State Police dazugeholt, und die State Police hat die Nationalgarde mit einem Hubschrauber angefordert.«

»Nichts?«

Die Frau nickte.

»Nichts«, sagte sie. »Dann habe ich ihnen von den Duncans erzählt.«

»Tastsächlich?«

»Irgendjemand musste es tun. Daraufhin haben andere mir beigestanden. Wir haben alle auf die Duncans gezeigt. Die State Police hat uns sehr ernst genommen. Sie konnte nicht anders, denke ich. Sie hat die Duncans in ihre Zentrale bei Lincoln mitgenommen und tagelang verhört. Sie hat ihre Häuser durchsucht. Sie hat Unterstützung vom FBI angefordert. Alle möglichen Spurensicherer waren dort.«

»Haben sie etwas gefunden?«

»Keine Spur, nichts.«

»Überhaupt nichts?«

»Alle Tests waren negativ. Sie haben gezeigt, dass das Kind nicht dort gewesen ist.«

»Und was ist dann passiert?«

»Nichts. Alles ist im Sand verlaufen. Die Duncans sind heimgekommen. Das kleine Mädchen wurde nie mehr gesehen. Der Fall ist nie aufgeklärt worden. Die Duncans waren sehr verbittert. Sie haben verlangt, dass ich mich dafür entschuldige, dass ich den Cops ihren Namen genannt hatte, aber das habe ich nicht getan. Ich konnte nicht aufgeben. Das konnte auch mein Mann nicht. Ein paar Leute wie die Frau des Doktors haben uns beigestanden. Aber die meisten haben gekniffen. Sie spürten, woher der Wind wehte. Die Duncans haben sich ganz zurückgezogen und dann angefangen, uns zu bestrafen. Sich an uns zu rächen. Im selben Jahr ist unsere Ernte nicht transportiert worden. Wir haben sie ganz verloren. Mein Mann hat Selbstmord begangen. Er hat genau dort gesessen, wo Sie jetzt sitzen, und sich seine Schrotflinte unters Kinn gehalten.«

»Das tut mir leid.«

Die Frau schwieg.

Reacher fragte: »Wer war die Kleine?«

Keine Antwort.

»Ihre, stimmt's?«

»Ja«, sagte Dorothy, »sie war meine Tochter. Sie war acht Jahre alt. Für mich wird sie immer acht sein.«

Sie begann zu weinen, und dann klingelte ihr Telefon.

17

Das Telefon war ein klobiges altes Nokia. Es lag auf der Arbeitsplatte in der Küche. Es hüpfte, summte und trällerte den alten Nokia-Jingle, den Reacher schon tausendmal in Bars, Bussen und auf der Straße gehört hatte. Dorothy griff danach und meldete sich. Sie sagte hallo, hörte sich etwas an, das eine hastige Mitteilung, vielleicht eine Warnung zu sein schien, und ließ dann das Telefon fallen, als hätte sie sich die Finger daran verbrannt.

»Das war Mr. Vincent«, erklärte sie. »Aus dem Motel.«

Reacher fragte: »Und?«

»Zwei Männer waren dort. Sie kommen hierher. Sind schon unterwegs.«

»Wer?«

«Das wissen wir nicht. Männer, die wir noch nie gesehen haben.« Sie öffnete die Küchentür und sah durch die Diele zur Haustür. Einige Sekunden lang herrschte Stille, dann war deutlich zu hören, wie Reifen im Schotter knirschten, als ein Wagen von der Landstraße auf die Zufahrt abbog und in Richtung Farmhaus holperte.

Die Frau sagte: »Sie müssen weg. Bitte! Niemand darf erfahren, dass Sie hier sind.«

»Wir wissen nicht, wer sie sind.«

»Leute der Duncans. Wer sollten sie sonst sein? Sie dürfen Sie nicht hier finden. Das kann mich das Leben kosten.«

Reacher sagte: »Ich kann nicht mehr weg. Sie sind schon auf der Zufahrt.«

»Verstecken Sie sich hinter dem Haus. Bitte. Ich flehe Sie an. Die Kerle dürfen Sie nicht hier finden. Das ist mein Ernst.« Sie betrat die Diele, um ihnen an der Haustür entgegenzutreten. Das Auto kam rasch näher. Der Schotter knirschte sehr laut. Sie sagte: »Vielleicht durchsuchen sie alles. Werden Sie aufgespürt, sagen Sie, dass Sie sich hier eingeschlichen haben. Über die Felder. Bitte. Sagen Sie, dass ich nichts von Ihnen weiß. Sorgen Sie dafür, dass sie Ihnen glauben. Sagen Sie ihnen, dass sie mich gar nicht kennen.« Dann schloss sie die Küchentür und war verschwunden.

Angelo Mancini faltete den Zettel mit handschriftlichen Anweisungen zusammen und steckte ihn ein. Sie befanden sich auf einer unebenen, holprigen, beschissenen Einfahrt, die zu einem alten, bestimmt baufälligen, beschissenen Farmhaus führte, das in ein Museum oder ein Geschichtsbuch gehörte. Das Navi-Display zeigte überhaupt nichts an. Nur eine weiße Fläche. Roberto Cassano, der am Steuer saß, schien jedes Schlagloch zu treffen. Aber was kümmerte ihn das? Die Reifen gehörten Hertz, nicht ihm. Vor ihnen wurde die Haustür geöffnet. Eine alte Frau trat auf die Schwelle und hielt sich am Türrahmen fest, als könnte sie sonst zusammenklappen.

Mancini sagte: »Dort steht eine Frau mit einem schlechten Gewissen. Verlass dich drauf.«

»Sieht ganz so aus«, sagte Cassano.

Reacher schätzte die Entfernungen, an der Hintertür des Hauses stehend, ab. Ungefähr zwanzig Meter zu dem Pick-up, dann weitere zwanzig Meter zur Scheune und den Ställen. Er öffnete die

Tür ganz. Dann drehte er sich um und kontrollierte die Tür zur Diele. Sie war geschlossen, aber er konnte das Auto hören, das jetzt knirschend hielt. Er glaubte zu vernehmen, wie die Türen aufgingen. Und er spürte, dass die Frau an der Haustür stand und es ängstlich und in Panik anstarrte. Er zuckte mit den Schultern und wandte sich ab, um die Küche zu verlassen. Dabei glitt sein Blick über den Küchentisch.

Nicht gut.

Vielleicht durchsuchen sie alles.

Sagen Sie, dass ich nichts von Ihnen weiß.

Auf dem Tisch standen die Reste zweier Frühstücke.

Zwei Haferbreischalen, zwei Teller mit Eierspuren, zwei Teller mit Toastkrümeln, zwei Löffel, zwei Messer, zwei Gabeln, zwei Kaffeebecher.

Er stellte seinen Toastteller auf seinen Spiegeleiteller, seine Haferbreischale auf seinen Toastteller, seinen Kaffeebecher in seine Haferbreischale und steckte dann sein Messer, seine Gabel und seinen Löffel in die Jackentasche. Er nahm den Geschirrstapel mit und trug ihn durch die Küche und ins Freie hinaus. Er hielt den Stapel in einer Hand, als er die Tür hinter sich schloss, bevor er über den Hof hastete. Der Untergrund bestand aus festgefahrenem Erdreich, das mit Kies befestigt war. Darauf konnte er sich fast lautlos bewegen, aber sein Armzittern ließ den Becher in der Schale klappern. Bestimmt nur ein leises Geräusch, das ihm jedoch laut wie eine Feuersirene vorkam. Er hielt auf die Scheune zu, ein kümmerliches Gebäude aus geteerten Brettern und mit durchhängendem Dachfirst. Ihr Zustand war miserabel. Sie hatte ein zweiflügliges Tor mit ausgeleierten Angeln und verzogenen Torflügeln. Reacher hakte einen Absatz hinter den rechten Flügel, zog ihn ein Stück weit auf und zwängte sich rückwärtsgehend hindurch: mit dem Hinterteil voraus, dann mit den Schultern, zuletzt mit dem Geschirrstapel.

Drinnen war es dunkel. Hier gab es kein Licht, sondern nur blendend helle Lichtstreifen von kleinen Ritzen zwischen den Brettern. Sie warfen dünne Linien und helle Flecke auf den Scheunenboden. Der Boden bestand aus festem Erdreich, das mit Altöl getränkt und mit Rostflocken bedeckt war. Die Luft roch nach Karbolineum. Reacher stellte den Geschirrstapel ab. Überall standen alte Maschinen, die verrostet waren. Ihren Verwendungszweck konnte er nicht einmal erraten. Lauter Zinken und Klingen, Räder und Metall, das fantastische Formen bildete. Landmaschinen. Kein Gebiet, von dem er etwas verstand. Nicht mal andeutungsweise.

Er trat näher an den schiefen Torflügel heran und spähte durch einen Spalt hinaus, horchte und legte sich zurecht, wie er vorgehen wollte. Diesen Kerlen konnte er nichts anhaben, außer er war bereit, ganze Arbeit zu leisten, indem er sie mitsamt ihrem Auto verschwinden ließ und dann Vincent im Motel dazu zwang, für immer den Mund zu halten. Tat er weniger, würde die Sache früher oder später auf Dorothy zurückfallen. Deshalb war es klüger, sich still zu verhalten und unsichtbar zu bleiben – wozu er bereit war, wenn die Umstände es zuließen. Ein Schrei konnte Nervenanspannung oder Angst bedeuten. Zwei Schreie würden unter allen Umständen das Signal zum Eingreifen sein.

Er hörte nichts.

Und er sah zehn lange Minuten nichts. Dann trat ein Kerl aus der Hintertür auf den Hof, und ein zweiter erschien hinter ihm. Sie liefen zehn Schritte weit, dann blieben sie Seite an Seite stehen und schauten sich um, als gehörte ihnen die Farm. Sie blickten nach links, sahen geradeaus, blickten nach rechts. Cityboys. Sie trugen frisch geputzte Schuhe, Anzüge und kurze Wollmäntel. Beide waren bestenfalls mittelgroß, hatten muskelbepackte Oberkörper, waren schwarzhaarig. Zwei echte kleine toughe Kerle wie aus einem Gangsterfilm im Fernsehen.

Sie gingen ein Stück weit nach rechts, auf den Pick-up zu. Sie kontrollierten die Ladefläche. Sie öffneten eine Tür und sahen ins Fahrerhaus. Dann gingen sie weiter, auf die Scheune und die Ställe zu – genau in Richtung Reacher.

Sie kamen ziemlich nah heran.

Reacher bewegte die Schultern, streckte die Ellbogen, wedelte mit den Händen und versuchte, etwas Gefühl in die Arme zu bekommen. Er ballte seine Rechte zur Faust, dann die Linke.

Die beiden Männer kamen noch näher.

Sie sahen nach links, sie sahen nach rechts, sie schnüffelten in die Luft.

Sie blieben stehen.

Geputzte Schuhe, Wollmäntel. Cityboys. Sie hatten keine Lust, durch Hühner- und Schweinemist zu staksen und in altem Krempel herumzuwühlen. Sie wechselten einen Blick, dann drehte der rechte Kerl sich zum Farmhaus um und rief laut: »He, Alte, sieh zu, dass du deinen fetten Arsch hier rauskriegst!«

Vierzig Meter entfernt trat Dorothy aus der Hintertür. Sie blieb kurz stehen und ging dann langsam und zögernd auf die beiden Männer zu, die ihr ebenso langsam entgegenkamen. Bei dem Pickup trafen sie zusammen. Der linke Typ blieb stehen. Der rechte packte Dorothy am Oberarm und zog mit der anderen Hand eine Pistole aus einem Schulterhalfter. Die Waffe schien vernickelt zu sein. Oder sie war aus Edelstahl. Reacher war zu weit weg, um die Marke zu erkennen. Vielleicht ein Colt. Oder eine Kopie. Der Kerl setzte Dorothy die Mündung an die Schläfe. Er hielt die Pistole flach wie ein Filmgangster. Daumen und drei Finger umfassten den Griff. Sein Zeigefinger lag am Abzug. Dorothy schreckte zurück. Der Kerl packte fester zu und zog sie zu sich her.

Er rief laut: »Reacher? So heißen Sie doch? Sind Sie da? Halten Sie sich irgendwo versteckt? Hören Sie mich? Ich zähle jetzt bis drei. Dann kommen Sie raus. Tun Sie's nicht, erschieße ich die alte Kuh. Ich halte ihr meine Pistole an den Kopf. Erzähl's ihm, Grandma.«

Dorothy sagte: »Hier ist niemand.«

Reacher stand still im Dunkel, machte keine Bewegung.

Er sah, wie Dorothy die Augen schloss.

Der Kerl mit der Pistole sagte: »Eins.«

Reacher blieb stehen.

Der Kerl sagte: »Zwei.«

Reacher blieb stehen.

Der Kerl sagte: »Drei.«

18

Reacher stand still und spähte weiter durch den Spalt zwischen zwei Brettern. Nun folgte eine mehrere Sekunden lange Pause. Dann nahm der Kerl, der gezählt hatte, die Hand weg und steckte die Pistole wieder ins Schulterhalfter. Er ließ den Arm der Frau los. Sie stolperte einen Schritt zurück. Die beiden Kerle sahen nach links, sahen nach rechts, wechselten einen Blick. Sie zuckten mit den Schultern. Ein bestandener Test. Eine Vorsichtsmaßnahme, die nötig gewesen war. Sie machten kehrt und marschierten zur Hausecke und kamen außer Sicht. Eine Minute später hörte Reacher Autotüren knallen, einen Motor anspringen und ein Getriebe aufheulen, als der Wagen zur Straße zurückstieß. Er hörte, wie er den Asphalt erreichte und mit quietschenden Reifen davonfuhr.

Dann herrschte wieder Stille.

Reacher blieb genau dort, wo er war, allein im Dunkel. Er war nicht auf den Kopf gefallen. Einer der Kerle konnte sich kinderleicht hinter der Hausecke verstecken, während sein Kumpel mit demonstrativem Lärm als Tarnung wegfuhr. Reacher kannte alle Tricks. Die meisten hatte er irgendwann selbst benutzt, ein paar sogar erfunden.

Dorothy stand auf dem Hof und hatte eine Hand auf der Motorhaube des Pick-ups liegen, um sich abzustützen. Reacher beobachtete sie. Er vermutete, sie werde sich in ungefähr dreißig Sekunden so weit erholt haben, dass sie tief Luft holen und rufen konnte, die Kerle seien weg und er könne jetzt rauskommen. Dann musste er feststellen, wie fünfundzwanzig Jahre gewohnheitsmäßiger Vorsicht ihr etwas anderes rieten. Sie stieß sich von dem Wagen ab und verschwand um die gleiche Hausecke wie zuvor die beiden Männer. Sie blieb eine Minute lang weg und kam von der anderen Seite zurück. Ein Rundgang. Ringsum nur flaches Land. Winter. Nirgends ein Versteck.

Dorothy rief: »Sie sind weg!«

Reacher nahm den Geschirrstapel und zwängte sich mit der Schulter voraus durch den Spalt zwischen den Torflügeln. Er blinzelte im Licht und zitterte in der Kälte. Er ging weiter und traf in der Nähe des Pick-ups mit ihr zusammen. Sie nahm ihm das Geschirr ab. Er fragte: »Alles in Ordnung mit Ihnen?«

Sie antwortete: »Ich hab mir vorhin kurz Sorgen gemacht.«

»Die Pistole war gesichert. Der Kerl hat seinen Daumen nie bewegt. Ich hab ihn genau beobachtet. Das Ganze war ein Bluff.«

»Uns wenn's keiner gewesen wäre? Wären Sie dann rausgekommen?«

»Wahrscheinlich«, sagte Reacher.

»Das mit dem Geschirr haben Sie gut gemacht. Es ist mir plötzlich eingefallen, und ich hab geglaubt, ich sei erledigt. Die beiden Typen haben nicht den Eindruck gemacht, als würden sie was übersehen.«

»Wie haben sie sonst gewirkt?«

»Brutal«, meinte sie. »Bedrohlich. Sie haben gesagt, sie verträten die Duncans. Sie arbeiten nicht für sie, sondern vertreten sie. Das ist etwas Neues. Die Duncans haben bisher nie Außenstehende eingesetzt.«

»Wohin fahren sie als Nächstes?«

»Keine Ahnung. Ich weiß nicht, ob sie's selbst wissen. Nirgends ein Versteck bedeutet auch, dass man nicht weiß, wo man suchen soll, stimmt's?«

»Vielleicht zu dem Doktor?«

»Schon möglich. Die Duncans wissen, dass Sie Kontakt mit ihm hatten.«

»Vielleicht sollte ich mal dort vorbeischauen.«

»Und ich werde vielleicht ins Motel fahren. Ich fürchte, dass sie Mr. Vincent etwas getan haben. Er hat vorhin nicht gut geklungen.«

»Südlich des Motels stehen eine alte Feldscheune und ein alter Schuppen. Nicht sehr weit von der nach Westen führenden Straße entfernt. Zwei allein stehende Holzbauten. Wem gehören sie?«

»Die gehören keinem. Sie haben auf einer der Farmen gestanden, die für das geplante, aber nie verwirklichte Bauprojekt verkauft wurden. Vor fünfzig Jahren.«

»Dort steht ein Pick-up. Den habe ich letzte Nacht den Footballspielern abgenommen. Fahren Sie mich hin?«

»Nein«, entgegnete sie, »mit Ihnen fahre ich nicht noch mal an den Häusern der Duncans vorbei.«

»Sie besitzen keinen Röntgenblick.«

»Doch, den besitzen sie. Sie haben hundert Augenpaare.«

»Sie wollen, dass ich bei ihnen *vorbeimarschiere?*«

»Das brauchen Sie nicht. Sie marschieren nach Westen über die Felder, bis Sie einen Mobilfunkmast sehen. Einer meiner Nachbarn hat der Telefongesellschaft einen halben Hektar verpachtet. Davon zahlt er im Herbst seine Fracht. Dort biegen Sie nach Norden ab. So kommen Sie hinter den Duncans vorbei und sehen dann die Scheune.«

»Wie weit ist's bis dorthin?«

»Es ist ein Morgenspaziergang.«

»Dabei verbrenne ich Ihr wunderbares Frühstück.«

»Dafür ist ein Frühstück schließlich da. Vergessen Sie nicht, nach Norden abzubiegen, okay? In Gegenrichtung liegt Seth Duncans Haus, und dort wollen Sie wirklich nicht hin. Sie kennen den Unterschied zwischen Nord und Süd?«

»Nach Süden hin wird's wärmer, nach Norden hin kälter. Das müsste ich merken.«

»Das ist mein Ernst.«

»Wie hat Ihre Tochter geheißen?«

»Margaret«, sagte die Frau. »Sie hieß Margaret.«

Also ging er hinten um die Scheune, die Schuppen und die Ställe herum und marschierte quer über die Felder davon. Die Sonne war nur ein verschwommener Lichtpunkt an dem hohen grauen Himmel, aber sie genügte zur Orientierung. Es war nach zehn Uhr morgens an einem Wintertag in Nebraska, und sie stand hinter seiner linken Schulter im Südosten. Reacher behielt sie vierzig Minuten lang dort, bis er einen Mobilfunkmast schemenhaft aus dem Dunst aufragen sah. Der hohe Gittermast trug einen Mikrowellenempfänger in Form einer Basstrommel und keulenförmige Mobilfunkantennen. Das Stück Land darunter war mit Unkraut überwuchert und von einem symbolischen Stacheldrahtzaun umgeben. In ziemlicher Entfernung entdeckte er ein Farmhaus, das Dorothys Haus ähnlich sah und vermutlich ihrem Nachbarn gehörte. Der Boden unter Reachers Stiefeln fühlte sich hart und klumpig an, wie er nach der Herbstbestellung zurückgeblieben war. Er bestand teils aus tennisballgroßen Erdbrocken, teils aus hart gefrorenen kleinen Schollen, die entweder wegrollten oder unter seinen Sohlen zerquetscht wurden.

An dem Gittermast bog Reacher nach Norden ab. Die Sonne

war weitergewandert und stand nun fast genau hinter ihm – eine Stunde vor Mittag in der trüben Jahreszeit. Sie spendete keine Wärme, sondern war nur ein etwas hellerer Lichtfleck im Grau dieses Tages. Weit rechts voraus konnte er am Horizont drei dunkle Flecke erkennen. Die Häuser der Duncans, vermutete er, die am Ende ihrer Zufahrt zusammengedrängt standen. Einzelheiten waren nicht auszumachen. Erst recht keine Details von der Größe eines Mannes. Was bedeutete, dass ihn auch von dort aus niemand sehen konnte. Die Entfernung war in Ost-West-Richtung genauso groß wie in West-Ost-Richtung, überall herrschte bei diesigem Grau die gleiche schlechte Sicht. Aber trotzdem holte er etwas nach links aus, beschrieb einen weiten Bogen, achtete auf reichlich Abstand, blieb vorsichtig.

Dorothy, das Zimmermädchen, setzte Mr. Vincent in einen roten Samtsessel und tupfte ihm mit einem Schwamm das Blut vom Gesicht. Er hatte eine aufgeplatzte Lippe, eine Platzwunde an der Augenbraue und ein fast zugeschwollenes Auge. Er entschuldigte sich dafür, dass er so spät angerufen hatte, um sie zu warnen. Er sei bewusstlos geworden, erklärte er, und habe nach dem Aufwachen sofort versucht, das Telefon zu erreichen.

Dorothy legte ihm den Zeigefinger auf die Lippen.

Auf der anderen Seite der runden Lounge waren einige Barhocker umgefallen, und eines der Spiegelfelder hinter der Bar war zertrümmert. Silbrige Glassplitter lagen wie Dolche zwischen den Flaschen. Einer der NASA-Becher war kaputt, sein Henkel glatt abgebrochen.

Angelo Mancini hielt den Doktor mit der linken Hand am Hemdkragen gepackt und hatte die Rechte zur Faust geballt. Die Frau des Doktors saß auf Roberto Cassanos Schoß. Das hatte er ihr befohlen, obwohl sie sich zunächst weigerte. Also hatte Mancini ihrem Mann kräftig ins Gesicht geschlagen. Sie hatte sich erneut geweigert. Mancini hatte erneut zugeschlagen, diesmal kräftiger. Daraufhin hatte sie gehorcht. Cassanos Hand lag auf ihrem Oberschenkel, sein Daumen verschwand halb unter ihrem Rocksaum. Sie war steif vor Angst und bebte vor Abscheu.

»Sprich mit mir, Baby«, flüsterte Cassano ihr ins Ohr. »Sag mir, wo Reacher sich auf deinen Rat hin versteckt hat.«

»Ich habe ihm nichts geraten.«

»Du warst zwanzig Minuten bei ihm. Letzte Nacht. Das wissen wir von dem Verrückten im Motel.«

»Ich habe ihm nichts erzählt.«

»Was hast du sonst zwanzig Minuten bei ihm gemacht? Hast du mit ihm geschlafen?«

»Nein.«

»Willst du mit mir schlafen?«

Sie gab keine Antwort.

»Schüchtern?«, fragte Cassano. »Verschämt? Sprache verloren?«

Seine Hand glitt zwei Fingerbreit höher. Er leckte das Ohr der Frau. Sie wich zurück. Verdrehte den Oberkörper und beugte sich zur Seite, weg von ihm.

Er sagte: »Komm zurück, Baby.«

Sie bewegte sich nicht.

»Komm *zurück*«, wiederholte er etwas lauter.

Sie richtete sich auf. Er hatte den Eindruck, sie werde sich gleich übergeben. Das wollte er nicht. Nicht über seine guten Klamotten. Aber er leckte ihr noch mal das Ohr, nur um ihr zu zeigen, wer hier der Boss war. Mancini schlug dem Doktor noch mal ins Gesicht, nur so aus Spaß. Reisende unterwegs, die ihre Arbeit taten. Aber in Nebraska vergeudeten sie ihre Zeit, das stand fest. Kein Mensch wusste irgendwas. Diese Gegend war kahl wie die Mondoberfläche, nur gab es hier weniger Abwechslung. Warum sollte jemand hierbleiben wollen? Dieser Kerl, dieser Reacher war längst fort, hatte sich abgesetzt, war bei Sonnenaufgang vermutlich schon halb in Omaha, rumpelte mit dem gestohlenen Pickup dahin, ohne dass die County Cops irgendwas merkten, weil sie bestimmt nächtelang beim Poker zusammenhockten; denn hatten sie nicht jede einzelne der Lieferungen verpasst, die auf der Fahrt von Kanada nach Vegas hier durchröhrten? Monatelang? Hatten sie das nicht getan? Jede einzelne?

Arschlöcher.

Bauerntölpel.

Schwachköpfe.

Alle miteinander.

Cassano stand ruckartig auf und stieß die Frau des Doktors von seinem Schoß. Sie ging zu Boden, blieb ausgestreckt liegen. Mancini schlug dem Doktor noch mal ins Gesicht, dann gingen sie zu dem gemieteten Impala hinaus, der draußen geparkt stand.

Reacher achtete darauf, dass die drei dunklen Flecken weit rechts von ihm blieben, und stapfte weiter. Marschieren war er gewohnt. Das waren alle Soldaten. Manchmal gab es keine Alternative zu einem langen, schnellen Fußmarsch, deshalb wurden Soldaten dafür ausgebildet. So war es bei den Römern gewesen, und so war es noch heute, und so würde es auch in Zukunft sein. Also marschierte er weiter, war mit seinem Fortschritt zufrieden und genoss die kleine Entschädigung für seine Anstrengung, die frische Luft mit sich brachte.

Dann roch er etwas anderes.

Vor ihm lag ein Klumpen aus halb hohem Buschwerk wie ein niedriges Wäldchen. Wilde Himbeeren oder vielleicht Wildrosen, ein Überrest, der aus irgendeinem Grund nicht untergepflügt war, jetzt kahl und entlaubt, aber noch dicht und mit Dornen besetzt. Aus seiner Mitte stieg eine fast unsichtbare dünne Rauchsäule auf, die von der leichten Brise waagrecht weggetragen wurde. Der

Rauch hatte einen typischen Geruch. Kein Holzfeuer. Auch keine Zigarette.

Marihuana.

Diesen Geruch kannte er. Den kannte jeder Cop, sogar Militärpolizisten. Auch Soldaten kifften nach Dienst gern mal. Manchmal auch im Dienst. Reacher vermutete, dass er *Cannabis sativa* roch, offenbar keinen aus Mexiko importierten Dreck, sondern guten, selbst angebauten Hanf. Und warum nicht, hier in Nebraska? Der Mais stand undurchdringlich dicht und drei Meter hoch, und nur hundert Meter vom Feldrand entfernt war eine Lichtung mit sechs, sieben Meter Durchmesser ein so geheimer Garten, wie man ihn sich nur wünschen konnte. Trotz aller staatlichen Subventionen auch lohnender anzubauen als Mais. Und diese Leute mussten das Geld für die Frachtraten der Duncans aufbringen. Vielleicht versuchte hier jemand die letzte Ernte, beurteilte ihre Qualität und setzte in Gedanken den Preis fest.

Der Kiffer war ein Junge. Schätzungsweise fünfzehn bis sechzehn Jahre alt. Reacher trat näher und entdeckte ihn im brusthohen Dickicht. Er war ziemlich groß, sehr schlaksig und trug sein langes Haar in der Mitte gescheitelt, was Reacher schon lange nicht mehr bei einem Jungen gesehen hatte. Bekleidet war er mit einer festen Hose und einem Parka aus ehemaligen Beständen der deutschen Bundeswehr. Er saß auf einer ausgebreiteten Plastiktüte, hatte die Knie angezogen und lehnte mit dem Rücken an einem großen Granitblock, der aus dem Erdboden ragte. Der keilförmige Felsblock schien von einem viel größeren Felsen abgebrochen und weit weggerollt zu sein, bevor er hier zum Stillstand gekommen war. Und der Findling war auch der Grund dafür, dass die Pflüge dieses Dickicht ausgespart hatten. Die großen Traktoren machten einen weiten Bogen um den Granitbrocken, und die Natur hatte diese Fläche wieder in Besitz genommen. Jetzt nutzte der Junge sie seinerseits, hielt sich vor der Welt versteckt, genoss seinen Tag. Vielleicht doch kein halb kommerzieller Cannabispflanzer. Vielleicht nur ein enthusiastischer Amateur mit Hanfsamen von einem Spezialversand in Boulder oder San Francisco.

»Hallo«, sagte Reacher.

»Alter«, sagte der Junge. Das klang heiter. Nicht zugekifft. Nur sanft ein paar Handbreit über dem Boden schwebend. Ein erfahrener User, der genau wusste, wie viel zu viel und wie wenig zu wenig war. Seine Überlegungen liefen in Zeitlupe ab, sie standen ihm im Gesicht geschrieben. Als Erstes: *Bin ich geschnappt?* Dann: *Ausgeschlossen.*

»Alter«, wiederholte er. »Du bist der Mann. Du bist der Kerl, den die Duncans suchen.«

Reacher fragte: »Bin ich das?«

Der Junge nickte weise. »Du bist Jack Reacher. Einen Meter fünfundneunzig, ungefähr hundertzwanzig Kilo, braunbeiger Parka. Die suchen dich, Mann. Die sind echt hinter dir her«

»Wirklich?«

»Heute Morgen waren Cornhusker bei uns im Haus. Wir sollen die Augen offen halten Und da stehst du plötzlich, Mann. Du hast mich echt überrascht. Ich schätze, deine Augen waren offen, nicht meine. Hab ich recht?« Dann verfiel er in anfallartiges hilfloses Kichern. Vielleicht war er doch etwas bekiffter, als Reacher vermutet hatte.

Reacher fragte: »Hast du ein Handy?«

»Teufel, ja. Ich schreib meinen Kumpels 'ne SMS. Sie sollen wissen, dass ich den Mann gesehen hab – überlebensgroß und zum Anfassen nah. Hey, ich könnte dich selbst mit ihnen reden lassen. Das wär ein Kick, was? Würdest du das tun? Mit meinen Kumpels reden? Damit sie wissen, dass sie nicht verscheißert werden?«

»Nein«, sagte Reacher.

Der Junge wurde sofort wieder ernst. »Hey, ich steh auf deiner Seite, Mann. Du musst dich versteckt halten. Das versteh ich. Aber mach dir keine Sorgen, Alter. Wir verpfeifen dich nicht. Meine Kumpels und ich, mein ich. Wir sind auf deiner Seite. Du zeigst es den Duncans, und wir stehen voll hinter dir.«

Reacher sagte nichts. Der Junge konzentrierte sich, streckte den Arm hoch über das Dornengestrüpp und hielt ihm den Joint hin.

»Willst du mal?«, fragte er. »Auch das wäre ein Kick. Mit dem Mann rauchen.«

Der Joint war dick, mit gelbem Papier gut gedreht und ungefähr zur Hälfte geraucht.

»Nein danke«, sagte Reacher.

»Jeder hasst sie«, erklärte der Junge. »Die Duncans, mein ich. Sie kontrollieren das ganze County.«

»Zeig mir ein County, das nicht von irgendwem kontrolliert wird.«

»Weiß, was du meinst, Alter. Das System ist scheiße. Da gibt's keinen Widerspruch von mir. Aber die Duncans sind noch viel schlimmer als andere. Sie haben ein Kind ermordet. Hast du das gewusst? Ein kleines Mädchen. Acht Jahre alt. Sie haben die Kleine entführt und echt schlimm zugerichtet und kaltgemacht.«

»Wirklich?«

»Teufel, ja. Todsicher.«

»Weißt du das bestimmt?«

»Keine Frage, mein Freund.«

»Das war vor fünfundzwanzig Jahren. Und du bist was ... fünfzehn?«

»So war's aber.«

»Das FBI war anderer Meinung.«

»Glaubst du *denen*?«

»Im Gegensatz zu wem? Zu einem Kiffer, der damals noch nicht mal geboren war?«

»Das FBI hat nicht gehört, was ich höre, Mann.«

»Was hörst du?«

»Ihren Geist, Mann. Der ist nach fünfundzwanzig Jahren noch immer da. Ich sitz nachts hier draußen und hör ihren armen Geist kreischen, Mann, kreischen und jammern und stöhnen und weinen, hier draußen in der Dunkelheit.«

19

Unser Schiff ist eingelaufen. Ein altehrwürdiger Satz aus alten Seefahrerzeiten, voller Hoffnung und Staunen. Ein Investor konnte sein ganzes Vermögen – oder sogar teilweise geborgtes Geld – dazu verwenden, ein Schiff bauen zu lassen, es auszurüsten und zu bemannen. Anschließend segelte es auf die Meere hinaus, legte unvorstellbare Entfernungen zurück, schwamm über unbekannten Tiefen, bestand unberechenbare Gefahren. Zur Heimat gab es keine Verbindung. Kein Funk, kein Telefon, kein Telegraf, keine Post. Keinerlei Nachricht. Aber dann wollte es vielleicht der Zufall, dass das Schiff zurückkehrte, vom Wetter gebeutelt, die Segel geflickt, der Rumpf tief im Wasser der Fahrrinne liegend, mit Gewürzen aus Indien, Seide aus China oder Tee, Kaffee, Rum oder Zucker beladen. Genug Profit, um die Kosten und Kredite auf einmal abzahlen und noch mindestens ein Jahrzehnt lang im Luxus leben zu können. Alle folgenden Reisen brachten nur Gewinne, die ausreichten, um einen Mann reicher zu machen, als er sich je hätte träumen lassen. *Unser Schiff ist eingelaufen.*

Jacob Duncan benutzte diese Redewendung um 11.30 Uhr an diesem Morgen. Er befand sich mit seinen Brüdern in einem düsteren kleinen Raum auf der Rückseite seines Hauses. Sein Sohn Seth war nach Hause gefahren. Nur die drei Brüder saßen zusammen, stoisch, geduldig und nachdenklich.

»Ich hab einen Anruf aus Vancouver erhalten«, sagte Jacob. »Von unserem Mann im Hafen. Unser Schiff ist eingelaufen. Schuld an der Verzögerung war schlechtes Wetter in der Straße von Luzon.«

»Wo liegt die?«, fragte Jasper.

»Sie verbindet das Südchinesische Meer mit der Philippinensee. Aber jetzt sind unsere Waren eingetroffen. Unser Lieferwagen kann noch heute Nacht losfahren. Spätestens morgen früh.«

»Das ist gut«, meinte Jasper.

»Findest du?«

»Warum denn nicht?«

»Du hast dir zuvor Sorgen gemacht, was passieren könnte, wenn der Fremde erledigt wird, bevor die Verzögerung behoben ist. Du hast gesagt, das würde uns als Lügner entlarven.«

»Stimmt. Aber dieses Problem ist vom Tisch.«

»Glaubst du? Meiner Ansicht nach tritt das Problem lediglich mit umgekehrtem Vorzeichen auf. Was ist, wenn der Lieferwagen eintrifft, bevor der Fremde erledigt ist? Auch das würde uns als Lügner entlarven.«

»Wir könnten das Fahrzeug dort oben warten lassen.«

»Nein, das können wir nicht. Wir haben ein Fuhrunternehmen, kein Lagerhaus. Uns fehlen die logistischen Voraussetzungen.«

»Was tun wir also?«

»Wir denken nach. Das tun wir. Wo, zum Teufel, steckt dieser Kerl?«

»Das wissen wir nicht.«

»Wir wissen, dass er seit gestern nicht mehr geschlafen oder gegessen hat. Wir wissen, dass unsere Jungs heute Vormittag alle Straßen abgefahren haben, ohne das Geringste entdecken zu können. Wo steckt er also?«

Jonas Duncan sagte: »Er ist in irgendeinem Hühnerstall untergekrochen oder zu Fuß über die Felder unterwegs.«

»Genau«, sagte Jacob. »Es wird Zeit, unsere Jungs von den schönen Asphaltstraßen abzuziehen, denke ich. Es wird Zeit, eine

Treibjagd zu veranstalten und sie in großen Kreisen übers Land fahren zu lassen, denke ich.«

»Wir haben aber nur noch sieben.«

»Alle verfügen über Handys. Sobald sie den Kerl sichten, können sie die Jungs aus dem Süden anrufen und alles Weitere den Profis überlassen. Falls das überhaupt nötig ist. Oder wenigstens können sie eine koordinierte Aktion vereinbaren. Ich schlage vor, sie von der Leine zu lassen.«

Unterdessen begann Reacher, sich zu beeilen. Er war ungefähr eine Viertelmeile genau westlich der drei Duncan-Häuser – und damit so nahe, wie er überhaupt an sie herankommen wollte. Er marschierte parallel zur Straße. Weit vor sich konnte er bereits die Holzgebäude erkennen. Sie glichen braunen Stecknadelköpfen am fernen Horizont. Nichts zwischen ihm und ihnen. Nur flaches Land. Er hielt Ausschau nach Pick-ups, die bestimmt auftauchen würden. Unterdessen hätten die Jäger die Straßen abgesucht und nichts gefunden. Daraus würden sie schließen, dass er querfeldein übers Land unterwegs war. Folglich würden sie schon bald Fahrzeuge auf die Felder schicken, wenn sie's nicht schon getan hatten. Das war vorhersehbar. Schnelle, mobile Patrouillen, Verständigung per Handy, vielleicht sogar per Funk. Sieben Kerle mit sieben Pick-ups. Nicht gut.

Er marschierte weiter, fünf, zehn, dann zwanzig Minuten. Die drei Häuser der Duncans blieben hinter ihm zurück. Die Holzgebäude vor ihm verharrten am Horizont, wurden aber langsam größer, weil er ihnen etwas näher kam. Drei- bis vierhundert Meter halb links voraus lag ein weiteres Dornengestrüpp, ein ausgedehntes brusthohes Dickicht, aber ansonsten war nichts in Sicht, was höher als eine Handbreit gewesen wäre. Reacher war gefährlich exponiert, das wusste er.

In Las Vegas zog ein Libanese namens Safir sein Handy heraus und wählte eine Nummer. Der Angerufene war nur sechs Straßenblocks entfernt: ein Italiener namens Rossi. Diesmal gab es keinen Austausch von Höflichkeiten. Dafür war keine Zeit. Safir sagte als Erstes: »Sie machen mich zornig.«

Rossi gab keine Antwort. Er konnte es sich schlichtweg nicht leisten, sich dazu zu äußern. Das war eine Frage der Etikette. Er stand an der Spitze einer florierenden Organisation, die groß und weit verzweigt war, aber in der Stadt gab es größere Organisationen, zu denen die von Safir gehörte.

Safir sagte: »Ich habe Sie mit meiner Kundschaft beehrt.«

Rossi erwiderte: »Und dafür bin ich Ihnen dankbar.«

»Aber jetzt bringen Sie mich in Verlegenheit«, fuhr Safir fort, was Rossi für einen Fehler hielt. Das war ein Eingeständnis von Schwäche. Es bewies, dass Safir, so groß er auch sein mochte, einen noch Größeren im Nacken hatte. Dies war gewissermaßen eine Nahrungskette. Ganz unten standen die Duncans, dann kam Rossi, dann Safir, und ganz oben stand jemand anders. Wer das war, spielte keine Rolle. Allein die Existenz eines Größeren bewirkte, dass Safir und Rossi im selben Boot saßen. Trotz ihres angesammelten Reichtums, ihrer Macht und ihres Prestiges waren sie beide nur Mittelsmänner. Beide nur Handlanger – jedoch mit gleichen Interessen.

Rossi sagte: »Sie wissen, dass Ware in dieser Qualität schwer zu beschaffen ist.«

Safir sagte: »Ich erwarte, dass Zusagen eingehalten werden.«

»Das tue ich auch. Wir sind hier beide Opfer. Der Unterschied besteht darin, dass ich etwas dagegen tue. Ich habe bereits Leute droben in Nebraska im Einsatz.«

»Welches Problem gibt's dort?«

»Sie behaupten, dass bei ihnen ein Kerl herumschnüffelt.«

»Wer, ein Cop?«

»Nein«, antwortete Rossi. »Garantiert kein Cop. Die Lieferkette ist so sicher wie immer. Bloß jemand auf der Durchreise, das ist alles. Ein Fremder.«

»Wer?«

»Ein Niemand. Nur ein Wichtigtuer.«

»Wie kann dieser Niemand, dieser wichtigtuerische Fremde alles aufhalten?«

»Ich glaube nicht, dass er das tut. Ich glaube, dass sie lügen. Ich glaube, dass das eine erfundene Ausrede ist. Sie sind zu spät dran, das ist alles.«

»Unbefriedigend.«

»Durchaus. Aber dies ist ein Verkäufermarkt.«

»Wen haben Sie dort oben?«

»Zwei meiner Jungs.«

»Ich werde zwei von meinen schicken.«

»Nicht nötig«, wehrte Rossi ab. »Ich kümmere mich schon darum.«

»Nicht nach Nebraska, Sie Idiot«, sagte Safir. »Ich schicke zwei meiner Jungs zu Ihnen, damit sie auf Sie aufpassen. Um Sie weiter unter Druck zu setzen. Ich möchte, dass Sie sich sehr bewusst sind, was mit Leuten passiert, die mich enttäuschen.«

Die Hafenverwaltung Vancouver war mit der Hafenverwaltung Fraser River und der Hafenverwaltung North Fraser River zusammengelegt worden, und die glitzernde neue Hafenbehörde firmierte als Port Metro Vancouver. Neu entstanden war so der größte Hafen Kanadas, der größte Hafen im pazifischen Nordwesten, der viertgrößte Hafen an der Westküste Nordamerikas und der fünftgrößte ganz Nordamerikas. Er erstreckte sich über sechshundert Kilometer Küstenlänge, hatte fünfundzwanzig einzelne Terminals und fertigte pro Jahr dreitausend Schiffe ab, die insgesamt hundert Millionen Tonnen Fracht löschten, was tagtäglich weit über eine Viertelmillion Tonnen waren. Fast die gesamte Stückgutfracht wurde in genormten Seecontainern transportiert, die – wie so vieles andere – auf einem Entwurf des US-Verteidigungsministeriums aus den fünfziger Jahren basierten, weil damals das US-Verteidigungsministerium eine der wenigen Behörden gewesen war, die den Willen und die Energie besaßen, überhaupt einen Entwurf zu machen – und die einzige, die ihn praktisch durchsetzen konnte.

ISO-Standardcontainer waren im Prinzip längliche Kästen aus Trapezstahlblech, die problemlos mit unterschiedlichen Transportmitteln wie Schiffen, Güterwagen und Sattelschleppern transportiert werden können. Alle waren knapp zweieinhalb Meter breit und etwas über zweieinhalb Meter hoch. Die kürzesten und seltensten wiesen eine Länge von zwanzig Fuß auf. Die meisten waren vierzig, fünfundvierzig, achtundvierzig oder dreiundfünfzig Fuß lang. Für Verkehrszwecke wurde jedoch immer mit den kürzesten Containern gerechnet – in fiktiven Größen, die Twentyfoot Equivalent Units oder TEU hießen. Ein Zwanzigfußcontainer wurde als einer gezählt, ein Vierzigfußcontainer als zwei und so weiter. Der Port Metro Vancouver schlug pro Jahr zwei Millionen TEU um.

Die Sendung der Duncans kam in einem Zwanzigfußcontainer an. Das war die kleinste Größe: ein TEU. Bei einem Nettogewicht von 2200 Kilogramm betrug sein Bruttogewicht knapp 2800 Kilogramm, was bedeutete, dass er in einem Frachtraum, der für bis zu 27 200 Kilogramm ausgelegt war, nur 575 Kilogramm Fracht enthielt. Mit anderen Worten, der Container war zu achtundneunzig Prozent leer. Trotzdem war das nicht so verschwenderisch oder ineffizient, wie man auf den ersten Blick hätte vermuten können. Jedes Kilogramm, das dieser Container enthielt, war mehr wert als Gold.

Ein Portalkran hob ihn von einem südkoreanischen Schiff

und setzte ihn sanft auf kanadischem Boden ab, wo er sofort von einem weiteren Kran aufgenommen und zur Inspektion gebracht wurde, wo eine Kamera seinen BIC-Code las. Das BIC war das Bureau des Containers, das seinen Sitz in Paris hatte, und der Code war eine Kombination aus vier lateinischen Buchstaben und einer siebenstelligen Zahl. Gemeinsam sagten sie den Computern des Port Metro Vancouver, wem dieser Container gehörte, woher er kam, was er enthielt und dass sein Inhalt schon im Voraus vom kanadischen Zoll abgefertigt worden war – lauter Informationen, von denen keine auch nur im Geringsten zutreffend war. Der Code sagte den Computern auch, wann und wohin der Container weiterbefördert werden sollte, was in beschränktem Umfang zutraf. Er war zum Transport ins Landesinnere bestimmt und sollte unverzüglich, ohne die geringste Verzögerung, auf einen schon bereitstehenden Sattelschlepper verladen werden. Also wurde er weiterbefördert, wobei er eine Kontrolle passieren musste, die geschmuggeltes Nuklearmaterial aufspüren sollte – ein Test, den er mühelos bestand –, und gelangte auf den Ladehof. Kurz davor erzeugten die Computer automatisch eine SMS an den wartenden Fahrer, der daraufhin seinen Motor anließ und die zugewiesene Verladestelle ansteuerte. Der Container wurde auf der Ladefläche abgesetzt und automatisch verriegelt. Eine Minute später befand er sich bereits auf dem Weg, passierte zehn Minuten später das Hafentor und fuhr nach Osten weiter: hoch und stolz und allein auf dem dreiundfünfzig Fuß langen Auflieger des Sattelschleppers stehend, dessen röhrender Dieselmotor sein minimales Gewicht kaum spürte.

Reacher marschierte noch hundert Meter übers Feld weiter, dann blieb er stehen, drehte sich langsam um seine Achse und schaute aufmerksam in alle Richtungen. Vor ihm waren keine Aktivitäten zu erkennen. Nichts im Westen. Nichts im Osten. Nur flaches, leeres

Land. Aber hinter sich, weit im Süden, entdeckte er einen Pick-up. Ungefähr eine Meile entfernt, vielleicht etwas mehr. Er fuhr querfeldein, holperte und schwankte auf dem unebenen Untergrund, sodass sein verchromter Kühlergrill schwache Lichtblitze aussandte.

20

Reacher ging in die Hocke. Seine Kleidung war oliv, braun und beige, und die im Winterschlaf liegenden Felder um ihn herum waren ebenfalls oliv, braun und beige. Verrottende Blätter und Stängel, Klumpen fruchtbarer Erde, alles durch Frost und Wind rissig geworden. In der Luft hing immer noch dünner Nebel wie eine atmosphärische Schicht aus feinster Gaze.

Der Pick-up eine Meile südlich von ihm fuhr weiter. Das Feld war riesengroß, und er befand sich ungefähr in seiner Mitte. Er beschrieb eine endlose Folge von halben S-Kurven, indem er nacheinander halb links, dann geradeaus, dann halb rechts, dann geradeaus, dann halb links steuerte. Rhythmisch, regelmäßig und unermüdlich, sodass der Blick des Fahrers wie ein Suchscheinwerfer über den Horizont glitt.

Reacher verharrte vorerst in der Hocke. Stationäre Ziele waren weit weniger auffällig als bewegliche. Aber er wusste, dass der Pick-up früher oder später in seine Nähe käme. Das war unvermeidlich. Irgendwann würde er flüchten müssen. Aber wohin? Hier gab es keine natürliche Deckung. Keine Hügel, keinen Wald, weder Bäche noch Flüsse. Nichts, gar nichts. Und er war ein langsamer Läufer und nicht besonders agil. Nicht dass irgendjemand schnell oder agil genug gewesen wäre, um ein Wettrennen gegen einen Mann in einem Pick-up in freiem, endlos weitem Gelände gewinnen zu können.

Das in der Ferne noch winzige Fahrzeug kam unaufhaltsam näher, langsam, geduldig und methodisch. Halb links, geradeaus, halb rechts. Seine halb rechten Kurven zielten direkt auf Reacher. Jetzt betrug die Entfernung noch ungefähr tausend Meter. Den Fahrer konnte er nicht erkennen. Folglich sah der Kerl auch ihn nicht. Zumindest noch nicht. Aber das war nur eine Frage der Zeit. Aus zweihundert Metern Entfernung würde er entdeckt werden, schätzte Reacher, weil seine vagen Umrisse in der Hocke sich auflösen würden. Vielleicht aus hundertfünfzig Metern, wenn die Frontscheibe schmutzig, oder aus hundert Metern, wenn der Fahrer kurzsichtig, gelangweilt oder träge war. Auf die Entdeckung würde eine kurze verblüffte Pause folgen, bevor der Kerl Vollgas gab. Auf diesem Untergrund konnte ein Pick-up dreißig bis fünfunddreißig Meilen schnell sein. Also würde ein Flüchtender in etwa sieben bis fünfzehn Sekunden eingeholt werden.

Nicht genug.

Lieber früher losrennen als später.

Aber wohin?

Er drehte sich langsam und vorsichtig um. Nichts im Osten. Nichts im Westen. Aber dreihundert Meter nördlich von ihm lag das Dornengebüsch, das ihm bereits aufgefallen war. Das zweite Dickicht innerhalb von zwei Meilen. Ein Gewirr aus brusthohen Büschen, ein Miniaturwäldchen, wilde Himbeeren oder Wildrosen, um diese Jahreszeit kahl, aber dicht mit kräftigen Dornen besetzt. Von den Pflügern verschont. Das erste Dickicht war unbehelligt geblieben, weil es einen riesigen Granitblock umgab. Das musste auch auf dieses Gebüsch zutreffen. Kein Farmer der Welt hätte Wildblumen über Dutzende von Jahren hinweg allein aus sentimentalen Gründen geschont.

Das Dickicht schien seine einzige Chance zu sein.

Dreihundert Meter für Reacher. Bei seinem geringen Tempo vielleicht sechzig Sekunden.

Tausend Meter für den Pick-up. Bei seinem hohen Tempo vielleicht siebzig Sekunden.

Zehn Sekunden Vorsprung.

Darüber musste man nicht lange nachdenken.

Reacher rannte los: mit unbeholfen steifen Schritten, auf und ab pumpenden Armen, aufgerissenem Mund, laut keuchend. Zehn Meter, zwanzig, dann dreißig. Dann vierzig, dann fünfzig. Weit hinter sich vernahm er das gedämpfte Aufheulen eines Motors. Er sah sich nicht um. Trabte nur weiter, schlitterte einmal, rutschte mehrmals aus, kam sich schmerzhaft langsam vor.

Noch zweihundert Meter.

Er rannte weiter, so schnell er konnte, hörte die ganze Zeit den Pick-up hinter sich. Noch immer gedämpft. Noch immer beruhigend weit weg. Aber schnell unterwegs. Aufheulender Motor, pfeifende Keilriemen, angesaugte Luft, ratternde Federbeine, trampelnde Reifen.

Noch hundert Meter.

Er riskierte einen Blick nach hinten. Der Pick-up hatte offensichtlich einen schlechten Start erwischt und war weiter entfernt als erwartet. Trotzdem holte das Fahrzeug jetzt gewaltig auf. Es kam rasch näher. Es handelte sich um keinen Pick-up, sondern um einen Geländewagen. Ein US-Fahrzeug, kein Japaner. Vielleicht von GMC. Dunkelrot. Nicht mehr neu. Mit hoher stumpfer Schnauze und einem verchromten Kühlergrill von der Größe einer Badewanne.

Noch fünfzig Meter. Zehn Sekunden. Er machte zwanzig Meter vor dem Dickicht halt und drehte sich nach Süden um. Stand schwer atmend still. Hob die seitlich ausgestreckten Arme bis in Schulterhöhe.

Fang mich doch!

Der Geländewagen walzte weiter. Genau auf ihn zu. Reacher machte einen großen Schritt nach rechts, zwo, drei, bis er genau richtig stand. Das Fahrzeug direkt vor ihm, das Gebüsch direkt hinter ihm. Der Wagen kam unaufhaltsam näher. Reacher ging erst rückwärts, dann lief er auf Zehenspitzen rückwärts, kontrollierte immer wieder seine Richtung. Das Fahrzeug kam weiter heran: schleudernd, springend, wippend, röhrend. Zwanzig Meter entfernt, dann zehn, dann fünf. Reacher hielt mit ihm Schritt. Als er die ersten Dornen in den Kniekehlen spürte, warf er sich zur Seite, rollte weg und wartete darauf, dass der Wagen das Dickicht niederwalzen und an dem Granitblock zerschellen würde.

Aber das passierte nicht.

Der Fahrer bremste scharf und kam so zum Stehen, dass der Kühler nur einen Meter weit in das Gebüsch hineinragte. Ein Kerl von hier. Er wusste, was dort drinnen verborgen war. Reacher hörte, wie krachend der Rückwärtsgang eingelegt wurde. Der Wagen stieß zurück, die Vorderräder wurden eingeschlagen, das Getriebe krachte nochmals – und das Fahrzeug schoss auf ihn zu. Es hatte extrabreite Offroadreifen mit schmutzig weißer Beschriftung und groben Stollen. Sie ließen die Ackerkrume völlig gleichmäßig nach hinten spritzen. Allradantrieb. Der Motor röhrte. Ein großer V-8-Motor. Vom Boden aus konnte Reacher Federbeine und Stoßdämpfer, Auspuffrohre und Differenziale in der Größe von Fußbällen sehen. Er rappelte sich auf, täuschte rechts an und warf sich nach links. Als er sich wegwälzte, beschrieb der Geländewagen einen engen Bogen, der Reacher jedoch knapp verfehlte. Er konnte heißes Öl, Benzin und Auspuffschwaden riechen. Dazu kam eine unglaubliche Kakophonie: der Motor, das knirschende Getriebe, die knarrenden Federbeine. Der Fahrer legte wieder den Rückwärtsgang ein und schoss auf Reacher zu. Er kniete inzwischen wieder und versuchte, sich zu entscheiden. Wohin als Nächstes? Rein oder raus? Ins Gebüsch oder hinaus ins Freie?

Eigentlich keine Wahl.

Eine Flucht ins Freie wäre Selbstmord gewesen. Im Nahbereich war der Geländewagen relativ schwerfällig, aber Reacher würde nicht ewig rennen und Haken schlagen können. Das konnte niemand. Früher oder später würde er vor Erschöpfung schlappmachen. Also rappelte er sich wieder hoch und watete ins Dickicht hinein, dessen Dornen sich in seinen Hosenbeinen verfingen. Der Geländewagen hielt wieder auf ihn zu, fuhr rückwärts, verengte seinen Kurvenradius. Der Fahrer starrte über seine Schulter. Ein großer Mann. Stiernacken. Breite Schultern. Bürstenhaarschnitt. Reacher hastete auf die Mitte des Gebüschs zu. Verfilzte lange Dornenranken schlangen sich um seine Knöchel. Er riss sich los und bahnte sich weiter seinen Weg. Der Fahrer schlug die Vorderräder bis zum Anschlag ein. Sein Kurvenradius wurde enger, aber das reichte noch nicht. Reacher blieb auf der Innenseite der Kurve und stürmte voran.

Er schaffte es bis zu dem Felsbrocken.

Der Felsen war gewaltig. Weit größer als der erste Granitblock, den er gesehen hatte. Vielleicht war der andere von diesem abgebrochen. Er war oben abgerundet, aber nicht eben, seine Oberfläche bucklig, von Furchen durchzogen und glich einer halb im Erdboden vergrabenen Orange, der drei oder vier Schnitze fehlten. Vielleicht war er vor fünfzigtausend Jahren von einem Eiszeitgletscher aus Kanada hierhergewälzt worden. Das Gewicht von Milliarden Tonnen Eis hatte ihn zersplittern lassen, und das kleinere Fragment war noch drei Kilometer weitergewandert, bevor es zur Ruhe kam, um halb im Erdboden vergraben über Jahrtausende hinweg kaum merklich zu verwittern. Der größere Felsen war hier liegen geblieben: hüfttief in fruchtbarem Ackerland steckend, selbst leicht verwittert, eine riesige Granitkugel mit einer flachen dreieckigen Einkerbung – als wäre dort ein Stück herausgebissen –, die nach Süden wies, wo das kleinere abgesprengte Fragment lag. Diese Einkerbung war ungefähr drei Meter breit und kaum anderthalb Meter tief.

Reacher machte mit dem Rücken an dem Findling lehnend halt – an der Ostseite, wo die Einkerbung hinter seiner rechten Schulter einen Viertelkreis entfernt war. Der Geländewagen wendete und fuhr aus dem Dickicht. Reacher glaubte einen verrückten Augenblick lang, der Kerl gebe auf und fahre nach Hause. Aber dann wendete er wieder, beschrieb auf dem Feld einen Halbkreis und kam zurück: langsam und bedrohlich, geradewegs auf ihn zu. Der Kerl hinter der Frontscheibe grinste triumphierend. Die ersten Dornenranken verschwanden unter dem verchromten Kühlergrill. Der Fahrer hielt das Lenkrad mit beiden Händen umklammert, zielte sorgfältig.

Er wollte Reacher mit den Beinen an den Felsblock quetschen.

Reacher kletterte auf den Felsbrocken, mit Handflächen und Stiefelsohlen, wie eine Krabbe. Er arbeitete sich geduckt höher und stand dann in etwa anderthalb Meter Höhe unsicher auf der gewölbten Granitfläche. Der Wagen kam mit der Stoßstange eine Handbreit vor dem Felsen zum Stehen, sodass die Motorhaube sich etwas unter Reachers Füßen und sein Dach ein wenig darüber befand. Der Motor arbeitete im Leerlauf, und Reacher hörte ein vierfaches lautes Klicken, als die Türen von innen verriegelt wurden. Der Fahrer war besorgt. Wollte nicht aus dem Auto gezerrt und in eine Schlägerei verwickelt werden. Cleverer Kerl. So blieben Reacher nur noch wenige Optionen. Er konnte auf die Motorhaube springen und versuchen, die Frontscheibe einzutreten. Aber das Sicherheitsglas war härter, als es aussah, und der Kerl brauchte nur plötzlich anzufahren, um ihn abzuschütteln. Außer er hielt sich an den Dachträgern fest, aber seine schmerzenden Arme hatten nicht die Kraft, um eine wilde Fahrt durch halb Nebraska durchzustehen.

Ein Patt.

Oder vielleicht auch nicht. Der Kerl hatte seine Taktik deutlich zu erkennen gegeben. Er hatte sein Handy nicht benutzt. Er wollte Reacher ganz allein schnappen, um alles Lob einzuheimsen. Das wollte er tun, indem er seinen Wagen als Hammer und den Felsblock als Amboss benutzte. Aber er würde nicht endlos lange Geduld haben. Sobald seine Frustration zu groß wurde, würde er seine Kumpel anrufen.

Also los.

Reacher kletterte die rückwärtige Seite des Felsblocks hinunter und stieg in die Dornenranken. Er hörte, wie der Geländewagen zurückstieß, um dann in einem Bogen auf ihn zuzukommen. Der Wagen erschien rechts von ihm, walzte die Dornenranken nieder, behielt einen engen Kurvenradius bei, als umrundete er einen Verkehrskreisel, kam langsam und unaufhaltsam näher. Reacher tat so, als wollte er ins Freie flüchten. Der Kerl fiel darauf herein und verließ seine enge Kurve. Reacher war mit wenigen Schritten wieder bei dem Granitbrocken, glitt die verwitterte Oberfläche entlang und presste sich in die flache dreieckige Einkerbung, die seinen Schultern knapp Raum bot. Der Fahrer zögerte eine Sekunde, dann gab er Gas, beschrieb mit aufheulendem Motor auf dem Feld einen engen Bogen und kam sofort zurück: wieder frontal, wieder im ersten Gang, wieder bedrohlich langsam, näher und näher, drei Meter, zwei Meter, einen Meter, dann einen halben Meter.

Im nächsten Augenblick rammten das linke und das rechte Ende der Stoßstange unnachgiebigen Fels, und der Wagen kam genau dort zum Stehen, wo Reacher ihn haben wollte. Der große verchromte Kühlergrill schloss die flache dreieckige Einkerbung einen Viertelmeter vor Reachers Oberschenkeln ab. Er spürte die von dem Kühler abgestrahlte Hitze; der Leerlaufrhythmus des großen Motors ließ seinen Brustkorb erbeben. Er konnte Öl, Benzin, Gummi und Auspuffgase riechen. Er legte die Hände auf das gewölbte Chrom und wollte sich in sitzender Position nach unten gleiten lassen, um mit den Füßen voraus unter den Wagen zu gelangen und nach hinten hinauszukriechen.

Funktionierte nicht.

Dem Fahrer war Reacher lieber als eine unbeschädigte Stoßstange.

Reacher war erst halb zu Boden gegangen, als er das Klicken und Knirschen hörte, mit dem die Geländeübersetzung eingelegt wurde, die gleichzeitig das Differenzial sperrte. Ideal, um Baumstümpfe herauszuziehen. Oder um Chrom zu zerquetschen. Der Motor heulte auf, und alle vier Reifen packten zu. Der Geländewagen schob sich gegen den Widerstand seiner Stoßstange vorwärts. Ihre Enden kreischten und verformten sich, dann wurden sie eingedrückt und legten sich flach an, während der Wagen erst zwei, dann vier, dann acht Zentimeter vorankam. Die Reifen drehten sich langsam, aber unaufhaltsam, ein Profilstollen nach dem anderen. Die Stoßstange wurde quietschend und scharrend weiter nach innen gedrückt, als das gewaltige Drehmoment des großen V-8-Motors das gewölbte Kühlerchrom zu Schrott flach drückte.

Jetzt war die Stoßstangenmitte noch fünfzehn Zentimeter von Reachers Brust entfernt.

Und sie kam weiter näher. Die Stoßstange wurde bis zu ihren Stahlhalterungen eingedrückt. Ab hier wuchs der Widerstand. Der Motor röhrte lauter, die Reifen gruben sich ein, und das ganze Fahrzeug zitterte und bebte. Ein Vorderreifen verlor kurz die Bodenhaftung, drehte wild durch und ließ Erdbrocken, Steine und zerfetzte Dornenranken in den Radkasten spritzen. Der Wagen stampfte, bockte und schaukelte an Ort und Stelle, bis der Reifen wieder griff. Der Doppelauspuff brüllte, die Stahlträger gaben nach, und der Kühlergrill rückte fünf Zentimeter weiter vor.

Bis auf zehn Zentimeter an Reachers Brustkorb heran.

Dann bis auf acht.

Also los.

Er drehte den Kopf zur Seite, stemmte sich mit den Händen von dem zerquetschten Chrom ab und drückte sich nach unten, als tauchte er in Wasser ein. Als er es halb geschafft hatte, begann das Stahlblech hinter der Stoßstange nachzugeben. Es verbog sich kreischend und wurde eingedrückt, verlor seine Form, wurde flach gepresst. Der Motor röhrte noch lauter, und der Wagen legte drei Zentimeter zu, sodass die Stoßstange Reachers Kopfseite berührte. Er rutschte tiefer – mit einem Ohr am heißen Chrom, dem anderen an kaltem Granit. Er kickte und scharrte mit den Absätzen und schaffte es, die Beine zu strecken, rutschte in Dornenranken vorwärts und lag dann auf dem Rücken. Direkt über seinem Gesicht verschwand das letzte kleine Dreieck Leerraum, als die Stoßstange endgültig nachgab, der demolierte Kühler nach vorn schoss und an den Felsen knallte, der ihn weiter verformte.

Der Fahrer gab noch nicht auf.

Er ließ das Gaspedal durchgetreten. Allem Anschein nach wusste er nicht genau, wo Reacher war, weil er nämlich nicht sehen konnte, was sich vor der Motorhaube befand. Aber er hoffte offenbar, ihn am Brustkorb festgequetscht zu haben. Das Fahrzeug zitterte und stampfte, während es versuchte, sich tiefer in den Einschnitt hineinzubohren. Reacher lag flach auf dem Rücken, tief eingegrabene Reifen auf der linken, tief eingegrabene Reifen auf der rechten Seite, pulsierende Auspuffrohre über sich, alle möglichen gerippten und öligen Metallflächen nur eine Handbreit über seinem Kopf. Motorenteile arbeiteten, surrten und drehten sich. Von unten waren Schrauben, Muttern, Leitungen und Keilriemen zu sehen. Von Autos verstand Reacher nicht viel. Wusste nicht, wie man sie reparierte oder wie man eines beschädigen konnte. Und er hatte ohnehin kein Werkzeug.

Oder vielleicht doch?

Er klopfte seine Taschen ab, Gewohnheit und Verzweiflung, und ertastete hartes Metall. Dorothys Frühstücksbesteck. Das Messer, die Gabel, der Löffel. Schwere alte Teile, hastig versteckt, nicht zurückgegeben. Reacher zog sie heraus. Sie hatten lange, massive Griffe aus etwas, das früher Edelstahl zu sein schien.

Direkt über seinem Gesicht befand sich eine breite flache Wanne auf der Unterseite des Motorblocks. Ölig schwarz. Die Ölwanne, vermutete er. Im vorderen Drittel war eine Sechskantschraube eingelassen, damit das Öl ablaufen konnte. Der Mann von der Tankstelle schraubte die Ölablassschraube auf, ließ das Altöl ab. Das neue Öl wurde oben eingefüllt.

Der Mann von der Tankstelle hatte einen Schraubenschlüssel.

Reacher hatte keinen.

Der Motor röhrte und zitterte. Der Geländewagen bebte und stampfte. Reacher schob sich einen halben Meter weiter, hob die Hände und klemmte die Sechskantschraube mit den Griffen von Messer und Gabel ein. Er drückte sie mit Daumen und Zeigefinger eng an und drehte sie mit halber Kraft, während er die andere Hälfte seiner Kraft darauf verwendete, die Besteckgriffe anzudrücken.

Nichts.

Er holte tief Luft, packte fester zu, ignorierte die Schmerzen in seinen Armen und versuchte es nochmals. Wieder nichts. Er änderte seine Methode, umklammerte die Schraube mit den Enden der Besteckgriffe zwischen Daumen und Zeigefinger der rechten Hand und benutzte die linke Hand dazu, die rechte zu drehen.

Die Schraube bewegte sich.

Nur ein kleines Stück. Reacher holte noch mal Luft, hielt sie an, drückte so fest zu, dass Daumen und Zeigefinger weiß wurden, und drehte die Besteckteile mit der Linken. Die Schraube saß sehr fest und ließ sich nur schwer bewegen, weil Fett und Schmutz im Gewinde zähen Widerstand leisteten. Doch er arbeitete weiter, schwer atmend, hoch konzentriert, und nach zweieinhalb Umdrehungen musste Öl aus der Wanne in das Gewinde gelangt sein, denn die Ölablassschraube ließ sich plötzlich schnell und mühelos drehen. Reacher legte das Besteck beiseite, rutschte etwas weiter vor und benutzte nur noch die Fingerspitzen, um die Schraube herauszudrehen. Der Motor röhrte weiter. Als die Schraube draußen war, ließ der gewaltige Druck einen daumendicken Ölstrahl aus dem Loch schießen. Er platschte zischend auf den gefrorenen Boden, spritzte hoch und bedeckte die Dornenranken in der näheren Umgebung mit einer glitschigen, fast kochend heißen, schwarzen Schicht.

Reacher legte die Arme wieder am Körper an und schlängelte sich unter dem Fahrzeug hervor: mit den Füßen voraus, auf dem Rücken, durch die Dornenranken, die ihn festhielten und zerkratzten. Er bekam die hintere Stoßstange zu fassen, zog sich daran hoch und verdrehte den Oberkörper, bis er hinter dem Wagen hockte. Er suchte nach einem faustgroßen Stein, um damit die Heckscheibe einzuschlagen, konnte aber keinen finden, sodass er sich damit begnügen musste, einmal, zweimal, fest und fester mit der flachen Hand auf die Scheibe zu schlagen, bevor er hochschoss, sich herumwarf und losrannte.

21

Reacher rannte dreißig Meter weit über das gefrorene Feld und blieb stehen. In dem Wagen wandte sich der Fahrer um und starrte ihn an, während seine Hände blindlings nach Lenkrad und Schaltknüppel tasteten. Das Fahrzeug stieß holpernd zurück, weiter im Geländegang, der Motor auf Hochtouren röhrend, aber quälend langsam. Reacher hatte keine Ahnung, wie lange es dauern würde, bis ein schwer arbeitender Motor wegen Ölmangels einen Kolbenfresser bekam und abstarb.

Nicht lange, hoffte er.

Er tänzelte zur Seite, nach links und links und noch mal links. Der Geländewagen machte jede Richtungsänderung mit, kam langsam heran, die zerquetschte Stoßstange quer über der Wagenfront, während die Reifen im Boden wühlten und sich neue Spuren gruben. Der Fahrer gab noch mehr Gas, riss das Lenkrad nach links, weil er glaubte, Reachers Absichten erraten zu haben, und ihn treffen wollte, wenn er beim nächsten Mal in Gegenrichtung auswich. Aber Reacher bluffte doppelt und sprang wieder nach links, sodass der Wagen ihn um volle drei Meter verfehlte.

Im nächsten Augenblick kam das Fahrzeug zum Stehen. Reacher sah den Kerl an einem Hebel ziehen und hörte, dass wieder auf die Straßenübersetzung umgeschaltet wurde. Der Geländewagen fuhr einen großen Kreis auf dem Feld und kam dann zurück. Reacher blieb stehen, ohne ihn aus den Augen zu lassen, trat nach rechts und rechts und noch mal rechts, bevor er mit einem dreifachen Bluff erneut nach rechts auswich, während der Wagen links vorbeischoss und ihn verfehlte. Zuletzt blieb das Fahrzeug mit seinem zertrümmerten Kühler tief im Dornengestrüpp stehen und gab alle möglichen seltsamen Geräusche von sich. Tiefe, hallende Laute wie tonlose Kirchenglocken. Kugellager, dachte Reacher. Pleuellager. Er kannte einige Fachausdrücke. Auf Militärstützpunkten hatte er oft genug Autobastlern zugehört. Er sah den Fahrer besorgt nach unten starren, als wären vor ihm rote Warnleuchten aufgeflammt. In der Luft hingen Dampf und bläulicher Rauch.

Der Geländewagen stieß noch einmal zurück.

Dann starb der Motor ab.

Er beschrieb einen kurzen Bogen rückwärts und hielt an, damit der Fahrer in einen anderen Gang wechseln konnte, was er auch tat. Aber er rollte nicht wieder vorwärts, machte nur einen kleinen Satz, so weit es die schlaffen Federbeine zuließen, und fraß sich dann völlig fest. Das Motorengeräusch verstummte. Reacher vernahm ein Pfeifen, Zischen und Ticken aus dem Motorraum, sah Dampf aufsteigen und einen feinen Ölstrahl zu Boden schießen – wie ein letztes Hüsteln, wie ein Todesröcheln.

Der Fahrer blieb, wo er war: auf seinem Sitz, hinter verriegelten Türen.

Reacher sah sich erneut nach einem großen Stein um, konnte aber keinen finden.

Ein Patt.

Aber nicht lange.

Reacher entdeckte sie als Erster. Er hatte die bessere Position. Flammen, die tief unten an der Vorderfront des Wagens aus den Spalten zwischen Motorhaube und Kotflügeln schlugen. Sie waren anfangs klein und farblos, ließen die Luft über sich flimmern, breiteten sich jedoch rasch aus, sodass der Lack um sie herum blasig aufplatzte. Dann wurden sie größer, züngelten blau-gelb und begannen schwarzen Rauch zu erzeugen. Die Motorhaube war ein großes rechteckiges Pressteil, und binnen einer Minute standen alle vier Spalten zur Karosserie in Flammen; auf der gesamten Fläche brodelte und kochte der Lack von der Hitze darunter.

Der Fahrer saß einfach nur da.

Reacher rannte zu dem Wagen und versuchte seine Tür aufzureißen. Noch immer verriegelt. Er schlug mehrmals mit der flachen Hand an die Scheibe und deutete auf die Motorhaube. Aber es war unmöglich, dass der Mann nicht längst wusste, dass er in Flammen stand. Sogar die Scheibenwischer vor ihm brannten schon. Der von ihnen aufsteigende schwarze Rauch zog träge verwirbelt über die Frontscheibe ab. Der Kerl starrte ihn an, dann schaute er zu Reacher, Panik in den Augen.

Er fürchtete Reacher genauso sehr wie das Feuer.

Also wich Reacher zehn Meter zurück. Die Fahrertür wurde aufgestoßen, und der Mann sprang heraus: ein großer fetter Weißer, sehr jung, fast zwei Meter groß, mindestens hundertdreißig Kilo schwer. Er machte zwei, drei große Schritte und blieb dann stehen. Seine Hände ballten sich zu Fäusten. Hinter ihm begannen Flammen aus den vorderen Radkästen des Wagens zu schlagen: erst nach unten gerichtet, dann wieder nach oben züngelnd und dabei größer werdend. Die Vorderreifen fingen an zu rauchen. Der Kerl stand wie angewurzelt da. Also stürzte Reacher sich auf ihn. Der Kerl wollte ihm einen Schwinger verpassen, der ins Leere ging. Reacher duckte sich darunter weg, traf den Mann mit einem Magenhaken und packte ihn am Kragen. Der Kerl ging sofort in die Hocke und hielt sich die Hände schützend über den Kopf. Reacher zerrte ihn hoch und schleifte ihn rasch übers Feld weg: zehn, fünfzehn, zwanzig Meter. Sobald er stehen blieb, schlug der Kerl erneut zu – wieder daneben. Reacher täuschte einen linken Haken an und ließ eine rechte Gerade folgen, die ihn am Ohr traf. Der Kerl schwankte eine Sekunde und plumpste dann auf den Hintern. Hockte einfach blinzelnd auf einem Feld am Ende der Welt da. Zwanzig Meter hinter ihm stand der Geländewagen jetzt schon bis zu den A-Säulen in Flammen. Die Vorderreifen brannten hell, und die Motorhaube war von der Hitze verbeult.

Reacher fragte: »Wie viel Benzin ist im Tank?«

Der Kerl sagte: »Nicht mehr schlagen.«

»Beantworten Sie meine Frage.«

»Ich hab heute Morgen vollgetankt.«

Also packte Reacher ihn wieder am Kragen, zerrte ihn hoch und schleifte ihn mit, weitere zehn Meter, dann noch mal fünf. Der Kerl stolperte unwillig mit, dann sträubte er sich und sagte: »Bitte nicht mehr schlagen.«

»Warum nicht? Sie haben gerade versucht, mich mit einem Auto umzubringen.«

»Das tut mir leid.«

»Das tut Ihnen *leid*?«

»Ich musste es tun.«

»Sie haben nur einen Befehl ausgeführt, was?«

»Ich ergebe mich, okay? Ich kämpfe ab sofort nicht mehr. Wie ein Kriegsgefangener.«

»Sie sind größer als ich. Und jünger.«

»Aber Sie sind ein Verrückter.«

»Sagt wer?«

»Wir haben alles erfahren. Was letzte Nacht passiert ist. Sie haben drei von uns ins Krankenhaus befördert.«

Reacher fragte: »Wie heißen Sie?«

Der Kerl antwortete: »Brett.«

»Wo sind wir hier, in der Twilight Zone? Heißt ihr alle gleich?«

»Nur drei von uns.«

»Von zehn, stimmt's?«

»Ja.«

»Dreißig Prozent. Wie groß sind die Chancen dafür?«

Der Kerl schwieg.

Reacher fragte: »Wer ist hier der Boss?«

»Ich weiß nicht, was Sie meinen.«

»Wer hat Ihnen heute Morgen den Auftrag gegeben, mich mit dem Auto totzufahren?«

»Jacob Duncan.«

»Seth Duncans Vater?«

»Ja.«

»Sie wissen, wo er wohnt?«

Der Kerl nickte und deutete an dem brennenden Geländewagen vorbei nach Südosten in die Ferne. Die Flammen hatten inzwischen das Wageninnere erfasst. Die Scheiben waren geplatzt, und die Sitze brannten. Über dem brennenden Autowrack stand eine dicke schwarze Rauchsäule. Sie stieg senkrecht auf, traf dann auf eine Inversionsschicht und breitete sich seitlich aus. Wie ein kleiner Atompilz.

Dann explodierte der Benzintank.

Ein orangeroter Feuerball hob das ganze Wagenheck hoch, und eine Zehntelsekunde später hallte ein dumpfer Knall über die Felder, während die Druckwelle Reacher einen Schritt zurückstolpern ließ, während er unwillkürlich die Hände gegen die Explosionshitze hochriss. Flammen schossen fünfzehn, zwanzig Meter in die Luft und erloschen augenblicklich wieder. Der Wagen krachte auf den Boden zurück, jetzt ganz schwarz und nur noch ein Gerippe in dem neuen heißen Feuer, das die Luft dreißig Meter hoch flimmern ließ.

Reacher verfolgte es eine Sekunde lang, dann sagte er: »Okay, Brett, ich erzähle Ihnen jetzt, was Sie tun werden. Sie joggen zu Jacob Duncans Haus hinüber und richten ihm drei Dinge aus. Hören Sie mir zu?«

Der große Kerl wandte seinen Blick von dem Feuer ab und sagte: »Ja.«

»Okay, erstens: Wenn Duncan Lust hat, kann er seine sechs verbliebenen Jungs auf mich hetzen. Jeder wird mich ein paar Minuten lang aufhalten, aber dann komme ich rüber und trete ihn persönlich in den Arsch. Haben Sie das?«

»Ja.«

»Zweitens: Wenn ihm das lieber ist, kann er den Punkt mit den sechs Verletzten überspringen und gleich rauskommen und es selbst mit mir aufnehmen. Haben Sie das?«

»Ja.«

»Und drittens: Wenn ich diese auswärtigen Jungs noch mal sehe, kehren sie in Särgen nach Hause zurück. Ist das klar? Haben Sie das alles?«

»Ja.«

»Besitzen Sie ein Handy?«

»Ja«, sagte der Kerl.

»Geben Sie's mir.«

Der Kerl griff in seine Jacke und zog ein Mobiltelefon heraus, das schwarz und winzig in seiner gewaltigen roten Pranke lag. Er gab es Reacher, der es auseinandernahm. Er hatte schon kaputte Handys auf Gehsteigen liegen sehen und wusste was sie enthielten. Einen Akku und eine SIM-Karte. Er entfernte die Abdeckung, löste den Akku heraus und schmiss ihn zehn Meter weit in eine Richtung. Dann nahm er die SIM-Karte und warf das leere Gehäuse zehn Meter weit in eine andere Richtung. Die SIM-Karte, ein kleines Silikonplättchen mit aufgedampften Goldspuren, hielt er dem Kerl auf der flachen Hand hin.

»Aufessen!«, befahl er.

Der Kerl fragte: »Was?«

»Aufessen. Das ist Ihre Strafe. Dafür, dass Sie ein wertloser Fettkloß sind.«

Der Kerl zögerte einen Moment, dann fasste er sie vorsichtig zwischen Daumen und Zeigefinger, öffnete den Mund und legte sie auf seine Zunge, machte den Mund wieder zu, sammelte etwas Speichel und schluckte dann.

»Herzeigen«, sagte Reacher.

Der Mann machte den Mund wieder auf und streckte die Zunge heraus. Wie ein Junge beim Arzt. Die SIM-Karte war weg.

»Setzen Sie sich wieder hin.«

»Was?«

»Wie vorhin.«

»Ich dachte, ich soll zu den Duncans rüberjoggen.«

»Stimmt«, sagte Reacher, »nur nicht gleich. Nicht, solange ich in der Nähe bin.«

Der Kerl setzte sich leicht besorgt hin. Seine Beine waren ausgestreckt, und er beugte den Oberkörper etwas nach vorn, um die Hände auf die Knie legen zu können.

»Arme nach hinten«, sagte Reacher. »Stützen Sie sich auf die Hände.«

»Wozu?«

Feindliche Kampfmittel.

»Tun Sie's einfach«, sagte Reacher.

Der Kerl nahm die Hände nach hinten, stützte sein Gewicht darauf. Reacher trat hinter ihn und traf seinen rechten Ellbogen mit einem gewaltigen Tritt. Der Kerl fiel zur Seite, schrie auf, wälzte sich am Boden und wimmerte. Dann richtete er sich wieder auf, hielt seinen gebrochenen Arm schützend umklammert und starrte Reacher vorwurfsvoll an. Reacher trat erneut hinter ihn. Sein nächster Tritt traf den Hinterkopf des Sitzenden. Der Kerl sank langsam nach vorn, dann kippte er zur Seite, weil sein Wanst ein weiteres Zusammensacken verhinderte. Er landete sanft auf einer Schulter und blieb auf dem schmutzig braunen Untergrund liegen. Reacher wandte sich ab und marschierte auf die beiden Gebäude am nördlichen Horizont zu.

22

Der kanadische Sattelschlepper, der die Ladung der Duncans transportierte, kam gut voran: Er war auf der Route 3 in British Columbia in Richtung Alberta nach Osten unterwegs, fast genau parallel zu der schnurgerade verlaufenden amerikanisch-kanadischen Grenze. Die Route 3 war eine einsame Strecke, bergig, mit steilen Anstiegen, Gefällestrecken und engen Kurven. Für große Fahrzeuge nicht ideal. Die meisten Fahrer benutzten die Route 1, die von Vancouver aus zunächst nach Norden führte, bevor sie später nach Osten abbog. Insgesamt die bessere Straße. Im Vergleich zu ihr war die Route 3 viel weniger befahren. Dort gab es lange Abschnitte, auf denen sich das Asphaltband durch fast unberührte Wildnis zog. Und sehr wenig Verkehr sowie einzelne Rastplätze für Fernfahrer.

Einer dieser Rastplätze befand sich ungefähr eine Meile vor dem Nationalpark Waterton Lakes. Von den USA aus gesehen lag er direkt über der Grenze zwischen den Bundesstaaten Washington und Idaho, ungefähr in der Mitte zwischen Spokane und Coeur d'Alene, rund hundert Meilen nördlich von beiden Städten. Die Aussicht vom Rastplatz aus war eindrucksvoll. Im Süden endlose Wälder, im Osten die verschneiten Gipfel der Rocky Mountains, im Norden prachtvolle Seen. Der Fahrer des Sattelschleppers parkte hier, aber nicht wegen der Aussicht, sondern weil der Platz als Treffpunkt vereinbart war – und hier ein weißer Kastenwagen auf ihn wartete.

Dass die Duncans schon lange im Geschäft waren, verdankten sie Glück und Umsicht, und zu ihren Vorsichtsmaßnahmen gehörte es, die Fracht möglichst bald nach der Ankunft in ein anderes Fahrzeug umzuladen. Seecontainer ließen sich verfolgen. Tatsächlich diente ihr BIC-Code dazu, eine Verfolgung zu ermöglichen. Da war es besser, keine nachträgliche Kontrolle zu riskieren, die irgendein misstrauischer Zollbeamter anordnen mochte. Es war klüger, die Fracht in etwas umzuladen, das anonym, unauffällig und schwer ausfindig zu machen war, und weiße Kastenwagen waren die anonymsten, unauffälligsten und am schwersten ausfindig zu machenden Fahrzeuge der Welt.

Sobald der Sattelschlepper stand, wendete der Kastenwagen und fuhr rückwärts an ihn heran, sodass ihre Hecktüren einander zugewandt waren. Beide Fahrer stiegen aus. Sie sprachen nicht miteinander. Sie traten nur auf die Fahrbahn, um zu sehen, was aus Osten oder Westen kam. Aus beiden Richtungen kam nichts, was für die Route 3 nicht ungewöhnlich war, also gingen sie zu ihren Fahrzeugen zurück und machten sich an die Arbeit. Der Lieferwagenfahrer öffnete seine Hecktüren, der Lkw-Fahrer kletterte auf die Ladefläche und zerschnitt das Sicherheitssiegel aus Kunststoff, und drückte die verriegelten Verschlussstangen hoch und machte die Containertüren auf.

Eine Minute später war die Fracht umgeladen, alle 575 Kilogramm, und eine weitere Minute später hatte der Kastenwagen gewendet und fuhr nach Osten davon. Der Sattelschlepper folgte ihm zunächst, weil er auf der 95 nach Norden und dann auf der Route 1 nach Westen zurückfahren wollte, um in Vancouver den nächsten Auftrag zu übernehmen, der vermutlich legal sein würde – besser für seinen Blutdruck, aber schlechter für seine Brieftasche.

In Las Vegas wählte der Libanese Safir seine beiden besten Männer aus und schickte sie als Aufpasser zu dem Italiener Rossi. Eine unkluge Entscheidung, wie sich bald herausstellen sollte. Wie unklug sie gewesen war, zeigte sich innerhalb einer Stunde. Safirs Telefon klingelte, und als er sich meldete, war am anderen Ende ein Iraner namens Mahmeini. Mahmeini war Safirs Kunde, aber ihre Geschäftsbeziehung enthielt kein Element der Gleichberechtigung. Mahmeini war Safirs Kunde, wie ein König der Kunde eines Schuhmachers sein konnte. Weit mächtiger, gebieterisch, überlegen, hochmütig und unter Umständen tödlich wütend, wenn Stiefel sich als mangelhaft erwiesen.

Oder verspätet geliefert wurden.

Mahmeini sagte: »Ich hätte meine Artikel schon vor einer Woche erhalten sollen.«

Safir konnte nicht sprechen. Sein Mund war wie ausgetrocknet.

Mahmeini fuhr fort: »Bitte versuchen Sie, sich in meine Lage zu versetzen. Diese Artikel sind bereits verteilt, bestimmten Leuten zu festen Terminen an bestimmten Orten zugesagt. Werden sie nicht rechtzeitig geliefert, bedeutet das einen Verlust.«

»Dafür entschädige ich Sie«, sagte Safir.

»Ich weiß, dass Sie das tun werden. Das ist der Zweck meines Anrufs. Wir haben viel zu besprechen. Weil mein Verlust keine einmalige Sache ist, sondern andauern wird. Mein Ruf ist ruiniert. Warum sollten meine Geschäftspartner mir jemals wieder trauen?

Mit denen kann ich keine Geschäfte mehr machen. Was bedeutet, dass Sie mich bis in alle Ewigkeit werden entschädigen müssen. Im Prinzip gehören Sie für den Rest Ihres Lebens mir. Verstehen Sie, was ich meine?«

Darauf konnte Safir nur sagen: »Soviel ich weiß, ist die Lieferung in diesem Augenblick unterwegs.«

»Eine Woche zu spät.«

»Darunter leide ich auch. Ich versuche, etwas dagegen zu unternehmen und habe dafür gesorgt, dass mein Geschäftspartner zwei seiner Männer nach Norden schickt. Und dann habe ich zwei meiner Männer zu *ihm* geschickt, damit sichergestellt ist, dass er sich auf das Problem konzentriert.«

»Männer?«, fragte Mahmeini. »Sie beschäftigen Männer? Oder Jungen?«

»Es sind gute Leute.«

»Sie werden bald erfahren, was Männer sind. Ich schicke zwei meiner Männer zu Ihnen, um sicherzustellen, dass *Sie* sich konzentrieren.«

Am anderen Ende wurde aufgelegt. Safir blieb ratlos sitzen und erwartete die Ankunft zweier tougher Iraner in seinem Büro, aus dem er erst eine Stunde zuvor die bessere Hälfte seiner Mannschaft auf Reisen geschickt hatte.

Reacher erreichte die beiden Holzgebäude ohne weitere Zwischenfälle, was ihn nicht sehr überraschte. Sechs verbleibende Footballspieler und zwei Auswärtige bedeuteten lediglich acht Einsatzkräfte; und wenn die Auswärtigen zusammen in einem Auto fuhren, was zu erwarten war, waren in einem County, das viele hunderttausend Quadratkilometer groß sein musste, nur sieben Fahrzeuge auf der Suche nach ihm. Schon diese eine zufällige Begegnung war sehr unwahrscheinlich gewesen. Zwei waren praktisch unvorstellbar.

Die alte Feldscheune war immer noch windschief und abgesperrt, und der Ford Pick-up weiterhin in dem kleineren Schuppen versteckt. Unentdeckt und unangetastet, soweit Reacher beurteilen konnte. Die trockene Luft in dem Schuppen roch nach Staub und Mäusekot. Das weite Land ringsum war leer und still.

Reacher klappte den Deckel der Werkzeugkiste auf der Ladefläche des Pick-ups auf und begutachtete ihren Inhalt. Das größte noch vorhandene Werkzeug war ein fast dreißig Zentimeter langer verstellbarer Schraubenschlüssel aus irgendeiner polierten Stahllegierung. Made in the USA. Nicht die beste Waffe der Welt, aber besser als nichts. Reacher schob ihn in eine Jackentasche und wühlte weiter. Er fand zwei große Schraubenzieher, einen für Kreuzschlitzschrauben und einen für gewöhnliche Schrauben. Er steckte beide ein, schloss den Deckel und setzte sich ans Steuer. Dann ließ er den Motor an, stieß rückwärts aus dem Schuppen und folgte den Traktorspuren bis zur Straße, wo er nach Norden abbog und in Richtung Motel weiterfuhr.

Safirs toughe Kerle erschienen mit Pistolen in Schulterhalftern und zwei Sporttaschen aus schwarzem Nylon in Rossis Büro. Die Taschen packten sie auf Rossis Schreibtisch vor seinen Augen aus. Aus der ersten Tasche kam ein Bandschleifer, der schon mit grobem Schleifpapier bespannt war, aus der zweiten Tasche kamen eine Propanlötlampe und eine Rolle Gewebeband zum Vorschein.

Handwerkszeug.

Und deshalb eine nicht zu übersehende Warnung für einen Mann in Rossis Welt. In Rossis Welt wurden die Opfer nackt an Stühle gefesselt, dann schaltete man Bandschleifer ein und behandelte damit empfindliche Körperteile wie Knie, Ellbogen oder Rippen. Oder sogar Gesichter. Dann zündete man die Lötlampen, und der Spaß ging weiter.

Keiner sprach.

Rossi griff nach dem Telefonhörer. Nach dem dritten Klingeln meldete sich Roberto Cassano aus Nebraska. Rossi fragte: »Was, zum Teufel, ist dort oben los? Diese Sache ist verdammt dringend.«

Cassano sagte: »Wir jagen Schatten.«

»Jagt sie energischer.«

»Was würde das bringen? Wer weiß, ob dieser Kerl irgendwas mit irgendwas zu tun hat? Du hast uns erklärt, dass die Duncans ihn vermutlich nur als Ausrede benutzen. Auch wenn wir ihn umlegen, kommt die Sendung nicht schneller.«

»Hast du schon mal jemanden belogen?«

»Nicht dich, Boss.«

»Andere Leute?«

»Klar.«

»Dann weißt du, wie das läuft. Man arrangiert alles so, dass man nicht erwischt wird. Und ich glaube, dass diese Duncan-Scheißer genau das vorhaben. Sie halten die Lieferung irgendwo zurück, bis der Kerl geschnappt ist. Damit jeder glaubt, sie hätten von Anfang an die Wahrheit gesagt. Als gäb's tatsächlich Ursache und Wirkung. Deshalb müssen wir ihr Spiel mitspielen, ob wir wollen oder nicht. Also spürt das Arschloch auf, okay? Und beeilt euch! Diese Sache kann nicht warten.«

Rossi legte den Hörer auf. Einer der Libanesen hatte das Kabel des Bandschleifers ausgerollt. Jetzt bückte er sich und steckte es über der Fußbodenleiste ein. Er betätigte kurz den Schalter. Die Maschine lief an, surrte und verstummte wieder.

Ein Test.

Eine Botschaft.

Reacher fuhr zu dem Motel und parkte neben dem zertrümmerten Subaru des Doktors. Der Wagen stand noch immer vor Bungalow sechs. Er stieg aus, hockte sich erst vorn, dann hinten hin und benutzte den kleineren Schraubenzieher aus seiner Tasche, um die Kennzeichen des Pick-ups abzuschrauben. Danach entfernte er die Kennzeichen des Subarus und montierte sie an dem Pick-up. Er warf die Kennzeichen des Pick-ups auf die Ladefläche, steckte den Schraubenzieher wieder ein und machte sich auf den Weg in die Lounge.

Vincent stand hinter der Bar und wischte die Theke ab. Er hatte ein blaues Auge, eine geschwollene Unterlippe und eine Platzwunde an einer Augenbraue. Einer der Spiegel hinter ihm war zersplittert. Gezackte Glasstücke, die wie Blitze aussahen, waren herausgefallen. Hinter dem Spiegel kam eine alte Wand zum Vorschein: mit vergilbter Tapete beklebt, ernüchternd prosaisch. Die heitere Illusion dieses Raums war beeinträchtigt.

Reacher sagte: »Tut mir leid, dass ich Sie in Schwierigkeiten gebracht habe.«

Vincent fragte: »Haben Sie hier übernachtet?«

»Wollen Sie das wirklich wissen?«

»Nein, lieber nicht.«

Reacher betrachtete sich in dem zerbrochenen Spiegel. Ein Ohr sah leicht verschorft aus, wo er den Felsen hinuntergeglitten war. Sein Gesicht war von Dornen zerkratzt. Das waren auch seine Hände – und sein Rücken, wo Jacke, Pullover und Hemd hochgerutscht waren. Er fragte: »Hatten die Kerle eine Liste von Orten, die sie durchsuchen sollten?«

Vincent sagte: »Sie gehen von Haus zu Haus, vermutlich.«

»Womit sind sie unterwegs?«

»Mit einem Leihwagen.«

»Farbe?«

»Irgendwas Dunkles. Vielleicht dunkelblau? Ein Chevrolet, denke ich.«

»Haben sie gesagt, wer sie sind?«

»Nur dass sie die Duncans vertreten. So haben sie's ausgedrückt. Tut mir leid, dass ich ihnen von Dorothy erzählt habe.«

»Nicht weiter schlimm«, meinte Reacher. »Machen Sie sich deswegen keine Sorgen. Sie hat in ihrem Leben schon Schlimmeres erlebt.«

»Ich weiß.«

»Glauben Sie, dass die Duncans ihre Tochter ermordet haben?«

»Ich tät's gern. Das würde zu allem passen, was wir über sie zu wissen meinen.«

»Aber?«

»Es hat keine Beweise gegeben. Absolut keinen. Und die Ermittlungen sind sehr gründlich geführt worden. Von mehreren Dienststellen. Höchst professionell. Ich glaube nicht, dass sie irgendwas übersehen haben.«

»Dann war's also nur ein Zufall?«

»Es muss einer gewesen sein.«

Reacher schwieg.

Vincent fragte: »Was haben Sie jetzt vor?«

»Verschiedene Dinge«, antwortete Reacher. »Vielleicht drei. Dann verschwinde ich von hier. Ich will nach Virginia.«

Er ging zurück auf den Parkplatz, stieg in den Pick-up, ließ den Motor an und fuhr zum Haus des Doktors.

23

Ungefähr eine Stunde nachdem Safirs toughe Kerle sein Büro in Las Vegas verlassen hatten, trafen Mahmeinis toughe Kerle dort ein. Körperlich machten Mahmeinis Männer nicht viel her. Keine fast platzenden Hemdkragen, keine Muskelpakete. Sie waren klein und drahtig, schwarzhaarig und dunkeläugig, verknittert und nicht sehr gepflegt. Safir war Libanese und kannte viele Iraner. Die meisten waren ausgesprochen nette Leute, vor allem die im Ausland lebenden Iraner. Aber manche gehörten zu den schlimmsten Typen, die man sich vorstellen konnte. Diese beiden hatten nichts mitgebracht. Keine Sporttaschen, kein Werkzeug, keine Ausrüstung. Sie brauchten nichts dergleichen. Safir wusste, dass sie Pistolen in Schulterhalftern und Messer in den Taschen haben würden. Sorgen machten ihm die Messer. Schusswaffen waren schnell, Messer langsam. Und diese beiden Iraner verstanden sich darauf, mit Messern langsam und sehr erfinderisch umzugehen. Das wusste Safir aus eigener Anschauung. Er hatte draußen in der Wüste eines ihrer Opfer gesehen. Schon leicht verwest, und die Cops hatten ungewöhnlich viel Mühe gehabt, auch nur das Geschlecht der Leiche zu bestimmen. Was keine Überraschung war, weil alle primären Geschlechtsmerkmale fehlten. Restlos.

Safir griff nach dem Telefonhörer. Nach dem dritten Klingeln meldete sich sechs Blocks entfernt einer seiner Leute. »Gib mir einen Lagebericht«, verlangte Safir.

Der Mann sagte: »Die Dinge sind sehr unübersichtlich.«

»Das liegt auf der Hand. Aber ich brauche mehr.«

»Okay, wie sich rausgestellt hat, sind Rossis Geschäftspartner eine Bande von Kerlen in Nebraska, die alle Duncan heißen. Diese Leute sind in heller Aufregung, weil bei ihnen irgendein Typ rumschnüffelt. Wahrscheinlich hat das nichts mit irgendwas zu tun, aber Rossi glaubt, dass die Duncans mauern werden, bis der Kerl erledigt ist – um das Gesicht zu wahren, weil sie ursprünglich behauptet haben, er wäre an der Lieferverzögerung schuld. Was Rossi für ziemlichen Bockmist hält, aber damit beißt sich die Katze wieder in den Schwanz. Rossi glaubt, dass nichts passieren wird, bevor der Kerl geschnappt ist. Er hat zwei seiner Jungs hingeschickt, die nach ihm suchen.«

»Wie energisch?«

»So energisch, wie sie können, schätze ich.«

»Sag Rossi, dass er sie anweisen soll, sich noch mehr anzustrengen. Viel, viel mehr. Und sorg dafür, dass er weiß, dass ich es ernst meine, okay? Sag ihm, dass auch ich zwei Kerle bei mir im Büro habe, und sollte mir wegen dieser Sache was zustoßen, erwischt es ihn als Ersten – aber doppelt so schlimm!«

Die Route zum Haus des Doktors kannte Reacher von der Nacht zuvor. Bei Tageslicht sahen die Straßen anders aus. Offener, weniger geheim. Exponierter. Sie waren nur leicht erhöht angelegte schmale Asphaltbänder, nicht durch Hecken geschützt, nicht von Bäumen beschattet. Der leichte Morgennebel hatte sich gehoben und bildete nun in ungefähr hundertfünfzig Metern über Grund eine Wolkendecke. Der gesamte Himmel glich einer ebenen Leuchtplatte, die alles mit einem weichen Licht in bedrohlichen Pastelltönen übergoss. Kein blendend helles Licht, keine Schatten.

Trotzdem kam Reacher gut an. Ein schlichtes Ranchhaus, ein großes Grundstück, ein massiver Holzzaun. Bei Tageslicht machte das Haus mit der Satellitenschüssel auf dem Dach einen neuen und unfertigen Eindruck. In der Einfahrt parkte kein Auto. Kein dunkelblauer Chevrolet. Nachbarn gab es auch keine. Das nächste Haus stand vermutlich eine Meile weit entfernt. Hinter dem Zaun des Doktors gab es auf drei Seiten absolut nichts außer Feldern, die darauf warteten, im Frühjahr eingesät zu werden. Auf der vierten Seite führte die Straße vorbei, hinter der sich wieder Felder befanden: flach und eintönig bis zum Horizont. Der Doktor und seine Frau waren keine Gärtner, das war klar. Auf ihrem Grundstück wuchs vom Fuß der Zaunpfosten bis zum Fundament des Hauses nur Gras. Keine Büsche, keine immergrünen Pflanzen, keine Blumenbeete.

Reacher stellte den Wagen in der Einfahrt ab und ging zur Haustür, in die ein Spion eingelassen war. Eine kleine Linse in Form eines dicken Wassertropfens. In Städten allgemein üblich. Hier auf dem Land eher ungewöhnlich. Er drückte auf den Klingelknopf, musste dann aber lange warten. Vermutlich war er an diesem Morgen nicht der erste Besucher. Eher der dritte. Deshalb zögerten der Doktor und seine Frau wohl, die Haustür zu öffnen. Geöffnet wurde sie dann aber doch. Der Spion verdunkelte sich, wurde dann wieder hell, und langsam ging die Tür nach innen auf. Reacher sah die Frau, die er nachts kennengelernt hatte, in der Diele stehen. Sie wirkte überrascht und sehr erleichtert.

»Sie«, sagte sie.

»Ja, ich«, sagte Reacher. »Nicht die anderen.«

»Gott sei Dank!«

»Wann waren sie hier?«

»Heute Morgen.«

»Was ist passiert?«

Die Frau gab keine Antwort, trat nur beiseite. Eine stumme Aufforderung. Reacher ging den kurzen Flur entlang und wusste nach einem Blick aufs Gesicht des Doktors ziemlich genau, was hier passiert war. Der Mann sah ganz ähnlich wie Vincent drüben im Motel aus. Ein blaues Auge, Prellungen im Gesicht, Spuren von Nasenbluten, aufgeplatzte Lippe. Vermutlich auch lose Zähne, denn der Doktor spitzte die Lippen und bewegte die Zunge, als versuchte er, sie wieder festzudrücken. Vier Boxhiebe, vermutete Reacher, alle kräftig, aber jeweils etwas unterschiedlich angebracht. Ein Fachmann am Werk.

Reacher fragte: »Wissen Sie, wer die Männer waren?«

Der Doktor antwortete: »Nein. Aber von hier sind sie nicht.« Seine Stimme klang gedämpft und undeutlich, war schwer zu verstehen. Lockere Zähne, aufgeplatzte Lippe. Und wahrscheinlich ein Kater. »Sie haben gesagt, dass sie die Duncans vertreten – nicht, dass sie für sie arbeiten. Also gehören sie nicht zu ihren Leuten. Wir wissen nicht, wer sie sind oder welchen Auftrag sie haben.«

»Was wollten sie?«

»Sie, versteht sich.«

Reacher sagte: »Tut mir sehr leid, dass Sie meinetwegen Unannehmlichkeiten hatten.«

Der Doktor meinte: »Nicht mehr zu ändern.«

Reacher wandte sich wieder an die Frau des Doktors. »Alles in Ordnung mit Ihnen?«

Sie sagte: »Geschlagen haben sie mich nicht.«

»Aber?«

»Darüber möchte ich nicht reden. Was wollen Sie hier?«

»Ich brauche medizinische Behandlung«, sagte Reacher.

»Welcher Art?«

»Ich habe Kratzer von Dornen. Ich möchte, dass sie gesäubert werden.«

»Wirklich?«

»Nein, nicht wirklich«, sagte Reacher. »Ich brauche etwas gegen Schmerzen, das ist alles. Ich habe die Arme nicht wie gehofft schonen können.«

»Was wollen Sie wirklich?«

»Ich muss mit Ihnen reden«, sagte Reacher.

Sie saßen in der Küche. Die Frau des Doktors, die eine Ausbildung als Krankenschwester hatte, säuberte Reachers Kratzwunden, nur um beschäftigt zu sein. Sie goss eine wasserklare, stark brennende Flüssigkeit in eine Schale und benutzte Wattebäusche. Sie begann mit Gesicht und Hals, dann nahm sie sich die Hände vor. Sie bestand darauf, dass er das Hemd auszog. Sein Rücken wies tiefe Kratzwunden auf, die er sich zugezogen hatte, als er unter dem Pick-up hervorgekrochen war. Er sagte: »Heute Morgen habe ich mit Dorothy gefrühstückt. In ihrer Küche.«

Die Frau des Doktors sagte: »Das sollten Sie uns nicht erzählen. Das könnte sie in Schwierigkeiten bringen.«

»Nur wenn Sie sie bei den Duncans verpfeifen.«

»Das müssen wir vielleicht.«

»Sie hat gesagt, sie sei Ihre Freundin.«

»Keine richtige Freundin. Sie ist viel älter.«

»Sie sagt, dass Sie ihr vor fünfundzwanzig Jahren beigestanden haben.«

Die Frau schwieg und behandelte weiter sorgfältig seinen Rücken. Sie war sehr gründlich. Der Doktor fragte: »Möchten Sie etwas trinken?«

»Zu früh für mich«, erklärte Reacher.

»Ich meine Kaffee«, sagte der Arzt. »Gestern Abend haben Sie Kaffee getrunken.«

Reacher lächelte. Der Doktor versuchte zu beweisen, dass er sich an etwas erinnern konnte. Versuchte zu beweisen, dass er nicht wirklich betrunken gewesen war – vielleicht auch, dass er nicht wirklich einen Kater hatte.

»Kaffee ist immer willkommen«, sagte Reacher.

Der Doktor trat an die Arbeitsplatte, füllte die Kaffeemaschine und schaltete sie ein. Dann kam er zurück und ergriff Reachers Arm, wie Ärzte es tun. Er legte die Finger in Reachers Handfläche, hebend, drehend, prüfend. Der Arzt war eher klein, Reachers Arm hingegen groß und kräftig. Der kleine Mann kämpfte damit wie mit einer Rinderhälfte. Er grub die Finger der anderen Hand in Reachers Schulter, drückte zu, forschte und tastete.

»Ich könnte Ihnen Cortison spritzen«, sagte er.

»Brauche ich das Zeug?«

»Es würde nützen.«

»Wie sehr?«

»Ein bisschen. Vielleicht mehr als das. Sie sollten darüber nachdenken. Es würde die Beschwerden lindern. Die setzen Ihnen zu. Bestimmt ermüden sie Sie auch.«

»Okay«, meinte Reacher. »Her mit der Spritze.«

»Die bekommen Sie«, sagte der Doktor. »Im Tausch gegen ein paar Informationen.«

»Zum Beispiel?«

»Woher haben Sie die starken Zerrungen an den Armen?«

»Warum wollen Sie das wissen?«

»Nennen Sie's berufliches Interesse.«

Die Frau des Doktors war mit ihrer Arbeit fertig. Sie warf den letzten Wattebausch in die Schale und gab Reacher sein Hemd zurück. Er zog es an, knöpfte es zu und sagte: »Sie haben ganz richtig vermutet. Ich bin von einem Hurrikan überrascht worden.«

Der Doktor entgegnete: »Das glaube ich Ihnen nicht.«

»Nicht von einem natürlichen Wetterereignis. Ich war in einem unterirdischen Stollen. Dort ist ein Brand ausgebrochen. Es hat einen Treppenschacht und zwei Lüftungsschächte gegeben. Ich hatte Glück. Die Flammen sind in den Lüftungsschächten nach oben geschlagen. Ich befand mich im Treppenschacht, sonst wäre ich verbrannt. Aber das Feuer hat die notwendige Verbrennungsluft mit ungeheurer Gewalt angesaugt. Also musste ich praktisch gegen einen Hurrikan ankämpfen. Er hat mich zweimal ein riesiges Stück weit hinuntergeblasen. Ich konnte mich nicht auf den Beinen halten. Zuletzt musste ich mich an den Armen hochziehen.«

»Wie weit?«

»Zweihundertachtzig Stufen.«

»Wow! Kein Wunder. Wo war das?«

»Das liegt außerhalb Ihres professionellen Interesses.«

»Und was ist dann passiert?«

»Auch das liegt außerhalb Ihres professionellen Interesses.«

»Erst vor Kurzem, ja?«

»Als wär's gestern gewesen«, sagte Reacher. »Holen Sie jetzt die Nadel.«

Es war eine lange Nadel. Der Doktor ging weg und kam mit einer Injektionsspritze zurück, die groß genug für ein Pferd zu sein schien. Er forderte Reacher auf, das Hemd wieder auszuziehen und sich mit aufgestützten Ellbogen an den Küchentisch zu setzen. Dann führte er die Nadel vom Rücken her tief ins Schultergelenk ein. Reacher konnte spüren, wie sie durch alle möglichen Muskeln und Sehnen stach. Der Doktor drückte den Kolben langsam und gleichmäßig herunter. Reacher spürte, wie die Flüssigkeit sich in dem Gelenk verteilte. Es wurde sofort lockerer und entspannt – wie bei einer irrsinnig beschleunigten Heilung in Echtzeit. Anschließend nahm der Doktor sich die andere Schulter vor. Gleiche Behandlung. Gleiches Ergebnis.

»Wundervoll«, sagte Reacher.

Der Arzt fragte: »Worüber wollten Sie reden?«

»Über vergangene Zeiten«, antwortete Reacher. »Als Ihre Frau noch ein Teenager war.«

24

Reacher zog sich wieder an, und alle drei nahmen ihre Becher mit frischem Kaffee ins Wohnzimmer mit, das ein nicht sehr breiter rechteckiger Raum mit L-förmig angeordneten Möbeln an zwei Wänden und einem riesigen Flachbildfernseher an einer dritten Wand war. Unter dem Bildschirm befand sich ein mit audiovisuellen Komponenten vollgestopftes Regal, die durch ein Gewirr von Kabeln miteinander verbunden waren. Auf beiden Seiten des Fernsehers standen sündteure Lautsprechersäulen. Die vierte Wohnzimmerwand bestand aus einem vorhanglosen Panoramafenster mit großartiger Aussicht auf tausend Hektar absoluter Leere. Im Winterschlaf liegender Rasen, der Plankenzaun, dahinter unbestellte Felder bis zum Horizont. Keine Hügel, keine Täler, keine Bäume, keine Wasserläufe. Aber auch keine Pick-ups oder

Patrouillen. Keine Aktivitäten irgendwelcher Art. Reacher wählte einen Sessel, von dem aus er die Tür und das Panoramafenster im Auge behalten konnte. Der Doktor nahm auf dem Sofa Platz. Seine Frau setzte sich neben ihn. Sie schien von der Vorstellung, sich ausfragen zu lassen, nicht sehr begeistert zu sein.

Reacher erkundigte sich: »Wie alt waren Sie, als Dorothys kleine Tochter verschwunden ist?«

Sie sagte: »Ich war vierzehn.«

»Sechs Jahre älter als Seth Duncan.«

»Ungefähr.«

»Nicht ganz seine Generation.«

»Nein.«

»Können Sie sich noch daran erinnern, wann er zum ersten Mal aufgetaucht ist?«

»Eigentlich nicht. Ich war damals zehn oder elf. Es hat Gerede gegeben. Wahrscheinlich erinnere ich mich eher daran als an die Tatsachen.«

»Was haben die Leute gesagt?«

»Was konnten sie sagen? Niemand wusste etwas Bestimmtes. Es gab keine Informationen. Die Leute haben angenommen, er sei ein Verwandter der Duncans. Vielleicht seit Kurzem verwaist. Vielleicht nach einem Verkehrsunfall in einem anderen Bundesstaat.«

»Und die Duncans haben sich nie dazu geäußert?«

»Wieso sollten sie? Schließlich war das allein ihre Sache.«

»Was ist passiert, nachdem Dorothys kleines Mädchen verschwunden war?«

»Das war schrecklich. Fast wie ein Verrat. Es hat die Leute verändert. Solch eine Sache… okay, die ängstigt einen erst mal, aber sie sollte gut ausgehen. Sie sollte ein Happy End haben. Aber sie hatte keines.«

»Dorothy hat die Duncans für die Täter gehalten.«

»Ja, ich weiß.«

»Sie hat gesagt, Sie hätten ihr beigestanden.«

»Das stimmt.«

»Warum?«

»Warum nicht?«

Reacher sagte: »Sie waren vierzehn. Und Dorothy war was … dreißig? Fünfunddreißig? Jedenfalls mehr als doppelt so alt wie Sie. Also war das keine Solidarität zwischen Frauen oder Müttern oder Nachbarinnen. Nicht im üblichen Sinn. Der Grund dafür war, dass Sie etwas wussten, nicht wahr?«

»Wieso fragen Sie das?«

»Nennen Sie's professionelles Interesse.«

»Das alles liegt schon ein Vierteljahrhundert zurück.«

»Für Dorothy ist's erst gestern passiert.«

»Sie sind nicht von hier.«

»Ich weiß«, sagte Reacher. »Ich bin auf dem Weg nach Virginia.«

»Dann fahren Sie doch hin.«

»Das kann ich nicht. Noch nicht. Nicht wenn ich glaube, dass die Duncans die Täter waren und ungestraft davongekommen sind.«

»Wieso betrifft Sie das?«

»Weiß ich nicht. Ich kann's nicht erklären. Aber es geht mich etwas an.«

»Glauben Sie mir, die Duncans kommen mit ziemlich viel davon. Tagtäglich.«

»Aber dieses andere Zeug ist mir egal. Mir ist's egal, wer wessen Ernte abtransportiert und wie viel er dafür zahlen muss. Damit könnten Sie alle gemeinsam fertigwerden. Das ist nicht weiter schwierig.«

Die Frau des Doktors sagte: »Ich war früher ein paarmal als Babysitter bei den Duncans.«

»Und?«

»Sie haben eigentlich gar keinen gebraucht. Sie sind selten ausgegangen. Beziehungsweise sind sie viel ausgegangen, aber dann gleich zurückgekommen. Als wäre das ein Trick oder ein Täuschungsmanöver. Dann haben sie sich echt viel Zeit gelassen, bis sie mich heimgefahren haben. Man hätte glauben können, sie zahlten dafür, dass ich bei ihnen war. Bei allen vieren, meine ich, nicht nur bei Seth.«

»Wie oft waren Sie als Babysitter dort?«

»Sechs- bis siebenmal«

»Und was ist passiert?«

»In welcher Beziehung?«

»Irgendwas Schlimmes?«

Sie blickte ihn offen an. »Ob ich belästigt worden bin, meinen Sie?«

Er fragte: »Hat man Sie belästigt?«

»Nein.«

»Haben Sie sich bedroht gefühlt?«

»Ein wenig.«

»Ist jemals etwas Unsittliches vorgefallen?«

»Eigentlich nicht.«

»Warum haben Sie Dorothy dann beigestanden, als Margaret verschwunden war?«

»Nur aus einem Gefühl heraus.«

»Aus welchem?«

»Ich war damals erst vierzehn, okay? Ich hab gar nicht alles verstanden. Aber ich wusste, dass mir unbehaglich zumute war.«

»Wussten Sie, weshalb?«

»Das ist mir allmählich klar geworden.«

»Weshalb also?«

»Die Duncans waren enttäuscht, dass ich nicht jünger war. Sie haben mir den Eindruck vermittelt, ich sei zu alt für sie. Das war mir unheimlich.«

»Sie hatten das Gefühl, Sie seien mit vierzehn zu alt für sie?«

»Ja. Dabei war ich keineswegs, Sie wissen schon, frühreif. Ich war ein kleines Mädchen.«

»Was wäre vermutlich passiert, wenn Sie jünger gewesen wären?«

»Darüber möchte ich wirklich nicht nachdenken.«

»Und haben Sie den Cops erzählt, wie Ihnen zumute war?«

»Klar. Wir alle haben ihnen alles erzählt. Die Cops waren großartig. Das alles fand vor einem Vierteljahrhundert statt, aber sie waren sehr modern, glaub ich, und haben uns wirklich ernst genommen – auch Kinder und Jugendliche. Sie haben jedem zugehört und uns aufgefordert, alles zu sagen, groß oder klein, wichtig oder nicht, Tatsache oder Gerücht. So ist alles rausgekommen.«

»Aber nichts wurde bewiesen.«

Die Frau des Doktors schüttelte den Kopf. »Den Duncans war absolut nichts nachzuweisen. Sie waren schneeweiße Unschuldslämmer. Mich wundert, dass sie nicht den Nobelpreis erhalten haben.«

»Aber Sie haben trotzdem weiter zu Dorothy gehalten.«

»Ich wusste, was ich fühlte.«

»Glauben Sie, dass die Ermittlungen okay waren?«

»Ich war damals vierzehn. Was wusste ich schon von solchen Dingen? Ich habe Spürhunde und Männer in FBI-Jacken gesehen. Wie in einem Fernsehkrimi. Klar habe ich gedacht, sie seien okay.«

»Und jetzt? Rückblickend?«

»Ihr Fahrrad ist nie gefunden worden.«

Die meisten Farmerkinder begannen mit ungefähr fünfzehn Jahren die verbeulten Pick-ups ihrer Eltern zu fahren – oder sogar etwas früher, wenn sie groß genug waren, sagte die Frau des Doktors. Waren sie jünger oder kleiner, fuhren sie mit dem Rad. Mit großen alten Schwinn Cruisers, Baseballsammelbilder in die Speichen geklemmt, Quasten am Ende der Lenkergriffe. Die Entfernungen waren groß. Zu Fuß kam man zu langsam voran. Die achtjährige Margaret war von dem Haus, das Reacher kannte, den Weg entlanggefahren, den Reacher kannte: ganz Knie und Ellbogen und Aufregung auf einem rosa Fahrrad, das größer war als sie selbst. Weder sie noch das Fahrrad waren jemals wieder gesehen worden.

Die Frau des Doktors sagte: »Ich habe immer darauf gewartet, dass sie das Fahrrad finden. Irgendwo im Straßengraben, wissen Sie. Einfach im hohen Gras liegend. So passiert's in Fernsehkrimis. Das ist dann der entscheidende Hinweis. Mit einem Fußabdruck, oder der Kerl hat ein Stück Papier oder sonst was verloren. Aber so war's diesmal nicht. Alles hat in einer Sackgasse geendet.«

»Zu welchem Schluss sind Sie damals letztlich gelangt?«, fragte Reacher. »In Bezug auf die Duncans? Schuldig oder nicht schuldig?«

»Nicht schuldig«, sagte die Frau. »Tatsachen sind eben Tatsachen.«

»Trotzdem haben Sie weiter zu Dorothy gehalten.«

»Teilweise auch wegen meiner Gefühle. Gefühle sind etwas anderes als Tatsachen. Und zum Teil wegen der Folgen, die für sie schrecklich waren. Die Duncans gaben sich sehr selbstgerecht, und die Leute begannen zu begreifen, wie viel Macht diese vier über uns hatten. Als gäbe es eine Gedankenpolizei. Ursprünglich sollte Dorothy sich entschuldigen, was sie verweigert hat, und dann sollte sie einfach die Klappe halten und wie bisher weitermachen. Sie durfte nicht mal öffentlich trauern, weil das irgendwie so ausgesehen hätte, als klagte sie die Duncans erneut an. Dem ganzen County war dabei unbehaglich zumute. Es war fast so, als müsste Dorothy fürs Gemeinwohl leiden. Wie in einer dieser alten Sagen, wissen Sie, in der eine Mutter ihr Kind opfern muss, damit das Dorf verschont bleibt.«

Mehr wurde nicht gesprochen. Reacher sammelte die drei leeren Kaffeebecher ein und trug sie in die Küche, um höflich zu sein, aber auch, um durch ein anderes Fenster nach draußen sehen zu können. Das weite Land lag noch immer unbelebt da. Niemand kam. Nichts geschah. Eine Minute später kam der Doktor zu ihm in die Küche und fragte: »Was haben Sie also jetzt vor?«

Reacher antwortete: »Ich will nach Virginia.«

»Okay.«

»Mit zwei Zwischenstationen.«

»Wo?«

»Als Erstes schaue ich bei den County Cops vorbei. Sechzig Meilen südlich von hier. Ich will mir ihre Ermittlungsakte ansehen.«

»Haben sie die denn noch?«

Reacher nickte. »Für diesen Fall, bei dem viele Dienststellen zusammengearbeitet und sich größte Mühe gegeben haben, muss es eine ziemlich umfangreiche Akte geben. Und sie ist bestimmt noch nicht ins Altpapier gewandert. Weil der Fall theoretisch noch ungeklärt ist. Ihre Unterlagen sind irgendwo aufbewahrt. Wahrscheinlich ein ganzer Kubikmeter Papier.«

»Dürfen Sie die Ermittlungsunterlagen ohne Weiteres einsehen? Einfach so?«

»Ich war dreizehn Jahre lang auch eine Art Cop. Wer improvisieren kann, kommt an Akten in der Registratur heran.«

»Wozu wollen Sie die einsehen?«

»Um sie auf Lücken zu kontrollieren. Sind sie okay, reise ich weiter. Andernfalls komme ich womöglich zurück.«

»Um was zu tun?«

»Die Lücken auszufüllen.«

»Wie wollen Sie dort hinkommen?«

»Mit dem Auto.«

»Mit einem gestohlenen Pick-up aufzukreuzen, macht Sie nicht gerade glaubwürdiger.«

»Ich habe Ihre Kennzeichen drangeschraubt. Also wissen sie nicht, dass er geklaut ist.«

»Meine Kennzeichen?«

»Keine Sorge, ich tausche sie anschließend wieder um. Sind die Ermittlungsergebnisse in Ordnung, lasse ich den Pick-up mit den richtigen Kennzeichen in der Nähe der Polizeistation stehen. Früher oder später kriegt irgendjemand heraus, wem er gehört, und die Duncans werden benachrichtigt, und dann wissen sie, dass ich endgültig fort bin, und fangen an, euch Leute wieder in Ruhe zu lassen.«

»Das wäre nett. Und Ihr zweiter Stopp?«

»Die Cops sind der zweite Stopp. Der erste gleich hier um die Ecke.«

»Wo?«

»Wir statten Seth Duncans Frau einen Besuch ab. Sie und ich. Einen Hausbesuch. Um sicherzustellen, dass ihre Heilung Fortschritte macht.«

25

Der Doktor war absolut gegen diese Idee. Dies war ein Hausbesuch, den er nicht machen wollte. Er sah weg, ging in der Küche hin und her, tastete sein geschwollenes Gesicht ab, spitzte die Lippen und fuhr mit der Zungenspitze über seine Zähne. Zuletzt sagte er: »Aber Seth könnte zu Hause sein.«

Reacher sagte: »Das hoffe ich sehr. Wir können kontrollieren, ob seine Nase gut heilt. Und wenn sie's tut, kann ich noch mal zuschlagen.«

»Er hat bestimmt seine Cornhusker bei sich.«

»Bestimmt nicht. Die sind auf den Feldern unterwegs und suchen mich. Das heißt, die wenigen, die noch übrig sind.«

»Ich weiß nicht recht …«

»Sie sind Arzt. Sie haben einen Eid geleistet. Sie haben Verpflichtungen.«

»Das ist gefährlich.«

»Morgens aufzustehen ist auch gefährlich.«

»Sie sind ein verrückter Kerl, wissen Sie das?«

»Ich halte mich eher für gewissenhaft.«

Reacher und der Doktor stiegen in den Pick-up, fuhren hinaus zur Landstraße und bogen dort rechts ab. Nun befanden sie sich auf einer Straße mehrere Meilen südlich des Motels und mehrere Meilen nördlich der drei Duncan-Häuser. Zwei Minuten später starrte der Doktor sie an, als sie daran vorbeifuhren. Auch Reacher sah kurz hinüber. Feindliches Gebiet. Drei weiße Häuser, drei geparkte Autos, keine erkennbaren Aktivitäten. Reacher vermutete, inzwischen habe der zweite Brett seine Nachricht überbracht. Er nahm an, sie sei zur Kenntnis genommen und sofort als Angeberei abgetan worden. Obwohl der ausgebrannte Geländewagen sich bestimmt nicht ignorieren ließ. Die Duncans verloren regelmäßig und empfindlich, was ihnen nicht verborgen bleiben konnte.

Reacher bog dort ab, wo er letzte Nacht mit dem Subaru abgebogen war, und schlängelte sich durch die Kurven, bis Seth Duncans Haus rechts voraus auftauchte. Bei Tageslicht wirkte es nicht viel anders als nachts mit Beleuchtung. Auf dem winterlich dürren Rasen der weiße Briefkasten mit dem Namen *Duncan* und der alte vierrädrige Buggy. Die lange gerade Zufahrt, das Nebengebäude mit den drei Kipptoren. Diesmal standen zwei von ihnen offen. Im Halbdunkel dahinter waren die Heckpartien zweier Autos zu erkennen. Eines war ein offener roter Zweisitzer, vielleicht ein Mazda, sehr feminin, das andere ein großer Cadillac, eine schwarze Limousine, sehr maskulin.

Der Doktor sagte: »Das ist Seth' Wagen.«

Reacher grinste. »Welcher?«

»Der Cadillac.«

»Netter Wagen«, meinte Reacher. »Vielleicht sollte ich hingehen und ihn zertrümmern. Ich habe jetzt einen eigenen Schraubenschlüssel. Soll ich das tun?«

»Nein«, sagte der Doktor erschrocken. »Um Himmels willen!«

Reacher grinste wieder und parkte, wo er schon nachts geparkt hatte. Sie stiegen beide aus und blieben einen Augenblick in der frischen Luft stehen. Die Wolkendecke hing weiterhin tief, doch von ihrer Unterseite lösten sich jetzt dünne Nebelstreifen, die als Vorboten des nachmittäglichen und abendlichen Nebels erneut auf die Erde herabsanken. Der Nebel schien die Luft sichtbar zu machen: grau und perlmuttfarben, wie eine Flüssigkeit schimmernd.

»Auf geht's«, sagte Reacher und marschierte zur Haustür. Der Doktor blieb zwei, drei Schritte hinter ihm. Reacher klingelte, wartete und hörte eine Minute später Schritte auf dem Fußboden der Diele. Leichte Schritte, langsam und etwas zögernd. Eleanor.

Sie öffnete die Tür, umfasste mit der Linken den Türrahmen und hatte die Rechte mit gespreizten Fingern an die Wand gegenüber gelegt, als müsste sie sich abstützen, um im Gleichgewicht zu bleiben – oder als glaubte sie, ihr Arm schütze das Hausinnere vor der feindlichen Außenwelt. Sie trug einen schwarzen Rock und einen schwarzen Pullover. Keine Halskette. Ihre Lippen waren verschorft, dick und dunkel, und ihre Nase wirkte geschwollen, sodass die weiße Haut sich über grünblauen Prellungen spannte, die ihr Make-up nicht ganz verdecken konnte.

»Sie«, sagte sie.

»Ich habe den Doktor mitgebracht«, erklärte Reacher. »Damit er nach Ihnen sieht.«

Eleanor Duncan betrachtete das Gesicht des Doktors und sagte: »Er sieht so schlimm aus wie ich. War das Seth? Oder einer der Cornhusker? In beiden Fällen bitte ich Sie um Entschuldigung.«

»Weder noch«, entgegnete Reacher. »Wir haben anscheinend ein paar toughe Kerle in der Stadt.«

Eleanor Duncan äußerte sich nicht dazu. Sie nahm nur die rechte Hand von der Wand und forderte die beiden Männer mit einer angedeuteten höflichen Geste zum Eintreten auf. Reacher fragte: »Ist Seth zu Hause?«

»Nein, zum Glück nicht«, sagte Eleanor.

»Sein Wagen ist da«, sagte der Doktor.

»Sein Vater hat ihn abgeholt.«

Reacher fragte: »Wie lange bleibt er fort?«

»Das weiß ich nicht«, erwiderte Eleanor. »Aber sie haben anscheinend viel zu besprechen.« Sie ging in die Küche voraus, wo sie in der letzten Nacht – und vielleicht schon bei vielen anderen Gelegenheiten – behandelt worden war. Sie setzte sich auf einen Stuhl und hob ihr Gesicht ins Licht. Der Doktor trat vor, um es sich anzusehen. Er berührte die Verletzungen nur ganz leicht und stellte Fragen nach Wund- und Kopfschmerzen sowie Zähnen. Sie gab genau die Art Antworten, die Reacher von vielen Leuten in ihrer Lage gehört hatte. Sie war tapfer und spielte ihre Beschwerden herunter. Ja, ihre Lippen und die Nase täten noch weh, sagte sie, und ja, sie habe leichte Kopfschmerzen, und nein, ihre Zähne fühlten sich nicht ganz in Ordnung an. Aber ihre Aussprache war einigermaßen deutlich, und sie hatte keine Gedächtnislücken, auch ihre Pupillen reagierten normal auf Licht, also war der Doktor zufrieden. Er sagte, sie werde bald wieder auf dem Damm sein.

»Und wie geht's Seth?«, fragte Reacher.

»Er ist sehr wütend auf Sie«, sagte Eleanor.

»Selbst schuld«, sagte Reacher.

»Sie sind viel größer als er.«

»Er ist viel größer als Sie.«

Dazu äußerte sie sich nicht. Sie musterte Reacher nur ganz kurz und schaute dann plötzlich weg, als zweifelte sie auf einmal an sich selbst. Auf ihrem Gesicht stand ein Ausdruck völliger Verunsicherung, allein durch die Unbeweglichkeit eingeschränkt, die der Schorf auf den Lippen und ihre schmerzende Nase erzwangen. Sie litt starke Schmerzen, vermutete Reacher. Sie hatte zwei Fausthiebe abbekommen, das war klar, je einen auf Nase und Mund. Der erste war kräftig genug gewesen, um Schaden anzurichten, ohne ihr die Nase zu brechen, und der zweite hatte die Lippen aufplatzen lassen, ohne ihr Zähne auszuschlagen.

Zwei Boxhiebe, sorgfältig gezielt, sorgfältig berechnet, sorgfältig angebracht.

Fachmännisch.

Reacher fragte: »Das war nicht Seth, stimmt's?«

Sie antwortete. »Nein, das war er nicht.«

»Wer dann?«

»Ich will Ihre Schlussfolgerung von vorhin zitieren. ›Wir haben anscheinend ein paar toughe Kerle in der Stadt.‹«

»Sie waren hier?«

»Zweimal.«

»Weshalb?«

»Das weiß ich nicht.«

»Wer sind sie?«

»Keine Ahnung.«

»Sie haben den Leuten erzählt, dass sie die Duncans vertreten.«

»Nein, das tun sie nicht. Die Duncans heuern keine fremden Leute an, um mich verprügeln zu lassen. Das können sie sehr gut selbst.«

»Wie oft hat Seth Sie schon geschlagen?«

»Hunderte von Malen.«

»Das ist gut. Natürlich nicht aus Ihrer Sicht, versteht sich.«

»Aber aus der Ihren, weil Sie so ein reines Gewissen haben können?«

»Irgendwas in der Art.«

Sie sagte: »Machen Sie mit Seth, was Sie wollen. Jeden Tag, den ganzen Tag lang. Schlagen Sie ihn zu Brei. Brechen Sie ihm alle Knochen im Leib. Tun Sie sich keinen Zwang an. Das ist mein Ernst.«

»Wieso bleiben Sie dann?«

»Das weiß ich nicht«, sagte sie. »Über dieses Thema sind ganze Bücher geschrieben worden. Die meisten hab ich gelesen. Letztlich läuft's auf die Frage hinaus: Wohin könnte ich gehen?«

»Fort von hier.«

»So einfach ist das nicht. Es ist nie so einfach.«

»Warum nicht?«

»Glauben Sie mir, okay?«

»Was ist also passiert?«

Eleanor erklärte: »Vor vier Tagen sind hier zwei Männer aufgekreuzt. Sie haben wie Leute von der Ostküste geredet und wie Italiener ausgesehen. Sie haben teure Anzüge und Kaschmirmäntel getragen. Seth hat sie in sein Arbeitszimmer geführt. Von der Diskussion habe ich nichts mitgekriegt, aber mir war gleich klar, dass es Ärger geben würde. Sein Angstschweiß war deutlich zu riechen. Nach zwanzig Minuten sind die drei wieder rausgekommen. Seth hat irgendwie verlegen gewirkt. Einer der Männer sagte, sie hätten Anweisung, Seth einen Denkzettel zu verpassen, aber er hätte erreicht, dass ich ihn bekommen sollte. Ich dachte zuerst, man würde mich vor den Augen meines Mannes vergewaltigen. So gewalttätig war die Atmosphäre nämlich. Aber nein, Seth hat mich festgehalten, und die beiden haben zugeschlagen. Jeder nur einmal. Erst die Nase, dann der Mund. Und gestern Abend sind sie zurückgekommen und haben es wieder gemacht. Anschließend ist Seth weggefahren, um ein Steak zu essen. Das ist passiert.«

»Das tut mir sehr leid«, sagte Reacher.

»Mir auch.«

»Seth hat Ihnen nicht gesagt, wer die beiden sind? Oder was sie wollten?«

»Nein. Seth erzählt mir nie etwas.«

»Irgendwelche Ideen?«

»Sie waren Investoren«, sagte Eleanor. »Ich meine, sie waren im Auftrag von Investoren hier. Das ist der einzige Reim, den ich mir darauf machen kann.«

»An der Firma Duncan Transportation sind Investoren beteiligt?«

»So muss es wohl sein. Ich stelle mir vor, dass dieses Geschäft keine traumhaften Gewinne abwirft. Benzin ist im Augenblick ziemlich teuer, nicht? Oder Dieselöl oder was immer sie verbrauchen. Und es ist Winter, was sich auf ihre Umsätze auswirken muss. Im Winter gibt's nichts zu transportieren. Aber was verstehe ich schon von ihrem Geschäft? Ich weiß nur, dass sie ständig über irgendwas klagen. Und ich sehe in den Nachrichten, dass kleinere Firmen es heutzutage schwer haben, an günstige Bankkredite zu kommen. Vielleicht haben sie sich daher auf unkonventionelle Weise Geld beschafft.«

»Sehr unkonventionell«, sagte Reacher. »Aber wieso sind diese Leute auf der Suche nach mir, wenn ihr Besuch mit irgendwelchen finanziellen Problemen der Firma Duncan Transportation zusammenhängt?«

»Sind sie das?«

»Ja«, sagte der Doktor, »das sind sie. Heute Morgen waren sie bei mir. Sie haben mich viermal geschlagen und meiner Frau noch weit Schlimmeres angedroht. Und sie wollten nur wissen, wo Reacher steckt. Im Motel scheint es ähnlich gewesen zu sein. Auch Mr. Vincent hat Besuch bekommen. Und Dorothy, die bei ihm arbeitet. Sein Zimmermädchen.«

»Das ist schrecklich«, sagte Eleanor. »Alles in Ordnung mit ihr?«

»Sie hat's überlebt.«

»Und Ihre Frau?«

»Ziemlich mitgenommen.«

»Ich habe keine Erklärung dafür«, sagte Eleanor. »Von Seth' Geschäften weiß ich nichts.«

Reacher fragte: »Wissen Sie wenigstens etwas über Seth persönlich?«

»Zum Beispiel?«

»Zum Beispiel, wer er ist und wo er herkommt.«

»Möchtet ihr einen Drink, Jungs?«

»Nein danke«, sagte Reacher. »Erzählen Sie mir, wo Seth herkommt.«

»Diese alte Frage? Er ist adoptiert wie viele Leute.«

»Aus welcher Familie?«

»Das weiß er nicht, und ich glaube, dass das nicht mal sein Vater genau weiß. Er ist durch irgendeine Wohltätigkeitsorganisation vermittelt worden. Eine gewisse Anonymität war wohl Bedingung.«

»Überhaupt keine Storys?«

»Nein.«

»Kann Seth sich denn an nichts erinnern? Die Leute sagen, dass er im Kindergartenalter war, als er herkam. Da müsste er doch irgendwelche Erinnerungen daran haben, wo er vorher lebte.«

»Darüber will er nicht reden.«

»Was war mit dem kleinen Mädchen, das damals verschwunden ist?«

»Diese andere uralte Sache? Ich bin weiß Gott nicht blind gegenüber Seth' Fehlern – oder denen seiner Familie –, aber meines Wissens sind alle vier durch Ermittlungen einer Bundesbehörde vollständig entlastet worden. Genügt das den Leuten denn nicht?«

»Sie waren damals nicht hier?«

»Nein, ich bin in Illinois aufgewachsen. Knapp außerhalb von Chicago. Seth war zweiundzwanzig, als ich ihn kennenlernte. Ich wollte damals Journalistin werden. Der einzige Job, den ich finden konnte, war bei einer Zeitung in Lincoln. Natürlich sollte ich als Erstes eine Story über die Entwicklung des Maispreises schreiben. Über mehr hat das Blatt nicht berichtet – darüber und über Collegesport. Seth war der neue Chef der Firma Duncan Transportation. Ich habe ihn für meine Story interviewt, dann haben wir einen Cocktail getrunken. Anfangs war ich von ihm fasziniert, das hat später nachgelassen.«

»Glauben Sie, dass Sie zurechtkommen?«

»Und Sie? Wenn zwei toughe Kerle auf der Suche nach Ihnen sind?«

»Ich verschwinde von hier«, sagte Reacher. »Erst nach Süden, dann nach Osten, nach Virginia. Wollen Sie mitkommen? Sie könnten die Interstate benutzen und nie mehr zurückkommen.«

Eleanor Duncan sagte: »Nein.«

»Sind Sie sich da sicher?«

»Ja.«

»Dann kann ich Ihnen nicht helfen.«

»Sie haben mir bereits geholfen, mehr als Sie denken. Sie haben ihm die Nase gebrochen. Das hat mich glücklich gemacht!«

Reacher sagte: »Sie sollten zusehen, dass Sie hier rauskommen. Es ist verrückt zu bleiben und solches Zeug zu reden. So zu empfinden.«

»Ich überlebe ihn«, entgegnete die Frau. »Das ist meine Aufgabe, glaube ich, sie alle zu überleben.«

Reacher hielt sich mit einem Kommentar zurück. Er sah sich nur in der Küche um, betrachtete all die Sachen, die sie erben würde, wenn sie es schaffte, alle zu überleben. Eine Menge Zeug, alles teuer und qualitativ hochwertig, viele italienische Sachen, auch ein paar deutsche, vereinzelt amerikanische. Zu denen gehörte ein Cadillacschlüssel in einem leeren Goldfischglas.

»Gehört der Schlüssel Seth?«, fragte Reacher.

Eleanor antwortete: »Ja, das ist seiner.«

»Ist der Wagen vollgetankt?«

»Meistens. Wieso?«

»Weil ich ihn stehlen werde«, sagte Reacher.

26

Reacher erklärte: »Ich muss mindestens eine Stunde fahren. Da wäre ein bequemerer Wagen als der Pick-up gut. Außerdem sollte der Doktor den Pick-up behalten. Vielleicht braucht er ihn ja hier. Für seinen Job.«

Eleanor Duncan sagte: »Damit kämen Sie nicht durch. Sie würden mit einem gestohlenen Wagen bei der County Police aufkreuzen.«

»Sie würde nicht wissen, dass er gestohlen ist. Nicht wenn Seth es ihr nicht sagt.«

»Aber das tut er.«

»Bestellen Sie ihm, dass er's nicht tun soll. Richten Sie ihm aus, dass ich sonst zurückkomme und ihm die Arme breche. Er soll den Mund halten und sich den Wagen morgen zurückholen. Ich lasse ihn irgendwo unterwegs stehen.«

»Darauf lässt er sich nicht ein.«

»Doch, das tut er.«

»Er hört auf keinen Menschen.«

»Er hört auf die beiden fremden Männer.«

»Weil er Angst vor ihnen hat.«

»Vor mir hat er auch Angst. Er hat vor jedem Angst. Glauben Sie mir, so tickt Seth eben.«

Niemand sprach. Reacher angelte den Cadillacschlüssel aus dem leeren Goldfischglas, gab den Schlüssel des Pick-ups dem Doktor und ging zur Haustür.

Seth Duncan saß am Küchentisch seines Vaters – dem Alten gegenüber und Ellbogen an Ellbogen mit seinem Onkel Jonas auf der einen und seinem Onkel Jasper auf der anderen Seite. Die vier Männer waren schweigsam und in gedämpfter Stimmung, weil sie Besuch hatten. Roberto Cassano war da und lehnte am Ausguss, Angelo Mancini war da und lehnte am Türrahmen. Cassano hatte sich das Hemd glatt in die Hose gesteckt, obwohl es schon faltenlos saß. Mancini hatte den Mantel aufgeknöpft und beide Hände ins Kreuz gelegt, als hätte er Rückenschmerzen vom Fahren, aber in Wirklichkeit sollten beide Gesten nur dazu dienen, ihre in Schulterhalftern getragenen Pistolen sehen zu lassen. Es waren Colt Double Eagles. Ein zusammengehöriges Paar. Halbautomatische Waffen aus Edelstahl. Die Duncans hatten die Message verstanden, weshalb sie still und schweigsam dasaßen.

Cassano befahl: »Erzählt es mir noch mal. Erklärt es mir. Überzeugt mich. Wie kann dieser Fremde die Lieferung behindern?«

Jacob Duncan fragte: »Sage ich Ihrem Boss, wie er sein Geschäft führen soll?«

»Wahrscheinlich nicht.«

»Weil es sein Geschäft ist. Vermutlich mit tausend Feinheiten, von denen ich nichts verstehe. Also lasse ich die Finger davon.«

»Und Mr. Rossi lässt die Finger von Ihrem. Außer es gibt Unannehmlichkeiten.«

»Er darf sich gern andere Lieferanten suchen.«

»Das tut er bestimmt. Aber hier geht's um einen bestehenden Vertrag.«

»Keine Sorge, wir liefern.«

»Wann?«

»Sobald wir den Fremden los sind.«

Cassano konnte nur frustriert den Kopf schütteln.

Mancini sagte: »Ihr müsst eure Taktik ändern, Jungs. Der Fremde war auf den Feldern, okay, keine Frage, aber dort ist er nicht mehr.

Er ist wieder mit dem Pick-up unterwegs, den er letzte Nacht den beiden Trotteln abgenommen hat. Den hatte er irgendwo versteckt. Den solltet ihr jetzt suchen. Ihr solltet wieder die Straßen kontrollieren.«

Seth Duncans Cadillac war neu genug, um mit allen Raffinessen ausgestattet zu sein, aber alt genug, um als ein bequemer Straßenkreuzer durchzugehen. Er konkurrierte nicht mit BMW und Mercedes-Benz um das Geld von Yuppies, sondern mit Bahn und Flugzeug um Komfort auf Langstrecken, wie es die viertürigen Caddies traditionell immer getan hatten. Reacher gefiel dieses Auto sehr gut. Es war breit und lang, wog ungefähr zwei Tonnen und fuhr weich und leise. Es förderte unaufgeregte Entspanntheit und ließ sich sehr bequem mit einer Hand und einem Fuß kontrollieren. Es verfügte über schwarzen Lack und schwarzes Leder, dunkel getönte Scheiben, ein Radio mit warmem Ton und einen zu drei Viertel gefüllten Tank.

Reacher war eingestiegen, hatte den Fahrersitz ganz nach hinten geschoben, war rückwärts aus der Garage gestoßen, hatte gewendet und war vorsichtig auf die Straße hinausgefahren. Er war nach Süden abgebogen und bewegte sich nun in einem rollenden Kokon aus friedlicher Stille die Landstraße entlang. Die Landschaft veränderte sich nicht im Geringsten. Vor ihm eine gerade Straße, rechts Felder, links Felder, darüber Wolken. Er sah keine anderen Fahrzeuge. Zehn Meilen südlich seines Ausgangspunkts passierte er ein altes Rasthaus mit einem von Unkraut überwucherten Parkplatz. Das heruntergekommene Gebäude hatte mit Brettern verschalte Fenster, ein schadhaftes Dach und alte, vor Rost kaum mehr lesbare Werbeschilder für Pabst Blue Ribbon und Miller High Life. Danach kam nichts mehr, nur Leere bis zum Horizont.

Roberto Cassano verließ Jacob Duncans Haus durch die Hintertür und ging über Kies, aus dem Unkraut spross, bis zu einer Stelle, an der er nicht mehr gehört werden konnte. Weit im Norden stieg noch immer eine dünne Rauchsäule auf – von dem noch schwelenden ausgebrannten Geländewagen, der auf das Konto des Fremden ging.

Er telefonierte mit dem Handy. Rossi meldete sich nach dem dritten Klingeln. Cassano sagte: »Sie bleiben bei ihrer Story, Boss. Die Lieferung kriegen wir erst, wenn der Fremde erledigt ist.«

Rossi entgegnete: »Das ist absolut sinnlos.«

»Genau. Ich komme mir vor wie Alice im Wunderland.«

»Wie viel Druck habt ihr ausgeübt?«

»Auf die vier Duncans? Das wäre meine nächste Frage. Wie viel Druck sollen wir ausüben?«

Daraufhin folgte eine lange Pause, in der nur ein resignierter Seufzer zu hören war. Dann sagte Rossi: »Das Problem ist, dass sie erstklassige Ware verkaufen. Bessere ist nirgends zu finden. Ich könnte nicht mal halb so gute finden. Also darf ich sie nicht verbrennen. Weil ich sie in Zukunft noch brauchen werde. Sogar immer wieder. Das steht ganz außer Zweifel.«

»Also?«

»Also müsst ihr mitspielen. Spürt den verdammten Fremden auf.«

Der Doktor trat aus Eleanor Duncans Haustür und starrte den Ford Pick-up missbilligend an. Er wollte sich nicht ans Steuer setzen. Wollte ihn nicht fahren. Wollte nicht darin gesehen werden. Wollte nicht mal in seine Nähe kommen. Dieser Wagen gehörte den Duncans. Er war entwendet worden, und die Umstände seines Diebstahls waren für die Duncans sehr demütigend gewesen. Zwei Cornhusker, beide fast verächtlich beiseitegeworfen. Deshalb würde es als empörende Provokation aufgefasst werden, wenn jemand sich auch nur mit diesem Fahrzeug sehen ließ. Irrsinnig. Dafür würde er bestraft werden: hart und dauerhaft.

Aber er war Arzt.

Und leider nüchtern.

Folglich bei klarem Verstand.

Er hatte Patienten. Er trug Verantwortung. Zum Beispiel für Vincent, den Motelbesitzer. Und auch für Dorothy, das Zimmermädchen. Beide hatten einen ziemlichen Schrecken bekommen. Und er war verheiratet. Seine Frau, allein und verängstigt, wartete acht Meilen weit entfernt.

Er betrachtete den Schlüssel in seiner Hand und schaute wieder zu dem Pick-up in der Einfahrt. Er legte sich die Route im Kopf zurecht. Bei Dorothy konnte er hinter dem Haus parken, wo niemand das Fahrzeug entdecken würde. Im Motel konnte er den Wagen hinter der Lounge abstellen, um das gleiche Ergebnis zu erzielen. Dann konnte er den Pick-up nördlich der Kreuzung abstellen und zu Fuß nach Hause gehen.

Insgesamt würde er nur zwei Meilen auf Wegen und ungefähr vier auf der Landstraße unterwegs sein.

Zehn Minuten.

Das war alles.

Gar kein Risiko.

Vielleicht.

Er setzte sich ans Steuer und ließ den Motor an.

Der anonyme weiße Kastenwagen befand sich noch auf der Route 3, weiter in Kanada, aber er hatte British Columbia hinter sich gelassen und war jetzt in Alberta unterwegs. Er kam gut voran, fuhr weiter nach Osten, erregte nirgendwo Aufmerksamkeit. Der Fahrer telefonierte nicht mit dem Handy. Sein Gerät war ausgeschaltet, weil man annahm, die Mobilfunkmasten entlang des 49. Breitengrades würden überwacht. Vielleicht wurden alle

Handygespräche aufgezeichnet und analysiert. Zu diesem Zweck verfügten die Sicherheitsdienste auf beiden Seiten der Grenze über raffinierte Software. Schon einzelne Worte konnten Alarm auslösen. Aber selbst wenn es nicht dazu kam, war es immer besser, elektronische Aufzeichnungen darüber, wo ein Kerl sich wann aufgehalten hatte, möglichst zu vermeiden. Aus demselben Grund tankte der Fahrer nur mit kanadischen Dollar in bar und betrat alle Tankstellen, in denen es Überwachungskameras gab, mit hochgeklapptem Jackenkragen und tief in die Stirn gezogener Baseballmütze.

Der Lieferwagen rollte weiter, kam zügig nach Osten voran.

Rossi beendete das Gespräch mit Cassano und dachte fünf Minuten lang angestrengt nach, dann rief er Safir an, der nur sechs Blocks von ihm entfernt war. Er holte tief Luft und fragte: »Haben Sie jemals bessere Ware gesehen?«

Safir antwortete: »Sie brauchen nicht den Verkäufer zu spielen. Ich bin schon auf Ihre Anpreisungen reingefallen.«

»Und Sie waren immer zufrieden, stimmt's?«

»Jetzt bin ich unzufrieden.«

»Das verstehe ich«, sagte Rossi. »Aber ich möchte etwas mit Ihnen besprechen.«

»Gleichberechtigte besprechen sich«, erwiderte Safir. »Wir sind nicht gleichberechtigt. Ich befehle, Sie bitten.«

»Okay, dann möchte ich Sie um etwas bitten. Ich bitte Sie, einen Schritt zurückzutreten und sich etwas zu überlegen.«

»Zum Beispiel?«

»Ich brauche diese Lieferung, Sie brauchen diese Lieferung, jeder braucht diese Lieferung. Deshalb möchte ich, dass wir unsere Differenzen ignorieren und gemeinsame Sache machen. Nur für ein, zwei Tage.«

»Wie?«

»Meine Kontaktleute in Nebraska haben eine Hummel im Hintern.«

»Das weiß ich längst«, sagte Safir. »Meine Männer haben mir alles gemeldet.«

»Ich möchte, dass Sie sie dort raufschicken, damit sie helfen.«

»Wen schicken? Und wohin?«

»Ihre Männer. Nach Nebraska. Es hat keinen Zweck, sie in meinem Büro rumhocken zu lassen. Ihre Interessen sind meine Interessen, und ich gebe mir schon größte Mühe, diesen Fall zu Ihrer Zufriedenheit zu lösen. Deshalb schlage ich vor, dass Ihre Männer meinen Männern helfen, damit wir das Problem gemeinsam bewältigen.«

Der Doktor erreichte Dorothys Farmhaus ungesehen und parkte gleich neben ihrem alten Pick-up auf dem Hof dahinter. Er traf sie in der Küche an, wo sie Geschirr spülte. Vermutlich Frühstücksgeschirr. Ihres und Reachers. Was ein verrücktes Risiko gewesen war.

Er fragte: »Wie geht es Ihnen?«

Sie sagte: »Ich komme zurecht. Sie sehen schlimmer aus als ich.«

»Ich werd's überleben.«

»Sie fahren ein Auto der Duncans.«

»Ich weiß.«

»Das ist dämlich.«

»Nicht dämlicher, als dem Kerl ein Frühstück zu machen.«

»Er hatte Hunger.«

Der Doktor fragte: »Brauchen Sie irgendwas?«

»Ich muss wissen, wie diese Sache enden wird.«

»Wahrscheinlich nicht gut. Er ist nur ein Einzelkämpfer. Und es gibt keine Garantie dafür, dass er überhaupt hierbleibt.«

»Wissen Sie, wo er im Augenblick ist?«

»Ja. Mehr oder weniger.«

»Erzählen Sie's mir lieber nicht.«

»Das tue ich nicht.«

Dorothy erklärte: »Sie sollten nach Mr. Vincent sehen. Er sieht ziemlich übel zugerichtet aus.«

»Dort fahre ich als Nächstes hin«, sagte der Doktor.

Safir beendete das Gespräch mit Rossi und dachte fünf Minuten lang angestrengt nach, dann rief er seinen Kunden Mahmeini an, der sich nur acht Blocks von ihm entfernt aufhielt. Er holte tief Luft und fragte: »Haben Sie jemals bessere Ware gesehen?«

Mahmeini antwortete: »Kommen Sie zur Sache, verdammt noch mal.«

»Die Lieferkette hat einen Knick.«

»Ketten haben keine Knicke. Schläuche haben Knicke. Ketten haben schwache Stellen. Soll das ein Geständnis sein? Sind Sie die Schwachstelle?«

»Bloß eine Redewendung. Es gibt ein Hindernis. Eine Art Zwickmühle. Klingt verrückt, ist aber so.«

»Und?«

»Wir haben alle ein gemeinsames Ziel. Wir alle wollen diese Lieferung. Und wir bekommen sie nicht, bevor dieses Hindernis verschwindet. Das ist leider eine Tatsache. Dagegen kann keiner von uns etwas tun. In dieser Beziehung sind wir alle Opfer. Deshalb schlage ich vor, dass wir unsere Differenzen ignorieren und gemeinsame Sache machen. Nur für ein, zwei Tage.«

»Wie?«

»Ich möchte, dass Sie Ihre Männer aus meinem Büro abziehen und nach Nebraska schicken. Ich tue das mit meinen Männern auch. Wir sollten alle zusammenarbeiten, um dieses Problem zu lösen.«

Mahmeini antwortete nicht sofort. Tatsächlich war auch er

lediglich ein Kettenglied, genau wie Safir, genau wie Rossi, über den er alles wusste, genau wie die Duncans, über die er ebenfalls alles wusste. Er kannte den Weg, auf dem die Ware ins Land geschmuggelt wurde. Er hatte sorgfältige Nachforschungen angestellt. Sie waren alle bloß Kettenglieder, nur war er das vorletzte Glied, das die größte Belastung zu tragen hatte. Denn gleich über ihm standen ganz oben Saudi-Araber, ungeheuer reich und unglaublich bösartig. Eine gefährliche Kombination.

Mahmeini sagte: »Zehn Prozent Rabatt.«

Safir sagte: »Natürlich.«

Mahmeini sagte: »Rufen Sie mich zurück, wenn Ihre Planung steht.«

Der Doktor parkte hinter dem Apollo Inn zwischen der gewölbten Außenwand der Lounge und einer runden Einzäunung, in der die Mülltonnen und ein Propantank standen, gleich hinter Vincents Wagen, einem alten viertürigen Pontiac. Kein idealer Platz. Aus bestimmten Winkeln würde der Pick-up aus Norden und Süden deutlich zu erkennen sein. Doch im Augenblick gab es keinen besseren Platz. Er stieg aus, blieb in dem frischen Wind stehen und schaute auf die Straße hinaus. Dort war nichts zu sehen.

Er fand Vincent in der Lounge, wo er tatenlos in einem seiner roten Samtsessel saß. Er hatte ein blaues Auge, eine geplatzte Lippe und eine hühnereigroße Schwellung unter dem anderen Auge. Damit sah er genau wie der Doktor aus. Die beiden waren Zwillinge.

Der Doktor fragte: »Brauchen Sie irgendwas?«

Vincent sagte: »Ich habe schreckliche Kopfschmerzen.«

»Wollen Sie Schmerztabletten?«

»Tabletten helfen nichts. Ich will, dass diese Sache beendet wird. Das will ich. Ich will, dass dieser Kerl zu Ende bringt, was er angefangen hat.«

»Er ist auf dem Weg nach Virginia.«

»Großartig.«

»Er hat gesagt, dass er unterwegs bei den County Cops vorbeischauen will, und versprochen, dass er zurückkommt, wenn mit den fünfundzwanzig Jahre alten Ermittlungsakten etwas nicht in Ordnung ist.«

»Uraltes Zeug. Die sind längst im Altpapier.«

»Er behauptet das Gegenteil.«

»Dann bekommt er sie nie zu sehen.«

»Er denkt, dass er's schafft.«

»Aber was kann er jetzt finden, was damals nicht entdeckt worden ist? Wenn er das sagt, will er damit nur tarnen, dass er nicht zurückkommt. Er mildert den Schlag etwas ab, mehr tut er nicht. Er macht sich mit einer faulen Ausrede aus dem Staub. Er lässt uns im Stich.«

In dem seltsamen runden Raum herrschte Schweigen.

»Brauchen Sie irgendetwas?«, wiederholte der Doktor seine Frage.

»Sie vielleicht?«, lautete Vincents Gegenfrage. »Wollen Sie einen Drink?«

»Dürfen Sie mich denn bedienen?«

»Reichlich spät dafür, über solche Dinge nachzudenken, finden Sie nicht auch? Wollen Sie einen?«

»Nein«, sagte der Doktor, »lieber nicht.« Dann machte er eine Pause und sagte: »Na ja, vielleicht einen, für unterwegs.«

Safir rief Rossi zurück und sagte: »Ich will zwanzig Prozent Rabatt.«

Rossi fragte: »Wofür?«

»Dass ich Ihnen helfe. Dass ich meine Jungs dort raufschicke.«

»Fünfzehn Prozent. Weil Sie sich damit auch selbst helfen.«

»Zwanzig«, sagte Safir. »Weil ich vielleicht mehr als nur meine Jungs schicken werde.«

»Wie das?«

»Auf mich passen auch Kerle auf. Zwei. Sie sind jetzt hier bei mir. Das habe ich Ihnen erzählt, stimmt's? Glauben Sie etwa, dass ich meine Leute aus Ihrem Büro abziehe, während ich selbst noch andere Kerle in meinem habe? Na, darauf können Sie lange warten! Deshalb habe ich meinen Kunden dazu überredet, auch seine Männer hinzuschicken. Sozusagen als gemeinsames Opfer. Und bei einer Sache wie dieser will ohnehin jeder mitmischen.«

Rossi überlegte kurz.

»Okay«, sagte er. »Das ist gut. Das ist echt gut. Gemeinsam haben wir sechs Mann dort oben. So können wir die Sache schneller beenden. In zwei, drei Tagen sind wir aus dem Schlimmsten raus.«

»Ablauf?«

Rossi sagte: »Die nächste Zivilisation liegt sechzig Meilen weiter nördlich. Der Verwaltungssitz des Countys. Die einzige Unterkunft ist ein Courtyard Marriott. Meine Jungs sind dort untergebracht. Ich gebe ihnen Bescheid, dass sie gleich dorthin zurückfahren sollen, und buche ein paar zusätzliche Zimmer. Dann können sich alle möglichst bald treffen und einen Aktionsplan ausarbeiten.«

Die Landstraße verlief auf der ganzen Strecke schnurgerade. Reacher ließ den Cadillac mit sechzig Meilen in der Stunde rollen, schaffte stressfrei eine Meile pro Minute. Nach ungefähr fünfzig Minuten Fahrt kam er an einer einsamen Bar am rechten Straßenrand vorbei. Sie war ein kleiner geduckter Holzbau mit schmutzigen Fenstern, in denen Bierwerbung hing, einem Parkplatz mit drei Autos, und einem Namensschild, auf dem Cell Block stand. Zellenblock, ein fast passender Name. Wenn Reacher die Augen zusammenkniff, konnte er sich sogar vorstellen, der kleine Bau sehe wie ein Gefängnis aus einem alten Westernfilm aus. Er fuhr in flottem Tempo daran vorbei. Eine Meile später veränderte sich der Horizont in der Ferne. Ein Wasserturm und ein Texaco-Schild ragten aus dem nachmittäglichen Dunst. Zivilisation. Aber nicht sehr viel. Der Ort schien klein zu sein. Er bestand eigentlich nur aus einem Dutzend schachbrettartig angeordneter Straßen mit niedriger Bebauung, die irgendein Riese am Ende der Welt abgeladen zu haben schien.

Eine halbe Meile vor dem Ortsrand zählte eine Werbetafel des Gewerbeverbands die fünf verschiedenen Methoden auf, wie ein Reisender hier sein Geld ausgeben konnte. Wollte er essen, gab es zwei Restaurants. Eines war ein Schnellrestaurant, das andere nicht. Reacher kannte keinen der beiden Namen. Also keine Restaurants einer Kette. Musste ein Reisender seinen Wagen reparieren lassen, gab es eine Tankstelle und einen Reifenhändler. Wollte er hier übernachten, konnte er dies nur in einem Courtyard Marriott.

27

Reacher fuhr in hohem Tempo an der Werbetafel vorbei, wurde dann langsamer und begutachtete, was vor ihm lag. Seiner Erfahrung nach reservierten die meisten Kleinstädte die Main Street für Geschäfte. Städtische Einrichtungen wie die Polizeistation und die Verwaltung des Countys befanden sich meist in der zweiten oder dritten Reihe oder noch weiter hinten. Das hatte etwas mit Steuereinnahmen zu tun. Für Grundstücke abseits der Hauptstraße konnte die Stadt nicht so viel Grundsteuer verlangen.

Er ging erneut vom Gas, als er an dem ersten Gebäude auf der linken Straßenseite vorbeikam. Ein ebenerdiger Bau mit Aluminiumfassade im Diner-Stil – wie auf der Werbetafel angepriesen, wie von Dorothy, dem Zimmermädchen, beschrieben. Hier bekamen die County Cops ihren Morgenkaffee mit Doughnuts. Und offenbar auch ihren Nachmittagskaffee. Vor dem Diner stand ein Streifenwagen, ein schwarz-weißer Dodge, außerdem zwei ziemlich mitgenommene Pick-ups, beide Farmwagen, beide verbeult und schmutzig. Etwas bedeutender in Bezug auf die Infrastruktur war die Tankstelle schräg gegenüber. Texaco, dazu eine Autowerkstatt mit drei Arbeitsplätzen. Dann folgte eine Reihe verschiedener Geschäfte auf beiden Straßenseiten: ein Eisenwarengeschäft, ein Spirituosenladen, eine Apotheke, eine Bank, ein Haushaltswarengeschäft, ein Reifenhändler, eine John-Deere-Vertretung, ein Supermarkt. Die breite, etwas schlammige Straße war von schräg angeordneten Parkplätzen gesäumt.

Reacher fuhr einmal quer durch die Stadt. Am anderen Ende lag eine richtige Kreuzung, an der es links zu einer Ethanolanlage, rechts zum Krankenhaus und geradeaus zu der weitere sechzig Meilen entfernten I-80 ging. Er wendete zwischen den Banketten auf der Fahrbahn und rollte wieder die Main Street entlang, diesmal nach Norden. Rechts und links zweigten je drei Straßen ab, die alle nach Personen benannt waren. Vielleicht nach Siedlerpionieren in Nebraska oder Footballstars oder berühmten Maisfarmern. Er nahm die erste Straße rechts, die McNally Street, und sah in einiger Entfernung vor sich das Hotel Marriott.

Inzwischen war es fast sechzehn Uhr, was ungünstig war. Die alten Ermittlungsakten lagerten bestimmt in der Polizeistation oder im Verwaltungsgebäude des Countys, und die dortige Registratur würde um siebzehn Uhr schließen. Somit blieb ihm nur eine Stunde, nicht mehr. Sich Zugang zu verschaffen, konnte bereits eine halbe Stunde dauern, und dann gab es vermutlich Papierberge, die er unmöglich in der verbleibenden halben Stunde durcharbeiten konnte. Also würde er bis morgen früh warten müssen.

Oder auch nicht.

Ein Versuch konnte nicht schaden.

Er rollte weiter und nahm im Vorbeifahren das Hotel in Augenschein. Was den Unterschied zwischen einem normalen Marriott und einem Courtyard Marriott ausmachte, war ihm nicht ganz klar. Vielleicht war das eine ein Hochhaus und das andere ein Flachbau. Dieses hier war jedenfalls nur einstöckig: ein H-förmiges Gebäude mit der Hotelhalle im Verbindungstrakt. Für Übernachtungsgäste gab es davor ungefähr zwanzig markierte Parkplätze, von denen aber nur zwei belegt waren. Genauso sah es hinter dem Hotel aus. Zwanzig Parkplätze, zwei davon belegt. Reichlich Zimmer frei. Nachsaison am Ende der Welt.

Er bog links ab und fuhr parallel zur Main Street, aber drei Blocks von ihr entfernt, nach Norden weiter. Er kam an dem zweiten Restaurant vorbei, dessen Spezialität Spareribs waren. Es warb mit einer Trockenmarinade direkt aus Kansas. Er bog gleich dahinter erneut links ab, erreichte wieder die Hauptstraße und hielt vor dem Schnellrestaurant. Der Streifenwagen stand noch immer dort. In dem Diner herrschte nicht viel Betrieb. Das konnte Reacher durchs Fenster erkennen. Zwei Cops, drei Zivilisten, eine Bedienung und ein Koch hinter einer Durchreiche.

Reacher sperrte den Cadillac ab und ging hinein. Die Cops saßen sich in einer Sitznische gegenüber: beide so breit und massig, dass jeder eine zweisitzige Bank fast für sich allein brauchte. Einer war ungefähr in Reachers Alter, der andere zehn Jahre jünger. Sie trugen graue Uniformen mit Dienstgradabzeichen, Namensschildern und allen möglichen Ehrenzeichen. Der ältere Cop hieß Hoag. Reacher ging an ihm vorbei, dann blieb er ruckartig stehen, mimte den völlig Überraschten und rief aus: »Sie sind Hoag, stimmt's? Ich kann's nicht glauben!«

Der Cop sagte: »Wie bitte?«

»Ich erinnere mich vom ›Desert Storm‹ an Sie. Das stimmt doch? Im Jahr 1991 am Golf? Hab ich recht?«

Der Cop sagte: »Tut mir leid, mein Freund, aber Sie müssen mir ein bisschen auf die Sprünge helfen. Seit 1991 ist eine Menge passiert.«

Reacher streckte ihm die Hand hin und sagte: »Ich bin Reacher, hundertzehnte MP.«

Der Cop ergriff seine Hand und schüttelte sie. Er sagte: »Ich bin mir nicht sicher, ob ich jemals Kontakt mit euch Leuten gehabt habe.«

»Wirklich? Ich hätt's beschwören können. Dann vielleicht in Saudi? Kurz davor? Vor ›Desert Shield‹?«

»Kurz davor war ich in Deutschland.«

»Ich glaub nicht, dass es in Deutschland war. Aber ich erinnere mich an den Namen und irgendwie auch an das Gesicht. Hatten Sie einen Bruder am Golf? Oder einen Cousin oder dergleichen?«

»Einen Cousin, klar.«

»Sieht genau wie Sie aus?«

»Damals schon, denk ich. Ein wenig.«

»Da haben wir's. Netter Kerl, stimmt's?«

»Oh, ziemlich nett.«

»Und ein guter Soldat, so viel ich mich erinnere.«

»Er ist mit einem Bronze Star heimgekommen.«

»Ich hab's gewusst. Siebtes Korps, nicht wahr?«

»Zweite Panzerdivision.«

»Drittes Bataillon?«

»Genau.«

»Ich hab's gewusst«, wiederholte Reacher. Ein alter, uralter Trick, mit dem Wahrsager in aller Welt arbeiteten. Man bestürmte einen Kerl mit einer endlosen Serie von Ja/nein-, Richtig/falsch-Fragen und ließ damit in kürzester Zeit eine überzeugende Illusion von Vertrautheit entstehen. Ein einfacher psychologischer Trick, der dadurch wirksamer wurde, dass man aufmerksam zuhörte, sich vorsichtig weitertastete und manchmal einfach nur riet.

Die meisten Leute, die ein Namensschild trugen, waren sich dieser Tatsache zumindest anfangs nicht bewusst. Und hier im Herzen Amerikas waren viele Cops beim Militär gewesen. Überdurchschnittlich viele. Und selbst wenn das nicht auf sie zutraf, hatten die meisten große Familien. Viele Brüder und Cousins. Da konnte man getrost darauf wetten, dass wenigstens einer von ihnen in der Army gewesen war. Und das Unternehmen Desert Storm war für eine ganze Generation *das* Kriegserlebnis gewesen, und das Siebte Korps hatte als weitaus größter Truppenverband im Irak gekämpft, und wer aus der zweiten Panzerdivision mit einem Bronze Star ausgezeichnet wurde, hatte bestimmt dem dritten Bataillon angehört, das die Speerspitze darstellte. Ein Algorithmus. Bloße Wahrscheinlichkeitsrechnung. Völlig simpel.

Reacher fragte: »Und was macht Ihr Cousin jetzt?«

»Tony? Der ist wieder in Lincoln. Zum Glück ist er vor der zweiten Runde heimgekommen. Er arbeitet bei der Eisenbahn. Zwei Kinder, eines in der Highschool, das andere im College.«

»Wunderbar. Treffen Sie ihn oft?«

»Ab und zu.«

»Grüßen Sie ihn unbedingt von mir, okay? Jack Reacher, hundertzehnte MP. Von einer Wüstenratte zur anderen.«

»Und was machen Sie heutzutage so? Das fragt er bestimmt.«

»Ich? Oh, immer das Gleiche, noch immer das Gleiche.«

»Was, Sie sind noch dabei?«

»Nein, ich war früher Ermittler, und das bin ich noch heute. Nun allerdings privat. Auf eigene Rechnung. Nicht mehr für Onkel Sam.«

»Hier in Nebraska?«

»Nur vorübergehend«, antwortete Reacher. Dann machte er eine Pause. »Wissen Sie, was? Vielleicht könnten Sie mir behilflich sein. Wenn's Ihnen nichts ausmacht.«

»Was brauchen Sie denn?«

»Kommt ihr zum Dienst, Leute, oder geht ihr?«

»Wir kommen gerade, haben die Nachtschicht vor uns.«

»Darf ich mich setzen?«

Holz knarrte, und Vinyl quietschte leise, als der Cop namens Hoag zur Seite rutschte. Reacher hockte sich auf den Teil der Bank, den er freigemacht hatte. Das Kunstleder fühlte sich warm an. Er sagte: »Aus dem Irak kenne ich einen weiteren Typen, einen gewissen McNally. War übrigens auch bei der zweiten Panzerdivision. Wie sich herausstellt, hat er einen Freund, dessen Freund eine Tante in diesem County hat. Sie ist Farmerin. Ihre Tochter ist vor fünfundzwanzig Jahren verschwunden. Acht Jahre, ist nie wieder aufgetaucht. Die Frau ist niemals darüber hinweggekommen. Die damaligen Ermittlungen hat Ihre Dienststelle geführt – mit Unterstützung durch State Police und FBI. Der Freund von McNallys Freund glaubt, dass das FBI Mist gebaut hat. Daher hat McNally mich engagiert, damit ich mir den Papierkram noch mal ansehe.«

»Vor fünfundzwanzig Jahren?«, fragte Hoag. »Vor meiner Zeit.«

»Klar«, sagte Reacher. »Da waren wir beide vermutlich in der Grundausbildung.«

»Die Kleine ist nie mehr aufgetaucht? Das bedeutet, dass der Fall nicht abgeschlossen ist. Er ist kalt, aber offen. Folglich müsste die Akte noch existieren. Und irgendjemand sollte sich daran erinnern können.«

»Genau darauf hofft McNally.«

»Und er will dem FBI eine reinwürgen? Nicht uns?«

»Nach allem, was man hört, habt ihr Leute klasse gearbeitet.«

»Und was hat das FBI falsch gemacht?«

»Es hat die Kleine nicht gefunden.«

»Was soll dabei Gutes rauskommen?«

»Weiß ich nicht«, sagte Reacher. »Vielleicht können Sie's mir sagen. Sie wissen ja, wie die Leute sind. Ein paar wären beruhigt, schätze ich.«

»Okay«, sagte Hoag. »Ich gebe Ihr Anliegen in der Dienststelle bekannt. Gleich morgen früh lässt jemand Sie rein.«

»Sehen Sie eine Chance, mir schon heute Abend Einsicht zu gewähren? Wäre ich bis Mitternacht fertig, müsste McNally einen Tag weniger zahlen. Er hat nicht viel Geld.«

»Sie verzichten freiwillig auf ein höheres Honorar?«

»Nur unter Veteranen. Sie wissen ja, wie das ist. Außerdem habe ich anderswo zu tun. Ich muss dringend nach Virginia.«

Hoag sah auf seine Uhr. Zwanzig Minuten nach vier. Er sagte: »Das ganze alte Zeug lagert im Keller unter dem Büro des County Clerks. Dort drin dürfen Sie sich nach fünf Uhr nicht mehr aufhalten.«

»Gibt's keine Möglichkeit, es rauszuholen?«

»O Mann, Sie verlangen aber viel.«

»Ich brauche keine sichergestellten Beweismittel, und auch keine Laborbefunde, falls es welche gibt. Mir genügt der Papierkram.«

»Dafür könnte ich mordsmäßig in den Hintern getreten werden.«

»Ich will das Zeug nur lesen. In einer Nacht raus und wieder rein. Wer soll da überhaupt was merken?«

»Wahrscheinlich ist die Akte sehr umfangreich. Jede Menge Kartons.«

»Bei der Schlepperei kann ich helfen.«

»McNally war in der Zweiten? Genau wie Tony?«

Reacher nickte. »Aber im zweiten Bataillon, nicht im dritten. Nicht ganz in Tonys Klasse.«

»Wo wohnen Sie?«

»Im Marriott. Wo sonst?«

Nun folgte eine lange Pause. Der jüngere Cop beobachtete seinen Partner. Hoag war sich dieser Tatsache sehr wohl bewusst. Reacher konnte sehen, wie die Dynamik sich entwickelte. Hoag verwandelte sich von einem Mann mit gesundem Misstrauen in einen nostalgischen Soldaten der alten Schule, einen Haudegen, der einem anderen Soldaten seine Verwegenheit demonstrieren wollte. Er schaute Reacher an und sagte: »Okay, ich kenne einen Kerl. Das schaffen wir. Aber es ist besser, wenn Sie nicht dort sind. Warten Sie im Hotel auf uns. Wir liefern das Zeug an.«

Also fuhr Reacher wieder zum Courtyard Marriott und parkte den Cadillac hinter dem Gebäude, wo er von der Straße aus nicht zu sehen war. Das war sicherer, falls Seth Duncan sich doch nicht davon abhalten ließ, wegen seines gestohlenen Wagens herumzutelefonieren. Dann ging er zurück und wartete, bis der Mann an der Rezeption mit dem Telefonieren fertig war. Irgendjemand schien mehrere Zimmer auf einmal zu reservieren. Als er auflegte, buchte Reacher eine Nacht in einem Erdgeschossraum, der ganz hinten in dem Hotel lag: sehr ruhig und sehr komfortabel, sehr sauber und sehr gut eingerichtet, alles in Grün und Beige, mit Messingakzenten und hellem Holz. Vierzig Minuten später kreuzten Hoag und sein Partner dann mit einem geliehenen Ford K 9-Sitzer auf, der mit elf Umzugskartons voller Akten beladen war. Wieder fünf Minuten später standen die Kartons in Reachers Zimmer.

Und wieder fünf Minuten später, aber sechzig Meilen weiter nördlich, verließ der Doktor die Lounge des Motels. Er hatte mit Vincent geredet, über alles Mögliche gequatscht, aber vor allem hatte er drei dreifache Jim Beam getrunken. Neun Messbecher Bourbon in weniger als einer Stunde. Und an diesem bewölkten Tag wurde es früh dunkel, was bedeutete, dass sein Blick die Straße hinauf und hinunter ihm nicht zeigte, was er vielleicht bei Sonnenschein gesehen hätte. Er stieg in den Pick-up, ließ den Motor an und stieß rückwärts aus dem Versteck, das nicht sehr gut gewesen war. Er fuhr über den Parkplatz und bog an der Straße rechts ab.

28

Die sechs verbliebenen Cornhusker hatten sich aufgeteilt und operierten teils paarweise, teils einzeln. Zwei parkten auf der nach Norden führenden Landstraße, zwei südlich der Kreuzung, einer war auf Feldwegen im Südosten unterwegs, und der sechste Mann fuhr im Südwesten Streife.

Der Doktor stieß auf die beiden im Norden.

Fast buchstäblich. Er hatte vor, den Pick-up abzustellen, sobald er eine Art neutrales Niemandsland erreichte, und quer über die Felder heimzugehen. Er musste sich erst einmal orientieren und sah sich um, während er fuhr, starrte nach links und rechts, wobei der Bourbon ihn langsam und taub machte. Als sein Blick auf die Fahrbahn zurückkehrte, erkannte er voller Schreck, dass er in wenigen Sekunden frontal mit einem Pick-up zusammenstoßen würde, der vor ihm halb auf dem Bankett parkte. Der Wagen stand einfach da, auf der falschen Straßenseite, unbeleuchtet. Von den Augen übers Gehirn zu den Händen, alles durch Alkoholnebel gedämpft, eine winzige Schrecksekunde, ein Herumreißen des Lenkrads … und plötzlich hielt er diagonal auf einen zweiten Pick-up zu, der dreißig Meter weiter halb auf dem anderen Bankett parkte. Er trat mit aller Kraft auf die Bremse. Die Räder blockierten, er schleuderte über die Fahrbahn und kam mehr oder weniger quer zum Stehen.

Der zweite Pick-up fuhr an und blockierte die Straße vor ihm.

Der erste Pick-up fuhr an und blockierte die Straße hinter ihm.

In Las Vegas wählte Mahmeini eine Telefonnummer. Sein wichtigster Mann meldete sich aus Safirs Büro, nur acht Blocks entfernt. Mahmeini sagte: »Kleine Planänderung. Ihr beide müsst sofort nach Nebraska. Nehmt das Firmenflugzeug. Der Pilot hat nähere Anweisungen.«

Sein Mann sagte: »Okay.«

Mahmeini sagte: »Ihr habt einen doppelten Auftrag. Erstens: Spürt diesen Kerl auf, von dem alle reden, und erledigt ihn. Zweitens: Seht zu, dass ihr an die Duncans rankommt. Baut etwas Vertrauen auf. Dann erledigt ihr Safirs Männer und auch die Rossis, damit die Lieferkette um zwei Glieder kürzer wird. In Zukunft verhandeln wir direkt mit den Duncans. Das bringt höhere Gewinne. Und auch wesentlich mehr Kontrolle.«

Sein Kerl sagte: »Okay.«

Der Doktor blieb am Steuer sitzen, zitterte vor Schreck, Angst und Adrenalin. Die Cornhusker stiegen aus ihren Fahrzeugen. Große Kerle. Rote Sportjacken. Sie kamen auf den blockierten Wagen des Doktors zu, ganz lässig und langsam, einer von links, einer von rechts. Sie blieben einen Augenblick stehen, auf beiden Seiten des Fahrerhauses einer, ruhig und still in der Abenddämmerung. Dann riss der erste Kerl die Beifahrertür auf und der zweite die Fahrertür. Während der Typ an der Beifahrertür sich bereithielt, einen Fluchtversuch zu verhindern, zerrte der an der Fahrertür den Doktor aus dem Wagen. Der Doktor ging zu Boden wie ein nasser Sack. Der Kerl hievte ihn wieder hoch und verpasste ihm einen Schlag in den Magen, dann riss er ihn herum und traf seinen Rücken mit zwei Geraden unmittelbar über den Nieren. Der Doktor sank auf die Knie und kotzte Bourbon auf die Straße.

Der Kerl, der an der Beifahrertür gewartet hatte, ging zu seinem Pick-up und parkte ihn wieder dort, wo er gestanden hatte. Dann stellte er den Wagen des Doktors dicht dahinter. Er gesellte sich wieder zu seinem Kumpel, und zusammen bugsierten sie den Doktor ins Fahrerhaus des Pick-ups des ersten Kerls. Dann fuhren sie los, einer rechts, einer links, der Doktor auf der Dreiersitzbank zwischen ihnen eingeklemmt, zitternd und bebend, das Kinn auf der Brust.

In Las Vegas wählte Safir eine Telefonnummer. Sein wichtigster Mann meldete sich aus Rossis Büro, nur sechs Blocks entfernt. Safir sagte: »Neue Entwicklung. Ich schicke euch zwei nach Nebraska. Die Einzelheiten faxe ich zum Flughafen.«

Sein Mann sagte: »Okay.«

Safir sagte: »Rossis Leute erwarten euch im Hotel. Auch Mahmeini schickt zwei von seinen. Ihr sechs arbeitet zusammen, bis der Fremde erledigt ist. Bis dahin versucht ihr, an die Duncans ranzukommen. Gewinnt ihr Vertrauen. Danach erledigt ihr Rossis Kerle. So sind wir der Hauptader einen Schritt näher. Damit verdoppelt sich unser Gewinn.«

Sein Mann sagte: »Okay.«

»Und wenn ihr Gelegenheit dazu habt, erledigt ihr auch Mahmeinis Leute. Ich glaube, dass ich mit seinem Kunden direkt verhandeln kann. Ich meine, wo soll er Ware in dieser Qualität sonst herbekommen? So könnten wir unseren Gewinn vielleicht vervierfachen.«

Sein Mann sagte: »Okay, Boss.«

Die Cornhusker fuhren nach Süden, fünf schnelle Meilen weit, dann wurden sie langsamer und bogen auf die gemeinsame Einfahrt der Duncans ab. Der Doktor sah auf, als Geschwindigkeit und Richtung sich änderten, stieß einen erstickten kleinen Laut aus, schloss die Augen und ließ den Kopf wieder hängen. Der Kerl rechts neben ihm rammte ihm seinen Ellbogen in die Rippen. Er sagte: »Ihre Stimme muss noch besser werden, mein Freund. Weil Sie einiges werden erklären müssen.«

Sie fuhren die ganze Strecke feierlich langsam, als wollten sie *Auftrag ausgeführt!* signalisieren, parkten vor den Häusern, stiegen aus und zerrten ihre Beute aus dem Wagen. Sie schleppten den Doktor vor Jacob Duncans Haustür und klopften an. Als Jacob Duncan eine Minute später die Tür öffnete, legte einer der

Cornhusker dem Doktor eine Hand flach auf den Rücken, stieß ihn über die Schwelle und sagte: »Wir haben diesen Kerl in unserem geklauten Wagen erwischt. Er hat seine eigenen verdammten Kennzeichen drangeschraubt.«

Jacob Duncan betrachtete den Doktor zehn endlos lange Sekunden. Er hob eine Hand und tätschelte damit seine Wange. Blasse Haut, feucht und kalt, Beulen und Prellungen. Dann packte er den Doktor vorn am Hemd und zog ihn weiter in die Diele. Dort trat er hinter ihn und stieß ihn vor sich her in die Küche. Ihr Gefangener, in ihrer Gewalt.

Jacob Duncan wandte sich an die Cornhusker, die ihm gefolgt waren.

»Gut gemacht, Jungs«, sagte er. »Geht jetzt und erledigt den Rest. Findet Reacher. Er ist offenbar wieder zu Fuß unterwegs. Wenn der Doktor weiß, wo er ist, wird er's uns bald sagen, und wir informieren euch dann. Aber haltet bis dahin die Augen offen.«

Roberto Cassano und auch Angelo Mancini waren noch in Jacob Duncans Küche. Sie sahen den Doktor aus dem Flur hereinstolpern: eine jämmerliche Gestalt, betrunken, zerzaust und starr vor Angst, mit deutlichen Spuren von Mancinis früheren Handgreiflichkeiten im Gesicht. Dann klingelte Cassanos Handy. Er schaute aufs Display und stellte fest, dass der Anruf von Rossi kam. Er trat aus der Hintertür, ging ein Stück weit über den von Unkraut überwucherten Kies, drückte die grüne Taste, hob das Telefon ans Ohr und hörte Rossi sagen: »Komplikationen.«

Cassano fragte: »Welche?«

»Ich musste hier für Ruhe sorgen. Die Sache wäre fast außer Kontrolle geraten. Ich musste mit Leuten reden, ein paar Vorstellungen geraderücken. Kurz gesagt: Ihr bekommt Verstärkung. Zwei von Safirs Männern, zwei von Mahmeinis.«

»Das sollte die Sache abkürzen.«

»Anfangs«, meinte Rossi. »Aber danach wird's sehr schwierig. Ich wette zehn zu eins, dass sie Anweisung haben, uns aus der Lieferkette rauszudrängen. Mahmeini will vermutlich auch Safir raushaben. Lasst also keinen von ihnen an die Duncans ran. Keine Minute lang. Lasst nicht zu, dass die Duncans neue Freunde gewinnen. Und nehmt euch in Acht, sobald der Fremde erledigt ist. Ihr müsst damit rechnen, dass vier Kerle es auf euch abgesehen haben.«

»Was sollen wir also tun?«

»Ihr sollt am Leben bleiben. Und alles unter Kontrolle behalten.«

»Einsatzregeln?«

»Legt Safirs Kerle um. Damit beseitigen wir das Zwischenglied über uns. Dann verkaufen wir direkt an Mahmeini – zu Safirs Preisen.«

»Okay.«

»Und erledigt auch Mahmeinis Kerle, wenn's zur Selbstverteidigung sein muss. Aber sorgt dafür, dass es so aussieht, als hätten Safirs Männer oder die Duncans sie erledigt. Mahmeini selbst brauche ich noch. Ohne ihn habe ich keinen Zugang zu seinem Kunden.«

»Okay.«

»Fahrt also gleich los. Zieht euch ins Hotel zurück und bleibt in Deckung. Dort trefft ihr die anderen, wahrscheinlich schon sehr bald. Nehmt Verbindung zu ihnen auf und arbeitet einen Plan aus.«

»Wer hat den Oberbefehl?«

»Die Iraner werden behaupten, sie hätten ihn. Aber das können sie sich sonstwo reinstecken. Ihr kennt die Leute und das Terrain. Behaltet die Initiative und passt verdammt noch mal auf.«

»Okay, Boss«, sagte Cassano. Zwei Minuten später saßen Mancini und er wieder in ihrem gemieteten blauen Impala, fuhren auf der schnurgeraden Landstraße nach Süden und hatten noch sechzig Meilen vor sich.

Der weiße Kastenwagen befand sich weiterhin auf der Route 3, weiterhin in Kanada, weiterhin nach Osten unterwegs, auf halber Strecke durch Alberta, mit Saskatchewan vor sich. Er war eben an einer rechten Abzweigung zur Route 4 vorbeigefahren, die nach Süden zur Grenze führte, wo das bescheidene kanadische Asphaltband sich in die majestätische U.S. Interstate 15 verwandelte, die ganz bis nach Las Vegas und letztlich nach Los Angeles führte. Der Statuswandel eines ehemaligen Saumpfads war symbolisch für das Selbstverständnis der beiden Nationen und bedeutete zugleich, dass diese Route sehr gefährlich war. Sie stellte eine Hauptverkehrsader zu zwei wichtigen Großstädten dar, die aus diesem Grund vermutlich scharf überwacht wurde. Deshalb verzichtete der weiße Kastenwagen auf ein Plus an Geschwindigkeit und Bequemlichkeit, quälte sich auf der weniger gut ausgebauten Route 3 nach Osten weiter und würde auf ihr bleiben, bis er die Kleinstadt Medicine Hat erreichte. Erst dort würde er endlich nach Süden abbiegen und in der Wildnis um den Pakowki Lake außer Sicht kommen, bevor er eine namenlose Forststraße fand, kaum mehr als zwei Fahrspuren, die tief in die Wälder hinein und bis nach Amerika führte.

Die Duncans ließen den Doktor am Kopfende des Küchentischs stehen. Sie saßen da, betrachteten ihn und sagten eine Minute lang nichts, Jacob und Seth auf einer Seite, Jasper und Jonas auf der anderen. Schließlich fragte Jacob: »War das ein Akt bewusster Rebellion?«

Der Doktor gab keine Antwort. Sein Hals war geschwollen und schmerzte vom Erbrechen, und er hatte die Frage ohnehin nicht verstanden.

Jacob fragte: »Oder wollten Sie sich nur etwas Ihnen vermeintlich Zustehendes nehmen?«

Der Doktor gab keine Antwort.

»Das müssen wir wissen«, sagte Jacob. »Sie müssen's uns sagen. Dies ist ein faszinierendes Thema. Es muss gründlich erforscht werden.«

Der Doktor sagte: »Ich weiß nicht, wovon Sie reden.«

»Aber vielleicht weiß es Ihre Frau«, sagte Jacob. »Sollen wir sie herholen und fragen?«

»Lassen Sie sie aus dem Spiel.«

»Wie bitte?«

»Bitte. Bitte lassen Sie sie aus dem Spiel.«

»Sie könnte uns unterhalten. Das hat sie schon früher getan, wissen Sie. Wir haben sie lange vor Ihnen gekannt. Sie war ein halbes Dutzend Mal hier. In diesem Haus. Sie ist immer gern gekommen. Wir haben sie natürlich gut bezahlt, was ihre Einstellung beeinflusst haben mag. Sie sollten sie mal fragen, was sie hier für Geld getan hat.«

»Sie war als Babysitterin hier.«

»Sagt sie das jetzt? Nun, das ist ihr wohl nicht zu verdenken.«

»Nichts anderes hat sie getan.«

»Fragen Sie sie gelegentlich noch mal. Warten Sie einen unbedachten Augenblick ab. Sie war ein Mädchen mit vielen Talenten, ja, das war Ihre Frau früher einmal. Vielleicht erzählt sie Ihnen alles. Das könnte Ihnen sogar Spaß machen.«

»Was wollen Sie?«

Jacob Duncan sagte: »Uns interessiert der psychologische Hintergrund dessen, was Sie getan haben.«

»Was habe ich denn getan?«

»Sie haben Ihre Kennzeichen an unseren Wagen geschraubt.«

Der Doktor schwieg.

Jacob Duncan sagte: »Wir wollen wissen, weshalb. Das ist alles.

Das ist nicht zu viel verlangt. War das nur eine Unverschämtheit? Oder eine Botschaft an uns? Wollten Sie sich dafür rächen, dass wir Ihren Wagen zertrümmert haben? Haben Sie ein Recht beansprucht? Wollten Sie uns etwas beweisen? Wollten Sie uns dafür tadeln, dass wir zu weit gegangen sind?«

»Weiß ich nicht«, antwortete der Doktor.

»Oder hat jemand anders die Kennzeichen gewechselt?«

»Ich weiß nicht, wer sie gewechselt hat.«

»Aber Sie waren's nicht?«

»Nein.«

»Wo haben Sie den Pick-up gefunden?«

»Hinter dem Motel. Heute Nachmittag. Er hat neben meinem Wagen gestanden. Mit meinen Kennzeichen.«

»Wieso haben Sie sie nicht wieder gewechselt?«

»Weiß ich nicht.«

»Mit falschen Kennzeichen herumzufahren ist eine Straftat, stimmt's? Zumindest ein Vergehen. Sollten Ärzte sich strafbare Handlungen zuschulden kommen lassen?«

»Wohl eher nicht.«

»Aber Sie haben's getan.«

»Tut mir leid.«

»Entschuldigen Sie sich nicht bei uns. Wir sind kein Gericht. Keine staatliche Aufsichtsbehörde. Aber Sie sollten sich eine Ausrede zurechtlegen. Sie könnten Ihre Zulassung verlieren. Wie käme Ihre Frau dann weiter zu Geld? Vielleicht müsste sie wieder zu alten Methoden zurückkehren. Eine Art Comebacktour starten. Nicht dass wir sie zurückhaben wollten. Ich meine, wer würde sie schon wollen? Eine geschminkte alte Schlampe wie sie?«

Der Doktor schwieg.

»Und Sie haben meine Schwiegertochter behandelt«, sagte Jacob Duncan. »Obwohl Ihnen das verboten worden war.«

»Ich bin Arzt. Ich musste es tun.«

»Der Eid des Hippokrates?«

»Genau.«

»Der als Erstes besagt, dass der Arzt niemandem schaden soll.«

»Ich habe niemandem geschadet.«

»Sehen Sie sich das Gesicht meines Sohns an.«

Der Doktor schaute es sich an.

»Das waren Sie«, sagte Jacob.

»Nein, ich war's nicht.«

»Es ist durch Ihre Schuld passiert. Das ist das Gleiche. Sie haben jemandem geschadet.«

»Ich war's nicht.«

»Wer also sonst?«

»Weiß ich nicht.«

»Ich glaube, dass Sie das recht gut wissen. Die Nachricht hat längst die Runde gemacht. Sie kennen sie bestimmt. Wir wissen, dass die Leute ständig über uns reden. Dafür haben sie die Telefonkette. Wollen Sie behaupten, das sei ein Geheimnis?«

»Es war Reacher.«

»Endlich«, sagte Jacob. »Jetzt kommen wir zur Sache. Sie waren sein Komplize.«

»Das war ich nicht.«

»Sie haben ihn aufgefordert, Sie zum Haus meines Sohns zu fahren.«

»Das stimmt nicht. Er hat mich gezwungen, mit ihm hinzufahren.«

»Wie auch immer«, sagte Jacob, »über verschüttete Milch zu jammern, ist zwecklos. Aber wir haben eine Frage an Sie.«

»Welche?«

»Wo ist Reacher jetzt?«

29

Reacher befand sich in seinem Erdgeschosszimmer im Courtyard Marriott, steckte knietief in alten Ermittlungsakten. Mit dem Schraubenzieher mit flacher Klinge aus seiner Jackentasche hatte er die elf zugeklebten Kartons aufgeschlitzt und sich jeweils den ersten Ordner angesehen, um die richtige Reihenfolge zu etablieren. Er hatte sie chronologisch in einer Linie aufgestellt und war nun dabei, die Unterlagen von Anfang an grob zu sichten.

Wie erwartet waren die Aufzeichnungen umfangreich. Der Fall hatte großes Aufsehen erregt, weil viele heikle Aspekte betroffen waren. Außer den County Cops hatten zwei weitere Polizeibehörden ermittelt: die State Police und das FBI. Die hiesige Polizei hatte sich Mühe gegeben, sehr professionell zu arbeiten. Fälle, an denen mehrere Dienststellen arbeiteten, waren im Prinzip Wettbewerbe, die man nicht verlieren wollte. Man hatte jeden Schritt protokolliert, alle Möglichkeiten ausgelotet und sich gegen jedes Risiko abgesichert. In gewisser Hinsicht waren diese alten Ermittlungsakten ein Stück Geschichte. Sie waren altmodisch, schlicht, menschlich und getippt, vermutlich auf alten elektrischen IBM-Schreibmaschinen. Auf den Seiten gab es schiefe Zeilen und Verbesserungen mit weißer Korrekturflüssigkeit. Das Papier selbst sah vergilbt aus, war dünn, brüchig und modrig. Es gab keine Liste von Handyverbindungen, weil damals niemand ein Handy besessen hatte, nicht einmal Cops. DNA-Proben lagen keine vor. GPS-Koordinaten existierten auch nicht.

Die Unterlagen sahen genau wie die Ermittlungsakten aus, die Reacher damals zu Beginn seiner Laufbahn in der Army angelegt hatte.

An jenem Sonntag im Frühsommer hatte Dorothy die Cops gegen zwanzig Uhr von einem Nachbarn aus angerufen. Nicht die

Notrufnummer 911, sondern die normale Nummer. Es gab ein Gesprächsprotokoll, das aber vermutlich keine Abschrift einer Aufzeichnung war. Wahrscheinlich von dem Sergeant vom Dienst aus dem Gedächtnis rekonstruiert. Dorothys Familienname war Coe. Margaret, ihr einziges Kind, war seit über sechs Stunden vermisst. Die Achtjährige war ein braves Mädchen. Keine Probleme. Keine Schwierigkeiten. Keine Gründe. Sie hatte ein grünes Kleid getragen und war auf einem rosa Fahrrad unterwegs gewesen.

Der Sergeant vom Dienst hatte den Captain benachrichtigt, und dieser hatte einen Kriminalbeamten angerufen, der eben seine Tagschicht beendete. Der Kriminalbeamte hieß Miles Carson. Er hatte Streifenwagen nach Norden entsandt, um mit der Suche zu beginnen. Das Wetter war gut, und vor Einbruch der Dunkelheit hatte noch eine Stunde lang Zwielicht geherrscht. Carson selbst war binnen vierzig Minuten auf der Farm eingetroffen. Die folgenden zwölf Stunden waren ziemlich genau so abgelaufen, wie Dorothy sie beim Frühstück geschildert hatte: die Befragung von Haus zu Haus, die Suche mit Stablampen, der Lautsprecherappell, alle Scheunen und Nebengebäude zu durchsuchen, die nächtlichen Autopatrouillen, das Eintreffen der Suchhunde bei Tagesanbruch, die Hinzuziehung der State Police, der von der Nationalgarde ausgeliehene Hubschrauber.

Miles Carson war ein gründlicher Mann, aber seine Suche hatte keine Ergebnisse gebracht.

Im Prinzip hätte Reacher ein paar Dinge bemängeln können. So gab es beispielsweise keinen Grund, die Spürhunde erst bei Tagesanbruch anzufordern. Hunde ließen sich auch nachts einsetzen. Aber darauf kam es ohnehin nicht mehr an, denn sobald Margaret ihr Fahrrad bestiegen hatte, war ihr Geruch verschwunden: in der Luft schwebend, vom Fahrtwind davongetragen, von dem von Gummireifen überlagert. Die Hunde hatten ihre Spur bis zur eigenen Zufahrt verfolgt, aber dort war Schluss gewesen. Auch die Lautsprecherappelle, Scheunen und Nebengebäude zu durchsuchen, waren irgendwie naiv gewesen; was hätte ein Schuldiger denn tun sollen? Sich selbst stellen? Andererseits musste zu Carsons Verteidigung gesagt werden, dass noch niemand an ein Verbrechen dachte. Die ersten von Einheimischen geäußerten Verdächtigungen hatte Carson am folgenden Morgen gegen neun Uhr gehört, als Dorothy Coe zusammengebrochen war und die Duncans verdächtigte. Diese Befragung hatte eine Stunde lang gedauert und war in einem neunseitigen Protokoll festgehalten worden. Und Carson hatte sich sofort an die Arbeit gemacht.

Aber die Duncans hatten von Anfang an unschuldig gewirkt.

Sie verfügten sogar über ein Alibi. Fünf Jahre zuvor hatten sie ihre Farm verkauft und nur ein T-förmiges Stück Land mit ihrer Zufahrt und den drei Häusern behalten. In all den Jahren waren sie nicht dazugekommen, die neuen Grundstücksgrenzen abzustecken. Aber dann beschlossen sie doch, einen Plankenzaun zu errichten. Ein ziemliches Projekt, weil ihrer viel massiver als die sonst üblichen Zäune werden sollte. Für die Arbeit hatten sie vier einheimische Jugendliche angeheuert. Die vier Jungen waren an diesem Sonntag von morgens bis abends da gewesen, maßen aus, sägten, gruben tiefe Löcher für die Zaunpfosten. Die drei Duncans und der achtjährige Seth waren von morgens bis abends dabei, überwachten, gaben Anweisungen, kontrollierten, halfen gelegentlich mit. Die vier Jungen konnten bestätigen, dass die Duncans das Grundstück nicht verlassen hatten – und niemand vorbeigekommen war, erst recht kein kleines Mädchen in einem grünen Kleid auf einem rosa Fahrrad.

Trotzdem hatte Carson die Duncans zur Vernehmung mitgenommen. Unterdessen ging man fast sicher von einem Verbrechen aus, weshalb aus Zuständigkeitsgründen die State Police eingeschaltet werden musste. Die Duncans wurden in ihre Zentrale außerhalb von Lincoln gebracht. Auch Seth kam mit und wurde von Beamtinnen befragt, hatte aber nichts auszusagen. Die drei Erwachsenen wurden tagelang vernommen. Nebraska in den achtziger Jahren. Verfahrensregeln wurden ziemlich weit ausgelegt, wenn der Verdacht bestand, ein Kind sei entführt worden. Aber die Duncans gestanden nichts. Sie stimmten freiwillig einer Durchsuchung ihres Besitzes zu. Carsons Leute nahmen sie gründlich vor, was nicht weiter schwierig war, weil es nicht viel zu durchsuchen gab. Nur das T-förmige Stück Land innerhalb des unfertigen Zauns und die drei Häuser der Brüder. Carsons Leute fanden nichts. Daraufhin wandte Carson sich an das FBI, das ein Team mit den modernsten technischen Hilfsmitteln der achtziger Jahre entsandte. Auch das FBI fand nichts. Die Duncans wurden entlassen und nach Hause gefahren, die Ermittlungen vorläufig eingestellt.

Reacher kroch auf allen vieren zu dem ersten Karton zurück, um sich mit den Details zu befassen.

Der Doktor gab keine Antwort. Er stand einfach nur da, grün und blau geschlagen, zitternd, schwitzend. Jacob Duncan wiederholte die Frage: »Wo ist Reacher jetzt?«

Der Doktor sagte: »Ich möchte mich hinsetzen.«

»Haben Sie getrunken?«

»Ein bisschen.«

»Im Motel?«

»Nein«, sagte der Doktor. »Mir war klar, dass Mr. Vincent mich nicht bedienen würde.«

»Wo haben Sie also getrunken?«

»Zu Hause.«

»Und dann sind Sie zu Fuß zum Motel gegangen?«

»Ja.«

»Wozu?«

»Ich brauchte etwas aus meinem Wagen. Ein medizinisches Gerät.«

»Sie waren also schon betrunken, als Sie unseren Pick-up gestohlen haben?«

»Ja. Nüchtern hätte ich's nicht getan.«

»Wo ist Reacher jetzt?«

»Das weiß ich nicht.«

»Möchten Sie einen Drink?«

Der Doktor fragte: »Einen Drink?«

»Sie wissen, was das ist, denke ich.«

»Ja, ich möchte einen Drink.«

Jacob Duncan stand auf und ging durch die Küche zu einem Wandschrank. Er öffnete die Tür und nahm eine fast volle Flasche Wild Turkey heraus. Aus einem anderen Hängeschrank holte er ein Glas. Er trug beides zum Tisch und stellte es ab. Dann wischte er Zeug von einem Stuhl in der Ecke – ein Paar Stiefel, alte Post, ein Bindfadenknäuel –, trug den Stuhl durch den Raum und stellte ihn hinter den Doktor.

Er sagte: »Setzen Sie sich bitte. Und bedienen Sie sich.«

Der Doktor nahm Platz, rückte den Stuhl näher an den Tisch heran und schraubte die Flasche auf. Er schenkte sich reichlich ein, leerte das Glas auf einen Zug und schenkte sich sofort nach.

Jacob Duncan fragte: »Wo ist Reacher jetzt?«

Der Doktor antwortete: »Das weiß ich nicht.«

»Ich glaube, dass Sie's wissen. Und es wird Zeit, dass Sie sich entscheiden. Sie können hier mit uns zusammensitzen, meinen guten Bourbon trinken und sich die Zeit mit angenehmer Unterhaltung vertreiben. Oder wir können's anders machen. Beispielsweise könnten wir Ihnen von Seth die Nase brechen lassen. Das täte er sicherlich gern. Oder wir könnten Ihre Frau herholen und sie auf verschiedene Weise demütigen. Ich vermute, dass sie sich nicht zu energisch wehren würde, nachdem sie uns schon all die Jahre kennt. Keine Spuren, keine äußerlich sichtbaren Schäden. Aber das gemeinsame Erlebnis könnte sich in den kommenden

Jahren auf Ihre Ehe auswirken, weil Sie sich unfähig erwiesen hätten, sie zu verteidigen. Weil sie darin Unwilligkeit, nicht Unfähigkeit sehen würde. Darüber sollten Sie nachdenken.«

»Reacher ist fort«, sagte der Doktor.

»Fort?«

»Er ist seit heute Nachmittag weg.«

»Wie?«

»Jemand hat ihn mitgenommen.«

»Unmöglich«, sagte Jacob. »Wir haben die Straße im Norden und Süden blockiert.«

»Nicht rechtzeitig.«

»Haben Sie ihn wegfahren sehen?«

»Er war im Motel. Ich glaube, dass er die Kennzeichen gewechselt hat, weil er Ihren Pick-up nehmen wollte. Aber dann ist jemand vorbeigekommen, und er konnte mitfahren, was besser war.«

»Wer ist vorbeigekommen?«

»Niemand von hier. Nur jemand auf der Durchreise.«

»Was für ein Wagen?«

»Von Autos verstehe ich nicht viel. Ein weißer Viertürer, glaub ich.«

»Hat er gesagt, wohin er will?«

Der Doktor leerte sein zweites Glas. Kipp, schluck, kipp, schluck. Er sagte: »Er will nach Virginia.«

»Warum?«

»Keine Ahnung«, sagte der Doktor. Er schenkte sich wieder nach. »Aber davon hat er ständig geredet, praktisch von der ersten Minute an. Er ist nach Virginia unterwegs, wollte immer dorthin.«

»Was ist in Virginia?«

»Das hat er nicht gesagt. Vielleicht eine Frau. Das war mein Eindruck.«

»Wie kommen Sie darauf?«

»Nur so ein Gefühl.«

Jacob Duncan sagte: »Sie sind nervös.«

Der Doktor erwiderte: »Natürlich bin ich das.«

»Wieso? Sie sitzen nur bei einem Drink mit Ihren Nachbarn zusammen.«

Der Doktor schwieg.

Jacob Duncan sagte: »Sie glauben, dass er zurückkommt.«

»Das tue ich nicht.«

»Kommt er zurück?«

Der Doktor schwieg.

»Raus mit der Sprache.«

Der Doktor sagte: »Er war Militärpolizist. Er weiß, was zu tun ist.«

»Was will er tun?«

»Er hat gesagt, dass er zur County Police geht. Gleich morgen früh, denk ich. Er hat gesagt, dass er eine Akte von vor fünfundzwanzig Jahren einsehen will. Ist sie okay, fährt er nach Virginia weiter. Ist sie's nicht, kommt er hierher zurück.«

»Wozu sollte er das tun?«

»Um Sie umzulegen, deshalb.«

Droben in Kanada war der weiße Kastenwagen unmittelbar vor der Kleinstadt Medicine Hat rechts abgebogen und folgte der zum Pakowki Lake hinunterführenden einsamen Straße nach Süden. Hier oben war es bereits völlig dunkel. Nirgends Licht, wegen der Wolkendecke auch kein Mond und keine Sterne. Die Straße war sehr schlecht und mit Schlaglöchern übersät. Sie schlängelte sich dahin, stieg an und fiel ab, war schwierig zu befahren und nicht ganz sicher. Sie war sogar gefährlich, denn in diesem Stadium hätte ein Achsenbruch oder ein Ausflug in den Straßengraben alles ruiniert. Deshalb bog der Fahrer nach links auf eine mit Gras bewachsene Fahrspur ab, die er von früher kannte, und holperte zweihundert Meter weit zu einem Picknickplatz für Sommergäste. Im Winter war er immer menschenleer. Der Fahrer hatte dort schon Bären, auch Kojoten und Füchse sowie Weißwedelhirsche entdeckt; zweimal hatte er geglaubt, einen Elch gesehen zu haben, und der angebliche Wolf, den er einmal beobachtet hatte, war vielleicht nur ein weiterer Kojote gewesen. Aber Menschen waren ihm hier nie begegnet. Nicht im Winter. Kein einziger.

Er parkte unter einer Riesentanne und machte es sich für die Nacht bequem.

Roberto Cassano und Angelo Mancini stellten ihren gemieteten Impala auf dem Hotelparkplatz in der Nähe eines schwarzen Cadillacs ab, der dort ganz allein parkte. Sie stiegen aus, reckten sich und schauten auf die Uhr. Sie rechneten sich aus, dass ihnen noch Zeit für ein rasches Abendessen bleiben würde, bevor die Verstärkungen eintrafen. Das Diner oder der Schuppen, in dem es Spareribs gab? Ihnen gefiel keines von beiden. Wieso auch? Sie hatten Geschmack, und die beschränkten hiesigen Bauerntölpel garantiert keinen. Aber sie waren hungrig und mussten irgendwo essen.

Sie überlegten kurz, dann entschieden sie sich für das Schnellrestaurant. Sie ließen den Hoteleingang links liegen und machten sich auf den Weg zur Main Street.

Die Duncans ließen den Doktor sein drittes Glas Wild Turkey trinken, dann schickten sie ihn weg. Sie schoben ihn aus der Haustür und forderten ihn auf, zu Fuß nach Haus zu gehen. Sie beobachteten ihn, bis er die Straße erreichte, schlenderten zurück und versammelten sich dann wieder in Jacobs Küche. Jacob stellte die Flasche wieder in den Schrank und das Glas in den Ausguss und trug den Stuhl in die Ecke. Sein Bruder Jasper fragte: »Also, was denkst du?«

Jacob sagte: »Worüber?«

»Sollen wir beim County anrufen, um zu verhindern, dass Reacher die Akte zu sehen bekommt?«

»Ich wüsste nicht, wie das gehen könnte.«

»Wir könnten's versuchen.«

»Das würde Aufmerksamkeit erregen.«

Jonas fragte: »Sollen wir Eldridge Tyler anrufen? Nur als Vorsichtsmaßnahme?«

»Dann sind wir ihm etwas schuldig.«

»Das ist eine kluge Investition für den Fall, dass Reacher zurückkommt.«

»Ich glaube nicht, dass er zurückkommt«, meinte Jacob. »Zumindest ist das mein erster Gedanke.«

»Aber?«

»Letztlich hängt das wohl davon ab, was er findet – oder nicht findet.«

30

Reacher fand eine Aussage des Vaters der Vermissten. Sie war lang und detailliert. Cops waren nicht dumm. Wenn kleine Mädchen verschwanden, gehörten ihre Väter automatisch zu den Verdächtigen. Margarets Vater war Arthur Coe gewesen, allgemein als Artie bekannt. Als seine Tochter verschwunden war, war er siebenunddreißig gewesen – in den achtziger Jahren relativ alt für den Vater einer Achtjährigen. Er stammte von hier, hatte in Vietnam gekämpft und es abgelehnt, sich als Farmer von der Musterungskommission als unabkömmlich einstufen zu lassen. Er hatte gedient, und er war heimgekehrt. Ein tapferer Mann. Ein Patriot. Er hatte in der Scheune eine Landmaschine repariert, als Margaret wegfuhr, und war noch mit dieser Arbeit beschäftigt, als seine

Frau vier Stunden später mitteilte, die Kleine sei noch immer nicht zurück. Er hatte sofort alles stehen und liegen lassen und zu suchen begonnen. Seine Aussage enthielt all die Empfindungen, die Dorothy beim Frühstück beschrieben hatte: das Gefühl von Unwirklichkeit, die Hoffnung wider besseres Wissen und die Überzeugung, das Kind spiele bestimmt irgendwo, pflücke vielleicht Blumen, habe die Zeit vergessen und werde bald heil und gesund heimkommen. Auch nach einem Vierteljahrhundert ließen die mit der Maschine geschriebenen Wörter noch den Schock, den Schmerz und das Elend spürbar werden.

Arthur Coe war's nicht, dachte Reacher.

Als Nächstes nahm er sich ein Päckchen vor, das mit der Hand beschriftet war: *Margaret Coe – Biografie.* Nur ein gewöhnlicher brauner Umschlag, ziemlich dünn, wie es bei einer Achtjährigen nicht anders zu erwarten war. Die gummierte Verschlussklappe war nie angeleckt worden, aber durch die Lagerung in einem feuchten Keller trotzdem leicht angeklebt. Reacher löste sie vorsichtig. Der Umschlag enthielt einige Blätter und ein Foto in einer trüb gewordenen Klarsichthülle. Reacher zog es heraus. Und war überrascht.

Margaret Coe war eine Asiatin gewesen.

Vermutlich aus Vietnam oder Thailand, Kambodscha oder China, Japan oder Korea. Dorothy stammte nicht aus Asien, und bestimmt war auch Arthur kein Asiat gewesen. Nicht als Farmer aus Nebraska. Folglich handelte es sich bei Margaret um ein Adoptivkind. Ein süßes kleines Mädchen. Das Foto war auf der Rückseite datiert, und eine Frau hatte dazugeschrieben: *Fast acht! Schön wie eh und je!* Das Farbfoto war eine Amateuraufnahme, aber mehr als nur ein Schnappschuss. Es war mit Bedacht komponiert und mit einer ordentlichen Kamera aufgenommen worden. Deshalb ein gutes Foto für die Polizei. Es zeigte eine lächelnde kleine Vietnamesin, klein und zierlich. Aus ihren Augen leuchteten Fröhlichkeit und Vertrauen. Sie trug einen Rock mit Schottenkaro und eine weiße Bluse.

Ein hübsches kleines Mädchen.

Reacher glaubte, wieder die Stimme des Kiffers in dem Dornengebüsch im Ohr zu haben: *Ich hör ihren armen Geist kreischen, Mann, kreischen und jammern, stöhnen und weinen, hier draußen in der Dunkelheit.*

Und an dieser Stelle machte er eine Pause.

Sechzig Meilen weiter nördlich holte Dorothy Coe ein Schweinekotelett aus dem Kühlschrank. Es stammte von einem Schwein, das ein befreundeter Farmer geschlachtet hatte. Dieser gehörte einer Genossenschaft an, deren Mitglieder sich in schlechten Zeiten gegenseitig halfen. Dorothy schnitt das Fett ab, würzte das Fleisch mit etwas Pfeffer, Senf und braunem Zucker und legte es in eine Kasserolle, die sie in den Backofen stellte. Sie deckte den Tisch: ein Gedeck, ein Messer, eine Gabel und ein Teller. Sie nahm ein Glas aus dem Schrank, füllte es mit Wasser und stellte es neben den Teller. Dann faltete sie ein Stück Küchenpapier als Serviette. Dinner for one.

Reacher war hungrig. Er hatte nicht zu Mittag gegessen. Er rief beim Empfang an und verlangte den Zimmerservice. Der Mann an der Rezeption erklärte ihm, es gebe leider keinen. Er entschuldigte sich dafür – und nannte Reacher sofort die beiden Restaurants, die er schon auf der Werbetafel angepriesen gesehen hatte. Der Typ versicherte ihm, in beiden Lokalen esse man wirklich ausgezeichnet. Vielleicht wurde er dafür von der Handelskammer bezahlt.

Reacher zog seinen Parka an und ging in die Hotelhalle. Dort checkten zwei weitere Gäste ein. Zwei Männer, die aus dem Nahen Osten zu kommen schienen, vielleicht aus dem Iran. Sie waren klein, trugen verknitterte Anzüge, waren schlecht rasiert und ungepflegt. Einer von ihnen sah zu Reacher hinüber. Der nickte höflich und ging zur Drehtür weiter. Draußen war es dunkel und kalt. Weil er in dem Diner frühstücken wollte, kam abends nur das Restaurant mit den Spareribs infrage. Also wandte er sich nach rechts und beeilte sich hinzukommen.

Wegen der Kälte ging der Doktor schnell und war in weniger als einer Stunde zu Hause. Seine Frau wartete bereits auf ihn. Sie war sehr besorgt. Er hatte ihr einiges zu erklären, begann zu reden und wurde seine gesamte Story los, bevor sie auch nur ein Wort sagen konnte. Als er innehielt, sagte sie: »Das Ganze ist also eine Wette, nicht wahr? Das meinst du doch? Wie beim Pferderennen. Kommt Reacher zurück, bevor Seth heimkommt und rauskriegt, dass du tatenlos zugesehen hast, wie sein Wagen gestohlen wurde?«

Der Doktor fragte: »Kommt Reacher denn überhaupt zurück?«

»Ich denke schon.«

»Wieso sollte er?«

»Weil die Duncans die Kleine entführt haben. Wer soll's denn sonst gewesen sein?«

»Das weiß ich nicht. Ich war nicht hier, sondern in Idaho. Damals war ich selbst noch ein Kind. Du übrigens auch.«

»Glaub mir.«

»Das tue ich. Aber könntest du mir vielleicht erklären, weshalb?«

Sie schwieg.

Der Doktor sagte: »Vielleicht fährt Seth nicht nach Hause und übernachtet bei seinem Vater.«

»Das wäre möglich. Die Leute sagen, dass er's oft tut. Aber darauf sollten wir uns nicht verlassen.« Sie fing an durchs Haus zu laufen, kontrollierte die Fenster, überzeugte sich davon, dass Haustür und Hintereingang abgesperrt waren. Sie meinte: »Wir sollten die Türen mit Möbeln verrammeln.«

»Dann kommen sie durchs Fenster.«

»Sturmsicheres Glas. Das ist ziemlich bruchsicher.«

»Diese Kerle wiegen hundertdreißig Kilo. Du hast gesehen, wie sie mein Auto zugerichtet haben.«

»Wir müssen irgendwas tun.«

»Sie räuchern uns aus oder klopfen einfach an die Tür und verlangen, dass wir aufmachen. Was tun wir dann? Ihre Aufforderung ignorieren?«

»Wir könnten ein bis zwei Tage durchhalten. Wir haben Lebensmittel und Wasser.«

»Vielleicht dauert's länger als ein bis zwei Tage. Vielleicht dauert's ewig. Selbst wenn du recht hast, gibt es keine Garantie dafür, dass Reacher den Beweis findet. Wahrscheinlich gibt es gar keinen. Wie denn auch? Das FBI hätte ihn damals gefunden.«

»Wir können nur hoffen.«

Reacher bestellte Babyribs mit Kohlsalat und eine Tasse Kaffee. Das Restaurant wirkte düster und schmuddelig, und die Wände waren voller alter Blechschilder und Reklamen. Vermutlich alle gefälscht. Vermutlich als Paket von einem Großhandel für Gastronomiebedarf bezogen, vermutlich alle in einer Fabrik in Taiwan hergestellt, dann von jemandem am Fließband verbeult, verkratzt und künstlich gealtert. Aber die Spareribs erwiesen sich als gut. Die Trockenmarinade schmeckte würzig, das Fleisch zart. Der Kohlsalat war knackig, der Kaffee heiß und die Rechnung überschaubar. So viel musste man östlich des Mississippi oder südlich von Sacramento als Trinkgeld rechnen.

Reacher zahlte und ging ins Hotel zurück. Auf dem Parkplatz holten zwei Männer ihre Reisetaschen aus einem roten Ford Taurus. Weitere Gäste. Das Marriott erlebte einen regelrechten Ansturm. Der Taurus war neu und einfach ausgestattet. Vermutlich ein Mietwagen. Die Kerle waren groß. Anscheinend Araber, vielleicht Syrer oder Libanesen. Mit dieser Weltgegend kannte Reacher sich aus. Die Männer sahen ihn an, als er an ihnen vorbeikam. Er nickte höflich und setzte seinen Weg fort. Eine Minute später befand er sich wieder in seinem Zimmer und hielt vergilbtes und brüchiges Papier in den Händen.

An diesem Abend aßen die Duncans Lamm, diesmal in Jonas Duncans Küche. Jonas hielt sich für einen ausgezeichneten Koch. Und er kochte tatsächlich nicht schlecht. Sein Braten war meistens in Ordnung; er servierte ihn mit Kartoffeln, Gemüse und viel Sauce, was gut war. Und mit reichlich alkoholischen Getränken, was noch besser war. Die vier Duncans speisten und tranken miteinander, je zwei auf jeder Seite des Küchentischs. Nach dem Essen spülten sie ab. Dann sah Jasper seinen Bruder Jacob an und sagte: »Wir haben noch sechs Jungs, die gehen und reden können. Wir müssen überlegen, wie wir sie heute Nacht einsetzen wollen.«

Jacob erklärte: »Reacher kommt nicht heute Nacht zurück.«

»Können wir das garantieren?«

»Garantieren können wir gar nichts, außer dass die Sonne im Osten aufgehen und im Westen untergehen wird.«

»Deshalb sollten wir besser übervorsichtig sein.«

»Okay«, sagte Jacob. »Lass einen im Süden Wache halten und sag den anderen fünf, dass sie eine Mütze Schlaf nehmen sollen.«

Jasper ging ans Telefon und erteilte die Anweisungen. Dann legte er auf, und in der Küche wurde es still. Seth Duncan sah seinen Vater an und sagte: »Fährst du mich nach Hause?«

Sein Vater antwortete: »Nein, bleib noch etwas, Sohn. Wir haben einiges zu besprechen. Unsere Lieferung könnte morgen um diese Zeit hier sein, was bedeutet, dass wir Vorbereitungen treffen müssen.«

Cassano und Mancini kamen aus dem Diner zurück und suchten sofort Cassanos Zimmer auf. Cassano rief am Empfang an und fragte, ob irgendwelche Zweiergruppen von Gästen angekommen seien. Der Mann an der Rezeption sagte, vor Kurzem hätten zwei Zweiergruppen eingecheckt. Cassano ließ sich mit ihren Zimmern verbinden. Er sprach als Erstes mit Mahmeinis Männern, dann mit Safirs Leuten und vereinbarte ein sofortiges Treffen in seinem Zimmer. Er rechnete sich aus, dass er sich eine Art Dominanz sichern konnte, indem er die anderen auf Trab hielt, ihnen keine Zeit zum Nachdenken ließ, und indem er sie in seinem Revier empfing – auch wenn es ihm peinlich gewesen wäre, wenn jemand geglaubt hätte, dieses beschissene Loch in Nebraska sei für ihn angemessen. Aber er verstand genug von Psychologie, um zu wissen, dass niemand die Oberhand behält, ohne sich um das kleinste Detail zu kümmern.

Die Iraner erschienen als Erste. Mahmeinis Männer. Nur einer von ihnen sprach, was nach Cassanos Ansicht okay war, weil er und nicht Mancini für Rossi sprach. Namen wurden keine genannt. Auch das war unter den Umständen in Ordnung. Rein körperlich machten die Iraner nicht viel her. Sie waren klein, trugen verknitterte Anzüge, waren schlecht rasiert und ungepflegt. Sie wirkten schweigsam, verschlossen und heimlichtuerisch. Irgendwie verschlagen. Cassano öffnete die Minibar und forderte sie auf, sich zu bedienen. Aber keiner der beiden Männer nahm etwas.

Die Libanesen tauchten fünf Minuten später auf. Safirs Männer. Araber, kein Zweifel. Sie waren groß und sahen verdammt tough aus. Wieder sprach nur einer von ihnen, und sie nannten keine Namen. Cassano bedeutete ihnen, sich aufs Bett zu setzen. Doch das taten sie nicht, lehnten sich stattdessen an die Wand. Sie versuchten bedrohlich zu wirken, vermutete Cassano. Und das gelang ihnen beinahe. Ein kleiner psychologischer Trick ihrerseits. Cassano musterte sie eingehend, diese vier Männer, die er gerade erst kennengelernt hatte und die bald versuchen würden, ihn zu ermorden.

Dann sagte er: »Der Job ist relativ einfach. Sechzig Meilen nördlich von hier liegt eine Ecke des Countys mit vierzig Farmen. Dort läuft ein Kerl rum, der Schwierigkeiten macht. Die sind vielleicht nicht wirklich schlimm, aber unser Lieferant nimmt die Sache persönlich. Das Geschäft ruht, bis dieser Typ ausgeschaltet ist.«

Mahmeinis Mann sagte: »Das wissen wir alles. Weiter.«

»Okay«, fuhr Cassano fort. »Als Nächstes fahren wir dort rauf, arbeiten zusammen und lösen das Problem.«

»Wann?«

»Am besten gleich morgen früh bei Tagesanbruch.«

»Haben Sie den Mann schon gesehen?«

»Noch nicht.«

»Wissen Sie, wie er heißt?«

»Reacher.«

»Was für ein Name soll das sein?«

»Das ist ein amerikanischer Name. Und Ihrer?«

»Mein Name tut nichts zur Sache. Haben Sie eine Beschreibung?«

»Großer Kerl, blaue Augen, weiß, fast zwei Meter, hundertzwanzig Kilo, braunbeiger Parka.«

Mahmeinis Mann sagte: »Das ist wertlos. Wir sind hier in Amerika. In einer Farmgegend. Voller Siedler und Bauerntölpel. So sehen sie hier alle aus. Ich meine, wir haben erst vorhin einen Kerl gesehen, auf den diese Beschreibung genau passt.«

Safirs Kerl warf ein: »Er hat recht. Wir haben auch einen gesehen. Wir brauchen eine bessere Beschreibung.«

Cassano sagte: »Wir haben keine. Aber die Sache wird einfacher, wenn wir erst mal dort oben sind. Er fällt anscheinend ziemlich auf. Und die Einheimischen sind bereit, uns zu unterstützen. Sie haben Anweisung, Sichtmeldungen durchzugeben. Und dort oben gibt es keine Deckung.«

Mahmeinis Mann fragte: »Wo hält er sich also versteckt?«

»Das wissen wir nicht. Es gibt ein Motel, aber in dem ist er nicht. Vielleicht schläft er im Freien.«

»Bei diesem Wetter? Ist das wahrscheinlich?«

»Es gibt Scheunen und Nebengebäude. Ich bin sicher, dass wir ihn finden.«

»Und was dann?«

»Wir legen ihn um.«

»Riskant.«

»Ich weiß. Der Kerl ist tough. Er hat schon vier Einheimische ausgeschaltet.«

Mahmeinis Mann sagte: »Mir ist egal, für wie tough er sich hält, und auch, wie viele Einheimische er ausgeschaltet hat. Weil sie dort oben bestimmt alle Idioten sind. Ich meine, dass das riskant ist, weil es sich hier nicht mehr um den Wilden Westen handelt. Haben wir eine sichere Absetzstrategie?«

Cassano erklärte: »Wie ich höre, ist er eine Art Landstreicher. Also wird ihn niemand vermissen. Und es wird keine Ermittlungen geben. Dort oben existieren nicht mal Cops.«

»Das ist von Vorteil.«

»Und wie Sie gesagt haben, ist das dort oben eine Farmgegend. Da gibt's überall Frontlader. Damit verbuddeln wir ihn. Bevorzugt lebendig, wenn man unseren Lieferanten so reden hört.«

31

Die Suche nach dem vermissten Mädchen wurde auf vierfache Weise, in vier verschiedenen Berichten dokumentiert: erstens von der County Police, zweitens von der State Police, drittens von der Hubschrauberstaffel der Nationalgarde und viertens vom FBI. Der

Bericht des Hubschrauberpiloten war äußerst dünn und wertlos. Margaret Coe hatte ein grünes Kleid getragen, was in einem Maisanbaugebiet im Frühsommer ein ziemlicher Nachteil war. Und der Pilot hatte dreihundert Fuß Mindesthöhe eingehalten, damit sein Rotorabwind keine Jungpflanzen beschädigte. In einem Farmstaat mussten Prioritäten beachtet werden, selbst wenn ein Kind gesucht wurde. Aus der Luft war nichts Auffälliges gesichtet worden. Keine frisch aufgegrabene Erde, kein rosa lackiertes Metall, keine aufblitzenden Chromspeichen, keine abgebrochenen Maisstängel auf den Feldern. Tatsächlich gar nichts außer einem Meer von Mais.

Zeit- und Spritvergeudung.

Dagegen hatten die County Cops und die State Police alle vierzig Farmen aufgesucht. Als Erstes hatte es die Lautsprecherappelle nach Einbruch der Dunkelheit gegeben, und am folgenden Tag war jedes Haus besucht und alle Bewohner befragt worden, ob sie das Mädchen gesehen und ihre Nebengebäude gründlich durchsucht hatten. Das hatten praktisch alle getan. Einzig ein altes Ehepaar bekannte, nicht sehr gründlich nachgesehen zu haben, was die Cops daraufhin selbst nachholten. Nirgends wurde etwas gefunden. Auch das Motel war unter die Lupe genommen, alle Bungalows waren durchstöbert, der Abfallcontainer geleert und der Parkplatz nach Spuren abgesucht worden. Gefunden wurde nichts.

Die Häusergruppe der Familie Duncan tauchte in drei Akten auf. Außer der Hubschrauberstaffel waren alle dort gewesen. Erst die County Cops, dann die County Cops und die State Police gemeinsam, dann die State Police allein und zuletzt das FBI, was für ein so kleines Objekt viele Besuche und viele Leute gewesen sein mussten. Die Durchsuchungen wurden sehr gründlich vorgenommen, weil die geringe Größe des Komplexes irgendwie unheilvoll gewirkt hatte. Das konnte Reacher auch ein Vierteljahrhundert später noch ganz deutlich zwischen den Zeilen lesen. Cops auf dem Land. Sie waren verunsichert und verstört gewesen. Man hätte glauben können, die Duncans hassten das geerbte Farmland. Sie hatten ihren Besitz auf ein Minimum reduziert und nur die Zufahrt mit auffällig schmalen Banketten und fünf bis zehn Meter Hoffläche bis zu dem massiven Zaun behalten. Das war der gesamte Umfang des Objekts.

Aber diese geringe Größe machte die Durchsuchung einfach. Die Berichte waren pedantisch genau. Die Bauholzstapel für den halb fertigen Zaun waren abgetragen und untersucht, der Kies abgerecht worden, Reihen von uniformierten Männern hatten jeden Quadratzentimeter Boden abgesucht, und die Spürhunde waren überall zehnmal gewesen.

Gefunden wurde nichts.

Die Suche verlagerte sich nach innen. Nachdem schon im Freien intensiv nachgeschaut worden war, wurde drinnen doppelt so gründlich vorgegangen. Absolut gewissenhaft. Aus eigener Erfahrung mit Hausdurchsuchungen wusste Reacher, wie schwierig sie waren. Aber hier hatte man viermal in rascher Folge nicht das Geringste ausgelassen und keine Mühe gescheut. Jeder Winkel war ausgeleuchtet, Hohlräume in den Wänden waren geöffnet und Fußböden aufgerissen worden. Reacher wusste, weshalb. In den Berichten stand nichts darüber, und niemand gestand die Tatsachen ein. Aber auch diesmal konnte er alles zwischen den Zeilen lesen. Die Cops suchten ein verschwundenes Mädchen, ganz klar, aber inzwischen hielten sie auch nach Leichenteilen Ausschau.

Gefunden wurde nichts.

Das FBI steuerte eine vollständige forensische Untersuchung im Stil der achtziger Jahre bei. Sie war ausführlich dokumentiert und in epischer Breite auf FBI-Papier festgehalten, das fotokopiert, kollationiert und zusammengeheftet und zur Information übersandt worden war. Man hatte Haare und Gewebefasern gesammelt, jede ebene Fläche auf Fingerabdrücke untersucht, alle möglichen UV-

Lampen und Mikroskope sowie technische Spielereien eingesetzt. Aus Denver war ein Leichenspürhund eingeflogen und nach ergebnisloser Suche wieder zurückgeschickt worden. Spurensicherer mit Erfahrung auf allen nur denkbaren Spezialgebieten hatten zwölf Stunden lang alles auf den Kopf gestellt.

Gefunden wurde nichts.

Reacher klappte die Akte zu. Er glaubte zu vernehmen, was die Ermittler vor einem Vierteljahrhundert gehört haben mussten: das leise Knistern und Knacken eines Falls, der allmählich kalt wurde.

Sechzig Meilen weiter nördlich stand Dorothy Coe am Ausguss, spülte ihren Teller, ihr Besteck und ihr Glas ab und säuberte die Kasserolle, in der sie ihr Kotelett gebraten hatte. Dann trocknete sie alles mit einem dünnen Baumwolltuch ab und räumte es weg: den Teller und das Glas in einen Hängeschrank, das Besteck in eine Schublade, die Kasserolle in einen Unterschrank. Sie warf ihre Serviette in den Müll, wischte den Tisch mit einem Putztuch ab und stellte ihren Stuhl ordentlich davor. Dann ging sie in ihr Wohnzimmer. Sie wollte eine Weile fernsehen, anschließend zu Bett gehen, dann früh aufstehen und ins Motel fahren. Vielleicht konnte sie Mr. Vincent helfen, den Spiegel hinter der Bar zu reparieren. Vielleicht konnte sie sogar den Henkel seines NASA-Kaffeebechers wieder ankleben.

Reacher hockte in seinem Zimmer im Marriott auf dem Boden und dachte nach. Es war kurz vor zweiundzwanzig Uhr. Seine Arbeit war getan, sogar zwei Stunden vor dem selbst gesetzten Mitternachtstermin. Er stand auf, packte die elf Kartons wieder voll, steckte ihre Deckelklappen ineinander, stapelte sie ordentlich in der Zimmermitte auf: zwei Stapel zu vier Kartons, einer zu drei. Er nahm den Hörer des Telefons auf dem Nachttisch ab, wählte die Neun, um eine Leitung zu bekommen, und tippte dann die Nummer ein, an die er sich aus der Aufzeichnung von Dorothy Coes ursprünglichem Panikanruf vor fünfundzwanzig Jahren erinnerte. Sie war weiterhin gültig. Als die Polizeistation sich meldete, verlangte er Hoag. Er rechnete nicht damit, ihn sprechen zu können, aber nach einem Klicken und einer kurzen Pause war der Mann tatsächlich dran.

»Ich bin fertig«, erklärte Reacher.

»Irgendwas gefunden?«

»Ihr Leute habt klasse gearbeitet. Absolut kein Grund zur Sorge. Deshalb fahre ich jetzt wieder.«

»So bald? Sie bleiben nicht, um das Nachtleben zu genießen?«

»Ich bin ein genügsamer Mensch. Mir sind Ruhe und Stille lieber.«

»Okay, lassen Sie das Zeug einfach dort. Wir kommen vorbei und nehmen es mit. Dann ist's wieder im Archiv, bevor die Aktenjockeys morgens zum Dienst kommen. So kriegen sie überhaupt nichts mit. Auftrag ausgeführt.«

»Ich bin Ihnen was schuldig«, meinte Reacher.

»Vergessen Sie's«, sagte Hoag. »Seien Sie, was Sie sein können, und all dieser Scheiß.«

»Wäre nett, wenn man eine Chance dazu hätte«, entgegnete Reacher. Er legte auf, nahm seinen Parka vom Sessel und ging zur Tür. Weil sein Zimmer in der hintersten Ecke des H-förmigen Gebäudes lag, musste er ganz nach vorn in die Hotelhalle laufen, um ins Freie und zu dem rückwärtigen Parkplatz zu gelangen. Kurz vor der Hotelhalle endete die Treppe aus dem Obergeschoss an einer Stelle, an der in einem ebenerdigen Bau ein weiteres Zimmer gewesen wäre. Als Reacher sie erreichte, trat gerade ein Mann von der letzten Stufe und schloss sich ihm an, weil auch er in Richtung Hotelhalle oder zum Ausgang unterwegs war. Es handelte sich um einen der Männer, die Reacher beim Einchecken am Empfang gesehen hatte. Klein und verknittert. Schlecht rasiert. Vielleicht ein

Iraner. Der Kerl sah ihn an. Reacher nickte höflich. Sie gingen nebeneinander weiter. Am Zeigefinger des Mannes baumelte ein Autoschlüssel, mit einem roten Anhänger. Avis. Der Kerl schaute Reacher erneut an, musterte ihn von oben bis unten. Reacher erwiderte seinen Blick. Er hielt die Hoteltür auf. Der Typ trat ins Freie. Reacher folgte ihm. Der Kerl betrachtete ihn nochmals. In seinem Blick lag etwas Kalkulierendes. Irgendeine Art intensiver Neugier.

Reacher wandte sich nach links, um außen um das H-förmige Gebäude herumzugehen. Der iranische Typ hielt weiter mit ihm Schritt. Was vielleicht erklärlich war, als Reacher feststellte, dass dort zwei Wagen parkten: Seth Duncans Cadillac und ein dunkelblauer Chevrolet. Ein beliebter Leihwagen. Avis hatte wahrscheinlich Tausende davon.

Ein dunkelblauer Chevrolet.

Reacher blieb stehen.

Der andere Mann blieb stehen.

32

Niemand weiß, wie lange es dauert, bis Gedanken entstehen. Die Leute reden von elektrischen Impulsen, die mit einem beachtlichen Bruchteil der Lichtgeschwindigkeit durch Nervenbahnen jagen, aber das ist nur die Übermittlung. Das ist die Postzustellung. Der Brief wird im Gehirn geschrieben, verdankt seine Existenz einer plötzlichen chemischen Reaktion wie von Blei und Batteriesäure zwischen Synapsen, aber statt nur einen Blinker mit kümmerlichen zwölf Volt zu versorgen, überschwemmt das Gehirn den Körper mit allen möglichen subtilen Anstößen, weil Gedanken nicht unbedingt nacheinander entstehen. Sie treten als sternförmige Explosionen und Wasserfälle und Vulkanausbrüche auf, und sie rasen auf parallelen Bahnen davon, rempeln sich an, konkurrieren miteinander und rangeln darum, die Oberhand zu gewinnen.

Reacher sah den dunkelblauen Chevrolet und brachte ihn wegen Mr. Vincents Aussage im Motel sofort mit den beiden Männern in Verbindung, die er aus Dorothy Coes Scheune beobachtet hatte, während er zugleich diese Verknüpfung kritisierte, weil Chevrolet eine sehr häufige Automarke und Dunkelblau eine sehr häufige Farbe war, während er sich zugleich an die beiden ähnlichen Iraner und die beiden ähnlichen Araber erinnerte, denen er begegnet war, und sich fragte, ob ein Zusammentreffen zweier merkwürdiger Männerpaare in einem Hotel in Nebraska im Winter wirklich nur ein Zufall sein konnte und ob dieser, wenn es keiner war, nicht logischerweise auf die Anwesenheit eines dritten Paars schließen ließ, bei dem es sich um die zwei toughen Typen von Dorothys Farm handeln konnte, so unerklärlich die Verbindung dieser sechs Männer zueinander und so rätselhaft ihre Absichten auch sein mochten, während er zugleich beobachtete, wie der Mann ihm gegenüber seinen Autoschlüssel fallen ließ, den Arm bewegte und in seine Sportjacke griff, während ihm zugleich einfiel, dass die Typen, die er auf Dorothys Farm gesehen hatte, nicht in Vincents Motel wohnten, und dass es außer dem Marriott sechzig Meilen weiter südlich sonst keine Übernachtungsmöglichkeit gab, was bedeutete, dass der Chevrolet vermutlich ihrer war, zumindest innerhalb der Grenzen vernünftiger Annahmen, was wiederum bedeutete, dass der in seine Jacke greifende Iraner wahrscheinlich mit ihnen in Verbindung stand, was den Kerl zu einem Feind machte, obwohl Reacher keine Ahnung hatte, wieso oder weshalb, während er zugleich wusste, dass das *wahrscheinlich* rein rechtlich gesehen wertlos war, während seine in langen Jahren erkämpfte Erfahrung ihm zugleich sagte, dass Männer wie dieser Iraner auf düster beleuchteten Parkplätzen nur aus einem von vier Gründen in die Jackentasche griffen: um ein Mobiltelefon herauszuholen und telefonisch Hilfe anzufordern, um eine Geldbörse, einen Pass oder einen Ausweis herauszuholen, um ihre Unschuld oder ihre Autorität zu beweisen, um ein Messer zu zücken oder eine Pistole zu ziehen. Das alles wusste Reacher so gut, wie er wusste, dass eine gewaltsame Reaktion auf die beiden ersten Gründe unentschuldbar sein würde – und dass nur eine gewalttätige Reaktion vor Eintritt der beiden letzten Gründe ihm das Leben retten konnte.

Sternförmige Explosionen und Wasserfälle und Vulkanausbrüche von Gedanken, die sich anrempelten und konkurrierten und rangelten, um die Oberhand zu gewinnen.

Vorsicht ist besser als Nachsicht.

Reacher reagierte.

Er beugte den Oberkörper ruckartig vor und holte zu einer rechten Geraden gegen die Brustmitte des Iraners aus. Eine chemische Reaktion im Gehirn, die sofortige Weiterleitung dieses Impulses, eine chemische Reaktion in sämtlichen Muskeln zwischen dem linken Fuß und der rechten Faust, insgesamt verstrichene Zeit nur Bruchteile einer Sekunde, Entfernung zum Ziel weniger als ein Meter, Zeit bis zum Treffer weitere Bruchteile einer Sekunde, was nur gut war, denn die Hand des Kerls war inzwischen ganz in der Jackentasche verschwunden, weil sein Nervensystem fast so schnell reagierte wie das Reachers, sodass sein Ellbogen nach außen und oben ruckte, um herauszureißen, was immer, zum Teufel, er aus der Tasche holen wollte, sei es ein Messer oder eine Pistole, ein Handy oder ein Führerschein, ein Reisepass, ein staatlicher Dienstausweis oder ein harmloses Schreiben der Universität Teheran, das beweisen würde, dass er ein weltberühmter Experte für genetisch verändertes Saatgut und ein Ehrengast in Nevada war, der nicht mehr weit davon entfernt war, die

Erträge der hiesigen Farmer zu verhundertfachen und damit zugleich den Hunger auf der Welt mit einem einzigen Schlag zu beseitigen. Aber Reachers Faust kam zu Recht oder Unrecht unbeirrbar herangeflogen, und die Augen des Kerls weiteten sich im Halbdunkel panikartig. Sein Arm zuckte heftiger, und die braune Haut sowie die schwarze Behaarung seines Handrückens wurden über dem Rand der Tasche sichtbar, und dann kamen seine Knöchel zum Vorschein, alle fünf weißlich verkrampft, weil seine Finger etwas umklammerten, das groß und schwarz war.

Dann traf Reachers Gerade.

Hundertzwanzig Kilogramm Körpermasse in Bewegung, eine riesige Faust, ein gewaltiger Aufprall, sodass der Reißverschluss der Sportjacke des Kerls an sein Brustbein gepresst wurde, das wiederum in den Brustraum getrieben wurde, weil die natürliche Elastizität des Brustkorbs ein Zurückweichen um mehrere Zentimeter gestattete, sodass der jähe gewaltsame Druckanstieg ihm die Luft aus der Lunge presste, während der hydrostatische Schock das Blut ins Herz zurückfluten ließ, sein Kopf wie der eines Dummys nach vorn schnellte, die Schultern nach hinten gingen, sein Gewicht kaum mehr auf den Füßen ruhte, sein Kopf wieder zurückflog und mit einem dumpfen Ton wie von einer Kesselpauke an die Fensterscheibe hinter ihm knallte, bevor Arme, Beine und Rumpf wie die einer Stoffpuppe erschlafften und sein Körper kraftlos zusammensackte, während harter Kunststoff klickte und klapperte, als etwas Schwarzes, von Reacher aus dem Augenwinkel heraus genau beobachtet, über den Gehsteig schlitterte: keine Geldbörse, kein Handy, kein Messer, sondern eine Pistole, eine Glock 17, dunkel, klobig und böse. Sie blieb zwei bis zweieinhalb Meter von dem Mann entfernt liegen, völlig außer Reichweite, ungefährlich, nicht erreichbar, teils wegen der Entfernung selbst, teils weil der zu Boden gegangene Typ sich nicht mehr bewegte.

Tatsächlich machte er den Eindruck, als würde er sich nie mehr bewegen.

Das war etwas, von dem Reacher gehört hatte, ohne es jemals selbst gesehen zu haben.

Ein ihm bekannter Stabsarzt in der Army, hatte es als *Commotio cordis* bezeichnet, was der Fachausdruck für eine Herzerschütterung nach einem stumpfen Thoraxtrauma war. Bewirkt werden konnte sie durch relativ geringe Energie, was bedeutete, dass die Erschütterung nicht nur durch einen Verkehrsunfall oder einen Schrotschuss, sondern auch durch einen hart geschlagenen Baseball oder einen Zusammenprall auf dem Spielfeld, einen Boxhieb oder einen unglücklichen Sturz ausgelöst werden konnte. Gruselige Experimente an Versuchstieren hatten gezeigt, dass es dabei auf Glück und den richtigen Zeitpunkt ankam. Zu den Elementen eines Elektrokardiogramms gehörte die sogenannte T-Welle, und die Versuche erwiesen, dass ein Schlag, der fünfzehn bis dreißig Millisekunden vor dem Höhepunkt der T-Welle traf, Herzrhythmusstörungen auslösen konnte, die ebenso tödlich waren wie ein schwerer Herzinfarkt. Und unter stressigen Umständen, zum Beispiel bei einer Auseinandersetzung auf einem Parkplatz, hämmerte das Herz eines Menschen weit schneller als normal, sodass die T-Wellen viel häufiger auftraten – vielleicht zweimal, sogar dreimal pro Sekunde –, was die Wahrscheinlichkeit, dass Pech und der richtige Zeitpunkt zusammenkamen, dramatisch erhöhte.

Der Iraner lag völlig still.

Keine Atmung.

Kein sichtbarer Puls.

Kein Lebenszeichen.

In der Erste-Hilfe-Ausbildung in der Army wurde gelehrt, in solchen Fällen seien Mund-zu-Mund-Beatmung und Herzdruckmassage mit achtzig Kompressionen pro Minute über einen längeren Zeitraum hinweg notwendig, aber Reachers persönliche

Faustregel sah vor, dass er keinen Kerl wiederbelebte, der gerade eine Pistole gezogen hatte, um ihn zu erschießen. In diesem Punkt war er verhältnismäßig unnachgiebig. Also ließ er der Natur eine Minute lang ihren Lauf und half ihr dann mit kräftigem Druck auf die Halsschlagader des Kerls etwas nach. Vier Minuten Unterbrechung der Sauerstoffversorgung des Gehirns galten allgemein als äußerstes Limit. Reacher gab sicherheitshalber eine Minute zu, kauerte auf dem Gehsteig neben ihm, blickte sich um und horchte angestrengt. Niemand reagierte. Niemand kam heraus. Der Iraner starb, und die Schlaffheit tiefer Bewusstlosigkeit ging in die sanfte Weichheit eines kürzlichen Todes über. Reacher stand auf, sammelte den Autoschlüssel ein und hob die Glock auf. Der Schlüssel trug die Doppelraute von Chevrolet, aber er gehörte nicht zu dem blauen Wagen. Als Reacher auf den Knopf der Fernbedienung drückte, passierte nichts. Die Glock war fast neu und mit siebzehn glänzenden Patronen im Magazin und einer in der Kammer voll geladen. Reacher steckte sie zu den Schraubenziehern in seine Tasche.

Er ging zu dem vorderen Parkplatz und versuchte es nochmals mit dem Schlüssel. Ein gelber Chevrolet Malibu reagierte. Er blinkte mit allen vier Leuchten und entriegelte seine vier Türen. Er war neu, einfach ausgestattet und sauber. Offenbar ein Leihwagen. Reacher stieg ein, fuhr den Fahrersitz ganz nach hinten und ließ den Motor an. Der Tank war fast voll. Im Türfach steckte ein Mietvertrag vom selben Tag, der auf eine Firma in Las Vegas ausgestellt war, deren Name Reacher nichts sagte. In den Becherhaltern steckten Wasserflaschen, eine halb geleert, die andere noch verschlossen. Reacher stieß zurück, fuhr zur Rückseite des H-förmigen Gebäudes und hielt so an, dass der tote Mann zwischen der Mauer und dem Wagen lag. Er fand die Taste, die den Kofferraum entriegelte, und ließ den Deckel aufspringen. Dann stieg er aus, um das Platzangebot zu begutachten. Die Öffnung und der Kofferraum waren nicht besonders groß, aber andererseits war der Iraner kein sehr großer Mensch.

Reacher beugte sich hinunter und durchsuchte die Taschen des Iraners. Er fand ein Handy, ein Messer, eine Geldbörse, ein Taschentuch und ungefähr einen Dollar in Münzen. Er ließ die Münzen in der Tasche, nahm den Akku aus dem Mobiltelefon und steckte ihn und das Handy in zwei verschiedene Taschen. Das Messer war ein Springmesser mit Perlmuttgriff. Schwer, solide und scharf. Eine brauchbare Waffe. Er steckte es in die Tasche mit dem verstellbaren Schraubenschlüssel. Die Geldbörse enthielt fast vierhundert Dollar in bar, drei Kreditkarten und einen in Las Vegas ausgestellten Führerschein auf den Namen Asghar Arad Sepehr. Das Foto war halbwegs ähnlich. Die Kreditkarten lauteten auf denselben Namen. Die Scheine, hauptsächlich Zwanziger, knisterten und rochen druckfrisch, geradewegs aus dem Geldautomaten. Reacher behielt das Geld, wischte die Geldbörse mit dem Taschentuch ab und steckte sie dem toten Kerl wieder in die Tasche. Dann hievte er ihn mit beiden Händen an Kragen und Gürtel hoch und wollte ihn im Kofferraum des gelben Malibus verstauen.

Dann hielt er inne.

Ihm war etwas Besseres eingefallen.

Er trug den Mann zu Seth Duncans Cadillac, legte ihn sanft dahinter ab, angelte den Schlüssel aus seiner Tasche, ließ den Kofferraumdeckel aufspringen, hob den Kerl wieder hoch und legte ihn hinein. Ein altmodischer Straßenkreuzer. Ein riesiger Kofferraum mit reichlich Platz. Er schloss den Deckel über dem toten Mann. Dann öffnete er die Fahrertür und benutzte das Taschentuch, um alles abzuwischen, was er an diesem Tag angefasst hatte: die Sitzverstellung, das Lenkrad, den Wählhebel des Automatikgetriebes, den Innenspiegel, die Radiotasten, die Türgriffe innen und außen. Anschließend betätigte er die Fernbedienung, verschloss den

Wagen wieder und ging zu dem Malibu zurück. Der war gelb, aber ansonsten ziemlich anonym. Einheimische Marke, hiesiges Nummernschild, herkömmliche Form. Auf offener Straße trotz seiner grässlichen Farbe vermutlich unauffälliger als der Cadillac. Und er würde bestimmt nicht gleich als gestohlen gemeldet werden. Kerle von auswärts, die Messer und Pistolen mit sich führten, waren in der Regel weit schweigsamer als aufgebrachte Einheimische.

Er schaute nach links und rechts, nach hinten, nach vorn. Alles ruhig. Nur kalte Luft, Stille und absinkender Nachtnebel. Er stieg wieder in den Malibu, ohne die Scheinwerfer einzuschalten, wendete und fuhr langsam vom Parkplatz auf die Straße hinaus. Am Ende der McNally Street hielt er an. Links lag die I-80, sechzig Meilen südlich von hier, eine schnelle sechsspurige Autobahn, die direkt nach Osten, nach Virginia führte. Rechts lagen die vierzig Farmen, die Duncans, der Apollo Inn, Eleanor, der Doktor und seine Frau sowie Dorothy Coe, alle sechzig Meilen nördlich von hier.

Zeit, sich zu entscheiden.

Links oder rechts? Süden oder Norden?

Er schaltete die Scheinwerfer ein, bog rechts ab und fuhr nach Norden.

33

Die Duncans waren von Jonas' Küche zu der Jaspers hinübergegangen, weil dieser noch eine fast volle Flasche Knob Creek im Schrank hatte. Die vier Männer saßen Ellbogen an Ellbogen am Tisch, vor sich angestoßene dicke Gläser mit bernsteingelbem Bourbon darin. Sie nahmen nur kleine Schlucke und sprachen gedämpft. Die neueste Lieferung würde in zwölf bis vierundzwanzig Stunden eintreffen. Gewöhnlich war das Anlass für eine kleine Feier. Wie vor einer Bescherung. Aber diesmal fühlten sie sich etwas bedrückt.

Jonas fragte: »Wo ist er inzwischen, glaubst du?«

»Über Nacht geparkt«, antwortete Jacob. »Wenigstens hoffe ich das. Kurz vor der Grenze, aber auf Tageslicht wartend. Jetzt ist Besonnenheit gefragt.«

»Fünfhundert Meilen«, erklärte Jonas. »Übertrittszeit plus zehn Stunden, denke ich. Dazu eine Reserve für Unvorhergesehenes.«

Jasper fragte: »Wie lange dauert es, glaubst du, die Ermittlungsakte durchzuackern?«

»Gute Frage«, meinte Jacob. »Darüber habe ich mir natürlich schon Gedanken gemacht. Die Akte muss sehr umfangreich sein. Und sie ist irgendwo gelagert. Nehmen wir mal an, dass die Staatsdiener um neun Uhr zum Dienst kommen. Sagen wir, dass sie um fünf Uhr Schluss machen. Sagen wir weiterhin, dass gewisse bürokratische Hürden zu überwinden sind, um an die Akte ranzukommen. Sagen wir mal, dass morgen Mittag eine denkbare Startzeit wäre. Dann hätte er morgen fünf und übermorgen vielleicht noch mal acht Stunden Zeit. Das müsste reichen.«

»Also sind wir mindestens achtundvierzig Stunden vor ihm sicher.«

»Ich stelle nur Vermutungen an. Garantieren kann ich natürlich nichts.«

»Trotzdem. So bleibt uns reichlich Spielraum.«

Seth Duncan sagte: »Ich wette, dass er überhaupt nicht zurückkommt. Wozu denn auch? Hundert Leute haben diese Akte gelesen und nichts an ihr auszusetzen gehabt. Und dieser Typ kann nicht hundertmal schlauer sein als alle anderen. Das ist unmöglich.«

Niemand sprach.

Seth fragte: »Was?«

Sein Vater sagte: »Er braucht nicht schlauer zu sein als alle, Sohn. Bestimmt nicht hundertmal schlauer. Er muss nur auf andere Weise schlau sein. Laterales Denken, so nennt man das.«

»Aber es gibt keine Beweise. Das wissen wir alle.«

»Genau«, sagte Jacob. »Aber darum geht's doch, verdammt noch mal! Nicht um das, was in der Akte steht, sondern um das, was nicht drinsteht.«

Der Malibu war wie ein halber Cadillac. Vier Zylinder statt acht, eine Tonne statt zwei, ungefähr nur halb so lang. Aber er fuhr gut. Seine Straßenlage war in Ordnung. Allerdings achtete Reacher nicht sonderlich darauf. Er dachte über den toten Iraner nach – und darüber, wie gering die Wahrscheinlichkeit gewesen wäre, ein T-Wellen-Fenster zu treffen. Der Mann war klein gewesen, fast zierlich gebaut, und weil Reacher dazu tendierte, Menschen mit anderer Statur auch ein anderes Naturell zuzuschreiben, stellte er sich den kleinen Iraner als hektisch und nervös vor, was hieß, dass er bei ihrer nächtlichen Auseinandersetzung bis zu hundertachtzig Puls gehabt haben konnte, was wiederum bedeutete, dass die T-Wellen sehr rasch auftraten – drei in der Sekunde –, was die Wahrscheinlichkeit, eines dieser entscheidenden Fünfzehn-Millisekunden-Fenster zu treffen, auf etwa viereinhalb Prozent oder ungefähr eins zu zwanzig erhöhte.

Pech. Jedenfalls für den Iraner. Aber kein Grund für echtes Bedauern. Reacher hätte ihn wahrscheinlich ohnehin erledigen müssen, früher oder später, vermutlich binnen wenigen Sekunden. Das wäre praktisch unvermeidbar gewesen. Sobald eine Schusswaffe gezogen wurde, gab es nur noch sehr wenige andere Optionen. Trotzdem war das eine Premiere gewesen, die sich vermutlich nicht so bald wiederholen würde. Weil Reacher zu wissen glaubte, dass er als Nächstes auf einen Footballspieler stoßen würde. Den Duncans war bestimmt nicht verborgen geblieben, dass er weggefahren war, vielleicht für einen Tag, vielleicht für immer. Er konnte sich denken, dass sie sich längst den Doktor geschnappt und ihn darüber ausgequetscht hatten. Und sie waren realistische, aber vorsichtige Leute. Sie würden fünf ihrer Jungs ins Bett geschickt, aber einen als Wachposten an der aus Süden kommenden Straße postiert haben. Und diesen einzelnen Wachposten musste er ausschalten. Aber nicht durch eine *Commotio cordis.* Reacher dachte nicht im Traum daran, einem Cornhusker einen wilden Schwinger zu verpassen. Nie im Leben. Dabei konnte man sich die Hand brechen.

Er ließ den Malibu brummen, acht, neun Meilen weit, dann fing er an, Ausschau nach der Bar zu halten, die er am Straßenrand gesehen hatte. Das kleine hölzerne Gebäude. Die Bar, die sich Cell Block nannte. Vielleicht knapp außerhalb des Stadtgebiets. Auf gemeindefreiem Land. Vielleicht weil der Besitzer sonst eine Lizenz oder irgendwelche Genehmigungen benötigt hätte. In der Nachtluft hing leichter Nebel, in den die Scheinwerfer des Wagens kleine helle Tunnels bohrten. Dann trafen sie auf ein scheinbar in der Luft schwebendes Leuchten. Auf einen Lichthof weit links voraus. Neonlicht in grellem Gelbgrün, Rot und Blau. Bierreklamen. Dazu weißes Licht von einigen Halogenstrahlern, die den Parkplatz notdürftig beleuchteten.

Reacher wurde langsamer, bog von der Straße ab und parkte seinen gelben Wagen neben einem Pick-up, der überwiegend rostbraun war. Er stieg aus, sperrte ab und ging zum Eingang. Aus der Nähe sah der kleine Bau überhaupt nicht wie ein Gefängnis aus, eher wie ein Schuppen, der vielleicht früher als Wohnhaus oder Laden gedient hatte. Sogar das Schild stimmte nicht. Die Wörter *Cell Block* waren mit einer Schablone geschrieben – wie auf einer technischen Zeichnung. Drinnen gab es Lärm: Stimmengewirr und Gelächter in einer Nachtbar, die zwar voll in Betrieb, aber noch halb leer war, und dazu etwas Musik, vermutlich aus einer

Jukebox, irgendein Song, den Reacher nicht kannte, aber zu mögen bereit war.

Er ging hinein. Die Tür führte direkt in die linke vordere Ecke des Hauptraums. Die lange Bar nahm die Rückwand des Raums ein; davor standen Tische und Stühle. Die ungefähr zwanzig Gäste waren überwiegend Männer. Die Innenausstattung wirkte betont schlicht. Holztische, Bugholzstühle, Barhocker, mit Sägemehl bestreute Bodendielen. Wider Erwarten gab es kein Gefängnisthema. Tatsächlich wiederholte die Außenreklame sich hier drinnen. Hinter der Bar leuchteten die Wörter *Cell Block*, von zwei silbrig glänzenden Funktürmen flankiert, die Blitzstrahlen aussandten.

Als Reacher sich seitlich zwischen den Tischen hindurchschlängelte, kam ihm der Barkeeper entgegen. Der Typ war jung und hatte ein offenes, freundliches Gesicht. Er sagte: »Sie sehen etwas verwirrt aus.«

Reacher entgegnete: »Wahrscheinlich habe ich vergitterte Fenster und Sitznischen in altmodischen Zellen erwartet und gedacht, Sie würden vielleicht gestreifte Häftlingskleidung tragen.«

Der Kerl äußerte sich nicht dazu.

»Wie in einem alten Gefängnis«, fuhr Reacher fort. »Wie in einem Zellenblock.«

Der Mann starrte ihn einen Augenblick verständnislos an, dann grinste er.

»Hier geht's um was anderes«, erklärte er. »Holen Sie Ihr Handy raus.«

»Ich hab keines.«

»Nun, wenn Sie eines hätten, würden Sie feststellen, dass es hier nicht funktioniert. Kein Signal für Cellphones. Wir befinden uns hier in einem Funkloch mit ungefähr einer Meile Durchmesser. Deswegen kommen die Leute hierher. Um ein bisschen Ruhe und Frieden zu haben.«

»Sie bräuchten nur nicht drangehen?«

»So funktioniert die menschliche Natur leider nicht, stimmt's? Die Leute können kein klingelndes Telefon ignorieren. Das hängt irgendwie mit ihrem schlechten Gewissen zusammen. Sie wissen schon, Ehefrauen und Bosse. Aller mögliche Stress. Da ist's besser, wenn ihre Handys überhaupt nicht klingeln.«

»Haben Sie denn ein Münztelefon? Nur für Notfälle?«

Der Kerl wies mit dem Daumen über die Schulter. »Auf dem Gang.«

»Danke«, sagte Reacher. »Deswegen bin ich reingekommen.«

Er schlängelte sich an den Barhockern vorbei, von denen einige besetzt, einige leer waren, und fand einen Durchgang, der zu den Toiletten und dem Hinterausgang führte. Gegenüber der Damentoilette hing ein Telefon an der Wand. Es war auf eine rechteckigen Korkplatte montiert, die vor Alter dunkel und über und über mit Telefonnummern bedeckt war, die Leute mit Kugelschreiber draufgekritzelt hatten. Reacher suchte in seinen Taschen nach Kleingeld, fand fünf Quarter und wünschte sich, er hätte das Kleingeld des Iraners behalten. Er wählte dieselbe Nummer, die er vor einer Viertelstunde angerufen hatte – und die Dorothy Coe vor einem Vierteljahrhundert gewählt hatte. Als die Polizeistation sich meldete, verlangte er Hoag und wurde nach weniger als zehn Sekunden mit ihm verbunden.

»Noch einen Gefallen«, sagte er. »Sie haben Telefonbücher fürs ganze County, stimmt's?«

Hoag sagte: »Ja.«

»Ich brauche die Nummer von einem gewissen Seth Duncan, ungefähr sechzig Meilen nördlich von Ihnen.«

»Augenblick«, meinte Hoag. Reacher hörte eine Computertastatur klappern. Natürlich verfügten die Cops über ein elektronisches Verzeichnis, nicht mehr über Telefonbücher. Dann sagte Hoag: »Die Nummer ist nicht eingetragen.«

»Nicht eingetragen wie in ›Sie haben sie nicht‹ oder wie in ›Sie sehen sie, aber Sie dürfen sie mir nicht geben‹?«

»Wie in ›fragen Sie mich bitte nicht, sonst sitze ich in der Scheiße‹.«

»Okay, ich frage Sie nicht. Irgendwas unter Eleanor Duncan?«

»Nein. Hier stehen vier Duncans, alles Männernamen. Alle nicht eingetragen.«

»Dann geben Sie mir stattdessen den Doktor.«

»Welchen Doktor?«

»Den dortigen Arzt.«

»Wie heißt er?«

»Weiß ich nicht«, sagte Reacher. »Seinen Namen habe ich nicht.«

»Dann kann ich Ihnen nicht helfen. Dieses Verzeichnis ist strikt alphabetisch geordnet. Da steht dann Smith, Dr. Bill, oder was auch immer. Irgendwas in dieser Art. In sehr kleiner Schrift.«

»Für den Doktor muss es eine Kontaktnummer geben. Dies könnte ein Notfall sein. Es muss eine Möglichkeit geben, ihn zu erreichen.«

»Ich sehe nichts.«

»Augenblick!«, sagte Reacher. »Mir fällt was ein. Geben Sie mir den Apollo Inn.«

»Apollo wie die Mondrakete?«

»Genau wie die Mondrakete.«

Die Tastatur klapperte, dann las Hoag eine lange Nummer vor: erst die Vorwahl 308 für den Westen des Bundesstaats, dann sieben weitere Ziffern. Reacher wiederholte sie in Gedanken einmal, dann bedankte er sich, legte auf und wählte gleich wieder.

Zehn Meilen weiter südlich wählte Mahmeinis Mann ebenfalls, telefonierte mit Las Vegas. Er erreichte Mahmeini mit seinem Handy und sagte: »Wir haben ein Problem.«

Mahmeini fragte: »Nämlich?«

»Asghar ist abgehauen.«

»Unmöglich.«

»Er ist aber weg. Ich hab ihn runtergeschickt, damit er mir eine Flasche Wasser aus dem Auto holt. Er ist nicht zurückgekommen, also habe ich nachgesehen. Der Wagen ist weg, und er ist auch weg.«

»Ruf ihn an.«

»Habe ich schon zehnmal versucht. Sein Handy ist ausgeschaltet.«

»Ich kann's nicht glauben.«

»Was soll ich tun, Boss?«

»Ich will, dass du ihn findest.«

»Ich hab keine Ahnung, wo ich ihn suchen soll.«

Mahmeini sagte: »Er trinkt, weißt du.«

»Das weiß ich. Aber in diesem Nest gibt's keine Bar. Nur einen Spirituosenladen. Und der hat längst geschlossen. Und er wäre sowieso nicht mit dem Auto hingefahren. Er wäre zu Fuß gegangen. Es sind nur ungefähr drei Blocks.«

»Es muss eine Bar geben. Dies ist Amerika. Frag den Portier.«

»Es gibt keinen Portier. Dieses Hotel ist nicht das Bellagio. In den Zimmern steht nicht mal Mineralwasser.«

»Am Empfang muss es jemanden geben. Den fragst du.«

»Ich kann nirgends hin. Ich habe kein Auto. Und ich kann die anderen nicht um Hilfe bitten. Das wäre ein Eingeständnis von Schwäche.«

»Lass dir was einfallen«, sagte Mahmeini. »Finde eine Bar und finde ein Mittel, dort hinzukommen. Das ist ein Befehl.«

Reacher hörte den Wählton. Er war laut, hallend und volltönend: das Ergebnis der großen altmodischen Hörmuschel mit fünf Zentimeter Durchmesser eines großen altmodischen Telefonhörers aus Bakelit, der wahrscheinlich ein Pfund wog. Er stellte sich vor, wie fünfzig Meilen weiter nördlich in dem Motel zwei Telefone klingelten, eines am Empfang, das andere hinter der Bar. Oder vielleicht gab es mehr als zwei Telefone. Vielleicht existierte eine weitere Nebenstelle im Büro und eine vierte in Vincents Wohnbereich. Vielleicht war das Innere des Motels ganz und gar verdrahtet wie damals das Mondlandefahrzeug. Aber unabhängig davon, wie viele Telefone es wirklich waren, dauerte es lange, bis irgendwo ein Hörer abgehoben wurde. Dann meldete Vincent sich. »Hier ist der Apollo Inn«, sagte er so stolz, diensteifrig und enthusiastisch, als wäre dies der allererste Anruf, der am Eröffnungsabend des Motels einging.

Reacher sagte: »Ich brauche Eleanor Duncans Telefonnummer.«

Vincent fragte: »Reacher? Wo sind Sie?«

»Noch immer auswärts. Ich brauche Eleanors Nummer.«

»Kommen Sie zurück?«

»Was sollte mich davon abhalten können?«

»Sind Sie nicht nach Virginia unterwegs?«

»Irgendwann schon, hoffe ich.«

»Eleanors Nummer habe ich nicht.«

»Gehört sie nicht zur Telefonkette?«

»Nein, wie denn auch? Seth könnte sich melden.«

»Okay, ist der Doktor da?«

»Nicht im Augenblick.«

»Dann ist heute Abend nicht viel los.«

»Leider.«

»Haben Sie seine Nummer?«

»Bleiben Sie dran«, sagte Vincent. Ein dumpfes Poltern, als er den Hörer hinlegte, danach eine Pause, in der er vielleicht die Lounge durchquerte, und dann ein Klicken, als ein weiterer Hörer abgehoben wurde, vielleicht am Empfang. Die beiden Handapparate beeinflussten sich gegenseitig, und Reacher hörte die Stimme des Motelbesitzers mit einem Halleffekt, den die Kuppel produzierte. Vincent las eine Nummer vor, die aus der Vorwahl und sieben Ziffern bestand. Reacher wiederholte sie in Gedanken einmal, bedankte sich, hängte den Hörer ein und wählte gleich wieder.

Ja, es gebe eine Bar, nicht gerade in der Stadt, aber zehn Meilen nördlich von hier, knapp jenseits der Stadtgrenze, auf der linken Straßenseite, eine nette, gar nicht teure Kneipe, erklärte der Typ an der Rezeption Mahmeinis Mann, und ja, das Cell Block habe bis zum frühen Morgen geöffnet, und ja, in der Stadt gebe es ein Taxiunternehmen, und ja, er rufe ihm gern sofort ein Taxi.

Und so rutschte Mahmeinis Mann keine fünf Minuten später über fleckiges Kunstleder auf den Rücksitz eines alten Chevy Caprice, den der Fahrer auf die McNally Street hinaus und an ihrem Ende nach rechts lenkte.

Der Doktor meldete sich weit schneller als Vincent. Reacher sagte: »Ich brauche Eleanor Duncans Telefonnummer.«

Der Doktor sagte: »Reacher? Wo sind Sie?«

»Noch immer auswärts.«

»Kommen Sie zurück?«

»Was, vermissen Sie mich etwa?«

»Ich habe den Duncans nichts von dem Cadillac gesagt.«

»Gut gemacht. Ist Seth schon heimgefahren?«

»Als ich gegangen bin, war er noch bei seinem Vater.«

»Übernachtet er dort?«

»Das tut er oft, sagen die Leute.«

»Mit Ihnen alles in Ordnung?«

»Es geht. Ich war mit dem Pick-up unterwegs. Die Cornhusker haben mich damit geschnappt.«

»Und?«

»Nicht besonders schlimm. Eigentlich nur Worte.«

Reacher stellte sich den Doktor vor, wie er vermutlich in seiner Diele oder Küche stand: blass, zitternd, angstvoll Türen und Fenster beobachtend. Er fragte: »Sind Sie nüchtern?«

Der Doktor antwortete: »Ein bisschen.«

»Ein bisschen?«

»Mehr geht heutzutage nicht, fürchte ich.«

»Ich brauche Eleanor Duncans Nummer.«

»Sie steht nicht im Telefonbuch.«

»Das weiß ich.«

»Sie macht nicht bei der Telefonkette mit.«

»Aber sie ist Ihre Patientin.«

»Ich darf nicht.«

»Wie viel tiefer könnten Sie noch in die Scheiße geraten?«

»Es geht nicht nur darum, sondern auch um Vertraulichkeit. Ich bin Arzt. Wie Sie selbst sagten, habe ich einen Eid abgelegt.«

»Wir machen hier ein Omelett«, entgegnete Reacher. »Das geht nicht, ohne ein paar Eier zu zerschlagen.«

»Die Duncans würden wissen, vom wem Sie sie haben.«

»Sollte es dazu kommen, erzähle ich ihnen etwas anderes.«

Der Arzt seufzte und nannte die Nummer.

»Danke«, sagte Reacher. »Seien Sie vorsichtig. Grüßen Sie Ihre Frau.« Er hängte ein, nahm den Hörer wieder ab, wählte die neue Nummer und vernahm wieder den Wählton, diesmal jedoch an einem anderen Ort, irgendwo im Innern des restaurierten Farmhauses, zwischen Pastellfarben, teuren Teppichen und Ölgemälden. Er vermutete, dass Seth ans Telefon gehen würde, wenn er zu Hause war. So schätzte er die Beziehung zwischen den beiden ein. Aber er ging eigentlich davon aus, dass Seth nicht zu Hause sein würde. Die Duncans waren von zwei Seiten unter Beschuss geraten, und Reachers Erfahrung sagte ihm, dass sie sich zusammenscharen würden, bis die Gefahr vorbei wäre. Also würde Eleanor allein zu Hause sein und den Hörer abnehmen – oder auch nicht. Vielleicht würde sie das Klingeln einfach ignorieren – ganz gleich, was der junge Barkeeper von der menschlichen Natur dachte.

Sie nahm ab.

»Hallo?«, sagte sie.

Reacher fragte: »Ist Seth da?«

»Reacher? Wo sind Sie?«

»Wo ich bin, spielt keine Rolle. Wo ist Seth?«

»Bei seinem Vater. Ich glaube nicht, dass er heute Nacht heimkommt.«

»Das ist gut. Sind Sie noch auf und angezogen?«

»Warum?«

»Ich möchte, dass Sie etwas für mich tun.«

34

Die Rückbank des alten Chevy Caprice glich zwei Schalensitzen – nicht vom Design her, sondern durch Alter und Abnutzung bedingt. Mahmeinis Mann glitt in die rechte Mulde, die hinter dem Beifahrersitz, und legte den Kopf etwas nach links, damit er durch die Frontscheibe nach vorn schauen konnte. Im Scheinwerferlicht sah er noch die schwarze Rückseite einer Werbetafel, dann sah er nichts mehr. Die Straße war leer und gerade. Keine entgegenkommenden Scheinwerfer. Über einen Drink, den Asghar sich gegönnt hatte, konnte man hinwegsehen. Oder über zwei, vielleicht sogar drei, wenn eine prompte Rückkehr erfolgte. Aber eine halbe Nacht würde als Fahnenflucht gelten.

Der altersschwache Motor ließ die Tachonadel bei knapp über sechzig zittern. Eine Meile in der Minute. Noch neun Meilen zu fahren. Neun Minuten.

Reacher sagte: »Ich möchte, dass Sie in genau einer Stunde und zehn Minuten eine Fahrt machen. Mit Ihrem kleinen roten Sportwagen.«

Eleanor Duncan fragte: »Eine Fahrt? Wohin?«

»Auf der Landstraße nach Süden«, antwortete Reacher. »Einfach geradeaus. Elf Meilen weit. So schnell Sie können. Dann kehren Sie um und fahren wieder nach Hause.«

»Elf Meilen?«

»Oder zwölf. Oder mehr. Aber nicht weniger als zehn.«

»Wozu?«

»Das braucht Sie nicht zu interessieren. Tun Sie's?«

»Wollen Sie etwas mit dem Haus anstellen und mich deshalb wegschicken?«

»Ich komme nicht mal in die Nähe Ihres Hauses. Ehrenwort. Kein Mensch erfährt, dass Sie fort waren. Tun Sie mir diesen Gefallen?«

»Das kann ich nicht. Seth hat mir den Autoschlüssel weggenommen. Ich sitze hier fest.«

»Haben Sie keinen Reserveschlüssel?«

»Den hat er mir auch weggenommen.«

Reacher sagte: »Aber er trägt sie nicht mit sich herum. Nicht wenn seine eigenen Schlüssel in einem Goldfischglas in der Küche liegen.«

Eleanor sagte nichts.

Reacher fragte: »Wissen Sie, wo sie sind?«

»Ja. Sie liegen auf seinem Schreibtisch.«

»Darauf oder darin?«

»Darauf. Ganz offiziell. Als wollte er mich damit auf die Probe stellen. Er sagt, dass Gehorsam ohne Versuchung wertlos ist.«

»Warum, zum Teufel, sind Sie dann noch da?«

»Wohin sollte ich sonst?«

»Nehmen Sie sich die verdammten Schlüssel, ja? Lassen Sie sich nicht alles gefallen!«

»Schadet das Seth?«

»Ich weiß nicht, welche Antwort Sie darauf hören wollen.«

»Ich möchte eine ehrliche Antwort.«

»Es könnte ihm indirekt schaden. Im Lauf der Zeit. Möglicherweise.«

Nun folgte eine lange Pause. Dann sagte Eleanor: »Okay, ich tu's. Ich fahre auf der Landstraße elf Meilen weit nach Süden und komme wieder zurück. In einer Stunde und zehn Minuten.«

»Nein«, entgegnete Reacher. »In einer Stunde und sechs Minuten. Wir haben jetzt vier Minuten telefoniert.«

Er hängte ein und ging wieder in den großen Hauptraum. Der junge Barkeeper arbeitete wie ein Profi, bewegte sich flink, dachte voraus und behielt den Raum im Auge. Als er Reacher sah, nickte er ihm zu. Reacher ging an ihm vorbei, und der Mann sagte: »Ich sollte mir Ihr Autogramm auf 'ner Serviette oder sonst was geben lassen. Zur Erinnerung. Sie sind der einzige Mensch, der hier jemals reingekommen ist, um ein Telefon zu benutzen, statt eines zu meiden. Möchten Sie einen Drink?«

Reacher begutachtete sein Angebot. Spirituosen aller Art, Bier vom Fass, Bier in Flaschen, alkoholfreie Getränke. Aber nichts, das nach Kaffee aussah. Er sagte: »Nein danke, ich möchte nichts. Ich muss weiter.« Er schlängelte sich seitlich zwischen den Tischen hindurch, öffnete die Eingangstür, ging zu dem gelben Wagen, stieg ein, ließ den Motor an, stieß zurück und fuhr nach Norden.

Mahmeinis Mann entdeckte einen Lichtschein, ein in der Luft schwebendes Leuchten weit links voraus. Neonlicht, grün, rot und blau. Der Taxifahrer ließ das Gaspedal noch eine Minute durchgetreten, dann nahm er den Fuß weg und ließ den Wagen ausrollen. Der Motor stotterte, und im Auspuff knallte eine Fehlzündung. Das Taxi wurde langsamer. In der Ferne waren auf der Straße die Schlusslichter eines Autos zu sehen. Ganz schwach und sehr weit entfernt. Fast nicht mehr auszumachen. Der Fahrer bremste. Jetzt konnte Mahmeinis Mann die Bar erkennen. Eigentlich nur ein besserer Holzschuppen. Unter dem Dachvorsprung brannten zwei Halogenscheinwerfer, die den Parkplatz schwach beleuchteten. Dort standen zwar jede Menge Fahrzeuge, aber kein gelber Leihwagen.

Das Taxi hielt vor dem Eingang. Der Fahrer blickte sich über die Schulter um. Mahmeinis Mann sagte: »Warten Sie hier auf mich.«

Der Fahrer fragte: »Wie lange?«

»Ein paar Minuten.« Mahmeinis Mann stieg aus, blieb kurz stehen. Die Heckleuchten im Norden waren verschwunden. Der Iraner schaute noch einen Augenblick dorthin, wo er sie zuletzt gesehen hatte. Dann ging er zur Tür des kleinen Holzgebäudes und trat ein. Vor ihm lag ein großer Raum mit Tischen und Stühlen auf der linken und einer Bar auf der rechten Seite. Von den schätzungsweise zwanzig Gästen waren die meisten Männer, aber keiner von ihnen war Asghar Arad Sepehr. Der junge Barkeeper hinter der Theke bediente gerade einen Gast, ließ seinen Blick jedoch bereits zu dem Neuankömmling wandern. Mahmeinis Mann schlängelte sich zwischen den Tischen hindurch zur Theke. Er hatte das Gefühl, jedermann beobachte ihn. Ein kleiner Mann, offenbar Ausländer, schlecht rasiert, verknittert und ungepflegt. Der Gast, der eben bedient worden war, entfernte sich mit zwei schäumenden Biergläsern. Der Barkeeper wandte sich dem nächsten Gast zu, behielt aber auch schon den übernächsten im Auge, als plante er zwei Züge im Voraus.

Mahmeinis Mann sagte: »Ich suche jemanden.«

Der Barkeeper sagte: »Ich denke, das tun wir alle, Sir. Das gehört zum Wesen der menschlichen Natur, nicht wahr? Wir sind ewig auf der Suche.«

»Nein, ich suche jemanden, den ich kenne. Einen Freund.«

»Wie sieht er denn aus?«

»Genau wie ich.«

»Dann habe ich ihn nicht gesehen. Tut mir leid.«

»Er fährt ein gelbes Auto.«

»Die Autos stehen draußen. Ich bin hier drinnen.«

Mahmeinis Mann wandte sich um und suchte den großen Raum ab. Dann fielen ihm die roten Lichter im Norden ein. Er drehte sich wieder um und fragte: »Wissen Sie das bestimmt?«

Der Barkeeper antwortete: »Ich will nicht unhöflich sein, Sir, aber wenn heute Abend zwei von Ihnen hier gewesen wären, hätte vermutlich bereits jemand die Heimatschutzbehörde angerufen, glauben Sie nicht auch?«

Mahmeinis Mann schwieg.

»Ich meine nur«, sagte der Barkeeper. »Wir sind hier in Nebraska. Bei uns gibt's militärische Einrichtungen.«

Mahmeinis Mann fragte: »Dann war also jemand anders gerade hier?«

»Dies ist eine Bar, mein Freund. Leute kommen und gehen die ganze Nacht. Das ist irgendwie der Zweck dieses Ladens.«

Der Barkeeper bediente den vor ihm stehenden Gast. Für ihn war das Gespräch damit beendet. Mahmeinis Mann ließ seinen Blick nochmals über den Raum schweifen. Dann gab er auf und ging zwischen den Tischen hindurch zur Tür. Er trat ins Freie und zog sein Handy aus der Tasche. Kein Empfang. Er blieb noch kurz stehen und sah nach Norden, wo die roten Schlussleuchten verschwunden waren, und stieg wieder ins Taxi. Er schloss die Tür, deren Angeln quietschten, und sagte: »Danke, dass Sie gewartet haben.«

Der Taxifahrer drehte sich zu ihm um und fragte: »Wohin jetzt?«

Mahmeinis Mann antwortete: »Lassen Sie mich einen Augenblick darüber nachdenken.«

Reacher ließ den Malibu stetig sechzig fahren. Eine Meile in der Minute. Hypnotisch. Leitungsmasten flitzten vorbei, die Reifen surrten, der Motor brummte. Reacher griff nach der ungeöffneten Wasserflasche, schraubte sie auf und trank daraus. Er blendete auf. Voraus gab es nichts zu sehen. Eine gerade Straße, Nebel, Dunkelheit. Er sah in den Rückspiegel. Hinter ihm war alles dunkel. Er kontrollierte die Instrumente und Anzeigen. Alles normal.

Eleanor Duncan sah auf ihre Armbanduhr. Die Uhr war eine Rolex, ein Geschenk von Seth, aber vermutlich echt. Nach Reachers Anruf hatte sie sich ausgerechnet, wann eine Stunde und sechs Minuten vorbei sein würden – in einer Dreiviertelstunde. Sie ging ins Arbeitszimmer ihres Mannes. Der Raum wirkte ziemlich klein. Sie wusste nicht, was er ursprünglich einmal gewesen war. Vielleicht ein Gästezimmer. Jetzt war er als Büro eingerichtet, in einem Stil, der nicht zu einem Gentleman in Verwaltungsfunktion passte. Es gab einen ledernen Clubsessel. Der Schreibtisch bestand aus Eibenholz. Die Schreibtischlampe hatte einen grünen Glasschirm. Die Wände verschwanden hinter Bücherregalen. Den Boden bedeckte ein Orientteppich. Die Luft in dem Raum roch nach Seth.

Auf dem Schreibtisch stand eine flache Glasschale, aus Murano bei Venedig. Sie war grün. Ein Andenken. Sie enthielt Büroklammern und ihre Autoschlüssel, zwei kleine gezahnte Lanzen mit großen schwarzen Köpfen. Für ihren Mazda Miata. Ein winziger zweisitziger Roadster. Ein Spaßauto. Problemlos. Wie die früheren britischen Sportwagen Triumph und MG, aber zuverlässig.

Sie nahm einen der Schlüssel heraus und kehrte in die Diele zurück. Elf Meilen. Sie glaubte zu wissen, was Reacher im Sinn hatte. Deshalb öffnete sie den Garderobenschrank und nahm ein seidenes Kopftuch heraus. Schneeweiß. Sie legte es zu einem Dreieck zusammen, setzte es auf und verknotete es unter dem Kinn. Dann warf sie einen Blick in den Spiegel. Sie sah wie ein altmodischer Filmstar aus. Oder wie ein altmodischer Filmstar nach einer K. o.-Runde gegen einen altmodischen Schwergewichtschampion.

Sie verließ das Haus durch die Hintertür und ging zu den Garagen hinaus. Seth' Garage rechts außen war leer, ihr kleiner Wagen parkte in der Mitte, alle drei Kipptore standen offen. Sie stieg ein, entriegelte das Verdeck und öffnete es. Dann ließ sie den Motor an, fuhr rückwärts aus der Garage, wendete und wartete mit laufendem Motor in der Einfahrt, während die Heizung sich langsam erwärmte und ihr Puls raste. Sie sah nochmals auf die Uhr. Noch neunundzwanzig Minuten.

Reacher fuhr in gleichmäßigem Tempo weiter, sechzig Meilen in der Stunde, noch drei Minuten. Dann wurde er langsamer und blendete wieder auf. Er behielt den rechten Straßenrand im Auge. Wenig später ragte dort wie auf ein Stichwort hin das verlassene alte Rasthaus auf. Das schadhafte Dach, die mit Brettern verschalten Fenster, die alten Bierreklamen, das festgefahrene Erdreich, wo früher Autos geparkt hatten. Er fuhr von der Straße ab und auf den Parkplatz. Lose Steine wurden von den Reifen hochgeschleudert und klapperten in den Radkästen. Er drehte eine ganze Runde.

Das Gebäude war lang, niedrig und schlicht wie eine in halber Höhe gekappte Scheune. Rechteckig bis auf zwei Anbauten auf der Rückseite, vermutlich für Küche und Toiletten. Von der Installation her gesehen sehr zweckmäßig. Zwischen diesen Vorsprüngen lag eine U-förmige Nische, die nur zu den dunklen Feldern im Osten hin offen und bis auf einige Abfälle leer war. Sie hatte eine Länge von knapp zehn Metern und eine Tiefe von dreieinhalb Metern.

Ideal für später.

Reacher kam um den Südgiebel herum zurück und blieb zehn Meter davor stehen: aus Norden nicht zu sehen und leicht schräg zur Straße wie ein Cop, der eine Radarfalle bemannt. Er schaltete die Scheinwerfer aus, ließ den Motor laufen, stieg aus und ging vorn um die Motorhaube herum zur nächsten Ecke des Gebäudes. Dort lehnte er sich an die alte Bretterverschalung. Sie fühlte sich dünn und verwittert an, in hundert Wintern durchgefroren, in hundert Sommern durchgeglüht. Sie roch nach Staub und Alter. Er starrte in die Dunkelheit im Norden, wo die Straße liegen musste.

Er wartete.

35

Reacher wartete lange zwanzig Minuten, dann entdeckte er im Norden einen Lichtschein. Sehr schwach, vermutlich fünf bis sechs Meilen entfernt, eigentlich nur ein halbkreisförmiges Leuchten im Nebel, das leicht zitterte, hüpfte und sprang, schwächer wurde, wieder stärker leuchtete und erneut schwächer wurde. Eine sich bewegende Lichtblase. Sehr weiß, fast bläulich. Ein nach Süden fahrender Wagen, der ziemlich schnell auf ihn zukam.

Vermutlich Eleanor Duncan, exakt pünktlich.

Reacher wartete.

Zwei Minuten später war sie zwei Meilen näher. Das halbkreisförmige Leuchten wurde größer und stärker, zitterte, hüpfte und sprang weiterhin, nun jedoch mit einem seltsam asynchronen Pulsieren, als gingen die Bewegungen in zwei Richtungen, als würde das Licht willkürlich und phasenverschoben stärker, schwächer und wieder stärker.

Auf der Straße befanden sich zwei Autos, nicht nur eines.

Reacher lächelte zufrieden. Der Wachposten. Der im Süden postierte Footballspieler. Ein Collegeabsolvent. Kein dummer

Kerl. Er wusste, dass seine fünf Kumpel nach Hause und ins Bett geschickt worden waren, weil absolut nichts passieren würde. Er wusste, dass er nur als Vorsichtsmaßnahme, nur der Form halber, postiert worden war. Er wusste, dass ihm eine langweilige Nacht bevorstand, in der er nur in die Dunkelheit starren konnte, ohne eine Chance zu haben, sich irgendwie hervorzutun. Was würde solch ein Kerl machen, wenn plötzlich Eleanor Duncan mit ihrem roten kleinen Sportwagen an ihm vorbeiflitzte? Er würde glauben, sich durch Eigeninitiative bei den Duncans einschmeicheln zu können. Er würde auf die Untätigkeit der kommenden Stunden verzichten, losfahren und ihr folgen; er würde von einer Beförderung in den inneren Führungskreis träumen, sich eine Szene vorstellen und schon mal üben, was er sagen wollte, denn gleich morgen früh würde er Seth Duncan wie ein alter Freund oder vertrauter Mitarbeiter sehr diskret beiseitenehmen und ihm zuflüstern: *Ja, Sir, ich bin ihr nachgefahren und kann Ihnen genau zeigen, wo sie war.* Dann würde er hinzufügen: *Nein, Sir, das habe ich niemandem erzählt, aber ich dachte, Sie müssten's erfahren.* Dann würde er verlegen von einem Bein aufs andere treten und bescheiden sagen: *Nun ja, Sir, ich dachte, das sei viel wichtiger, als dort draußen Wache zu schieben, und bin jetzt froh, dass Sie das auch so sehen.*

Reacher lächelte noch mal.

Menschliche Natur.

Reacher wartete.

Zwei Minuten später war die bewegliche Lichtblase zwei Meilen näher, jetzt viel flacher und länglicher. Zwei Autos in nicht allzu großem Abstand. Jäger und Opfer, nur durch wenige hundert Meter getrennt. Die Lichtblase wies keinen Stich ins Rote auf. Die Scheinwerfer des Footballspielers erreichten den roten Lack des Mazdas nicht ganz. Der Kerl hielt etwa eine Viertelmeile Abstand, folgte den Schlusslichtern des Sportwagens und glaubte bestimmt, er mache seine Sache sehr gut und verhalte sich ganz unauffällig. Vielleicht war er doch nicht so clever. Der Mazda hatte Rückspiegel, und Halogenscheinwerfer in einer Winternacht in Nebraska waren vermutlich aus dem Weltraum sichtbar.

Reacher setzte sich in Bewegung.

Er verließ die Ecke des Gebäudes, lief um den Malibu herum und setzte sich ans Steuer. Er stellte den Wählhebel auf D, trat mit dem linken Fuß auf die Bremse und stellte den rechten aufs Gaspedal. Er gab so viel Gas, dass der Wagen nur noch von der Bremse zurückgehalten wurde und jederzeit losschnellen konnte wie ein Pfeil von der Sehne. Er behielt eine Hand am Lenkrad und die andere am Scheinwerferschalter.

Er wartete.

Sechzig Sekunden.

Neunzig Sekunden.

Dann flitzte der Mazda vorbei, von rechts nach links, sekundenschnell, ein winziger dunkler Umriss, der einem riesigen hellen Lichtfleck folgte, das Verdeck geöffnet, am Steuer eine Frau mit Kopftuch, alles von Rollgeräuschen, Motorenlärm und rot strahlenden Schlussleuchten gefolgt. Reacher zählte bis fünf, dann schaltete er die Scheinwerfer ein, nahm den Fuß von der Bremse, trat das Gaspedal durch, schoss vorwärts, bremste sofort wieder scharf und kam quer zur Fahrbahn mitten auf der Straße zum Stehen. Er stieß seine Tür auf, sprang aus dem Wagen und lief nach hinten zum Kofferraum des Malibus und dem Bankett, über das er eben gefahren war. Sechzig Meter rechts von ihm leitete ein großer Geländewagen eine Notbremsung ein. Seine Scheinwerfer strahlten den gelben Lack des Malibus an, dann beleuchteten sie mehr den Asphalt, als der Wagen unter der Wucht des Bremsmanövers vorn in die Knie ging. Gewaltige Breitreifen quietschten, als der Geländewagen nach rechts ausbrach und ins Schleudern geriet. Die inneren Räder knickten ein, sein hoher Schwerpunkt verlagerte sich, sodass die äußeren Räder die Bodenhaftung verloren. Dann krachten sie wieder auf den Asphalt, und das ausbrechende Heck stellte den Wagen quer. Er kam weniger als drei Meter vor dem Malibu zum Stehen: mehr oder weniger parallel, still und mit abgestorbenem Motor, während das Kreischen von Gummi auf Asphalt erstarb. Dünne bläuliche Rauchwolken umwaberten das Fahrzeug und stiegen in die kalte Nachtluft auf, wo sie von der leichten Brise fortgetragen wurden.

Reacher zog die Glock des Iraners, stürmte auf die linke Tür zu, riss sie auf, tänzelte zurück und zielte mit der Pistole auf den Fahrer. Im Allgemeinen war er kein Freund dramatischer Verhaftungen, aber er wusste aus langer Erfahrung, was bei unter Schock stehenden und unberechenbaren Menschen wirkte. Deshalb brüllte er RAUS AUS DEM WAGEN RAUS AUS DEM WAGEN RAUS AUS DEM WAGEN, so laut er konnte, was ziemlich laut war, und der Kerl hinter dem Steuer plumpste mehr oder weniger aus dem Wagen. Dann fiel Reacher über ihn her, drückte ihn zu Boden, warf ihn herum, rammte ihn mit dem Gesicht auf den Asphalt, während er ihm ein Knie ins Kreuz und die Pistole ins Genick drückte, wobei er ständig LIEGEN BLEIBEN LIEGEN BLEIBEN kreischte und sich dabei über eine Schulter hinweg nach weiteren Autoscheinwerfern umsah.

Keine weiteren Scheinwerfer. Keine Verstärkung. Der Mann hatte nicht angerufen, um welche anzufordern. Er hatte diese Sache allein bewältigen wollen. Um den Ruhm für sich einheimsen zu können. Ganz wie erwartet.

Reacher lächelte.

Menschliche Natur.

Nun wurde es ruhiger. Nichts zu hören außer dem Leerlaufgeräusch des Malibus. Nichts zu sehen außer vier Scheinwerferstrahlen, die übers linke Bankett ins Leere gingen. In der Luft hing der Geruch von verbranntem Gummi und heißen Bremsen, von Benzin und Öl. Der Cornhusker lag völlig still. Was hätte er mit hundertzwanzig Kilo im Kreuz, einer Pistole im Genick und Fernsehbildern von SWAT-Verhaftungen vor seinem inneren Auge auch anderes tun sollen? Auch Jungen vom Land wurden gelegentlich verhaftet, genau wie andere Leute. Und alles war so schnell geschehen, alles im Dunkel der Nacht, mit Lärm und Gebrüll und Panik, dass der Kerl Reacher vielleicht gar nicht richtig gesehen oder seiner Personenbeschreibung nach erkannt hatte. Vielleicht hatte er noch nicht einmal zwei und zwei zusammengezählt. Vielleicht wartete er noch darauf, einem Cop erklären zu können, er habe nichts verbrochen, wie es die Leute in solchen Fällen taten. Was Reacher vor ein kleines Problem stellte. Er musste den Übergang von etwas, das der Mann vielleicht für eine legale Festnahme hielt, zu etwas schaffen, das er ganz sicher als illegalen Entführungsversuch erkennen würde. Und der Typ war groß. Zwei Meter oder etwas darüber, hundertdreißig Kilo oder mehr. Er trug eine übergroße rote Footballjacke und sackartige Jeans. Seine Stiefel glichen kleinen Kähnen.

Reacher verlangte: »Sagen Sie mir Ihren Namen.«

Das Kinn, die Lippen und die Nase des Kerls waren auf den Asphalt gepresst. Als er »John« sagte, klang das wie ein Seufzer, ein Grunzen, kaum mehr als ein gedämpftes Ausatmen, leise und undeutlich.

»Nicht Brett?«, fragte Reacher.

»Nein.«

»Das ist gut.« Reacher verlagerte sein Gewicht, drehte den Kopf des Kerls zur Seite, rammte ihm die Glock ins Ohr, sah das Weiße in seinen Augen. »Wissen Sie, wer ich bin?«

Der Kerl auf dem Boden sagte: »Jetzt weiß ich's.«

»Es gibt zwei Dinge, über die Sie sich wirklich im Klaren sein müssen.«

»Welche?«

»Wofür Sie sich auch halten, ich bin tougher als Sie, und ich bin skrupelloser als Sie. Wie sehr, können Sie sich gar nicht vorstellen. Ich bin schlimmer als Ihr schlimmster Albtraum. Glauben Sie das?«

»Ja.«

»Glauben Sie das wirklich? Wie Sie an Mom und Apfelkuchen glauben?«

»Ja.«

»Sie wissen, was ich mit Ihren Kumpels gemacht habe?«

»Ja.«

»Was habe ich mit ihnen gemacht.«

»Sie haben sie erledigt.«

»Korrekt. Aber Ihnen biete ich einen Deal an, John. Ich bin bereit, mit Ihnen zusammenzuarbeiten, Ihnen das Leben zu retten. Das schaffen wir, wenn wir uns Mühe geben. Aber wenn Sie auch nur einen halben Schritt vom richtigen Weg abweichen, lege ich Sie um und verschwinde, ohne jemals wieder an Sie zu denken. Ist das klar?«

»Ja.«

»Wollen Sie's also versuchen?«

»Ja.«

»Denken Sie sich schon irgendeinen blöden Spielzug aus? Wie beim Football? Warten Sie bloß darauf, dass meine Aufmerksamkeit nachlässt?«

»Nein.«

»Gute Antwort, John. Meine Aufmerksamkeit lässt nämlich niemals nach. Haben Sie schon mal gesehen, wie jemand erschossen wird?«

»Nein.«

»Das ist nicht wie im Kino, John. Da fliegt Zeug in großen widerlichen Klumpen weg. Selbst von einer Fleischwunde erholt man sich nie mehr richtig. Nicht hundertprozentig. Man bekommt Infektionen. Man bleibt sein Leben lang schwach und hat Schmerzen.«

»Okay.«

»Gut, dann stehen Sie jetzt auf.« Reacher erhob sich, trat zurück, zielte weiter mit der Pistole, die er demonstrativ mit beiden Händen hielt, auf den Kopf des Kerls. Der rollte sich eine Sekunde lang in fetaler Haltung zusammen, stemmte dann die Hände auf die Straße und richtete sich kniend auf. Reacher sagte: »Sehen Sie den gelben Wagen? Stellen Sie sich neben die Fahrertür.«

Der Kerl sagte »Okay« und kam langsam auf die Beine. Reacher fragte: »Na, fühlen Sie sich besser, John? Fühlen Sie sich mutig? Machen Sie sich schon bereit? Wollen Sie sich auf mich stürzen und mich erledigen?«

Der Kerl sagte: »Nein.«

»Gute Antwort, John. Ich durchlöchere Sie mit zwei Schüssen, bevor Sie auch nur einen Muskel rühren. Glauben Sie mir, das wäre nicht das erste Mal. Früher bin ich für so was bezahlt worden. Ich bin sehr gut darin. Gehen Sie also zu dem gelben Wagen und bleiben Sie an der Fahrertür stehen.«

Die Pistolenmündung folgte ihm auf dem Weg um die Motorhaube des Malibus herum. Die Fahrertür stand noch offen. Der Kerl trat in den Winkel, den sie zur Karosserie bildete. Reacher zielte übers Autodach hinweg auf ihn, während er die Beifahrertür öffnete. Nun standen die beiden Männer sich links und rechts des Wagens gegenüber.

Reacher sagte: »Steigen Sie jetzt ein.«

Der Mann bückte sich und glitt auf den Fahrersitz. Reacher trat einen Schritt zurück und zielte ins Wageninnere, genau auf den Unterkörper des Kerls. Er sagte: »Fassen Sie das Lenkrad nicht an. Rühren Sie die Pedale nicht an. Schnallen Sie sich nicht an.«

Der Kerl blieb mit den Händen im Schoß sitzen.

Reacher sagte: »Schließen Sie jetzt Ihre Tür.«

Der Kerl schloss seine Tür.

Reacher fragte: »Fühlen Sie sich schon heroisch, John?«

Der Kerl sagte: »Nein.«

»Gute Antwort, mein Freund. Gemeinsam können wir's schaffen. Denken Sie nur daran, dass der Chevrolet Malibu ein ordentlicher Mittelklassewagen ist, besonders für Detroit, der aber miserabel beschleunigt. Jedenfalls nicht wie eine Pistolenkugel. Diese Waffe ist mit Neun-Millimeter-Patronen geladen. Die Mündungsgeschwindigkeit beträgt dreihundertfünfzig Meter in der Sekunde. Glauben Sie, dass ein Vierzylinder von General Motors schneller ist?«

»Nein.«

»Gut, John«, sagte Reacher. »Freut mich, dass Ihr Studium doch nicht ganz umsonst war.«

Dann sah er übers Autodach hinweg und entdeckte im Süden ein Licht im Nebel. Ein halbkreisförmiger Lichtschein, der leicht zitterte und sprang, etwas schwächer wurde, sich verstärkte und wieder abnahm. Sehr weiß. Fast bläulich weiß.

Ein nach Norden fahrendes Auto, das ziemlich schnell auf sie zukam.

36

Der sich ihnen nähernde Wagen war noch ungefähr zwei Meilen entfernt. Er fuhr sechzig, schätzte Reacher. Mehr als sechzig gab die Straße kaum her. Zwei Minuten. Er sagte: »Ruhig sitzen bleiben, John. Hören Sie zu denken auf. Dies ist die gefährlichste Zeit für Sie. Ich gehe absolut auf Nummer sicher. Ich schieße erst und stelle dann Fragen. Denken Sie bloß nicht, dass ich's nicht tue.«

Der Kerl blieb unbeweglich am Steuer des Malibus sitzen.

Reacher schaute weiter übers Autodach. Die Lichtblase im Süden bewegte sich auf sie zu, bebte und hüpfte, wurde schwächer und wieder stärker, aber diesmal rhythmisch, ohne Phasenverschiebung. Nur ein Auto. Jetzt noch eine Meile entfernt. Eine Minute.

Reacher wartete. Das Leuchten verwandelte sich in eine helle Lichtquelle ganz niedrig über der Fahrbahn, dann in zwei gleißend helle Lichtquellen mit anderthalb Meter Abstand, beide oval, beide tief über dem Asphalt, beide bläulich weiß und blendend hell. Sie kamen schnell näher, flimmerten, schwebten und bebten vor einer straffen Vorderachsfederung und einer direkten Gokartlenkung, erst wegen der Entfernung klein, dann klein, weil sie klein *waren*, weil sie tief an einem kleinen, niedrigen Fahrzeug saßen, weil der Wagen ein Mazda Miata war, winzig, feuerrot, der jetzt langsamer wurde und dann hielt, während der gelbe Lack des Malibus das Scheinwerferlicht fast schmerzhaft hell reflektierte.

Dann schaltete Eleanor Duncan die Scheinwerfer aus, fuhr um den Kofferraum des halb auf der Straße, halb auf dem Bankett stehenden Malibus herum und hielt erneut. Ihr linker Ellbogen ruhte auf der Tür, als sie jetzt zu Reacher aufsah. Sie fragte: »Habe ich alles richtig gemacht?«

Reacher antwortete: »Alles perfekt. Das Kopftuch war ein origineller Einfall.«

»Die Sonnenbrille habe ich lieber weggelassen. Nachts zu riskant.«

»Wahrscheinlich.«

»Aber Sie haben viel riskiert. Das steht fest. Sie hätten überfahren werden können.«

»Er ist Sportler. Und jung. Gutes Sehvermögen, gute Hand-Auge-Koordination, gute Reaktionen. Ich habe mir ausgerechnet, dass ich's schaffen würde, mich in Sicherheit zu bringen.«

»Trotzdem. Er hätte beide Wagen zu Schrott fahren können. Was hätten Sie dann getan?«

»Mein Plan B war, ihn zu erschießen und mit Ihnen zurückzufahren.«

Sie schwieg einen Augenblick. Dann fragte sie: »Brauchen Sie sonst noch etwas?«

»Nein danke. Sie können jetzt nach Hause fahren.«

»Dieser Kerl erzählt Seth alles, wissen Sie. Was ich getan habe.«

»Das tut er nicht«, entgegnete Reacher. »Er und ich werden irgendeinen Deal machen.«

Eleanor Duncan sagte nichts mehr. Sie schaltete die Scheinwerfer wieder ein, legte den ersten Gang ein, gab Gas und fuhr davon, schnell und energisch. Reacher blickte sich noch zweimal nach ihr um – als sie eine halbe Meile entfernt und als sie ganz verschwunden war. Dann stieg er zu dem Kerl namens John in den Malibu und schloss die Tür. Die Glock in seiner rechten Hand blieb auf den Cornhusker gerichtet. Er sagte: »Sie parken diesen Wagen jetzt dort drüben hinter der ehemaligen Raststätte. Zeigt der Tacho über fünf Meilen an, schieße ich Sie in die Seite. Ohne sofortige ärztliche Hilfe haben Sie noch ungefähr zwanzig Minuten zu leben. Dann sterben Sie unter grässlichen Schmerzen. Glauben Sie mir, das habe ich schon gesehen. Tatsache ist leider, John, dass ich mehr als einmal daran schuld war. Ist Ihnen das klar?«

»Ja.«

»Sagen Sie's, John. Sagen Sie, dass Ihnen das klar ist.«

»Das ist mir klar.«

»Und wie klar?«

»Ich weiß nicht, was ich sagen soll.«

»Sie sollen sagen, dass Ihnen das kristallklar ist.«

»Verstanden. Kristallklar.«

»Okay, dann los.«

Der Kerl stellte den Wählhebel auf D, schlug das Lenkrad ganz ein und fuhr qualvoll langsam einen großen Kreis, rollte dabei über das linke Bankett, kam zum rechten zurück, holperte von der

Straße auf den ehemaligen Parkplatz, fuhr am Südgiebel vorbei und bog hinter dem Gebäude scharf ab. Reacher sagte: »Noch ein Stück weiter, dann zurück und so zwischen den beiden Anbauten einparken, dass der Wagen parallel zu dem Gebäude steht. Wird das in Nebraska bei der Fahrprüfung verlangt?«

Der Kerl sagte: »Die hab ich in Kentucky abgelegt. In der Highschool.«

»Heißt das, dass ich's Ihnen erklären muss?«

»Ich weiß, wie man das macht.«

»Okay, zeigen Sie's mir.«

Der Kerl fuhr vor, bis er neben dem zweiten Anbau stand, dann stieß er zurück und parkte in der Nische ein. Reacher sagte: »So, jetzt noch näher ran. Ich will, dass die hintere Stoßstange am Holz ansteht, und ich möchte, dass Ihre Seite des Wagens noch dichter am Gebäude steht. Ich will, dass Sie den linken Außenspiegel abfahren, John. Richtig wegreißen. Können Sie das für mich tun?«

Der Mann zögerte kurz, dann schlug er das Lenkrad noch mehr ein. Er machte seine Sache wirklich gut, schaffte es, dass die hintere Stoßstange den Anbau berührte, und zertrümmerte den linken Außenspiegel. Aber er ließ zwei Fingerbreit Platz zwischen seiner Tür und der Außenwand des Gebäudes. Er schaute prüfend nach hinten, er schaute prüfend nach rechts, dann sah er zu Reacher hinüber, als erwartete er ein Lob.

»Dicht genug«, sagte Reacher. »Jetzt alles abstellen.«

Der Kerl schaltete die Scheinwerfer und den Motor aus.

Reacher befahl: »Lassen Sie den Schlüssel stecken.«

Der Kerl sagte: »Ich kann nicht aussteigen. Meine Tür geht nicht mehr auf.«

Reacher erklärte: »Kriechen Sie hinter mir raus.« Er stieß seine Tür auf, glitt vom Beifahrersitz, trat ein paar Meter zurück, richtete sich hoch auf und zielte wieder mit beiden Händen. Der Mann kam auf allen vieren hinter ihm herausgekrabbelt, riesig und unbeholfen, mit den Füßen voraus, den Hintern hochgereckt. Dann drehte er sich um und fragte: »Soll ich die Tür zumachen?«

Reacher sagte: »Sie denken schon wieder, stimmt's, John? Sie denken, dass es hier dunkel ist, seit die Scheinwerfer ausgeschaltet sind, und ich vielleicht nicht allzu gut sehe. Sie überlegen sich, dass dieser Zeitpunkt günstig sein könnte. Aber das ist er nicht. Ich sehe hervorragend. In dieser Beziehung hat mir nicht mal eine Eule etwas voraus, John. Eine Eule mit Nachtsichtbrille sieht schlechter. Glauben Sie mir, mein Junge. Halten Sie durch. Sie können's schaffen.«

»Ich denke überhaupt nichts«, sagte der Kerl.

»Dann machen Sie die Tür zu.«

Der Kerl schlug die Tür zu.

»Jetzt gehen Sie vom Auto weg.«

Der Kerl entfernte sich ein paar Schritte von dem Malibu. Der Wagen stand in der hinteren Südwestecke der flachen Nische, die er ungefähr zur Hälfte einnahm. Dort war er aus Norden und Süden von der Straße aus nicht zu sehen, und auf den Feldern im Osten würde bis zur Frühjahrsaussaat niemand unterwegs sein. Also ein sicheres Versteck.

Reacher sagte: »Etwas weiter nach rechts.«

»Wohin.«

»Damit ich parallel zur Straße ziele, wenn ich mit der Pistole auf Sie schieße.«

Der Mann setzte sich in Bewegung, machte zwei Schritte, dann drei, blieb stehen, drehte sich um und hatte jetzt hinter sich nur meilenweit leere Felder, bis die Cell-Block-Bar kam.

Reacher fragte ihn: »Wie nahe ist das nächste Haus?«

Er antwortete: »Meilenweit weg.«

»Nahe genug, dass ein nächtlicher Schuss dort zu hören wäre?«

»Vielleicht.«

»Was würden die Leute denken, wenn einer fiele?«

»Schädlingsbekämpfung. Dies ist eine Farmgegend.«

Reacher sagte: »Mir wär's lieber, wenn Sie hören würden, wie diese Pistole abgefeuert wird, John. Wenigstens einmal. Mir wär's lieber, wenn Sie wüssten, wie's ist, wenn eine Kugel auf einen zukommt. Das könnte Ihnen beim Nachdenken helfen. Es könnte Ihnen helfen, zu vernünftigen Schlussfolgerungen zu gelangen.«

»Ich hab nicht vor, etwas zu versuchen.«

»Geben Sie mir Ihr Wort darauf?«

»Absolut.«

»Dann gehören wir jetzt zusammen, John. Ich vertraue Ihnen. Ist das klug von mir?«

»Absolut.«

»Okay, drehen Sie sich jetzt um, und gehen Sie zu Ihrem Wagen zurück.« Reacher blieb auf dem ganzen Weg drei Meter hinter dem Mann: um die hintere Ecke des Gebäudes herum, unter dem Südgiebel vorbei, über den alten Parkplatz und auf die Landstraße hinaus. Dort sagte Reacher: »Steigen Sie wieder so ein, wie Sie aus dem Malibu ausgestiegen sind.«

Der Kerl schloss die Fahrertür, ging um die Motorhaube herum und öffnete die Beifahrertür. Reacher ließ ihn keine Sekunde lang aus den Augen. Der Kerl hockte sich auf den rechten Sitz, hob seine Füße in den linken Fußraum und wuchtete dann seinen Hintern über die Mittelkonsole, wobei er sich mit den Händen abstützte, den Kopf einzog und trotzdem noch den Dachhimmel streifte. Auch dabei beobachtete Reacher ihn genau. Als er am Steuer saß, stieg Reacher ebenfalls ein, schloss seine Tür und schnallte sich an. »Mein Gurt ist angelegt, John, aber Sie schnallen sich nicht an, okay? Nur für den Fall, dass Sie auf dumme Gedanken kommen. Dass Sie daran denken, an den nächsten Telefonmasten zu fahren. Wissen Sie, was ich meine? Tun Sie das, bleibe ich unverletzt, aber Sie sind schwer verletzt, und ich erschieße Sie dann ohnehin. Ist das klar?«

Der Kerl sagte: »Ja.«

»Sagen Sie's, John.«

»Das ist mir klar.«

»Wie klar?«

»Kristallklar.«

»Und ich kann mich auf Sie verlassen? Ich habe Ihr Ehrenwort, stimmt's?«

»Ja.«

»Versprochen?«

»Ja.«

»Wo wohnen Sie?«

»Im Betriebshof der Firma Duncan Transportation.«

»Wo liegt der?«

»Von hier aus? Ungefähr dreißig Meilen, erst nach Norden dann nach Westen.«

»Okay«, sagte Reacher. »Fahren Sie mich hin.«

37

Mahmeinis Mann hielt sich in seinem Zimmer im Courtyard Marriott auf. Er telefonierte mit Mahmeini persönlich. Das Gespräch hatte nicht gut angefangen. Mahmeini hatte nicht akzeptieren wollen, dass Sepehr desertiert war. Ihm erschien das unvorstellbar. Ebenso gut hätte jemand behaupten können, dem Kerl sei ein dritter Arm gewachsen. Glattwegs unmöglich.

Mahmeinis Mann sagte: »In der Bar war er ganz eindeutig nicht.«

»Als du dort warst.«

»Nein, überhaupt nicht. Die Bar war ein grässlicher Laden. Mir hat sie überhaupt nicht gefallen. Alle haben mich angesehen, als wäre ich Dreck. Als wäre ich ein Terrorist. Ich weiß nicht mal, ob der Barkeeper mich bedient hätte. Asghar hätte binnen Minuten Streit bekommen. Und nichts hat auf eine Auseinandersetzung hingedeutet. Auf dem Fußboden war kein Blut, was zu erwarten gewesen wäre. Asghar ist bewaffnet und sehr schnell, und er lässt sich von keinem etwas gefallen.«

Mahmeini sagte: »Dann ist er woandershin gefahren.«

»Ich habe die ganze Stadt abgesucht. Was nicht lange gedauert hat. Hier klappen sie bei Einbruch der Dunkelheit die Bürgersteige hoch. Verstecken kann man sich nirgends. Er ist nicht hier.«

»Frauen.«

»Soll das ein Witz sein? Hier?«

»Hast du noch mal versucht, ihn anzurufen?«

»Immer wieder.«

Nun folgte eine sehr lange Pause. In seinem Büro in Las Vegas verarbeitete Mahmeini die erhaltenen Informationen, wechselte die Gänge, improvisierte. Er sagte: »Okay, machen wir also weiter. Diese Sache ist wichtig. Sie muss morgen erledigt werden. Also musst du irgendwie allein zurechtkommen. Das schaffst du. Du bist gut genug.«

»Aber ich habe kein Auto.«

»Lass dich von Safirs Jungs mitnehmen.«

»Daran hab ich auch schon gedacht. Aber die Konstellation wäre ungünstig. Ich wäre nicht mehr der Verantwortliche, sondern buchstäblich nur noch ein Beifahrer. Und wie sollte ich erklären, dass ich Asghar so überstürzt wegschicken musste, dass ich selbst auf dem Trockenen sitze? Wir dürfen hier nicht inkompetent wirken. Oder schwach. Nicht vor diesen Leuten.«

»Dann nimm dir einen anderen Wagen. Den anderen erzählst du, dass du Asghar vorausgeschickt oder wegen einer anderen Sache woandershin geschickt hast.«

»Einen anderen Wagen? Woher?«

Mahmeini sagte: »Leih dir einen.«

»Boss, hier ist nicht Vegas. Hier kennen sie nicht mal Zimmerservice. Die nächste Autovermietung gibt's am Flughafen. Sie hat bestimmt bis morgen früh geschlossen. Und ich käme sowieso nicht hin.«

Wieder eine sehr lange Pause. Mahmeini wog Argumente gegeneinander ab, bewertete sie neu, versuchte zu improvisieren. Er fragte: »Haben die anderen gesehen, mit welchem Auto ihr angekommen seid?«

Sein Mann sagte: »Nein, bestimmt nicht. Wir sind in drei Zweiergruppen angekommen, zu verschiedenen Zeiten.«

Mahmeini erklärte: »Okay, du hast recht. Wir müssen sichtbar am Ruder bleiben. Und wir müssen dafür sorgen, dass die anderen nicht zur Ruhe kommen. Du machst also Folgendes: Du siehst zu, dass du innerhalb einer Stunde einen geeigneten Wagen auftreibst. Notfalls klaust du einen. Dann rufst du die anderen in ihren Zimmern an. Um welche Zeit, ist mir egal. Mitternacht, ein Uhr, was auch immer. Sag ihnen, dass wir beschlossen haben, die Party früher steigen zu lassen. Sag ihnen, dass du sofort nach Norden aufbrichst. Gib ihnen fünf Minuten Zeit, sonst fährst du ohne sie. Dann sind sie durcheinander, weil sie eilig packen und zum Parkplatz runterlaufen müssen. Dort wartest du mit deinem neuen Auto. Aber die anderen wissen nicht, dass es neu ist. Und sie werden nicht mal merken, dass Asghar nicht bei dir ist. Nicht bei Nacht. Nicht im allgemeinen Durcheinander. Dann fährst du wie ein Verrückter, damit du als Erster ankommst. Treffen die anderen ein, sagst du, dass du Asghar allein losgeschickt hast, damit er zu Fuß hinter den feindlichen Linien operiert. Das wird ihnen Sorgen bereiten. Das bringt sie noch mehr aus dem Konzept. Sie werden sich dauernd besorgt umsehen. Das ist in unserem Sinn. So gehen wir vor. Damit machen wir aus einem Kieselstein einen Diamanten, findest du nicht auch?«

Mahmeinis Mann zog seinen Mantel an und ging mit seiner Reisetasche in die Hotelhalle hinunter. Der Typ am Empfang war nicht zu sehen. Vermutlich gab es hier einen Nachtportier als Mädchen für alles, der sich in irgendeinem Hinterzimmer verkrochen hatte, aber Mahmeinis Mann hatte keine Lust, ihn zu suchen. Er verließ einfach mit seiner Tasche in der Hand das Hotel und machte sich auf die Suche nach einem Auto, das er stehlen konnte. Was in vielerlei Beziehung ein Rückschritt und eine Kränkung seiner Ehre war. Kerle in seiner Stellung waren über Autodiebstähle längst hinaus. Aber Not kannte kein Gebot. Und er wusste noch, wie. Technische Schwierigkeiten würde es keine geben. Er würde gewohnt präzise arbeiten. Das Problem lag darin, dass nur eine kleine Auswahl an Objekten zur Verfügung stand.

Der Wagen, den er stehlen wollte, musste zwei Anforderungen erfüllen. Erstens benötigte er ein Fahrzeug mit gewissem Prestige. Beispielsweise konnte er sich nicht mit einem rostigen, verbeulten Pick-up sehen lassen. Das war für einen von Mahmeinis Männern nicht angemessen oder plausibel, vor allem nicht für jemanden, der den Auftrag hatte, die Duncans zu beeindrucken. Natürlich war der äußere Anschein nicht alles, aber er machte vieles einfacher.

Zweitens brauchte er einen Wagen, der nicht brandneu war. Fahrzeuge neuester Bauart hatten zu viele Diebstahlssicherungen. Computer, Mikrochips in den Schlüsseln, Mikrochips in den Türschlössern. Natürlich ließ sich alles überwinden, aber für einen raschen Diebstahl auf offener Straße gab es praktische Grenzen. Neuere Autos klaute man am besten mit Abschleppwagen oder Transportanhängern, um ihre Sicherheitseinrichtungen in geduldiger Arbeit mit Diagnosegeräten und Laptops knacken zu können. Einzeltäter bei Nacht brauchten etwas Einfacheres.

Also eine gepflegte Limousine von einem der großen Hersteller, nicht zu neu, aber auch nicht zu alt. In Vegas leicht zu finden. In maximal fünf Minuten. Aber nicht im ländlichen Nebraska. Nicht in einer Farmgegend. Auf seiner Suche nach Asghar war er vorhin durch die ganze Stadt gelaufen, aber neunzig Prozent aller Autos, die er gesehen hatte, waren alte Pick-ups oder Geländewagen gewesen, und neunundneunzig Prozent davon waren rostig und verbeult. Die Einheimischen verfügten anscheinend nicht über viel Geld – und auch wenn sie welches hatten, schienen sie ein demonstrativ einfaches Leben zu bevorzugen.

Er stand in der Kälte und dachte über seine Möglichkeiten nach. Er stellte sich die Straßenblocks vor, die er abgesucht hatte, und versuchte, die Art Wagendichte herauszufinden, die er brauchte, aber das gelang ihm nicht. Er hatte einen Wegweiser zum Krankenhaus gesehen, und Krankenhausparkplätze waren oft gute Jagdgründe, weil sich Ärzte Neuwagen zulegten und ihre wenig gebrauchten Autos dann Krankenschwestern und Medizinstudenten verkauften. Aber das Krankenhaus konnte meilenweit außerhalb der Stadt liegen, bestimmt zu weit entfernt, als dass man riskieren durfte, ohne Erfolgsgarantie hinzumarschieren.

Also fing er auf dem Hotelparkplatz an.

Und hörte dort auch auf.

Bei einem Rundgang um das H-förmige Gebäude entdeckte er drei Pick-ups, davon zwei mit aufgesetzten Schlafkabinen, einen viertürigen alten Chrysler mit Kennzeichen aus Arizona, einer Delle im Kotflügel und von der Sonne ausgebleichtem Lack, einen blauen Chevrolet Impala, einen roten Ford Taurus und einen schwarzen Cadillac. Die Pick-ups und der alte Chrysler kamen ganz offensichtlich nicht infrage. Der Impala und der Taurus auch nicht, weil sie zu neu und eindeutig Leihwagen waren und an den hinteren Seitenfenstern Strichcodes aufwiesen, was ziemlich sicher bedeutete, dass sie Safirs und Rossis Männern gehörten. Er konnte sie nicht auf den Parkplatz runterkommen lassen und dort in einem ihrer Wagen sitzen.

Blieb also nur der Cadillac. Richtiges Alter, richtiger Stil. Hiesiges Kennzeichen, dezent luxuriös, sehr gepflegt, blitzblank poliert. Dunkles Glas. Praktisch perfekt. Nicht schwierig zu knacken. Er stellte seine Tasche ab, streckte sich neben dem Wagen aus und schob sich auf dem Rücken liegend unter den Motorraum. An seinem Schlüsselbund hatte er eine winzige LED-Mag-Lite, die er jetzt herausangelte. Er knipste sie an und machte sich auf die Suche. Autos dieser Generation trugen am Rahmen ein Modul, das Frontalzusammenstöße erkennen sollte. Das Ding war ein einfacher Beschleunigungsmesser mit zweistufiger Funktion. Im schlimmsten Fall würde er die Airbags auslösen und bei leichteren Zusammenstößen die Türen öffnen, damit die Ersthelfer den benommenen Fahrer herausziehen und in Sicherheit bringen konnten. Ein Geschenk für Autodiebe in aller Welt, daher weitgehend totgeschwiegen und fast augenblicklich durch bessere Systeme ersetzt.

Er fand das Modul: ein simples Blechgehäuse mit ein paar Kabeln, klein und quadratisch, billig und einfach, dick mit angetrocknetem Schutz bedeckt. Er zog sein Messer heraus und schlug mit dem metallverstärkten Griff kräftig an das Modul. Etwas Schmutz platzte ab, aber sonst passierte nichts. Dämpfte die Dreckschicht etwa die Wucht des Schlags? Er ließ das Messer aufschnappen, kratzte das Modul auf der Vorderseite sauber, klappte die Klinge ein und versuchte es noch mal. Wieder nichts. Er probierte es zum dritten Mal, diesmal kräftig genug, um sich Sorgen wegen des Lärms zu machen, *peng!*, und diesmal kam die Message an. Das nicht besonders helle elektronische Gehirn des Cadillacs glaubte, der Wagen sei irgendwo frontal aufgeprallt – nicht stark genug, um die Airbags auszulösen, aber kräftig genug, um an Ersthelfer zu denken. Von oben war ein lautes Klicken zu hören, als die Türen entriegelt wurden.

Moderne Technik. Eine wunderbare Sache.

Mahmeinis Mann kroch unter dem Wagen hervor und rappelte sich auf. Eine Minute später lag seine Tasche auf dem Rücksitz, und er saß am Steuer. Der Fahrersitz war bis zum Anschlag zurückgefahren. Die Beinfreiheit hätte für einen Riesen gereicht. Wieder ein Beweis für seine Theorie. Wie er Rossis Mann erklärt hatte, waren die amerikanischen Bauerntölpel alle riesig. Er fand die Taste für die Sitzverstellung, fuhr den Sitz zwanzig Zentimeter weit vor und machte sich an die Arbeit.

Er benutzte die Spitze der Messerklinge, um das Lenkradschloss zu knacken, und löste dann die Verkleidung der Steuersäule, machte die Litzen, die er brauchte, mit dem Messer blank, und verdrillte sie miteinander. Der Motor sprang an, und ein dezentes Glockenzeichen erinnerte ihn daran, dass er nicht angegurtet war. Er schnallte sich an, stieß zurück, wendete und wartete auf der schmalen Fahrspur, die parallel zur Längsseite des H-förmigen Gebäudes verlief. Der Motor tickte im Leerlauf, und die Klimaautomatik sprang bereits an.

Nun holte er sein Handy heraus und rief über die Vermittlung im Marriott erst Safirs, dann Rossis Männer an. In beiden Fällen hielt er sich genau an Mahmeinis Skript, indem er ihnen erklärte, der ursprüngliche Plan gelte nicht mehr, die Party solle schon früher starten, Asghar und er würden sofort nach Norden fahren, und sie hätten fünf Minuten Zeit, um in die Gänge zu kommen, nicht mehr, sonst würden sie zurückgelassen.

Der Geländewagen war ein GMC Yukon in Goldmetallic in Vollausstattung mit allen nur denkbaren Optionen. Dazu gehörten beispielsweise cremefarbene Ledersitze. Ein Luxusschlitten. Der junge Kerl namens John schien stolz darauf zu sein, was Reacher durchaus verstand. Er freute sich schon darauf, den Wagen in den kommenden zwölf Stunden zu benutzen … oder wie lange er noch in Nebraska zu tun haben würde.

Er fragte: »Besitzen Sie ein Handy, John?«

Der Kerl zögerte einen fatalen Herzschlag lang, dann antwortete er: »Nein.«

Reacher sagte: »Und dabei haben Sie sich so gut benommen. Aber jetzt bauen Sie Scheiße. Natürlich haben Sie ein Handy. Sie gehören einer Organisation an. Sie sind als Wachposten eingeteilt. Und Sie sind unter dreißig, was vermutlich bedeutet, dass Sie mit einer Flatrate zur Welt gekommen sind.«

Der Kerl sagte: »Sie werden mir antun, was Sie den anderen angetan haben.«

»Was habe ich getan?«

»Sie haben sie zu Invaliden gemacht.«

»Was hätten sie mit *mir* gemacht?«

Darauf gab der Typ keine Antwort. Sie waren weiter auf der Landstraße, nördlich des Motels, mitten in eintönigem Farmland, rollten stetig dahin und sahen nichts außer dem, was die aufgeblendeten Scheinwerfer ihnen zeigten. Reacher saß halb nach links gewandt auf dem Beifahrersitz, die linke Hand auf dem Knie und den Lauf der Pistole in seiner Rechten locker auf dem linken Unterarm.

Reacher sagte: »Geben Sie mir Ihr Handy, John.« Er verfolgte die Reaktion des Kerls, der rasch zu ihm hinübersah und dabei leicht die Augen zusammenkniff. Warnung genug. Der Kerl hob den Hintern vom Sitz, nahm eine Hand vom Lenkrad und griff in eine Hosentasche. Er brachte ein Smartphone zum Vorschein, das dünn und schwarz wie ein Schokoriegel war. Er wollte es Reacher geben, stellte sich dabei aber so ungeschickt an, dass es ihm aus den Fingern rutschte und in den rechten Fußraum fiel.

»Scheiße«, sagte er. »Entschuldigung.«

Reacher grinste. »Netter Versuch, John«, sagte er. »Jetzt bücke ich mich, um es aufzuheben, richtig? Und Sie schlagen mir mit der rechten Faust den Schädel ein. Ich bin nicht von gestern, wissen Sie.«

Der Kerl schwieg.

Reacher sagte: »Also lassen wir's einfach liegen, denke ich. Falls es klingelt, soll sich der Anrufbeantworter einschalten.«

»Ich musste es versuchen.«

»Soll das eine Entschuldigung sein? Sie haben mir Ihr Ehrenwort gegeben.«

»Sie werden mir die Beine brechen und mich am Straßenrand liegen lassen.«

»Das ist ein bisschen pessimistisch. Wieso sollte ich Ihnen beide brechen?«

»Das ist kein Witz. Diese vier Männer, die Sie zusammengeschlagen haben, können nie mehr arbeiten.«

»Sie werden nie mehr für die Duncans arbeiten. Aber im Leben gibt es andere Dinge, die man tun kann. Bessere Dinge.«

»Welche denn?«

»Sie könnten auf einer Hühnerfarm Mist schaufeln. Oder als Stricher nach Tijuana gehen. Beides wäre besser, als für die Duncans zu arbeiten.«

Der Kerl schwieg.

Reacher fragte: »Wie viel zahlen die Duncans Ihnen?«

»Mehr als ich daheim in Kentucky verdienen könnte.«

»Als Gegenleistung wofür?«

»Hauptsächlich fürs Dasein.«

Reacher fragte: »Wer sind diese Italiener in Mänteln?«

»Das weiß ich nicht.«

»Was wollen sie?«

»Das weiß ich nicht.«

»Wo sind sie jetzt?«

»Das weiß ich nicht.«

Sie waren in dem blauen Impala, schon zehn Meilen nördlich des Hotels Marriott, Roberto Cassano am Steuer, Angelo Mancini rechts neben ihm. Cassano gab sich Mühe, hinter Safirs Jungs in dem roten Ford zu bleiben, und beide Fahrer bemühten sich, Mahmeinis Kerle nicht aus den Augen zu verlieren. Der große schwarze Cadillac war wirklich flott unterwegs. Er fuhr über achtzig Meilen in der Stunde, was für diese Landstraße viel zu viel war. Er hüpfte und schlingerte. Ein sehenswerter Anblick. Angelo Mancini starrte fasziniert nach vorn. Er konnte den Blick nicht von der schwarzen Limousine wenden.

Er fragte: »Ist das ein Leihwagen?«

Cassano war schweigsamer. Ihre wilde Fahrt beanspruchte ihn, gewiss, und er musste sich darauf konzentrieren, auf der Straße zu bleiben, definitiv, aber er dachte auch nach. Dachte angestrengt nach.

Er sagte: »Nein, das glaub ich nicht.«

»Was also sonst? Haben diese Leute in jedem Staat eigene Autos stehen? Für alle Fälle? Wie ist das möglich?«

»Weiß ich nicht«, sagte Cassano.

»Ich hab ihn zuerst für einen Mietwagen mit Fahrer gehalten. Aber er ist keiner. Ich hab gesehen, dass der kleine Perser ihn selbst fährt. Kein Chauffeur einer Autovermietung. Nur flüchtig, aber er war's eindeutig. Der Kerl, der das große Wort geführt hat.«

Cassano sagte: »Ich mag ihn nicht.«

»Ich auch nicht. Und jetzt noch weniger. Sie sind viel größer als wir. Viel größer, als wir je geahnt haben. Ich meine, wenn in jedem Staat eigene Autos für sie bereitstehen? Sie kommen mit dem Firmenflugzeug, und wo immer sie landen, wartet ein Firmenwagen auf sie? Was sagt das über sie aus?«

»Weiß ich nicht«, wiederholte Cassano.

»Gehört der Wagen einem Leichenbestatter? Haben die Iraner jetzt die Bestattungsbranche übernommen? Das könnte funktionieren, stimmt's? Mahmeini könnte beim nächsten Bestatter anrufen und ihm sagen, dass er einen Wagen schicken soll.«

»Ich glaub nicht, dass die Iraner die Bestattungsbranche übernommen haben.«

»Welche Erklärung gibt's sonst? Ich meine, wie viele Bundesstaaten haben wir? Fünfzig, richtig? Das wären mindestens fünfzig bereitstehende Wagen.«

»Nicht mal Mahmeini kann in allen fünfzig Staaten aktiv sein.«

»Vielleicht nicht in Alaska und Hawaii. Aber er scheint in Nebraska Autos zu haben. Wie weit oben auf seiner Liste kann Nebraska stehen?«

»Weiß ich nicht«, sagte Cassano zum dritten Mal.

»Okay«, meinte Mancini. »Du hast recht. Das muss ein Leihwagen sein.«

»Er ist aber keiner«, entgegnete Cassano. »Unmöglich. Das ist kein neues Modell.«

»Die Zeiten sind schlecht. Vielleicht vermieten sie jetzt auch ältere Wagen.«

»Das ist nicht mal das vorige Modell. Oder das davor. Das ist praktisch ein Oldtimer, der Wagen eines alten Kerls. Der Cadillac eines Opas aus der Nachbarschaft.«

»Vielleicht gibt's hier ein Rent-a-wreck?«

»Wozu würde Mahmeini das brauchen?«

»Was steckt also dahinter?«

»Das spielt keine Rolle. Du musst das große Bild betrachten. Sonst übersiehst du das Entscheidende.«

»Und das wäre?«

»Dieser Wagen hat schon vor dem Hotel gestanden. Wir haben daneben geparkt, weißt du noch? Als wir am Spätnachmittag zurückgekommen sind. Diese Männer waren vor uns hier. Und weißt du, was das bedeutet? Es bedeutet, dass sie unterwegs waren, bevor Mahmeini überhaupt gebeten wurde, sie zu schicken. Hier ist irgendwas oberfaul.«

Der GMC Yukon in Goldmetallic bog von der in Nord-Süd-Richtung verlaufenden Landstraße ab und fuhr auf einer anderen, die ebenso gerade und eintönig war, nach Westen in Richtung Wyoming weiter. Reacher stellte sich Planer und Straßenbauer vor einem Jahrhundert vor, die sich mit langen Linealen und spitzen Bleistiften über Landkarten gebeugt, Straßen eingezeichnet, Baukolonnen losgeschickt und das Landesinnere erschlossen hatten. Er fragte: »Wie lange noch, John?«

Der Kerl sagte: »Wir sind ganz in der Nähe«, was sich wie immer als relativ erwies. An manchen Orten bedeutete *ganz in der Nähe* fünfzig oder hundert Meter. In Nebraska bedeutete es zehn Meilen und zwölf Minuten. Dann entdeckte Reacher rechts voraus eine Gruppe von trüben Lichtern, die scheinbar im Nichts brannten. Der Yukon wurde langsamer, bog nochmals rechtwinklig ab und folgte einer etwas schmaleren Asphaltstraße nach Norden. Diese Privatstraße führte zu etwas, das eine halb fertige oder halb abgerissene Industrieanlage zu sein schien. Ein betoniertes Rechteck von der Größe eines Footballfelds konnte ein Parkplatz gewesen sein, war aber wohl eher die Bodenplatte einer Fabrikhalle, die man nie gebaut oder später demontiert hatte. Umgeben war sie auf allen vier Seiten von einem zwei Meter hohen Maschendrahtzaun, der mit verrostetem Stacheldraht gekrönt war. Einzelne Zaunpfosten trugen Lampen wie zur Beleuchtung eines Hinterhofs, in denen gewöhnliche Sechzig- oder Hundertwattbirnen zu brennen schienen. Die gesamte riesige Fläche war leer bis auf zwei graue Kastenwagen auf einem eigens für sie markierten Teilstück, das Platz für drei Fahrzeuge bot.

Die Zufahrtsstraße gabelte sich kurz vor dem Zaun, um die Ein- und Ausfahrt durch zwei jetzt weit offen stehende Tore zu ermöglichen. Dahinter führte sie zu einem lang gestreckten ebenerdigen Gebäude in charakteristischer Klinkerbauweise. Klassische Industriearchitektur der vierziger Jahre. Dies war ein Verwaltungsgebäude, das zu der Fabrik gehörte, neben der es einst gestanden hatte. Die Fabrik war ein Rüstungsbetrieb gewesen, darauf konnte man ziemlich sicher wetten. Hatte ein Staat die Wahl, wo er in Kriegszeiten bauen wollte, würde er stets die sichere Mitte seiner Landmasse bevorzugen, weit weg von Küstenbeschießungen, feindlichen Luftangriffen und potenziellen Invasionsgebieten. Nebraska und andere Staaten im Herzen Amerikas waren voll von solchen Betrieben gewesen. Die, die das Glück gehabt hatten, fantastische Waffensysteme für den Kalten Krieg herzustellen, existierten vermutlich noch immer. Alle anderen, die einfaches Kriegsmaterial wie Stiefel, Munition oder Verbandsmaterial hergestellt hatten, waren jedoch verschwunden, bevor die Tinte auf der letzten Kapitulationsurkunde getrocknet war.

Der junge Typ namens John sagte: »Okay, wir sind da. Wir wohnen in dem Bürogebäude.«

Der lang gestreckte Bau wies ein Flachdach auf mit einer Brüstung aus Klinkersteinen und eine lange Reihe identischer Fenster, deren kleine Scheiben in Rahmen aus weiß lackiertem Stahl saßen. In der Mitte des Gebäudes führte eine schlichte Tür zwischen trüben Schiffslampen in eine Art Foyer. Zum Eingang gelangte man auf einem kurzen Fußweg aus Betonplatten, der von einem leeren Rechteck von der Größe zweier hintereinander angeordneter Tennisplätze herüberkam, dessen rissiger Beton mit Unkraut überwuchert war. Vermutlich war dies früher der Parkplatz für die leitenden Angestellten gewesen. In dem Gebäude selbst brannte nirgends Licht. Es stand wie unbewohnt da.

Reacher fragte: »Wo befinden sich die Schlafzimmer?«

John sagte: »Rechts.«

»Und Ihre Kumpel sind jetzt da drin?«

»Ja. Fünf von ihnen.«

»Dazu Sie, das ergibt sechs Beine, die zu brechen sind. Kommen Sie, wir wollen gleich anfangen.«

38

Reacher ließ den Kerl auf gleiche Weise wie zuvor aus dem Yukon steigen: durch die Beifahrertür, unbeholfen, aus dem Gleichgewicht gebracht und zu keiner Überraschung fähig. Er zielte weiter mit der Glock auf ihn, als er das Gelände jenseits des Zauns begutachtete und dann fragte: »Wo sind die Lastwagen?«

Der Kerl antwortete: »In Ohio, zur Generalüberholung im Werk. Diese Spezialfahrzeuge sind bis zu dreißig Jahre alt.«

»Wofür sind die beiden grauen Kastenwagen?«

»Für alles Mögliche. Service und Reparaturen, Reifenwechsel, solche Dinge.«

»Sollten es nicht drei sein?«

»Einer ist weg. Seit ein paar Tagen.«

»Wozu?«

»Das weiß ich nicht.«

Reacher fragte: »Wann kommen die großen Laster zurück?«

Der Kerl sagte: »Frühjahr.«

»Wie sieht's hier im Frühsommer aus?«

»Da ist einiges los. Der erste Alfagrasschnitt wird ziemlich früh eingebracht. Zuvor gibt's tagelange Vorbereitungen, und anschließend ist viel Wartung nötig. Da brummt der Laden.«

»Fünf Tage in der Woche?«

»Meistens sieben. Wir reden hier von zehntausend Hektar Anbaufläche. Da kommt einiges zusammen.« Der Kerl schloss die Beifahrertür und ging einen Schritt. Dann blieb er abrupt stehen, weil Reacher plötzlich haltgemacht hatte. Reacher starrte das leere Rechteck vor dem Gebäude an. Den rissigen Beton, aus dem Unkraut wucherte. Den Parkplatz für die leitenden Angestellten. Dort stand nichts.

Reacher fragte: »Wo parken Sie normalerweise, John?«

»Gleich dort drüben vor dem Eingang.«

»Wo parken Ihre Kumpel?«

»Auch dort.«

»Wo sind sie also?«

Die nächtliche Stille schien dröhnend laut zu werden. Der Unterkiefer des jungen Mannes sackte nach unten, und er warf sich herum, als erwartete er, seine Freunde irgendwo hinter sich zu entdecken. Als wollten sie ihm einen Streich spielen. Aber das taten sie nicht. Er drehte sich wieder um und sagte: »Anscheinend sind sie weg. Sie müssen einen Anruf gekriegt haben.«

»Von Ihnen?«, fragte Reacher. »Als Sie Mrs. Duncan gesehen haben?«

»Nein, Ehrenwort. Ich hab nicht telefoniert. Sie können mein Handy kontrollieren.«

»Wer hat sie also angerufen?«

»Mr. Duncan, denke ich. Mr. Jacob, meine ich.«

»Wozu?«

»Das weiß ich nicht. Für heute Nacht war nichts geplant.«

»Er hat die anderen, aber nicht Sie angerufen?«

»Nein, mich nicht. Ehrenwort. Kontrollieren Sie mein Handy. Mich hätte er sowieso nicht angerufen. Ich bin als Wachposten eingeteilt. Ich darf meinen Platz eigentlich nicht verlassen.«

»Was geht also vor, John?«

»Keine Ahnung.«

»Worauf tippen Sie?«

»Auf den Doktor. Oder seine Frau. Vielleicht auch beide. Sie gelten immer als schwächstes Glied. Wegen seiner Trinkerei. Vielleicht glauben die Duncans, dass sie Informationen haben.«

»Worüber?«

»Über Sie, versteht sich. Wo Sie sind und was Sie tun und ob Sie etwa zurückkommen. Das macht ihnen Sorgen.«

»Um diese Fragen zu stellen, brauchen sie fünf Kerle?«

»Einschüchterung«, sagte John. »Dazu sind wir da. Ein Überfall mitten in der Nacht kann Leuten einen ganz schönen Schrecken einjagen.«

»Okay, John«, sagte Reacher. »Sie bleiben hier.«

»Hier?«

»Gehen Sie ins Bett.«

»Sie tun mir nichts?«

»Sie haben sich selbst genug angetan. Sie haben sich einem kleineren, älteren Mann kampflos ergeben. Sie sind ein Feigling. Das wissen Sie jetzt. Aus meiner Sicht ist das so gut wie ein ausgerenkter Ellbogen.«

»Sie haben gut reden. Sie besitzen eine Pistole.«

Reacher steckte die Glock ein. Er zog die Taschenklappe herunter und blieb mit ausgestreckten Armen, leeren Händen und leicht gespreizten Fingern stehen.

Er sagte: »Jetzt nicht mehr. Also los, Dicker!«

Der Kerl machte keine Bewegung.

»Kommen Sie schon«, forderte Reacher ihn auf. »Zeigen Sie mir, was Sie draufhaben.«

Der Kerl machte keine Bewegung.

»Sie sind ein Feigling«, wiederholte Reacher. »Sie sind erbärmlich. Sie sind eine Verschwendung von gutem Essen. Sie sind ein wertloser, hundertdreißig Kilo schwerer Sack Scheiße. Und hässlich sind Sie auch.«

Der Kerl schwieg.

»Letzte Chance«, sagte Reacher. »Zeigen Sie mir, dass Sie ein Held sind.«

Der Kerl ging mit gesenktem Kopf und hängenden Schultern davon, auf das unbeleuchtete Gebäude zu. Nach acht, zehn Metern blieb er stehen und drehte sich um. Reacher trabte hinten um den Yukon herum zur Fahrertür und stieg ein. Der Fahrersitz war viel zu weit nach hinten geschoben. Der Kerl war riesig. Aber Reacher dachte nicht daran, ihn vor seinen Augen zu verstellen. Hing wohl mit einer archaischen männlichen Hemmung in den Tiefen seines Gehirns zusammen. Er ließ den Motor an, wendete und fuhr davon. Erst unterwegs verstellte er den Sitz.

Der Yukon fuhr nicht schlecht, aber die Bremsen waren etwas schwammig. Vermutlich eine Folge der Gewaltbremsung vor dem querstehenden Malibu. Fünf Jahre Abnutzung binnen wenigen Sekunden. Aber Reacher war das egal. Er bremste nicht viel. Er hatte es eilig und konzentrierte sich darauf, so schnell wie möglich zu fahren. Zwanzig Meilen durch ländliche Dunkelheit waren eine lange Strecke.

Unterwegs war nichts zu sehen. Kein Licht, keine anderen Fahrzeuge. Keinerlei Aktivitäten. Er erreichte die Landstraße nördlich des Motels und passierte fünf Minuten später das Apollo Inn. Das Gebäude war abgeschlossen und dunkel. Kein blaues Neonlicht. Keine Aktivitäten. Kein Wagen außer dem demolierten Subaru. Er stand noch da, war mit kleinen Tautropfen bedeckt und sank allmählich tiefer, weil seine Reifen Luft verloren: traurig und reglos wie ein auf der Straße überfahrenes Tier. Reacher raste daran vorbei, bog wie zuvor, dunklen Feldrainen folgend, rechts und links und wieder rechts ab und erreichte das schlichte Ranchhaus mit dem Lattenzaun und dem schmucklosen ebenen Garten.

Im Haus brannte Licht. Sogar viele Lampen. Es sah wie ein Kreuzfahrtschiff bei Nacht aus. Aber nichts deutete auf einen Überfall hin. In der Einfahrt standen keine Autos. Keine Pickups, keine Geländewagen. In den Schatten lauerten keine großen Männer. Kein Laut, keine Bewegung. Nichts. Die Haustür war geschlossen. Alle Fensterscheiben waren intakt.

Reacher bog ab, parkte in der Einfahrt und ging zur Haustür. Er baute sich genau vor dem Spion auf und klingelte. Danach musste er eine volle Minute warten. Dann verdunkelte sich die Linse des Spions, bevor Schlüssel und die ausgehakte Sicherungskette klirrten, als der Doktor ihm aufmachte. Er wirkte müde, erschöpft und sorgenvoll. Seine Frau stand hinter ihm in der Diele, genau unter der Deckenlampe, den Telefonhörer am Ohr. Das Telefon auf dem Tischchen vor ihr war ein altmodischer schwarzer Kasten mit Wählscheibe und Spiralkabel. Die Frau des Doktors sprach nicht. Sie hörte nur zu, konzentrierte sich angestrengt und kniff dabei mehrmals die Augen zusammen.

Der Doktor sagte: »Sie sind zurückgekommen.«

Reacher sagte: »Ja, das bin ich.«

»Weshalb?«

»Alles in Ordnung bei Ihnen? Dort draußen sind die Cornhusker unterwegs.«

»Das wissen wir«, entgegnete der Doktor. »Wir haben es gerade gehört. Von anderen in der Telefonkette.«

»Sie waren nicht hier?«

»Noch nicht.«

»Wo sind sie also?«

»Das wissen wir nicht genau.«

Reacher fragte: »Darf ich reinkommen?«

»Natürlich«, sagte der Doktor. »Entschuldigen Sie.« Er trat zur Seite, und Reacher trat ein. Die Diele war überheizt, das ganze Haus warm, aber es wirkte kleiner als zuvor – wie eine verzweifelte kleine Festung. Der Doktor schloss die Tür, sperrte mit zwei Schlüsseln ab und legte die Sicherungskette wieder vor. Er fragte: »Haben Sie die Ermittlungsakten eingesehen?«

Reacher sagte: »Ja.«

»Und?«

»Sie sind nicht schlüssig«, sagte Reacher. Während er in die Küche weiterging, hörte er die Frau des Doktors fragen: »Was?« Das klang verwirrt, sogar leicht schockiert. Er drehte sich zu ihr um. Der Doktor tat es ihm gleich. Aber sie sagte nichts mehr. Hörte nur weiter zu, kniff zwischendurch die Augen zusammen, machte sich gedanklich Notizen. Der Doktor folgte Reacher in die Küche.

»Möchten Sie Kaffee?«, fragte er.

Ich bin nüchtern, meinte er.

Reacher antwortete: »Klar. Bitte viel.«

Der Doktor machte sich daran, die Maschine zu füllen. In der Küche war es noch wärmer als in der Diele. Reacher zog seinen Parka aus und hängte ihn über eine Stuhllehne.

Der Doktor fragte: »Was meinen Sie mit ›nicht schlüssig‹?«

Reacher sagte: »Ich meine, ich könnte eine Story erfinden, wie die Duncans die Tat verübt haben, aber weder Schuld noch Unschuld ließen sich beweisen.«

»Können Sie Beweise finden? Sind Sie deshalb zurückgekommen?«

Reacher sagte: »Ich bin zurückgekommen, weil die beiden Italiener, die es auf mich abgesehen hatten, Unterstützung in Truppenstärke bekommen haben. Aber das ist keine Friedenstruppe. Ich glaube, dass alle hierher unterwegs sind. Ich will wissen, weshalb.«

»Stolz«, erklärte der Doktor. »Sie haben sich mit den Duncans angelegt, und das lassen sie sich nicht gefallen. Die eigenen Leute werden nicht mit Ihnen fertig, also haben sie Verstärkung angefordert.«

»Das ergibt keinen Sinn«, meinte Reacher. »Diese Italiener waren vor mir hier. Das wissen Sie. Sie haben gehört, was Eleanor Duncan gesagt hat. Also muss es irgendeinen anderen Grund geben. Ich glaube, dass sie Streit mit den Duncans haben.«

»Wieso sollten sie den Duncans dann bei *ihrem* Streit mit Ihnen helfen?«

»Das weiß ich nicht.«

»Wie viele Leute sind hierher unterwegs?«, fragte der Doktor.

Aus der Diele rief seine Frau: »Es sind fünf.« Sie hatte gerade aufgelegt, kam in die Küche und sagte: »Und sie kommen nicht erst, sondern sind schon hier. Das ist über die Telefonkette verbreitet worden. Die Italiener sind wieder da. Und drei andere Männer. Insgesamt drei Wagen. Die Italiener in ihrem blauen Chevy, dazu zwei Kerle in einem roten Ford und ein Typ in einer schwarzen Limousine, die nach Überzeugung aller Seth Duncans Cadillac ist.«

39

Reacher goss sich einen Becher Kaffee ein, dachte eine Weile nach und sagte: »Seth Duncans Cadillac habe ich hinter dem Marriott stehen lassen.«

Die Frau des Doktors fragte: »Wie sind Sie dann zurückgekommen?«

»Ich habe einem der bösen Kerle einen Chevy Malibu abgenommen.«

»Das Ding in der Einfahrt?«

»Nein, das ist ein GMC Yukon, den ich einem Footballspieler entwendet habe.«

»Was ist also aus dem Cadillac geworden?«

»Ich habe einen der Kerle gestrandet zurückgelassen und seinen Wagen gestohlen. Und er muss meinen gestohlen haben. Vermutlich nicht ganz zufällig, denn die Auswahl war dort nicht sehr groß. Er wollte natürlich keinen klapprigen Pick-up, aber auch keinen Wagen mit Wegfahrsperre und sonstigen technischen Raffinessen. Da war der Cadillac gerade richtig. Oder der Typ war einfach faul und hatte keine Lust, lange zu suchen. Der Cadillac hat auf dem Parkplatz gestanden. Wir waren alle im selben Hotel.«

»Haben Sie die Männer gesehen?«

»Nicht die Italiener, aber die anderen vier.«

»Das wären sechs, nicht fünf. Wo ist der sechste Mann?«

»Eines kann ich Ihnen versprechen«, erklärte Reacher. »Der Kerl, der den Cadillac geklaut hat, hat seine Reisetasche auf den Rücksitz gestellt, nicht in den Kofferraum.«

»Woher wissen Sie das?«

»Weil sich darin der sechste Kerl befindet. Im Kofferraum. Ich habe ihn reingelegt.«

»Bekommt er genug Luft?«

»Er braucht keine Luft. Nicht mehr.«

»Jesus! Was ist passiert?«

Reacher sagte: »Ich glaube, dass sie hierher unterwegs sind, um als Erstes mich zu erledigen. Auch wenn das nicht ihr eigentlicher Auftrag ist. Ein Störfaktor soll eliminiert werden. Ich weiß nicht, weshalb, aber das ist die einzig logische Erklärung. Ich glaube, dass sie sich heute Abend im Marriott getroffen haben. Die Italiener haben den Auftrag erläutert und eine Personenbeschreibung gegeben, vermutlich vage und nur vom Hörensagen, weil sie mich selbst noch nicht kennen. Und dann bin ich in der Hotelhalle einem der anderen Männer begegnet, der mich prüfend gemustert hat, als fragte er sich: ›Ist das etwa der Typ? Kann er's sein? Ist das denkbar?‹ Das habe ich ihm angesehen. Dann sind wir auf den Parkplatz rausgegangen. Er hat in seine Tasche gegriffen, und ich habe zugeschlagen. Haben Sie schon mal von einer *Commotio cordis* gehört?«

»Brustraumtrauma«, sagte der Doktor. »Bewirkt tödliches Herzflimmern.«

»Schon mal eines gesehen?«

»Nein.«

»Ich auch nicht. Aber ich kann Ihnen sagen, dass es echt gut wirkt.«

»Was hatte er in der Tasche?«

»Ein Messer, eine Pistole und einen Führerschein aus Vegas.«

»Vegas?«, fragte der Doktor. »Haben die Duncans Spielschulden? Gibt's deswegen Streit?«

»Möglich«, sagte Reacher. »Die Duncans leben zweifellos schon lange über ihre Verhältnisse. Sie müssen über irgendein Zusatzeinkommen verfügen.«

»Wie kommen Sie darauf? Sie erpressen seit dreißig Jahren vierzig Farmen. Und ein Motel. Das ist eine Menge Geld.«

»Nein, das ist's nicht«, entgegnete Reacher. »Dies ist nicht der reichste Landstrich der Welt. Auch wenn sie allen die Hälfte ihres Einkommens abnehmen würden, wären sie keine Millionäre. Aber Seth lebt wie ein König, und sie besolden zehn Footballspieler nur dafür, dass sie hier rumhängen. Das geht nicht mit den Einnahmen aus einem saisonalen Transportgeschäft.«

Die Frau des Doktors sagte: »Darüber können wir uns später den Kopf zerbrechen. Im Augenblick sind die Cornhusker unterwegs, und wir wissen nicht, wo und weshalb. *Das* ist heute Nacht wichtig. Dorothy Coe kommt vielleicht rüber.«

»Hierher?«, fragte Reacher. »Jetzt?«

Der Doktor sagte: »Das passiert manchmal. Meist unter Frauen. Sie unterstützen sich gegenseitig. Wie eine Schwesternschaft. Wer sich verwundbar fühlt, drängt sich zusammen.«

»Keine gute Idee«, sagte Reacher. »Aus taktischen Gründen, meine ich. Das macht aus Mehrfachzielen ein großes Einzelziel.«

»Gemeinsam sind sie stärker. Das funktioniert sogar. Diese Jungs sind manchmal ein bisschen gehemmt. Sie mögen keine Zeugen, wenn sie gegen Frauen vorgehen sollen.«

Sie nahmen ihre Kaffeebecher mit und warteten im Wohnzimmer mit Blick auf die Zufahrt. Doch die blieb dunkel. Dort bewegte sich nichts. Sie war von den nachtdunklen Feldern kaum zu unterscheiden. Nachdem sie eine Zeit lang auf harten Stühlen gesessen hatten – ohne Licht, um nach draußen schauen zu können –, verlangte der Doktor: »Erzählen Sie uns von den Ermittlungsakten.«

»Ich habe ein Foto gesehen«, sagte Reacher. »Dorothys Kleine war eine Asiatin.«

»Vietnamesin«, sagte die Frau des Doktors. »Artie Coe war als Soldat drüben. Irgendwas muss ihn schwer mitgenommen haben. Als die Sache mit den Bootsflüchtlingen angefangen hat, haben sie sich gemeldet und eine Waise adoptiert.«

»Waren viele Männer von hier in Vietnam?«

»Ziemlich viele.«

»Auch die Duncans?«

»Nein, die nicht. Sie waren in kriegswichtiger Stellung.«

»Das war Arthur Coe auch.«

»Verschiedene Maßstäbe für verschiedene Leute.«

»Wer war der Vorsitzende des hiesigen Musterungsausschusses?«

»Ihr Vater. Der alte Duncan.«

»Also sind die Jungs nicht ihm zuliebe Farmer geblieben. Sie haben's getan, um nicht nach Vietnam zu müssen.«

»Schon möglich.«

»Gut zu wissen«, meinte Reacher. »Außer allem anderen sind sie auch noch Feiglinge.«

Der Doktor sagte: »Erzählen Sie uns von den Ermittlungen.«

»Lange Geschichte«, sagte Reacher. »Die Akten füllen elf Umzugskartons.«

»Und?«

»Bei den Ermittlungen hat's Probleme gegeben«, sagte Reacher.

»Zum Beispiel?«

»Eines war ein begriffliches Problem, die anderen hatten mit Details zu tun. Geleitet wurden die Ermittlungen von einem Kriminalbeamten namens Carson, der erleben musste, wie die Ausgangslage sich binnen zehn, zwölf Stunden verändert hat. Aus einer einfachen Vermisstensuche ist langsam ein potenzieller Mordfall geworden. Und Carson hat es versäumt, die erste Phase nochmals im Licht der zweiten zu begutachten. In der ersten Nacht hat er die Leute ihre eigenen Nebengebäude durchsuchen lassen. Das war vernünftig, weil ein Kind vermisst wurde. Aber er hat sie später nie selbst durchsucht, wenn man von dem alten Ehepaar absieht, das zugegeben hatte, das nicht getan zu haben. Alle andern haben sich eigentlich selbst reingewaschen und praktisch gesagt: ›Nein, Sir, die Kleine ist nicht hier, sie war auch nie hier, Ehrenwort.‹ Carson hätte irgendwann von vorn anfangen und alle als potenzielle Verdächtige behandeln müssen. Aber das hat er nicht getan. Aufgrund erhaltener Informationen hat er sich ausschließlich auf die Duncans konzentriert. Und denen war nichts nachzuweisen.«

»Glauben Sie, dass es jemand anders war?«

»Es könnte irgendjemand auf der Durchreise gewesen sein. Oder irgendeiner der Einheimischen. Vermutlich nicht Arthur oder Dorothy Coe selbst, aber dann bleiben trotzdem noch Dutzende von Möglichkeiten.«

Die Frau des Doktors sagte: »Ich glaube, dass es die Duncans waren.«

»Drei Ermittlungsbehörden sind anderer Meinung.«

»Vielleicht haben sie unrecht.«

Reacher nickte in der Dunkelheit, was die anderen nicht sahen.

»Das ist möglich«, sagte er. »Es kann einen weiteren begrifflichen Irrtum gegeben haben. Oder zumindest einen Mangel an Fantasie. Klar ist, dass die Duncans ihren Komplex nie verlassen haben, und klar ist auch, dass das Mädchen nie dort war. Für beides gibt es zuverlässige Zeugen. Vier Jungen haben einen Zaun gebaut. Und die Spurensicherer haben auch nichts gefunden. Aber die Duncans könnten einen Komplizen gehabt haben. Im Prinzip einen fünften Mann. Er könnte die Kleine entführt und an einen anderen Ort gebracht haben. Daran hat Carson nicht mal gedacht und sich auch nie für das Umfeld der Duncans interessiert. Und das hätte er vermutlich tun sollen. Man wartet fünf Jahre mit dem Bau eines Zauns und beginnt ihn dann zufällig an dem Tag, an dem ein kleines Mädchen verschwindet? Könnte ein vorgefertigtes Alibi gewesen sein. Diese Frage hätte Carson sich stellen sollen. Ich hätte es bestimmt getan.«

»Wer hätte der fünfte Mann sein können?«

»Irgendwer«, sagte Reacher. »Vielleicht ein Freund oder einer ihrer Fahrer. Jedenfalls ist ein Fahrzeug benutzt worden, denn warum ist das Fahrrad nie gefunden worden?«

»Ich habe mich immer gefragt, was mit dem Fahrrad geschehen ist.«

»Hatten sie einen Freund? Haben Sie jemals einen gesehen, als Sie als Babysitter dort waren?«

»Ich habe ein paar Leute gesehen, denke ich.«

»Jemanden, der ihnen nahegestanden hat? Das müsste eine sehr enge Beziehung gewesen sein. Gemeinsame Vorlieben, geteilte Leidenschaften, absolutes Vertrauen. Jemand mit denselben perversen Neigungen.«

»Ein Mann?«

»Fast sicher. Ein Widerling wie sie.«

»Tut mir leid, aber ich kann mich an niemanden erinnern. Wohin hätte er sie verschleppt?«

»Theoretisch überallhin. Und das war ein weiterer großer Fehler. Carson hat sich praktisch nur für die Häuser der Duncans interessiert. Beispielsweise war es verrückt, den Betriebshof ihrer Spedition nicht durchsuchen zu lassen. Andererseits glaube ich, dass das kein Problem war, denn ab Frühsommer scheint dort an sieben Tagen in der Woche Hochbetrieb zu herrschen. Sobald die Alfagrasernte beginnt. Kein Mensch würde ein entführtes Kind an einen Ort mit vielen potenziellen Zeugen bringen. Aber es gibt ein anderes Gebäude, das Carson unbedingt hätte durchsuchen müssen. Und das hat er nicht getan. Er hat es völlig ignoriert. Vielleicht aus Unwissenheit oder Verwirrung.«

»Welches Gebäude meinen Sie?«

Reacher konnte jedoch nicht mehr antworten, weil in diesem Augenblick Scheinwerferlicht durchs Fenster fiel und ein Wechselspiel aus Licht und Schatten erzeugte. Wände, Decke und Gesichter waren abwechselnd kreideweiß und tiefschwarz.

Aufgeblendete Scheinwerfer, deren Licht von den Zaunfeldern stroboskopisch zerhackt wurde.

Ein Wagen, der sich rasch aus Osten näherte.

40

Es war Dorothy Coe mit ihrem klapprigen alten Pick-up – das wusste Reacher, als er die Scheinwerfer sah. Er erkannte den Wagen am Klang seines durchlöcherten Auspuffs. Das Motorengeräusch erinnerte an eine Harley Davidson, die an einer Ampel anfuhr. Sie kam rasch heran, bremste dann scharf und hielt vor dem Tor. Sie hatte den goldfarbenen Yukon in der Einfahrt gesehen. Vermutlich erkannte sie ihn. Der Wagen eines Cornhuskers. Die Frau des Doktors ging in die Diele hinaus, sperrte die beiden Schlösser auf, hängte die Sicherungskette aus, öffnete die Haustür und winkte. Dorothy Coe fuhr keinen Zentimeter weiter. Fünfundzwanzig Jahre gewohnheitsmäßiger Vorsicht. Sie fürchtete, in eine Falle zu tappen. Reacher trat neben der Frau des Doktors auf die Schwelle. Er deutete auf den Yukon, dann auf sich. Mit großen Gesten, als setzte er einen Winkspruch ab. *Mein Wagen.* Dorothy Coe fuhr wieder an, rollte durchs Tor, hielt an, stellte den Motor ab, stieg aus und kam zur Haustür. Sie trug eine bis über beide Ohren hinuntergezogene Wollmütze und einen offenen Steppmantel über einem grauen Kleid. Sie fragte: »Waren die Cornhusker hier?«

Die Frau des Doktors antwortete: »Noch nicht.«

»Was wollen sie, glaubt ihr?«

»Das wissen wir nicht.«

Sie gingen alle hinein, und der Doktor sicherte die Haustür hinter ihnen mit Schlössern und Sicherungskette. Dann betraten sie zu viert das Wohnzimmer. Dorothy Coe zog wegen der Hitze ihren Mantel aus. Anschließend nahmen sie auf Stühlen nebeneinander Platz und starrten auf das Panoramafenster wie auf eine Kinoleinwand. Dorothy Coe saß neben Reacher. Er fragte sie: »Sie sind nicht bei Ihnen gewesen?«

Sie sagte: »Nein. Aber Mr. Vincent hat einen gesehen, der am Motel vorbeigefahren ist. Vor ungefähr zwanzig Minuten. Er hat die Straße beobachtet.«

Reacher sagte: »Das war ich mit dem erbeuteten Yukon. Jetzt sind nur noch fünf übrig.«

»Okay, das verstehe ich. Aber es macht mir gewisse Sorgen.«

»Weshalb?«

»Ich hätte erwartet, dass jemand von uns wenigstens einen der Footballspieler hätte herumfahren sehen. Aber das hat niemand getan, was bedeutet, dass sie nicht einzeln unterwegs sind, sondern zusammenbleiben. Sie jagen als Rudel.«

»Auf der Suche nach mir?«

»Vielleicht.«

»Dann möchte ich sie nicht herlocken. Soll ich wegfahren?«

»Vielleicht«, sagte Dorothy.

»Ja«, sagte der Doktor.

»Nein«, sagte seine Frau.

Ein Patt. Keine Entscheidung. Sie wandten sich alle wieder

dem Fenster zu und beobachteten die Zufahrt. Draußen blieb es dunkel. Die Wolkendecke wurde dünner. Der Himmel leuchtete schwach mondhell. Es war fast ein Uhr morgens.

Das Motel hatte für die Nacht geschlossen, aber Vincent hielt sich noch in der Lounge auf. Er behielt weiter die Straße im Auge. Er hatte den goldfarbenen Yukon vorbeifahren gesehen und ihn erkannt. Er hatte ihn schon viele Male gesehen. Der Wagen gehörte einem jungen Mann namens John. Ein höchst unangenehmer Zeitgenosse. Ein übler Rabauke, selbst nach den Normen der Duncans. Einmal hatte er Vincent gezwungen, kniend darum zu bitten, nicht geschlagen zu werden. Wie ein Männchen machender Hund: mit schlaff herabhängenden Vorderpfoten, fünf volle Minuten lang heulend und bettelnd.

Vincent hatte über die Telefonkette gemeldet, dass er den Yukon gesichtet hatte. Dann war er ans Fenster zurückgekehrt und hatte weiter beobachtet. Zwanzig Minuten waren ereignislos verstrichen, als er die fünf Männer entdeckte, von denen alle redeten. Ihre seltsame kleine Kolonne bog auf seinen Parkplatz ab. Der blaue Chevrolet, der rote Ford, Seth Duncans schwarzer Cadillac. Übers Telefon hatte er gehört, dass ein anderer Seth' Wagen fuhr. Niemand wusste, weshalb. Aber jetzt sah er den Kerl. Ein kleiner Mann glitt vom Fahrersitz, verknittert und unrasiert, ausländisch wie Leute aus dem Nahen Osten. Dann stiegen die beiden Männer, die ihn hart angefasst hatten, aus dem Chevrolet. Aus dem Ford kamen zwei weitere Kerle: groß, muskulös, dunkler Teint. Ebenfalls Ausländer. Sie standen zu fünft auf dem dunklen Parkplatz beisammen.

Vincent glaubte nicht automatisch, die fünf Männer seien seinetwegen hergekommen. Dafür konnte es andere Gründe geben. Sein Parkplatz war der einzige Rastplatz in weitem Umkreis. Viele Autofahrer von außerhalb nutzten ihn für alle möglichen Zwecke:

um einen Blick auf die Straßenkarte zu werfen, ihre Jacke auszuziehen, etwas aus dem Kofferraum zu holen, manchmal auch nur, um sich die Beine zu vertreten. Das Grundstück gehörte Vincent, kein Zweifel, aber es wurde fast wie eine öffentliche Einrichtung, wie ein ganz normaler Rastplatz genutzt.

Er beobachtete weiter das Geschehen draußen. Die fünf Männer redeten miteinander. Die Kippfenster waren eine Standardausführung, die seine Eltern 1969 angeschafft hatten. Sie hatten Innenjalousien und ließen sich mit kleinen Kurbeln unten ausstellen. Vincent überlegte, ob er das Fenster, an dem er stand, leicht öffnen sollte. Nur einen Spalt breit. Dazu war er fast verpflichtet. Vielleicht konnte er hören, was die fünf Männer sagten. Das waren vielleicht wertvolle Informationen für die Telefonkette. Von jedem wurde erwartet, dass er dazu beitrug. Nur so konnte das System funktionieren. Also begann er, die Kurbel zu drehen, langsam, immer nur ein kleines Stück weit. Anfangs ließ sie sich leicht drehen, aber dann verstärkte sich der Widerstand. Der Fensterflügel klebte an dem Dichtungsstreifen fest. Lack und Schmutz und langer Nichtgebrauch. Er benutzte Daumen und Zeigefinger, um gleichmäßig Druck auszuüben. Er wollte den Fensterrahmen geräuschlos sanft lösen. Die fünf Männer redeten noch immer. Oder vielmehr redete der Mann aus dem Cadillac, und die vier anderen hörten zu.

Mahmeinis Mann sagte eben: »Ich habe meinen Partner vor einer Meile abgesetzt. Er soll hinter den Linien arbeiten. So kann er mir mehr nützen. Zangenbewegungen sind immer am besten.«

Roberto Cassano fragte: »Arbeitet er weiter mit uns anderen zusammen?«

»Natürlich tut er das. Was sonst? Wir sind ein Team, stimmt's?«

»Sie hätten ihn bei sich behalten sollen. Wir müssen uns erst auf einen Plan einigen.«

»Für das hier? Dafür brauchen wir keinen Plan. Wir müssen nur einen Kerl aufspüren. Wie schwierig kann das sein? Sie haben selbst gesagt, dass die Einheimischen uns unterstützen werden.«

»Die schlafen alle.«

»Dann wecken wir sie auf. Mit etwas Glück schnappen wir den Kerl bis Tagesanbruch.«

»Und was dann?«

»Dann verbringen wir den Rest des Tages damit, die Duncans unter Druck zu setzen. Wir alle brauchen diese Lieferung, und nachdem wir uns hierherbemühen mussten, können wir nichts Besseres tun, als uns auf das wirklich Wichtige zu konzentrieren.«

»Wo fangen wir also an?«

»Das möchte ich von Ihnen hören. Sie sind schon einige Zeit hier.«

»Mit dem Doktor«, sagte Cassano. »Er ist das schwächste Glied der Kette.«

Mahmeinis Mann fragte: »Wo befindet sich der Doktor also?«

»Südwestlich von hier.«

»Okay, fahrt hin und redet mit ihm. Ich fahre woandershin.«

»Warum?«

»Wenn ihr wisst, dass er das schwächste Glied ist, weiß es auch Reacher. Ich gehe jede Wette ein, dass er nicht dort ist. Vergeudet ihr also eure Zeit mit dem Doktor, und ich ziehe los, um wirklich zu arbeiten.«

Vincent gab den Versuch auf, das Kippfenster aufzukurbeln. Er ahnte, dass es sich nicht geräuschlos würde öffnen lassen, und jetzt Aufmerksamkeit zu erregen, war vermutlich keine gute Idee. Und die improvisierte Besprechung auf seinem Parkplatz ging ohnehin gerade zu Ende. Der verknitterte kleine Typ setzte sich wieder in Seth Duncans Cadillac. Die große Limousine beschrieb einen weiten Kreis auf dem knirschenden Kies. Seine Scheinwerferstrahlen glitten über Vincents Fenster hinweg. Er duckte sich gerade noch rechtzeitig weg. Dann bog der Cadillac an der Einmündung links ab und verschwand nach Süden.

Die vier anderen Männer blieben vorerst noch stehen. Sie schauten dem Cadillac nach, bis seine Heckleuchten nicht mehr zu sehen waren. Dann drehten sie sich wieder um und begannen erneut zu reden, paarweise von Angesicht zu Angesicht, jeder aus irgendeinem seltsamen Grund mit der rechten Hand in der Tasche, alle vier symmetrisch wie eine strenge Bildkomposition.

Roberto Cassano verfolgte, wie der Cadillac davonfuhr, und sagte: »Er hat keinen Partner. Hinter den Linien arbeitet niemand. Übrigens hinter welchen Linien? Das ist alles Bockmist.«

Safirs Mann meinte: »Natürlich hat er einen Partner. Den haben wir alle in Ihrem Zimmer gesehen.«

»Er ist weg. Er ist abgehauen. Er ist mit ihrem Mietwagen weggefahren. Der andere Typ ist jetzt allein. Diesen Cadillac hat er auf dem Hotelparkplatz gestohlen. Wir haben ihn dort stehen sehen.«

Keine Antwort.

Cassano sagte: »Außer einer von euch hatte etwas damit zu tun. Oder alle beide.«

»Was soll das heißen?«

»Wir sind hier alle erwachsen«, erklärte Cassano. »Wir wissen, wie's auf der Welt zugeht. Stellen wir uns also nicht dumm. Mahmeini hat seine Männer angewiesen, uns vier zu erledigen. Safir hat seinen Kerlen befohlen, uns vier umzulegen, und Rossi hat uns natürlich angewiesen, euch vier auszuschalten. Das sage ich ganz ehrlich. Mahmeini, Safir und Rossi ticken gleich. Sie wollen den ganzen Kuchen. Das wissen wir alle.«

Safirs Mann sagte: »Wir hatten nichts damit zu tun. Wir haben uns überlegt, dass ihr's gewesen sein müsst. Darüber haben wir auf der Fahrt hierher gesprochen. Dass der Cadillac kein Leihwagen ist, sieht jeder.«

»Wir haben dem Mann nichts getan. Wir wollten bis später warten.«

»Wir auch nicht.«

»Bestimmt nicht?«

»Schwören Sie das?«

»Nein, Sie zuerst.«

Cassano sagte: »Beim Grab meiner Mutter.«

Safirs Kerl sagte: »Und bei dem meiner. Was ist also passiert?«

»Er ist abgehauen. Das ist die einzige Erklärung. Vielleicht hat er Schiss gekriegt. Oder mit seiner Disziplin war's nicht weit her. Vielleicht ist Mahmeini nicht, was er zu sein glaubt. Was Möglichkeiten eröffnet.«

Keiner sprach.

Cassano sagte: »Wir könnten uns hier einigen, findet ihr nicht auch? Wir vier? Wir könnten Mahmeinis zweiten Mann erledigen und einander ungeschoren lassen. Dann bekämen Rossi und Safir jeweils fünfzig Prozent mehr von dem Kuchen als zuvor. Damit könnten sie leben. Und wir erst recht, finde ich.«

»Wie bei einem Waffenstillstand?«

»Ein Waffenstillstand ist vorübergehend. Nennen wir's ein Bündnis. Das ist dauerhaft.«

Niemand sprach. Safirs Männer wechselten einen Blick. Keine schwierige Entscheidung. Ein Zweifrontenkrieg oder ein Einfrontenkrieg? Die Geschichte war geradezu mit Leichen von cleveren Leuten übersät, die sich für Ersteren entschieden hatten.

Vincent stand weiter beobachtend am Fenster. Er hörte ein ruhiges, halblaut geführtes Gespräch, das in unverkennbar gespannter Atmosphäre geführt wurde; dann ließ die Nervosität etwas nach, die Körpersprache signalisierte Entspannung. Es gab spekulative Blicke und vorsichtiges Lächeln. Alle vier Männer nahmen die Hände aus den Taschen und schüttelten sich über Kreuz die Hände, klopften sich auf Schultern und Rücken. Vier neue Freunde, die plötzlich blendend miteinander auskamen.

Danach wurde nur noch wenig gesprochen, alles ging flott, rasch, als würden auf der Hand liegende einfache Schritte geplant und bestätigt. Dann gab es weiteres Schulter- und Rückenklopfen, alles ein schwerfälliger *Wir-sehen-uns-später*-Tanz. Anschließend stiegen die beiden großen dunkelhäutigen Männer wieder in ihren roten Ford. Sie knallten ihre Türen zu und wollten abfahren, doch dann fiel dem Italiener, der die ganze Zeit geredet hatte, offenbar noch etwas ein. Er drehte sich um und klopfte ans linke Seitenfenster.

Die Scheibe wurde heruntergefahren.

Der Italiener hielt eine Pistole in der Hand.

Er beugte sich in den Wagen, wo es rasch nacheinander zwei grelle Lichtblitze, die orangerot hinter den Scheiben aufleuchteten, und zwei laute Detonationen gab. Dann eine Pause, dann zwei weitere grelle Lichtblitze, zwei weitere laute Detonationen in gleichmäßigem Abstand, sorgfältig platziert.

Dann trat der Italiener von dem Ford zurück, und Vincent sah, dass die beiden dunkelhäutigen Männer auf ihren Sitzen zusammengesackt waren: plötzlich viel kleiner, irgendwie geschrumpft, mit einer dunklen Masse befleckt, die Köpfe verändert und missgebildet, weil Teile von ihnen tatsächlich *fehlten.*

Vincent sank hinter seinem Fenster zu Boden und übergab sich würgend. Dann rappelte er sich auf, um ans Telefon zu laufen.

Angelo Mancini öffnete den Kofferraum des roten Fords und fand darin zwei schwarze Rollkoffer aus Nylon, die seine persönliche Theorie mehr oder weniger bestätigten. Richtige Männer trugen ihre Koffer. Sie rollten sie nicht herum, wie Frauen es taten. Er zog den Reißverschluss eines der Koffer auf, wühlte darin herum und stieß auf einige Oberhemden auf den Drahtbügeln einer Wäscherei. Er riss eines herunter, bog den Bügel gerade, schraubte den Tankdeckel des Fords ab und benutzte den starken Draht dazu, das Hemd in den Tankstutzen zu stopfen: einen Ärmel ganz tief hinunter, die Masse zusammengedreht im oberen Teil, ein Ärmel heraushängend. Den zweiten Ärmel zündete er mit einem Streichholz von dem Zündholzbriefchen an, das er abends aus dem Diner in der Nähe des Marriotts mitgenommen hatte. Dann stieg er in den blauen Chevrolet und verließ mit Roberto Cassano am Steuer den Parkplatz.

Die Zufahrt jenseits des Lattenzauns vor dem Wohnzimmerfenster blieb dunkel. Der Doktor verließ den Raum und kam mit vier Bechern frischem Kaffee auf einem Plastiktablett zurück. Seine Frau saß stumm da, neben ihr Dorothy Coe. Die Schwesternschaft, erduldend, abwartend. Nur eine lange Nacht der über neuntausend in den vergangenen fünfundzwanzig Jahren, die meisten vermutlich ruhig. Über neuntausend Sonnenuntergänge, von denen jeder einzelne Unheil bringen konnte.

Auch Reacher wartete ab. Er wusste, dass Dorothy ihn fragen wollte, was er in den archivierten Ermittlungsakten gefunden hatte. Aber sie ließ sich Zeit mit dieser Frage, was ihm nur recht war. Er hatte nicht vor, das Thema von sich aus anzuschneiden. Er hatte schon mehr als genug Tragödien anderer Leute miterlebt, alle davon schlimm, aber er vermutete, dass es nichts Schlimmeres geben konnte als die Geschichte der Familie Coe. Deshalb wartete er, zehn Minuten, dann fünfzehn, bis sie schließlich fragte: »Hatten sie die Akten noch?«

Er antwortete: »Ja, sie waren noch da.«

»Haben Sie sie einsehen können?«

»Ja.«

»Haben Sie ihr Foto gesehen?«

»Sie war eine Schönheit.«

»Ja, nicht wahr?«, sagte Dorothy lächelnd – nicht stolz, weil die Schönheit der Kleinen nicht ihr Verdienst war, sondern einfach verwundert. Sie sagte: »Ich vermisse sie noch immer. Was eigentlich seltsam ist, finde ich, denn die Dinge, die ich vermisse, sind Dinge, die ich tatsächlich hatte und die jetzt ohnehin fort wären. Die Dinge, die ich nicht zu sehen bekommen habe, hätten sich erst später ereignet. Sie wäre jetzt dreiunddreißig. Längst erwachsen. Und diese Dinge vermisse ich nicht, weil ich keine klare Vorstellung davon habe, wie sie hätten sein können. Ich weiß nicht, ob sie selbst Kinder bekommen hätte und hier in unserer Gegend geblieben wäre, oder nach dem Studium als Anwältin oder Wissenschaftlerin in einer weit entfernten Großstadt gelebt hätte.«

»War sie in der Schule gut?«

»Sehr gut.«

»Irgendwelche Lieblingsfächer?«

»Alle.«

»Wohin wollte sie an diesem Tag?«

»Sie hat Blumen geliebt. Ich glaube, dass sie einen Strauß pflücken wollte.«

»Ist sie oft allein herumgefahren?«

»An den meisten Tagen, wenn sie nicht in der Schule war. Vor allem sonntags. Sie hat ihr Fahrrad geliebt. Sie war ständig irgendwohin unterwegs. Damals waren die Zeiten noch harmlos. Sie hat nichts anderes getan als ich mit acht Jahren.«

Reacher hielt einen Moment inne, bevor er sagte: »Ich war viele Jahre lang eine Art Cop. Darf ich Ihnen also eine ernsthafte Frage stellen?«

Sie sagte: »Ja.«

»Wollen Sie wirklich wissen, was ihr zugestoßen ist?«

»Das kann nicht schlimmer sein als das, was ich mir vorstelle.«

Reacher sagte: »Das kann es sein, fürchte ich. Und manchmal ist es so. Deshalb habe ich gefragt. Manchmal ist's besser, nichts zu erfahren.«

Sie äußerte sich nicht gleich dazu.

Dann sagte sie: »Der Sohn meiner Nachbarn hört ihren Geist schreien.«

»Ich habe ihn kennengelernt«, sagte Reacher. »Er kifft ziemlich viel.«

»Ich höre ihn manchmal auch. Oder ich bilde es mir ein. Das macht mich nachdenklich.«

»Ich glaube nicht an Geister.«

»Ich eigentlich auch nicht. Ich meine, sehen Sie mich doch an.«

Das tat Reacher. Eine solide, tüchtige Frau Anfang sechzig, handfest und stämmig, von Arbeit und Entbehrungen ausgelaugt, allmählich grau werdend.

Sie sagte: »Ja, ich will wirklich wissen, was ihr zugestoßen ist.«

Reacher sagte: »Okay.«

Zwei Minuten später klingelte das Telefon. Ein altmodischer Apparat. Das gemächliche Läuten einer mechanischen Glocke, ein gedämpfter sonorer Klang. Die Frau des Arztes sprang auf und lief in die Diele hinaus, um den Hörer abzunehmen. Sie sagte »Hallo«, sonst nichts, hörte nur zu. Wieder einmal die Telefonkette. Die anderen vernahmen das verzerrte Knattern einer panikartig lauten Stimme aus dem Hörer und ein erschrockenes Luftholen draußen in der Diele. Irgendeine überraschende Nachricht. Dorothy Coe rutschte auf ihrem Stuhl hin und her. Der Doktor stand auf. Reacher sah weiter aus dem Fenster. Die Zufahrt blieb dunkel.

Die Frau des Doktors kam wieder herein: mehr verwirrt als besorgt, mehr erstaunt als ängstlich. Sie sagte: »Mr. Vincent hat eben beobachtet, wie die Italiener die Männer aus dem roten Wagen erschossen haben. Mit einer Pistole. Sie sind tot. Dann haben sie das

Auto angezündet. Dicht vor seinem Fenster. Auf dem Parkplatz des Motels.«

Keiner sprach, bis Reacher sagte: »Nun, das ändert einiges, denke ich.«

»Wie?«

»Ich dachte, wir hätten es mit sechs Männern zu tun, die für dieselbe Organisation arbeiten und in irgendeinem Verhältnis zu den Duncans stehen. Aber das stimmt nicht. Sie sind drei Paare. Drei einzelne Organisationen, zu denen die Duncans als vierte kommen. Das ergibt eine Nahrungskette. Die Duncans sind jemandem etwas schuldig, und dieser Jemand ist wiederum jemandem etwas schuldig, und so geht's bis ganz oben weiter. Alle haben investiert, und alle sind hier, um ihre Investition zu schützen. Und solange alle hier sind, versuchen sie, die anderen aus dem Geschäft zu drängen. Alle versuchen, die Nahrungskette zu verkürzen.«

»Dann sind wir also mitten in einen Bandenkrieg geraten?«

»Sie müssen die Sache positiv sehen. Heute Nachmittag sind sechs Kerle aufgekreuzt, und jetzt sind noch drei übrig. Fünfzig Prozent Verlust. Damit kann ich gut leben.«

Der Doktor sagte: »Wir sollten die Polizei rufen.«

Seine Frau meinte: »Nein, die Polizei ist sechzig Meilen weit entfernt. Und die Cornhuskers sind hier. Das muss uns heute Nacht Sorgen machen. Wir müssen herausfinden, was sie tun.«

Reacher fragte: »Wie verständigen sie sich normalerweise?«

»Mit Handys.«

»Ich habe eines«, sagte Reacher. »In dem Pick-up draußen. Vielleicht besteht die Möglichkeit mitzuhören. Dann könnten wir erfahren, was sie vorhaben.«

Der Doktor sperrte die Schlösser auf und hakte die Sicherungskette aus, und zu viert hasteten sie zur Einfahrt. Reacher öffnete die rechte Tür des Yukons, tastete den Fußraum ab und brachte ein Smartphone zum Vorschein. Er blieb in der offenen

Tür stehen und fragte: »Sie benutzen die Konferenzschaltung, stimmt's? Dann klingelt dieses Ding, und alle fünf sind dran?«

»Ich glaube, dass es eher vibriert«, meinte der Doktor. »Am besten durchsuchen Sie die Anruferliste und das Telefonbuch. Dabei müssten sie die Zugangsnummer finden.«

»Machen Sie das lieber«, sagte Reacher. »Mit Smartphones kenne ich mich nicht so gut aus.« Er ging um den Wagen herum und reichte das Mobiltelefon dem Doktor. Dann schaute er nach links und entdeckte Licht im Osten. Ein hohes halbkugelförmiges Leuchten, das zitterte und hüpfte, schwächer wurde, sich verstärkte und wieder abnahm, sehr weiß, fast bläulich.

Ein Wagen, der ziemlich schnell aus Westen auf sie zugerast kam.

Er war ungefähr eine halbe Meile entfernt. Wie zuvor verwandelte das nebelhafte Leuchten sich in ein helles Licht ganz dicht über der Fahrbahn, dann in zwei gleißend helle Lichtquellen mit anderthalb Meter Abstand, beide oval und tief über dem Asphalt. Und genau wie zuvor kamen die Ovale rasch näher, schwebten vor einer straffen Vorderachsfederung und einer direkten Gokartlenkung, erst wegen der Entfernung klein, dann klein, weil sie klein *waren,* weil sie tief an einem niedrigen Fahrzeug saßen, weil der Wagen ein niedriger, winziger feuerroter Mazda Miata war. Reacher erkannte ihn aus sechzig, siebzig Metern Entfernung.

Eleanor Duncan.

Die Schwesternschaft drängte sich schutzsuchend zusammen.

In dreißig Metern Entfernung wurde der Mazda etwas langsamer. Diesmal war das Verdeck wie eine straffe kleine Haube geschlossen. Kaltes Wetter, keine Identifizierung mehr nötig. Kein Wachposten mehr, der abgelenkt werden musste.

In zwanzig Metern Entfernung bremste der Mazda scharf, um durchs Tor abzubiegen. Seine Bremslichter ließen den Nebel hinter ihm rot aufleuchten.

In fünfzehn Metern Entfernung holte er weit aus und steuerte die Kurve an.

In zehn Metern Entfernung fielen Reacher drei Dinge ein.

Erstens: Eleanor Duncan gehörte nicht zur Telefonkette.

Zweitens: Die Pistole steckte in seinem Parka.

Drittens: Sein Parka hing in der Küche.

Der Mazda knirschte über den Kies und hielt dicht hinter Dorothy Coes Pick-up. Die Fahrertür wurde weit aufgerissen, und Seth Duncan stieg aus.

In den Händen hielt er eine Schrotflinte.

41

Seth Duncans Gesicht war durch eine riesige Nasenschiene aus Aluminium entstellt, die einer Metallplatte mit stumpfer Oberfläche auf einer verfaulenden Tropenfrucht glich. Im Mondschein sichtbar, breiteten sich darunter alle möglichen Farben aus: Gelb-, Braun- und Purpurtöne. Er trug schwarze Jeans und einen dunklen Pullover mit einem neuen Parka darüber. Die Schrotflinte in seinen Händen war eine alte Remington 870, ein Vorderschaftrepetierer. Vermutlich Flintenkaliber 12, vermutlich der einundfünfzig Zentimeter lange Lauf. Schulterstütze aus Walnussholz, ein röhrenförmiges Magazin mit sieben Schuss, insgesamt eine ausgezeichnete Allzweckwaffe, bestens bewährt, über vier Millionen davon gebaut und verkauft, von der U.S. Navy im Sicherheitsdienst an Bord eingesetzt, von den Marines im Nahkampf verwendet, von der Army als Waffe mit hoher Mannstoppwirkung eingesetzt, von Zivilisten als Jagdwaffe verwendet, von Cops als Polizeiflinte eingesetzt, bei schrulligen Hausbesitzern als Waffe gegen unerwünschte Eindringlinge beliebt.

Keiner bewegte sich.

Reacher musterte Seth Duncan und sah, dass er die Remington ziemlich ruhig hielt. Sein Zeigefinger lag am Abzug. Er zielte aus der Hüfte auf Reacher, was bedeutete, dass er auch auf Dorothy Coe, den Doktor und seine Frau zielte, weil grober Schrot etwas streute und sie zu viert ungefähr drei Meter von der Haustür des Doktors entfernt dicht beieinanderstanden. Da konnte es leicht alle möglichen Kollateralschäden geben.

Keiner sprach.

Der Motor des Mazdas lief im Leerlauf weiter. Die Fahrertür stand weiter offen. Seth Duncan kam die Einfahrt entlang. Er hob die Remington an die Schulter, kniff das linke Auge zusammen, zielte über Kimme und Korn und setzte langsam einen Fuß vor den anderen. Auf unebenem Boden wertlos, aber auf glattem Kies machbar. Die Remington zielte unbeirrt weiter auf Reacher.

Fünf Meter vor ihnen hielt er inne und sagte: »Alle hinsetzen. Wo ihr jetzt steht. Mit untergeschlagenen Beinen auf den Boden.«

Keiner bewegte sich.

Reacher fragte: »Ist das Ding geladen?«

Duncan antwortete: »Darauf können Sie Ihren Arsch verwetten.«

»Passen Sie auf, damit es nicht versehentlich losgeht.«

»Das tut es nicht«, sagte Duncan mit nasaler, undeutlicher Stimme – wegen seiner Verletzung und weil seine Wange fest an den Walnusskolben der Remington gedrückt war.

Keiner bewegte sich. Reacher beobachtete und überlegte. Hinter sich hörte er, wie der Doktor sich rührte und fragte: »Können wir miteinander reden?«

Duncan sagte: »Setzen Sie sich.«

Der Doktor entgegnete: »Wir sollten über diese Sache reden. Wie vernünftige Leute.«

»Hinsetzen.«

»Nein, sagen Sie uns, was Sie wollen.«

Ein mutiger Versuch, aber nach Reachers Einschätzung die falsche Taktik. Der Doktor bildete sich ein, durch Zeitschinden gebe es etwas zu gewinnen. Reacher glaubte, genau das Gegenteil sei der Fall. Seiner Überzeugung nach durften sie keine Zeit verlieren. Keine Sekunde. Er sagte: »Es ist kalt.«

Duncan fragte: »Na und?«

»Zu kalt, um im Freien auf dem Boden zu sitzen. Zu kalt, um draußen rumzustehen. Gehen wir lieber rein.«

»Ich will euch hier draußen haben.«

»Warum?«

»Weil ich's will.«

»Dann lassen Sie sie ihre Jacken holen.«

»Wieso sollte ich das tun?«

»Selbstachtung«, antwortete Reacher. »Sie tragen einen Parka. Ist's warm genug, dass er überflüssig ist, sind Sie ein Waschlappen. Ist's kalt genug, dass man sich warm anziehen muss, lassen Sie Unbeteiligte unnötig leiden. Wenn Sie glauben, mit mir Streit zu haben, ist das okay, aber diese Leute haben Ihnen nie etwas getan.«

Seth Duncan dachte einen Augenblick nach, ohne die Remington von der Schulter zu nehmen, ohne das linke Auge zu öffnen. Dann sagte er: »Okay, aber immer nur einer. Die anderen bleiben als Geiseln hier. Mrs. Coe geht als Erste. Holen Sie Ihren Mantel. Sonst nichts. Rühren Sie das Telefon nicht an.«

Eine Sekunde lang bewegte sich niemand, dann löste Dorothy Coe sich aus der Gruppe, ging zur Tür und verschwand im Haus. Sie blieb eine Minute fort, dann kam sie in ihrem Steppmantel zurück, den sie diesmal zugeknöpft trug. Sie nahm ihren vorherigen Platz wieder ein.

Duncan sagte: »Setzen Sie sich, Mrs. Coe.«

Dorothy zog den Saum ihres Mantels nach unten und setzte

sich – nicht mit untergeschlagenen, sondern mit seitlich angewinkelten Beinen.

Reacher sagte: »Jetzt die Frau des Doktors.«

Duncan erklärte: »Erzählen Sie mir nicht, was ich tun soll.«

»Ich meine nur. Ladys first, stimmt's?«

»Okay, die Frau des Doktors. Gehen Sie. Die Regeln gelten weiter. Nur eine Jacke oder einen Mantel. Rühren Sie das Telefon nicht an. Vergessen Sie nicht, dass ich hier Geiseln habe. Auch Ihren geliebten Mann.«

Die Frau des Doktors verließ die Gruppe. Zwei Minuten später kam sie in Mantel, Wollmütze, Schal und Handschuhen zurück.

»Hinsetzen«, befahl Duncan.

Sie setzte sich neben Dorothy Coe: mit untergeschlagenen Beinen, sehr aufrecht, die Hände auf den Knien, ihr Blick in unbestimmte Fernen gerichtet. Dort gab es nichts zu sehen, aber Reacher vermutete, das sei besser, als ihren Peiniger zu betrachten.

Reacher sagte: »Jetzt der Doktor.«

»Okay, gehen Sie«, sagte Duncan.

Der Doktor verließ die Gruppe und blieb eine Minute fort. Er kam in einem blauen Parka aus Nylon und Goretex mit vielen Reißverschlusstaschen zurück. Er setzte sich, ohne den Befehl dazu abzuwarten.

Reacher sagte: »Jetzt ich.«

Duncan erwiderte: »Nein, Sie nicht. Weder jetzt noch später. Sie bleiben, wo Sie sind. Ihnen traue ich nicht.«

»Das ist nicht sehr nett.«

Duncan zog die Schulterstütze etwas fester ein, als wäre er kurz davor abzudrücken.

Er sagte: »Hinsetzen.«

Reacher bewegte sich nicht. Dann schaute er nach rechts und entdeckte Lichter im Nebel und wusste, dass seine Chance dahin war.

Die Cornhusker kamen herangerast, fünf Kerle in fünf einzelnen Fahrzeugen, eine geschlossene kleine Kolonne, drei Pick-ups und zwei Geländewagen. Sie bremsten scharf und kamen auf der Zufahrt parallel zum Zaun zum Stehen, fünf Wagen dicht hintereinander. Fünf Türen wurden aufgestoßen, und fünf Kerle sprangen heraus: alle in roten Sportjacken, alle in rascher Bewegung, der kleinste Kerl groß wie ein Haus. Sie schwärmten aus, kletterten wie ein Mann über den Zaun, überquerten den im Winterschlaf liegenden Rasen in breiter Front und achteten darauf, nicht ins Schussfeld der Remington zu gelangen. Die Schrotflinte in Seth Duncans Händen blieb stabil. Reacher behielt ihre Mündung im Auge. Sie bewegte sich nicht im Geringsten, ihr brünierter Stahl glänzte im Mondschein schwarz; sie zielte aus drei Metern Entfernung auf seine Brustmitte und wirkte so groß, als könnte er den Daumen hineinstecken.

Duncan sagte: »Schafft die drei anderen ins Haus, setzt sie dort fest.«

Grobe Fäuste packten den Doktor, seine Frau und Dorothy Coe, rissen sie an Armen und Schultern hoch, zerrten und stießen sie über den Kies und schoben sie durch die Haustür. Acht Personen gingen hinein, und wenig später kamen vier wieder heraus, alles Footballspieler, die über den knirschenden Kies auf Reacher zugingen.

Duncan sagte: »Haltet ihn fest.«

Reacher vergeudete keine Zeit mit Bedauern oder Selbstvorwürfen. Keinen Augenblick. Die Zeit, Fehler zu bedauern und aus ihnen zu lernen, würde später kommen. Wie immer war er auf die Gegenwart und die unmittelbare Zukunft konzentriert. Leute, die Zeit und Kraft damit vergeudeten, kürzlich gemachte Fehler zu verfluchen, waren sichere Verlierer. Allerdings erkannte Reacher keinen leichten Weg zu einem sicheren Sieg. Nicht im Moment. Nicht kurzfristig. Im Augenblick sah er nur Schmerzen voraus.

Die vier Männer traten dicht an ihn heran. Keine Chance. Die Remington zielte weiter auf seine Brust, und zwei der Kerle traten seitlich an Reacher heran, ohne ins Schussfeld zu geraten. Jeder von ihnen packte einen Arm. Große, starke Hände rissen sie an Ellbogen und Handgelenken nach hinten, während schwere Stiefel gegen seine traten, bis er mit gespreizten Beinen dastand, und sich vorn um sie hakten, sodass er sie nicht mehr bewegen konnte. Ein dritter Kerl trat hinter ihn, stellte sich zwischen seine gespreizten Füße und umschlang Reachers Oberkörper mit muskulösen Armen. Der vierte Kerl ging etwas zurück und blieb seitlich stehen, um jederzeit eingreifen zu können.

Reacher wehrte sich nicht. Zwecklos. Absolut zwecklos. Jeder der drei Männer, die ihn festhielten, war einen halben Kopf größer und zwanzig Kilo schwerer als er. Alle waren mit Sicherheit dumm, langsam und ahnungslos, aber im Augenblick erfüllte dumpfe Muskelmasse ihren Zweck sehr gut. Er konnte die Füße und den Kopf etwas bewegen, aber das war schon alles. Die Füße waren nur rückwärts zu bewegen, sodass er Gefahr lief, aufs Gesicht zu fallen, was der Kerl, der ihn von hinten umklammerte, aber verhindern würde. Mit dem Kopf konnte er nur nicken oder ihn eine Handbreit in den Nacken werfen. Nicht genug, um dem Kerl hinter ihm ernstlich zu schaden.

Er saß in der Falle, das wusste er.

Seth Duncan hielt die Remington wieder im Hüftanschlag, trat damit auf Reacher zu und übergab sie dann dem vierten Mann. Er baute sich nah vor Reacher auf. Seine Augen waren blutunterlaufen, seine Atmung klang flach und rasselnd. Er zitterte leicht. Anscheinend vor Zorn oder Erregung. Er sagte: »Ich habe eine Nachricht für Sie, Kumpel.«

Reacher fragte: »Von wem? Von der Nationalen Vereinigung von Arschlöchern?«

»Nein, von mir persönlich.«

»Was, Sie haben Ihre Mitgliedschaft verfallen lassen?«

»In zehn Sekunden werden wir wissen, wer Mitglied dieses Klubs ist und wer nicht.«

»Wie lautet die Nachricht?«

»Sie ist mehr eine Frage.«

»Okay, wie lautet also die Frage?«

»Die Frage ist, wie gefällt *Ihnen* das?«

Reacher war seit seinem fünften Lebensjahr in unzählige Schlägereien verwickelt gewesen, aber niemand hatte es geschafft, ihm die Nase zu brechen. Teils Glück, teils umsichtige Kampfweise. Im Lauf der Jahre hatten das viele Leute versucht – mit voller Absicht oder eher zufällig in einer wilden Schlägerei –, aber keiner hatte es jemals geschafft. Nicht mal andeutungsweise. Auf diese Tatsache war Reacher eigenartig stolz. Sie war ein Symbol. Ein Talisman. Ein Ehrenzeichen. Er hatte alle möglichen Narben im Gesicht, an den Armen und am Körper, aber er fand, sein heiles, ziemlich prominentes Nasenbein mache alle diese kleinen Defekte mehr als wett.

Es sagte: *Ich stehe noch immer.*

Der Schlag kam genau wie erwartet: eine geballte Faust, eine rechte Gerade, schnell und hart geschlagen, etwas hoch angesetzt, als erwartete Duncan unterschwellig, Reacher werde auszuweichen versuchen, wie seine Frau Eleanor es vermutlich jedes Mal tat. Aber Reacher wich seiner Faust nicht aus. Er begann mit hochgehaltenem Kopf und offenen Augen, verfolgte die Faust, wartete den richtigen Augenblick ab und nickte dann nach vorn, sodass er Duncans Fingerknöchel mit einem perfekten improvisierten Kopfstoß traf: ein jäher Zusammenprall zwischen Reachers massivem Stirnwulst und Duncans zerbrechlichen Handknochen. Ein ungleiches Zusammentreffen. Ganz und gar ungleich. Reacher hatte einen Schädel wie aus Beton, und die Hände sind die empfindlichsten Körperteile des Menschen. Duncan schrie auf, riss die

Hand zurück und hielt sie flach an seine Brust gedrückt, hüpfte jaulend im Kreis umher, sah nach oben, sah nach unten, wimmerte benommen. Er hatte drei oder vier gebrochene Finger, vermutete Reacher, bestimmt einige Grundglieder, vielleicht auch mehrere Endglieder, weil die Finger unter der Wucht der plötzlichen massiven Kompression unnatürlich eng zusammengepresst worden waren.

»Arschloch«, sagte Reacher.

Duncan klemmte sich das rechte Handgelenk unter die linke Achsel und stampfte weiter schnaubend und schnaufend umher. Zum Stehen kam er verkrampft und leicht gebeugt erst eine volle Minute später. Seine Augen funkelten zornig und gedemütigt, als er erst Reacher anstarrte und dann zu seinem vierten Mann hinübersah, der mit der Remington 870 in den Händen stocksteif dastand. Duncan nickte von dem Kerl zu Reacher hinüber: eine Geste voll stummer Wut und Ungeduld.

Gib's ihm.

Der vierte Kerl trat vor. Reacher war sich ziemlich sicher, dass er nicht schießen würde. Niemand schießt mit einer Schrotflinte auf eine Vierergruppe, zu der drei Freunde gehören.

Reacher war klar, dass das Bevorstehende schlimmer als ein Schuss sein würde.

Der Kerl drehte die Schrotflinte um. Rechte Hand am Lauf, linke Hand am Kolben.

Der Kerl hinter Reacher bewegte sich. Er schlang den linken Unterarm eng um Reachers Hals und umklammerte Reachers Stirn mit der rechten Pranke.

Unbeweglich.

Der vierte Kerl hob die Remington waagrecht, mit dem Kolben voraus, beidhändig und zog sie über die rechte Schulter zurück, machte sich zum Zuschlagen bereit, zielte damit wie mit einem Speer. Dann bewegte er den Oberkörper vorwärts, trat einen

Schritt nach vorn, zielte sorgfältig und rammte Reacher den Kolben mitten ins Gesicht und

KRACH …

SCHWARZ.

42

Jacob Duncan berief eine ungeplante nächtliche Besprechung mit seinen Brüdern ein, in seiner eigenen Küche, nicht bei Jonas oder Jasper, mit Wild Turkey statt mit Knob Creek, und reichlich davon, weil er in Feierlaune war.

»Ich habe gerade telefoniert«, sagte er. »Ihr werdet sicher gern hören, dass mein Junge sich rehabilitiert hat.«

Jasper fragte: »Wie?«

»Er hat Jack Reacher gefangen genommen.«

Jonas fragte: »Wie?«

Jacob Duncan lehnte sich auf dem Stuhl zurück und streckte die Beine unter dem Tisch aus: behaglich, entspannt, mitteilsam, ein Mann, der eine Geschichte zu erzählen hat. Er sagte: »Wie ihr wisst, habe ich Seth heimgefahren, aber ich habe ihn am Ende seiner Straße abgesetzt, weil er ein bisschen niedergeschlagen war und einen Spaziergang in der frischen Nachtluft machen wollte. Er war schon fast zu Hause, als er um ein Haar von einem Auto überfahren worden wäre. Ausgerechnet von *seinem* Wagen. Von seinem Cadillac, der vorbeigerast ist. Natürlich ist er nach Hause gehastet und hat seine Frau dazu gebracht, alles zu erzählen. Dabei hat sich herausgestellt, dass Reacher den Cadillac nachmittags gestohlen und der Doktor ihn nicht daran gehindert hat. Töricht von ihm, aber der arme Kerl scheint eine Art Bündnis mit unserem Mr. Reacher geschlossen zu haben. Also hat Seth sich seine alte Pumpgun geschnappt und ist mit Eleanors Wagen losgefahren, und tatsächlich war Reacher im Haus des Doktors: überlebensgroß und doppelt so natürlich.«

»Wo ist er jetzt?«

»An einem sicheren Ort. Anscheinend war die Gefangennahme nicht weiter dramatisch.«

»Lebt er?«

»Noch«, sagte Jacob Duncan. »Aber wie lange das so bleiben soll, müssen wir noch diskutieren.«

In der Küche wurde es still. Die beiden anderen saßen da und warteten, wie sie's schon oft getan hatten, auf ihren Bruder Jacob, auf den Ältesten, einen nachdenklichen Mann, der stets für eine Erläuterung oder ein treffendes Urteil, eine goldene Weisheit, eine Analyse oder einen Vorschlag gut war.

Jacob sagte: »Seth will den Fall mit aller Raffinesse abwickeln, und ich hätte ehrlich gesagt gute Lust, ihm freie Hand zu lassen. Er will seine Glaubwürdigkeit bei uns wiederherstellen, obwohl ich ihm versichert habe, das sei nicht nötig. Aber es ist natürlich wahr, dass wir etwas für unsere kollektive Glaubwürdigkeit bei Mr. Rossi, unserem guten Freund im Süden, tun sollten.«

Jasper fragte: »Was will Seth tun?«

»Er will alles so arrangieren, dass unser bisheriges Zögern völlig gerechtfertigt erscheint. Er hat vor, bis eine Stunde vor Eintreffen der Lieferung zu warten, dann Reacher Mr. Rossis Jungs zu präsentieren und ein angebliches Telefongespräch zu führen, nach dem der Kastenwagen binnen einer Stunde eintreffen soll, damit es so aussieht, als wären unsere bisherigen Aussagen zu der Lieferverzögerung zutreffend und legitim gewesen.«

»Zu riskant«, meinte Jonas. »Reacher ist ein gefährlicher Mann. Wir sollten ihn nicht eine Minute länger als nötig in unserer Nähe dulden. Das kann nur Ärger geben.«

»Er befindet sich wie gesagt an einem sicheren Ort. Wickeln

wir den Fall ab, wie Seth es vorschlägt, sieht's letztlich so aus, als hätten wir unsere Probleme ohne jegliche Hilfe von außen gelöst – und eine gewisse Verwundbarkeit, die wir vielleicht haben erkennen lassen, löst sich in nichts auf.«

»Trotzdem bleibt die Sache riskant.«

»Es gibt weitere Faktoren«, sagte Jacob.

In der Küche wurde es erneut still.

Jacob fuhr fort: »Wir haben nie wirklich gewusst oder uns darum gekümmert, was aus unseren Lieferungen wird, sobald Mr. Rossi sie erhält, außer dass wir vage vermutet haben, dass mit ihnen gehandelt wird, dass sie mehrmals weiterverkauft werden, bis sie ihren endgültigen Bestimmungsort erreichen. Und jetzt ist diese Kette zumindest größtenteils sichtbar geworden. Heute Abend hat sich gezeigt, dass hier drei verschiedene Organisationen vertreten sind. Alle dürften verzweifelt sein. Für mich steht fest, dass sie sich zusammengetan haben, um den Lieferstau zu beseitigen. Und sobald das geschehen ist, steht für mich ebenso fest, dass sie Anweisung haben, sich gegenseitig umzulegen, damit der letzte Überlebende seinen Gewinn verdreifacht.«

Jonas sagte: »Das betrifft uns nicht.«

»Nur scheinen Mr. Rossis Jungs einen Frühstart hingelegt zu haben. Dass irgendwer die Initiative ergreifen würde, war unvermeidlich. Von unseren Spitzeln in der Telefonkette höre ich, dass zwei Männer bereits tot sind. Mr. Rossis Jungs haben sie vor Mr. Vincents Motel erschossen. Deshalb möchte ich Mr. Rossis Jungs Gelegenheit geben, die Kette noch etwas mehr zu verkürzen, damit morgen Abend Mr. Rossi als Überlebender feststeht, woraufhin wir mit ihm über eine gerechte Verteilung des zusätzlichen Gewinns sprechen sollten. Auf dem Papier müssten wir alle unseren Anteil verdoppeln. Ich stelle mir vor, dass Mr. Rossi damit gut leben könnte, und wir könnten es bestimmt auch.«

»Trotzdem riskant.«

»Du magst kein Geld, Bruder?«

»Ich mag kein Risiko.«

»Riskant ist alles. Das wissen wir, stimmt's? Mit Risiken leben wir nun schon lange. Sie machen den Nervenkitzel erst aus.«

Langes Schweigen.

Jonas sagte: »Der Doktor hat uns angelogen. Er hat behauptet, Reacher sei als Anhalter mit einer weißen Limousine weggefahren.«

Jacob nickte. »Dafür hat er sich aufrichtig entschuldigt. Wie ich höre, arbeitet er jetzt mustergültig mit uns zusammen. Seine Frau ist natürlich bei ihm. Das beeinflusst ihn sicher. Er behauptet auch, Reacher habe Seth' Cadillac sechzig Meilen südlich von hier stehen lassen. Dort soll ihn zufällig ein Vertreter einer höher angesiedelten Organisation gestohlen haben. Ein kleiner mediterraner Typ, vermutlich aus dem Nahen Osten, heißt es in der Telefonkette. Anscheinend war er der Kerl, der Seth beinahe überfahren hat.«

»Sonst noch was?«

»Der Doktor sagt, dass Reacher die Ermittlungsakten eingesehen hat.«

Schweigen im Raum.

Dann fragte Jonas: »Und?«

»Ohne schlüssiges Ergebnis, sagt der Doktor.«

»Schlüssig genug, um zurückzukommen.«

»Der Doktor sagt, dass er wegen der Männer in den Autos zurückgekommen ist.«

Keiner sprach.

Jacob sagte: »Andererseits muss erwähnt werden, dass der Doktor auch behauptet, Reacher habe Mrs. Coe gefragt, ob sie wirklich wissen wolle, was ihrer Tochter zugestoßen sei.«

»Das kann Reacher unmöglich wissen. Noch nicht.«

»Ganz recht. Aber vielleicht stellt er erste Überlegungen an.«

»Dann müssen wir ihn jetzt liquidieren. Sofort!«

»Hier geht's nur um einen weiteren Tag. Er ist sicher verwahrt. Eine Flucht ist unmöglich.«

Wieder Schweigen.

Keiner sprach.

Dann fragte Jonas: »Sonst noch was?«

»Eleanor hat Reacher geholfen, an dem Wachposten vorbeizukommen«, sagte Jacob. »Sie hat entgegen der strikten Anweisungen ihres Gatten dreist sein Haus verlassen. Reacher und sie haben sich zusammengetan, um den Jungen von seinem Posten wegzulocken. Er hat sich übertölpeln lassen. Ihn werden wir natürlich entlassen müssen. Die Entscheidung darüber, was mit Eleanor geschehen soll, soll Seth treffen. Übrigens hat er sich die rechte Hand gebrochen. Die wird behandelt werden müssen. Reacher scheint einen eisenharten Schädel zu haben. Und das ist alles, was ich an Nachrichten habe.«

Keiner sprach.

Jacob sagte: »Wir müssen entscheiden, wie wir weiter vorgehen wollen. Tod oder Leben. Das ist immer die letzte Entscheidung.«

Keine Antwort.

Jacob fragte: »Wer will den Anfang machen?«

Keiner sprach.

Jacob sagte: »Dann mache ich den Anfang. Ich stimme für den Plan meines Jungen. Ich stimme dafür, Reacher gefangen zu halten, bis unser Lastwagen fast hier ist. Dadurch erhöht sich das Risiko nur unwesentlich. Ein weiterer Tag, das ist alles. Und mir gefällt die Raffinesse des Plans. Mir gefällt eine Lösung, die etwas Elegantes an sich hat.«

Eine lange Pause.

Dann sagte Jasper: »Ich bin dabei.«

Und Jonas sagte leicht widerstrebend: »Okay.«

Reacher wachte in einem hell beleuchteten Raum mit Betonwänden auf. Er lag am Fuß einer steilen Treppe auf dem Betonboden, hatte eine Betondecke über sich. Er war die Treppe hinuntergetragen, nicht hinuntergeworfen worden, vermutete er, weil sein Hinterkopf in Ordnung war. Er wies keine Prellungen oder Verstauchungen auf. Seine Gliedmaßen waren alle intakt. Er konnte sehen und hören und sich bewegen. Sein Gesicht tat verdammt weh, aber das war zu erwarten gewesen.

Bei den Lichtquellen handelte es sich um gewöhnliche Glühbirnen, sechs oder acht davon, anscheinend willkürlich verteilt, schätzungsweise hundert Watt stark. Keine Lampenschirme. Der Beton war glatt und hellgrau. Sehr feinkörnig. Nicht staubig. Hochwertiger Beton, sehr präzise gegossen. Nirgends Nähte von den Stößen zwischen Schaltafeln. Alle Ecken und die Winkel zwischen Wänden und Boden waren leicht ausgekehlt – fast wie ein Swimmingpool, bevor die Fliesenleger kamen. Reacher hatte früher einmal Pools gegraben. Einen Sommer lang, vor vielen Jahren. Er hatte sie in allen Stadien ihrer Fertigstellung gesehen.

Sein Gesicht tat verdammt weh.

Er war verwirrt und hatte keine Ahnung, wie spät es war. Die Uhr in seinem Kopf war stehen geblieben. Er atmete durch den Mund. Seine Nase war geschwollen und mit geronnenem Blut verstopft. Er konnte angetrocknetes Blut auf Lippen und Kinn spüren. Nasenbluten. Kein Wunder. Vermutlich eine halbe Stunde alt. Nicht wie bei Eleanor Duncan. Sein Blut gerann schnell. So war es schon immer gewesen. Er war das genaue Gegenteil eines Bluters. Manchmal eine gute Sache. Durch Evolution entstanden, zweifellos durch viele Generationen geborener Überlebenskünstler weitervererbt.

Sein Gesicht schmerzte.

In dem Betonraum gab es noch weitere Dinge. Zum Beispiel Rohre mit unterschiedlichen Durchmessern. Grüne Metallboxen mit leichten Verkrustungen wie von mineralischen Stoffen. Elektrische Leitungen, teils in Kunststoffrohren, teils frei verlegt. Fenster waren hier keine zu sehen. Nur glatte Betonwände. Und die Treppe, die oben an einer geschlossenen Tür endete.

Er befand sich unter der Erde.

Vielleicht in einer Art Bunker?

Das wusste er nicht.

Sein Gesicht tat verdammt weh. Und die Schmerzen wurden schlimmer. Viel, viel schlimmer. Eine Schmerzwoge nach der anderen pulsierte mit jedem Herzschlag hinter seinen Augen, seiner Nase hervor, brandete geradewegs in sein Gehirn, schäumte gischtend durch seinen Schädel und verlief sich gerade rechtzeitig, um durch die nächste ersetzt zu werden. Schlimme Schmerzen. Aber er konnte sie bekämpfen. Er konnte gegen alles kämpfen. Darin hatte er sich seit seinem fünften Lebensjahr geübt. Er hatte für sich selbst gekämpft, aber auch für seinen Bruder. Aus familiärem Verantwortungsbewusstsein. Nicht dass sein Bruder ein Feigling gewesen wäre. Keineswegs. Oder schwach. Auch sein Bruder war groß gewesen. Aber er war ein vernünftiger Junge gewesen. Sogar ein sanfter Junge. Immer ein Nachteil. Hatte jemand Streit gesucht, hatte Joe die erste kostbare Sekunde damit vergeudet, sich zu fragen: *Warum?* Das hatte Reacher nie getan. Niemals. Er hatte die erste kostbare Sekunde dazu benutzt, den ersten wertvollen Schlag anzubringen. Kämpfen und siegen. Kämpfen und siegen.

Sein Gesicht tat verdammt weh. Er betrachtete den Schmerz und setzte sich bewusst davon ab. Er sah ihn, begutachtete ihn, identifizierte ihn, isolierte ihn. Er forderte ihn heraus. *Du gegen mich? Aussichtslos, Freundchen.* Er setzte dem Schmerz Grenzen. Er umgab ihn mit Wällen, sperrte ihn dahinter ein und rückte die Wälle enger zusammen, komprimierte den Schmerz, ließ ihm keinen Raum, zerquetschte ihn, schränkte ihn ein, besiegte ihn.

Besiegte ihn nicht.

Der Schmerz besiegte ihn.

Er explodierte wie Sprengladungen mit Zeitzündern, eins, zwei, drei. Unerbittlich. Unaufhörlich mit jedem Herzschlag. Er würde niemals aufhören, solange sein Herz weiterschlug. Wahnsinniger Schmerz. Reacher war früher durch Granatsplitter verwundet, in die Brust geschossen und mit Messern verletzt worden. Dies war schlimmer. Weit schlimmer. Viel schlimmer als alle seine bisherigen Leiden zusammengenommen.

Was keinen Sinn ergab. Überhaupt keinen. Irgendwas stimmte hier nicht. Er hatte schon früher gebrochene Nasen gesehen. Viele Male. Bestimmt kein Spaß, aber niemand benahm sich deswegen, als explodierten in seinem Kopf Handgranaten. Nicht einmal Seth Duncan. Die Leute standen auf, spuckten vielleicht kurz aus, verzogen das Gesicht, gingen kopfschüttelnd weg.

Er hob die Hand ans Gesicht. Langsam. Er wusste, dass das wie ein Schuss in den Kopf sein würde. Aber er musste es wissen. Weil irgendetwas nicht stimmte. Er berührte vorsichtig seine Nase. Er holte erschrocken Luft, stieß sie laut und plötzlich wie einen explosiven Fluch voller Schmerzen, Wut und Abscheu aus.

Das den Nasenrücken bildende Nasenbein war glatt gebrochen, sein Ende unter die seitliche Knorpel- und Gewebeschicht getrieben worden. Dort steckte es fest und verursachte fast unerträgliche Schmerzen.

Es tat verdammt weh.

Vielleicht hatte der Kolben der Remington einen Metallbeschlag gehabt. Aus Messing oder Stahl. Als Schutz vor Abnutzung. Das war ihm nicht aufgefallen. Er wusste, dass er den Kopf im letzten Augenblick zur Seite gedreht hatte, so weit das unter der feuchten Handfläche möglich gewesen war. Der Kolbenhieb hatte ihn möglichst seitlich treffen sollen. Das war besser als frontal. Ein Schlag genau von vorn konnte einem Knochensplitter ins Gehirn treiben.

Er schloss die Augen.

Er öffnete sie wieder

Er wusste, was er zu tun hatte.

Er musste den gebrochenen Knochen einrichten. Darüber war er sich im Klaren. Er kannte die Vor- und Nachteile. Der Schmerz würde abklingen und seine Nase wieder normal aussehen. Beinahe. Aber er würde bewusstlos werden. Ganz ohne Frage. Schon die leichte Berührung der Verletzung mit dem kleinen Finger hatte seinen Schädel fast explodieren lassen. Als hätte er sich eine Kugel in den Kopf gejagt. Den Bruch einzurichten würde einer MG-Garbe gleichen.

Er schloss die Augen. Schmerzwellen durchwogten ihn. Er ließ den Kopf sanft auf den Betonboden sinken. Zwecklos, zurückzufallen und sich noch einen Schädelbruch zuzuziehen. Er hob die Rechte und packte das Nasenbein mit Daumen und Zeigefinger. In seinem Kopf detonierten Atombomben. Er zog und drückte.

Ergebnislos. Der Nasenknorpel hielt den Knochen fest. Wie ein Geflecht aus winzigen Gummisträngen, das das verdammte Ding nicht losließ. Er blinzelte Tränen aus den Augen und versuchte es noch mal. Er zerrte und drückte. Thermonukleare Ladungen gingen hoch.

Ergebnislos.

Er wusste, was er tun musste. Stetiger Druck funktionierte nicht. Er musste das Nasenbein durch einen Schlag mit der Handkante in seine ursprüngliche Lage zurückbefördern. Er musste scharf überlegen, genau planen und energisch handeln. Wie ein Chiropraktiker, der sich mit einem Rückgrat abmühte, immer wieder daran ruckte und auf ein plötzliches Einrasten horchte.

Er übte den Schlag in Gedanken ein. Er musste von schräg unten treffen: in dem Winkel zwischen Backe und Nasenflügel, mit der Handkante, wie ein Karateschlag, ein halb nach oben, seitlich und nach außen abgleitender Schlag. Er musste dafür sorgen, dass das Nasenbein in seine ursprüngliche Lage zurückkehrte. Dort würde es von selbst bleiben. Haut, Gewebe und Knorpel würden es in der richtigen Lage fixieren.

Er öffnete die Augen. Er konnte sich nicht genug bewegen. Nicht auf dem Boden liegend. Sein Ellbogen behinderte ihn. Er kroch über den glatten Beton, zwei, drei, fünf Meter weit, und setzte sich an der Wand auf: halb angelehnt, mit gesenktem Kopf und Platz für seine Ellbogen. Er nahm die Schultern zurück, versteifte die Hüften und stemmte sich ein, damit er nicht weit fallen würde, wenn überhaupt.

Showtime.

Er berührte seine Stirn mit dem Handballen, ließ ihn spüren, was er zu tun hatte. Er übte diese Bewegung. Der obere Rand des Handballens würde der Augenbraue folgen. Wie einer Wegmarkierung.

Auf drei, sagte er sich.

Eins.

Zwo.

KRACH …

SCHWARZ.

43

Mahmeinis Mann hatte Angst. Er war zwanzig Minuten lang herumgefahren, ohne etwas zu sehen, bis er zu einem Haus mit einem weißen Briefkasten kam, auf dem stolz und von Scheinwerfern angestrahlt *Duncan* stand. Das Haus wirkte luxuriös, war aufwendig restauriert. Ihre Zentrale, hatte er angenommen, aber das stimmte nicht. Es hielt sich darin nur eine Frau auf, die behauptete, von nichts zu wissen. Sie war relativ jung. Ihr Gesicht trug die Spuren kürzlicher Misshandlungen. Sie sagte, es gebe vier Duncans, Vater und Sohn sowie zwei Onkel. Sie sei mit dem Sohn verheiratet. Alle vier befänden sich gegenwärtig woanders. Sie beschrieb ihm den Weg zu einer Gruppe von drei Häusern, die Mahmeinis Mann bereits entdeckt, aber als unwichtig abgetan hatte. Die Häuser waren unansehnlich, alle von einem massiven alten Plankenzaun umgeben, unauffällige Domizile für wichtige Männer.

Aber er war trotzdem eilig dorthin zurückgefahren, hätte fast einen idiotischen Fußgänger überfahren, der plötzlich aus der Dunkelheit auftauchte, und hatte dann von der Landstraße aus im Norden ein Benzinfeuer lodern gesehen. Also hatte er die drei Häuser ignoriert und war zu dem Brandherd weitergerast, der sich auf dem Parkplatz des Motels befand. Dort brannte ein Auto. Oder die Reste eines Autos. Jetzt war es nur noch eine kirschrot glühende Schale inmitten eines Infernos. Ihren Umrissen nach zu urteilen, handelte es sich um den Ford, den Safirs Jungs gefahren hatten. Sie saßen noch darin, oder vielmehr ihre Überreste, waren nur mehr zusammengeschrumpfte grausige Gestalten, die noch brannten und verkohlten, während die Hitze die Bänder und Sehnen verkürzte, sodass die Hände wie grausige Klauen hochgereckt waren. Die wabernden Hitzewellen, in denen sie saßen, ließen es so aussehen, als bewegten die Toten sich winkend auf ihren Sitzen.

Rossis Jungs hatten sie ermordet, das war klar. Was bedeutete, dass sie schon vor Stunden auch Asghar umgebracht haben mussten. Rossis Plan war offensichtlich. Er hatte bereits feste Kontakte zu den Duncans am unteren Ende der Kette. Jetzt wollte er Safir und Mahmeini ausschalten, um direkt an die Saudis am oberen Ende der Kette zu verkaufen. Eine auf der Hand liegende Strategie, die gesunden Geschäftssinn bewies, aber Rossi hatte seine Jungs frühzeitig beginnen lassen. Sie hatten die Initiative ergriffen.

Ihr Timing war eindrucksvoll. Ihre Geschicklichkeit ebenfalls. Sie hatten Asghar aufgelauert, ihn umgelegt und seinen Wagen beseitigt – alles in nur dreißig Minuten, was eine hervorragende Leistung war. Asghar war tough und wachsam, dachte stets mit, war nicht leicht zu schlagen. Ein guter Partner. Auch ein guter Freund, der jetzt nach Rache schrie. Mahmeinis Mann spürte seine Gegenwart sehr deutlich, als befände er sich ganz in der Nähe. Das alles bewirkte, dass er sich auf feindlichem Gebiet allein und verloren und sehr in die Defensive gedrängt fühlte. Lauter ungewohnte Empfindungen, die ihn ein wenig ängstigten und dazu bewogen, seinen Plan zu ändern. Plötzlich gab es neue Prioritäten. Der große Fremde konnte warten. Seine Primärziele waren jetzt Rossis Jungs.

Mahmeinis Mann fing gleich hier im Motel an. Vorhin hatte er flüchtig jemanden gesehen, der hinter einem Fenster stand und den Brand beobachtete. Ein Mann mit komischer Haarfarbe. Ein Einheimischer. Vielleicht der Motelbesitzer. Er würde zumindest wissen, in welche Richtung Rossis Jungs gefahren waren.

Roberto Cassano und Angelo Mancini standen vier Meilen weiter nördlich mit laufendem Motor und ausgeschalteten Scheinwerfern. Cassano telefonierte mit Rossi. Fast zwei Uhr morgens, aber es gab wichtige Dinge zu besprechen.

Cassano fragte: »Diesen Deal hast du mit Seth Duncan abgeschlossen, richtig?«

Rossi sagte: »Er war damals mein Erstkontakt. Aber daraus hat sich bald eine Familiensache entwickelt. Anscheinend passiert dort oben nichts, ohne dass die vier Duncans sich einig sind.«

»Aber deines Wissens ist das noch immer dein Deal?«

»Im Gegensatz wozu?«

»Im Gegensatz zu anderer Leute Deal.«

»Natürlich ist das weiter mein Deal«, sagte Rossi. »Ganz eindeutig. Es war immer mein Deal, und es bleibt immer meiner. Wieso fragst du überhaupt? Was, zum Teufel, ist bei euch los?«

»Seth Duncan hat Mahmeinis Kerl seinen Wagen geliehen, das ist hier los.«

Schweigen am anderen Ende.

Cassano sagte: »Als wir heute Nachmittag angekommen sind, hat hinter dem Marriott ein Cadillac gestanden. Zu alt für einen Leihwagen. Später haben wir gesehen, wie Mahmeinis Mann ihn gefahren hat. Wir dachten erst, er hätte ihn gestohlen, aber so war's nicht. Die Einheimischen sagen, dass das Seth Duncans Privatwagen ist. Also muss er ihn dem Kerl zur Verfügung gestellt haben. Er muss ihn hingefahren und für ihn abgestellt haben. Und nach dem ersten Kontakt hat's so ausgesehen, als operierte Mahmeinis Kerl plötzlich allein. Wir dachten, Safirs Jungs hätten seinen Partner umgelegt oder der Kerl wäre bloß abgehauen, aber jetzt glauben wir, dass er mit ihrem Leihwagen hierhergefahren ist. Vermutlich hängt er jetzt bei den Duncans rum. Vielleicht sogar beide, als wären sie die besten Freunde. Wir werden hier echt beschissen, Boss, und aus dem Geschäft gedrängt.«

»Ausgeschlossen!«

»Boss, dein Verbindungsmann hat einem Konkurrenten seinen Wagen geliehen. Sie machen gemeinsame Sache. Wie willst du die Sache sonst deuten?«

»Ich komme aber nicht an den eigentlichen Käufer heran.«

»Du wirst's versuchen müssen.«

Wieder längeres Schweigen. Dann sagte Rossi: »Okay, vielleicht lässt sich doch was machen. Kümmert euch als Erstes um Mahmeinis Jungs. Lasst sie verschwinden, als wären sie nie geboren. Dann sorgt ihr dafür, dass Seth Duncan seinen Fehler einsieht. Findet irgendein Mittel, um seine Aufmerksamkeit zu erregen. Vielleicht über seine Frau. Anschließend knöpft ihr euch die drei alten Männer vor. Erklärt ihnen, dass wir die Abwicklung ab

Vancouver selbst übernehmen, wenn sie noch mal versuchen, uns reinzulegen. Ich will, dass sie sich in einer Stunde von jetzt in die Hose machen.«

»Was ist mit Reacher?«

»Spürt ihn auf, schneidet ihm den Kopf ab und nehmt ihn in einem Karton zu den Duncans mit. Sie sollen sehen, dass wir schalten und walten können, wie wir wollen. Sie sollen begreifen, dass wir jeden überall und jederzeit umlegen können. Sorgt dafür, dass sie verstehen, dass sie die Nächsten sein könnten.«

Reacher wachte zum zweiten Mal auf und wusste sofort, dass es 2.03 Uhr war. Die Uhr in seinem Kopf tickte wieder. Und er wusste sofort, dass er sich im Keller eines Hauses befand. Nicht in einem unfertigen Swimmingpool, nicht in einem unterirdischen Bunker. Der Beton war glatt und massiv, weil es in Nebraska Wirbelstürme gab und Bebauungspläne oder Normvorschriften, Versicherungsbedingungen oder nur einen gewissenhaften Architekten, der ausreichenden Schutz gefordert hatte. Folglich musste dies der Keller im Haus des Doktors sein, teils weil die Zeit nicht für einen Transport an einen anderen Ort gereicht hätte, teils weil es sich bei dem Haus des Doktors um das einzige Gebäude in weitem Umkreis handelte, das neu genug war, um von einem Architekten unter Einhaltung aller möglichen Bauvorschriften entworfen worden zu sein. In der guten alten Zeit hatten die Leute ihre Häuser selbst gebaut und anschließend aufs Beste gehofft.

Deshalb waren die unterschiedlich starken Leitungen für Wasser, Abwasser und Warmwasser bestimmt. Die grünen Metallboxen mit mineralischen Flecken waren Heizkessel und Warmwasserboiler. In Treppennähe war ein Sicherungskasten mit einer Glastür in die Wand eingelassen. Die Tür oben an der Treppe würde nach außen in den Flur aufgehen. Nicht nach innen. Keine Kellertür öffnete sich zur Treppe hin. Sonst hätten unvorsichtige

Hausbewohner wie in einem Slapstickfilm die Treppe hinunterpurzeln können. Und Wirbelstürme konnten bis zu fünfhundert Stundenkilometer erreichen. Da war es besser, wenn eine Schutzraumtür fest angedrückt wurde, statt weit aufgeweht zu werden.

Reacher setzte sich auf. Er war mit leicht schief geneigtem Kopf in dem Winkel zwischen Wand und Boden zusammengesackt. Sein Hals fühlte sich schmerzhaft steif an, was er für ein sehr gutes Zeichen hielt. Es bedeutete, dass die Schmerzen von seinem Nasenbeinbruch in den Hintergrund gedrängt wurden. Er hob eine Hand und berührte vorsichtig seine Nase. Sie war zwar immer noch geschwollen und sehr empfindlich, aber der Knochen befand sich wieder am richtigen Ort. Im Prinzip. Beinahe. Mehr oder weniger. Vermutlich nicht sehr hübsch, aber das war er noch nie gewesen. Er spuckte in die Handfläche und versuchte, sich das angetrocknete Blut von Mund und Kinn zu reiben.

Dann rappelte er sich auf. Außer Heizung und Boiler gab es hier unten nichts. Keine überquellenden Regale, keine Stapel staubiger Kartons, keine Werkbank, keine Lochplatten mit Haken für alle möglichen Werkzeuge. Reacher vermutete, dass sich dieses ganze Zeug in der Garage befand. Es musste irgendwo sein. Jeder Haushalt besaß solches Zeug. Aber der Keller bot Schutz vor Wirbelstürmen. Sonst nichts. Er diente nicht mal als Hobbyraum. Hier stand kein verschlissenes Sofa, kein Fernseher der vorletzten Generation, kein alter Kühlschrank, keine versteckte Flasche Bourbon. Hier unten gab es nichts außer einem Minimum an Haustechnik. Der Heizkessel arbeitete brummend. Sein Arbeitsgeräusch war etwas zu laut, deshalb schlich Reacher die Treppe hinauf, um an der Tür zu horchen. Er hörte Stimmen, leise und undeutlich, erst eine, dann eine andere, die sich regelmäßig abwechselten. Frage und Antwort. Ein Mann und eine Frau. Seth Duncan, vermutete er, der Fragen stellte, und Dorothy Coe oder die Frau des Doktors, die sie beantwortete – einsilbig, ohne Zischlaute. Verneinungen. Kein wirklicher Stress. Keine Schmerzen oder Panik. Nur Resignation. Dorothy Coe oder die Frau des Doktors sagte *Nein*, ganz ruhig, geduldig und resolut, immer wieder, auf jede neue Frage. Und sie hatte mehr als nur einen Zuhörer. Reacher konnte die Anwesenheit weiterer Personen im Haus spüren, die atmeten, sich bewegten, mit den Füßen scharrten. Der Doktor selbst, dachte er, und zwei der Footballspieler.

Reacher versuchte leise und geräuschlos die Kellertür zu öffnen. Der Griff ließ sich drehen, aber die Tür ging nicht auf. Sie war wie erwartet abgesperrt. Das massive Türblatt saß passgenau in einer Wand, die sich sehr fest und solide anfühlte. Wegen Tornados und Baugesetzen, Normvorschriften und Versicherungsbedingungen und eines gewissenhaften Architekten. Er nahm die Hand vom Türgriff und schlich wieder die Kellertreppe hinunter. Einen Augenblick lang fragte er sich, ob Baugesetze und Normvorschriften und ein gewissenhafter Architekt auf einem zweiten Zugang bestanden hatten. Vielleicht durch eine Falltür aus dem Schlafzimmer der Hausbesitzer? Das wäre nur vernünftig gewesen. Wirbelstürme waren schnell, und ein im Schlaf überraschtes Paar hatte unter Umständen keine Zeit mehr, die Kellertreppe zu erreichen. Also schritt er den ganzen Keller ab und inspizierte die Decke, wogegen sein steifer Hals protestierte, konnte jedoch keine Falltür entdecken. Hier existierte kein zweiter Zugang, folglich auch kein zweiter Ausgang. Nur unverputzter glatter Beton.

Er machte mitten im Keller halt. Ihm standen mehrere Möglichkeiten offen, von denen keine garantierten Erfolg versprach, während einige wenig aussichtsreich waren. Er konnte das heiße Wasser abdrehen, aber das wäre eine Provokation im Zeitlupentempo gewesen. Vermutlich würde in den kommenden paar Stunden niemand duschen wollen. Oder er konnte die Heizung abstellen, was wegen der Jahreszeit wirksamer gewesen wäre, aber die Reaktion würde trotzdem lange auf sich warten lassen, und die

Unschuldigen würden mit den Schuldigen leiden. Indem er den Hauptschalter betätigte, konnte er erreichen, dass im ganzen Haus die Lichter ausgingen, aber oben gab es mindestens eine Schrotflinte und vermutlich auch Stablampen. Er befand sich auf der falschen Seite einer abgeschlossenen Tür, war unbewaffnet und musste von unten herauf angreifen.

Nicht gut.

Überhaupt nicht gut.

44

Seth Duncans rechte Hand lag flach auf dem Esstisch des Doktors und war mit einem Beutel Tiefkühlerbsen aus dem Gefrierschrank bedeckt. Die Eiseskälte betäubte die Schmerzen, aber nicht sehr wirkungsvoll. Er brauchte eine weitere Dosis von Onkel Jaspers Lokalanästhetikum für Schweine und würde sie auch bekommen, aber bevor er sich verarzten ließ, musste er sich weiter um seinen Plan kümmern, der ziemlich gut zu funktionieren schien. Tatsächlich so gut, dass er sich sogar gestattet hatte, bis zum Finale vorauszudenken. Aus langer Erfahrung mit der Landbevölkerung wusste er, dass die Realität das war, was die Leute sagten. Wurde ein Ereignis nie erwähnt, dann hatte es nie stattgefunden. Wurde jemand nie erwähnt, dann hatte dieser Jemand nie existiert.

Duncan saß so an einer Längsseite des Tischs, dass er das dunkle Fenster hinter sich hatte. Ihm gegenüber hatten der Doktor, seine Frau und Dorothy Coe auf drei harten Stühlen Platz genommen und lauschten aufmerksam. Er stellte ihnen nacheinander eine Reihe von Fragen, hörte sich ihre Antworten an, urteilte über ihre Aufrichtigkeit, legte so das Fundament der Story, die in Zukunft erzählt werden würde. Mit dem Doktor war er fertig, mit der Frau des Doktors ebenso, mit Dorothy Coe fing er gerade erst an. Einer der Cornhusker stand auf seine Anweisung hin stumm und bedrohlich mit der alten Remington 870 an der Tür, einen weiteren hatte er als Wache an der Kellertür postiert. Die restlichen drei waren irgendwo mit ihren Wagen unterwegs, fuhren kreuz und quer durch die Nacht und gaben vor, Jagd auf Reacher zu machen. Diese Illusion musste wegen Rossis Jungs gewahrt werden. Reachers offizielle Gefangennahme sollte erst viel später an diesem Tag stattfinden. Realität war, was die Leute sagten.

Duncan fragte: »Haben Sie jemals einen Mann namens Reacher kennengelernt?«

Dorothy Coe gab keine Antwort. Sie sah nur nach links auf den Flur hinaus. Eine starrsinnige Frau mit kurios altmodischen Begriffen von Objektivität.

Duncan sagte: »Das ist eine sehr massive Kellertür. Das weiß ich, weil ich genau dieses Modell bei uns eingebaut habe, als wir renovierten. Sie hat einen Stahlkern, sitzt in einem Stahlrahmen, hat übergroße Angeln und ein aufsprengsicheres Schloss. Sie ist für Tornados bis zur Stärke F5 zertifiziert. Sie hält Winde bis zu dreihundert Meilen in der Stunde aus und trägt das FEMA-Gütesiegel. Nehmen wir mal rein hypothetisch an, im Keller wäre jemand, können Sie sich darauf verlassen, dass dieser Jemand dort unten bleibt. Er könnte unmöglich entkommen. Er wäre praktisch nicht existent.«

Dorothy Coe fragte: »Wieso lassen Sie einen Footballspieler an der Tür lehnen, wenn sie so sicher ist?«

»Irgendwo muss er sein«, antwortete Duncan. Dann grinste er. »Wär's Ihnen lieber, wenn er im Schlafzimmer wäre? Vielleicht könnte er sich dort drinnen mit Ihrer Freundin vergnügen, während Sie meine Fragen beantworten.«

Dorothy Coe blickte nach rechts zur Frau des Doktors.

Duncan fragte: »Haben Sie jemals einen Mann namens Reacher kennengelernt?«

Dorothy Coe gab keine Antwort.

Duncan sagte: »Die Zeit vergeht. Bevor man sichs versieht, ist's Frühling. Dann pflügen und säen Sie. Mit etwas Glück gibt es genug Regen, und Ihre Ernte ist gut. Aber was dann? Wollen Sie, dass sie transportiert wird? Oder wollen Sie sich einen Gewehrlauf in den Mund stecken wie Ihr nichtsnutziger Mann?«

Dorothy Coe schwieg.

Duncan fragte: »Haben Sie jemals einen Mann namens Reacher kennengelernt?«

Dorothy Coe sagte: »Nein.«

»Haben Sie jemals von einem Mann namens Reacher *gehört?*«

»Nein.«

»War er jemals in Ihrem Haus?«

»Nein.«

»Haben Sie ihm jemals ein Frühstück gemacht?«

»Nein.«

»War er hier, als Sie vorhin angekommen sind?«

»Nein.«

Draußen auf dem Flur drehte sich der Türknopf der Kellertür eine Handbreit von der Hüfte des zweiten Footballspielers entfernt, beschrieb einen Viertelkreis und kehrte in seine Ausgangslage zurück.

Niemand bekam etwas mit.

Im Esszimmer fragte Duncan: »Ist diesen Winter irgendein Fremder hier aufgetaucht?«

»Nein.«

»Überhaupt niemand?«

»Nein.«

»Irgendwelche lokalen Probleme?«

»Nein.«

»Hat sich irgendwas verändert?«

»Nein.«

»Möchten Sie, dass sich etwas verändert?«

»Nein.«

»Das ist gut«, sagte Duncan. »Mir gefällt der Status quo, und ich bin froh, dass Sie genauso denken. Das nützt uns allen. Kein Grund, weshalb wir nicht miteinander auskommen sollten.« Er stand auf und ließ die Packung Erbsen auf dem Tisch liegen, auf dessen gewachster Oberfläche einige Wassertropfen zurückblieben. Er sagte: »Ihr drei bleibt hier. Meine Jungs kümmern sich um euch. Versucht nicht, das Haus zu verlassen oder zu telefonieren. Geht nicht mal dran, wenn es klingelt. Die Telefonkette ist heute Nacht für euch tabu. Ihr seid vorübergehend von ihr abgeschnitten. Verstöße dagegen werden rasch und streng geahndet.«

Dann zog Duncan unbeholfen seinen Parka an, wobei er nur die linke Hand benutzen konnte, und ging an dem Kerl mit der Remington vorbei zur Haustür. Die anderen hörten, wie sie geöffnet wurde und ins Schloss fiel. Eine Minute später hörten sie den Mazda davonröhren.

Mahmeinis Mann fuhr mit dem Cadillac auf der Landstraße nach Süden, fünf gemächliche Meilen weit, dann schaltete er die Scheinwerfer aus und rollte im Schritttempo weiter. Der große Motor flüsterte, und das Abrollgeräusch der weichen Reifen war kaum zu hören. Rechts der Straße sah er die drei alten Häuser. Hinter einem der Fenster im Erdgeschoss brannte Licht. Ansonsten war kein Lebenszeichen zu erkennen. Vor den Häusern standen drei Wagen, im Mondschein nur vage auszumachen, lauter alte Pickups, keiner von ihnen ein neuer blauer Chevrolet. Aber der würde noch kommen, davon war Mahmeinis Mann absolut überzeugt. Rossi legte es darauf an, Safir und sogar Mahmeini zu überspringen, aber er musste auch darauf gefasst sein, Angriffe der Konkurrenz abzuwehren. Seine Geschäftsbeziehung zu den Duncans musste geschützt werden. Das bedeutete, dass seine Jungs öfter nach den Duncans sehen, sie beruhigen, ihnen schmeicheln, sie beschwichtigen und vor allem dafür sorgen würden, dass sonst niemand an sie herankam. Vernünftige standardmäßige Sicherheitsvorkehrungen, direkt aus dem Lehrbuch.

Mahmeinis Mann rollte an der Einfahrt der Duncans vorbei, wendete und parkte hundert Meter weiter südlich auf der anderen Straßenseite, halb auf dem Asphalt, halb auf dem Bankett, mit ausgeschalteten Scheinwerfern. Dort stand der große schwarze Wagen in einer kleinen Senke, ungefähr so unsichtbar, wie er ohne Tarnnetz überhaupt sein konnte. Einige Chromteile des Cadillacs konnten Mondlicht reflektieren, das war ihm klar, aber in der Luft hing leichter Nebel, und Rossis Männer würden ohnehin nur Augen für die Einfahrt haben, auf die sie abbiegen mussten. Das taten Fahrer immer. Menschliche Natur. Ein Auto zu lenken, war zuallererst ein mentaler Prozess. Der Kopf wurde gedreht, die Augen suchten das Ziel, die Hände folgten automatisch.

Mahmeinis Mann wartete. Er stand mit Blickrichtung nach Norden, weil er damit rechnete, dass Rossis Leute aus Norden kommen würden, aber sie konnten natürlich auch von Süden her auftauchen, daher verstellte er den Innenspiegel entsprechend. Von dem Nebel, der mithalf, ihn zu tarnen, war seine Heckscheibe leicht beschlagen. Nicht weiter schlimm, aber ein unbeleuchtet fahrender Wagen würde schwer zu erkennen sein. Aber warum sollten Rossis Jungs ohne Licht fahren? Sie hatten in dieser Nacht bei drei Versuchen drei Männer umgelegt und strotzten vermutlich vor Selbstbewusstsein.

Fünf Meilen nördlich war der Feuerschein des brennenden Autos noch immer sichtbar, aber er sank allmählich in sich zusammen. Nichts brannte ewig. Über der roten Glut aufsteigender Qualm verdunkelte dort den Mond. Ansonsten lag die nächtliche Landschaft so dunkel und still da wie bestimmt seit hundert oder mehr Jahren. Mahmeinis Mann starrte die Straße vor sich an und sah nichts.

Er wartete.

Dann sah er etwas.

Weit links voraus tauchte ein bläuliches Leuchten im Nebel auf, eine hohe halbrunde Lichtblase, die sich rasch in West-Ost-Richtung bewegte. Ein Auto, das in rechtem Winkel auf ihn zukam, das ein bis zwei Meilen nördlich von ihm auf die Landstraße stoßen, rechts abbiegen und auf ihn zukommen oder links abbiegen und von ihm wegfahren würde. Er zog seine Pistole aus der Tasche und legte sie neben sich auf den Beifahrersitz. Die Lichtblase wurde langsamer, kam fast zum Stehen, beschleunigte wieder und leuchtete hell auf. Das Auto war nach rechts, auf ihn zu abgebogen. Aber er wusste sofort, dass dies nicht der Chevrolet Impala war. Die hüpfenden Scheinwerfer sagten ihm, dass es zu klein, zu niedrig, zu flink war. Porsches und Ferraris in Vegas bewegten sich nachts ähnlich: ihre Frontpartie klebte förmlich auf dem Asphalt, sodass die Scheinwerfer zitterten und sprangen. Im Vergleich dazu wirkten große, schwerfällige US-Straßenkreuzer wie betäubt. Sie bewegten sich als Klumpen, träge, gedämpft und schwankend und ohne richtige Bodenhaftung.

Er wartete, bis die Lichtblase sich in zwei nervöse Scheinwerferstrahlen auflöste, die zu zwei niedrig über dem Asphalt liegenden ovalen Scheinwerfern wurden. Er verfolgte, wie der Wagen zweihundert Meter vor der Einfahrt abbremste und auf die in hundert Meter von ihm entfernte Zufahrt abbog. Es handelte sich um den winzigen roten Mazda Miata, den er vor dem restaurierten Farmhaus der Duncans gesehen hatte. Das Auto der Schwiegertochter. Sie kam auf Besuch. Bestimmt zu keinem geselligen Beisammensein. Nicht so spätnachts. Wahrscheinlich hatte sie vorher angerufen und von ihrem Zusammentreffen mit dem seltsamen Iraner erzählt, und war angewiesen worden, aus Sicherheitsgründen zu ihnen zu kommen. Die Duncans wussten vermutlich, dass bis Tagesanbruch einige Abrechnungen fällig sein würden, und wollten verhindern, dass jemand von ihnen ins Kreuzfeuer geriet.

Mahmeinis Mann beobachtete, wie der Mazda die Zufahrt entlangholperte und neben den alten Pick-ups geparkt wurde. Die Scheinwerfer verloschen. Zehn Sekunden später flammte eine Lampe über der Haustür auf, als eine Gestalt das Haus betrat. Danach wurde es wieder dunkel.

Er behielt weiter die Straße im Blick und wartete. Der Nebel wurde dichter und langsam zu einem Problem. Die Frontscheibe des Cadillacs beschlug allmählich. Er tastete nach dem Wischerhebel und betätigte ihn. Im Vergleich dazu machte die Heckscheibe umso mehr Probleme. Sie war voller Wassertröpfchen und sogar ein Wagen, der mit Licht fuhr, würde schwer zu erkennen sein.

Mahmeinis Mann ließ die Straße vor sich nicht aus den Augen, während er nach dem Schalter für die Heckscheibenheizung tastete. Er war schwer zu finden. Weil die Scheinwerfer nicht brannten, war auch das Wageninnere dunkel. Und hier in diesem Luxusauto gab es eine Menge Knöpfe und Schalter. Er senkte den Blick und fand einen Knopf mit Zickzacksymbolen, die zu einer Heizung zu gehören schienen. Er leuchtete warnend rot auf, als er ihn drückte. An der Heckscheibe veränderte sich nichts, aber sein Hintern wurde warm. Er schaltete ihn aus und drückte einen weiteren Knopf, ohne den Blick ganz von der Straße zu nehmen. Diesmal plärrte das Radio ohrenbetäubend laut los. Er machte es hastig aus und versuchte es mit einem Knopf gleich daneben, der unter seiner Fingerspitze klickte.

Der Kofferraumdeckel sprang mit einem *Plop!* auf und öffnete sich hydraulisch gedämpft, bis er in Senkrechtstellung war.

Jetzt hatte er gar keine Sicht mehr nach hinten.

Nicht gut.

Und vermutlich war der Kofferraum innen beleuchtet. Auch

wenn das Licht nur schwach und gelblich war, würde es im Dunkel der Nacht bestimmt wie ein starker Suchscheinwerfer wirken.

Überhaupt nicht gut.

Er drückte nochmals auf den Knopf, ohne wirklich darüber nachzudenken. Später wurde ihm klar, dass er halbwegs erwartet hatte, der Kofferraumdeckel werde sich langsam wieder schließen, so wie die Sitzheizung und das Autoradio ausgegangen waren. Aber der Deckel schloss sich natürlich nicht wieder. Der Entriegelungsmechanismus klickte und surrte nur, und der Kofferraumdeckel blieb offen.

Weit offen.

Den Blick nach hinten blockierend.

Er würde aussteigen und den Deckel mit der Hand schließen müssen.

45

Roberto Cassano und Angelo Mancini hielten sich seit drei Tagen in diesem Gebiet auf und rechneten sich aus, ihr einziger wirklicher Vorteil gegenüber Mahmeinis Team bestehe aus ihrer Ortskenntnis. Sie wussten buchstäblich, wie die Dinge lagen. Vor allem wussten sie, dass das Land eben und leer war. Wie ein mit braunem Filz bezogener gigantischer Billardtisch. Felder, aus wirtschaftlichen Gründen riesig, keine Gräben, keine Hecken, keine anderen natürlichen Hindernisse, der Erdboden hart gefroren. Obwohl ihr Leihwagen ein gewöhnlicher Viertürer ohne Allradantrieb war, konnten sie damit ohne Weiteres querfeldein fahren. Und sie kannten den Gebäudekomplex der Duncans aus eigener Anschauung. Sie kannten ihn gut. Sie konnten weit ausholend von hinten darauf zufahren – langsam und leise, ohne Licht, ihr dunkelblauer Wagen bei Nacht unsichtbar –, aussteigen, über den lächerlichen Plankenzaun klettern und das Haus von hinten stürmen. Überraschung war alles. Vorn konnte jemand Wache halten, aber hinten würden die Duncans mit Mahmeinis Männern in einer der Küchen hocken, sich wahrscheinlich mit billigem Bourbon zuprosten und befriedigt über ihren neuen, kürzeren Vertriebsweg lachen.

Zwei Pistolenschüsse würden diese fröhliche Runde auflösen.

Auf Höhe des Motels schaltete Cassano, der auf der Landstraße nach Süden unterwegs war, seine Scheinwerfer aus. Der Ford auf dem Parkplatz brannte noch, aber nur noch ganz wenig. Von den Reifenresten stieg ölig schwarzer Qualm auf, und an den Stellen, wo Öl auf den Boden getropft war, züngelten kleine Flammen. Safirs Jungs waren dunkle, auf ungefähr halbe Größe zusammengeschrumpfte Gestalten, beide mit den Zickzackfedern ihrer ausgebrannten Sitze verschweißt, ihre Münder zu lautlosen Schreien aufgerissen, die Köpfe glatt gebrannt, die Hände wie Krallen hochgereckt. Mancini grinste. Cassano fuhr langsam an ihnen vorüber und folgte vorsichtig der Straße, deren Ränder im schwachen Mondlicht schlecht zu erkennen waren.

Vier Meilen südlich des Motels und eine Meile nördlich der Duncan-Häuser wurde er noch langsamer, schlug das Lenkrad ein, holperte übers Bankett und fuhr querfeldein weiter. Der Wagen schwankte und rumpelte. Geologisch gesehen war das Gelände eben wie ein Brett, aber unten, wo die Reifen übers Feld rollten, war der Ackerboden klumpig und von Rillen durchzogen. Die Federung knarrte und holperte, und das Lenkrad ruckte in Cassanos Händen. Aber sie kamen stetig voran. Er fuhr nicht schneller als zwanzig und beschrieb eine weite Kurve, die ungefähr eine halbe Meile hinter dem Häuserkomplex enden sollte. Zwei Minuten, rechnete er sich aus. Einmal musste er scharf bremsen und ein Dornengebüsch umfahren. Gleich dahinter entdeckten sie die ausgebrannte Karosserie eines Geländewagens. Reachers Werk vom gestrigen Vormittag. Aber danach war alles einfach. Vor sich sah er einen schwachen gelblichen Lichtschein, auf den er nur zuzuhalten brauchte. Bestimmt ein Küchenfenster. Vermutlich im südlichsten der drei Häuser. Jacob Duncans Haus. Das Haus des Patriarchen.

Mahmeinis Mann stieg aus dem Cadillac und blieb einen Augenblick in der Nachtkälte stehen. Er ließ seinen Blick in alle Richtungen schweifen, nach Osten, Süden, Westen und Norden, konnte aber nirgends eine Bewegung erkennen. Er schloss seine Tür, damit die Innenbeleuchtung ausging, machte einen Schritt in Richtung Wagenheck und sah, dass er richtig vermutet hatte. Im Kofferraum brannte Licht, das schwach gelblich strahlte. Von vorn praktisch nicht zu sehen, von hinten jedoch ein Problem. Auf Lichtreize reagierte das menschliche Auge sehr empfindlich.

Er tat einen weiteren Schritt, war nun an der hinteren Tür vorbei, hob die flache linke Hand und spürte irgendwie schon die vertrauten Reize, die zu einer Tätigkeit gehörten, die er schon tausendmal verrichtet hatte: seine Hand ungefähr dreißig Zentimeter vom Rand des Kofferraumdeckels entfernt, damit ihr Druck sich gleichmäßig auf beide Gelenke verteilte, damit das Blech sich nicht einbeulte, damit die beiden geeichten Federn sich leise knarrend streckten, worauf der Deckel sich glatt und leicht senkte, bis der teure Schließmechanismus ihn zu fassen bekam und ganz schloss.

Er kam nur so weit, dass er die Hand auf den Kofferraumdeckel legte.

Unbewusst beugte er sich bei dieser Bewegung etwas nach vorn, obwohl er den Deckel nicht zuknallen wollte, keineswegs schlecht gelaunt, sondern nur, um leichter Druck ausüben zu können. Und diese veränderte Haltung machte seine Schultern etwas runder, sodass sein Kopf ein wenig nach vorn kam, was seine Blickrichtung minimal veränderte. Nun hatte er die Wahl zwischen dem beleuchteten Innern eines bisher geschlossenen Raums und dem formlosen Asphalt einer nachtdunklen Landstraße … und, jedes menschliche Auge hätte Ersteres Letzterem vorgezogen.

Asghar Arad Sepehr sah starr zu ihm auf.

Seine blicklosen Augen standen weit offen. Sein dunkler Teint war totenbleich, wirkte im Lampenlicht wächsern gelblich. Beschleunigungs-, Brems- und Lenkmanöver hatten ihn zusammengekrümmt in den hintersten Winkel des Kofferraums rutschen lassen. Seine Gliedmaßen waren verrenkt. Sein Hals war schief, sein Blick fragend.

Mahmeinis Mann stand absolut reglos, die linke Hand auf dem kalten Stahl, mit offenem Mund, kaum atmend, sein Herz kaum schlagend. Er zwang sich dazu wegzusehen. Dann schaute er wieder hin. Er hatte keine Halluzinationen. Nichts hatte sich verändert. Er begann wieder zu atmen, dann keuchte er. Sein Herz hämmerte. Er fing an zu zittern und zu frösteln.

Asghar Arad Sepehr starrte zu ihm auf.

Mahmeinis Mann nahm die Hand vom Kofferraumdeckel und schlurfte weiter, bis er genau hinter dem Wagen stand. Während Auspuffschwaden seine Knie umwaberten, stand er mit an die Stirn gelegten Händen da, starrte nach unten und verstand nicht, was er sah. Asghar war mausetot, aber es gab kein Blut. Kein Einschussloch zwischen den Augen. Keine Verletzung durch stumpfe Gewalteinwirkung, kein eingeschlagener Schädel, kein Genickbruch, keine Anzeichen von Tod durch Erwürgen oder Ersticken, keine Stichwunden, keine bei der Abwehr eines Angriffs erlittenen Verletzungen. Überhaupt nichts, nur sein Freund, der tot im Kofferraum lag.

Mahmeinis Mann entfernte sich, drei Meter, dann fünf; dann drehte er sich wieder um, hob den Kopf, reckte die Arme hoch und heulte stumm den Mond an: die Augen zugekniffen, den

Mund verzweifelt aufgerissen, abwechselnd mit den Füßen aufstampfend, als trabte er auf der Stelle.

Dann hörte er auf damit, rieb sich das Gesicht erst mit der einen, dann mit der anderen Hand und begann nachzudenken. Aber der Fall war so komplex, dass er nicht zu begreifen war. Sein Freund war sechzig Meilen von hier von einem Unbekannten auf unbekannte Weise, die keine Spuren hinterlassen hatte, ermordet und in den Kofferraum eines Wagens gelegt worden, der absolut nichts mit Rossis oder Safirs Jungs zu tun haben konnte. Dann war sein eigener Leihwagen geklaut worden, sodass er genau diesen Cadillac, der als Einziger in Frage gekommen war, hatte stehlen müssen – unvermeidlich und unerbittlich wie eine Marionette, die von einem grinsenden Puppenspieler, der ihr geistig weit überlegen war, aus der Ferne bewegt wurde.

Alles unbegreiflich.

Tatsachen waren jedoch Tatsachen. Er trat wieder an den Kofferraum und machte sich wie ein Pathologe im Leichenschauhaus daran, Asghar genau zu untersuchen. Er zerrte ihn in die Mitte des Kofferraums. Die Innenbeleuchtung war einigermaßen hell, aber sie zeigte nichts von Bedeutung. Asghar hatte weder Knochenbrüche noch Prellungen, weder Schürf- noch Schnittwunden, keine Kratzer und nichts unter den Fingernägeln. Seine Pistole, sein Messer und sein Geld fehlten, was interessant war. Um ihn herum lagen alle möglichen Dinge, die man in einem Kofferraum zu finden erwartete, was seltsam war. Niemand hatte versucht, ihn irgendwie aufzuräumen. Nichts eventuell Belastendes war entfernt worden. In dem Kofferraum lagen eine leere Tragetüte mit einem Kassenzettel von voriger Woche und eine fast einen Monat alte Lokalzeitung, noch zusammengefaltet und ungelesen, braun vertrocknete Blätter und Erdkrümel, als hätte jemand Pflanzen transportiert. Der Cadillac gehörte offenbar jemandem, der ihn ganz normal benutzte und in keiner Weise für seinen jetzigen gruseligen Verwendungszweck präpariert hatte.

Wem gehörte dieser Wagen also? Das war die erste Frage. Darüber würden natürlich die Kennzeichen Aufschluss geben – falls sie echt waren. Aber nachdem anscheinend nichts entfernt worden war, ließ sich das vielleicht schneller feststellen. Mahmeinis Mann ging nach vorn zur rechten Tür, öffnete sie, beugte sich hinein und machte das Handschuhfach auf. Er fand eine schwarze Ledertasche in Buchgröße mit dem in Gold eingeprägten Cadillac-Logo. Sie enthielt zwei Betriebsanleitungen, eine dick, eine dünn, eine für den Wagen und eine für das Radio, die Geschäftskarte eines Autoverkäufers, die in vier Schlitzen in der Taschenklappe steckte, sowie den Fahrzeugschein und die Versicherungsbescheinigung. Er zog beide Dokumente heraus, ließ die Lederhülle in den Fußraum fallen und hielt die Dokumente unter die Beleuchtung des Handschuhfachs.

Der Cadillac gehörte Seth Duncan.

Was auf überraschende, schreckliche, spektakuläre Weise logisch war. Weil alles von Anfang an völlig falsch eingeschätzt worden war. Das schien die einzig mögliche Erklärung zu sein. Es gab keinen riesigen Fremden, der hier Amok lief. Keiner hatte ihn gesehen, und niemand konnte ihn beschreiben, weil er nicht existierte. Er war erfunden. Er war imaginär. Er war ein Köder. Er war eine List. Die ganze angebliche Verzögerung war Bockmist. Sie war von A bis Z erfunden. Sie hatte nur dazu gedient, um alle nach Nebraska zu locken, damit sie ausgeschaltet, liquidiert, umgelegt werden konnten. Die Duncans beseitigten ein Kettenglied nach dem anderen und wollten die gesamte Kette eliminieren, um direkt mit den Saudis ganz oben verhandeln und den eigenen Gewinn vervielfachen zu können. Sehr kühn, aber ganz offensichtlich machbar, für sie in Reichweite, weil alle ihre Fähigkeiten unterschätzt hatten. Sie waren nicht die ahnungslosen Hinterwäldler, für die jedermann sie hielt. Sie waren skrupellose Strategen von erstaunlicher Qualität, subtil, trickreich, zu tiefen Einsichten und scharfsinnigen Analysen imstande. Sie hatten Mahmeini völlig korrekt und realistisch als stärksten Gegner ausgemacht und seine Reaktion von Anfang an behindert, indem sie Asghar auf rätselhafte Weise umlegten, noch bevor der Gong ertönte, und seine äußerlich unversehrte Leiche in einem Wagen zurückgelassen, von dem sie sicher wussten, dass er aufgefunden und als eines ihrer Fahrzeuge identifiziert werden würde.

Das war also nicht nur ein Coup, sondern auch eine Botschaft gewesen, die dreist, kunstvoll und subtil übermittelt worden war. Eine Botschaft, die besagte: *Wir können alles tun, was wir wollen. Wir kommen an jeden heran, überall und jederzeit, und ihr habt nicht die leiseste Ahnung, wie wir das gemacht haben.* Und für den Fall, dass Subtilität nicht genug beeindruckte, hatten sie Safirs Männer in einer brutalen Demonstration von Macht auf dem Motelparkplatz erschossen und verbrannt. Und das waren nicht Rossis Jungs gewesen. Die waren vermutlich ebenfalls tot, irgendwo anders, irgendwie anders, vielleicht zerstückelt, ausgeblutet oder sogar gekreuzigt. Oder lebendig begraben. Schließlich hatte Rossis Vertreter genau davon gesprochen, als über die Vorlieben der Duncans geredet wurde.

Mahmeinis Mann fühlte sich völlig allein gelassen. Er *war* völlig allein. Er war der letzte Überlebende. Er besaß keine Freunde, keine Verbündeten, keine Ortskenntnis. Und er hatte keine Ahnung, was er als Nächstes tun sollte, außer um sich zu schlagen, sich zu wehren, Rache zu suchen.

Auch keinen Wunsch, etwas anderes zu tun.

Er starrte zu den drei Häusern der Brüder Duncan hinüber, dann schloss er, fast ehrfürchtig und mit sanftem Druck, den Kofferraumdeckel über Asghar. Anschließend ging er zur rechten Tür, beugte sich hinein und nahm seine Glock vom Beifahrersitz. Er schloss die Tür, überquerte die Straße und lief parallel zur eingezäunten Zufahrt der Duncans geradeaus weiter, sodass die drei Häuser hundert Meter vor ihm lagen – in der Rechten die Pistole, in der Linken sein Messer.

Eine halbe Meile hinter den Häusern der Duncans fuhr Roberto Cassano langsamer, schlug das Lenkrad des Chevrolets ganz ein und ließ ihn in Richtung Komplex weiterrollen. In hundert Metern Entfernung brachte er ihn mit der Handbremse zum Stehen. Er schaltete die Deckenleuchte aus, damit sie nicht brannte, wenn die Türen geöffnet wurden, und schaute zu Angelo Mancini, der neben ihm saß. Die beiden nickten sich zu, stießen ihre Türen auf und stiegen aus. Sie zogen ihre Colt-Pistolen und hielten sie hinter dem Rücken, damit der polierte Stahl nicht im Mondschein glänzte. Sie machten sich auf, Schulter an Schulter die hundert Meter weit zu gehen.

46

Der Doktor, seine Frau und Dorothy Coe saßen schweigend im Esszimmer, aber der Footballspieler mit der Schrotflinte hatte seinen Platz an der Tür verlassen und lag nun in ganzer Länge auf dem Sofa im Wohnzimmer, wo er sich auf dem großen neuen Fernseher des Doktors aufgezeichnete NFL-Höhepunkte in HD-Qualität anschaute. Sein Partner war von der Kellertür weggetreten und lehnte bequem an der Wand im Flur, sodass er aus größerer Entfernung schräg auf den Bildschirm sehen konnte. Beide waren ganz auf die Sendung konzentriert. Der Ton war leise gestellt, aber sehr deutlich, die Raumbeleuchtung ausgeschaltet. Das Telefon hatte dreimal geklingelt, aber niemand war rangegangen. Sonst war alles friedlich. Dies hätte der Abend des ersten Weihnachtstags oder ein Thanksgiving-Spätnachmittag sein können.

Dann fiel im ganzen Haus der Strom aus.

Das Fernsehbild war plötzlich weg und das unterschwellige Summen der Heizungspumpe verstummte. Stille sank herab. Die Wände schienen sich aufzulösen, als gäbe es keinen Unterschied mehr zwischen drinnen und draußen.

Der Footballspieler auf dem Flur stieß sich von der Wand ab und blieb dort stehen. Sein Partner im Wohnzimmer erhob sich vom Sofa und fragte: »Was ist passiert?«

Sein Kollege antwortete: »Keine Ahnung.«

»Doktor?«

Der Doktor stand vom Esstisch auf, tastete sich durch den Raum zur Tür und sagte: »Der Strom ist ausgefallen.«

»Ohne Scheiß, Sherlock. Haben Sie Ihre Rechnung bezahlt?«

»Daran liegt's nicht.«

»Woran denn sonst?«

»Könnte ein weiträumiger Stromausfall sein.«

Der Kerl im Wohnzimmer trat ans Fenster und starrte in die Nacht hinaus. Er fragte: »Wie, zum Teufel, könnten Sie das herausfinden?«

Der Mann im Flur fragte: »Wo sind die Sicherungen?«

Der Doktor sagte: »Unten im Keller.«

»Klasse. Reacher ist aufgewacht, und er spielt daran herum.« Der Kerl tastete sich die Wand entlang zur Kellertür und hämmerte dagegen. Dabei rief er laut: »Schalten Sie ihn wieder ein, Arschloch!«

Keine Reaktion.

Absolute Dunkelheit im ganzen Haus. Nirgends der kleinste Lichtschimmer.

»Sie sollen den Strom einschalten, Reacher!«

Keine Antwort.

Kälte und Schweigen.

Der Kerl im Wohnzimmer tastete sich in den Flur hinaus. »Vielleicht ist er gar nicht wach. Vielleicht ist's ein echter Stromausfall.«

Sein Partner fragte: »Haben Sie eine Stablampe, Doktor?«

Der Doktor sagte: »In der Garage.«

»Holen Sie sie.«

»Ich sehe aber nichts.«

»Tun Sie Ihr Bestes, okay?«

Der Doktor schlurfte zögernd den Korridor entlang, ließ seine Finger über die Wand streifen, prallte gegen den ersten Kerl, spürte die Masse des zweiten und umging sie, schaffte es in die Küche, stieß gegen einen Stuhl, der laut polternd umfiel, und rammte sich die Tischecke in den Oberschenkel. Die Welt der Blinden. Er tastete sich an den Schränken entlang weiter, kam an Ausguss und Herd vorbei und fand die Tür zum Garagendurchgang. Draußen machte er mit ausgestreckten Armen zwei, drei Schritte, ertastete den Türknopf der Garagentür, drehte ihn und betrat den kalten Raum dahinter. Er fand die Werkbank, hob die Hand und ließ sie über die darüberhängenden Gegenstände gleiten. Ein Hammer, mit dem man zuschlagen, Schraubenzieher, mit denen man zustechen konnte. Schraubenschlüssel, deren Metall sich eiskalt anfühlte. Er fand den Kunststoffzylinder der Stablampe und zog sie aus ihrer Halterung. Als er den Schalter mit dem Daumen betätigte, leuchtete ein schwacher gelber Lichtstrahl auf. Er schlug mit dem Kopf der Lampe in seine Handfläche und erreichte so, dass der Lichtstrahl etwas heller wurde. Als er sich umdrehte, sah er einen der Footballspieler dicht neben sich stehen. Den aus dem Wohnzimmer.

Der Footballspieler grinste, nahm ihm die Stablampe aus der Hand, hielt sie sich unters Kinn und machte eine Fratze wie eine Halloweenlaterne. »Gut gemacht, Doc«, sagte er, drehte sich um und bewegte den Lichtstrahl auf seinem Rückweg ins Haus auf und ab, hin und her. Der Doktor folgte ihm mit einer Sekunde Abstand. Der Footballspieler befahl ihm: »Sie gehen jetzt wieder ins Esszimmer«, und deutete mit dem Lichtstrahl die Richtung an. Als der Doktor an den Tisch zurückkehrte, sagte der Footballspieler: »Ihr bleibt alle hier, verstanden, und bewegt euch nicht vom Fleck.« Dann schloss er die Esszimmertür.

Sein Partner fragte: »Was machen wir jetzt?«

Der Kerl mit der Stablampe sagte: »Wir müssen herausfinden, ob Reacher wach ist oder nicht.«

»Wir haben ihn ziemlich zugerichtet.«

»Worauf tippst du?«

»Und du?«

Der Typ mit der Taschenlampe gab keine Antwort. Er ging den Flur entlang zur Kellertür, schlug mit der flachen Hand dagegen und rief: »Reacher, stellen Sie den Strom wieder an, sonst passiert hier oben was Schlimmes!«

Keine Antwort.

Stille.

Der Kerl mit der Stablampe hämmerte nochmals an die Tür, dann sagte er: »Das ist mein Ernst, Reacher. Stellen Sie den verdammten Strom wieder an.«

Keine Antwort.

Stille.

Der andere Typ fragte wieder: »Was machen wir jetzt?«

Der Mann mit der Stablampe sagte: »Hol die Frau des Doktors her.« Er richtete den Lichtstrahl auf die Esszimmertür. Sein Partner ging hinein und kam mit der Frau des Doktors, die er am Ellbogen hielt, wieder heraus. Der Kerl mit der Stablampe forderte sie auf: »Schreien Sie!«

Sie fragte: »Was?«

»Schreien Sie, sonst sorge ich dafür, dass Sie's tun.«

Sie machte eine kurze Pause und blinzelte ins Licht der Stablampe, dann schrie sie lange und hoch und laut. Als sie verstummte, herrschte wieder Stille, und der Typ mit der Stablampe hämmerte erneut an die Kellertür und fragte: »Haben Sie das gehört, Arschloch?«

Keine Antwort.

Stille.

Der Mann mit der Stablampe richtete den Lichtstrahl auf die Esszimmertür. Sein Partner führte die Frau des Doktors dorthin zurück, stieß sie hinein und schloss erneut die Tür. Er fragte wieder: »Was machen wir jetzt?«

Der Kerl mit der Stablampe sagte: »Wir warten auf Tageslicht.«

»Das kommt erst in vier Stunden.«

»Hast du 'ne bessere Idee?«

»Wir könnten das Mutterschiff rufen.«

»Es würde uns nur anweisen, allein damit zurechtzukommen.«

»Ich gehe da nicht runter. Nicht zu ihm.«

»Ich auch nicht.«

»Was machen wir also?«

»Wir warten einfach. Er hält sich für clever, aber das ist er nicht. Wir können im Dunkeln sitzen. Das kann jeder. Das ist keine Wissenschaft.«

Sie folgten dem tanzenden Lichtstrahl ins Wohnzimmer und setzten sich mit der alten Remington zwischen ihnen aufs Sofa. Um Strom zu sparen, knipsten sie die Stablampe aus. Der Raum um sie herum versank wieder in Dunkelheit, Kälte und Stille.

Mahmeinis Mann ging hundert Meter parallel zur Einfahrt weiter, dann stieß er auf einen Plankenzaun, der ihm den Weg abschnitt. Er bildete das linke untere Ende des T-förmigen Grundstücks der Duncans. Die Planken waren fünfzehn Zentimeter hohe Bretter, alle etwas knorrig und verzogen, aber leicht zu überklettern. Er überwand den Zaun mühelos und blieb kurz an einer Stelle stehen, an der er den Mazda und die drei Pick-ups links neben sich und das südliche Gebäude genau vor sich hatte. Nur das mittlere Haus war dunkel. In dem nördlichen und dem südlichen brannte Licht, allerdings nur schwach, als würden nur rückwärtige Räume genutzt, aus denen das Licht durch offene Flure und offene Türen bis zu den vorderen Fenstern gelangte. In der Luft hing der Geruch von Holzrauch. Aber es gab keine Geräusche, nicht den geringsten Laut. Mahmeinis Mann zögerte, überlegte, versuchte sich zu entscheiden. Links oder rechts?

Cassano und Mancini erreichten den Komplex von hinten, von dem dunklen, im Winterschlaf liegenden Feld aus, und machten am Zaun gegenüber dem mittleren Haus halt, das ihres Wissens Jonas gehörte. Es war abgesperrt und dunkel, aber in den Küchen der Nachbarhäuser brannte Licht, das in breiten Streifen über den verunkrauteten Kies fiel. Obwohl der Kies festgefahren war, knirschte er noch ziemlich laut, wie Cassano festgestellt hatte, als er hinausgegangen war, um mit Rossi zu telefonieren. Sie konnten nichts Besseres tun, als vorläufig auf dem Feld zu bleiben, um dann ihr Ziel auf dem kürzesten Weg zu erreichen. Das würde das Geräusch ihrer Annäherung auf ein Minimum reduzieren. Aber was sollte ihr Ziel sein? Links oder rechts? Jaspers Haus oder das von Jacob?

Alle vier Duncans hielten sich in Jaspers Keller auf, wo sie in alten Kartons nach einem weiteren tierärztlichen Betäubungsmittel suchten. Der Rest der für Schweine bestimmten Arznei war für Seth' Nase draufgegangen, und für seine zertrümmerte Hand wurde ohnehin etwas Stärkeres gebraucht. Zwei Finger waren bereits so stark geschwollen, dass die Haut kurz vor dem Platzen zu stehen schien. Jasper glaubte sich daran zu erinnern, dass er irgendwo ein für Pferde bestimmtes Mittel besaß, mit dem er Seth' Handgelenk behandeln wollte. Er war kein Anatom, aber er rechnete sich aus, dass die betroffenen Nerven dort hindurchführen mussten. Wo sollten sie sonst verlaufen?

Seth beschwerte sich nicht über diese Verzögerung. Jasper fand, er halte sich recht gut. Er wurde allmählich erwachsen. Nach dem Nasenbeinbruch war er weinerlich gewesen, aber jetzt stand er seinen Mann. Offenbar weil er dem Kerl, der ihn angegriffen hatte, ganz allein Paroli geboten hatte. Und weil er sich vorstellte, was er als Nächstes mit ihm anstellen würde. Der Stolz über seine Leistung und die Aussicht auf Rache waren wirksame Betäubungsmittel.

Jonas fragte: »Ist es das hier?« Er hielt eine Halbliterflasche aus braunem Glas hoch. Auf dem fleckigen Etikett standen ein kaum mehr lesbarer Markenname, darunter die chemische Zusammensetzung des Mittels. Jasper kniff im trüben Licht die Augen zusammen und sagte: »Gut gemacht. Du hast's gefunden.«

Dann hörten sie Schritte über sich.

47

Jacob hastete als Erster die Kellertreppe hinauf. Er vermutete, einer der Footballspieler sei zurückgekommen, aber die Fußböden ihrer Häuser waren typisch für die alte Bauweise im ländlichen Amerika: Sie bestanden aus Tannenbohlen, kompakt und schwer, die zwar Geräusche, aber keine Einzelheiten übertrugen. So konnte er nicht allein vom Geräusch her beurteilen, wer das Haus betreten hatte. Auf dem Flur war niemand zu sehen, aber als er in die Küche kam, stand dort ein Mann, klein und drahtig, mit dunklem Teint und ausdruckslosem Blick, verknittert, etwas ungepflegt. Er trug ein zugeknöpftes Oberhemd ohne Krawatte und hielt in der linken Hand ein Messer und in der rechten eine Pistole. Die Hand mit dem Messer hing herab, aber die Pistole zielte genau auf Jacobs Brustmitte.

Jacob blieb stehen.

Der Mann legte sein Messer auf den Küchentisch und hielt den Zeigefinger an die Lippen.

Jacob gab keinen Laut von sich.

Hinter ihm drängten sein Sohn und seine Brüder sich in die Küche, nur um sogleich gestoppt zu werden. Der Mann bewegte die Mündung seiner Pistole hin und her, von links nach rechts und wieder zurück. Die vier Duncans stellten sich gehorsam Schulter an Schulter in einer Linie auf. Als Nächstes bewegte der Mann die Pistolenmündung mehrmals von oben nach unten. Aber darauf reagierte keiner.

Der Mann sagte: »Hinknien!«

Jacob fragte: »Wer sind Sie?«

Der Mann sagte: »Sie haben meinen Freund ermordet.«

»Ich war's nicht.«

»Einer von euch Duncans hat ihn umgelegt.«

»Das stimmt nicht. Wir wissen nicht mal, wer Sie sind.«

»Kniet euch hin.«

»Wer sind Sie?«

Der kleine Mann griff wieder nach seinem Messer und fragte: »Wer von euch ist Seth?«

Seth Duncan zögerte kaum merklich, dann hob er wie ein kleiner Junge in der Schule die gesunde Hand.

Der kleine Mann sagte: »Sie haben meinen Freund ermordet und in den Kofferraum Ihres Cadillacs gelegt.«

Jacob entgegnete: »Nein, den Wagen hat gestern Nachmittag Reacher gestohlen.«

»Reacher existiert nicht.«

»Doch! Er hat meinem Sohn die Nase gebrochen. Und seine Hand.«

Die Waffe bewegte sich nicht, aber der kleine Mann drehte den Kopf und sah zu Seth hinüber. Er registrierte die Nasenschiene und die geschwollenen Finger. Jacob sagte: »Wir waren den ganzen Tag hier. Aber Reacher war im Marriott. Heute Nachmittag und auch abends. Das wissen wir. Er hat den Caddy dort zurückgelassen.«

»Wo ist er jetzt?«

»Das wissen wir nicht genau. Irgendwo in der Nähe, glauben wir.«

»Wie ist er zurückgekommen?«

»Vielleicht hat er Ihren Leihwagen geklaut. Hatte Ihr Freund den Schlüssel?«

Der kleine Mann gab keine Antwort.

Jacob fragte: »Wer sind Sie?«

»Ich vertrete Mahmeini.«

»Wir wissen nicht, wer das ist.«

»Er kauft Ihre Ware von Safir.«

»Auch den kennen wir nicht. Wir verkaufen an einen italienischen Gentleman namens Mr. Rossi in Las Vegas, und was anschließend passiert, geht uns nichts an.«

»Sie versuchen, alle aus dem Geschäft zu drängen.«

»Das tun wir nicht. Wir versuchen, unsere Lieferung herzubringen, das ist alles.«

»Wo ist sie jetzt?«

»Unterwegs. Aber wir können sie nicht herbringen, bevor Reacher erledigt ist.«

»Warum nicht?«

»Das wissen Sie. Geschäfte dieser Art lassen sich nicht öffentlich abwickeln. Sie sollten uns lieber helfen, statt uns mit der Waffe zu bedrohen.«

Der kleine Mann gab keine Antwort.

Jacob sagte: »Stecken Sie die Pistole weg, damit wir uns hinsetzen und alles besprechen können. Wir stehen alle auf der gleichen Seite.«

Der kleine Mann zielte weiter mit der Pistole und sagte: »Safirs Männer sind auch tot.«

»Reacher«, sagte Jacob. »Er läuft Amok.«

»Was ist mit Rossis Jungs?«

»Die haben wir schon länger nicht mehr gesehen.«

»Wirklich nicht?«

»Ehrenwort.«

Der kleine Mann hielt eine Weile inne, dann sagte er: »Okay. Die Zeiten ändern sich. Für uns alle geht das Leben weiter. In Zukunft verkauft ihr direkt an Mahmeini.«

Jacob erklärte: »Wir haben eine Vereinbarung mit Mr. Rossi.«

Der kleine Mann sagte: »Jetzt nicht mehr.«

Jacob Duncan schwieg.

Cassano und Mancini entschieden sich dafür, es erst mit Jacob Duncans Haus zu versuchen. Eine logische Wahl, da Jacob eindeutig das Familienoberhaupt war. Sie folgten dem Zaun auf dem Feld bis zu einer Stelle genau gegenüber von Jacobs Küchenfenster. Auf dem Kies bildete der aus dem Fenster fallende gelbliche Lichtstreifen ein helles Rechteck, das den Zaun jedoch nicht ganz erreichte. Sie überstiegen ihn lautlos, gingen so leise wie möglich im Kies um das helle Rechteck herum, Cassano links, Mancini rechts, dann richteten sie sich an der Hauswand auf und starrten durchs Fenster.

Die Küche war leer.

Mancini öffnete leise die Hintertür, und Cassano betrat das Haus als Erster. Drinnen war alles still. Nirgends ein Geräusch. Nirgends ein wacher oder schlafender Mensch. Cassano und

Mancini hatten schon viele Häuser durchsucht; sie wussten genau, worauf sie achten mussten.

Sie schlüpften wieder ins Freie und gingen auf dem Weg zurück, den sie gekommen waren, kletterten wieder über den Zaun und gingen auf dem Feld nach Norden bis zu einer Stelle genau gegenüber von Jaspers Küchenfenster. Sie überwanden den Zaun und mieden das helle Rechteck. Sie reckten sich an der Hauswand hoch und spähten hinein.

Nichts, was sie erwartet hatten.

Nicht mal im Entferntesten.

In der Küche befand sich nur ein Iraner, keine zwei. Es gab kein freundschaftliches Gespräch. Kein Lächeln. Keine Toasts mit Bourbon. Stattdessen stand dort Mahmeinis Mann mit einer Pistole in einer Hand und einem Messer in der anderen, und alle vier Duncans duckten sich ängstlich von ihm weg. Die alten Fenster waren nur einfach verglast, sodass Jacob Duncans drängende Stimme schwach, aber deutlich zu hören war.

Jacob Duncan sagte gerade: »Wir sind seit Langem in diesem Geschäft, Sir, das auf Vertrauen und Loyalität beruht, und können und wollen nichts daran ändern. Unsere Vereinbarung ist mit Mr. Rossi geschlossen – allein mit Mr. Rossi. Vielleicht kann er in Zukunft direkt an Sie verkaufen, nachdem Mr. Safir ausgeschaltet zu sein scheint. Das könnte vorteilhaft sein. Aber das ist alles, was wir anbieten können, wobei fraglich ist, ob wir dazu überhaupt befugt sind.«

Der kleine Mann sagte: »Mahmeini wird sich nicht mit dem halben Kuchen zufriedengeben, wenn der ganze auf dem Tisch steht.«

»Aber er steht nicht auf dem Tisch. Ich wiederhole: Unser Geschäftspartner ist ausschließlich Mr. Rossi.«

»Wirklich?«, fragte der kleine Mann. Er veränderte seine Haltung, drehte sich etwas zur Seite, hob die rechte Hand in Schulterhöhe, kniff ein Auge zu, schwenkte die Waffe langsam und mechanisch vor und zurück, von links nach rechts die Reihe der Männer entlang, als drehte sich ein Geschützturm eines Schlachtschiffs, machte erst bei Seth halt, dann bei Jasper, dann bei Jonas, dann bei Jacob, dann wieder zurück zu Jonas, zu Jasper, zu Seth, dann ein weiteres Mal zurück. Zuletzt zielte die Glock auf Jonas. Genau zwischen seine Augen. Der Zeigefinger des kleinen Mannes nahm Druckpunkt am Abzug.

Dann explodierten die Fensterscheibe und der Kopf des kleinen Mannes gleichzeitig, und der volle Raum füllte sich mit pulverisiertem Glas und Pulverdampf und dem ohrenbetäubenden Knall einer Pistole Kaliber .45. Blut, Knochensplitter und Gehirnmasse klatschten an die Wand gegenüber. Der kleine Mann brach zusammen, und dann kletterten Mancini und Cassano vom Hof herein.

Nach weniger als einer Stunde hatten die beiden Footballspieler es gründlich satt, im Dunkeln zu sitzen. Sie waren nicht nur gelangweilt, sondern auch leicht verwirrt, besorgt, irritiert und aufgebracht und irgendwie gedemütigt, weil ihnen bewusst wurde, dass sie von Minute zu Minute mehr vorgeführt wurden. Sie kannten keine Unterwürfigkeit, und sie spielten nie die zweite Geige. Sie waren Siegertypen, und dass ihnen Licht, Wärme und NFL-Höhepunkte vorenthalten wurden, war beleidigend und völlig unangemessen.

Der eine sagte: »Wir haben eine Schrotflinte, verdammt noch mal.«

Der andere meinte: »Der Keller ist groß. Er könnte überall stecken.«

»Wir haben eine Stablampe.«

»Ziemlich schwach.

»Vielleicht ist er noch bewusstlos. Dieser Stromausfall könnte echt sein, und wir sitzen wie Idioten hier.«

»Inzwischen müsste er wieder wach sein.«

»Und wenn schon! Er ist allein, und wir haben eine Schrotflinte und eine Stablampe.«

»Er war Soldat.«

»Das verleiht ihm keine Zauberkräfte.«

»Wie würden wir's machen?«

»Wir könnten die Lampe am Flintenlauf befestigen. Hintereinander runtergehen, wie sie's im Film tun. Dann sehen wir ihn, bevor er uns sieht.«

»Wir dürfen ihn aber nicht umlegen. Das will Seth später selbst erledigen.«

»Wir könnten tief zielen. Ihm in die Beine schießen.«

»Oder ihn dazu bringen, dass er sich ergibt. Das wäre besser. Und das müsste er, stimmt's? Mit der Schrotflinte und allem? Wir könnten ihn mit dem Klebeband fesseln, das wir für die Stablampe verwenden. Dann käme er nicht wieder an die Sicherungen heran. Das hätten wir gleich tun sollen.«

»Wir haben kein Klebeband für irgendwelche Zwecke.«

»Komm, wir sehen in der Garage nach. Finden wir ein gutes Klebeband, können wir darüber nachdenken, ob wir's machen.«

Sie fanden geeignetes Klebeband. Sie folgten dem Lichtschein der Stablampe durch den Flur, durch die Küche, durch den überdachten Durchgang in die Garage, und dort lag auf der Werkbank eine dicke silberne Rolle Gewebeband – noch original verpackt, frisch aus dem Laden. Sie nahmen sie mit, ohne recht zu wissen, ob sie das freute oder nicht. Aber sie hatten sich das gewissermaßen selbst versprochen, deshalb entfernten sie die Plastikverpackung, wickelten ein kurzes Stück Gewebeband ab und rissen es ab. Im schwachen Schein der Lichtreflexe von den Wänden hielten sie die Stablampe probeweise an den Flintenlauf. Sie passte recht gut: ab dem Vorderschaft, wegen des aufgesetzten Korns unter dem Lauf, die Streuscheibe ungefähr zwei Zentimeter vorn herausragend. Zufriedenstellend. Aber um die Lampe sicher zu befestigen, würden sie auch den Daumenschalter überkleben müssen, was gewissermaßen der Punkt war, an dem es kein Zurück mehr gab. Machten sie das, würden sie handeln müssen. Es hatte keinen Zweck, das Licht brennen zu lassen und die Batterie unnütz zu erschöpfen.

Der eine fragte: »Nun?«

Drei Stunden bis Tagesanbruch. Langeweile, Irritation, Verärgerung, Demütigung. Der andere sagte: »Komm, wir machen's.«

Er legte die Remington 870 über seine Knie und brachte die Stablampe in Position. Der erste Kerl jonglierte mit der Gewebebandrolle, die ein klebrig reißendes Geräusch von sich gab, und umwickelte den Flintenlauf und die röhrenförmige Lampe fünf-, sechsmal, als fixierte er gebrochene Rippen mit einem Dachziegelverband. Zuletzt klebte er einen kürzeren Streifen über den Daumenschalter, drückte alles gut an und strich die Enden mit den Fingern glatt. Der andere Kerl hob die Schrotflinte von den Knien und schwenkte sie nach links und rechts, nach oben und unten. Die Stablampe saß unverrückbar fest, ihr Lichtstrahl bewegte sich parallel zu der Mündung.

»Okay«, sagte er. »Cool. Wir können loslegen. Das Licht ist wie ein Laservisier. Damit muss man treffen.«

Der erste Kerl sagte: »Denk daran, tief zu zielen. Siehst du ihn, drückst du den Lauf runter und schießt auf seine Füße.«

»Wenn er sich nicht vorher ergibt.«

»Genau. In erster Linie wollen wir ihn fesseln. Aber wenn er sich bewegt, schießt du.«

»Wo wird er sein?«

»Er kann überall sein. Vermutlich außer Sicht am Fuß der Treppe. Oder hinter dem Boiler versteckt. Der ist groß genug.«

Sie folgten dem Lichtstrahl auf den Flur hinaus und machten in der Nähe der Kellertür halt. Der Kerl mit der Remington sagte:

»Du machst sie auf, trittst zurück und folgst mir dann. Ich gehe langsam runter und leuchte möglichst große Teile des Kellers aus. Du sagst mir, wenn du ihn siehst. Wir müssen uns gegenseitig helfen.«

»Okay«, sagte der erste Kerl. Er legte eine Hand auf den Türknopf. »Willst du's echt durchziehen?«

»Ich bin bereit.«

»Okay, auf drei. Du zählst.«

Der Kerl mit der Flinte sagte: »Eins.«

Dann: »Zwo.«

Der erste Kerl sagte: »Augenblick! Er könnte gleich hinter der Tür sein.«

»Oben an der Treppe?«

»Und nur darauf warten, uns anspringen zu können, bevor wir bereit sind.«

»Glaubst du? Das würde bedeuten, dass er dort eine volle Stunde gewartet hat.«

»Manchmal warten sie einen ganzen Tag.«

»Das tun Scharfschützen. Dieser Mann war keiner.«

»Aber es wäre möglich.«

»Er ist wahrscheinlich hinter dem Boiler.«

»Aber vielleicht auch nicht.«

»Ich könnte durch die Tür schießen.«

»Ist er nicht dort, würde ihn das warnen.«

»Gewarnt ist er ohnehin, sobald er den Lichtschein die Treppe runterkommen sieht.«

»Die Tür hat einen Stahlkern. Du hast gehört, was Seth gesagt hat.«

Der Kerl mit der Schrotflinte fragte: »Was machen wir also?«

Der erste Kerl sagte: »Wir könnten bis Tagesanbruch warten.«

Langeweile, Irritation, Verärgerung, Demütigung.

Der Kerl mit der Remington sagte: »Nein.«

»Okay, dann reiße ich die Tür so schnell auf, wie ich kann, und du schießt sofort dorthin, wo seine Füße sind. Oder wo sie sein sollten. Bloß für alle Fälle. Versuch gar nicht erst, dich zu orientieren. Drück einfach gleich ab.«

»Okay. Aber dann müssen wir wirklich die Treppe runterstürmen.«

»Das tun wir. Er steht bestimmt unter Schock. Ich wette, dass diese alte Flinte ziemlich laut ist. Fertig?«

»Ich bin so weit.« Der Kerl mit der Schrotflinte schätzte ab, in welchem Bogen die Tür auffliegen würde, schlurfte einen halben Schritt näher heran und machte sich bereit: den Kolben in die Schulter eingezogen, ein Auge zugekniffen, den gekrümmten Zeigefinger am Abzug.

Der erste Kerl sagte: »Tiefer zielen.«

Der ovale Lichtschein wanderte ins untere Viertel der Kellertür.

»Auf drei. Du zählst.«

»Eins.«

»Zwo.«

»Drei.«

Der erste Kerl drehte den Türknopf, riss die Tür weit auf, und der zweite Kerl schoss sofort – mit langer orangeroter Flammenzunge als Mündungsfeuer und dem ohrenbetäubend lauten Knall des Flintenkalibers 12.

48

Reacher hatte den Schaltkasten begutachtet und sich dafür entschieden, wegen der menschlichen Natur gleich die Hauptsicherung herauszudrehen. Er war sich ziemlich sicher, dass die Footballspieler als Wachen weit weniger suboptimal sein würden.

Praktisch alle Wachposten waren weniger als suboptimal. Das war das hartnäckigste Problem aller Streitkräfte. Langeweile setzte ein, die Aufmerksamkeit ließ nach, die Disziplin wurde unterminiert. Die Militärgeschichte war voller Katastrophen, die unaufmerksame Wachen ausgelöst hatten. Und die Footballspieler waren nicht mal Soldaten. Reacher vermutete, dass die beiden im Haus über ihm zehn bis fünfzehn Minuten lang auf dem Posten bleiben würden, bevor ihre Aufmerksamkeit nachließ. Sie würden Kaffee kochen oder den Fernseher einschalten, sie würden es sich bequem machen. Also ließ er ihnen eine halbe Stunde Zeit, damit sie sich behaglich einrichten konnten, und stellte dann den Strom ab, um ihnen Licht, Wärme und Fernsehen zu entziehen.

Worauf die menschliche Natur sich wieder einmal durchsetzen würde. Die beiden Männer waren es gewohnt, ihren Willen zu bekommen, auf der Seite der Sieger zu stehen. Dass es kein Fernsehen, keine Wärme, keinen Kaffee mehr gab, war keine schwere Niederlage oder das Ende der Welt, aber für solche Kerle gleichbedeutend mit einem Rempler auf dem Gehsteig vor einer Bar. Es stellte eine Provokation dar. Sie würde ihnen zusetzen und ließ sich nicht endlos lange ignorieren. Irgendwann würden sie reagieren, weil ihr Ego ihnen keine andere Wahl ließ. Ihre Reaktion würde mit Wut und Drohungen beginnen, auf die eine unfachmännische und schlecht durchdachte Intervention folgen würde.

Menschliche Natur.

Reacher schraubte die Hauptsicherung heraus, tastete sich im Dunkel die Treppe hinauf und horchte. Die Kellertür war massiv und saß passgenau in ihrem Rahmen, sodass er nicht viel hörte außer Faustschlägen gleich neben seinem Ohr und danach den Schrei der Frau des Doktors, den er nicht ernst nahm, weil er hörbar inszeniert war. Er hatte schon andere Leute schreien gehört und kannte den Unterschied zwischen echt und vorgetäuscht.

Dann wartete er in der Dunkelheit. Im Haus blieb es fast eine

Stunde lang ruhig, was unerwartet lange war. Fast alle Rabauken waren Feiglinge, aber diese beiden hatten noch weniger Mumm, als er dachte. Sie hatten eine Schrotflinte, verdammt noch mal, und er vermutete, dass sie auch eine Stablampe gefunden hatten. Worauf, zum Teufel, warteten sie noch? Auf Erlaubnis? Auf ihre Mamis?

Er wartete.

Irgendwann spürte er dann doch Bewegung und Überlegung vor der Kellertür. Er stellte sich vor, dass ein Typ die Schrotflinte und einer die Stablampe halten würde. Vermutlich würden sie langsam hinter der Waffe hergehen, wie sie's im Film gesehen hatten. Er rechnete sich aus, dass sie es darauf anlegen würden, ihn gefangen zu nehmen und zu fesseln, statt ihn zu erschießen – weil es doch ein großer Unterschied war, ob man einen Gegenspieler umrannte oder einen Mitmenschen ermordete, und weil Seth Duncan ihn lebend haben wollte, um sich später mit ihm zu vergnügen. Würden sie also schießen, würden sie tief zielen. Und wenn sie clever waren, würden sie sofort schießen, weil sie irgendwann erkennen mussten, dass er nichts Besseres tun konnte, als gleich oben an der Treppe zu lauern, um das Überraschungsmoment für sich zu nutzen.

Reacher spürte, wie der Türknopf gedreht wurde, dann folgte eine Pause. Er stand auf der Anschlagseite der Tür, mit dem Rücken an der Wand, stemmte einen Fuß in Hüfthöhe an die Wand gegenüber, drückte das Bein etwas durch, setzte den anderen Fuß daneben und schob sich so mit Handflächen und Schuhsohlen höher, bis er mit dem Kopf an die Decke über der Kellertreppe stieß, während sein Hintern ungefähr eineinviertel Meter über dem oberen Treppenabsatz hing.

Er wartete.

Dann flog die Tür von ihm weg, und er sah für Sekundenbruchteile eine Stablampe, die mit Klebeband unter dem Lauf einer Schrotflinte befestigt war. Daraufhin fiel sofort ein Schuss aus der Remington, auf Kernschussweite und schräg nach unten gezielt, dicht unter seinen gebeugten Knien. Das Treppenhaus füllte sich augenblicklich mit ohrenbetäubendem Lärm, Flammen, Rauch, Staub und Holzsplittern von den Stufen und Plastikteilchen, weil der Mündungsdruck die vorstehende Stablampe zersplittern ließ. Dann erlosch das Mündungsfeuer, und im Haus wurde es wieder stockfinster. Reacher ließ sich aus seiner verkrampften Position fallen und landete mit dem rechten Fuß auf dem Treppenabsatz und dem linken auf der obersten Stufe: im Gleichgewicht, reaktionsbereit, von der visuellen Erinnerung geleitet, die seine Netzhaut gespeichert hatte, als er jetzt dorthin griff, wo die Remington sein musste, sie dem Kerl mit zwei Händen entriss und mit einer Gegenbewegung dorthin stieß, wo das Gesicht das Kerls sein musste, was den anderen nach hinten verschwinden ließ, während er die Schrotflinte *RATSCH-ratsch* durchlud und zugleich die aufschwingende Tür mit der Schulter rammte, sodass sie gegen den zweiten Kerl knallte, bevor er mit einem Satz auf dem Flur war und in den Boden schoss, ohne jemanden treffen zu wollen, sondern nur, um für kurze Zeit Licht zu haben. Das zeigte ihm einen Kerl auf dem Boden liegend und den anderen noch stehend, worauf er sich auf diesen neuen Gegner stürzte, erneut mit dem Gewehrkolben zuschlug, die Waffe *RATSCH-ratsch* vor seinem Gesicht durchlud, ihn zu Fall brachte, auf den Liegenden eintrat – Kopf, Rippen, Arme, Beine, was er finden konnte, bevor er zurücktänzelte und den ersten Kerl in der Dunkelheit gegen den Kopf, in den Magen und auf die Hände trat; dann wieder zurück zu dem zweiten Kerl, dann wieder zu dem ersten, alles wild und ungezielt, eine Orgie aus willkürlicher, zügelloser Gewalt, die erst endete, als keine mehr nötig war.

Dann hörte er endlich auf, trat einen Schritt zurück, stand still und horchte. Was er am deutlichsten zu hören glaubte, war panikartiges Atmen in dem Raum links von ihm. Im Esszimmer. Er rief: »Doktor? Hier ist Reacher. Mir fehlt nichts. Niemand ist getroffen. Alles ist unter Kontrolle. Aber ich brauche Licht.«

Keine Antwort.

Pechschwarze Dunkelheit.

»Doktor? Je früher, desto besser, okay?«

Er hörte eine Bewegung im Esszimmer. Ein Stuhl wurde scharrend zurückgeschoben, eine Hand tastete nach der Wand, ein Fuß streifte ein Tischbein. Dann öffnete sich die Tür, und der Doktor kam heraus, mehr erahnt, als gesehen, eine dunkle Erscheinung in der Dunkelheit. Reacher fragte ihn: »Haben Sie eine zweite Stablampe?«

Der Doktor sagte: »Nein.«

»Okay, drehen Sie die Hauptsicherung wieder rein. Aber sehen Sie sich auf der Treppe vor. Die Stufen sind vielleicht nicht mehr ganz heil.«

Der Doktor fragte: »Jetzt?«

»Augenblick noch«, antwortete Reacher. Dann rief er: »Ihr beiden auf dem Boden? Könnt ihr mich hören? Hört ihr mir zu?«

Keine Antwort. Pechschwarze Dunkelheit. Reacher schlurfte vorwärts, achtete darauf, die Füße auf dem Boden zu lassen, tastete sich mit den Stiefelspitzen voran. Er erreichte den Kopf des ersten Mannes und schätzte ab, wo sein Bauch sein musste, und rammte die Mündung der Schrotflinte ins weiche Fleisch. Dann drehte er sich wie ein Stabhochspringer um die Remington und fand den zweiten Mann in einem Meter Entfernung. Die beiden lagen Fuß an Fuß auf dem Rücken, fast in gerader Linie. Reacher stand zwischen ihnen, trat mit dem linken Stiefel an die Schuhsohle des ersten Kerls und mit dem rechten an die des zweiten. Er zielte mit der Remington auf den Fußboden vor sich und übte einen kurzen Bogen, erst links, dann rechts und wieder zurück – wie ein Schlagmann, der in seiner Box Lockerungsübungen macht, bevor der

Pitcher wirft. Er sagte: »Keine Bewegung, Jungs, sonst schieße ich euch die Eier weg, einem nach dem anderen.«

Keine Reaktion.

Überhaupt keine.

Reacher sagte: »Okay, Doktor, Sie können gehen. Passen Sie gut auf.« Er hörte, wie der Doktor sich die Wand entlang weitertastete, hörte seine Füße auf der Treppe, langsame, vorsichtige Schritte, gleitende Fingerspitzen, das Knarren und Quietschen zersplitterter Holzstufen, schließlich das zuversichtliche Klicken eines Absatzes auf festem Beton.

Zehn Sekunden später flammte das Licht wieder auf. Der Fernsehschirm erwachte zum Leben, und die Heizungsanlage klickte, sprang an, summte und brauste. Reacher kniff unwillkürlich die Augen zusammen, so grell war das Licht, und sah zu Boden. Die beiden Männer vor ihm waren lädiert und bluteten. Einer schien bewusstlos, der andere nur benommen zu sein. Reacher erledigte das mit einem weiteren Tritt an den Kopf, dann schaute er sich um und entdeckte die Rolle Gewebeband auf dem Sofa. Fünf Minuten später waren die beiden Männer Rücken an Rücken mit Gewebeband um Hals, Taille, Handgelenke und Fußknöchel aneinandergefesselt. Zu zweit waren sie viel zu schwer, um bewegt zu werden, deshalb ließ Reacher sie so auf dem Fußboden im Flur liegen, dass sie die Stelle im Parkett verdeckten, wo sie in den Boden geschossen hatten.

Gute Arbeit, dachte er.

Gute Arbeit, dachte Jacob Duncan. Sie hatten Seth' Cadillac von der Straße geholt, die beiden toten Iraner ausgezogen und ihre Kleidung in den Holzofen in der Küche gesteckt. Die Leichen hatten sie auf den Hof hinausgeschafft, um sie später zu entsorgen. Dann hatten sie die Küchenwand abgewaschen, den Fußboden aufgewischt, die Glassplitter zusammengekehrt und die Fensterscheibe mit Wachspapier und Klebeband geflickt. Seth' Hand war versorgt worden, und Jasper hatte zusätzliche Stühle aus dem Wohnzimmer geholt. Nun saßen sie zu sechst am Küchentisch: die vier Duncans plus Cassano und Mancini, alle gut gelaunt und kollegial, Ellbogen an Ellbogen. Eine Flasche Knob Creek stand auf dem Tisch, und Toasts waren ausgebracht worden – auf jeden von ihnen, auf ihren Erfolg und auf zukünftige Partnerschaft.

Jacob Duncan hatte sich zurückgelehnt und sehr zufrieden über seinen persönlichen Triumph getrunken, weil er sich völlig gerechtfertigt fühlte. Er hatte Cassano mit seiner großkalibrigen Pistole am Fenster entdeckt, etwas länger und lauter als nötig gesprochen und seine unbedingte Loyalität gegenüber Rossi betont, bis ihre Beziehung über jeden vernünftigen Zweifel hinaus zementiert war, während er die Nerven behalten und darauf gewartet hatte, dass Cassano endlich schießen würde. Geistesgegenwart, Mut in schwieriger Lage und ein perfektes Ergebnis. Vor ihnen lagen doppelte Gewinne bis in alle Ewigkeit. Reacher befand sich eingesperrt unter der Erde, wurde von zwei guten Männern bewacht. Und die Lieferung war unterwegs, was er wunderbar fand, weil ein kleiner Teil davon wie immer für den Eigengebrauch der Familie zurückgehalten werden würde. Ein gewisser Schwund war eben unvermeidlich. Er machte das ganze verrückte Unternehmen erst lohnend.

Jacob hob sein Glas und sagte: »Auf uns!«, weil das Leben gut war.

Reacher nahm ein scharfes Messer aus einer Küchenschublade und schnitt die Reste der enthaupteten Stablampe vom Lauf der Remington. Laien verstanden nichts von Treibladungen. Eine Ladung, die energiereich genug war, um Schrot mit einer Mündungsgeschwindigkeit von Hunderten von Sekundenmetern zu verschießen, erzeugte eine explodierende Gasblase, die alles zerstören konnte, worauf sie beim Austritt aus dem Lauf traf. Deshalb waren Stablampen beim Militär aus Metall und wurden so aufgesetzt, dass die Streuscheibe sich nicht vor, sondern hinter der Mündung befand. Er warf die zerfetzten Plastikteile in den Müll, dann blickte er sich in der Küche um und fragte: »Wo ist mein Parka?«

Die Frau des Doktors sagte: »Im Garderobenschrank. Als wir reingekommen sind, habe ich alle Mäntel aufgehängt. Ihre Jacke habe ich so nebenbei mitgenommen. Ich wollte sie verstecken, weil ich dachte, Sie hätten vielleicht nützliches Zeug in den Taschen.«

Reacher schaute in die Diele hinaus. »Die Kerle haben meine Taschen nicht durchsucht?«

»Nein.«

»Ich sollte sie noch mal an den Kopf treten. Vielleicht würde das ihren IQ erhöhen.«

Die Frau des Doktors bestand darauf, dass er sich auf einen Stuhl setzte. Das tat er, und sie begutachtete sein Gesicht sorgfältig und meinte: »Ihre Nase sieht schrecklich aus.«

»Ich weiß«, entgegnete Reacher. Er konnte sie zwischen seinen Augen erkennen: purpurrot und geschwollen, leicht unscharf, ein ungewohnter Anblick. Außer im Spiegel hatte er die eigene Nase noch nie gesehen.

»Mein Mann sollte sie sich ansehen.«

»Er kann nichts für mich tun.«

»Der Bruch muss eingerichtet werden.«

»Das habe ich schon getan.«

»Nein, das ist mein Ernst.«

»Glauben Sie mir, er ist so eingerichtet, wie er's sein soll. Aber Sie könnten die Platzwunden säubern, wenn Sie wollen. Mit dem Zeug, das Sie schon mal benutzt haben.«

Dorothy Coe half ihr. Sie begannen mit warmem Wasser, um ihm mit einem Schwamm das angetrocknete Blut vom Gesicht zu waschen. Dann machten sie sich mit Wattebäuschen und dem dünnen, wasserklaren Adstringens an die Arbeit. Reacher hatte mehrere U-förmige Platzwunden im Gesicht. Die Wundränder brannten wie verrückt. Die Frau des Doktors arbeitete sehr gründlich. Diese fünf Minuten waren kein Vergnügen. Aber zuletzt gingen sie doch vorüber, und Dorothy Coe tupfte sein Gesicht mit einem Papierhandtuch trocken.

Die Frau des Doktors fragte: »Haben Sie Kopfschmerzen?«

»Leichte«, antwortete Reacher.

»Wissen Sie, welcher Tag heute ist?«

»Ja.«

»Wie heißt der Präsident?«

»Wovon?«

»Der Maisfarmer Nebraskas.«

»Keine Ahnung.«

»Ich sollte Ihr Gesicht verbinden.«

»Nicht nötig«, meinte Reacher. »Könnten Sie mir eine Schere geben.«

»Wozu?«

»Das werden Sie gleich sehen.«

Sie fand eine Schere und er die Rolle Gewebeband. Er schnitt ein fünfzehn Zentimeter langes Stück ab und legte es mit der Klebeseite nach oben auf den Tisch. Als Nächstes schnitt er ein fünf Zentimeter langes Stück dreieckig zu, legte das Dreieck mit der klebrigen Seite auf den längeren Streifen, dann hob er ihn mit beiden Händen an sein Gesicht und drückte ihn auf beiden Seiten der Nase an. Nun verlief ein breiter silberner Streifen dicht unter den Augen quer über sein Gesicht. Er sagte: »Das ist der beste Notverband der Welt. Die Marines haben mich mal aus dem Libanon nach Deutschland geflogen – mit nichts als Gewebeband, um meinen Unterleib zusammenzuhalten.«

»Es ist nicht steril.«

»Aber fast.«

»Und sicher nicht sehr angenehm.«

»Aber ich kann daran vorbeischau'n. Darauf kommt es an.«

Dorothy Coe sagte: »Der Streifen sieht wie eine Kriegsbemalung aus.«

»Auch das spricht für ihn.«

Der Doktor kam herein und starrte Reacher sekundenlang an. Doch er äußerte sich nicht zu dem Verband. Stattdessen fragte er: »Wie geht's weiter?«

49

Sie gingen ins Wohnzimmer zurück und saßen ohne Licht am Fenster, um die Zufahrt im Blick zu haben. Irgendwo dort draußen waren noch drei Cornhusker unterwegs, die vielleicht herkommen würden, um die anderen abzulösen. Wie Schichtarbeiter. Reacher hoffte, dass früher oder später alle hier aufkreuzen würden. Er behielt das Gewebeband und die Remington 870 griffbereit in seiner Nähe.

Der Doktor sagte: »Wir haben nichts Neues gehört.«

Reacher nickte. »Weil Sie nicht telefonieren durften. Aber das Telefon hat geklingelt, deshalb vermuten Sie, es habe Neuigkeiten gegeben.«

»Weil es dreimal geklingelt hat, denken wir, dass es sich um drei neue Nachrichten handelt.«

»Worauf tippen Sie?«

»Auf den Bandenkrieg. Drei Männer übrig, drei Anrufe. Vielleicht sind jetzt alle tot.«

»Sie können nicht alle tot sein. Zumindest der Sieger muss noch leben. Mord mit nachfolgendem Selbstmord ist nicht typisch für Bandenkriege.«

»Okay, dann sind vielleicht zwei tot. Vielleicht hat der Mann in dem Cadillac die Italiener umgelegt.«

Reacher schüttelte den Kopf. »Eher umgekehrt. Der Mann in dem Cadillac ist sehr leicht zu erledigen. Weil er allein und hier neu ist. An die hiesige Gegend muss man sich erst gewöhnen. Die Italiener sind schon länger da als er. Sogar länger als ich, und mir kommt's vor, als wäre ich schon ewig hier.«

Die Frau des Doktors sagte: »Ich verstehe nicht, wieso das überhaupt ein Bandenkrieg sein soll. Warum sollte ein Gangsterboss in Las Vegas oder sonst wo das Handtuch werfen, nur weil zwei seiner Männer in Nebraska zu Schaden gekommen sind?«

Reacher sagte: »Die beiden im Motel sind nicht nur ›zu Schaden gekommen‹.«

»Sie wissen, was ich meine.«

»Überlegen Sie selbst«, erklärte Reacher. »Nehmen wir mal an, der große Boss wäre zu Hause in Vegas und würde sich mit einer Zigarre am Pool entspannen, als sein Lieferant anruft und ihm mitteilt, dass er künftig nicht mehr beliefert wird. Was macht der große Boss daraufhin? Er schickt seine Jungs rüber. Aber seine Jungs sind gerade untergegangen. Also ist er jetzt bankrott. Er hat keinerlei Druckmittel mehr. Er ist machtlos. Für ihn ist's aus.«

»Er muss weitere Jungs haben.«

»Alle haben weitere Jungs. Sie können zwei gegen zwei, zehn gegen zehn oder zwanzig gegen zwanzig antreten lassen – am Ende gibt es immer einen Sieger und einen Verlierer. Sie akzeptieren die Entscheidung des Schiedsrichters und fangen etwas anderes an. Das liegt in ihrer DNA.«

»Was für Banden sind das eigentlich?«

»Die übliche Sorte. Die Art, die mit etwas Illegalem viel Geld verdient.«

»Womit?«

»Das weiß ich nicht. Aber Spielschulden sind's nicht. Es ist nichts Theoretisches, das nur auf dem Papier steht, sondern etwas Reales, etwas Physisches. Mit Gewicht und Maßen. Es kann nichts anderes sein. Das ist der Beruf der Duncans. Sie haben ein Fuhrunternehmen. Also transportieren sie etwas heran, das über mehrere Stationen weitergegeben wird.«

»Drogen?«

»Eher nicht. Drogen für Vegas kommen nicht aus dem Norden. Die kann man direkt aus Mexiko oder Südamerika beziehen. Oder aus Kalifornien.«

»Dann eben Drogengeld, das in Spielkasinos gewaschen werden soll. Aus den Großstädten im Osten, vielleicht in Chicago gesammelt.«

»Möglich«, sagte Reacher. »Jedenfalls ist's etwas sehr Wertvolles, sonst wären sie nicht alle so dahinter her. Es muss Ware sein, die bewirkt, dass man sich lächelnd die Hände reibt, wenn sie durchs Tor rollt. Und sie hat sich vielleicht verspätet, was erklären würde, weshalb hier so viele Gangster aufgekreuzt sind. Alle sind besorgt. Alle wollen, dass die Ware eintrifft, weil sie kostbar ist. Alle wollen sie in die Hände bekommen und ihren Anteil bewachen. Aber als Erstes wollen sie mithelfen, den Lieferstau zu beheben.«

»An dem wer schuld ist?«

»Ich, vermutlich. Die Duncans sind aus irgendeinem Grund zu spät dran und benutzen mich als Ausrede – oder dies ist etwas, das ein Fremder auf keinen Fall sehen darf. Vielleicht muss die ganze Umgebung kontrolliert und gesichert werden, bevor die Lieferung erfolgen kann. Sind Sie jemals aufgefordert worden, bestimmte Gebiete zu bestimmten Zeiten zu meiden?«

»Eigentlich nicht.«

»Haben Sie jemals ungewöhnliche Lieferungen beobachtet? Große, mysteriöse Fahrzeuge?«

»Wir sehen ständig die Laster der Duncans. Im Winter natürlich weniger.«

»Ich habe gehört, dass sich die großen Lastwagen alle in Ohio befinden.«

»Das stimmt. Jetzt sind nur noch Lieferwagen da.«

Reacher nickte. »Einer davon fehlt vom Betriebshof. Drei ausgewiesene Flächen, zwei Kastenwagen. Welche Art Ware ist wertvoll und passt in einen Lieferwagen?«

Jacob Duncan erkannte, dass Roberto Cassano sich von dem Toten im Kofferraum des Cadillacs endgültig hatte umstimmen lassen. Das galt auch für Mancini. Die beiden akzeptierten Reacher jetzt als reale Bedrohung. Wie hätten sie sonst reagieren sollen? Der Tote wies keine äußerlichen Verletzungen auf. Überhaupt keine. Was hatte Reacher also mit ihm angestellt? Ihn zu Tode erschreckt? Jacob stellte fest, dass Cassano und Mancini darüber nachdachten. Er wartete geduldig, bis Cassano ihn schließlich ansah und sagte: »Ich entschuldige mich aufrichtig.«

Jacob erwiderte seinen Blick und fragte: »Wofür, Sir?«

»Für unser bisheriges Verhalten. Dass wir die Sache mit Reacher nicht ernst genommen haben.«

»Ich nehme Ihre Entschuldigung an.«

»Danke.«

»Aber die Lage ändert sich dadurch nicht«, meinte Jacob. »Reacher bleibt ein Problem. Er ist noch dort draußen unterwegs, und die Lieferung kann erst erfolgen, wenn er erledigt ist. Wir lassen drei Männer nach ihm suchen. Sie arbeiten die ganze Nacht durch und notfalls morgen weiter. Bis der Kerl gefasst ist. Weil Mr. Rossi nicht denken soll, dass wir uns bei diesem neuen Unternehmen irgendwie als seine Juniorpartner fühlen. Das ist uns sehr wichtig.«

Cassano sagte: »Wir sollten auch losziehen.«

»Wir alle?«

»Ich meine Mancini und mich.«

»In der Tat«, sagte Jacob. »Vielleicht sollten Sie das tun. Vielleicht sollten wir daraus einen Wettbewerb machen. Vielleicht sollte der Preis darin bestehen, dass der Gewinner zuerst sprechen darf, wenn wir uns zusammensetzen, um über die Gewinnverteilung zu beraten.«

»Sie sind uns zahlenmäßig überlegen.«

»Aber Sie sind Profis.«

»Sie kennen sich hier aus.«

»Sie wollen fairere Bedingungen? Also gut. Wir schicken unsere drei Jungs ins Bett und lassen an ihrer Stelle meinen Sohn losziehen. Allein. Das ist einer gegen zwei. Bis Reacher geschnappt ist. Möge der Bessere gewinnen. Alle Kriegsbeute dem Sieger und so weiter und so fort. Soll ich das machen?«

»Das ist mir egal«, erwiderte Cassano. »Machen Sie, was Sie wollen. Wir schlagen euch alle, so viele ihr auch seid.« Er leerte sein Glas, stellte es auf den Tisch und stand mit Mancini auf. Sie verließen das Haus durch die Hintertür und gingen zu ihrem Wagen, der noch immer außerhalb des Zauns auf dem Feld stand. Jacob Duncan sah ihnen nach, dann lehnte er sich auf seinem Stuhl zurück und entspannte sich. Die beiden würden Stunden vergeuden, bis Reacher im richtigen Augenblick vorgeführt wurde. Rossi würde den unterschwelligen Wink verstehen, und die Waagschale würde sich etwas zugunsten der Familie neigen. Nicht übermäßig, aber doch genug. Jacob lächelte zufrieden. Erfolg, Triumph und Rechtfertigung. Subtilität und Raffinesse.

Die Zufahrt vor dem Esszimmerfenster blieb dunkel. Dort bewegte sich nichts. Jenseits des Zauns standen noch immer die beiden Fahrzeuge der Cornhusker auf dem Bankett geparkt: ein Pickup und ein Geländewagen. Das Mondlicht wechselte ständig, weil der Mond manchmal durch dünne Bewölkung schien, um dann wieder ganz hinter dunklen Wolkenbergen zu verschwinden.

Der Doktor sagte: »Mir gefällt es nicht, hier nur rumzusitzen.«

»Dann tun Sie's nicht«, sagte Reacher. »Gehen Sie ins Bett. Schlafen Sie ein bisschen.«

»Was haben Sie vor?«

»Nichts. Ich warte aufs Tageslicht.«

»Weshalb?«

»Weil ihr hier keine Straßenbeleuchtung habt.«

»Sie wollen fort?«

»Irgendwann.«

»Wozu?«

»Orte besuchen, Dinge sehen.«

»Einer von uns sollte wach bleiben. Die Zufahrt im Auge behalten.«

»Das kann ich tun«, sagte Reacher.

»Sie müssen müde sein.«

»Ich komme schon zurecht. Sie können ruhig schlafen.«

»Ist das Ihr Ernst?«

»Absolut.«

Viel mehr Überredung war nicht nötig. Der Doktor nickte seiner Frau zu, und sie verschwanden gemeinsam. Dorothy Coe folgte ihnen – vermutlich in ein Gästezimmer, dessen Lage sie kannte. Türen wurden geöffnet und geschlossen, Wasser lief, WC-Spülungen rauschten, bis es im Haus still wurde. Die Heizung surrte, und die aneinandergefesselten Footballspieler murmelten und grunzten auf dem Fußboden, aber sonst war nichts zu hören. Reacher saß auf einem harten Stuhl und starrte in die Nacht hinaus. Unter dem silbernen Notverband juckte sein Gesicht. Er blieb fünfzehn bis zwanzig Minuten aufmerksam, aber dann driftete er wie erwartet etwas ab, verfiel in eine Art Trance: halb wachend und halb schlafend, halb effektiv und halb nutzlos. Er war ein weniger als suboptimaler Wachposten, das wusste er selbst am besten. Andererseits waren fast alle Wachen weniger als suboptimal. Mit diesem hartnäckigen Problem hatten alle Armeen der Welt zu kämpfen.

Halb wachend und halb schlafend. Halb effektiv und halb nutzlos. Er hörte das Auto und sah seine Scheinwerfer, aber es dauerte eine Sekunde, bis sein träger Verstand begriff, dass er nicht träumte.

50

Das Auto kam von rechts, aus Osten. Man sah Scheinwerferlicht und hörte Fahrgeräusche. Es wurde auf Schrittgeschwindigkeit abgebremst und fuhr hinter dem geparkten Pick-up eines Footballspielers vorbei, rollte weiter und passierte den abgestellten Geländewagen. Es bog halb in die Einfahrt ab, deren Kies laut knirschte, und hielt dann an.

Erst jetzt nahm Reacher es wahr.

Das reflektierte Licht reichte für eine Identifizierung aus. Der Wagen war ein dunkelblauer Chevrolet. Die Italiener. Reacher griff nach der Remington. Das Auto blieb, wo es war. Keiner stieg aus. Es stand sechzig Meter entfernt, halb in der Einfahrt, halb draußen, mit eingeschalteten Scheinwerfern und im Leerlauf arbeitendem Motor. Ein taktisches Problem. Reacher befand sich mit drei unbeteiligten Nichtkombattanten in einem Holzhaus. In der Einfahrt und auf der Straße parkten jeweils zwei Fahrzeuge, die Deckung boten. Seine Gegner waren zu zweit, und das Haus hatte Fenster und zwei separate Eingänge.

Keine idealen Voraussetzungen für eine Schießerei.

Im Idealfall würden die Italiener aussteigen und zu Fuß zur Haustür kommen. Dann wäre das Spiel gleich aus. Reacher würde die Haustür aufreißen und aus nächster Nähe schießen. Aber die

Italiener kamen nicht zu Fuß heran. Sie hockten untätig im Auto. Reacher, der ihre Gestalten nur erahnen konnte, hatte das Gefühl, sie diskutierten über irgendwas.

Angelo Mancini sagte gerade: »Damit vergeuden wir nur Zeit. Hier ist er nicht. Niemals! Außer er hängt mit ihren drei Footballspielern rum.«

Roberto Cassano nickte. Er sah sich nach dem Pick-up und dem Geländewagen auf dem Bankett um, dann betrachtete er den goldfarbenen GMC Yukon in der Einfahrt vor ihnen. Der Wagen stand vor einem alten Pick-up. Er sagte: »Das ist die Klapperkiste der alten Frau von der Farm.«

Mancini sagte: »Die Hühner drängen sich zusammen.«

»Mahmeinis Mann hat in einem Punkt recht gehabt, glaub ich. Sie wissen, dass der Doktor das schwächste Glied ist. Sie lauern ihm hier auf.«

»Aber das ist keine sehr tolle Falle. Nicht wenn sie *vor* dem Haus parken. In diese Falle tappt doch keiner.«

»Was in gewisser Weise gut für uns ist. Sie vergeuden ihre Ressourcen. So können wir uns ungestört anderswo umsehen.«

»Willst du dich im Haus umsehen? Sicherheitshalber?«

»Was brächte das? Ist er dort drinnen, ist er ihr Gefangener.«

»Das habe ich auch gedacht. Aber dann habe ich mir überlegt: Vielleicht sind sie *seine* Gefangenen.«

»Einer gegen drei?«

»Du hast gesehen, was er dem Kerl im Kofferraum des Cadillacs angetan hat.«

»Ich bin noch unschlüssig. Ab liebsten würde ich nachsehen. Und das sollten wir vermutlich tun. Aber du hast den Mann gehört. Dies ist jetzt ein Wettbewerb. Wir dürfen keine Zeit verlieren.«

»Würde nicht lange dauern.«

»Ja, ich weiß. Aber wir stünden wie Idioten da, wenn er nicht dort ist. Dann rufen die Footballspieler gleich die Duncans an, und alle lachen darüber, dass wir Reacher ausgerechnet dort gesucht haben.«

»Keiner hat gesagt, dass auch Haltungsnoten vergeben werden sollen.«

»Aber es gibt welche. Es gibt immer auch Haltungsnoten. Dies ist ein langwieriges Spiel, bei dem es um einen Haufen Geld geht. Verlieren wir an Gesicht, kriegen wir's nie mehr zurück.«

»Wohin also?«

Cassano betrachtete erneut den Pick-up der Alten. »Ist sie hier, steht ihr Haus heute Nacht leer. Und Leute, die ein Versteck suchen, lieben leer stehende Häuser.«

Danach passierte neunzig Minuten lang nichts. Niemand kam, niemand bewegte sich. Dann tauchten am Himmel blasse Morgenlichtstreifen auf. Sie sanken rosig und silbern tiefer, und das zuvor schwarze Land wurde allmählich grau. Die Welt nahm wieder bis zum fernen Horizont feste Formen an. Wolkenfetzen zogen leuchtend angestrahlt über den Himmel, und aus den Feldern stieg kniehoher Nebel auf. Ein neuer Tag. Aber kein guter, sagte Reacher sich. Dies würde ein Tag voller Schmerzen werden – für Menschen, die sie verdienten, aber auch für andere, die sie nicht verdienten.

Er wartete.

Mit seinem Yukon konnte er nicht wegfahren, weil er den Schlüssel von Dorothy Coes Pick-up nicht hatte. Er steckte vermutlich in ihrem Mantel, aber Reacher hatte keine Lust, ihn zu suchen. Er hatte es nicht eilig. Es war Winter. Ganz hell würde es erst in einer Stunde sein.

Fünfhundert Meilen genau nördlich, droben in Kanada, dicht über dem 49. Breitengrad, brach der Tag wegen der geografischen Breite etwas später an. Das erste Morgenlicht sickerte durch den Wipfel der turmhohen Tanne bis zu dem weißen Kastenwagen auf dem Picknickplatz am Ende der mit Gras bewachsenen holprigen Fahrspur hinab. Der Fahrer wachte auf, blinzelte und reckte sich gähnend. Er hatte die ganze Nacht lang nichts gehört, nichts gesehen. Keine Bären, keine Kojoten, keine Rotfüchse, keine Elche, keine Weißwedelhirsche, keine Wölfe. Keine Menschen. Er hatte es warm gehabt, weil er einen Daunenschlafsack besaß, aber sein Schlafplatz war sehr unbequem gewesen, weil Kastenwagen kleine Fahrerhäuser hatten und er die Nacht auf einem Sitz, der sich nur wenig verstellen ließ, zusammengekrümmt verbringen musste. Er hatte mehrmals daran denken müssen, dass die Ladung hinter ihm besser behandelt wurde als er. Sie reiste bequemer. Andererseits war sie teuer und schwer zu beschaffen, was auf ihn nicht zutraf. Er war ein realistischer Mensch. Er wusste, wie es auf der Welt zuging.

Er stieg aus und stellte sich an den Stamm der uralten Tanne. Dann frühstückte er von seinen wenigen Vorräten und presste beide Handflächen gegen seinen schmerzenden Rücken und reckte sich nochmals, um die Verspannungen zu lösen. Der Himmel wurde heller. Diese Zeit bevorzugte er für Grenzübertritte. Hell genug, damit man nicht vom Weg abkam, zu früh, um anderen Leuten zu begegnen. Er hatte nur zwanzig Meilen weit zu fahren, fast ausschließlich auf unbezeichneten Forstwegen, bis zu einer Stelle, die ungefähr dreieinhalb Kilometer nördlich der Grenze lag. Die Übergabezone, wie er sie nannte. Das Ende der Straße für ihn, nicht jedoch für seine Ladung.

Er stieg wieder ein und ließ den Motor an. Während der Motor warm lief, kontrollierte er alle Anzeigen, vor allem die des Tanks. Dann legte er den ersten Gang ein, löste die Handbremse, schlug das Lenkrad halb ein, fuhr mit Schrittgeschwindigkeit davon und holperte den mit Gras bewachsenen Weg entlang.

Reacher hörte Geräusche vom Ende des Flurs. Das Rauschen einer Toilettenspülung, laufendes Wasser, eine Tür, die auf- und zugemacht wurde. Dann schlurfte der Doktor am Esszimmer vorbei: steif und verschlafen, ein Morgenmuffel. Er nickte im Vorbeigehen, machte einen Bogen um die Footballspieler und verschwand in der Küche. Eine Minute später hörte Reacher eine Kaffeemaschine blubbern. Die Sonne stand bereits hoch genug, um sich in der Frontscheibe des Geländewagens am Zaun spiegeln zu können. Auf den Feldern glitzerte Raureif.

Der Doktor kam mit zwei Bechern Kaffee herein. Er trug einen Pullover über dem Schlafanzug. Sein Haar war ungekämmt, sein Gesicht übel zugerichtet. Er stellte Reacher einen Becher hin, ging mit seinem um den Tisch, setzte sich ihm gegenüber und sagte: »Guten Morgen.«

Reacher schwieg.

Der Doktor fragte: »Wie geht's Ihrer Nase?«

Reacher antwortete: »Großartig.«

Der Doktor sagte: »Es gibt etwas, das Sie mir nie erzählt haben.«

Reacher entgegnete: »Es gibt vieles, was ich Ihnen nie erzählt habe.«

»Sie haben gesagt, vor fünfundzwanzig Jahren habe der zuständige Kriminalbeamte es versäumt, irgendwo zu suchen. Ihrer Ansicht nach aus Unwissenheit oder Verwirrung.«

Reacher nickte und nahm einen Schluck von seinem Kaffee.

Der Doktor fragte: »Wollen Sie heute Morgen dorthin?«

»Genau.«

»Glauben Sie, dass dort nach fünfundzwanzig Jahren noch etwas zu finden ist?«

»Vermutlich nicht.«

»Wieso fahren Sie dann hin?«

»Weil ich nicht an Geister glaube.«

»Das verstehe ich nicht.«

»Das werden Sie hoffentlich nie müssen. Hoffentlich irre ich mich.«

»Wo liegt dieser Ort, von dem Sie reden?«

»Mrs. Coe hat mir erzählt, dass vor fünfzig Jahren zwei Farmen für ein Einkaufszentrum verkauft wurden, das dann doch nicht gebaut wurde. Die Nebengebäude einer dieser Farmen stehen noch. Mitten auf einem Feld. Eine Scheune und ein kleinerer Schuppen.«

Der Doktor nickte. »Die kenne ich.«

»Die Anlieger pflügen bis zu ihnen hin.«

»Ich weiß«, sagte der Doktor. »Das sollten sie vielleicht nicht, aber wozu gutes Land brachliegen lassen? Die geplante Bebauung hat sich zerschlagen, und sie wird auch nie kommen. Also gibt's dort etwas umsonst, das diese Leute weiß Gott dringend brauchen können. Der zusätzliche Ertrag hilft ihnen, ihre Hypotheken zu bedienen.«

»Was hat Detective Carson also gesehen, als er vor fünfundzwanzig Jahren hier war? Im Frühsommer? Ungefähr hunderttausend Hektar mit hüfthohem Mais, vereinzelt ein paar Häuser und hier und da ein paar Nebengebäude. Er hat die Häuser abgeklappert, und alle Bewohner haben ihm bestätigt, sie hätten ihre Nebengebäude durchsucht. Damit hat Carson sich zufriedengegeben, und die alte Scheune und der alte Schuppen sind glatt übersehen worden. Weil Carson gefragt hat: ›Haben Sie *Ihre* Nebengebäude durchsucht?‹ Alle haben die Frage bejaht, was vielleicht sogar stimmte. Und Carson hat angenommen, die alte Scheune und der alte Schuppen müssten jemandem gehören und seien deshalb wie versprochen durchsucht worden. Aber sie gehörten niemandem und waren folglich nicht durchstöbert worden.«

»Glauben Sie, dass sie der Tatort waren?«

»Diese Frage hätte Carson sich vor fünfundzwanzig Jahren stellen sollen, glaube ich.«

»Dort ist bestimmt nichts zu finden. Diese Gebäude sind jetzt Ruinen – und das müssen sie schon damals gewesen sein. Sie stehen seit fünfzig Jahren leer und ungenutzt herum, verrotten allmählich.«

»Tatsächlich ungenutzt?«

»Natürlich. Sie haben selbst gesagt, dass sie niemandem gehören.«

»Warum führen dann Fahrspuren bis vors Tor?«

»Tatsächlich?«

Reacher nickte. »In der ersten Nacht habe ich einen Pick-up in dem Schuppen untergestellt. Er war ganz leicht zu erreichen. In New York City habe ich schon schlechtere Straßen gesehen.«

»Alte Fahrspuren? Oder neue?«

»Schwer zu beurteilen. Vermutlich beides. Über viele Jahre hinweg entstanden, würde ich sagen. Ziemlich tief, ziemlich deutlich. Kein Unkraut. Nicht viel Verkehr, aber doch mit gewisser Regelmäßigkeit. Jedenfalls genug, um die Fahrspuren nicht verschwinden zu lassen.«

»Das verstehe ich nicht. Wer sollte die Scheune nutzen? Und wofür?«

Reacher schwieg. Er schaute aus dem Fenster. Der Morgen wurde heller. Die bisher farblos grauen Felder sahen braun aus. Der Pick-up vor dem Zaun glänzte im Licht der tief stehenden Sonne.

Der Doktor fragte: »Sie glauben also, dass jemand die Kleine aufgelesen und in die Scheune verschleppt hat?«

»Ich bin mir meiner Sache nicht mehr sicher«, entgegnete Reacher. »Damals ist Alfagras geerntet worden, sodass jede Menge Lastwagen unterwegs waren. Und ich vermute, dass es hier früher lebhafter zugegangen ist. Dass die Leute noch mehr Energie hatten. Vermutlich war damals auf den Straßen etwas mehr Verkehr. Vielleicht so viel, dass es riskant gewesen wäre, ein Kind tagsüber gegen seinen Willen zu verschleppen.«

»Was ist mit der Kleinen geschehen, glauben Sie?«

Reacher gab keine Antwort. Er sah weiter aus dem Fenster. Er konnte die Astlöcher im Holz des Plankenzauns erkennen, konnte weiß bereifte Grasbüschel am Fuß der Zaunpfosten sehen. Der Rasen vor dem Haus war von Raureif brüchig.

Reacher sagte: »Sie sind kein großer Gärtner.«

»Kein Talent«, erklärte der Doktor. »Keine Zeit.«

»Gärtnert hier irgendjemand?«

»Eigentlich nicht. Dafür sind die Leute zu müde. Und Farmer haben selten Gärten. Sie bauen Zeug an, um es zu verkaufen, nicht um es anzusehen.«

»Okay.«

»Wieso interessiert Sie das?«

»Ich frage mich, wohin ich fahren würde, wenn ich ein kleines Mädchen wäre, das Blumen liebt und mit seinem Fahrrad unterwegs ist. Beispielsweise hätte es keinen Zweck, zu einem Haus wie diesem zu fahren. Vermutlich zu gar keinem Haus oder sonst wohin, weil jedes Fleckchen Erde umgepflügt und landwirtschaftlich genutzt wird. Mir fallen nur drei Möglichkeiten ein. Auf den Feldern habe ich zwei große Felsbrocken entdeckt, die von Dornengestrüpp umgeben waren. Dort wachsen im Frühsommer vermutlich hübsche Wildblumen. Vielleicht gibt es anderswo ähnliche Findlinge, was aber keine Rolle spielt, denn im Frühsommer wären sie völlig unzugänglich, weil man sich meilenweit durch den jungen Mais vorarbeiten müsste, um sie überhaupt zu erreichen. Aber an einem anderen Ort habe ich genau die gleichen Dornenranken gesehen.«

»Wo war das?«

»Am Fundament der alten Scheune. Bestimmt hat der Wind die Samen herangetragen. Die Leute pflügen möglichst dicht ans Gebäude heran, aber trotzdem bleibt ein ziemlich breiter Streifen frei.«

»Sie glauben, dass die Kleine selbst zu der Scheune gefahren ist?«

»Das halte ich für wahrscheinlich. Vielleicht hat sie gewusst, wo bestimmte Blumen zu finden sind. Und vielleicht hat jemand gewusst, dass sie das wusste.«

51

Die Duncans waren in Jonas' Küche umgezogen, weil das nur provisorisch abgedichtete Fenster in Jaspers Küche kalte Luft einließ und die im Ofen verbrennenden Kleidungsstücke Rauch und Gestank erzeugten. Sie hatten aufgehört, Bourbon zu trinken, und hielten sich jetzt an Kaffee. Die Sonne war aufgegangen, der Tag schon vierzig Minuten alt. Jacob Duncan sah auf die Wanduhr und sagte: »In Kanada scheint die Sonne auch schon. Tagesanbruch war vor zehn Minuten. Ich wette, dass die Ware bereits rollt. Ich kenne diesen Jungen. Er fährt immer gern früh los. Er ist ein guter Mann und vergeudet keine Zeit. Die Übergabe wird bald erfolgen.«

Die von Medicine Hat nach Süden führende Straße hörte hinter dem Pakowki Lake auf. Der löchrige Asphalt endete mit einer rauen Bruchkante, nach der eine Viertelmeile weit fertiger Unterbau folgte – nur mit Teer gebundener festgerüttelter Kies –, der dann auf einer Lichtung endete, auf der es nicht weiterzugehen schien. Aber der weiße Kastenwagen fuhr zwischen zwei Tannen hindurch, walzte verkümmertes Unterholz nieder und fand sich auf einem Weg mit zwei Fahrspuren wieder: einst breit, jetzt vernachlässigt, eine genau in Nord-Süd-Richtung verlaufende Brandschneise, die gegen Feuer bei Westwind helfen sollte. Der Wagen rollte langsam weiter, schwankte hin und her, wenn die Räder durch Schlaglöcher fuhren. Vor ihm befanden sich nur noch Bäume und irgendwann die amerikanische Kleinstadt Hogg Parish in Montana. Aber der Kastenwagen würde auf halbem Weg dorthin haltmachen – etwas weniger als zwei Meilen vor der Grenze, am Nordrand der sicheren Zone, genau symmetrisch zu seinem Gegenstück in Amerika. Der Fahrer des anderen Kastenwagens wartete sicher schon an der vereinbarten Stelle: ausgeruht, energiegeladen und bereit, die letzte Etappe in Angriff zu nehmen.

Der Doktor ging erneut in die Küche und kam mit frischem Kaffee zurück. Er sagte: »Es könnte ein Unfall gewesen sein. Vielleicht ist sie in die Scheune gegangen.«

Reacher fragte: »Mit ihrem Fahrrad?«

»Warum denn nicht? Wir wissen nicht genug über sie. Manche Kinder würden ihr Rad einfach draußen liegen lassen, andere würden es hineinschieben. Das ist eine Frage der Persönlichkeit. Dann könnte sie sich drinnen verletzt oder irgendwo eingeklemmt haben. Das Tor lässt sich jetzt nicht mehr bewegen. Vielleicht war es damals schon sperrig. Sie könnte in der Scheune festgesessen haben. Niemand hätte ihre Hilferufe gehört.«

»Und was dann?«

»Eine Achtjährige ohne Essen und Wasser? Sie hätte nicht lange überlebt.«

»Kein angenehme Vorstellung«, meinte Reacher.

»Aber besser als manche der Alternativen.«

»Vielleicht.«

»Oder sie ist von einem Lastwagen überfahren worden. Oder

von einem normalen Auto. Sie haben selbst gesagt, dass auf den Straßen früher mehr los gewesen sein muss. Vielleicht ist der Fahrer in Panik geraten und hat die Leiche des Mädchens versteckt. Und das Fahrrad gleich mit.«

»Wo?«

»Irgendwo. In dieser Scheune oder meilenweit entfernt. In einem anderen County. Vielleicht sogar in einem anderen Bundesstaat. Vielleicht ist deshalb nie etwas gefunden worden.«

»Vielleicht«, wiederholte Reacher.

Der Doktor verstummte.

Reacher sagte: »Jetzt verschweigen *Sie* mir etwas.«

»Wir haben noch Zeit.«

»Wie lange?«

»Ungefähr eine halbe Stunde.«

»Bevor was passiert?«

»Die anderen drei Cornhusker kommen zum Frühstück her. Ihre Kumpel sind hier, deshalb ist dies vorübergehend ihr Stützpunkt. Sie zwingen meine Frau dazu, für sie zu kochen und sie zu bedienen. Solche feudalen Allüren machen ihnen Spaß.«

»Das hab ich mir schon gedacht«, sagte Reacher. »Darauf bin ich vorbereitet.«

»Einer davon ist der Typ, der Ihnen die Nase gebrochen hat.«

»Ich weiß.«

Der Doktor schwieg.

Reacher sagte: »Darf ich Sie etwas fragen?«

»Was?«

»Ist Ihre Garage wie Ihr Garten oder wie Ihr Fernseher?«

»Mehr wie mein Fernseher.«

»Das ist gut. Drehen Sie sich also um und beobachten Sie die Zufahrt. Ich bin in zehn Minuten wieder da.« Reacher nahm die Remington 870 und ging durch die Küche in die Garage hinaus. Sie war geräumig und leer, weil der Subaru noch hinter dem Motel stand, sauber und ordentlich, frisch gekehrt und aufgeräumt. Eine Wand verschwand hinter Regalen, die all die Dinge enthielten, die nicht im Keller aufbewahrt wurden. An einer zweiten Wand stand eine Werkbank, wieder alles sauber und ordentlich, mit einem Schraubstock und darüber logisch angeordnetes Werkzeug an den Haken einer Lochplatte, die den Rest der Wand bedeckte.

Reacher entlud die Schrotflinte – fünf Schuss aus dem Magazin und einen aus der Kammer. Er drehte die Remington um und spannte sie in den Schraubstock. Er fand eine Stichsäge mit einem Sägeblatt für Holz, ließ sie anlaufen und sägte die Schulterstütze aus Walnussholz an der engsten Stelle mit einem geraden Schnitt ab, den er im nächsten Arbeitsgang der äußeren Kontur des Pistolengriffs anpasste. Als Nächstes schrägte er die Kanten leicht ab, bevor er sie mit einer Raspel glättete und mit Schleifpapier nacharbeitete. Den letzten Schliff bekam das Holz mit feiner Stahlwolle. Reacher blies den Staub weg, fuhr mit der Handfläche über die Kanten und war mit dem Ergebnis durchaus zufrieden.

Er vertauschte die Stichsäge mit einem Trennschleifer mit bläulichem Diamantsägeblatt, das dicht mit winzigen Zähnen besetzt war, und setzte es knapp drei Zentimeter vor dem Vorderschaft an. Die Säge jaulte, kreischte und heulte, und dann fiel ein dreißig Zentimeter langes Stück des Laufs mit einem Ton wie von einer Glocke auf den Garagenboden. Er fand eine Stahlfeile, mit der er alle Grate im Bereich der neuen Mündung beseitigte. Er nahm die Waffe aus dem Schraubstock, lud sie probeweise *RATSCH-ratsch, RATSCH-ratsch* zweimal durch und lud sie dann mit fünf Schuss im Magazin und einem in der Kammer. Nun hatte er eine abgesägte Schrotflinte mit Pistolengriff, das Ganze nicht viel länger als sein Unterarm.

Auf dem Rückweg durchs Haus holte Reacher seinen Parka aus dem Garderobenschrank. Die Glock und das Springmesser steckten noch in den Taschen, die beiden Schraubenzieher und der

Schraubenschlüssel ebenfalls. Mit dem Messer schnitt er das Futter der linken Tasche auf, damit die abgesägte Remington ganz hineinpasste. Den Parka zog er an. Dann sperrte er die Haustür auf und ging ins Esszimmer zurück, um zu warten.

Die Cornhusker kamen einzeln, einer nach dem anderen, der erste genau pünktlich, exakt dreißig Minuten nach der Ankündigung des Doktors, mit einem schwarzen Pick-up, den er auf der Straße stehen ließ. Er trabte die Einfahrt entlang und stieß die Haustür auf, als gehörte ihm der Laden. Reacher legte ihn mit einem gemeinen Schlag auf den Hinterkopf flach – von hinten, mit dem Schraubenschlüssel. Der Kerl sank auf die Knie und fiel nach vorn aufs Gesicht. Reacher wandte etwas Zeit und Mühe auf, um ihn über das glänzende Parkett zu ziehen, und fesselte ihn dann mit Klebeband, nicht besonders sorgfältig, aber vorläufig ausreichend. Der dumpfe Schlag, das Zusammenbrechen des Kerls und Reachers Ächzen weckten die Frau des Doktors und Dorothy Coe. Sie kamen in Bademänteln aus ihren Zimmern. Die Frau des Doktors betrachtete den Mann auf dem Fußboden und sagte: »Sie kommen zum Frühstücken, denke ich.«

Reacher sagte: »Aber heute kriegen sie keines.«

Dorothy Coe fragte: »Was ist mit morgen?«

»Morgen ist ein neuer Tag. Wie gut kennen Sie Eleanor Duncan?«

»Die ist an nichts schuld.«

»Sie wird dieses Jahr Ihre Ernte transportieren. Sie ist die neue Firmenchefin.«

Dorothy Coe sagte nichts.

Die Frau des Doktors fragte: »Sollen wir uns lieber raushalten?«

»Wäre vielleicht sicherer«, antwortete Reacher. »Wir wollen nicht, dass einer der Kerle auf Sie fällt.«

»Da kommt wieder einer!«, rief der Doktor halblaut drängend aus dem Esszimmer.

Der zweite Mann ging an derselben Stelle wie der andere zu Boden. Weil der Platz nicht ausreichte, winkelte Reacher seine Beine an den Knien an, damit die Haustür sich schließen ließ, und fesselte ihn in dieser Stellung.

Als Letzter kam der Kerl, der Reacher die Nase gebrochen hatte.

Und er kam nicht allein.

52

Ein weißer Geländewagen parkte vor dem Zaun am Straßenrand, und der Kerl, der Reacher die Nase gebrochen hatte, stieg auf der Fahrerseite aus. Dann öffnete sich die rechte Tür, und der Typ namens John stieg aus. Der Mann, den Reacher auf dem Betriebshof zurückgelassen hatte. *Gehen Sie ins Bett,* hatte Reacher gesagt. Aber der Kerl war nicht ins Bett gegangen. Er hatte gewartet, bis er hörte, dass Reacher gefangen war, und war nun mitgekommen, um sich an dem Spaß zu beteiligen.

Dumm, dumm, dumm.

Auf dem Flur hatte man kaum genug Platz, um sich bewegen zu können. Er war voller Footballspieler, von denen vier wie die Kadaver gestrandeter Wale herumlagen, bewusstlos und gefesselt. Reacher schlängelte sich zwischen ihnen hindurch und sah durchs Fenster neben der Tür hinaus. Die beiden Spätankömmlinge hasteten in der feuchten Kälte an Dorothy Coes Pick-up, an Johns eigenem Yukon vorbei, waren zur Haustür unterwegs und schienen bestens gelaunt zu sein.

Reacher öffnete die Tür und trat ihnen entgegen. Er zog die abgesägte Remington 870 aus dem Parka – mit einer langen, übertrieben hohen Bewegung wie ein Pirat seine alte Steinschlosspistole zieht –, hielt sie mit angewinkeltem Ellbogen mühelos in der rechten Hand und zielte damit auf den Kerl, der ihn verletzt hatte. Aber er sah dabei John an.

»Sie haben mich enttäuscht«, sagte er.

Die beiden Männer machten abrupt halt und starrten ihn durchdringender an, als er für gerechtfertigt hielt, bis ihm das Gewebeband auf seinem Gesicht einfiel. Wie eine Kriegsbemalung. Er grinste und spürte sie faltig werden. Er blickte den Kerl an, der mit dem Kolben zugeschlagen hatte, und sagte: »Das war nichts, was sich nicht hat richten lassen. Aber ich weiß nicht, ob Sie das von sich werden sagen können.«

Keiner der beiden Männer sagte etwas. Reacher fixierte weiter den Kerl, der ihm das Nasenbein gebrochen hatte, und befahl: »Holen Sie Ihre Autoschlüssel raus und werfen Sie sie mir zu.«

Der Kerl fragte: »Was?«

»Johns Yukon langweilt mich. Für den Rest des Tages werde ich Ihren Wagen nehmen.«

»Glauben Sie?«

»Ich denke schon.«

Keine Reaktion.

Reacher sagte: »Ihr müsst euch entscheiden, Jungs. Tut, was ich sage, oder ihr bekommt eine Ladung ab.«

Der Kerl griff in seine Tasche und zog einen Schlüsselbund heraus. Er hielt ihn kurz hoch, um zu zeigen, was er in der Hand hielt, und warf ihn dann mit einem Unterhandschwung Reacher zu, der gar nicht erst versuchte, ihn aufzufangen. Die Schlüssel prallten von seinem Parka ab und fielen in den Kies. Reacher wollte die linke Hand frei haben und nicht abgelenkt werden. Er sah wieder den Kerl an und fragte: »Wie fühlt Ihre Nase sich jetzt an.«

Der Kerl sagte: »So weit ganz gut.«

»Sie sieht aus, als wäre sie schon mal gebrochen gewesen.«

Der Kerl sagte: »Zweimal.«

Reacher sagte: »Nun, drei ist eine Glückszahl, heißt es. Die Drei bringt Glück, das sagen alle.«

Keiner sprach.

Reacher sagte: »John, legen Sie sich auf den Bauch.«

John bewegte sich nicht.

Reacher schoss vor Johns Füße. Die Schrotflinte krachte, und er fing den Rückstoß auf. Der Schussknall hallte übers Land, laut und dumpf wie eine Steinbruchsprengung. John heulte und tanzte. Er war nicht verletzt, aber ein Hagel von aufgewirbelten Steinsplittern hatte seine Schienbeine bombardiert. Reacher wartete, bis wieder Ruhe herrschte, dann lud er die Schrotflinte nach, deren *RATSCH-ratsch* vermutlich das einschüchterndste Geräusch der Welt war. Die leere Patronenhülse wurde ausgeworfen, flog glitzernd durch die Luft, landete neben den Schlüsseln und rollte noch ein kleines Stück weiter.

John führte den Befehl aus. Als Erstes kniete er sich hin, unbeholfen wie in der Kirche, dann sank er widerstrebend nach vorn auf die Hände, als hätte ein schlecht gelaunter Trainer ihn zu hundert Liegestützen verdonnert. Reacher rief über die Schulter hinweg: »Doktor? Bringen Sie mir das Gewebeband, ja?«

Keine Antwort aus dem Haus.

Reacher rief: »Keine Sorge, Doktor. Hier gibt's keine Comebacks. Garantiert nicht. Heute ist der letzte Tag. Morgen lebt ihr alle wie normale Bürger. Und diese Kerle sind entlassen, auf dem Rückweg in ihre Heimat, auf Arbeitssuche.«

Danach folgte eine lange Pause. Eine Minute später erschien der Doktor schließlich mit dem Klebeband. Er schaute die beiden Männer nicht an. Er hielt den Kopf zur Seite gedreht, den Blick gesenkt. Aus alter Gewohnheit. Er gab die Rolle Reacher, dann verschwand er wieder. Reacher warf sie dem Kerl zu, der ihm das Nasenbein gebrochen hatte, und sagte: »Sorgen Sie dafür, dass Ihr Kumpel weder Arme noch Beine bewegen kann. Sonst tue ich's mit einer anderen Methode, nach der er vielleicht querschnittsgelähmt ist.«

Der Kerl fing die Rolle auf und machte sich an die Arbeit. Er fesselte Johns Handgelenke auf dessen Rücken mit drei Lagen Klebeband achterförmig und verstärkte den Kreuzungspunkt durch mehrere Lagen. Reacher hatte keine Ahnung, wie hoch die gemessene Zugfestigkeit von Gewebeband war, aber er wusste, dass niemand es in Längsrichtung zerreißen konnte. Nachdem der Kerl auch Johns Fußknöchel gefesselt hatte, verlangte Reacher: »Jetzt noch alles auf dem Rücken zusammen.«

Der Kerl zog Johns Füße zum Hintern hoch und verband sie mit den Händen durch vier ungefähr dreißig Zentimeter lange Klebebandstreifen. Dann trat er zurück. Reacher zog den Schraubenschlüssel aus der Tasche. An dem Metall klebten noch etwas Blut und Haare von den beiden vorigen Kerlen. Er ließ ihn hinter sich zu Boden fallen. Er holte das Springmesser heraus. Ließ es hinter sich zu Boden fallen. Er holte die Glock heraus. Ließ sie hinter sich zu Boden fallen. Dann drehte er sich um und legte die abgesägte Remington 870 daneben. Er schlüpfte aus seinem Parka und ließ ihn fallen. Er bedeckte alle vier Waffen. Er sah den Kerl an, der ihn verletzt hatte, und sagte: »Ein fairer Kampf. Sie gegen mich. B-Footballspieler aus Nebraska gegen U.S. Army. Mit bloßen Fäusten. Ohne Regeln. Wenn Sie an mir vorbeikommen, dürfen Sie gern benutzen, was Sie unter meinem Parka finden.«

Der Mann starrte ihn sekundenlang verständnislos an, dann grinste er ein wenig, als wäre plötzlich die Sonne herausgekommen, als hätte sich ihm eine unglaubliche Chance eröffnet, als hätte sich in der gegnerischen Verteidigung ein gähnendes Loch aufgetan, das ihm überraschend einen Touchdown sichern würde. Er wippte auf den Zehen, ging mit dem Oberkörper leicht nach vorn, ballte seine rechte Faust unter dem Kinn und machte sich bereit, mit der Linken anzugreifen.

Auch Reacher verzog den Mund zu einem Grinsen. Der Kerl tänzelte herum wie der Marquis von Queensberry persönlich. Er hatte keine Ahnung. Überhaupt keine. Der letzte Boxkampf, den er gesehen hatte, war vermutlich in einem Rocky-Film gewesen. Er war zwei Meter groß und wog hundertfünfunddreißig Kilo, aber er war nur ein Pfingstochse, groß und dumm, der gegen eine Kanalratte antrat.

Eine hundertzehn Kilo schwere Kanalratte.

Der Kerl trat vor, und tänzelte eine Minute lang, wippte auf den Zehenspitzen, täuschte Angriffe an und vergeudete Zeit und Energie. Reacher blieb unbeweglich stehen, konzentrierte sich auf nichts und alles gleichzeitig, war hyperwachsam, beobachtete die Augen des Kerls, seine Hände und Füße. Und tatsächlich kam bald die linke Gerade. Ein logischer erster Schlag für einen Rechtshänder, der sich einbildete, im Ring zu stehen. Dieser kurze Hieb folgte derselben Bahn wie eine linke Gerade, aber er war weit weniger kräftig, weil er ansatzlos geschlagen wurde, ohne dass Beine, Oberkörper oder Schultern etwas dazu beitrugen. Ohne richtige Power. Reacher verfolgte, wie die großen Fingerknöchel näher kamen, dann riss auch er die linke Hand hoch, als würde er mit dem Handrücken nach einer Wespe schlagen, traf die Innenseite des Handgelenks des anderen und lenkte die heranfliegende Faust so von seinem Gesicht ab, dass der Schlag über seine sich bewegende Schulter ins Leere ging.

Seine Schulter bewegte sich deshalb, weil er sich bereits vom hinteren Standbein abstieß, nach vorn schnellte, gewaltig Schwung holte, mit dem rechten Ellbogen in die Lücke stieß, die dadurch entstanden war, dass er den Kerl ein paar Zentimeter nach links gedreht hatte. Sein Ellbogen sollte das Jochbein am äußeren Rand der linken Augenhöhle treffen und ihm hoffentlich den Schädel brechen. *Ohne Regeln*. Der Schlag traf mit der vollen Wucht seiner hundertzehn Kilogramm: ein gewaltiger Aufprall, den Reacher bis in die Zehen spürte. Der Mann taumelte zurück. Er blieb auf den Beinen. Offenbar war sein Schädel nicht gebrochen, aber er spürte den Schlag. Er spürte ihn schmerzhaft, und sein Mund wollte sich zu einem Heulen öffnen, aber Reacher schloss ihn mit einem Kinnhaken, tückisch, keineswegs elegant, aber wirkungsvoll. Der Kopf des Kerls flog in einem Blutnebel nach hinten und schnellte dann so kräftig nach vorn, dass das Kinn seine gewaltigen Brustmuskeln berührte, während Reacher versuchte, mit dem linken Ellbogen das andere Jochbein zu treffen, bevor er die Kehle seines Gegners mit einem rechten Unterarmschlag traf, mit dem er einen Home Run hätte erzielen können. Dann rammte er ihm ein Knie in den Unterleib, tänzelte hinter ihn und trat ihm so kräftig in die Kniekehlen, dass die Beine des Kerls unter ihm einknickten und er schwer auf den Rücken knallte und liegen blieb.

Sechs Schläge, drei Sekunden.

Ohne Regeln.

B-Footballspieler aus Nebraska gegen U. S. Army.

Doch der Typ war zäh. Oder ängstlich. Oder beides. Jedenfalls gab er nicht auf. Er fing an, auf dem Rücken liegend zu zappeln, versuchte hochzukommen, machte missglückte Schneeengel im Kies, warf den Kopf von links nach rechts. Vielleicht wäre es anständig gewesen, ihn auszuzählen, aber ein am Boden liegender Gegner begeistert jede Kanalratte, ist der Endzweck der Übung und ein kostbares Geschenk, das man niemals zurückweisen darf. Deshalb schickte Reacher ihn mit einem Tritt an das linke Ohr ins Land der Träume, bevor er ihm mit dem Stiefelabsatz ins Gesicht trat wie ein angewiderter Hausbesitzer, der eine Kakerlake zertritt. Das Krachen, mit dem die Nase des Kerls zersplitterte, übertönte alles Keuchen und Grunzen, Ächzen und Stöhnen.

Schluss der Vorstellung. Acht Schläge in sechs Sekunden, was nach Reachers Begriffen ziemlich langsam und mühsam war. Aber andererseits war der Kerl riesig, besaß die Kraft und das Durchhaltevermögen eines Sportlers und war es gewohnt, Schmerzen zu ertragen. Nicht der schlechteste Gegner, mit dem Reacher es jemals zu tun gehabt hatte. Vier Jahre College-Football entsprachen vermutlich vier Tagen Ranger-Ausbildung, und Reacher kannte viele Leute, die nicht mal drei Tage geschafft hatten.

Er fesselte den Mann da, wo er lag: mit einem Achter um die Handgelenke, den er mit seinem Hals verband, und Fußfesseln, die er mit Johns Hals verband. Dann ging er ins Haus, um die beiden Kerle, die morgens zuerst hereingekommen waren, besser zu fixieren. Er schob sie auf dem Parkett in der Diele zusammen und fesselte sie Rücken an Rücken wie die beiden Männer im Flur. Danach richtete er sich auf und holte tief Luft.

Dann klingelte ein Telefon, entfernt und gedämpft.

Das Telefon erwies sich als Dorothy Coes Handy. Sein Klingeln klang deshalb entfernt und gedämpft, weil sie sich noch im Gästezimmer, hinter einer geschlossenen Tür, befand. Sie kam mit dem Telefon in der Hand heraus und betrachtete die vier gefesselten Männer im Flur und in der Diele und lächelte dann, als machte sich an einem bisher anomalen Tag plötzlich Normalität bemerkbar. Sie sagte: »Das war Mr. Vincent im Motel. Ich soll heute Vormittag arbeiten. Er hat Gäste.«

Reacher fragte: »Wer sind sie?«

»Das hat er nicht gesagt.«

Reacher überlegte kurz, dann sagte er: »Okay.« Er forderte den Doktor auf, die sechs gefesselten Footballspieler als ärztlicher Betreuer im Auge zu behalten. Dann ging er hinaus und zog den Parka wieder an, verstaute sein improvisiertes Arsenal erneut in den Taschen, hob die im Kies liegenden Autoschlüssel auf und machte sich auf den Weg zu dem jenseits des Zauns geparkten weißen Geländewagen.

Eldridge Tyler bewegte sich, nur ein bisschen, aber genug, um sich weiter behaglich zu fühlen. Inzwischen war es seit zwei Stunden hell. Er war ein geduldiger Mensch. Sein Auge lag noch immer am Zielfernrohr, das weiter auf das Scheunentor gerichtet war, auf die in das Tor eingelassene kleinere Tür, fünfzehn Zentimeter vom oberen, fünfzehn Zentimeter vom linken Türrand. Der Gewehrlauf ruhte weiterhin sicher auf den Reisbeuteln. Die Luft war feucht, aber die Sonne schien hell, und die Sicht war gut.

Aber der große Mann in dem braunbeigen Parka war nicht gekommen.

Noch nicht.

Vielleicht würde er nie aufkreuzen, wenn die Duncans in dieser Nacht erfolgreich gewesen waren. Trotzdem blieb Tyler weiter am Ball, denn er war von Natur aus vorsichtig, und er nahm Aufträge immer ernst. Möglicherweise waren die Duncans in dieser Nacht auch nicht erfolgreich gewesen. In diesem Fall würde der große Mann schon sehr bald aufkreuzen. Wozu sollte er länger warten? Er brauchte nur Tageslicht.

Tyler nahm den Zeigefinger vom Abzug, öffnete und schloss seine Hand einmal, zweimal, dann legte er den Finger wieder an den Abzug.

53

Der weiße Geländewagen erwies sich als ein Chevy Tahoe, der für Reachers ungeübten Blick mit einem GMC Yukon identisch war. Die Innenausstattung sah gleich aus. Alle Instrumente sowie alle Anzeigen waren gleich. Und er fuhr sich gleich: schwammig und unpräzise bis zur Landstraße, an der Reacher rechts nach Süden abbog. Über den Feldern hing Bodennebel, aber die Sonne stand schon hoch. Der Tag war fast zwei Stunden alt.

Er nahm den Fuß vom Gas, ließ den Wagen ausrollen und stellte ihn zweihundert Meter vor dem Motel auf dem Bankett ab. Im Norden waren nur die Werbetafel in Form einer Rakete und die große runde Lounge zu sehen. Er stieg aus und ging geräuschlos und langsam weiter. Sein Blickwinkel veränderte sich mit jedem Schritt. Als Erstes entdeckte er den ausgebrannten Ford. Das Wrack stand auf dem großen Parkplatz, auf den Felgen, schwarz und skelettiert, mit zwei Gestalten hinter den glaslosen Fenstern, beide glatt gebrannt und zu Seehundgröße geschrumpft. Dann sah er den Subaru des Doktors vor Bungalow sechs stehen: verbeult und beschädigt, aber im Vergleich zu dem Ford noch durchaus brauchbar.

Dann sah er den dunkelblauen Chevrolet. Er stand hinter dem Subaru, vor Bungalow sieben oder acht, achtlos schräg geparkt. Frustrierte Männer, die es eilig gehabt hatten, ins Bett zu kommen.

Reacher verließ die Straße und ging so leise wie möglich im Kies an dem Ford vorbei zum Eingang der Lounge. Das ausgebrannte Fahrzeug fühlte sich noch immer warm an. Die Brandhitze hatte fantastische Wirbel aufs Blech gezeichnet. Die Tür zur Lounge stand offen. Reacher trat ein und erkannte Vincent, der an der Empfangstheke saß. Er wollte gerade den Telefonhörer auflegen, brachte die Bewegung aber nicht zu Ende und starrte Reachers Notverband an. Er fragte: »Was, zum Teufel, ist mit Ihnen passiert?«

»Nur ein Kratzer«, antwortete Reacher. »Mit wem haben Sie telefoniert?«

»Das war der Morgenrundruf. Immer zur selben Zeit. Pünktlich wie ein Uhrwerk.«

»Die Telefonkette?«, fragte Reacher.

Vincent nickte.

»Und?«

»Keine besonderen Vorkommnisse. Drei Wagen der Cornhusker waren die ganze Nacht unterwegs – anscheinend auf Streife. Jetzt sind sie irgendwo anders. Die vier Duncans halten sich in Jacobs Haus auf.«

»Sie haben Gäste«, sagte Reacher.

»Die Italiener«, erwiderte Vincent. »Ich habe ihnen sieben und acht gegeben.«

»Haben sie nach mir gefragt?«

Vincent nickte. »Sie wollten wissen, ob Sie hier sind und ob ich Sie gesehen habe. Sie sind eindeutig auf der Suche nach Ihnen.«

»Wann sind sie angekommen?«

»Heute Morgen gegen fünf Uhr.«

Reacher nickte seinerseits. Eine vergebliche nächtliche Suche, kein Erfolg, einsetzende Müdigkeit, keine Lust, eine Stunde weit nach Süden zum Marriott und eine Stunde zurückzufahren, daher die hiesige Option. Sie hatten bestimmt nur ein paar Stunden schlafen und dann wieder losfahren wollen, aber verschlafen. Menschliche Natur.

»Sie haben mich aus dem Bett geklingelt«, erklärte Vincent. »Sie waren sehr schlecht gelaunt. Ich glaube nicht, dass sie die Zimmer bezahlen werden.«

»Wer von den beiden hat die Männer in dem Ford erschossen?«

»Ich kann sie nicht auseinanderhalten. Der eine hat geschossen, der andere hat den Wagen angezündet.«

»Und Sie haben das mit eigenen Augen gesehen?«

»Ja.«

»Würden Sie das vor Gericht aussagen?«

»Nein, weil die Duncans in die Sache verwickelt sind.«

»Und wenn die Duncans nicht darin verwickelt wären?«

»So viel Fantasie habe ich nicht.«

»Aber mir haben Sie's erzählt.«

»Privat.«

»Erzählen Sie's mir noch mal.«

»Einer von ihnen hat die Kerle erschossen, und der andere hat ihren Wagen angezündet.«

»Okay«, sagte Reacher. »Das genügt.«

»Wofür?«

»Rufen Sie sie an«, forderte Reacher ihn auf. »In einer Minute. In ihren Bungalows. Flüstern Sie nur. Sagen Sie ihnen, dass ich vor Ihrem Fenster auf dem Parkplatz stehe, das ausgebrannte Wrack begutachte.«

»Das kann ich nicht machen.«

»Dies ist der letzte Tag«, sagte Reacher. »Morgen ist alles anders.«

»Nehmen Sie's mir nicht übel, wenn ich das erst mal abwarten möchte.«

»Morgen wird es hier drei Arten von Leuten geben«, sagte Reacher. »Einige tot, einige kleinlaut und einige mit ein bisschen Selbstachtung. Sie müssen zusehen, dass Sie in die dritte Gruppe kommen.«

Vincent schwieg.

»Sie kennen Eleanor Duncan?«, fragte Reacher.

»Die ist in Ordnung«, sagte Vincent. »Sie hat nie etwas mit diesem Zeug zu tun gehabt.«

»Sie wird die Firma übernehmen. Ab morgen transportiert *sie* Ihre Lieferungen.«

Vincent schwieg.

»Rufen Sie die Italiener in einer Minute an«, sagte Reacher. Er verließ die Lounge, balancierte über die silbern gestrichenen Holzbalken, ging hinter Bungalow sieben und acht vorbei und kam bei Bungalow neun heraus. Er stand an einer Engstelle, die an eine riesige Sanduhr erinnerte, und hatte die runde Außenwand der Nummer acht zum Greifen nahe vor sich, während die Nummer sieben der übernächste Bungalow war. Von hier aus gesehen bildeten der Chevy, der Subaru und der ausgebrannte Ford eine gerade Linie. Reacher zog die Glock des toten Iraners und überzeugte sich davon, dass sie durchgeladen war.

Es konnte losgehen.

Er wartete.

Er hörte die Zimmertelefone klingeln, erst eines, dann das andere, beide hinter den Mauern und geschlossenen Fenstern ziemlich leise. Er stellte sich vor, wie Männer sich im Bett umdrehten, darum kämpften, wach zu werden, sich blinzelnd aufsetzten, auf die Uhr sahen, Mühe hatten, sich in fremder Umgebung zurechtzufinden, ihr Telefon auf dem Nachttisch fanden, sich meldeten und Vincents drängend geflüsterte Mitteilung hörten.

Er wartete.

Er wusste, was passieren würde. Der Erste, der die Tür aufmachte, würde dort warten, halb drinnen, halb draußen, sich mit gezogener Pistole hinauslehnen und sich den Hals verrenken, auf das Auftauchen seines Partners warten. Dann würden Gesten, Zeichensprache und eine vorsichtige gemeinsame Annäherung folgen.

Er wartete.

Die Tür der Nummer acht ging zuerst auf. Reacher sah eine Hand am Türrahmen, dann eine Pistole, fast senkrecht gehalten, dann einen Unterarm, dann einen Ellbogen, dann einen Hinterkopf. Die Pistole war eine Colt Double Eagle. Unterarm und Ellbogen waren mit einem verknitterten weißen Hemdsärmel bedeckt, der Kopf mit ungekämmtem schwarzem Haar.

Reacher trat einen Schritt zurück und wartete. Er hörte, wie die Tür von Nummer sieben geöffnet wurde. Dann ahnte er mehr, als er sah oder hörte: das Rascheln von gestärkter Baumwolle, die stumme Diskussion, die Handzeichen und das Antippen von Brustkörben, als Rollen zugeteilt wurden, die ausgestreckten Arme, die Richtungen andeuteten, und die gespreizten Finger, die Zeiten ausdrückten. Als Vorgehensweise bot sich an, dass der Kerl aus Nummer acht hinter den Bungalows vorbeischlich, die Lounge ungesehen umrundete und den Parkplatz von Norden erreichte, während der Typ aus Nummer sieben noch einen Augenblick wartete und dann direkt aus Süden kam. Kinderspiel.

Sie legten los. Reacher hörte den weiter entfernten Mann ins Freie treten und warten, während der ihm nähere Kerl heraustrat und weiterging. Acht Schritte, schätzte Reacher, bevor er an seinem Partner vorbeikam. Er zählte lautlos mit, trat bei sechs vor, riss bei sieben die Pistole hoch und brüllte bei acht *KEINE BEWEGUNG KEINE BEWEGUNG KEINE BEWEGUNG.* Beide Männer erstarrten, ergaben sich schon, hielten ihre Waffen in Oberschenkelhöhe, beide müde, kaum richtig wach, verwirrt und desorientiert. Reacher spielte seine Rolle überzeugend weiter und schrie: *WEG MIT DEN WAFFEN DIE WAFFEN ZU BODEN WERFEN,* und beide Männer gehorchten augenblicklich, sodass ihre schweren Edelstahlkanonen im Gleichtakt auf den Kies krachten. Reacher plärrte: *WEGTRETEN WEGTRETEN WEGTRETEN,* und beide Männer traten von den Pistolen weg – auf den Parkplatz, isoliert, weit von ihren Bungalows, von ihrem Chevy entfernt.

Reacher atmete tief durch und betrachtete sie von hinten. Beide trugen nur Hosen, Hemden und Schuhe. Keine Jacketts, keine Mäntel. Er sagte: »Umdrehen.«

Sie drehten sich um.

Der linke Mann sagte: »Sie?«

Reacher sagte: »So lernen wir uns endlich kennen. Wie läuft euer Tag bisher?«

Keine Antwort.

Reacher sagte: »Leert eure Taschen aus. Restlos. Zieht das Futter ganz raus.«

Sie gehorchten. Es regnete Quarter und Dimes und blanke neue Cents; Papiertaschentücher flatterten, und Smartphones landeten im Kies. Dazu ein Autoschlüssel mit wulstig verdicktem schwarzem Kopf und einem Kunststoffanhänger, der wie eine große Eins geformt war. Reacher sagte: »Geht jetzt rückwärts. Bleibt erst stehen, wenn ich's sage.«

Sie gingen rückwärts, und Reacher folgte ihnen im Gleichtakt, acht Schritte weit, zehn. Dann erreichte er die Stelle, wo ihre fallen gelassenen Pistolen lagen, und befahl: »Okay, stehen bleiben.« Er bückte sich und hob eine der Waffen auf. Als das ausgeworfene Magazin zu Boden fiel, sah er, dass es voll war. Er hob die zweite Pistole auf. Aus ihrem Magazin fehlte ein Schuss.

»Wer?«, fragte er.

Der links stehende Mann sagte: »Der andere.«

»Der andere wer?«

»Der andere Iraner. Sie haben einen umgelegt, wir den anderen. Wir stehen hier auf derselben Seite.«

»Das glaube ich nicht«, meinte Reacher. Er trat auf den kleinen Haufen Taschenmüll zu und hob den Autoschlüssel auf. Als er auf den Knopf der Fernbedienung drückte, hörte er, wie die Türen des Chevys entriegelt wurden. Er sagte: »Los, steigt hinten ein.«

Der linke der beiden Kerle fragte: »Wissen Sie, wer wir sind?«

»Ja«, antwortete Reacher. »Ihr seid zwei Versager, die gerade verloren haben.«

»Wir arbeiten für einen Mann namens Rossi in Las Vegas. Er hat beste Verbindungen. Er ist die Art Kerl, mit der man sich nicht anlegen darf.«

»Entschuldigung, wenn ich nicht gleich vor Schreck in Ohnmacht falle.«

»Er hat auch Geld. Reichlich Geld. Vielleicht können wir uns irgendwie einigen.«

»Zum Beispiel worauf?«

»Hier läuft gerade ein Deal. Wir könnten Sie daran beteiligen. Sie reich machen.«

»Reich bin ich schon.«

»Sie sehen nicht so aus. Das ist mein Ernst. Jede Menge Geld.«

»Ich habe alles, was ich brauche. Das ist die Definition von Reichtum.«

Der Kerl machte eine Pause, dann fing er noch mal an. Er verlangte: »Sagen Sie mir, was ich tun kann, um Sie zufriedenzustellen.«

»Ihr könnt euch hinten in euren Wagen setzen.«

»Wozu?«

»Weil meine Arme wehtun und ich euch nicht weit schleifen will.«

»Nein, wozu wollen Sie uns im Auto haben?«

»Weil wir eine Ausfahrt machen.«

»Wohin?«

»Das sage ich euch, sobald ihr eingestiegen seid.«

Beide Männer starrten einen Punkt in der Luft an, der ungefähr in der Mitte zwischen ihnen lag, weil sie nicht wagten, einen Blick zu wechseln, weil sie ihr Glück kaum glauben konnten. Eine Chance. Sie beide hinten, ein einzelner Fahrer vorn. Reacher bedrohte sie auch beim Einsteigen weiter mit der Glock. Einer stieg auf der nahen Seite ein, der andere musste um den Kofferraum herumgehen. Reacher bemerkte, wie er zu der Straße und den freien Feldern dahinter hinüberblickte, und sah dann, wie der Impuls zur Flucht erlosch. Ebenes Land. Nirgends ein Versteck. Eine moderne Neun-Millimeter-Pistole, effektive Schussweite vierzig Meter. Der Kerl öffnete seine Tür, senkte den Kopf und stieg ein. Der Impala war kein Kleinwagen aber im Fond auch keine Limousine. Die Füße der beiden Männer waren unter den Vordersitzen gefangen, und obwohl sie weder groß noch dick waren, saßen sie beengt und dicht nebeneinander.

Reacher öffnete die linke Tür. Er stützte ein Knie auf den Fahrersitz und beugte sich hinein. Der Kerl, der bisher gesprochen hatte, fragte ihn: »Wohin fahren wir also?«

»Nicht weit«, antwortete Reacher.

»Können Sie's uns nicht sagen?«

»Ich werde neben dem Ford parken, den Sie abgefackelt haben.«

»Was, gleich dort vorn?«

»Ich habe gesagt, dass es nicht weit ist.«

»Und was dann?«

»Dann zünde ich diesen Wagen an.«

Die beiden Männer wechselten einen verständnislosen Blick. Dann sagte der eine, der bisher gesprochen hatte: »Sie wollen mit uns auf dem Rücksitz fahren? Einfach so?«

»Ihr könnt euch anschnallen, wenn ihr wollt. Aber das lohnt sich kaum. Es ist ja nicht sehr weit. Und ich fahre vorsichtig und baue bestimmt keinen Unfall.«

Der Kerl sagte: »Aber ...«, dann verstummte er.

»Ich weiß«, sagte Reacher. »Ich kehre euch den Rücken zu. Ihr könntet mich von hinten angreifen.«

»Nun, ja.«

»Aber ihr werdet's nicht tun.«

»Warum nicht?«

»Ihr tut's einfach nicht. Das weiß ich.«

»Wieso sollten wir's nicht tun?«

»Weil ihr tot seid«, sagte Reacher und schoss dem ersten Kerl in die Stirn, dann dem zweiten, ein rascher Doppelknall, keine Pause, *peng peng*, ohne zeitlichen Abstand. Die Heckscheibe zersplitterte, und Blut, Knochensplitter und Gehirnmasse trafen die Glasreste, verzögert, langsamer als die Geschosse. Die beiden Männer sackten friedlich zusammen, noch langsamer, wie einschlafende alte Leute, aber mit offenen Augen und großen purpurroten Tropfen, die aus glatten Löchern in ihrer Stirn quollen und sich in träge Rinnsale verwandelten, die zum Nasensattel hinunterliefen.

Reacher schob sich rückwärts aus dem Wagen, richtete sich auf und sah nach Norden. Neun-Millimeter-Parabellum. Großartige Munition. Die beiden Geschosse waren vermutlich eben erst eingeschlagen, hatten sich eine Meile von hier ins gefrorene Erdreich gebohrt.

Reacher kontrollierte den Bungalow sieben und fand in einem Mantel eine Geldbörse. Sie enthielt einen in Nevada auf Roberto Cassano, wohnhaft in Las Vegas, ausgestellten Führerschein, vier Kreditkarten und etwas über neunzig Dollar in bar. Reacher nahm sechzig heraus, setzte sich in den Impala, fuhr vierzig Meter weit und parkte ihn ganz nah neben dem ausgebrannten Ford. Die sechzig Bucks gab er Vincent in der Lounge – zwei Zimmer, eine Nacht. Dann ließ er sich einige Lappen und Zündhölzer geben, und sobald die Lunte im Tankstutzen des Chevys brannte, hastete er zu dem am Straßenrand abgestellten Tahoe. Die ersten größeren Flammen waren sichtbar, als er vorbeifuhr, und ungefähr vierhundert Meter weiter sah er im Rückspiegel, wie der Benzintank hochging. Sein Blickwinkel und die Art und Weise, wie der Feuerball aufstieg, zu Rauch wurde und in sich zusammensank, ließ das Werbeschild des Motels wie eine echte Rakete wirken – als startete sie mit einem gewaltigen Feuerschweif in die unendlichen Weiten des Alls.

Eldridge Tyler hatte die Schüsse gehört. Zwei leise Knalle, rasch nacheinander, ein Doppelknall, sehr weit entfernt, eigentlich nicht mehr als vage Schockwellen in der Winterluft. Kein Gewehr. Keine Schrotflinte. Tyler kannte sich mit Schusswaffen aus, und er wusste, wie das Echo von Schüssen sich übers Land ausbreitete. Eine Handfeuerwaffe, dachte er, in drei bis vier Meilen Entfernung. Vielleicht war die Jagd zu Ende und der große Mann erledigt. Er bewegte sich erneut, lockerte ein Bein, lockerte das andere, streckte einen Arm, streckte den anderen, zuckte mit den

Schultern, drehte den Kopf nach links und rechts. Er griff in seine schwarze Sporttasche und holte eine Wasserflasche und ein Sandwich heraus. Beides legte er in bequemer Reichweite ab. Dann spähte er durch die Lücke in der Lüftungsjalousie und überprüfte sorgfältig das Gelände draußen, weil der große Mann vielleicht doch noch lebte. Tyler sah nichts als erwiesen an. Sein Job war es, zu beobachten und zu warten, und warten würde er, bis ihm das Gegenteil befohlen wurde.

Er stemmte sich auf beiden Händen hoch, verdrehte den Hals und schaute hinter sich. Die Sonne stand inzwischen etwas mehr im Südosten, und ihre Strahlen fielen genau auf den Eingang des Schuppens. Die Kunststoffummantelung des Stolperdrahts hatte im Morgennebel winzige Tautropfen angesetzt, die nun schwach glitzerten. Zehn Minuten, dachte Tyler, bis diese Feuchtigkeit abgetrocknet und die dünne Litze wieder unsichtbar war.

Er drehte sich um, streckte sich aus, brachte das rechte Auge wieder ans Zielfernrohr und legte den Zeigefinger an den Abzug.

54

Dorothy Coe duschte im Bad neben dem Gästezimmer und zog sich rasch an, um zur Arbeit ins Motel zu fahren. Sie legte in der Küche einen Zwischenstopp ein, um mit dem Doktor und seiner Frau einen Kaffee zu trinken und einen Toast zu essen. Dann änderte sie ihren Plan und fragte: »Wo ist Reacher hingefahren?«

Der Doktor sagte: »Das weiß ich nicht so genau.«

»Er muss es Ihnen gesagt haben.«

»Er arbeitet an einer Theorie.«

»Er weiß etwas. Das spüre ich.«

Der Doktor schwieg.

Dorothy Coe fragte: »Wohin ist er gefahren?«
Der Doktor antwortete: »Zu der alten Scheune.«
Dorothy Coe erklärte: »Dann fahre ich auch hin.«
Der Doktor sagte: »Tun Sie's nicht.«

Reacher fuhr auf der Landstraße nach Süden und ließ den Geländewagen weit jenseits der Scheune ausrollen. Sie stand eine Meile westlich von ihm mitten im Feld, nicht allzu weit von dem kleineren Schuppen entfernt, von der Morgensonne angestrahlt, an einer Ecke stark nach vorn geneigt. Er stieg aus, griff nach dem Dachträger und stand auf dem Sitz, zog sich hoch und richtete sich auf, wie er schon mal auf dem Subaru des Doktors gestanden hatte – diesmal jedoch höher, weil der Tahoe größer war. Er drehte sich langsam um die eigene Achse, hatte auf einer Seite die Sonne in den Augen und warf auf der anderen einen endlos langen Schatten. Im Norden sah er in der Ferne das Motel, im Süden die drei Häuser der Duncans. Sonst nichts. Keine Menschen, keine Autos. Nirgends bewegte sich etwas.

Er stieg auf die Motorhaube und sprang zu Boden. Er ignorierte die Fahrspuren von Traktoren und marschierte geradeaus übers Feld, steuerte sein Ziel – die Lücke zwischen der Scheune und dem kleineren Schuppen – auf dem kürzesten Weg an.

Eldridge Tyler hörte den Geländewagen. Nur das ferne Surren grobstolliger Reifen auf rauem Asphalt, das Brummen eines Auspuffs mit Katalysator, danach das Ausrollen eines großen Wagens, alles nur zu vernehmen, weil um ihn herum tiefe ländliche Stille herrschte. Er hörte den Wagen anhalten. Er hörte, dass er nicht weiterfuhr. Eine Meile weit weg, dachte er. Das war keiner der Duncans mit einer Nachricht. Sie wären hergekommen oder hätten angerufen. Dort kam auch nicht die Lieferung. Noch nicht. Die Lieferung war noch stundenweit entfernt.

Er wälzte sich auf die Seite und schaute sich nach dem Stolperdraht um. Er übte in Gedanken nochmals, was er tun musste, falls jemand kam: das Gewehr zurückreißen, sich über die Hüfte abwälzen, sich aufsetzen, sich umdrehen und aus nächster Nähe treffen. Kein Problem.

Er blickte wieder nach vorn, brachte sein Auge ans Okular des Zielfernrohrs und legte den Finger auf den Abzug.

Zehn Minuten später war Reacher auf halbem Weg zu der Scheune: abschätzend, bewertend, im Kopf rechnend. Er war allein. Er war der Letzte, der noch aufrecht stand. Alle zehn Footballspieler waren außer Gefecht, die Italiener tot, die Araber in dem Ford ebenfalls tot; den verbliebenen Iraner hatte ein Italiener erschossen, und alle vier Duncans hatten sich in einem ihrer Häuser verkrochen. Reacher glaubte, sich auf diese Information verlassen zu können. Die hiesige Telefonkette schien eine absolut zuverlässige Quelle zu sein. Die Army nannte das menschliche Informationen (HUMINT), und die Army, die Reacher gekannt hatte, wäre bei so viel Wachsamkeit gelb vor Neid geworden.

Er ging weiter, änderte seine Richtung ein wenig, um auf die Mitte der Lücke zwischen den Gebäuden zuzuhalten. Die Scheune lag rechts, der kleinere Schuppen links voraus. Das Dorngestrüpp um ihre Grundmauern wirkte wie eine hastige Freihandschraffur auf einer Bleistiftzeichnung. Im Winter vertrocknete Ranken, im Sommer vielleicht ein wildes Blumenmeer. Vielleicht eine Attraktion. Kinderräder kamen mit den Traktorspuren zurecht. Ballonreifen, kräftige Rahmen.

Er ging weiter.

Eldridge Tyler atmete so flach wie möglich, konzentrierte sich und horchte nach draußen. Er kannte das Land. Das Erdreich bewegte sich ständig, erwärmte sich, kühlte ab, wurde von Minibeben und mikroskopischen Umwälzungen erschüttert, die kleine Steine aus unteren Schichten an die unebene Oberfläche beförderten, wo sie in den Rinnen und Furchen lagen und darauf zu warten schienen, dass jemand auf sie trat, sie mit dem Fuß anstieß, sie zusammendrückte oder gegeneinanderprallen ließ. Es war nicht möglich, lautlos übers flache Land zu gehen. Das wusste Tyler. Er ließ sein Auge am Zielfernrohr, den Finger am Abzug und spitzte die Ohren.

Reacher machte fünfzig Meter entfernt halt und stand absolut still, betrachtete die Gebäude vor sich und wälzte die immer gleichen Gedanken. Seine Theorie war entweder ganz richtig oder ganz falsch. Die achtjährige Margaret Coe war wegen der Blumen hergekommen, aber nicht wegen eines Unfalls hier festgehalten worden. Diese Annahme bewies das Fahrrad. Ein Kind, das impulsiv genug war, um sein Rad einfach liegen zu lassen, wäre vielleicht in die baufällige Scheune gestürmt und hätte sich schwer verletzt. Aber ein Kind, das ernst und gewissenhaft genug war, um sein Rad mitzunehmen, hätte aufgepasst und sich nichts getan. Menschliche Natur. Logik. Wäre ein Unfall passiert, hätte man ihr Fahrrad draußen gefunden. Das Rad war nicht gefunden worden, folglich hatte es keinen Unfall gegeben.

Und: Sie war freiwillig zu der Scheune gekommen, aber nicht freiwillig hineingegangen. Wozu sollte ein Kind, das Blumen liebte, in eine Scheune gehen? Für Farmerkinder bargen Scheunen nichts Interessantes, hatten nichts Geheimnisvolles an sich. Ein Kind, das sich für Farben und Natur interessierte, fühlte sich bestimmt nicht zu einem dunklen, modrigen Bau hingezogen. Hatte das Schiebetor sich vor fünfundzwanzig Jahren überhaupt bewegen lassen? Hätte ein Kind es öffnen können? Die Scheune war hundert Jahre alt und hatte seit dem Tag ihrer Fertigstellung zu verrotten begonnen. Das Tor war jetzt blockiert; das konnte es schon damals gewesen sein, und es war sehr schwer. Aber war es vorstellbar, dass ein kleines Mädchen sein Fahrrad über die hohe Schwelle der in das Tor eingelassenen Tür gehoben hatte? Ein Rad mit Ballonreifen, einem soliden Rahmen, sperrigen Pedalen und weit ausladendem Lenker?

Nein, das hatte jemand für sie getan.

Ein fünfter Mann.

Weil die Theorie ohne die Existenz eines fünften Mannes nicht funktionierte. Ohne einen fünften Mann war die Scheune irrelevant. Ohne einen fünften Mann waren die Blumen bedeutungslos. Die Duncans hatten ein Alibi, aber trotzdem war Margaret Coe verschwunden. Folglich war jemand anders hier gewesen – zufällig oder absichtlich.

Oder eben nicht.

Ein Zirkelschluss.

Ganz falsch oder ganz richtig.

Völlig falschzuliegen würde frustrierend, aber kein Unglück sein. Völlig recht zu haben, bedeutete, dass ein fünfter Mann existierte, der in die Überlegungen miteinbezogen werden musste. Er würde mit den Duncans verbunden sein – durch ein gemeinsames Ziel, ein grausiges Geheimnis, das sie für immer und ewig miteinander teilten. Seine Kooperation konnte vorausgesetzt werden. Seine Loyalität und Dienstbereitschaft waren garantiert, entweder durch Zwang oder durch gemeinsame Interessen. Notfalls würde er aushelfen.

Reacher betrachtete die Scheune und den kleineren Schuppen.

Stimmte die Theorie, würde der fünfte Mann dort sein.

War der fünfte Mann dort, stimmte die Theorie.

Ein Zirkelschluss.

Reacher hatte die beiden Gebäude schon zweimal gesehen, einmal nachts, einmal tagsüber. Er war ein guter Beobachter. Früher hatte er davon gelebt, dass er Details bemerkte. Er *lebte* noch, weil er Details bemerkte. Aber aus fünfzig Metern Entfernung war nicht viel zu erkennen. Nur die Seitenansicht zweier alter Gebäude. Der Kerl konnte nichts Besseres tun, als in der Scheune zu sitzen: außerhalb der Mitte, ungefähr drei Meter von der Tür entfernt, mit einer Schrotflinte über den Knien bequem auf einem Gartenstuhl darauf wartend, dass die Zielperson hell beleuchtet durch die Tür trat. Die zweitbeste Lösung hätte darin bestanden, den Kerl mit einem Gewehr auf dem Zwischenboden des hundertzehn Meter entfernten Schuppens zu postieren und ihn durch die Lüftungsschlitze in der Giebelwand, die Reacher gleich beim ersten Mal bemerkt hatte, zielen zu lassen. Ein schwierigerer Schuss, aber vielleicht hielt der Typ sich eher für einen Scharfschützen als einen Raufbold. Und vielleicht war das Innere der Scheune sakrosankt und durfte von keinem Außenstehenden gesehen werden, selbst wenn er gleich sterben würde. In beiden Fällen musste der kleinere Schuppen zuerst überprüft werden, das war nur logisch.

Reacher wandte sich nach links, hielt genau auf die lange Ostwand des Schuppens zu, weder schnell noch langsam, sondern rasch und locker, was letztlich leiser war als zu rennen oder zu schleichen. Er blieb zwei Meter von der Stelle entfernt stehen, wo die Dornenranken begannen, und dachte über Wahrscheinlichkeit nach. Die Chancen standen gut, dass der fünfte Mann gedient hatte oder mit der Militärkultur zumindest durch Freunde und Verwandte in Berührung gekommen war. Ein Staat im Herzen Amerikas, große Familien, Brüder und Cousins. Wahrscheinlich kein ausgebildeter Scharfschütze, vielleicht nicht mal ein Infanterist, aber er würde die Grundlagen kennen, zu denen gehörte, dass ein Mann, der sich hinlegte und nach vorn zielte, immer paranoider in Bezug auf das wurde, was sich hinter ihm abspielte. Menschliche Natur. Unvermeidlich. Deshalb operierten Scharfschützen gemeinsam mit Spähern in Zweierteams. Späher sollten Ziele finden, Entfernungen und den Windeinfluss berechnen, aber wirklich wertvoll waren sie als zweites Paar Augen und als Rückendeckung. Bei sonst gleichen Voraussetzungen hing die Leistung eines Scharfschützen von Puls und Atemfrequenz ab, und alles, was zu ihrer Beruhigung beitragen konnte, war unschätzbar wertvoll.

Würde der fünfte Mann einen eigenen Späher mitgebracht haben? Einen sechsten Mann? Eher nicht, weil es schon einen sechsten Mann gab, der den grauen Kastenwagen fuhr, sodass der Späher ein siebter Mann gewesen wäre, und sieben war eine große und schlecht beherrschbare Zahl für eine lokale Verschwörung. Also war der fünfte Mann voraussichtlich allein, würde aber zumindest irgendein physisches Frühwarnsystem eingerichtet haben: Glassplitter oder frischer Kies im Zugangsbereich oder ein Stolperdraht quer über den Eingang des Schuppens, irgendwas Lärmendes, irgendwas Eindeutiges, irgendetwas, das ihm half, sich zu entspannen.

Reacher trat von den Dornenranken zurück und ging zum Eingang weiter. Er blieb knapp einen Meter davor stehen und horchte angestrengt, ohne jedoch das Geringste zu hören. Er sog prüfend die Luft ein, weil er hoffte, den schwachen chemischen Geruch wahrzunehmen, der ein geparktes Auto verraten würde – Benzole und Kohlenwasserstoffe, die mit den organischen Gerüchen von Erde und Holz vermengt herangetragen wurden –, aber seine gebrochene Nase war so verstopft, dass er nichts riechen konnte. Überhaupt nichts. Also zog er die abgesägte Remington 870 mit der rechten und die Glock mit der linken Hand, trat einen halben Schritt vor und suchte den Boden vor sich ab.

Und bemerkte einen Stolperdraht.

Er bestand aus einer dünnen Litze für Schwachstrom, wie Bastler sie im Radio Shack kauften, mit schwarzem Kunststoff isoliert, in Schienbeinhöhe quer über den Eingang gespannt. Er war an einigen Stellen noch leicht feucht von abtrocknendem Morgentau, was bedeutete, dass er vor mindestens zwei Stunden installiert worden sein musste, schon vor Tagesanbruch, was wiederum bedeutete, dass der fünfte Kerl ein vorsichtiger Mann war – und geduldig, engagiert und voll bei der Sache. Und das hieß wiederum, dass er schon am Vortag von den Duncans benachrichtigt worden war, vielleicht am späten Nachmittag, als Bestandteil eines wasserdichten Notfallplans, der letztlich bestätigte, dass die Scheune wirklich von Bedeutung war.

Reacher lächelte.

Ganz und gar richtig.

Er achtete darauf, sich von den Dornenranken fernzuhalten, und beschrieb lautlos einen übertrieben weiten Bogen. Weil die meisten Menschen Rechtshänder waren, wollte er links von dem Kerl sein, wenn er sich bemerkbar machte, weil das Gewehr des anderen dann einen längeren, schwierigeren Weg zurücklegen musste, bevor er schießen konnte. Reacher inspizierte den Boden, entdeckte aber nichts mehr, was ihn durch Lärm hätte verraten können. Tief im Innern des Schuppens sah er einen Pick-up halb unter dem Zwischenboden geparkt stehen. Die Heckklappe stand offen, das schmutzige Weiß ihrer Kante leuchtete blass aus dem Dunkel. Er trat bis auf eine Handbreit an die Litze heran, stand absolut still und ließ seine Augen sich ans Halbdunkel gewöhnen. Im Innern des Schuppens war es dunkel bis auf einige dünne Lichtstrahlen, die durch Ritzen zwischen Brettern fielen. Der Pick-up – ein Chevy Silverado – stand still da. Darüber, mit einem großen Schritt vom Dach der Doppelkabine aus zu erreichen, befand sich der Zwischenboden, und dort oben war eine Gestalt zu erkennen: Hintern, Beine, Rücken und Ellbogen, alles mit einem Paar Stiefelsohlen beginnend und von Tageslicht, das durch die Lüftungsschlitze fiel, von vorn hell beleuchtet. Der fünfte Mann mit einem Gewehr im Anschlag.

Reacher stieg über den Stolperdraht, erst mit dem linken Fuß, dann mit dem rechten, und trat lautlos in den Schatten. Wo der

Boden flach und glatt war, schob er sich die linke Fahrspur entlang, als balancierte er über ein Drahtseil: langsam und vorsichtig, mit angehaltenem Atem. So erreichte er das Heck des Pick-ups. Von dort aus konnte er die Füße des fünften Mannes sehen, aber das war schon alles. Er brauchte einen besseren Blickwinkel. Er musste auf die Ladefläche des Pick-ups, was bedeutete, dass keine lautlose Annäherung mehr möglich war. Das Blech würde scheppern, die Federung quietschen, und ab diesem Zeitpunkt würde der Morgen sehr schnell sehr laut werden.

Er atmete durch den Mund tief ein und wieder aus.

55

Eldridge Tyler hörte keinen Laut, bis plötzlich drei Meter hinter und zweieinhalb Meter unter ihm eine wüste Kakophonie losbrach. Irgendein schweres Metallteil hämmerte an die Seite seines Pick-ups, dann polterten Stiefel über die Ladefläche, und eine nasale Stimme brüllte *KEINE BEWEGUNG KEINE BEWEGUNG.* Anschließend krachte eine Schrotladung mit ohrenbetäubendem Knall in das Dach über ihm, und die Stimme brüllte nochmals *KEINE BEWEGUNG KEINE BEWEGUNG.* Der Vorderschaftrepetierer wurde *RATSCH-ratsch* zum nächsten Schuss durchgeladen, und heiße grobe Schrotkörper prasselten auf ihn herunter, wobei herabschwebendes Holzmehl und Sägespäne ihn wie khakifarbener Schnee bedeckten.

Dann wurde es in dem Schuppen wieder still.

Die Stimme sagte: »Hände weg von dem Gewehr, sonst schieße ich Sie in den Arsch.«

Tyler nahm den rechten Zeigefinger vom Abzug und zog die linke Hand unter dem Vorderschaft heraus. Die Stimme kam von links hinter ihm. Er stützte sich auf die Handflächen, machte einen Buckel, drehte sich etwas zur Seite, verrenkte sich den Hals. Er sah einen großen Kerl, mindestens eins fünfundneunzig, schätzungsweise hundertzehn Kilo, der einen großen braunbeigen Parka und eine Wollmütze trug. Er bewegte sich etwas unbeholfen, als wäre er steif, als verursachte ihm jede Bewegung Schmerzen. Alles genau wie angekündigt, nur das silberne Gewebeband quer über der Nase hatte niemand erwähnt. In den Händen hielt er eine abgesägte Schrotflinte und einen großen stählernen Schraubenschlüssel. Er war Rechtshänder. Seine Schultern waren breit. Seine Kopfmitte befand sich einen Meter fünfundachtzig über der Ladefläche des Silverados. Genau wie berechnet.

Tyler schloss die Augen.

Reacher sah einen Mann zwischen sechzig und siebzig, stämmig und untersetzt, mit schütterem grauem Haar und von Wind und Wetter gegerbtem Gesicht. Unter einem alten Flanellhemd und einer Cordsamthose trug er mehrere Lagen Kleidungsstücke übereinander. Vor und unter ihm glänzten feines Walnussholz und brünierter Waffenstahl. Ein teures Jagdgewehr, dessen Lauf auf zwei Reisbeuteln zu ruhen schien. Daneben lagen eine Wasserflasche und ein Sandwich.

Reacher sagte: »Ihr Stolperdraht hat klasse funktioniert, was?«

Der Kerl gab keine Antwort.

Reacher fragte: »Wie heißen Sie?«

Der Kerl gab keine Antwort.

Reacher sagte: »Kommen Sie von dort runter. Lassen Sie Ihr Gewehr liegen.«

Der Kerl bewegte sich nicht. Seine Augen blieben geschlossen. Er dachte nach. Reacher merkte ihm an, dass er die gleiche Überlegung wie jeder Geschnappte anstellte: *Wie viel wissen sie?*

Reacher erklärte ihm: »Ich weiß fast alles. Ich brauche nur noch ein paar Details.«

Der Kerl schwieg.

Reacher sagte: »Vor fünfundzwanzig Jahren ist ein kleines Mädchen hierhergekommen, um die Blumen zu bewundern. Wahrscheinlich ist sie jeden Sonntag da gewesen. An einem bestimmten Sonntag haben auch Sie sich hier aufgehalten. Ich will wissen, ob das Zufall oder Absicht war.«

Der Kerl öffnete die Augen, schwieg jedoch.

Reacher sagte: »Ich gehe davon aus, dass Sie absichtlich hier waren.«

Der Mann gab keine Antwort.

Reacher sagte: »Es war Frühsommer. Von Blumen verstehe ich nicht viel. Vielleicht waren sie noch nicht lange aufgeblüht. Mich interessiert, wie lange die Duncans gebraucht haben, um die Regelmäßigkeit der Besuche zu erkennen. Drei Wochen? Zwei?«

Der Kerl regte sich ein wenig. Sein Kopf blieb, wo er war, aber seine Hände gingen langsam in Richtung Gewehr. Reacher sagte: »Ich warne Sie. Sobald die Mündung sich in meine Richtung bewegt, erschieße ich Sie.«

Der Kerl hielt in seiner Bewegung inne, zog jedoch die Hände nicht zurück.

Reacher sagte: »Ich gehe davon aus, dass es zwei Wochen waren. Am ersten Sonntag ist Ihnen die Kleine aufgefallen, am zweiten haben die Duncans sie hier beobachtet, am dritten waren dann Sie in ihrem Auftrag hier in Position.«

Keine Reaktion.

Reacher sagte: »Ich will, dass Sie mir das bestätigen. Ich will wissen, wann die Duncans Sie angerufen haben. Ich will wissen, wann sie die Jungen angerufen haben, um sie den Zaun bauen zu lassen. Ich will wissen, nach welchem Plan ihr vorgegangen seid.«

Keine Reaktion.

Reacher sagte: »Wollen Sie behaupten, Sie wüssten nicht, wovon ich rede?

Keine Antwort.

»Okay«, sagte Reacher. »Ich gehe davon aus, dass Sie wissen, wovon ich rede.«

Kein Kommentar.

Reacher sagte: »Ich will wissen, woher Sie die Duncans überhaupt gekannt haben. Durch gemeinsame Vorlieben? Haben Sie alle demselben widerlichen kleinen Klub angehört?«

Der Kerl gab keine Antwort.

Reacher fragte: »Hatten Sie Ähnliches schon anderswo gemacht?«

Keine Antwort.

Reacher fragte: »Oder war dies das erste Mal?«

Keine Antwort.

Reacher sagte: »Sie müssen mit mir reden. Nur so werden Sie am Leben bleiben.«

Der Kerl schwieg. Er schloss erneut die Augen, und seine Hände begannen unter seinen Körper zurückzukriechen, verdreht und ungelenk. Er stützte sich Reacher zugewandt auf eine Hüfte und einen Ellbogen. Die Gewehrmündung ruckte etwas nach links. Der Kerl hatte seine Hand am Vorderschaft. Er wollte nicht am Leben bleiben. Er wollte Selbstmord verüben. Nicht mit dem Gewehr, sondern indem er es bewegte. Reacher kannte die Anzeichen. »Selbstmord durch Cop« nannte man das. Nach Festnahmen wegen bestimmter Verbrechen nicht ungewöhnlich.

Reacher sagte: »Machen Sie die Augen auf. Ich will, dass Sie es kommen sehen.«

Der Kerl öffnete die Augen. Reacher ließ ihn die Gewehrmündung ungeschickt um neunzig Grad bewegen, dann schoss er ihm mit der abgesägten Remington in den Bauch, eine weitere gewaltige Kaliber-12-Explosion in der Stille, in einem Winkel, der einen Stahlhagel aus kleinen Schrotkugeln schräg nach oben durch den Magen des Kerls und tief in den Brustraum jagte. Er starb mehr oder weniger augenblicklich, was ein Privileg war, das der kleinen Margaret Coe nach Reachers Einschätzung nicht gegönnt gewesen war.

Reacher wartete noch einen Augenblick, dann stieg er aufs Dach der Doppelkabine des Silverados, kletterte auf den Zwischenboden und ging neben dem Toten in die Hocke. Er wälzte ihn von dem Gewehr und nahm es mit nach unten. Es war ein Luxusspielzeug, einzeln um einen gewöhnlichen Repetiermechanismus von Winchester gefertigt. Bestimmt sehr teuer, aber ein ebenso gutes Mittel, Geld zu verpulvern, wie jedes andere. In der Kammer steckte eine Patrone .338 Magnum, und das Magazin enthielt fünf weitere. Bei einer Schussweite von hundertzehn Metern auf ein menschliches Ziel hielt Reacher die .338 für einen Overkill, aber er rechnete sich aus, dass so viel Feuerkraft bald nützlich sein könnte.

Er trug das Gewehr zum Eingang des Schuppens, stieg wieder über den Stolperdraht und blieb mit der kalten Sonne auf dem Gesicht stehen. Dann trabte er um den Schuppen herum und zu der Scheune hinüber.

Die in das Schiebetor eingelassene Tür schlug nach außen auf und war mit der Art Schloss gesichert, die man normalerweise für Haustüren in Vororten verwendet. Es hatte eine korrodierte Messingschlossplatte von der Größe einer Espressotasse, und dahinter würde eine Stahlzunge in ein Schließblech aus tiefgezogenem Stahl eingreifen, das mit zwei Schrauben in einem Falz im Türrahmen befestigt war. Der Türrahmen selbst bestand aus Balken des massiven Scheunentors. Reacher zielte mit dem teuren Gewehr aus einem Viertelmeter Abstand und schoss zweimal dorthin, wo er die Schrauben vermutete, und noch zweimal aus einem anderen Winkel. Die Magnums leisteten ziemlich gute Arbeit. Die Tür sackte einen Fingerbreit nach außen, bevor die Splitter sie festhielten. Reacher schob die Fingerspitzen in den Spalt und ruckte kräftig daran. Ein armlanges gezacktes Stück Holz riss ab und fiel ihm vor die Füße, dann ließ die Tür sich öffnen. Reacher zog sie ganz auf, bis das Türblatt an dem blockierten Tor anlag. Dann blieb er noch einen Augenblick in der Sonne stehen, bevor er die Scheune betrat.

56

Als Reacher elf Minuten später aus der Scheune trat, sah er Dorothy Coes alten Pick-up die Fahrspuren entlang auf sich zukommen. Im Fahrerhaus saßen drei Personen: Dorothy am Steuer, der Doktor rechts außen und die Frau des Doktors zwischen den beiden eingeklemmt. Reacher stand reglos da, fühlte sich wie gelähmt, blinzelte in der Sonne, hielt das erbeutete Gewehr in einer Hand und ließ die andere schlaff herabhängen. Dorothy Coe fuhr langsamer, hielt an und wartete zehn Meter entfernt – in vorsichtigem Abstand, als wüsste sie bereits alles.

Nach einer langen Minute öffneten sich die Türen. Der Doktor stieg als Erster aus. Seine Frau rutschte über den Kunstledersitz und verharrte neben ihm. Dann verließ Dorothy Coe auf ihrer Seite den Wagen, mit einer Hand am Türrahmen im Schutz der offenen Autotür. Reacher blinzelte ein letztes Mal, fuhr sich mit der Hand über das Gesicht mit dem Notverband und ging ihr dann entgegen. Sie schwieg einen Moment, dann setzte sie zweimal zur selben Frage an und brachte sie zweimal nicht heraus, bevor der dritte Anlauf klappte.

Sie fragte: »Ist sie dort drinnen?«

Reacher sagte: »Ja.«

»Wissen Sie das sicher?«

»Ihr Fahrrad ist drinnen.«

»Noch immer? Nach all den Jahren? Wissen Sie bestimmt, dass es ihres ist?«

»Es entspricht genau der Beschreibung in der Vermisstenmeldung.«

»Es muss ganz verrostet sein.«

»Nur wenig. Dort drinnen ist's trocken.«

Dorothy Coe verstummte. Sie starrte den westlichen Horizont etwas südlich der Scheune an, als könnte sie's nicht ertragen, sie direkt anzusehen. Sie stand unbeweglich da, aber ihre Hand hielt den Rahmen der Autotür so fest umklammert, dass ihre Fingerknöchel weiß hervortraten.

Sie fragte: »Wissen Sie, was mit ihr geschehen ist?«

»Nein«, antwortete Reacher, was theoretisch stimmte. Er war kein Pathologe. Aber er hatte langjährige Erfahrung als Cop und kannte sich mit vielem aus, und er konnte Vermutungen anstellen.

Sie sagte: »Ich sollte sie mir ansehen.«

Er sagte: »Tun Sie's nicht.«

»Ich muss aber.«

»Eigentlich nicht.«

»Ich will aber.«

»Tun Sie's lieber nicht.«

»Sie können mich nicht aufhalten.«

»Ja, ich weiß.«

»Sie haben kein Recht, mich aufzuhalten.«

»Ich bitte Sie darum, das ist alles. Bitte gehen Sie nicht hinein.«

»Ich muss aber.«

»Lieber nicht.«

»Ich brauche nicht auf Sie zu hören.«

»Dann hören Sie stattdessen auf sie. Hören Sie auf Margaret.

Stellen Sie sich vor, sie sei erwachsen. Versuchen Sie, sich vorzustellen, was sie geworden wäre. Sie wäre keine Anwältin oder Wissenschaftlerin. Sie hat Blumen geliebt. Sie hat Farben und Formen geliebt. Sie wäre Malerin oder Dichterin. Eine Künstlerin. Eine kluge, kreative Frau. Lebensfroh und mit gesundem Menschenverstand, voller Sorge um Sie und voller Lebensklugheit. Margaret würde Sie ansehen, lächelnd den Kopf schütteln und sagen: ›Komm schon, Mom, tu einfach, was der Mann sagt.‹«

»Glauben Sie?«

»Sie würde sagen: ›Mom, verlass dich in dieser Sache auf mich.‹«

»Aber ich muss sie sehen. Nach all diesen Jahren der Ungewissheit.«

»Tun Sie's lieber nicht.«

»Es sind nur ihre Knochen.«

»Es sind nicht nur ihre Knochen.«

»Was könnte sonst übrig sein?«

»Nein«, sagte Reacher. »Nicht nur *ihre* Knochen, meine ich.«

Droben am neunundvierzigsten Breitengrad klappte die Übergabe genau nach Plan. Der weiße Kastenwagen war durch den Rest Kanadas langsam nach Süden weitergefahren und hatte letztmals auf einer versteckten Lichtung etwas über zwei Meilen nördlich der Grenze geparkt. Der Fahrer war ausgestiegen und hatte sich gereckt, hatte dann ein aufgeschossenes langes Seil vom Beifahrersitz genommen und war damit nach hinten gegangen. Er hatte die Hecktüren geöffnet und eine antreibende Bewegung gemacht. Und die Frauen und Mädchen waren sofort herausgekommen, ohne Widerstreben, ohne das geringste Zögern, denn eine Passage nach Amerika war, was sie wollten, wovon sie geträumt und wofür sie bezahlt hatten.

Es waren insgesamt sechzehn, alle aus ländlichen Gebieten

Thailands, sechs Frauen und zehn Mädchen mit einem Durchschnittsgewicht von 35,75 Kilogramm, was eine Gesamtladung von 572 Kilo ergab. Die Frauen waren zierlich, schlank und attraktiv, keines der Mädchen war älter als acht. Sie standen blinzelnd in der Sonne, blickten zu den hohen Bäumen auf und vertraten sich ein wenig die Füße: steif und erschöpft, aber aufgeregt und voller Staunen.

Der Fahrer stellte sie ungefähr in einem Halbkreis auf. Er sprach kein Thai, und sie verstanden kein Englisch, deshalb begann er die dämliche Pantomime, die er schon viele Male aufgeführt hatte. Vermutlich ging das ohnehin schneller als mit Erklärungen. Als Erstes wedelte er mit einer Hand in der Luft, um sie zu beruhigen und ihre Aufmerksamkeit zu wecken. Dann legte er den Zeigefinger an die Lippen, bewegte ihn von links nach rechts und wieder zurück, wandte sich damit übertrieben deutlich an alle, die den Halbkreis bildeten, damit jede wusste, dass sie leise sein mussten. Er deutete auf eine Stelle vor seinen Füßen, dann legte er lauschend eine Hand hinters Ohr. *Es gibt Sensoren. Die Erde horcht.* Die Frauen nickten respektvoll, damit er wusste, dass sie verstanden hatten. Er deutete auf sich, dann auf sie alle, und dann zeigte er nach Süden und wackelte mit den Fingern. *Jetzt müssen wir zu Fuß weitergehen.* Die Frauen nickten wieder. Das wussten sie. Das war ihnen vor Reisebeginn gesagt worden. Er benutzte die flach gehaltenen Hände, um behutsames, leises Auftreten zu imitieren, und setzte diese Bewegung fort, während er mit allen einzeln Blickkontakt suchte. *Wir müssen vorsichtig auftreten und ganz leise sein.* Die Frauen nickten eifrig, und die Mädchen erwiderten schüchtern seinen Blick.

Der Fahrer nahm das Seil, zwei Meter vom Anfang ab und wickelte es an dieser Stelle um die Hand der ersten Frau. Er maß weitere zwei Meter ab und wickelte das Seil um die Hand des ersten Mädchens, dann um die des zweiten Mädchens, dann um die der zweiten Frau und so weiter, bis alle sechzehn sicher miteinander verbunden waren. Das Seil diente als Leitseil, nicht als Fessel. Wie ein bewegliches Geländer. Es sorgte dafür, dass alle gleich schnell in gleicher Richtung unterwegs waren, und verhinderte, dass jemand sich absonderte oder gar verirrte. Der Waldmarsch war schon schwierig genug, auch ohne dass man zurückrennen und auf der Suche nach Verirrten durchs Unterholz brechen musste.

Der Fahrer hob das freie Seilende auf und wand es sich um die eigene Hand. Dann führte er die über dreißig Meter lange Schlange nach Süden, schlängelte sich an ihrer Spitze zwischen Gebüsch und Bäumen hindurch. Er ging langsam, trat behutsam auf und horchte auf Unruhe hinter sich. Aber wie üblich gab es keine. Asiaten wussten, wie man sich ruhig verhielt, vor allem illegale, vor allem Mädchen und Frauen.

Aber so leise sie auch waren, wurden sie zwanzig Minuten später deutlich gehört – an zwei Orten, die jeweils über sechshundert Meilen entfernt lagen, erst in Fargo, North Dakota, und dann in Winnipeg, Manitoba. Oder vielmehr an beiden Orten gesehen, weil durch Fernübertragung bewegte Seismographennadeln leicht ausschlugen, als sie einen vergrabenen Sensor passierten. Aber der Ausschlag war winzig, kaum stärker als die stets vorhandenen natürlichen Erdbewegungen. In Fargo warf ein Mitarbeiter der US-Heimatschutzbehörde einen Blick auf die Anzeige und dachte: *Wild. Vielleicht Weißwedelhirsche. Vielleicht eine ganze Herde.* Sein Kollege in Kanada dachte bei derselben Anzeige: *Ein Windstoß, der Schneeklumpen von den Bäumen weht.*

Sie gingen weiter, langsam und vorsichtig, traten nur leicht auf, ertrugen geduldig die dritte Etappe ihrer vierteiligen Odyssee. Erst war der Frachtcontainer und dann der weiße Kastenwagen gekommen. Dies war nun die Wanderung, nach der ein weiterer Kastenwagen kommen würde. Das alles hatte man ihnen sehr detailliert in einem kleinen Frachtkontor über einem Laden in einer Kleinstadt in der Nähe ihrer Heimat erklärt. Es gab viele solche Kontore und viele solche Schleuserfirmen, aber ihre galt allgemein als die beste. Der Preis war hoch, aber die Einrichtungen waren ausgezeichnet. Ihr Kontaktmann hatte ihnen versichert, man tue alles, damit sie frisch und in bester Verfassung in Amerika ankämen. Zu diesem Zweck war der Frachtcontainer, in dem sie die längste der vier Etappen verbringen würden, mit allem Notwendigen ausgestattet. Zum Beispiel mit Tageslichtlampen, die ihren Strom von Autobatterien bezogen. Es gab Matratzen und Decken, reichlich Nahrung und Wasser – und Chemietoiletten. Es gab Medikamente. Es gab als Rostlöcher getarnte Ventilationsschlitze, und falls sie nicht ausreichten, gab es einen Ventilator, der ebenfalls von den Batterien betrieben wurde, und Sauerstoffflaschen, die langsam entleert werden konnten, wenn die Luft zu dick wurde. Es gab einen Hometrainer, damit sie sich für den Viermeilenmarsch über die Grenze in Form halten konnten. Es gab ein Waschbecken und Lotionen und Feuchtigkeitscremes für ihre Haut. Man hatte ihnen gesagt, die Fahrzeuge seien ähnlich, aber weniger luxuriös ausgestattet, weil der Landweg viel kürzer als der Seeweg sei.

Eine ausgezeichnete Organisation, die an alles dachte.

Und das Schönste war, dass sie keine Vorurteile gegen Familien mit kleinen Töchtern hegte. Manche Organisationen schmuggelten nur Erwachsene, weil sie sofort arbeiten konnten. Manche ließen auch Kinder zu, aber nur ältere Jungen, weil auch sie arbeiten konnten. Doch diese Organisation akzeptierte auch Mädchen und protestierte nicht einmal, wenn sie noch klein waren, was als sehr humane Einstellung galt. Der einzige Nachteil bestand darin, dass die Geschlechter aus Schicklichkeitsgründen stets getrennt reisen mussten, sodass Väter von Müttern und Brüder von Schwestern getrennt wurden. Und dann konnte es wie in diesem speziellen Fall passieren, dass im letzten Augenblick die Mitteilung kam, das für die Männer und Jungen bestimmte Schiff könne aus irgendeinem Grund erst verspätet auslaufen, sodass die Frauen und Mädchen vorausreisen müssten. Was jedoch in Ordnung war, wie ihnen versichert wurde, denn sie würden am Bestimmungsort gut betreut werden, bis auch das zweite Schiff anlegte.

Man hatte sie gewarnt, dieser vier Meilen lange Marsch werde der anstrengendste Teil der Reise sein, aber das war er eigentlich nicht. Es tat gut, sich an der frischen Luft bewegen zu können. Der Tag war kalt, aber sie waren aus dem thailändischen Bergland Kälte gewohnt und trugen warme Kleidung. Der schönste Augenblick kam, als ihr Führer haltmachte, wieder den Zeigefinger an die Lippen legte und dann vor sich eine imaginäre Linie über den Erdboden zog. Er deutete darüber hinweg und flüsterte mit übertrieben deutlichen Lippenbewegungen: »Amerika.« Sie passierten fröhlich lächelnd nacheinander diese Linie und setzten ihren Weg fort: endlich auf amerikanischem Boden, graziös und leichtfüßig wie Ballerinen.

Der Fahrer der Duncans, der mit dem grauen Kastenwagen jenseits der Grenze in Montana wartete, sah sie aus etwa hundert Metern Entfernung kommen. Wie immer führte sein kanadischer Kollege den Zug an, indem er das Seil hielt und das Tempo vorgab. Hinter ihm schwebte die Lieferung heran, schlängelte sich leichtfüßig durch die Lücken zwischen den Bäumen. Der amerikanische Fahrer öffnete seine Hecktüren und stand zum Empfang bereit. Der Kanadier übergab ihm den Seilanfang, wie er's immer tat, als übergäbe er einen Staffelstab. Dann machte er kehrt und marschierte in den Wald zurück. Der Fahrer der Duncans forderte mit einer Handbewegung zum Einsteigen auf, aber bevor die Frauen und Mädchen einstiegen, betrachtete er ihre Gesichter, lächelte und schüttelte jeder die Hand, als wollte er sie offiziell in ihrer neuen Heimat willkommen heißen. In Wirklichkeit war der Fahrer jedoch eine Spielernatur und versuchte zu erraten, welches Mädchen die Duncans diesmal behalten würden. Die Frauen würden sofort Begleitagenturen in Vegas zugeteilt werden und neun der Mädchen ihren Bestimmungsort erst nach mehreren Etappen erreichen. Aber eines würde in ihrem County bleiben, zumindest für einige Zeit – oder für immer. Zehn einkaufen und neun verkaufen, nach diesem Prinzip handelten die Duncans, und der Fahrer sah sich gern die Kandidatinnen an und versuchte herauszufinden, auf welche das Los fallen würde. Er erkannte vier reale Möglichkeiten und empfand dann kurz aufwallende Erregung wegen eines fünften Mädchens, auch wenn die Kleine nicht mehr zu erkennen wäre, wenn man sie endlich ihm überließ.

Dorothy Coe verharrte volle zehn Minuten hinter der offenen Tür ihres Pick-ups. Reacher blieb vor ihr stehen, beobachtete sie, blockierte die Sicht ins Innere der Scheune und wollte dort so lange bleiben wie nötig – zehn Stunden oder zehn Tage, zehn Jahre oder ewig, nur um sie daran zu hindern, die Scheune zu betreten. Ihr Blick ging durch ihn hindurch, und sie bewegte leicht die Lippen, als diskutierte sie mit jemandem, ob sie sich in der Scheune umsehen solle oder lieber nicht.

Zuletzt fragte sie: »Wie viele sind dort drinnen?«

Reacher antwortete: »Ungefähr sechzig.«

»Großer Gott!«

»Vermutlich zwei bis drei pro Jahr«, erklärte Reacher. »Sie haben Geschmack daran gefunden. Sie sind süchtig danach. Es gibt keine Geister. Sie existieren nicht. Was der bekiffte Junge von Zeit zu Zeit gehört hat, war real.«

»Wer waren sie?«

»Mädchen aus Asien, glaube ich.«

»Das sehen Sie an ihren Knochen?«

»Das letzte ist noch nicht skelettiert.«

»Wo kamen sie her?«

»Vermutlich aus Einwandererfamilien. Bestimmt Illegale, die fürs Sexgewerbe ins Land geschmuggelt worden sind. Darauf waren die Duncans spezialisiert. Damit haben sie richtig Geld gemacht.«

»Waren sie alle jung?«

»Ungefähr acht Jahre alt.«

»Sind sie bestattet?«

»Nein.«

»Sie liegen einfach nur durcheinander?«

»Nicht durcheinander«, sagte Reacher. »Sie sind ausgestellt. Wie in einer Gedenkstätte.«

Danach folgte eine lange, lange Pause.

Dorothy Coe sagte: »Das sollte ich mir ansehen.«

»Lieber nicht.«

»Warum nicht?«

»Es gibt Fotos. Wie eine Chronik. Wie zur Erinnerung. In Silberrahmen.«

»Ich sollte sie mir ansehen.«

»Sie würden es bedauern. Ihr Leben lang. Sie würden sich wünschen, es nicht gesehen zu haben.«

»Sie haben es sich angesehen.«

»Und das bedaure ich. Ich wollte, ich hätt's nicht getan.«

Dorothy Coe schwieg wieder. Sie atmete ein, atmete aus und starrte den Horizont an. Dann fragte sie: »Was sollen wir jetzt tun?«

Reacher erwiderte: »Ich fahre zu den Duncans. Sie sitzen in einem ihrer Häuser beisammen und bilden sich ein, alles sei in bester Ordnung. Es wird Zeit, dass sie erfahren, dass das nicht stimmt.«

Dorothy sagte: »Ich komme mit.«

Reacher sagte: »Keine gute Idee.«

»Ich muss aber.«

»Könnte gefährlich sein.«

»Das hoffe ich. Für manche Dinge lohnt es sich zu sterben.«

Die Frau des Doktors sagte: »Wir fahren auch mit. Beide. Kommt, wir müssen los!«

57

Dorothy Coe setzte sich wieder ans Steuer ihres alten Chevys. Der Doktor und seine Frau nahmen vorn neben ihr Platz. Reacher hockte mit dem erbeuteten Gewehr auf der Ladefläche und hielt sich krampfhaft fest, während der Pick-up langsam eine Meile weit auf Traktorspuren zu dem weißen Tahoe des Footballspielers zurückholperte, der ihm die Nase gebrochen hatte. Der Geländewagen stand noch unberührt da. Reacher stieg ein und fuhr voraus. Die beiden Fahrzeuge folgten der Landstraße nach Süden und hielten eine halbe Meile vor dem Komplex der Duncans an. Reacher schraubte das Leica-Zielfernrohr ab und benutzte es als Miniteleskop. Alle drei Häuser waren deutlich zu sehen, dazu fünf Fahrzeuge. Drei alte Pick-ups, Seth Duncans schwarzer Cadillac und Eleanor Duncans roter Mazda. Sie standen alle ordentlich aufgereiht auf dem Kies links von dem südlichsten Haus, in dem Jacob Duncan wohnte. Alle waren mit Tau bedeckt, als stünden sie schon lange dort, was bedeutete, dass die Duncans sich in dem Komplex verkrochen hatten und isoliert waren, genau wie Reacher es wollte.

Er stieg aus dem Tahoe, ging zu den anderen, zog die abgesägte Remington aus seinem Parka, gab sie Dorothy Coe und sagte:

»Fahrt zum Haus des Doktors zurück und nehmt den Footballspielern die Autoschlüssel ab. Bringt mir zwei weitere Wagen. Nehmt die mit den vollsten Tanks, und kommt so schnell wie möglich wieder her.«

Dorothy wendete auf der Straße und fuhr nach Norden. Reacher setzte sich wieder in den Tahoe und wartete.

Drei isolierte Häuser. Winter. Auf allen Seiten nur flaches Land. Nirgends Deckung. Eine klassische taktische Aufgabe. Nach gültiger Infanteriedoktrin hätte er die Stellung halten und einen Artillerieschlag oder einen Luftangriff anfordern müssen. Guerillas hätten sich aufgeteilt und von allen vier Seiten gleichzeitig mit Panzerfäusten angegriffen – unter Schwerpunktbildung im Norden, wo die Häuser die wenigsten Fenster besaßen. Aber Reacher hatte keine Truppe, die er aufteilen konnte, und weder Panzerfäuste noch Artillerie, noch Luftunterstützung. Seine einzigen Verbündeten waren ein Säufer mittleren Alters und zwei Frauen mittleren Alters, von denen eine unter Schock stand. Ihre Bewaffnung bestand aus einem Repetiergewehr mit zwei Schuss, einer Neun-Millimeter-Glock mit sechzehn Schuss, einer abgesägten Schrotflinte mit drei Schuss, einem Springmesser, einem verstellbaren Schraubenschlüssel, zwei Schraubenziehern und einem Streichholzbriefchen. Nicht gerade überwältigende Feuerkraft.

Aber die Zeit arbeitete für sie. Der ganze Tag lag noch vor ihnen. Und das Gelände war auf ihrer Seite. Ringsum erstreckten sich über fünfzehntausend Hektar flaches Land. Und der Zaun der Duncans arbeitete für sie. Der vor einem Vierteljahrhundert als Alibi erbaute Zaun war noch immer massiv und stabil und würde die Duncans jetzt entscheidend behindern.

Reacher hob das Zielfernrohr erneut ans Auge. In dem Komplex bewegte sich nichts, es war alles still und ruhig. Aus den Kaminen des ersten und des letzten Hauses stieg leichter Rauch auf.

Er trieb nach Süden ab. Eine Brise, kein richtiger Wind, aber die Luft war eindeutig in Bewegung.

Reacher wartete.

Eine Viertelstunde später sah Reacher bei einem Blick in den Innenspiegel des Tahoes einen kleinen Konvoi auf sich zukommen. Angeführt wurde er von Dorothys Pick-up, dahinter folgte der goldene Yukon, den Reacher dem Footballspieler namens John abgenommen hatte. Er wurde vom Doktor gefahren. Den Abschluss bildete die Frau des Doktors, die am Steuer des schwarzen Pick-ups saß, mit dem morgens der erste Cornhusker eingetroffen war. Alle bremsten und hielten in einer Linie hinter dem Tahoe. Alle schauten nach links und vermieden es bewusst, zu den Häusern der Duncans hinüberzusehen – aus alter Gewohnheit.

Reacher stieg aus dem Tahoe, wartete, bis sich alle um ihn versammelt hatten, und erklärte ihnen dann, was zu tun war. Er ließ Dorothy Coe die abgesägte Schrotflinte behalten und tauschte das Leica-Zielfernrohr gegen den Schal und das Handy der Frau des Doktors ein. Dann schickte er sie fort. Sie fuhren mit Dorothys altem Pick-up Richtung Süden. Reacher blieb mit dem weißen Tahoe, dem goldenen Yukon und dem schwarzen Pick-up, deren Schlüssel in seiner Tasche steckten, auf dem Bankett der Landstraße zurück. Er zählte langsam bis zehn, dann machte er sich an die Arbeit.

Der schwarze Pick-up war das größte der drei Fahrzeuge – über einen Viertelmeter länger als die anderen –, deshalb beschloss Reacher, ihn an zweiter Stelle zu verwenden. Der weiße Tahoe hatte das meiste Benzin im Tank, daher sollte er die Nummer eins sein. So blieb Johns goldener Yukon an dritter Stelle übrig, was Reacher nur recht war, weil er wusste, dass der Wagen ordentlich fuhr.

Er ging die Reihe entlang, ließ die Motoren aller Wagen an und ließ sie laufen. Dann machte er sich daran, sie jeweils hundert Meter nach vorn zu versetzen, damit sie in der vorgesehenen Reihenfolge näher an die Einfahrt der Duncans herankamen, wobei er hoffte, möglichst lange unentdeckt zu bleiben. Ohne das Zielfernrohr sah er die drei Häuser längst nicht mehr so deutlich, aber in dem Komplex blieb es weiterhin still. Reacher parkte den schwarzen Pick-up in weniger als fünfzig Metern Entfernung und stellte den goldenen Yukon dicht dahinter ab, bevor er zurückjoggte, um den weißen Tahoe zu holen und ganz nach vorn zu fahren. Er bog damit auf die Einfahrt ab, richtete ihn sorgfältig aus und stellte den Wählhebel des Automatikgetriebes auf N.

Reacher glitt vom Fahrersitz, ging bei offener Tür in die Hocke und befestigte den verstellbaren Schraubenschlüssel so am Gaspedal, dass er senkrecht nach oben zeigte. Er lief nach hinten, öffnete die Tankklappe und schraubte den Tankdeckel ab. Dann stopfte er ein Ende des geliehenen Schals mit dem langen Schraubenzieher tief in den Tankstutzen, bevor er das freie Ende mit seinen Streichhölzern anzündete. Anschließend lief er zur Fahrertür zurück, beugte sich in den Wagen und stellte den Wählhebel auf D. Der Tahoe rollte auch im Leerlauf leicht vorwärts. Reacher hielt mit ihm Schritt und ließ einen Finger auf der Taste der elektrischen Sitzverstellung. Der Fahrersitz bewegte sich surrend nach vorn – an dem Punkt vorbei, an dem ein durchschnittlich großer Fahrer ihn hätte haben wollen, zu dem Punkt, den ein kleiner Fahrer gewählt hätte. Dadurch drückte der Vorderrand des Sitzpolsters gegen den Schraubenschlüssel, und das Motorengeräusch veränderte sich, als der Tahoe leicht beschleunigte. Reacher hielt mit ihm Schritt und drückte weiter die Taste. Der Sitz bewegte sich weiter nach vorn, und das Fahrzeug beschleunigte noch mehr, sodass Reacher rennen musste. Dann machte der Sitz in vorderster Stellung halt. Reacher trat zur Seite und ließ den Geländewagen allein weiterfahren. Er rollte mit ungefähr zehn Meilen in der Stunde weiter, nicht besonders schnell, aber zügig genug, um nicht im Kies stecken zu bleiben. Die Fahrspuren in der Einfahrt hielten ihn auf Kurs. Der in den Tankstutzen gestopfte Schal brannte ziemlich gut.

Reacher machte kehrt und trabte zu dem schwarzen Pick-up zurück. Er stieg ein, fuhr zu der Einfahrt und rangierte so lange hin und her, bis der schwere Wagen genau quer zwischen den Zaunpfosten stand und die Ausfahrt fast ganz versperrte. Der weiße Tahoe rollte stetig weiter, hatte schon die halbe Strecke bis zum Ziel zurückgelegt und zog einen hellen Feuerschweif hinter sich her. Reacher nahm die Schlüssel des schwarzen Pick-ups mit, als er zur Straße zurückjoggte. Er ging hinter der Motorhaube des goldenen Yukons in Deckung und behielt weiter den Tahoe im Blick.

Das Heck des weißen Geländewagens stand in hellen Flammen. Er legte unbeirrbar die letzten zwanzig Meter zurück, dann rammte er die Seitenwand des mittleren Hauses und kam zum Stehen. Zwei Tonnen Masse, eine Bewegungsenergie, aber kein gewaltiger Aufprall. Die Holzfassade des Hauses krachte und splitterte, die Außenwand wurde leicht eingedrückt, und eines der Erdgeschossfenster ging zu Bruch – das war alles.

Aber es genügte.

Die Flammen am Heck des Geländewagens schlugen nach vorn, kamen zurück und begannen heller zu brennen. Sie ließen die aufsteigende Luft flimmern, leckten unter den Trittbrettern hervor und kletterten an den Türen hinauf. Sie schlugen aus den Radkästen, aus denen dichter schwarzer Rauch von brennenden Reifen aufstieg, der von der leichten Brise erfasst und nach Südwesten getrieben wurde.

Reacher beugte sich in den Yukon und nahm das Gewehr vom Beifahrersitz.

Die Flammen krochen den Tahoe entlang nach vorn: langsam, aber unaufhaltsam, stetig höher, nach außen und oben schlagend. Die Hinterreifen brannten jetzt hell, und die Vorderreifen begannen zu rauchen. Dann musste die Benzinleitung geplatzt sein, denn plötzlich breitete sich eine Flamme in neuer Farbe fächerförmig aus, stieg rund um die Motorhaube herum auf, erfasste die Seitenwand des Hauses, setzte sie in Brand, ließ die Fassadenfarbe in einem schwarzen Halbkreis blitzschnell Blasen bilden. Flammenzungen folgten den sich ausbreitenden Blasen, anfangs winzig, aber rasch größer werdend, als durchbräche ein Stoßtrupp die feindlichen Linien, schwärmte dahinter aus und besetzte neues Gelände. Durch das zu Bruch gegangene Fenster wurde Luft aus dem Haus gesaugt, und an seinem Rahmen leckten Flammen hoch.

Reacher telefonierte mit dem geliehenen Handy.

Er sagte: »Das mittlere Haus brennt.«

Dorothy Coe meldete sich von ihrer Position eine halbe Meile weit entfernt auf den Feldern.

Sie sagte: »Das ist Jonas' Haus. Wir sehen den Rauch.«

»Bewegt sich irgendjemand?«

»Noch nicht.« Dann sagte sie: »Augenblick! Jonas kommt aus dem Hinterausgang. Läuft nach links. Will anscheinend nach vorn.«

»Eindeutig identifiziert?«

»Hundertprozentig. Wir beobachten ihn durchs Fernrohr.«

»Okay«, sagte Reacher. »Bleiben Sie dran.«

Er legte das Mobiltelefon auf die Motorhaube des Yukons und griff nach dem Gewehr. Es hatte eine Kimme unmittelbar hinter der Halterung für das Zielfernrohr und das dazugehörige Korn vorn an der Mündung. Reacher hob es ans Auge, beugte sich nach vorn, stützte beide Ellbogen auf das Stahlblech und zielte auf die Lücke zwischen dem mittleren und dem südlichen Haus. Entfernung: ungefähr hundertvierzig Meter.

Er wartete.

Eine stämmige Gestalt erschien von hinten kommend in der Lücke. Ein Mann, klein und breit, mindestens sechzig, vielleicht älter. Rundes rotes Gesicht, schütter werdendes graues Haar. Der erste der drei Brüder Duncan, den Reacher in Person sah. Der Kerl stakste steifbeinig durch die Lücke zwischen den fensterlosen Giebelseiten der beiden Häuser, trat ins Licht und blieb ruckartig stehen. Er starrte den brennenden Tahoe an und lief ein paar Schritte darauf zu, blieb wieder stehen, machte dann kehrt und starrte den am Ende der Einfahrt quer zwischen den Zaunpfosten stehenden Pick-up an.

Reacher visierte über Kimme und Korn die Körpermitte des Kerls an und drückte ab.

58

Das Geschoss vom Kaliber .338 traf hoch, gut einen Viertelmeter über Jonas Duncans Körpermitte, genau zwischen Kinnspitze und Unterlippe. Das Geschoss durchschlug die Wurzeln seiner Vorderzähne, das weiche Gewebe in Mund und Rachen, den dritten Halswirbel, den Nackenspeck und zuletzt die Ecke von Jacob Duncans Haus. Jonas sackte von der Schwerkraft herabgezogen zusammen, sein stämmiger steifer Körper plötzlich locker und nachgiebig, und endete mit offenen Augen auf dem Rücken liegend, während das letzte noch Sauerstoff enthaltende Blut aus der Wunde sickerte, und dann starb er.

Reacher zog den Verschlusshebel zurück. Die verschossene Patrone klirrte metallisch auf die Motorhaube des Geländewagens, rollte ihrer Kontur folgend nach vorn und fiel auf den Boden der

Einfahrt. Reacher griff nach dem Handy und meldete: »Jonas ist erledigt.«

Dorothy Coe sagte: »Wir haben den Schuss gehört.«

»Irgendwelche Aktivitäten?«

»Noch nicht.«

Reacher behielt das Telefon am Ohr. Jonas' Haus brannte erfreulich gut. Die gesamte Außenwand stand in Flammen. Im Hausinnern verbreiteten Flammenzungen orangerotes Licht und dunkle Schatten, schmiegten sich flach an Zimmerdecken, leuchteten hinter noch intakten Fenstern, schlugen durch geborstene Scheiben heraus und vereinigten sich mit dem Feuer, das sich durch die Außenwände fraß. Der Rauch – und mit ihm die Feuerhitze – hüllte weiter das südliche Haus ein.

Dorothy meldete sich wieder. »Jasper ist im Freien«, berichtete sie flüsternd. »Er hat eine Waffe mit langem Lauf. Er sieht uns. Er sieht genau zu uns herüber.«

Reacher fragte: »Wie weit sind Sie entfernt?«

»Ungefähr sechshundert Meter.«

»Halten Sie die Stellung. Aus dieser Entfernung trifft er nichts.«

»Wir glauben, dass er eine Schrotflinte hat.«

»Noch besser. Schrot erreicht Sie nicht mal.«

»Er rennt. Er ist an Jonas' Haus vorbei. Er will zu Jacobs Haus.«

Reacher sah ihn von links nach rechts durch die schmale Lücke zwischen Jonas' und Jacobs Haus flitzen: ein kleiner, stämmiger Mann, der seinem Bruder sehr ähnlich sah. Am Telefon sagte Dorothy Coe. »Er ist im Haus verschwunden. Wir sehen ihn in Jacobs Küche. Durchs Fenster. Jacob und Seth sind auch dort.«

Reacher wartete. Jonas' Haus brannte lichterloh. Der ehemals weiße Geländewagen war ein schwarzes Wrack inmitten eines Feuerballs. Überall barsten Fensterscheiben vor Flammen, die wie Arme und Hände waagrecht ausgriffen, bevor sie nach oben schossen. Auch das Hausdach brannte schon. Dann ertönte ein lauter Knall, und die Luft im Innern des Hauses schien zu erzittern. Ein heißer bläulicher Schimmer raste wie jäh ausgestoßener Atem, wie ein Gespenst deutlich erkennbar durchs Erdgeschoss und stieg dann langsam hoch, eine, zwei, drei Sekunden lang, worauf die ursprünglichen Flammen noch höher loderten.

Dorothy sagte: »In Jonas' Küche ist gerade etwas hochgegangen. Wahrscheinlich eine Propangasflasche. Die Außenwand brennt auf ganzer Länge.«

Reacher wartete.

Dann brannte der Fußboden durch, und das Haus bebte erneut, als die brennenden Balken in den Keller stürzten. Der linke Giebel neigte sich nach innen, der rechte fiel nach außen in die Lücke zu Jaspers Haus. Funken sprühten nach allen Seiten, wurden von heißen Aufwinden erfasst und dreißig Meter in die Höhe gerissen. Jonas' rechte Giebelwand füllte die Lücke aus und türmte sich am Fuß von Jaspers linker Giebelwand auf, an der die Flammen neue Nahrung fanden und sich rasch ausbreiteten.

Reacher sagte: »Hier klappt alles wunderbar.«

Dann fiel Jonas' erster Stock mit gewaltigem Funkenregen in sich zusammen, und seine linke Giebelwand, die den Halt verlor, klappte langsam nach innen, wobei ihre untere Hälfte nach außen und gegen Jacobs Haus gedrückt wurde. Brennende Holzstücke und hellrote Glut prallten an die hölzerne Außenwand, saugten Verbrennungsluft an und ließen hohe Flammen aufsteigen, die sich rasch zur Seite hin ausbreiteten. Sogar das Unkraut im Kies begann zu brennen.

Reacher sagte: »Ich glaube, wir haben alle drei in Brand gesetzt. Ich denke, wir haben sie alle.«

Dorothy Coe sagte: »Jasper ist wieder im Freien. Er will zu seinem Pick-up.«

Reacher beobachtete Jasper über Kimme und Korn hinweg. Er sah ihn zu den hintereinander abgestellten Fahrzeugen laufen. Sah ihn in einen weißen Pick-up steigen. Sah, wie er den Motor anließ und ein Stück zurückstieß. Dann hielt der Wagen kurz, fuhr wieder an und hielt direkt auf die Einfahrt zu. Er raste durch einen Funkenregen, verpasste Jonas' Leiche nur knapp und wollte auf dem kürzesten Weg zu der Landstraße. Genau auf Reacher zu. Genau auf den quer stehenden schwarzen Pick-up zu. Dann bremste er scharf, kam dicht vor dem Hindernis zum Stehen und sprang heraus. Er riss die rechte Tür des Pick-ups auf und beugte sich in den Wagen.

Im nächsten Augenblick kam er wieder zum Vorschein.

Kein Schlüssel.

Den hatte Reacher in der Tasche.

Reacher legte das Handy vor sich auf die Motorhaube.

Jasper Duncan stand reglos da, wirkte unentschlossen. Entfernung: etwas unter vierzig Meter.

Reacher jagte ihm eine Kugel durch den Kopf. Er brach wie zuvor sein Bruder zusammen und hinterließ eine kleine rosa Wolke aus pulverisiertem Blut und Knochensplittern, die etwas abtrieb und sich in der leichten Brise auflöste.

Reacher griff nach dem Mobiltelefon und sagte: »Jasper ist erledigt.«

Dann ließ er das leer geschossene Gewehr hinter sich fallen und stieg in den Yukon. Das Fehlen von Reservemunition bedeutete, dass Phase eins beendet war und Phase zwei gleich beginnen würde.

59

Reacher fuhr mit dem Yukon hundert Meter weit die Landstraße entlang, dann bog er nach rechts auf das Feld ab. Steine und Erdklumpen wurden von den Reifen hochgeschleudert und polterten in die Radkästen. Er beschrieb einen weiten Kreis, bis er sich auf gleicher Höhe mit dem Komplex befand, und blieb dann stehen: den Häusern zugewandt, mit laufendem Motor und dem rechten Fuß auf der Bremse. Aus diesem neuen Blickwinkel sah er, dass die Südwand von Jacobs Haus bisher von den Flammen verschont geblieben war, während aufsteigender Rauch darauf hindeutete, dass die Nordseite brannte. Weit links vor sich erkannte er Dorothy Coes Pick-up, der sechshundert Meter weiter westlich auf dem Feld wartete.

Er hob das Handy ans Ohr und sagte: »Ich stehe jetzt in Verlängerung der Häuser. Was sehen Sie?«

Dorothy Coe antwortete: »Jonas' Haus ist praktisch abgebrannt. Eigentlich steht nur noch der Kamin. Die Ziegel glühen rot. Und Jaspers Haus ist auch schon ziemlich weit. Eben ist sein Propan explodiert.«

»Und Jacobs Haus?«

»Es brennt von Nord bis Süd. Ziemlich heftig. Dort drinnen muss es verdammt heiß sein.«

»Dann halten Sie sich bereit. Es dauert bestimmt nicht mehr lange.«

Es dauerte keine Minute mehr. Dorothy sagte: »Sie sind draußen.« Im nächsten Augenblick sah Reacher Jacob und Seth Duncan um die rückwärtige Hausecke spurten. Sie rannten tief geduckt und im Zickzack, weil sie das Gewehr fürchteten. Sie erreichten einen der verbliebenen Pick-ups. Reacher verfolgte, wie sie die Türen aus der Hocke öffneten, hineinkrochen und tief geduckt im Wagen saßen. Hinter ihnen schwoll der Nordgiebel von Jacobs Haus an, beulte sich aus und stürzte ein – ziemlich langsam und fast elegant, während Funken wie Feuerwerksraketen hochsprühten und brennende Balken wie Lava aus einem Vulkan strömten und fast den Zaun erreichten, als eine senkrechte Masse sich in eine waagrechte verwandelte. Dann fiel der Südgiebel in Zeitlupe nach innen und ließ nur noch den Kamin in den Flammen stehen.

Reacher fragte: »Wie sieht's aus?«

Dorothy antwortete: »Genau wie vorhergesagt.«

Reacher sah Jacob Duncan am Steuer des Pick-ups, kleiner und breiter als Seth auf dem Beifahrersitz. Seth trug noch immer seine Nasenschiene. Der Wagen stieß zehn Meter zurück, fast bis in die Flammen hinter ihm, dann schoss er mit aufheulendem Motor vorwärts, rammte den Zaun und versuchte, ihn zu durchbrechen. Die vordere Stoßstange verbog sich leicht, die Motorhaube wurde etwas eingedrückt, und der Zaun bebte und wankte, aber er hielt. Tiefe Löcher für die Pfosten, massive Balken, schwere Planken. Das Produkt einer großen Show – mit ungeahnten Konsequenzen.

Jacob Duncan versuchte es erneut. Er stieß zurück, diesmal weniger als zehn Meter, weil das Feuer nach ihnen ausgriff, und schoss wieder nach vorn. Der Pick-up rammte den Zaun, und Seth und er wurden im Fahrerhaus wie Stoffpuppen herumgeworfen, aber der Zaun hielt. Reacher beobachtete, wie Jacob sich nochmals umschaute. Aber ein längerer Anlauf war nirgends möglich. Das sich auf ihrem Stück Land ausbreitende Feuer ließ keinen zu.

Jacob änderte seine Taktik. Er rangierte, bis der Pick-up genau mittig zwischen zwei Zaunpfosten stand, und fuhr dann langsam im kleinsten Gang an, drückte mit dem Kühlergrill gegen die Planken, verstärkte den Druck mehr und mehr und hoffte, dass dieser bewirken werde, was ein kurzer Aufprall nicht geschafft hatte.

Das tat er nicht. Die Planken gaben nach und bogen sich, aber sie hielten. Dann verloren die Hinterreifen des Pick-ups die Bodenhaftung und drehten im Kies durch. Der Zaun federte zurück und schob den Wagen fünfzehn Zentimeter rückwärts.

Die Türen wurden wieder aufgestoßen. Jacob und Seth sprangen heraus und liefen zu dem Cadillac, um es mit ihm zu versuchen. Ein schwerer Wagen, mehr Drehmoment, mehr Aufprallenergie. Aber schlechtere Reifen, die für Abrollkomfort auf Asphaltstraßen, nicht für Bodenhaftung im Gelände optimiert waren. Seth, der diesmal fuhr, stieß kaum zurück, weil er fürchtete, mit dem Benzintank in die Flammen hinter ihnen zu geraten. Dann rollte er anderthalb Meter vorwärts. Der verchromte Kühlergrill rammte die Planken, und die Reifen drehten fast augenblicklich durch.

Das Spiel war aus.

»Achtung, sie kommen«, sagte Reacher.

Hinter ihnen brach die letzte senkrechte Stütze des in hellen Flammen stehenden Hauses zusammen, und der brennende Trümmerhaufen sank in breiterer und niedrigerer Form zusammen, während Funken und brennbare Gasstrahlen in alle Richtungen stoben. Große verwirbelte Flammen zuckten hoch, verbrannten die Luft selbst, wanden, schlängelten und teilten sich und erloschen dann. Die Brandhitze ließ die Luft flimmern und riss Funken bis zu dreißig Meter hoch mit sich. Jacob und Seth wichen zurück, schützten ihre Gesichter mit den Armen und duckten sich weg.

Sie kletterten über den Zaun.

Sie sprangen aufs Feld.

Sie rannten los.

60

Jacob und Seth Duncan rannten dreißig Meter weit, in gerader Linie vom Feuer weg, rein animalischer Instinkt. Dann hielten sie inne und sahen sich um, drehten sich um sich selbst: auf dem endlos weiten Feld allein und unbedeutend. Sie nahmen den geparkten Yukon wie zum ersten Mal wahr und starrten ihn verwirrt an, weil er doch einem ihrer eigenen Jungs gehörte und der verdammte Kerl nicht daran dachte, ihnen zu Hilfe zu kommen. Dann entdeckten sie Dorothy Coes Pick-up weit entfernt in anderer Richtung stehen, blickten erneut zu dem Yukon hinüber und verstanden. Sie wechselten einen letzten Blick, dann rannten sie wieder los – in unterschiedliche Richtungen.

Reacher nahm sein Mobiltelefon.

Er sagte: »Wenn ich auf einem Zifferblatt bei neun Uhr stehe und Sie bei zwölf Uhr sind, hält Jacob auf die Zehn zu, und Seth ist zur Sieben unterwegs. Seth gehört mir. Jacob gehört Ihnen.«

Dorothy Coe sagte: »Verstanden.«

Reacher nahm den Fuß vom Bremspedal, lenkte mit einer Hand und beschrieb eine weit ausholende Rechtskurve, die ihn erst nach Norden und dann nach Osten führte, holperte über die Waschbrettfläche und spürte die Brandhitze auf der Fensterscheibe neben seinem Gesicht. Vor ihm stolperte Seth übers Feld, war zur Straße unterwegs, hatte noch siebzig Meter bis dorthin. Reacher sah etwas in seiner rechten Hand. Und dann hörte er Dorothys Stimme aus dem Telefon: »Jacob hat eine Schusswaffe.«

Reacher fragte: »Was für eine?«

»Eine Handfeuerwaffe. Einen Revolver, glaub ich. Wir können ihn nicht genau erkennen. Der Wagen holpert zu sehr.«

»Fahren Sie langsamer, sehen Sie genau hin.«

Zehn Sekunden später: »Wir glauben, dass er einen gewöhnlichen Sechsschüsser hat.«

»Hat er schon damit geschossen?«

»Nein.«

»Okay, haltet mehr Abstand, aber lasst ihn nicht aus den Augen. Er kann nirgends hin. Lasst ihn müde werden.«

»Verstanden.«

Reacher legte das Handy auf den Sitz neben sich und folgte Seth mit etwa dreißig Meter Abstand weiter nach Süden. Der Kerl hatte es wirklich eilig. Er pumpte mit den Armen. Reacher hatte kein Fernglas, aber er wäre jede Wette eingegangen, dass das Ding in Seth' rechter Hand ebenfalls ein Revolver war, vermutlich die Hälfte eines zusammenpassenden Paars, das sein Vater zwischen ihnen aufgeteilt hatte.

Reacher gab Gas und verringerte den Abstand auf rund zwanzig Meter. Seth trabte angestrengt. Das Ding in seiner Hand sah eindeutig nach einem Revolver aus. Sein Lauf war kurz, kaum länger als ein Finger. Die Landstraße lag noch etwa vierzig Meter entfernt. Reacher konnte sich nicht vorstellen, was Seth dort wollte. Das war sinnlos. Die Straße war nur ein graues Asphaltband ohne Verkehr, hinter dem sich wieder nur endlose braune Felder ausbreiteten. Vielleicht war das generationsbedingt. Vielleicht glaubte der jüngste Duncan, städtische Infrastruktur könne ihn retten. Oder vielleicht wollte er nach Hause, weil er dort weitere Waffen hatte. Seine Richtung stimmte ungefähr. In diesem Fall war er entweder völlig verzweifelt oder der größte Optimist der Welt. Er musste noch über zwei Meilen weit laufen und wurde von einem Geländewagen verfolgt.

Reacher hielt zwanzig Meter Abstand und beobachtete ihn. Weit hinter ihm ging mit dumpfem Knall die letzte Propangasflasche hoch. Im Rückspiegel war ein Regen aus aufstiebenden Funken zu sehen. Seth rannte weiter.

Dann blieb er abrupt stehen, warf sich herum, baute sich breitbeinig auf und hob den Revolver mit beiden Händen, sodass die Aluminiummaske genau dahinter war. Er atmete keuchend, und weil seine Gliedmaßen vor Anstrengung zitterten, beschrieb die Mündung seiner Waffe einen Kreis von der Größe eines Basketballs. Reacher bremste, legte den Rückwärtsgang ein und vergrößerte den Abstand wieder auf dreißig Meter. Dort fühlte er sich sicher. Er hatte einen großen Achtzylindermotor zwischen sich und dem Revolver, und die Chancen, dass ein unausgebildeter

Schütze, der vor Anstrengung keuchte, mit einem kurzläufigen Revolver aus dreißig Metern Entfernung auch nur den Wagen traf, standen schlecht. Dass ihm ein Kopfschuss durch die Frontscheibe hindurch gelang, war praktisch auszuschließen. Die Chancen, dass die Kugel im selben Zustellungsbezirk blieb, waren zweifelhaft.

Seth schoss mit wenigen Sekunden Abstand dreimal. Aber er verriss den Abzug und konnte nicht verhindern, dass die Mündung hochstieg. Er hatte die Waffe auch horizontal nicht unter Kontrolle. Reacher blinzelte nicht mal. Er betrachtete das aufblitzende Mündungsfeuer nur mit professionellem Interesse und versuchte den Revolver zu identifizieren. Dafür war die Entfernung jedoch zu groß. Er wusste, dass es sieben- und achtschüssige Revolver gab, aber die waren selten, weshalb er annahm, Seth habe einen Sechsschüsser, dessen Trommel jetzt noch drei Schuss enthielt. Das Handy neben ihm quäkte besorgt, und als er es ans Ohr hielt, fragte Dorothy Coe: »Alles in Ordnung bei Ihnen? Wir haben Schüsse gehört.«

»Mir fehlt nichts«, sagte Reacher. »Bei Ihnen alles in Ordnung? Er kann Sie ebenso gut treffen wie mich. Wo auch immer Sie sind.«

»Bei uns ist alles bestens.«

»Wo ist Jacob?«

»Weiter nach Südwesten unterwegs. Er wird langsamer.«

»Bleiben Sie dran«, sagte Reacher. Er legte das Handy wieder auf den Beifahrersitz. Die Glock ließ er in der Tasche. Ein Rechtshänder, der ein Auto mit Linkssteuerung fuhr, musste erst die Frontscheibe zertrümmern, bevor er schießen konnte, was früher keine Mühe bereitet hatte, weil das Sicherheitsglas zerkrümelt war. Doch heutige Frontscheiben waren stabiler, weil sie hochfeste Kunststoffschichten enthielten. Und außerdem lag sein schwerer Schraubenschlüssel in dem ausgebrannten Tahoe, war vermutlich in der Hitze geschmolzen.

Seth machte eine Pause und beugte sich wie ein Taschenmesser, das zusammenklappte, nach vorn, sodass sein Kopf fast die Knie berührte. Er atmete tief ein und keuchte ein paar Mal. Danach richtete er sich auf, hielt den Atem an und zielte erneut – dieses Mal konzentrierter und kontrollierter. Jetzt beschrieb die Revolvermündung einen Kreis von der Größe eines Baseballs. Reacher schlug das Lenkrad ein, gab Gas und beschrieb schnell einen engen Rechtskreis, wollte scheinbar an seinen früheren Standort zurückkehren, riss das Steuer dann jedoch herum und fuhr holpernd eine liegende Acht. Seth schoss einmal daneben, dann zielte er sorgfältiger und drückte wieder ab. Das Geschoss traf den Fensterrahmen über dem Beifahrersitz des Yukons, anderthalb Meter von Reachers Kopf entfernt.

Noch ein Schuss übrig, dachte Reacher.

Aber Seth hatte keinen Schuss mehr. Reacher sah, wie er immer wieder den Abzug betätigte und die Trommel des Revolvers sich wirkungslos drehte. Die Waffe war ein nicht voll geladener Sechsschüsser gewesen oder ein Fünfschüsser. Vielleicht ein Smith 60, dachte Reacher. Zuletzt gab Seth auf und schaute sich verzweifelt um, warf mit dem Revolver nach dem Yukon. Endlich zielte er gut. Der Kerl hätte lieber gleich Steine werfen sollen. Die Waffe knallte genau vor Reachers Gesicht an die Frontscheibe. Reacher zuckte zusammen und duckte sich unwillkürlich weg. Der Revolver prallte vom Glas ab und fiel zu Boden. Dann machte Seth kehrt und rannte weiter. Der Rest war einfach.

Reacher trat das Gaspedal durch, beschleunigte, zielte sorgfältig und walzte Seth mit fast vierzig Meilen in der Stunde von hinten nieder. Eine Limousine hätte ihn vermutlich hochgeschleudert, sodass er über Motorhaube, Frontscheibe und Dach gesegelt wäre, aber der Yukon war kein gewöhnlicher Viertürer, sondern ein Geländewagen mit hoher, stumpfer Schnauze. Ungefähr so subtil wie ein Vorschlaghammer. Er traf Seth wie ein mächtiger Keulenschlag von hinten, im Bereich zwischen Knien und Schultern.

Reacher spürte den Aufprall, und Seth' Kopf schnellte wie von erstaunlicher Schwerkraft herabgezogen augenblicklich außer Sicht nach unten. Der Yukon holperte einmal, als rollte das linke Hinterrad über etwas hinweg. Dann wurde die Fahrt wieder so glatt, wie das unebene Ackerland es zuließ.

Reacher wurde langsamer, fuhr einen weiten Bogen und kam zurück, um zu überprüfen, ob noch etwas getan werden musste. Aber das war nicht nötig. Er hatte schon viele Tote gesehen, und Seth Duncan war mausetot.

Reacher nahm das Handy vom Beifahrersitz und sagte: »Seth ist erledigt.« Anschließend fuhr er rasch nach Südwesten übers Feld weiter.

61

Jacob Duncan war nur ungefähr zweihundert Meter von seinem Haus entfernt. Reacher sah ihn vor sich: auf dem weiten Feld allein, eine kleine Gestalt in der unendlichen Leere. Hundert Meter von ihm entfernt erkannte er Dorothy Coes Pick-up nordöstlich des flüchtenden Mannes. Ihr Wagen fuhr langsam eine weite Kurve – wie ein wachsamer Schäferhund, wie ein Zerstörer, der einen Konvoi sichert.

Übers Mobiltelefon sagte Dorothy: »Der Revolver macht mir Sorgen.«

Reacher entgegnete: »Seth war ein miserabler Schütze.«

»Das heißt nicht, dass Jacob auch einer ist.«

»Okay«, sagte Reacher. »Halten Sie an, und warten Sie auf mich. Wir erledigen ihn gemeinsam.«

Er legte das Handy wieder beiseite, überquerte Jacobs Spur hundert Meter hinter ihm und hielt geradewegs auf Dorothy Coe zu. Als er ankam, stieg sie aus dem Pick-up und wollte zur Beifahrertür des Yukons. Aber er ließ sein Fenster herunter und sagte: »Nein, Sie fahren. Ich komme als bewaffneter Begleiter mit.«

Er stieg aus und ging nach vorn. Sie trafen an der Stelle zusammen, wo die Motorhaube des Yukons leicht eingedrückt war. Der Wechsel ging wortlos vonstatten. Dorothys Miene wirkte entschlossen. Sie war halb ruhig, halb nervös, setzte sich ans Steuer, fuhr den Sitz nach vorn und verstellte den Rückspiegel, als wäre dies ein gewöhnlicher Morgen, an dem sie zum Einkaufen fuhr. Reacher setzte sich neben sie und zog die Glock aus der Tasche seines Parkas.

Sie sagte: »Erzählen Sie mir von den Fotos. Von den Bildern in Silberrahmen.«

»Das will ich nicht«, entgegnete Reacher.

»Nein, ich meine, dass ich bestätigt haben will, dass sie die Duncans eindeutig belasten. Vor allem Jacob. Wie Schuldbeweise. Das muss ich von Ihnen hören. Bevor wir dies hier machen.«

»Es gibt keinen Zweifel«, sagte Reacher. »Nicht den geringsten.«

Dorothy Coe nickte. Sie stellte den Wählhebel auf D, und der Geländewagen fuhr langsam an. Sie sagte: »Wir haben darüber gesprochen, wie's weitergehen soll.«

Reacher erklärte: »Beauftragen Sie eine Spedition von auswärts. Oder einigen Sie sich mit Eleanor.«

»Nein, wegen der Scheune. Der Doktor findet, wir sollten sie niederbrennen. Aber ich bin mir nicht sicher, ob ich das will.«

»Das haben Sie zu entscheiden, denke ich.«

»Was würden *Sie* tun?«

»Nicht meine Entscheidung.«

»Sagen Sie's mir.«

Reacher sagte: »Ich würde die kleine Tür vernageln und die Scheune so stehen lassen und nie mehr hingehen. Ich würde sie von den Blumen überwuchern lassen.«

Damit war ihr Gespräch beendet. Sie kamen bis auf fünfzig Meter an Jacob Duncan heran und wechselten zu operativen Kürzeln über. Jacob trabte noch, aber nicht schnell. Er war ziemlich erschöpft. Er stolperte und torkelte, ein untersetzter, stämmiger Mann mit angegriffener Lunge, steifen Beinen und den Schmerzen und Beschwerden, die das Alter mit sich bringt. Er hielt einen Revolver in der Hand – aus dem gleichen matt glänzenden Edelstahl und mit dem gleichen kurzen Lauf wie Seth' Waffe. Vermutlich ein weiterer Smith 60, der sich in der Hand eines vor Anstrengung keuchenden und zitternden Mannes vermutlich als ebenso ineffektiv erweisen würde.

Dorothy fragte: »Wie fange ich's an?«

Reacher sagte: »Fahren Sie links an ihm vorbei. Mal sehen, ob er standhält und kämpft.«

Das tat er nicht. Reacher fuhr sein Fenster herunter und streckte die Hand mit der Glock in den Fahrtwind hinaus. Dorothy fuhr dicht an Jacob vorbei, der sich aber nicht zur Seite drehte, um zu schießen. Er schreckte nur vor dem Pick-up zurück und stolperte mit ein, zwei Grad Richtungsänderung weiter.

Reacher sagte: »Jetzt fahren Sie einen großen Kreis und zielen dann genau von hinten auf ihn.«

»Okay«, sagte Dorothy. »Für Margaret.«

Sie setzte die weite Linkskurve fort und verengte sie immer mehr, bis sie wieder ihre ursprüngliche Spur erreichte. Dort nahm sie kurz das Gas weg und richtete den Wagen aus. Dann trat sie das Gaspedal durch, und der Pick-up beschleunigte, zehn Meter, zwanzig, dreißig. Jacob Duncan sah sich entsetzt um und flitzte nach links. Dorothy Coe, eine seit vierzig Jahren unfallfrei fahrende Farmersfrau, riss das Steuer absichtlich nach rechts und streifte Jacob mit dem linken Scheinwerfer, der seinen Rücken und die rechte Schulter traf, den Revolver wegfliegen und den Kerl torkelnd wegkreiseln ließ, bis seine Beine nachgaben und er zusammenbrach.

»Schnell zurück!«, befahl Reacher.

Aber Jacob Duncan rappelte sich nicht wieder auf. Er lag auf dem Rücken, zuckte wie ein träumender Hund mit einem Bein, scharrte mit einer Hand nutzlos im Dreck und ruckte mit dem Kopf, während seine offenen Augen nach oben und unten, nach links und rechts starrten. Der Revolver lag drei Meter von ihm entfernt.

Dorothy fuhr zurück und hielt zehn Schritte vor ihm. »Was nun?«, fragte sie.

Reacher antwortete: »Ich würde ihn hier liegen lassen. Sie haben ihm das Rückgrat gebrochen, glaube ich. Er wird langsam sterben.«

»Wie lange?«

»Ein bis zwei Stunden.«

»Ich weiß nicht recht ...«

Reacher gab ihr die Glock. »Oder Sie gehen hin und schießen ihn in den Kopf. Das wäre Barmherzigkeit, auch wenn er keine verdient hat.«

»Täten Sie's?«

»Jederzeit. Aber Sie sollten es tun. Das haben Sie sich seit fünfundzwanzig Jahren gewünscht.«

Sie nickte langsam und starrte die Glock an, die flach in ihren Händen lag, als sähe sie erstmals in ihrem Leben eine Pistole. Sie fragte: »Gibt es eine Sicherung?«

Reacher schüttelte den Kopf.

»Die Glock hat keine Sicherung«, sagte er.

Sie stieß ihre Tür auf, stieg aus, erst auf die Türschwelle, dann auf den Boden. Sie sah sich nach Reacher um.

»Für Margaret«, sagte sie nochmals.

»Und die anderen«, sagte Reacher.

»Und für Artie«, sagte sie. »Meinen Mann.«

Dorothy kam hinter der offenen Fahrertür hervor, berührte sie mit einer Hand, als sie weiterging: langsam, widerstrebend, mit präzisen kleinen Schritten auf dem unebenen Boden, zehn, dann zwölf Schritte, die eine kurze Strecke künstlich verlängerten. Jacob Duncan hörte auf, sich zu bewegen, und verfolgte ihre Annäherung. Sie blieb dicht neben ihm stehen und hielt die Pistole mit gestrecktem Arm und leicht seitlich, als wollte sie nichts mit ihr zu tun haben, als wollte sie sich von ihr distanzieren. Dann sagte sie etwas, das Reacher nicht verstand, dann drückte sie ab, einmal, zweimal, drei- vier-, fünf-, sechsmal, und dann trat sie von ihm weg.

62

Der Doktor und seine Frau warteten in Dorothy Coes Pick-up, mit dem sie auf die Landstraße gefahren waren. Reacher und Dorothy Coe parkten vor ihnen. Sie stiegen alle aus und standen beisammen. Der Komplex der Duncans bestand nur noch aus drei senkrechten Kaminen und ausgedehnten Brandschutthaufen, aus denen aschgraue Balken ragten, von denen viele noch brannten. Der aufsteigende Rauch sammelte sich zu einer gewaltigen Säule, die ins Unendliche aufzuragen schien. Allein sie bewegte sich. Die Sonne stand im Zenit, und der restliche Himmel war wolkenlos blau.

Reacher sagte: »Vor Ihnen liegt eine Menge Arbeit. Beteiligen Sie alle daran. Sie sollen mit Front- und Radladern kommen und mehrere tiefe Gruben ausheben. Richtig große Gruben. Dann sammeln Sie den Müll ein und vergraben ihn tief. Aber lassen Sie etwas Platz für später frei. Bald kommt der Kastenwagen zurück, und sein Fahrer ist genauso schuldig wie die anderen.«

Der Doktor fragte: »Müssen wir ihn umbringen?«

»Meinetwegen können Sie ihn lebendig begraben.«

»Sie verlassen uns jetzt?«

Reacher nickte.

»Ich will nach Virginia«, sagte er.

»Können Sie nicht noch ein, zwei Tage bleiben?«

»Sie alle tragen jetzt die Verantwortung, nicht ich.«

»Was ist mit den Footballspielern in meinem Haus?«

»Die lassen Sie frei und fordern sie auf zu verschwinden. Das tun sie bestimmt gern. Für sie gibt es hier nichts mehr zu gewinnen.«

Der Doktor gab zu bedenken: »Aber sie könnten jemandem davon erzählen. Oder vielleicht hat jemand den Rauch gesehen. Aus weiter Ferne. Vielleicht kommen die Cops.«

Reacher sagte: »Dann schieben Sie einfach alles auf mich. Nennen Sie ihnen meinen Namen. Bis sie rauskriegen, wo ich mich aufhalte, bin ich längst woanders.«

Dorothy Coe fuhr Reacher das erste Stück weit. Sie stiegen wieder in den Yukon und prüften die Tankanzeige. Das Benzin reichte noch für ungefähr siebzig Meilen. Sie einigten sich darauf, dass Dorothy ihn dreißig Meilen weit nach Süden bringen und dann dieselbe Strecke zurückfahren würde. Das Tanken danach würde Johns Problem sein.

Die ersten zehn Meilen legten sie schweigend zurück. Als sie die verlassene Raststätte passierten und die Landstraße sich leer und schnurgerade vor ihnen erstreckte, fragte Dorothy: »Was ist in Virginia?«

»Eine Frau«, antwortete Reacher.

»Ihre Freundin?«

»Jemand, mit dem ich öfter telefoniert habe, das ist alles. Ich wollte sie persönlich kennenlernen. Aber jetzt bin ich mir nicht so sicher. Zumindest noch nicht. Nicht solange ich so aussehe.«

»Was ist gegen Ihr Aussehen einzuwenden?«

»Meine Nase«, sagte Reacher. Er berührte das Gewebeband, strich es mit beiden Händen glatt. »Bis sie wieder präsentierbar ist, dauert's ein paar Wochen.«

»Wie heißt diese Frau in Virginia?«

»Susan.«

»Nun, ich glaube, Sie sollten trotzdem hinfahren. Passt Susan Ihr Aussehen nicht, lohnt es sich nicht, sie kennenzulernen, denke ich.«

Sie hielten an einem Punkt ohne besondere Merkmale, der fast genau in der Mitte zwischen dem Apollo Inn und der Cell-Block-Bar liegen musste. Reacher öffnete seine Tür, und Dorothy Coe fragte ihn: »Kommen Sie hier zurecht?«

Er nickte und sagte: »Ich komme überall zurecht. Kommen *Sie* bei sich daheim zurecht?«

»Nein«, antwortete sie. »Aber mir wird's besser gehen als bisher.«

So saß sie am Steuer: eine solide, tüchtige Frau, Anfang sechzig, untersetzt und kräftig, abgearbeitet, von Entbehrungen gezeichnet, langsam ergrauend, aber in besserer Verfassung als zuvor. Reacher sagte nichts, stieg schweigend aus und schloss seine Tür. Sie sah ihn noch einmal durch die Scheibe an, wendete dann auf der Fahrbahn und fuhr zurück nach Norden. Reacher zog sich seine Mütze über die Ohren, vergrub die Hände wegen der Kälte in den Taschen und begann auf jemanden zu warten, der ihn als Anhalter mitnehmen würde.

Er wartete lange, sehr lange. In der ersten Stunde kam niemand vorbei. Dann erschien am Horizont ein Fahrzeug, und eine Minute später war es nahe genug heran, um Einzelheiten erkennen zu können. Ein kleiner Importwagen, vermutlich ein Japaner, ein

Honda oder Toyota, alt, mit verwittertem blauem Lack. Aus sechster Hand gekauft. Reacher stand auf und reckte den Daumen hoch. Der Wagen wurde langsamer, was nicht unbedingt etwas bedeuten musste. Bloßer Reflex. Sieht der Fahrer nach rechts, nimmt er automatisch den Fuß leicht vom Gas. In diesem Fall war der Fahrer eine Frau, jung, vermutlich eine Studentin. Sie hatte langes blondes Haar. Ihr Wagen war mit allem möglichen Zeug vollgestopft.

Sie sah ihn weniger als eine Sekunde an, dann gab sie wieder Gas, fuhr mit sechzig an ihm vorbei und zog eine Schleppe aus kalter Luft und aufgewirbeltem Split hinter sich her. Reacher blickte ihr nach. Wahrscheinlich eine kluge Entscheidung. Allein fahrende Frauen sollten nicht auf einsamen Landstraßen halten, um riesige Fremde mit einem Streifen Gewebeband im Gesicht mitzunehmen.

Er setzte sich wieder an den Straßenrand. Er fühlte sich müde. Er war am Morgen zuvor in Vincents Motel aufgewacht, als Dorothy Coe hereinkam, um sein Zimmer zu machen, und hatte seither nicht mehr geschlafen. Er zog die Kapuze des Parkas über seine Mütze, streckte sich auf dem Bankett aus, verschränkte die Arme auf der Brust und schlief ein.

Als er aufwachte, wurde es schon dunkel. Die Sonne war im Westen versunken, und der Himmel wurde nur noch von dem blassen Widerschein eines winterlichen Sonnenuntergangs erhellt. Er stand auf. Kein Verkehr. Aber er war ein geduldiger Mann. Er konnte gut warten.

Er wartete noch zehn Minuten, dann erschien am Horizont ein weiteres Fahrzeug. Es fuhr in der Abenddämmerung bereits mit Licht. Er schlug die Kapuze zurück, um seine scheinbare Masse zu verringern, blieb mit einem Fuß auf dem Bankett und einem auf dem Asphalt stehen und reckte den Daumen hoch. Das herankommende Fahrzeug war größer als ein gewöhnliches Auto. Das zeigten ihm Position und Abstand der Scheinwerfer. Der Aufbau wirkte hoch, aber relativ schmal. Dazu gehörte eine große Frontscheibe. Das Fahrzeug war ein Kastenwagen.

Es war ein grauer Kastenwagen.

Ein grauer Kastenwagen vom Typ der beiden grauen Kastenwagen, die er auf dem Betriebshof der Duncans hatte stehen sehen.

Er wurde in hundert Metern Entfernung langsamer – der automatische Reflex –, aber dann verringerte er sein Tempo weiter und hielt genau neben ihm. Der Fahrer beugte sich weit nach rechts und öffnete die Beifahrertür, wobei die Innenbeleuchtung anging.

Am Steuer saß Eleanor Duncan.

Sie trug schwarze Jeans und einen dick gefütterten Parka. Der war mit Taschen und Reißverschlüssen besetzt, glänzte und schimmerte im Licht der Deckenleuchte. Er bestand ausschließlich aus Kunststoff.

»Hallo«, sagte Eleanor Duncan.

Reacher gab keine Antwort. Er betrachtete nachdenklich den Kastenwagen. Das Fahrzeug wies die Spuren einer langen Reise auf: Streusalz und Schmutz, alles in waagrechten Streifen, angetrocknet und staubig. Die Fahrt war lang gewesen.

Er sagte: »Dies war die Lieferung, stimmt's? Diesen Wagen haben sie dafür benutzt.«

Eleanor Duncan nickte.

Er fragte: »Wer war darin?«

Eleanor Duncan antwortete: »Sechs Frauen und zehn kleine Mädchen. Aus Thailand.«

»Alles in Ordnung mit ihnen?«

»Sie waren gesund und munter, nicht gerade überrascht. Anscheinend ist viel Mühe aufgewandt worden, um zu garantieren, dass sie in verkaufsfähigem Zustand eintreffen.«

»Was haben Sie mit ihnen gemacht?«

»Nichts.«

»Wo sind sie dann?«

»Noch immer hinten im Wagen.«

»*Was?*«

»Wir wussten nicht, was wir tun sollten. Sie sind offenbar mit falschen Versprechungen ins Land gelockt und von ihren Familien getrennt worden. Wir haben beschlossen, ihnen die Heimreise zu ermöglichen.«

»Wie wollen Sie das anstellen?«

»Ich fahre sie nach Denver.«

»Was ist in Denver?«

»Dort gibt es Thai-Restaurants.«

»Das ist Ihre Lösung? Thai-Restaurants?«

»Die Idee ist nicht so dumm, wie sie klingt. Überlegen Sie selbst, Reacher. Zur Polizei dürfen wir nicht gehen. Diese Frauen sind illegal eingereist. Sie würden monatelang in Abschiebehaft sitzen. Für sie wäre das schrecklich. Wir wollen sie wenigstens mit Leuten zusammenbringen, die ihre Sprache sprechen. Die eine Gemeinschaft bilden und sich gegenseitig unterstützen. Und Leute, die in Restaurants arbeiten, sind gut vernetzt, stimmt's? Manche von ihnen sind selbst ins Land geschmuggelt worden. Wir dachten, sie könnten vielleicht dieselben Organisationen nutzen – nur eben umgekehrt, um wieder rauszukommen.«

»Wessen Idee war das?«

»Jedermanns. Wir haben den ganzen Tag lang darüber diskutiert, und dann haben wir abgestimmt.«

»Klasse.«

»Haben Sie eine bessere Idee?«

Reacher schwieg. Er betrachtete nur die graue Flanke des Kastenwagens mit ihren langen, aerodynamisch ausgebildeten Schmutz- und Salzspuren. Er legte eine Hand auf das kalte Blech.

Eleanor Duncan fragte: »Möchten Sie sie kennenlernen?«

Reacher sagte: »Nein.«

»Sie haben sie gerettet.«

Reacher sagte: »Glück und Zufall haben sie gerettet. Deshalb will ich sie nicht kennenlernen. Ich will ihre Gesichter nicht sehen, weil ich sonst anfange, darüber nachzudenken, was ihnen zugestoßen wäre, wenn Glück und Zufall ihnen nicht aus der Patsche geholfen hätten.«

Danach entstand eine längere Pause. Der Motor des Kastenwagens lief im Leerlauf, der Himmel wurde dunkler, die Temperatur sank stetig.

Dann fragte Eleanor: »Soll ich Sie wenigstens bis zur Interstate mitnehmen?«

Reacher nickte und stieg ein.

Zwanzig Meilen lang schwiegen sie. Dann fuhren sie an der Cell-Block-Bar vorbei, und Reacher sagte: »Sie haben's gewusst, nicht wahr?«

Eleanor Duncan sagte: »Nein.« Dann fügte sie hinzu: »Ich dachte, ich wüsste genau das Gegenteil. Wirklich! Ich habe mir eingebildet, es absolut sicher zu wissen. Ich wusste es so bestimmt, dass ich irgendwann gemerkt habe, dass ich mich damit selbst überzeugen wollte.«

»Sie haben gewusst, wo Seth hergekommen ist.«

»Ich habe Ihnen gesagt, dass ich's nicht weiß. Kurz bevor Sie seinen Wagen gestohlen haben.«

»Und ich habe Ihnen nicht geglaubt. Bis zu diesem Augenblick hatten Sie vierzehn Fragen nacheinander ohne das geringste Zögern beantwortet. Dann habe ich nach Seth gefragt, und sie haben gemauert. Sie haben uns einen Drink angeboten. Sie sind mir ausgewichen. Sie haben auf Zeit gespielt, um nachdenken zu können.«

»Wissen *Sie*, wo Seth hergekommen ist?«

»Ich hab's mir schließlich selbst zusammengereimt.«

Sie sagte: »Erzählen Sie mir also Ihre Version.«

Reacher begann: »Die Duncans mochten kleine Mädchen. Schon immer. Das war ihr lebenslanges Hobby. Solche Leute bilden Tauschringe. Bevor es das Internet gab, haben sie die Post benutzt und sich zu heimlichen Treffen verabredet, Fotos getauscht und dergleichen. Vielleicht auch auf Tagungen. Vielleicht mit Teilnahme von Gästen. Zwischen Interessengruppen hat es Verbindungen gegeben. Ich vermute, dass eine Gruppe, die eine Vorliebe für kleine Jungen hatte, ins Visier der Polizei geraten war. Sie ist abgetaucht. Sie hat den lebenden Beweis bei ihren Freunden geparkt. Das sollte vorübergehend sein, bis der Ermittlungsdruck nachgelassen hatte, aber dann ist niemand mehr gekommen, um Seth abzuholen. Ich vermute, dass der Kerl im Gefängnis umgekommen ist. Oder in einem Hinterzimmer eines Polizeireviers. Also standen die Duncans vor einem Problem. Aber sie haben es gut gelöst. Vielleicht hat's ihnen sogar Spaß gemacht, einen Sohn zu bekommen, ohne sich mit einer richtigen erwachsenen Frau einlassen zu müssen. Also haben sie ihn bei sich behalten. Jacob hat ihn adoptiert.«

Eleanor Duncan nickte. »Seth hat mir erzählt, er sei gerettet worden. Als wir noch miteinander geredet haben. Er hat gesagt, Jacob habe ihn vor Misshandlungen gerettet. Aus Selbstlosigkeit und Nächstenliebe. Und aus Prinzip. Ich habe ihm geglaubt. Im Lauf der Jahre habe ich dann gespürt, dass die Duncans etwas Schlimmes tun, aber was sich als die Wahrheit herausgestellt hat, stand auf der Liste in meinem Kopf immer ganz unten. Immer, das versichere ich Ihnen. Weil ich das Gefühl hatte, sie seien strikt gegen derartige Dinge. Ich dachte, das beweise die Tatsache, dass sie Seth gerettet haben. Ich bin sehr lange blind gewesen und davon ausgegangen, dass sie irgendwas anderes schmuggeln – Drogen oder Waffen, vielleicht sogar Bomben.«

»Was hat Ihnen die Augen geöffnet?«

»Dinge, die ich gehört habe. Nur Kleinigkeiten. Langsam ist mir klar geworden, dass sie Menschen ins Land schmuggeln. Selbst dann habe ich noch geglaubt, das seien gewöhnliche Illegale. Leute, die in Restaurants und dergleichen arbeiten.«

»Bis?«

»Bis heute. Gewissheit habe ich erst seit heute. Aber ich bin immer misstrauischer geworden. Es hat zu viel Geld gegeben. Und zu viel Aufregung. Sie haben praktisch vor Gier gesabbert. Selbst dann konnte ich's nicht wirklich fassen. Vor allem Seth hätte ich's nie zugetraut. Ich dachte, er würde so etwas absolut widerwärtig finden, weil er selbst darunter gelitten hatte. Ich wollte nicht glauben, dass seine Reaktion ganz anders ausfallen könnte. Aber so muss es gewesen sein. Letztlich war es wohl alles, was er jemals gekannt und vielleicht auch genossen hat.«

Reacher sagte: »Ich bin auch kein Psychologe.«

»Ich schäme mich so«, sagte Eleanor. »Ich komme nicht mehr zurück. Alle rechnen damit, aber ich tu's nicht. Ich kann ihnen nicht mehr gegenübertreten. Ich kann nie mehr bei ihnen leben.«

»Was haben Sie also vor?«

»Ich werde diesen Wagen demjenigen schenken, der sich um die Leute hintendrin kümmert. Als eine Art Spende. Als Bestechungsgeld. Dann gehe ich woandershin. Vielleicht nach Kalifornien.«

»Wie?«

»Per Anhalter wie Sie. Ich möchte ganz neu anfangen.«

»Nehmen Sie sich auf der Straße in Acht. Sie kann gefährlich sein.«

»Das weiß ich. Aber es ist mir egal. Ich denke, dass ich verdient habe, was immer ich bekomme.«

»Gehen Sie nicht zu streng mit sich ins Gericht. Immerhin haben Sie die Cops angerufen.«

Sie sagte: »Aber sie sind nicht gekommen.«

Reacher äußerte sich nicht dazu.

Sie fragte: »Woher wissen Sie, dass ich die Cops angerufen habe?«

»Weil sie gekommen sind«, antwortete Reacher. »Gewissermaßen. Das ist etwas, das mich nie jemand gefragt hat. Niemand hat zwei und zwei zusammengezählt. Jeder wusste, dass ich per Anhalter unterwegs war, aber niemand hat sich jemals gefragt, weshalb ich an einer Straßenkreuzung ohne wirkliche Funktion abgesetzt worden bin. Wozu sollte ein Autofahrer dort halten? Er wäre gar nicht erst hingekommen oder mindestens sechzig Meilen weiter nach Süden gefahren.«

»Wer war er also?«

»Er war ein Cop«, sagte Reacher. »In einem Zivilfahrzeug der State Police. Das hat er nicht ausdrücklich erwähnt, aber es war leicht zu erkennen. Eigentlich ein ganz netter Kerl. Er hat mich weit nördlich von hier aufgelesen – fast noch in South Dakota – und mir erklärt, er würde mich mitten in der Wildnis absetzen, weil er nur hinfahre, um gleich wieder umzukehren. Wir haben nicht weiter darüber gesprochen, und ich wusste nicht, dass er sofort kehrtmachen wollte. Aber das hat er getan. Er hat am Straßenrand gehalten und mich aussteigen lassen, und zwei Sekunden später ist er dorthin zurückgefahren, wo er hergekommen war.«

»Weshalb hat er das getan?«

»GPS und Politik«, entgegnete Reacher. »Das habe ich anfangs vermutet. In einem Flächenstaat wie Nebraska gibt es wahrscheinlich Klagen und Beschwerden darüber, dass manche Gebiete von den Cops vernachlässigt werden. Daher habe ich das für eine Art Vorwärtsverteidigung gehalten. Sie könnten mit ihren GPS-Aufzeichnungen beweisen, dass sie irgendwann in jedem County gewesen sind. Alle Cop-Cars verfügen heutzutage über Navis, deren Daten angefordert werden können, falls sie vor irgendeinem

Ausschuss aussagen müssen. Aber etwas später habe ich meine Meinung geändert. Ich habe mich gefragt, ob sie einen blödsinnigen Anruf erhalten hatten und genau wussten, dass sie deswegen nichts unternehmen würden, aber als Rückversicherung trotzdem dafür sorgen mussten, dass sie beweisen konnten, wenigstens dort gewesen zu sein. Auch habe ich mich gefragt, ob der Anruf vielleicht doch nicht so blödsinnig gewesen war – und ob er vielleicht von Ihnen gekommen war.«

»Ja, ich habe angerufen. Vor vier Tagen. Und es war kein blödsinniger Anruf. Ich habe ihnen alles erzählt, was ich vermutete. Wieso ist der Kerl nicht mal ausgestiegen?«

»Vorurteile und Ortskenntnis«, antwortete Reacher. »Sie haben bestimmt erwähnt, dass Seth Sie schlägt.«

»Nun, ja. Weil er's getan hat.«

»Daher haben die Cops alles andere ignoriert, was Sie erzählt haben. Sie haben es als Märchen abgetan, das eine ungerecht behandelte Frau erfindet, um ihrem Mann Schwierigkeiten zu bereiten. So reagieren Cops manchmal. Das sollten sie nicht, aber so ist's nun mal. Und sie hatten garantiert nicht vor, sich in einen Ehekrach einzumischen. Nicht wenn es dabei um Duncans ging. Weil sie Ortskenntnis besitzen. Dorothy Coe hat mir erzählt, dass Farmerjungen gern zur State Police gehen. Vielleicht sind sie gefragt worden, vielleicht hatte die Geschichte ohnehin schon die Runde gemacht, aber die Message war in beiden Fällen gleich: In dieser Ecke des Countys legt man sich lieber nicht mit den Duncans an.«

»Ich kann's nicht glauben!«

»Sie haben's versucht«, meinte Reacher. »Daran müssen Sie sich vor allem erinnern. Sie haben versucht, das Richtige zu tun.«

Sie fuhren weiter und durchquerten zügig das sogenannte Geschäftsviertel: vorbei an der Werbetafel des Gewerbeverbands, an dem Schnellrestaurant im Diner-Stil, an der Tankstelle mit ihrem

Texaco-Schild und den drei Zapfsäulen, vorbei an dem Eisenwarengeschäft, dem Spirituosenladen, der Apotheke, der Bank, dem Haushaltswarengeschäft, dem Reifenhändler, der John-Deere-Vertretung und dem Supermarkt. Vorbei an dem Wasserturm und an der McNally Street, vorbei an dem Wegweiser zum Krankenhaus und in eine Gegend, die Reacher noch nicht kannte. Der Motor des Kastenwagens brummte leise, und die Reifen surrten auf dem Asphalt. Von Zeit zu Zeit glaubte Reacher, Geräusche aus dem Laderaum zu hören: Menschen, die sich bewegten, miteinander redeten, manchmal sogar lachten. Eleanor Duncan neben ihm konzentrierte sich auf die dunkle Straße vor sich, und er beobachtete sie aus dem Augenwinkel heraus.

Eine Stunde später und sechzig Meilen weiter tauchten die hellen Natriumdampflampen auf, die das Interstate-Kleeblatt beleuchteten, und große grüne Wegweiser, die nach Westen und Osten wiesen. Eleonor bremste und hielt. Reacher stieg aus und winkte ihr zu weiterzufahren. Sie nahm die erste Einfahrt – nach Westen in Richtung Denver und Salt Lake City. Er ging unter der Brücke hindurch und stellte sich mit einem Fuß auf dem Bankett, einem auf dem Asphalt an die Einfahrt nach Osten, reckte einen Daumen hoch, lächelte und bemühte sich, freundlich auszusehen.

Cool, knallhart, kompromisslos – Jack Reachers 24. Fall: ein schwarzer Tag für die Mafia.

416 Seiten, ISBN 978-3-7645-0804-3

Jack Reacher reist ziellos in einem Greyhound-Bus durch die USA, als er Zeuge eines Überfalls auf einen alten Mann wird. Reacher wäre nicht Reacher, wenn er tatenlos zusähe – er greift ein. Das Opfer ist verletzt, will ihn aber auf keinen Fall in diese Angelegenheit hineinziehen. Doch Reacher konnte noch nie wegsehen, wenn Schwächere Hilfe brauchten. Und so gerät er zwischen die Fronten zweier Mafia-Clans, die brutal um die Herrschaft über ihre Stadt ringen. Sie sollen schon bald erkennen, dass sie einem Mann wie Reacher noch nie begegnet sind …

Lesen Sie mehr unter: **www.blanvalet.de**